Heinrich Wilhelm Stoll
Die Sagen der Antike

Heinrich Wilhelm Stoll

Die Sagen der Antike

Mit 49 Illustrationen der Originalausgabe
samt Erläuterungen

Herausgegeben und mit einem Nachwort
versehen von Matthias Hackemann

Anaconda

Text- und Bildgrundlage dieser Ausgabe ist Heinrich Wilhelm Stoll: *Die Sagen des klassischen Altertums.* 2 Bände. 5. Auflage. Leipzig: Teubner 1884. Lautstand, Orthografie und Interpunktion wurden von Kai Kilian behutsam überarbeitet und auf neue Rechtschreibung umgestellt.

MIX
Papier aus verantwortungsvollen Quellen
FSC® C083411
FSC
www.fsc.org

Penguin Random House Verlagsgruppe FSC® N001967

Die Deutsche Nationalbibliothek verzeichnet diese Publikation in der Deutschen Nationalbibliografie; detaillierte bibliografische Daten sind im Internet unter http://dnb.d-nb.de abrufbar.

Umschlagmotiv: Gustav Klimt (1862–1918), Cover für *Ver Sacrum*, Zeitschrift der Wiener Secession, hier Theseus und den Minotauros darstellend, zur Zeit der ersten Secessionsaustellung in Wien, 1898, Wien Museum Karlsplatz, Bridgeman Images Paris / akg-images / Erich Lessing
Umschlaggestaltung: www.katjaholst.de
Satz und Layout: InterMedia – Lemke e. K., Heiligenhaus
Druck und Bindung: CPI Books GmbH, Leck
ISBN 978-3-7306-0979-8
www.anacondaverlag.de

Inhalt

Prometheus

(Hesiods *Theogonie* 510–612. *Werke und Tage* 50–105)

In uralter Zeit, als noch Kronos (oder Saturnus) die Welt regierte, lebten Götter und Menschen, beide von einer Mutter, von der allerzeugenden Erde, entsprossen, vereint auf der Erde zusammen in traulichem Verkehr, kaum sich ihres Unterschieds bewusst. Als aber nach dem Sturz des Kronos Zeus, sein gewaltiger Sohn, die Herrschaft der Welt in seine Hand genommen und der Berg Olympos, der in den Himmel ragt, der Sitz der ewigen Götter geworden war, da gefiel es den Göttern, sich mit den Menschen auseinanderzusetzen und zu bestimmen, was für Ehren die sterblichen Menschen den Göttern für ihren Schutz und ihre Wohltaten zukommen lassen sollten. Zu Mekone, der Stadt Sikyon im Peloponnes, hielten daher Götter und Menschen eine Versammlung. Dort vertrat Zeus die Sache der Götter, als Anwalt der Menschen aber trat auf Prometheus, der Sohn des Tapetos, aus dem Geschlecht der göttlichen Titanen, die mit Kronos von Zeus nach langem Kampf in die Tiefen des Tartaros verstoßen worden waren. Prometheus, der kluge und listige, ließ sich durch das Vertrauen auf seine Geisteskraft verleiten, mit Zeus, dem weisesten der Götter, in der Klugheit zu wetteifern und, damit er seinen Schützlingen, den Menschen, einen günstigen Vertrag erringe, den Sinn des Zeus zu betrügen. Er schlachtete einen großen Stier und zerlegte ihn, damit aus den Stücken die Himmlischen sich wählten, was sie in Zukunft zum Opfer begehrten. Er machte zwei Haufen aus den Stücken. Auf den einen legte er das Fleisch und die essbaren mit Fett umwachsenen Eingeweide, wohlverhüllt in die Haut des Opfertiers, und oben drauf den Magen, das schlechteste Stück; auf den andern legte er die Knochen künstlich zusammen und überdeckte sie mit glänzendem Fett. So gab er dem guten Teil ein schlechtes und dem schlechten Teil ein gutes Aussehen. Zeus, der Vater der Götter und Menschen, der Allwissende, durchschaute den Trug und sprach scherzenden Mutes: »Sohn des Tapetos, erlauchter Herrscher, trauter Freund, wie ungleich maßest du die Teile!« Prometheus glaubte seine List gelungen und sprach lächelnd: »Zeus, ehrwürdigster, größter der unsterblichen Götter, wähle von diesen den Teil, den dein Herz dir anrät.« Voll Zorn im Herzen wählte Zeus nun absichtlich den schlechteren Teil, die Knochen, damit er Grund habe, die Menschen, denen er Böses sann, zu verkürzen. Mit beiden Händen hob er das schimmernde Fett auf, und da er das weiße Gebein und die täuschende Arglist sah, sprach er mit zornigem Mute: »Wahrlich, du trefflicher Kenner des Trugs, Freund Tapetionide, du hast noch nicht deine betrüglichen Künste verlernt!« Seitdem pflegen die Menschen den Unsterblichen die weißen Knochen der Opfertiere auf duftenden Altären zu verbrennen.

Zeus aber versagte jetzt, um den Betrug des Prometheus zu strafen, den Menschen das Feuer. Prometheus jedoch stahl listig das Feuer aus dem Olympos, aus dem Haus des Zeus, und brachte den Menschen die glimmenden Funken in einer markigen Ferulstaude zur Erde. Als Zeus den fernhin glänzenden Schein des Feuers bei den Menschen sah, da ergrimmte er noch mehr. Den Prometheus fesselte er mit unzerbrechlichen Banden und trieb ihm noch dazu einen Pfahl mitten durch den Leib; und er sandte einen Adler mit gewaltigen Schwingen, der zerfraß dem Gefesselten täglich die Leber, die jede Nacht aufs Neue wieder nachwuchs. Erst nach langer Zeit erlegte Herakles den Adler und befreite den Prometheus aus seiner Pein. So wollte es Zeus, damit sein geliebter Sohn durch diese Tat noch größeren Ruhm auf Erden erlange.

Den Menschen ließ Zeus das Feuer, aber er gab für dieses Gut ihnen ein großes Übel. Auf seinen Befehl formte Hephaistos, der kunstfertige Gott, aus Erde und Wasser das wunderbare Bild einer Jungfrau, mit der Stimme und Kraft der andern Menschen, aber den unsterblichen Göttinnen gleich an Antlitz. Athene, unterstützt von den Chariten, Peitho und den Horen, gürtete und schmückte das edle Gebild mit weißem, schimmerndem Gewande, übers Haupt hängten sie ihr einen feinen, kunstvoll gewirkten Schleier und schmückten ihre Locken mit einem Kranz lieblicher Blumen; auch eine goldene Krone setzten sie ihr auf das Haupt, ein Werk des Hephaistos, das er mit bunten Tiergestalten sinnreich geziert hatte. Athene unterwies sie in kunstreicher Arbeit, Aphrodite umgoss ihr Haupt mit Anmut und erfüllte sie mit verführerischem Schmachten und den Sorgen der Gefallsucht, Hermes gab ihr verschlagenen Sinn und schmeichlerische Rede. Die Götter bewunderten die herrliche Jungfrau und nannten sie Pandora, »die Allbegabte«, weil alle Götter sie mit Gaben beschenkt hatten.

Nachdem so das reizende Übel für die Menschen bereitet war, schickte es Zeus durch Hermes auf die Erde, in das Haus des Epimetheus, des »Nachbedacht«, eines Bruders von Prometheus, Prometheus (sein Name heißt »Vorbedacht«) hatte den Bruder oft gewarnt, irgendeine Gabe von den Himmlischen anzunehmen, weil zu befürchten sei, dass den Menschen irgendein Unheil daraus erwachse; aber der törichte Epimetheus vergaß der Mahnung des Klugen und nahm das verhängnisvolle Geschenk an. Er vermählte sich mit der Jungfrau, und diese wurde die Stammmutter aller Frauen der Erde. Nachbedacht bemerkte erst, als es zu spät war, welch Unheil er in sein Haus genommen. Bisher hatten die Menschen auf Erden frei von Leiden und Mühe und todbringender Krankheit ein seliges Leben gelebt; aber das Weib hob jetzt vom Fass der Übel den großen Deckel weg und ließ alle Übel herausfliegen, dass sie sich unter den Menschen verbreiteten. Nur die Hoffnung blieb oben am Rand des Fasses hängen und vermochte nicht herauszufliegen, da nach dem Ratschluss des Zeus Pandora schnell wieder den Deckel schloss. Seitdem schweift der Übel zahllose Schar unter den Sterblichen umher, dass Jammer und Trübsal Land und Meer erfüllt. Auch Krankheiten nahen bei Tag und bei Nacht ungerufen den Menschen, leise und schweigend, denn Zeus hat ihnen die Stimme versagt, und sie bringen viel Elend und schnellen Schrittes den Tod, der bisher nur langsam die Sterblichen beschlich.

Die Menschenalter

(Ovids *Metamorphosen* I, 89–150)

Zuerst entstand das goldene Geschlecht, das ohne Richter und ohne Gesetz freiwillig Treue und Gerechtigkeit übte. Man wusste nichts von Furcht und Strafe; ohne Richter war man sicher. Noch nicht war die Fichte auf den Bergen gefällt, um hinabzusteigen in die Meeresflut und fremde Länder zu besuchen; keine Küste kannten die Sterblichen außer der ihrigen. Noch waren die Städte nicht von abschüssigen Gräben umgürtet, man kannte nicht die eherne Trompete, nicht Helm noch Schwert, ohne Söldner lebten die Völker sorglos in behaglicher Ruhe. Unberührt vom Karst, nicht verwundet vom Pflug, gab die Erde alles von selbst; zufrieden mit der Nahrung, die ohne Zwang hervorwuchs, pflückte man im Gebirge würzige Beeren, Meerkirschen und Erdbeeren, Brombeeren und Kornellen, und las sich die gefallenen Eicheln von dem breit geästeten Baum des Jupiter. Ewiger Frühling herrschte auf der Erde, milde Weste umkosten die Blumen, die ungesät sprossen, Saaten keimten und reiften auf ungepflügtem Feld. Es flossen Bäche von Milch und Bäche von Nektar, und von den grünen Eichen tropfte gelber Honig.

Da Saturnus in den finstern Tartarus verstoßen war und Jupiter die Welt regierte, erwuchs das silberne Geschlecht, schlechter als Gold, wertvoller als Erz. Jetzt engte Jupiter die Grenzen des Frühlings ein, der in der Urzeit ewig geblüht, und sonderte Winter und Sommer und Herbst von dem kurzen Lenz, und schuf so vier Räume des Jahres. Bald glühte die Luft von trockener Dürre, bald starrte unter dem tobenden Nord zackiges Eis an Fels und Gezweig. Da suchten die Menschen zuerst den Schutz des Hauses; ihr Haus war die Höhle oder ein dichtes Gebüsch oder mit Bast verbundene Reiser. Jetzt verscharrte man zuerst den Samen der Ceres in langen Furchen, und es seufzte unter dem Joch der Pflugstier.

Darauf folgte das eherne Geschlecht, wilder schon von Natur und gewandt im Gebrauch schrecklicher Waffen, doch noch nicht verbrecherisch und gottlos. – Von hartem Eisen war das letzte Geschlecht. In diese Zeit von schlechterem Stoff brach sofort jeglicher Gräuel herein. Es floh die Scham und die Wahrheit und die Treue, und an ihre Stelle traten Arglist und Trug, Tücke und Gewalttat und frevelnde Gewinnsucht. Der Schiffer entfaltete unbekannten Winden die Segel, und die Fichte, die lange untätig auf luftigen Bergen gestanden, wagte jetzt den Sprung durch fremde Gewässer. Auch die Erde, die früher gemeinsam war wie Luft und Sonnenlicht, wurde jetzt vorsichtig gemessen und durch lange Grenzen zerteilt. Und man forderte nicht bloß die Saat und die schuldige Nahrung von dem reichen Boden, man stieg sogar in die Eingeweide der Erde hinab und grub, so sorgsam sie auch versteckt und zu den stygischen Schatten entrückt waren, die metallenen Schätze hervor, die Ursachen alles Unheils. Schon war das verderbliche Eisen hervorgewühlt und das Gold, heilloser als Eisen. Da erhob sich der Krieg, der mit beiden kämpft, und schwang mit blutiger Hand die Waffen. Nun lebt alles vom Raub, der Gastfreund ist nicht sicher vor dem Gastfreund, der Schwäher nicht vor dem Eidam, und die Bruderliebe ist selten. Der Mann strebt mit Mordgedanken der Gattin nach, diese dem Gatten; Stiefmütter bereiten Gifttrank aus falbem Kraut, und der Sohn forscht ungeduldig vor der Zeit nach der Todesstunde seines Vaters. Alle Liebe und Treue ist verschwunden, und Asträa, die Jungfrau, die Freundin des Rechts und der Gerechtigkeit, verlässt zuletzt von den Himmlischen die blutbefleckte Erde.

Die grosse Flut

(Ovids *Metamorphosen* I, 163–437)

Dem Himmelsvater Zeus war von der Schlechtigkeit der Menschen viel Schlimmes zu Ohren gekommen. Der Wunsch, dass diese Gerüchte unwahr oder übertrieben sein möchten, bewog ihn, seinen Himmel zu verlassen und selbst in menschlicher Gestalt unter den Menschen umherzuwandern, um mit eigenen Augen zu schauen. Er fand leider die Wahrheit noch schlimmer als das Gerücht. Überall traf er Verwilderung und Verruchtheit. So kam er auf seiner Wanderung durch Arkadien noch in später Dämmerung nach Lykosura in das Haus des Königs Lykaon. Sobald er eingetreten war, gab er Zeichen, dass ein Gott genaht, und die Menge begann ihn mit Gebeten und Gelübden zu verehren. Aber Lykaon verlachte die Gebete und sprach: »Ich werde schon sicher erproben, ob er ein Gott ist oder ein sterblicher Mensch. Er gedachte nämlich während der Nacht im Schlaf ihn durch ungeahnten Mord zu verderben. Zuvor aber versuchte er den Gast auf andere Weise. In seinem Haus hatte er einen Geisel vom Volk der Molosser; dem durchstach er mit dem Schwert die Kehle und kochte und briet die noch zuckenden Glieder und setzte sie seinem Gast vor, ob er wohl erkenne, was er esse. Da schleudert Zeus im Zorn den rächenden Blitz ins Haus und zerschmettert es. Entsetzt stürzt der Frevler aus den brechenden Trümmern hinaus und sucht das Weite. Er heult auf, denn zu sprechen vermag er nicht; in schäumender Wut fällt er, getrieben von der alten Mordlust, in die Herden und freut auch jetzt noch sich am Blut. Sein Gewand zergeht in raue Zotteln, seine Arme wandeln sich in Beine: Er wird ein Wolf und behält noch die Spuren des früheren Aussehens, die Gräue des Haars, die blutgierigen Augen, dieselbe Wildheit des Gesichts und der Gebärden.

Ein Haus ist vernichtet, aber alle sind desselben Loses wert. Der Himmelsvater ist entschlossen, das gesamte ruchlose Menschengeschlecht zu vertilgen. Sobald er in den Himmel zurückgekehrt ist, beruft er den Rat sämtlicher Götter. Die kommen sofort auf der glänzenden Milchstraße – denn das ist der Weg der Unsterblichen – hinauf zu der Höhe des Himmels, zum Königspalast des großen Donnerers. Zur Rechten und zur Linken in der Nähe des Zeus haben die vornehmsten unter den Göttern ihre Wohnungen, weiter ab liegen zerstreut die der niederen Götter. Als die heilige Schar der Himmlischen sich niedergelassen im Marmorsaal des Zeus und dieser selbst auf erhöhtem Thron, gestützt auf ein elfenbeinernes Zepter, Platz genommen hat, schüttelte er dreimal und viermal sein gewaltiges Lockenhaupt, mit dem er Erde und Meer und Gestirne bewegte, und sprach also: »Noch nie war ich so besorgt um den Bestand meines Reiches wie jetzt, selbst nicht, als die schlangenfüßigen Giganten den Himmel bestürmten. Soweit die Erde reicht, habe ich nichts als ruchlose Schlechtigkeit gefunden; das gesamte Menschengeschlecht muss ausgerottet werden.« Nachdem darauf die Götter die Geschichte des Lykaon gehört haben, billigen sie alle den Entschluss des Zeus; doch fragen sie alle besorgt, wie nach Vertilgung der Menschen in Zukunft der Zustand der Erde sein, wer den Göttern Weihrauch und Opfer darbringen solle. Darüber beruhigt sie der Götterkönig und verspricht, mit einem neuen besseren Geschlecht die Erde zu bevölkern. Und schon greift er nach seinen Blitzen, um sie auf die Erde zu verstreuen; doch er fürchtet, der Äther möchte Feuer fangen und die Himmelsachse verbrennen, auch erinnert er sich, dass nach dem Schluss des Schicksals eine Zeit kommen solle, wo Erde und Meer und die Burg des Himmels in furchtbarem Brand zusammenstürzten – und er legte die Donnerkeile wieder beiseite und beschloss, durch die Wasser des Himmels die Menschen zu vertilgen.

Sofort schloss er alle Winde, welche die Wolken verscheuchen und den Himmel klären, in die Höhlen des Aiolos ein und ließ nur den Regen bringenden Notos, den Südwind, wehen. Der flog über die Erde mit feuchten Schwingen, das Haupt mit schwarzem Dunkel verhüllt, aus dem langen Bart und dem grauen Haar, aus Gefieder und Busen trieft die Flut, und wie er mit der Hand die weitumherhangenden Wolken drückt, strömen unter donnerndem Brausen dichte Regengüsse vom Himmel; Iris, die Göttin des Regenbogens in schimmerndem Gewand, schöpft unaufhörlich Wasser und trägt es den Wolken als Nahrung zu. Da werden die Saaten niedergepeitscht vom

Regenschwall; die Hoffnung des Landmanns, die Arbeit des langen Jahres liegt zerstört am Boden. Und der Zorn des Zeus begnügt sich nicht mit den Wassern des Himmels; sein Bruder, der Meergott, unterstützt ihn mit seinen Gewässern. Dieser ruft alle Flüsse zusammen und befiehlt ihnen: »Brecht die Schleusen auf, öffnet die Wasserkammern, lasst euren Fluten alle Zügel schießen!« Die Flüsse gehorchen, und Poseidon selbst stößt mit seinem Dreizack in die Erde, dass sie erzittert und den Gewässern in ihrem Schoß freie Bahnen lässt. Da stürzen die Flüsse entfesselt über ihre Ufer und reißen weithin alles mit sich fort, Saaten und Bäume, Menschen und Vieh, Häuser und Tempel. Und wo ein Haus oder eine hochgetürmte Burg der Gewalt der Fluten trotzte, da stieg bald das Wasser über Giebel und Türme. Schon sind Land und Meer nicht mehr durch Grenzen voneinander geschieden; alles ist Meer, ein Meer ohne Ufer. Wo früher schlanke Ziegen geweidet, da lagern jetzt ungestaltete Robben, Delphine tummeln sich in den Wäldern umher, die Meernymphen, die Töchter des Nereus, betrachten mit Staunen die Haine und Häuser und Städte unter dem Wasser. Wolf und Schaf, Löwen und Tiger schwimmen bunt durcheinander in den Wogen, nichts hilft dem Eber seine Blitzeskraft, nichts dem Hirsch seine Schnelle, und der Vogel, nachdem er lange vergeblich einen Platz zum Ruhen gesucht, sinkt endlich mit matten Schwingen ins Meer. Und die Menschen? Die einen suchen Schutz auf dem Hügel, auf den Bergen, die andern in Kahn und Schiff; Hügel und Berge überdeckt die Flut, die Schiffe verschlingt der Abgrund, und wen die Woge verschont, den tötet endlich der Hunger.

Zwischen dem Öta und dem Lande Böotien liegt Phokis, ein fruchtbares Land, solange es Land war, jetzt war's ein Teil des Meeres und ein weites Feld der Wogen. Dort ragt mit doppeltem Gipfel der Parnassus hoch über die Wolken, ein gewaltiger Berg, höher als alles Land umher. Dessen Haupt, zwar von der Brandung umtobt, bleibt frei von der Flut. Dort landete in kleinem Schiff nach langer Irrfahrt auf den Gewässern der gerechte Deukalion mit Pyrrha, seinem frommen Weib – Deukalion ein Sohn des Prometheus, Pyrrha eine Tochter des Epimetheus und der Pandora. Beim Herannahen der Flut hatte er sich auf den Rat seines Vaters ein festes, wohlüberdecktes Schiff gezimmert und hinlänglich mit Lebensmitteln versehen. So entging er dem Untergang. Als Zeus von so vielen Tausenden die beiden allein noch übrig sah, beide unsträflich und durch frommen Sinn ausgezeichnet vor den andern Menschen, da zerstreute er das dunkle Regengewölk und zeigte dem Himmel die Erde wieder und der Erde den Himmel, und Poseidon ließ auf sein Geheiß durch Triton den Wogen des Meeres den Rückzug blasen. Schon bekommt das Meer wieder Ufer, die Ströme, die Bäche fließen voll in ihren Betten, die Hügel und die Wälder und die Fluren steigen hervor aus den sinkenden Gewässern, und die Erde zeigt wieder ihre vorige Gestalt.

Als Deukalion nach dem Verlaufen der Flut die Erde ringsum einsam und öde sah, sprach er mit tränendem Auge also zu Pyrrha: »O Schwester, o Gattin, einziges Weib noch auf Erden, in allen Ländern, die reichen vom Aufgang zum Niedergang, sind wir beide noch das einzige Volk, alle andern hat die Flut begraben. Aber auch wir sind unseres Lebens noch nicht sicher, jede Wolke erschreckt noch meine Seele. Und sind wir auch frei von Gefahr, was sollen wir beide, vereinsamt auf der leeren Erde, beginnen? Hätte ich doch die Kunst vom Vater gelernt, Menschen zu bilden und dem geformten Ton Leben einzuhauchen. So bleiben wir allein, der einzige Rest des Menschengeschlechts.« So sprach er, und sie weinten – und beschlossen, den Rat und die Hilfe der Himmlischen im Orakel zu erflehen. Sie suchen die Orakelstätte von Delphi auf, am Fuße des Parnassus, wo damals noch Themis ihre Weissagungen gab. Als sie die Stufen des verlassenen Tempels berührten, fielen sie zur Erde nieder, küssten den halb verfallenen Altar und flehten: »Sag uns, o Themis, durch welche Kunst der Verlust unseres Geschlechtes wieder ersetzt werden kann; gib neues Leben der versunkenen Welt.« Die Göttin antwortete:

»Geht aus dem Tempel,
Hüllt euch beide das Haupt und löst die gegürteten Kleider,
Werft sodann die Gebeine der großen Erzeugerin rückwärts.«

Lange staunten sie. Endlich brach Pyrrha das Schweigen; sie weigert sich, der Göttin zu gehorchen, und fleht sie furchtsam um Verzeihung, es sei ihr unmöglich, den Schatten ihrer Mutter durch Zerstreuung ihrer Gebeine zu kränken. Unterdessen sinnen sie noch weiter über die dunklen Worte nach; da wird plötzlich Deukalion die Deutung klar. Er beruhigte seine Gattin mit den freundlichen Worten: »Entweder trügt mich mein Scharfsinn, oder die Worte der Götter sind fromm und wollen keinen Frevel. Die große Erzeugerin ist die Erde, die Steine in dem Leib der Erde sind, denk ich, ihre Gebeine; die sollen wir rückwärts werfen.«

Zwar setzen sie noch Zweifel in ihre Deutung; doch was schadet's, die Probe zu machen? Sie gehen hinab ins Tal, verhüllen das Haupt, entgürten die Gewänder und werfen die Steine. Und die Steine – welch ein Wunder! – begannen ihre Härte und Spröde zu verlieren, sie erweichten allmählich und zogen sich zu langen Gestalten auseinander. Bald, nachdem sie so gewachsen, wurde ihr Aussehen milder, und menschliche Formen, obgleich noch nicht deutlich, traten hervor, ähnlich den Figuren der Bildhauer, die erst aus dem Rohen herausgemeißelt sind. Was an den Steinen Feuchtes und Erdiges war, wurde zu Fleisch, das Feste und Unbiegsame wurde zu Knochen, was Ader war, blieb Ader. So gewannen in kurzer Zeit durch den Willen der Götter die von dem Mann geworfenen Steine männliche Bildung, die vom Weib geworfenen wurden Weiber.

So wurde die Erde mit neuen Menschen bevölkert. Aber wir geben noch immer Zeugnis, welchen Ursprungs wir sind; wir sind ein hartes Geschlecht, ausdauernd zur Arbeit. – Auch die übrigen lebenden Wesen erneuerten sich bald wieder. Als die Glut der Sonne den tiefen Schlamm, den die Flut zurückgelassen, allmählich durchwärmte, da hob sich der Schlamm und schwoll, und es regte sich unter ihm ein neues Leben. In buntem Gewimmel stiegen nach und nach die mannigfaltigsten Gestalten hervor, die zahlreichen Geschlechter der Tiere, welche auf der Erde sich verbreiteten, im Wasser und auf dem Land und in der Luft.

Phaethon und die Phaethontiden

(Ovids *Metamorphosen* I, 750 – II, 366)

Phaethon, der Sohn des Helios (Sol) und der Okeanide Klymene, war bei der Mutter im Land der östlichen Äthiopen zu einem stattlichen Jüngling aufgewachsen. Als dieser einst, stolz auf seine Abkunft von dem Sonnengott, sich dem Epaphos, dem Sohn des Zeus und der Io, der von demselben Alter war und von nicht geringerem Stolz, gleichzustellen wagte, verlachte ihn Epaphos und erhob Zweifel gegen seine göttliche Abkunft. Voll Scham und Zorn eilte Phaethon zu seiner Mutter Klymene, warf sich an ihre Brust und klagte ihr die Kränkung. »Gib mir ein sicheres Zeichen«, bat er, »womit ich beweise, dass Helios mein Vater ist.« Klymene erhob beide Hände zum Himmel, und den Blick zu dem Licht der Sonne gerichtet, sprach sie: »Bei diesen allschauenden Strahlen schwöre ich dir, dass du des Helios Sohn bist; wenn ich lüge, so soll jetzt zum letzten Mal mein Auge das Sonnenlicht schauen. Auch ist es nicht weit bis zum Haus deines Vaters, es steht ganz in der Nähe unseres Landes; wenn du Lust hast, so gehe hin und frage deinen Vater selbst.« Ein freudiger Mut durchzuckte bei den Worten Phaethons Brust; und sogleich eilte er durch das Land der Äthiopen und der Inder zum Aufgang der Sonne.

Sturz des Phaethon

Dort stand auf ragender Höhe die glänzende Sonnenburg, von hohen Säulengängen umgeben, strahlend im Feuerglanz von Gold und Karfunkel. Das Dach war gedeckt mit schimmerndem Elfenbein, und die Flügel des Doppeltors strahlten in Silberglanz. Kostbarer noch als der Stoff selbst war die Bildnerei auf den Toren. Hephaistos hatte auf denselben die Erde und das Meer gebildet und darüber den Himmel. Das Wasser war erfüllt von den mannigfaltigsten Meergöttern, auf dem Land waren zu sehen Städte und Menschen, Wald und Wild, Flüsse und Nymphen; an dem Himmel glänzten sechs Sternbilder auf dem rechten und ebenso viel auf dem linken Torflügel. Als Phaethon auf steilem Pfad hier ankam und durch die prächtigen Pforten eintrat in die Burg, suchte er sogleich das Antlitz des Vaters; aber er blieb von ferne stehen, denn er vermochte nicht das strahlende Licht in der Nähe zu schauen. Im Purpurgewand saß dort Helios auf einem von Smaragden glänzenden Thron, zur Rechten und zur Linken sind aufgestellt der Tag und der Monat und das Jahr und die Jahrhunderte und in gleichen Zwischenräumen die Stunden. Es steht da der junge Frühling, mit Blumen umkränzt, nackt steht da der Sommer mit Ährenkränzen auf dem Haupt und in den Händen, der Herbst, mit dem Blut der gekelterten Trauben bespritzt, und neben ihm mit grauem, struppigem Haar der eisige Winter.

Sobald Helios von seinem Thron aus mit dem allsehenden Auge den Jüngling erblickte, der alle diese Wunder staunend betrachtete, fragte er: »Was führt dich hierher, Phaethon, was suchst du in der Burg deines Vaters, mein Sohn?« Jener antwortete: »Erlauchter Vater, wenn du mir den Gebrauch dieses Namens gestattest, man zweifelt auf Erden, ob ich dein Sohn sei, und verlästert meine Mutter. Darum bin ich gekommen, mir ein Unterpfand von dir zu erbitten, mit dem ich meine Abkunft von dir unzweifelhaft dartun kann.« So sprach er; da nahm Phöbus die blitzende Strahlenkrone, die des Sohnes Auge blendete, vom Haupt, rief ihn zu sich heran und umarmte ihn mit den Worten: »Klymene hat die Wahrheit gesagt; du bist würdig, mein Sohn zu heißen, und ich werde dich nimmer verleugnen. Und damit du nicht lange zweifelst, erbitte dir irgendeine Gnade; sie soll dir gewährt sein, ich schwöre dir's bei dem unterirdischen Wasser der Styx.« Kaum hatte Phöbus die Worte gesprochen, da erbat sich Phaethon, dass ihm der Vater auf einen Tag die Lenkung des geflügelten Sonnenwagens überlassen möge.

Der Vater erschrak und bereute seinen Schwur; dreimal und viermal schüttelte er sein glänzendes Haupt und sprach: »Mein Sohn, du hast mich ein töricht verwegenes Wort sprechen lassen; dürfte ich doch mein Versprechen widerrufen, ich gestehe, diesen einen Wunsch würde ich dir verweigern. Doch darf ich dir ihn abraten. Dein Begehren ist mit großer Gefahr verbunden, es ist für deine jugendlichen Kräfte zu groß; du bist sterblich, aber was du wünschst, ist ein Werk für Unsterbliche. Ja du verlangst mehr sogar, als den Unsterblichen zu erlangen vergönnt ist. Keiner außer mir vermag fest auf der feuertragenden Achse zu stehen, selbst der König des Olympos, der in seiner furchtbaren Rechten die wilden Blitze schwingt, möchte diesen Wagen nicht lenken. Der Weg, den mein Wagen zu machen hat, ist anfangs steil, sodass kaum in der Frühe die Rosse mit frischen Kräften ihn erklimmen können: Mitten am Himmel ist er furchtbar hoch, mit bebender Angst schaue selbst ich oft hinab auf Erde und Meer; gegen Abend rollt der Wagen auf abschüssiger Bahn dem Meer zu, und ohne meine sichere Leitung würde er zerschmettert in die Tiefe stürzen. Dazu bedenke, dass der Himmel mit allen Sternen in beständigem Umschwung sich dreht und ich diesem reißenden Kreislauf entgegenfahren muss. Wie vermöchtest du das? Du denkst dir auch vielleicht da droben freundliche Haine und Städte und Tempel der Götter. Dem ist nicht so; da sind gefährliche Gestalten von Tieren, da drohen die Hörner des Stiers, der Bogen des Schützen, der Rachen des Löwen, der Skorpion und der Krebs mit ihren furchtbaren Scheren. Lass ab, mein Sohn, bessere deinen Wunsch; alles, was die weite Welt an Gütern bietet, steht dir frei, fordere es, nur von diesem einen steh ab, es ist eine Strafe für dich, keine Ehre.«

Aber alle Vorstellungen des Vaters sind umsonst. Der Jüngling umschlingt seinen Nacken und bittet und fleht, und der Vater hat einen heiligen Eid geschworen, er muss den Wunsch des Törichten gewähren. So führt er ihn denn zu dem hohen Sonnenwagen, einem Werk und Geschenk des Hephaistos. Von Gold waren Achse und Deichsel und die Felgen der Räder, von Silber die Speichen, an dem Joch strahlten Reihen von Chrysolithen und Edelsteinen. Während Phaethon schwellenden Herzens den Wagen bewundert, öffnet Eos das purpurne Tor des Ostens und die rosenbestreuten Hallen; es fliehen die Sterne, Lucifer, der Morgenstern, treibt ihre Scharen ab und zieht zuletzt von der Wache des Himmels. Sobald der Vater die Erde und den Himmel sich röten sieht, heißt er die flüchtigen Horen die Rosse anspannen. Diese vollbringen schnell ihr Werk, sie führen die feuerschnaubenden mit Ambrosia gesättigten Tiere von den Krippen herbei und legen ihnen die klirrenden Zäume an. Dann bestreicht Helios mit heiliger Salbe das Antlitz des Sohnes, damit das verzehrende Feuer ihn nicht schädige, und setzt ihm die Strahlenkrone aufs Haupt, schweren Herzens und unter Seufzen, denn er ahnt das nahende Unglück. Warnend sprach er dann: »Schone mir die Stacheln, Kind, und brauche wacker die Zügel; die Rosse rennen schon von selbst, und es kostet Mühe, sie im Fluge aufzuhalten. Die Straße geht schräg in weitumbiegender Krümmung und durchschneidet nach Süden hin die drei Zonen des Himmels; du wirst die Geleise der Räder deutlich sehen. Darauf halte dich, senke dich weder zu tief, sonst steckst du die Erde in Brand, noch steige zu hoch, sonst verbrennst du den Himmel. Das Übrige überlasse ich dem Schicksal, möge es dir gnädig sein und besser für dich sorgen als du selbst. Doch auf! Die Finsternis sticht, Aurora erwacht, nimm die Zügel zur Hand – oder, noch ist es Zeit, nimm meinen Rat und lass mich den Wagen lenken.«

Ohne weiter auf die Worte des Vaters zu hören, springt der Jüngling freudigen Mutes auf den Wagen und ergreift die Zügel. Die vier geflügelten Rosse erfüllen unter feurigem Schnauben die Luft mit Gewieher und schlagen ungeduldig mit den Hufen wider die hemmenden Barren. Da öffnet Tethys, die Meergöttin, die Schranken, und der weite Himmel tut sich auf. Mutig durchstampfen die Rosse die wallenden Nebel und stürmen voran. Doch der Wagen ist zu leicht, es gebricht ihm die gewohnte Schwere des gewaltigen Sonnengottes, und er hüpft schwankend durch die Räume des Himmels, wie ein unbelastetes Schiff durch die Wellen hüpft. Kaum merken dies die Rosse, so rennen sie wild aus der gewohnten Bahn. Der Jüngling erschrickt und reißt ratlos und unkundig des Weges die Zügel hin und her; und wie er hinabschaut aus des Äthers Höhe tief, tief unten auf die Länder, da erblasst er, seine Knie zittern, Dunkel umzieht sein schwindelndes Auge. Da wünscht er, dass er nie seine Abkunft erkannt, nie die Rosse seines Vaters berührt habe. Aber zu spät; ein weiter Raum liegt hinter ihm, noch ferner liegt das

Ziel. Ohne zu wissen, was beginnen, starrt er in den weiten Raum und lässt weder die Zügel schießen, noch zieht er sie an; auch kennt er die Namen der Rosse nicht, um sie anzurufen. Jetzt sieht er voll Angst um sich her die mannigfaltigen Wunder des Himmels, die Gestalten furchtbarer Tiere. Eben naht er dem Skorpion; der reckt drohend die gewaltigen Scheren nach ihm aus, entsetzt lässt er die Zügel los, und nun stürmen die Rosse ungehemmt in wilder Flucht regellos dahin. Bald springen sie hoch in den Äther zwischen die festgehefteten Fixsterne, bald stürzen sie wieder in die Nähe der Erde. Versengt dampfen die Wolken, Feuer ergreift die Höhen der Erde, tiefe Spalten reißen sich in das vertrocknete Land; das Gras verdorrt, die Bäume brennen, es brennt alle Saat; ja ganze Städte mit ihren Türmen gehen zugrunde, ganze Völker werden zu Asche, weithin stehen alle Gebirge mit ihren Wäldern in lichten Flammen. Heißer Dampf, mit Asche und sprühenden Funken durchmischt, umwallt den unglücklichen Wagenlenker, und er weiß nicht, wohin die wilden Rosse ihn reißen durch das schwarze Dunkel. Damals, so glaubt man, drang den äthiopischen Stämmen das kochende Blut oben zur Haut und schwärzte für immer ihren Leib, damals wurde Libyen eine sandige wasserlose Wüste. Die Nymphen weinten laut mit zerrauftem Haar um Quellen und Seen, aufkochend verdampften die Flüsse, der Nil entfloh voll Schrecken in die äußerste Ferne und verbarg sein Haupt, das den Menschen noch immer verborgen ist. Durch die Spalten der Erde dringt das Licht in die Tiefen des Tartarus und erschreckt das Herrscherpaar der Schatten; das Meer zieht sich zusammen; wo der Seegrund war, ist jetzt ein weites Feld trockenen Sandes. Die Fische suchen den tiefen Grund, entseelte Robben schwimmen auf der lauen Flut; selbst Nereus und Doris und ihre Töchter flüchten in die tiefen Grotten, und auch da beschwert sie noch die Hitze. Poseidon wollte dreimal die Arme und das finstere Antlitz aus den Wogen aufstrecken, doch dreimal scheuchte ihn die Glut zurück. Jetzt hebt die ehrwürdige Tellus ihr versengtes Haupt aus der Erde hervor und fleht den Zeus um Rettung der gefährdeten Welt an, und der schleudert nun endlich seinen Blitz auf den unglücklichen Phaethon und dämpft die Flammen mit der Flamme. Die Rosse reißen sich los von dem zerschmetterten Wagen und rennen scheu nach verschiedenen Seiten; Phaethon aber stürzt entseelt mit brennendem Haupt, wie ein fallender Stern, aus der Höhe und fällt fern von der Heimat weit im Westen in die Fluten des Eridanus. Hesperische Naiaden begraben den zerschellten Leib und setzen auf den Grabstein die Inschrift:

> »Phaethon ruhet allhier, der des Vaters Wagen gelenket;
> Zwar nicht ganz ihn behauptend, erlag er doch großem
> Bestreben.«

Der Vater Helios verhüllte, als er das Unglück seines Sohnes sah, in tiefem Schmerz sein Haupt, und einen Tag, wenn's glaublich, war die Welt ohne Sonne; die Flamme des Brandes gab Licht. Klymene aber sucht trostlos die Leiche ihres Sohnes und findet endlich an fremdem Ufer sein Grab. Mit ihr klagen an dem Grab ihre Töchter, die Heliaden (Sonnentöchter) oder Phaethontiden, und vergießen dem lieben Bruder zahllose Tränen, vier Monate lang. Da geschieht ein merkwürdiges Wunder. Während die Schwestern an dem Grab weinen, klagt plötzlich Phaethusa, die älteste, indem sie eben sich zur Erde beugen will, dass der Fuß ihr starre; Lampetia will ihr helfend nahen, da hält eine Wurzel sie fest; eine dritte greift erschreckt mit der Hand ins Haar, sie rauft Blätter ab; eine andere klagt, dass ihre Füße zu einem Stamme zusammengewachsen, eine andere, dass ihr die Arme sich lang zu grünenden Ästen strecken. Während sie das staunend betrachten, umschließt Rinde ihre Füße, ihren Leib, Brust, Schultern und Hände; nur der Mund ist noch frei, der nach der Mutter ruft. Die Mutter eilt von einer zur andern und küsst sie und versucht die Leiber aus der Rinde zu reißen, das zarte Gespross von den Händen zu brechen; doch siehe, blutige Tropfen rinnen hervor, wie aus einer Wunde. »Schonung, o Mutter!«, ruft die eben verwundet ist, »Schonung! Du zerreißt in dem Baum unsere Leiber!« »Lebe wohl!«, rufen sie, und die Rinde hatte ihren Mund verschlossen. Sie sind zu Pappeln geworden. Seitdem fließen Tränen von den Bäumen, die gerinnen an dem Gezweige im Strahl der Sonne zu Bernstein. Der klare Fluss nimmt die goldglänzenden Tränen auf und trägt sie bis zu seiner Mündung, dass sie den Töchtern der Erde ein Schmuck werden.

Io

(Ovids *Metamorphosen* I, 568–750)

Inachos war der Gott des gleichnamigen argivischen Flusses und der erste König des Landes Argos. Seine Tochter, die schöne Io, war von Zeus ausersehen, die Stammmutter eines großen Heldengeschlechts zu werden, das helfen sollte, die Ordnungen des Zeus auf Erden durchzuführen. Als er ihr in der Nähe des lernäischen Sumpfes liebend nahte, floh die Jungfrau. Da deckte er das Land mit einem dichten Nebel und hemmte so ihre Flucht. Als Hera so plötzlich am heiteren Tag den nächtlichen Nebel entstehen sah, argwöhnte sie, eifersüchtig wie sie war, dass ihr Gemahl in irgendeiner Weise sie betrüge. Und sie zerteilte den Nebel. Zeus aber, der ihr Nahen geahnt, verwandelte, ehe sie es sah, die Jungfrau in ein schneeweißes Rind, um sie so der Rache der Hera zu entziehen. Hera, die List ihres Gemahls durchschauend, lobte die schöne Kuh und fragte, woher sie komme und wem sie gehöre. Sie sei aus der Erde gewachsen, sagte Zeus, um weiteres Forschen abzuschneiden. Hera gab sich zufrieden, doch erbat sie sich von ihrem Gemahl die schöne Kuh zum Geschenk. Was sollte Zeus tun? Grausam war's, die Geliebte seiner harten Gemahlin hinzugeben, aber verdächtig, sie zu verweigern. Er gab sie ihr.

Hera übergab die Verhasste dem Argos, dem riesigen Sohn des Arestor, zur Bewachung; der trug hundert Augen am Kopf, von denen immer nur zwei schliefen, während die übrigen nach allen Seiten hin ihren Dienst taten. Er weidete bei Tag das arme Rind und bewachte es mit der größten Sorgfalt; wie er auch stand, stets sah er nach der Io, auch wenn er den Rücken ihr zugekehrt hatte. Des Nachts schloss er sie ein und fesselte ihren zarten Hals an Ketten. Die unglückliche Jungfrau, welche auch in ihrer Verwandlung das menschliche Bewusstsein behalten hatte, nährte sich von Baumblättern und bitterem Kraut, trank aus dem schlammigen Fluss und lagerte auf harter Erde. Wenn sie auch, um Gnade zu erflehen, ihre Hände zu dem hartherzigen Wächter hätte erheben wollen, sie hatte keine Hand mehr; wenn sie zu klagen versuchte, so stieß sie ein Brüllen aus, und sie erschrak vor ihrer eigenen Stimme. Sie kam auch zu den Ufern des Inachos, des väterlichen Flusses, wo sie so oft gespielt. Als sie in den Wellen ihr Bild sah, das breite Gesicht und die Hörner, da entsetzte sie sich und floh zurück vor ihrer eigenen Gestalt. Die Naiaden des Flusses, ihre Schwestern, und Inachos selbst erkennen sie nicht. Sie aber geht dem Vater nach und den Schwestern und lässt sich von ihnen streicheln und bewundern. Der greise Inachos rupft Gras und hält es ihr hin, sie leckt seine Hand, um sie zu küssen, und hält ihre Tränen nicht zurück; hätte sie nur eine menschliche Stimme, so würde sie ihn um Hilfe anflehen und ihren Namen nennen und ihr Missgeschick. Aber das kann sie nicht; da schrieb sie mit ihrem Fuß ihr trauriges Geschick in den Sand. »Wehe, ich Unglücklicher!«, ruft Inachos und lehnt sich klagend und weinend an den Nacken der verwandelten Tochter. Aber was hilft sein Klagen? Der unbarmherzige Hüter Argos weist ihn fort und treibt seine Kuh zu einer anderen ferneren Trift, wo er sich auf den Gipfel eines Berges setzt, um nach allen Seiten hin Wache zu halten.

Aber der König des Himmels kann länger nicht mehr die Leiden der geliebten Io ansehen; er befiehlt seinem dienstbaren Sohn Hermes, den Argos zu töten. Sogleich fliegt dieser vom Himmel hinab, und nachdem er seine Flügelschuhe und den beschwingten Hut abgelegt und nur seine Rute behalten hat, treibt er mit dieser in der Nähe des Argos wie ein Hirte Ziegen vor sich her und spielt auf den Rohren seiner Hirtenflöte, der Syrinx, schöne Weisen. Argos lauscht mit Vergnügen den lieblichen Tönen und ruft ihm zu: »Komm herüber, wer du auch seist, und setze dich hier zu mir auf diesen Fels. Nirgends ist der Graswuchs üppiger als hier, und du siehst, wie hier erwünschter Schatten für die Hirten ist.« Hermes setzte sich zu dem Riesen und verplauderte mit ihm die Stunden des Tages und versuchte durch die Töne seiner Syrinx seine Wache haltenden Augen einzuschläfern. Jener jedoch sucht dem Schlaf zu widerstehen, und obgleich ein Teil seiner Augen vom Schlummer überwältigt ist, so wacht er doch immer noch mit dem andern Teil. Um sich wach zu erhalten, fragte er dies und das und auch, wie die Syrinx erfunden worden sei, denn sie war erst jüngst erfunden. Darauf erzählte der schlaue Gott:

In den Bergen Arkadiens war die schönste aller Nymphen die Naiade Syrinx; aber sie war spröde wie keine, vergebens verfolgten sie mit ihrer Liebe die Satyrn und die übrigen Götter des Waldes und der Flur. Die strenge Artemis war ihre Freundin und ihr Muster, gleich ihr schweifte sie hochgegürtet jagend durch die waldigen Berge, und man hätte sie für Artemis selbst gehalten, hätte sie nicht einen Bogen von Horn geführt, während jene einen goldenen Bogen trägt; und auch so hielt man sie für Latonens Tochter. Als sie einst von der Höhe des Lykaion zurückkehrte, erblickte sie Pan, der hohe Gott der arkadischen Berge, und von ihrem Reiz gefesselt, sprach er zu ihr: – Hermes hätte noch erzählen müssen, was Pan gesprochen, wie dann die Nymphe, seine Werbung verschmähend, durch die unwegsamen Berge geflohen, bis sie zu dem schilfreichen Ufer des Ladon kam, wie sie hier, von den Fluten gehemmt, flehte, verwandelt zu werden, um dem Verfolger zu entrinnen. Schon glaubte der Gott sie zu fassen, da hielt er statt des Körpers der Nymphe Schilfrohr in seinen Händen. Er seufzt, und seine Seufzer werden in dem bewegten Rohr zu zarten klagenden Tönen. Der Gott, bezaubert durch die Süße der Töne, rief: »So soll denn diese Verbindung mit dir mir unauflöslich sein!« Und er schnitt sich von dem Schilf ungleiche Röhren und heftete sie mit Wachs zusammen und nannte die Rohrflöte Syrinx nach dem Namen der geliebten Nymphe. – Alles dies wollte der schlaue Hermes noch erzählen; als er aber sah, dass alle Augen des Wächters sich in süßem Schlummer geschlossen hatten, hielt er schnell inne, rührte leise mit seiner Zauberrute alle Augen und senkte sie in dichtesten Schlaf; dann hieb er mit seinem Sichelschwerte das im Schlaf nickende Haupt des Riesen vom Rumpf herab, dass es blutspritzend über die Felsen rollte. Hera versetzte seine hundert Augen auf den Schweif des Pfaues und schmückte so das Gefieder ihres Lieblingsvogels mit schimmernden Sternen.

So war Io von ihrem Peiniger befreit; aber die erzürnte Hera ersann der Unglücklichen eine neue Plage. Sie schickte eine große Bremse, welche die rindsgestaltete Jungfrau durch ihren Stich in Wahnsinn versetzte und angstzerrüttet durch alle Länder des Erdkreises jagte, durch Illyrien hinauf in die rauen Länder der Skythen, am Kaukasus vorüber, zu den Amazonen, über den kimmerischen Bosporus (Rindsdurchgang), der von ihr den Namen trägt, durch alle Länder Asiens bis südlich zu dem Felsendurchbruch, wo von Byblos' Bergen der Nil seine fruchtbare Flut hinabgießt ins Ägypterland. Dessen Strömung folgend, kam sie endlich in die Niederung Ägyptens, in das dreieckige Land, das von den Mündungen des Stroms gebildet wird. Hier fand sie ein neues Heimatland und die Befreiung von ihrer langen Qual.

Als die gepeinigte Jungfrau hier ankam, sank sie erschöpft an dem Ufer des Stroms in ihre Knie und flehte mit Tränen und seufzendem Schrei zum Zeus, dass er ihren Leiden ein Ziel setzen möge. Der besänftigte endlich durch langes Bitten den Zorn seiner Gattin und gab der Jungfrau ihre frühere Gestalt wieder. Die Haare fallen vom Körper, das Gehörn schrumpft zusammen und schwindet; die Scheibe der Augen verengt sich, das Maul zieht sich zusammen zu menschlichen Lippen; Schultern und Hände kehren wieder, die gespaltenen Klauen fallen ab, und nichts ist von der Kuh mehr übrig als die glänzende Weiße. Die Jungfrau, gerne zufrieden mit dem Dienst zweier Füße, richtet sich auf und steht da in menschlicher Schönheit. Ängstlich versucht sie sich in dem Gebrauch ihrer Stimme, denn sie fürchtet noch immer das frühere Gebrüll; o Freude, sie spricht wieder menschliche Worte.

Von des Zeus milder Hand berührt, gebar Io in Ägypten den Epaphos, dem die Herrschaft des Landes bestimmt war. Das Volk der Ägypter verehrte in der Folge die Io unter dem Namen Isis als Göttin.

Sisyphos und Salmoneus

Sisyphos, ein Sohn des Aiolos, der schlaueste und gewinnsüchtigste aller Menschen, den Göttern gleich an List und klugem Rat, war der Gründer und erste Beherrscher von Korinth oder, wie es in ältester Zeit hieß, Ephyra, der bedeutendsten Handelsstadt in Griechenland. Durch seinen klugen verschlagenen Sinn erwarb er sich unendlichen Reichtum, aber seine Gewinnsucht und der Missbrauch seiner geistigen Gaben brachten ihn ins Unglück. Der Schlaue hatte gemerkt, wie Zeus die Tochter des Flussgottes Asopos, die schöne Aigina, raubte und nach der Insel Aigina entführte. Als nun der Vater, die Verlorene suchend, nach Korinth kam und den Sisyphos um Rat und Auskunft bat, verriet dieser die Tat des Zeus und ließ sich dafür von dem Flussgott auf Akrokorinth, der korinthischen Burg, die schöne wasserreiche Quelle Peirene erschaffen, wodurch Burg und Stadt mit Wasser versorgt wurden. Zeus schickte zur Strafe dem selbstsüchtigen Verräter den Tod zu, damit er ihn in die Unterwelt hinabführe. Doch Sisyphos merkte das Herannahen des Todes, lauerte ihm auf und schlug ihn in feste Bande. Jetzt starb auf Erden kein Mensch mehr. Da kommt Ares, der starke Kriegsgott, von Zeus gesandt, und befreit den Tod aus seinen Fesseln und führt den Sisyphos hinab in das Reich der Schatten. Aber dieser hatte zuvor seinem Weib Merope geboten, seinen Leib nicht zu bestatten und die gebührenden Totenopfer zu unterlassen. Die Herrscher der Unterwelt, Hades und Persephone, vermissen ungern die erwarteten Totenopfer und lassen sich durch die listigen Reden des Sisyphos berücken, dass sie ihn auf die Oberwelt zurücksenden, damit er die Gattin für ihre unfromme Versäumnis bestrafe. So entrinnt der Schlaue wieder der Macht des Todes und gedenkt sobald nicht wieder zurückzukehren. Auf der Oberwelt überlässt er sich dem lustigsten und ausschweifendsten Lebensgenuss. Doch diese Herrlichkeit dauert nicht lange. Während er schwelgend beim Mahl sitzt, erscheint plötzlich der grimme Tod und zieht ihn unerbittlich zum Schattenreich hinab. Zur Strafe für seine Frevel wird er drunten von schrecklichen Mühen gefoltert. Er ist verdammt, einen schweren Marmorblock aus der Tiefe des Tals zur Berghöhe hinaufzuwälzen; angestemmt arbeitet er stark mit Händen und Füßen, und glaubt er endlich den schweren Block schon auf den Gipfel zu drehen, da plötzlich rollt er tückisch wieder hinab in die Tiefe, damit der Gequälte, triefend von Angstschweiß und von Staub umwölkt, aufs Neue die schwere Arbeit beginne.

Sisyphos in der Unterwelt

Ein Bruder des Sisyphos war Salmoneus, der in Elis die Stadt Salmone baute. Auch er verging sich schwer gegen die Götter. In seinem Übermut wagte er es, sich den Menschen als Gott, als Zeus selbst darzustellen und Opfer zu fordern. Auf ehernem Wagen jagte er rasselnd durch das Land, ahmte auf Becken und Fellen den Donner des Zeus nach und schwang Fackeln durch die Luft, als wären es Blitze. Da schwang Zeus, der wahre Donnerer, seinen gezackten Blitz aus dichtem Gewölk und zerschmetterte den übermütigen Prahler und vertilgte seine Stadt. In der Unterwelt muss der Gestrafte sein leeres Gaukelwerk forttreiben mit qualmenden Kienfackeln und rasselnden Becken.

Europa

(Moschos' *Idyll* II)

Europa war die Tochter des phönikischen Königs Agenor in Sidon, eine Jungfrau von strahlender Schönheit. Einst sandte ihr Kythera, die Göttin der Liebe, gegen Morgen, zu der Zeit, wo der süße, gliederlösende Schlaf nur leicht auf der Wimper ruht und unter den Schlummernden der Schwarm trugloser Träume umherschweift, einen süßen seltsamen Traum. Während die Jungfrau dalag in Schlafes Arm, wähnte sie die beiden Weltteile, Asien und die gegenüberliegende Feste, in Frauengestalt um sich kämpfen zu sehen. Die eine derselben hatte eine fremdländische Gestalt, die andere – und dies war Asien – glich einer Einheimischen und mühte sich besonders um die Jungfrau; sie gehöre ihr, sprach sie, sie selbst habe sie geboren und erzogen. Die andere aber wehrte mit starker Hand sie ab und führte die Königstochter ohne Sträuben davon; denn ihr habe der waltende Zeus Europa zum Geschenk gegeben.

Klopfenden Herzens sprang Europa vom weichen Lager, das Traumbild schien ihr ein wahres Gesicht. Lange saß sie schweigend da, und noch immer schwebten ihr die Gestalten der beiden Frauen vor dem offenen Auge. Endlich sprach sie mit bebender Stimme: »Welcher der Himmlischen hat mir dies Traumbild zugesendet? Wer war die Fremde, die ich im Schlaf sah? Wie drängte mein Herz im Schlaf nach ihr hin, wie zog sie selbst mich freundlich an sich heran und nannte mich Tochter! Mögen die Seligen den Traum zum Guten mir wenden.« So sprach sie und erhob sich und suchte nach ihren lieben Freundinnen, den gleichaltrigen trauten Gespielen, sei es beim Reigentanz oder beim Bad in den Wellen des Bachs, sei's wenn sie süß duftende Lilien pflückten auf der Au. Und diese erschienen sogleich; sie hatten eine jede ein Blumenkörbchen im Arm und eilten mit der Königstochter hinaus in die Wiesen am Meeresgestade, wo ihre Schar gewöhnlich sich sammelte, um sich zu erfreuen an den sprossenden Rosen und dem Rauschen der Wellen. Europa selbst trug ein goldenes Körbchen, wunderschön, ein wahres Kleinod, das Hephaistos gefertigt und der Libya einst als Brautgabe geschenkt hatte, als sie dem Poseidon sich vermählte. Von dieser erhielt es Thelephaessa, ihre Tochter, und Thelephaessa schenkte es ihrer Tochter Europa. Die kunstreichsten Gebilde waren auf dem goldenen Körbchen, die ganze Geschichte der von Zeus geliebten Io.

Als sie nun auf die blumige Au gekommen waren, da ergötzten sie sich, die eine an diesen, die andere an jenen Blumen. Eine pflückte den duftigen Narkissos, die andere Hyazinthen, der gefiel die Viole, jener der Serpyll; andere wieder suchten eifrig den balsamischen Krokos. Mitten unter ihnen stand das Königskind, in Schönheit strahlend wie Aphrodite unter den Chariten, und sammelte mit zarter Hand glühende Rosen. Ach, sie sollte nicht lange mehr eine spielende Jungfrau an den Blumen sich ergötzen. Denn Zeus, der Kronide, sobald er sie sah, die liebliche Königstochter, wie entbrannte er von Liebe; der Kypris Geschosse, die allein den Zeus selbst besiegen kann, hatten ihn völlig bewältigt. Damit er jedoch den Zorn der eifersüchtigen

Europa von Zeus als Stier entführt

Hera vermeide und um den kindlichen Sinn des Mädchens zu berücken, barg er seine göttliche Gestalt und wurde, sein Wesen verleugnend, ein Stier; doch nicht ein Stier von gewöhnlicher Art, wie sie in den Ställen sich sättigen oder am Pflug und am Wagen sich abmühen, und wie viele auf der Weide mit der Herde gehen; nein, sein ganzer Leib glänzte wie rotes lichtes Gold, nur mitten auf der Stirn trug er einen runden silberweißen Fleck; auf dem Scheitel krümmten sich zwei gleichmäßige Hörner gleich den Hörnern des Mondes, sein sanftes Auge glänzte von Sehnsucht.

So kam er zur Wiese. Er jagte den Jungfrauen keine Furcht ein, sondern alle gelüstete es, heranzukommen und den schönen Stier zu streicheln, dessen ambrosischer Atem selbst den Duft der würzigen Au von ferne schon überduftete. Jetzt trat er zu der schönen Europa heran und leckte ihr den Hals und schmeichelte ihr freundlich; die klopfte und streichelte ihn, streifte ihm sanft mit der Hand den Schaum vom Maul und küsste sogar den Stier. Der Stier brummte ihr schmeichelnd entgegen, so lieblich, als wären es die Töne einer Flöte, legte sich der Jungfrau zu Füßen und sah mit zurückgebeugtem Nacken zu ihr hinauf und bot ihr den breiten Rücken dar. Da rief sie der Schar ihrer holdgelockten Begleiterinnen zu: »Kommt her, ihr Lieben, wir wollen zur Kurzweil uns auf den Stier setzen; er trägt uns alle auf seinem breiten Rücken wie ein Schiff. Wie blickt er so fromm und freundlich, gar nicht wie andere Stiere, wahrlich, er hat Verstand wie ein Mensch, nur die Sprache fehlt ihm.«

So sprach sie und stieg lachend auf den Rücken des Stiers, und eben wollten auch die andern sich ihr nachschwingen: Da sprang plötzlich der Stier empor – er hatte geraubt, die er wollte – und eilte geradewegs dem Meer zu. Mit ausgebreiteten Händen schaute die Jungfrau nach ihren Gespielen zurück und rief sie um Hilfe an, aber die konnten sie nicht erreichen. Der Stier springt mit seiner schönen Last ins Meer und schwimmt davon, schnell wie ein Delphin, Die Nereiden tauchten aus dem Meer hervor und drängten sich, auf den Rücken von Seetieren dahinschwimmend, in Scharen heran, der Meerkönig Poseidon selbst ebnete dem Bruder die Wellen und führte den Zug, umringt von den Tritonen, den Bewohnern der tiefen Salzflut, welche auf ihren

Muscheltrompeten das Brautlied bliesen. Das zitternde Mädchen hielt mit der einen Hand sich an dem Horn des Stiers, mit der andern zog sie die Falten des purpurnen Gewands herauf, sorgend, dass die Woge nicht den flatternden Saum ihr netze. Hoch vom Wind geschwellt, wallte das weite Gewand um ihre Schultern, gleich dem Segel eines Schiffes, und trug sie linde vorwärts.

Als nun die Jungfrau fern war vom Vaterland und nirgends mehr ein Gestade, nirgends ein Berg sich zeigte, nur der Himmel über ihr und unter ihr das unermessliche Meer, da schaute sie angsterfüllten Blicks um sich und sprach also: »Wohin trägst du mich, göttlicher Stier? Wer bist du? Wie kannst du mit dem schweren Fuß das Meer durchwandeln ohne Furcht? Den Schiffen öffnet das Meer seine Bahn, Stiere fürchten sonst den salzigen Pfad. Bist du ein Gott? Warum tust du, was Göttern nicht ziemt? Nie wandeln Delphine auf dem Land, nie ein Stier auf dem Meer; du aber gehst übers Land und schwimmst, ohne dich zu netzen, übers Meer und gebrauchst die Hufe wie Ruder. Bald wirst du auch hoch in die blaue Luft dich heben, gleich dem leichten Vogel. Wehe mir Armen, dass ich das Haus meines Vaters verließ und diesem Stier folgte, durch fremdes Gewässer einsam und verlassen! Sei du mir gnädig, Poseidon, Herrscher der dunklen Flut! Du bist's, glaube ich, der diesen Zug anführend durchs Meer geleitet. Nicht ohne der Götter Geleit wandere ich diese feuchten Pfade.«

So sprach sie, und der gehörnte Stier antwortete: »Sei getrost, mein Kind, fürchte das Meer nicht. Ich bin Zeus selber, nur dem Schein nach bin ich ein Stier; ich vermag eine Gestalt zu nehmen, wie ich sie will. Die Liebe zu dir trieb mich, in der Hülle eines Stiers diesen Weg durchs Meer zu gehen. Kreta, die schöne Insel, wird dich aufnehmen, die meine eigene Wiege war; dort wird dein Brautgemach sein, und von mir wirst du berühmte Söhne gebären, Zepter tragende Könige, die mit Kraft herrschen werden über die Völker.«

So sprach er, und was er gesprochen, erfüllte sich. Kreta stieg bald aus den Wellen empor und nahm die Braut des Zeus auf. Hier wurde sie Mutter der großen Könige Minos, Rhadamanthys und Sarpedon.

Kadmos

(Ovids *Metamorphosen* III, 1–130)

Als Zeus die Europa geraubt hatte, schickte ihr Vater seine drei Söhne Phoinix, Kilix und Kadmos aus, sie zu suchen, mit dem Befehl, nicht eher zurückzukehren, als bis sie die Schwester gefunden. Phoinix und Kilix standen bald von ihren Nachforschungen ab und gründeten der eine in Phönikien, der andre in Kilikien sich eine Herrschaft. Kadmos gelangte nach langem Umherziehen nach Samothrake, und als hier seine Mutter Thelephaessa, die ihn begleitete, gestorben war und er sie bestattet hatte, wandte er sich nach Delphi, um das Orakel des Apollon zu befragen, in welchem Land er sich niederlassen sollte; denn er verzweifelte an der Auffindung seiner Schwester und fürchtete den Zorn des Vaters, wenn er ohne sie nach Hause zurückkehrte. Phöbus Apollon antwortete ihm: »Ein Rind wird dir aufstoßen auf einsamer Au, das noch kein Joch getragen und an keinem Pflug gezogen hat; das nimm dir zum Führer, und wo es im Gras sich niederlegen wird, da bau eine Stadt und nenne sie das böotische Theben.«

Kaum hatte Kadmos den weissagenden Schlund von Delphi verlassen, so sah er ein Rind, das noch keine Zeichen der Dienstbarkeit um seinen Nacken trug, ohne Hüter gemächlich auf der Weide einhergehen. Er folgte langsamen Schrittes seinen Spuren nach, leise Gebete zu Phöbus, der den Weg ihm geraten, vor sich hin murmelnd. Schon hatte er die Furt des Kephissos durchschritten und die Fluren von Panope, da stand das Rind still, und indem es das stattliche Gehörn zum Himmel erhob, erfüllte es die Luft mit seinem Brüllen. Darauf schaute es zurück nach der Schar der ihm folgenden Männer und legte sich nieder in das weiche Gras. Voll Dank warf sich Kadmos nieder und küsste die fremde Erde und begrüßte die unbekannten Berge und Fluren. Als er darauf dem Zeus ein Opfer darbringen wollte, sandte er einen Teil seiner Diener aus, um aus lebendigem Quell Wasser zu holen zum Weiheguss.

In der Nähe stand ein hoher Urwald, den noch nie eine Axt berührt hatte; in seiner Mitte bildete zusammengefügtes Felsgestein eine niedere, von Gestrüpp und Gedörn dicht umwachsene Höhle, aus der reichliches Wasser floss. In der Höhle lagerte ein furchtbarer Drache des Ares und bewachte den Quell. Wie von Gold schimmert sein hoher Kamm, Glut blitzen seine Augen, und der ganze Leib ist geschwollen von Gift. Drei Zungen zischen aus dem weiten Rachen, in welchem drei Reihen von Zähnen drohen. Als die phönikischen Männer, von ihrem bösen Geschick geführt, in diesen Hain kamen und eben die Krüge in die plätschernde Flut tauchten, da reckte der bläuliche Drache sein Haupt weit aus der Höhle und blies sie an mit schrecklichem Zischen. Entsetzt lassen sie die Krüge sinken, blasser Schreck erfasst ihre Glieder. Der Drache rollt den schuppigen Rücken zu furchtbarem Knäuel zusammen, krümmt sich dann zu ungeheurem Bogensprung, und über die Hälfte emporgerichtet, schaut er auf den ganzen Wald herab. Jetzt stürzt er sich auf die Männer, mordet die einen durch Biss, andere erdrückt er in seiner Umschlingung, wieder andere tötet er durch den Anhauch seines giftigen Geifers.

Schon stand die Sonne hoch im Mittag. Der Sohn des Agenor wundert sich, wo seine Leute so lange bleiben, und beschließt, sie zu suchen. Er deckt sich mit dem Fell eines Löwen, den er selbst erlegt hatte, nimmt seine Lanze mit glänzender Eisenspitze und einen Wurfspieß, dazu ein Herz, das besser ist als jede Waffe, und eilt dem Wald zu. Sobald er eingetreten war, erblickte er die entseelten Leiber der Seinen und über ihnen die scheußliche Gestalt des Drachen, wie er triumphierend mit der Zunge die zerfleischten Glieder beleckte. »Entweder komme ich als euer Rächer«, rief er, »oder ich bin euer Begleiter im Tod!« Mit diesen Worten ergriff er einen Felsblock und schleuderte ihn gegen den Drachen. Hohe Mauern mit ragenden Türmen wären von der Wucht des Blocks erschüttert worden, aber der Drache blieb ohne Wunde; die Schuppenhaut und die Härte des Balgs schützten ihn vor dem Wurf wie ein Panzer. Dem Wurf des Speeres aber hielt die Härte des Leibes nicht stand, die eiserne Spitze drang mitten durch das gekrümmte Rückgrat tief in die Eingeweide.

Wütend vor Schmerz, warf das Tier das Haupt nach dem Rücken, sah die Wunde, biss in den Wurfspieß und zerrte ihn mit Zornesgewalt heraus; doch das Eisen blieb in den Knochen des Rückgrats stecken.

Immer mehr wuchs mit dem Schmerz die Wut; der Hals blähte sich schwellend auf, weißer Schaum umfloss den Rachen; der schuppige Schwanz zerpeitschte die Erde, und schwarzer Gifthauch aus dem mörderischen Schlund verpestete die Luft. Bald krümmt er sich in unermesslichem Kreis zusammen, bald reckt er sich empor, aufrecht wie ein langer Balken, jetzt schießt er in wildem Ungestüm vorwärts wie ein geschwollener Bergstrom und rennt mit der Brust wider die starken Waldbäume. Kadmos weicht etwas zur Seite, deckt sich mit dem Löwenfell gegen den Anfall und hält dem drohenden Rachen die Lanze vor, an welcher seine Zähne in blinder Wut sich vergeblich abmühen. Schon troff das Blut von dem giftgeschwollenen Hals und rötete den Rasen; aber die Wunde war nur leicht, da der Hals stets den Stößen des Speeres auswich und keine tiefere Wunde zuließ. Endlich stieß Kadmos das Schwert ihm in die Gurgel, tief, immer tiefer nachstoßend, bis er rückwärts das Ungetüm wider eine Eiche gedrückt und seinen Nacken zugleich mit dem Stamm durchbohrt hatte. Von dem Gewicht des Drachen krümmte sich der Baum und erseufzte, gepeitscht von der Spitze des zuckenden Schweifs.

Während der siegreiche Held den erlegten Drachen betrachtete, hörte er plötzlich eine Stimme; woher sie kam, das wusste er nicht, doch hörte er sie deutlich: »Was besiehst du so, Sohn des Agenor, den erschlagenen Drachen? Auch dich wird man einst als Drachen sehen.« Der Held stand lange da, starr und blass, und sein Haar sträubte sich in kaltem Schrecken. Siehe, da kam seine Gönnerin Pallas Athene vom Himmel herab und hieß ihn die Zähne des Drachen als Nachwuchs künftigen Volkes in das aufgewühlte Erdreich säen. Er gehorcht, und nachdem er mit dem Pflug eine lange Furche gezogen hat, sät er, wie ihm befohlen war, die Drachenzähne in die Erde. Darauf begannen, kaum ist's zu glauben, die Schollen sich zu regen, und aus der Furche drang zuerst die Spitze einer Lanze hervor, bald kam ein Helm mit nickendem Busch, bald Schultern und Brust und Arme, mit Waffen belastet: Eine ganze Saat besoldeter Männer wuchs auf.

Kadmos wollte schon, erschreckt durch den neuen Feind, zu den Waffen greifen; aber einer aus der erdentsprossenen Saat rief ihm zu: »Ergreife die Waffen nicht, mische dich nicht in innere Kriege!«, und zugleich schlug er mit dem Schwert einen der erdgeborenen Brüder zu Boden; er selbst fällt durch einen Speerwurf. Auch der, welcher diesen getötet, lebt nicht länger als der und haucht den Lebensatem aus, den er eben erst empfangen. In derselben Weise wütet die ganze Schar der Brüder im Wechselmord, und bald liegen fast alle verblutend an der Brust der Mutter Erde, die sie kaum geboren. Fünf nur blieben übrig. Von diesen warf einer – er hieß Echion – auf Geheiß der Athene zuerst die Waffen zur Erde und erbot sich zum Frieden; ihm folgten die andern.

Diese erzgewappneten erdentsprossenen Männer halfen dem Kadmos und seinen Begleitern die Stadt Theben mit der Burg Kadmea erbauen und wurden die Stammväter des thebanischen Adels. Als Kadmos die Stadt gegründet und das Gemeinwesen geordnet hatte, erhielt er aus der Hand der Himmlischen eine göttliche Gemahlin, Harmonia, die Tochter des Ares und der Aphrodite. Alle Götter kamen zur Hochzeitsfeier ihres Lieblings auf der Kadmea zusammen und brachten ihm und der Braut herrliche Geschenke dar. Unter diesen Geschenken waren auch ein Halsband und ein Gewand, beide gar kunstreich und prächtig, aber es wohnte in ihnen eine verderbliche Macht, die in der Folge in das Haus des Kadmos viel Unheil brachte. Kadmos selbst war von der Gnade der Götter mit einer Fülle von Glücksgütern gesegnet; aber dieses hohe Glück wechselte bei ihm und den Seinen mit schwerem Leid. Harmonia gebar ihm einen Sohn, Polydoros (d. h. Segensreich), und vier Töchter: Autonoe, Ino, Semele und Agaue. Ino und Semele wurden nach schwerem Geschick zu Göttinnen erhoben; Agaue und Autonoe verfielen durch das Schicksal ihrer Söhne in herbe Trauer.

Kadmos, der das Wechselgeschick seiner Kinder und Enkel noch all hat ansehen müssen, verließ in hohem Alter, gebeugt von den Schlägen des Schicksals, zugleich mit seiner Gattin Harmonia das thebanische Land und wanderte nach Illyrien aus. Dort wurde er, wie ihm einst nach Erlegung des Aresdrachen eine Stimme geweissagt hatte, sowie auch Harmonia in einen Drachen verwandelt, um in dieser Gestalt in Elysium einzugehen.

Daidalos

(Ovids *Metamorphosen* VIII, 183–235)

Daidalos von Athen, der größte Künstler des mythischen Altertums, stammte aus dem Geschlecht des Erechtheus. Er war weit und breit berühmt durch seine herrlichen Kunstwerke. Er errichtete viele schöne Tempel und sonstige Bauten und schuf Bildsäulen, von denen man sagte, sie lebten, sähen und gingen. Denn während die früheren Künstler ihre Standbilder mumienartig mit steif zusammengeschlossenen Füßen, an den Seiten anliegenden Armen und geschlossenen Augen bildeten, öffnete Daidalos seinen Bildern die Augen, löste die Arme frei vom Körper und gab ihnen eine schreitende Stellung. Er hatte für seine Kunst eine Menge nützlicher Werkzeuge erfunden, wie die Axt, den Bohrer, die Setzwage. Die Künstlereifersucht aber trieb ihn zum Verbrechen. Er hatte einen Neffen und Schüler, namens Talos, von so genialer Erfindungsgabe, dass er seinen Meister einst an Ruhm weit zu überstrahlen drohte; schon als Knabe hatte er ohne Hilfe des Meisters die Säge erfunden nach dem Vorbild einer Fischgräte, ferner den Zirkel, das Dreheisen, die Töpferscheibe und anderes. Dadurch wurde der Neid und die Eifersucht des Daidalos erregt, und er tötete den Neffen heimlich, indem er ihn von dem athenischen Burgfelsen hinabstürzte. Die Sache kam aber doch ans Licht, und er musste aus der Heimat flüchten, um dem Tod zu entgehen. Er floh nach Kreta zu dem König Minos in Knossos, der ihn mit offenen Armen aufnahm und sich von ihm viele schöne Kunstwerke fertigen ließ. Unter anderen baute Daidalos auch zu Knossos das berühmte Labyrinth, in welchem das Ungeheuer Minotauros aufbewahrt wurde, ein weitläufiges Gebäude mit vielfach gewundenen und verschlungenen Irrgängen.

Obgleich Daidalos von König Minos aufs Freundlichste behandelt wurde, so merkte er doch bald, dass der König, um möglichst viel Nutzen von seiner Kunst zu ziehen, ihn wie einen Gefangenen hielt und keine Lust zeigte, ihn je in seine Heimat zurückkehren zu lassen. Sobald Daidalos sah, wie er beobachtet und bewacht wurde, war ihm die Verbannung doppelt drückend, und die Liebe zur Heimat erwachte mit doppelter Macht. Er beschloss, zu entfliehen, auf welche Weise es auch sei. »Mag er Land und Meer verschließen, so steht doch der Himmel mir noch offen. Auf diesem Weg will ich ziehen. Alles mag Minos besitzen, die Luft besitzt er nicht.« So sprach er zu sich und versenkte seinen Geist in unbekannte Künste und erneuerte die Natur. Er legte Federn ordnend zusammen, indem er mit der kleinsten anfing und stets eine größere auf die kleinere folgen ließ, heftete sie in der Mitte mit Fäden zusammen, und unten verband er sie mit Wachs. Dann gab er den so zusammengesetzten Flügeln eine kleine Biegung, sodass sie völlig den wahren Flügeln gleich waren.

Daidalos und Ikaros

Während er so mit seinem Werk beschäftigt war, stand sein Knabe Ikaros neben ihm und hinderte durch allerlei Spiel die wunderbare Arbeit des Vaters. Bald haschte er mit lächelndem Mund nach den Federn, die leicht in der Luft umherflogen, bald knetete er mit dem Daumen das gelbe Wachs, mit dem der Künstler arbeitete. Als Daidalos die letzte Hand an sein Werk gelegt, schwang er seinen Körper in beide Flügel hinein und hing bald rudernd in den Lüften. Er unterwies auch seinen Sohn, dem er ein kleineres Flügelpaar verfertigt hatte. »Fliege mir schön auf der Mittelstraße«, sprach er; »denn, wenn du zu tief gehst, wird die Welle die Federn zu sehr beschweren; steigst du zu hoch, so verbrennt die Sonnenglut dein Gefieder. Zwischen Wasser und Sonne fliege in der Mitte, stets nur meinem Weg folgend.«

Darauf heftete er ihm die Flügel an die Schultern und lehrte ihn die Kunst des Fliegens und die Regeln des Flügelschlags.

Während dieses Werkes und seiner Unterweisung wurden die Wangen des Greises feucht, und seine Hände zitterten. Dann umarmte er den Sohn in banger Rührung, drückte den letzten Kuss auf seine Lippen und schwang sich in die Lüfte, dem Sohne voran. Ängstlich schaut er zurück nach dem Begleiter und ermutigt ihn zu folgen und zeigt ihm, wie er die Flügel bewegen soll, gleich einem Vogel, der die junge Brut zum ersten Mal aus dem Nest führt. So kamen sie bald in die hohe Luft, und alles ging anfangs glücklich vonstatten. Mehr als ein Mann sah sie auf ihrem luftigen Pfad, ein Fischer, der mit zitterndem Rohr Fische fing, ein Hirte, auf seinen Stab, ein Ackersmann, auf seine Sterze gestützt – sie sahen und staunten und glaubten, dass es Götter seien, die so durch den Äther fliegen könnten. Und schon hatten sie eine weite Strecke des Meeres hinter sich, schon waren Paros und Delos zurückgelassen, zur Linken war Samos, zur Rechten Lebinthos und Kalymne: Da begann der Knabe, durch den glücklichen Fortgang ermutigt, an kühnerem Flug sich zu ergötzen; er verließ den Führer und stieg hoch empor in die Nähe des Himmels, um die junge Brust im reinen Äther zu baden. Da aber erweichte die Nähe der Sonne das Wachs, welches die Flügel zusammenhielt; es schmolz herab, und die Flügel zerfielen. Der unglückliche Knabe schwang verzweifelt die leeren Arme; er fasste keine Luft mehr und stürzte in die

Tiefe. Als er eben noch in Angst den Namen des Vaters rief, füllte die verschlingende Flut den schreienden Mund. Der Vater, schon nicht mehr Vater, spähte, durch den ängstlichen Ruf erschreckt, vergebens in den Lüften umher. »Ikaros«, rief er, »Ikaros, wo bist du, in welchen Regionen soll ich dich suchen?« Da sah er die Federn auf den Wellen schwimmen und erkannte, was geschehen war. Trostlos seine Kunst verwünschend, senkte er seinen Flug zur nächsten Insel und irrte an dem Ufer so lange suchend umher, bis die Wellen den Leichnam des Knaben ans Land spülten. Er bestattete die Leiche auf der Insel, die seitdem den Namen Ikaria trägt. Das Meer, in welches Ikaros fiel, heißt das ikarische.

Von Ikaria aus begab sich Daidalos nach der Insel Sizilien. Dort wurde er von dem König Kokalos gastlich aufgenommen und verfertigte diesem und seinen Töchtern manch schönes Kunstwerk. Sobald Minos von dem Aufenthalt des Daidalos hörte, machte er sich mit einer großen Kriegsflotte auf, um den Entflohenen zurückzuholen. Als er von Kokalos die Auslieferung desselben forderte, wurde er von dessen Töchtern, die den Daidalos wegen seiner Kunst liebgewonnen hatten, durch eine List getötet. Sie bereiteten dem König ein warmes Bad, und als er in der Wanne saß, heizten sie das Wasser so, dass er in dem siedenden Schwall erstickte.

Daidalos starb auf der Insel Sizilien, oder er kehrte, wie die Athener erzählen, später nach Athen zurück, wo das Künstlergeschlecht der Daidaliden, zu dem auch der weise Sokrates gehörte, sich von ihm herleitete.

Tantalos und Pelops

Tantalos war der Sohn des Zeus und der Pluto und herrschte in der Stadt Sipylos an dem gleichnamigen Berg Sipylos in Lydien. Er war vor allen andern Menschen von den Göttern geliebt und hochbegnadet. Sie hatten ihn mit der reichsten Fülle irdischer Güter gesegnet. Der Berg Sipylos lieferte ihm Gold in Menge, auf seinen weiten Feldern prangten üppige Saaten, Reben und Fruchtbäume, und zahlreiche Herden von Rindern und Schafen und Rossen gingen auf seinen Weiden. Die Götter achteten ihn wie ihresgleichen. Sie luden ihn zu sich in den Olympos, wo er teilnahm an ihren Mahlen und Beratungen, sie besuchten ihn in Sipylos und schmausten bei ihm in der goldprangenden Königsburg. Ein so seltenes Glück aber konnte Tantalos, der schwache Sterbliche, nicht ertragen; er sah keinen Unterschied mehr zwischen sich und den Göttern, wurde stolz und übermütig und verfiel in Frevel, und der Frevel führte ihn ins Verderben. Die geheimen Ratschlüsse der Himmlischen, die Zeus ihm anvertraut hatte, verriet er den Menschen; er stahl an den Tischen der Götter Nektar und Ambrosia und brachte sie seinen Tischgenossen auf Erden. Einst erlaubte ihm Zeus, eine Bitte zu tun. Da sprach er in prahlendem Übermut: »Mir gebricht nichts, ich habe ein Los den Göttern gleich, ich bedarf deiner Gnade nicht.« Ein goldener Hund, der einst den jungen Zeus und seine Amme auf Kreta bewacht und den später Zeus zum Tempelhüter auf Kreta gemacht hatte, war von Pandareos gestohlen und dem Tantalos zur Aufbewahrung übergeben worden. Als Hermes, von Zeus gesandt, nach Sipylos kam, um den Hund zurückzufordern, verleugnete Tantalos den Hund und schwor noch zur Bekräftigung seiner Aussage einen falschen Eid. Noch eines anderen schweren Verbrechens machte der Frevler sich schuldig. Als die Götter einst zu ihm nach Sipylos kamen zum Mahle, schlachtete er seinen Sohn, den Knaben Pelops, zerstückte ihn, kochte und briet ihn und setzte ihn dann als Speise den Göttern vor; er wollte erproben, ob die Unsterblichen, deren Allwissenheit er bezweifelte, den Trug merkten. Aber die Götter verabscheuten das grässliche Mahl und rührten es nicht an; nur

Demeter, in Schmerz versunken ob der geraubten Tochter Persephone, aß, ohne etwas zu ahnen, die eine Schulter des Knaben. Die Götter warfen darauf die Stücke des geschlachteten Kindes in einen Kessel und beauftragten den Hermes, durch Kochen und allerlei Zaubermittel ihm Leben und Gestalt wiederzugeben. Als sie den Knaben in erneuter Schönheit aus dem Kessel hoben, fehlte die eine Schulter. Da setzten sie ihm in die Lücke eine Schulter von Elfenbein, woher es kommt, dass alle Nachkommen des Pelops durch einen blendend weißen Fleck auf der einen Schulter ausgezeichnet sind.

Durch all diesen Frevel des Tantalos war die Langmut des Zeus erschöpft. Er verstieß ihn in die Unterwelt und strafte ihn dort durch gehäufte Qual. Tantalos stand, von Hunger und Durst gepeinigt, bis an das Kinn in einem See voll klaren Wassers; wenn er sich niederbückte, um den brennenden Durst zu stillen, so zerrann das Wasser unter ihm, dass zu seinen Füßen der schwarze Grund sich zeigte. Über seinem Haupt hingen die Zweige mannigfacher Bäume mit den herrlichsten Früchten, Granaten und Birnen und Äpfeln, Feigen und Oliven, und wenn der Greis sich nach ihnen emporstreckte, um sie mit den Händen zu fassen, so trieb ein Wind sie hoch zu den Wolken. Auch hängte Zeus noch einen großen Felsblock über sein Haupt, der stets niederzufallen drohte, sodass der Unglückliche auch noch durch ewige Angst gequält wurde.

Pelops erbte die Herrschaft seines Vaters in Sipylos, wurde aber durch den trojanischen König Ilos vertrieben und kam mit seinen reichen Schätzen nach Griechenland, auf die Halbinsel, die nach ihm Peloponnes, Pelopsinsel, heißt. Dort warb er um Hippodameia, die Tochter des Oinomaos, König in Pisa; aber diese Werbung war mit großer Gefahr verknüpft. Hippodameia war die einzige Tochter des Königs. Da er aber einen Orakelspruch erhalten hatte, dass er durch seinen Eidam umkommen werde, so wollte er die Tochter nicht verheiraten. Um die zahlreichen Freier abzuhalten, die von nah und fern erschienen, erklärte er, dass er nur dem seine Tochter zur Ehe geben werde, welcher ihn im Wagenrennen besiege; wen er überwinde, den koste es das Leben. Er war aber der beste Wagenlenker in ganz Griechenland und hatte Rosse, schneller als der Nordwind. Trotzdem kam mancher Freier, angelockt durch die Schönheit der Königstochter und durch die reiche Herrschaft, welche an ihre Hand geknüpft war. Aber allen brachte ihre Werbung den Untergang. Die Rennbahn, auf der sie um den schönen Preis kämpften, ging von Pisa aus bis zum Altar des Poseidon auf dem Isthmos von Korinth. Oinomaos gab dem Bewerber jedes Mal einen Vorsprung, solange er dem Zeus einen Widder opferte. War das Opfer vollendet, so bestieg er seinen Wagen, den sein Wagenlenker Myrtilos führte, und jagte dem Gegner nach mit geschwungener Lanze. Sowie er ihn erreichte, warf er ihm die Lanze durch den Nacken. So starben viele. Ihre Köpfe nagelte Oinomaos über der Pforte seines Hauses an, jedem, der zu werben kam, zur Abschreckung.

Der junge Pelops kam mutigen Herzens und voller Hoffnung nach Pisa; als er aber die Köpfe seiner unglücklichen Vorgänger sah, da beschlich doch Furcht seine Seele, und er misstraute seinem Glück und Geschick. Darum sah er sich nach einer Hilfe um gegen den schwer zu bekämpfenden Gegner; er bestach dessen Wagenlenker Myrtilos, einen Sohn des Hermes, dass er versprach, zu dem bevorstehenden Wettrennen die Nägel vor den Rädern nicht einzusetzen. Als nun beide Wagenkämpfer mit donnernden Wagen dahinflogen, Pelops voran, noch schneller hinter ihm drein der hartherzige Oinomaos, mit der geschwungenen Lanze schon dem Jüngling nah, da plötzlich fuhren die Räder aus dem Wagen des Königs, er stürzte und lag sterbend am Boden. Pelops ist gerettet und hat gesiegt; er hat die schöne Hippodameia errungen und die Herrschaft von Pisa. Nun aber tritt Myrtilos auf und fordert für den Verrat an seinem Herrn den bedungenen Lohn. Pelops hatte ihm die Hälfte des zu gewinnenden Reiches versprochen; aber jetzt, im Besitz der Herrschaft, hat er zur Teilung keine Lust. Er führte ihn daher an das Ufer des Meeres und stürzte ihn hinterlistig in die Flut. Das Meer heißt seitdem das myrtoische. Sterbend verfluchte Myrtilos den Pelops und sein ganzes Geschlecht, und obgleich dieser durch ein prächtiges Grabmal den Geist des Myrtilos zu versöhnen und durch Errichtung eines Tempels den Zorn des Hermes zu beschwichtigen suchte, so erfüllte sich doch der Fluch des Gemordeten, dass in der Folge das Geschlecht des Pelops durch Frevel und Unheil furchtbar heimgesucht wurde.

*

Wir lassen über Pelops noch die Erzählung des Dichters Pindar (1. Olymp. Ode) folgen, der die gewöhnliche Sage gleichsam korrigiert, weil sie mit seinen reineren Begriffen von den Göttern und seiner hohen Vorstellung von dem ehrwürdigen Helden Pelops nicht übereinzustimmen scheint. Götter können unmöglich Menschenfleisch verzehrt haben, der alte Heros Pelops, der Liebling der Götter, kann sich mit Betrug und Mord nicht befleckt haben.

Als die Lebensspinnerin Klotho Pelops, den eben geborenen, aus dem Bad hob, aus dem reinen, unbefleckten Kessel, da glänzte seine Schulter weiß wie Elfenbein. Bald strahlte der Knabe in lieblicher Schönheit, und Poseidon, der gewaltige Erderschütterer, gewann ihn lieb. Als nun einst der Vater Tantalos die Götter, an deren Tischen er so oft gesessen, zum Gastmahl lud nach Sipylos, da entführte Poseidon, von Liebe bezwungen, den schönen Knaben auf goldenem Wagen und brachte ihn in das hohe Haus des Zeus, wohin später auch Ganymedes kam. Da aber Pelops verschwunden war und die zum Suchen ausgesendeten Männer ihn der Mutter nicht wiederbrachten, sprach gleich mancher der neidischen Nachbarn, sie hätten die Glieder des Knaben mit dem Messer zerstückt, in siedendem Wasser gekocht und beim Mahl bis auf das letzte Stück verzehrt. Doch solches von den seligen Göttern zu sagen, sei ferne. Wenn je die Götter einen Sterblichen liebten, so war das Tantalos; doch er konnte sein Glück nicht ertragen und stürzte durch Übermut sich in großes Unheil; sein Vater Zeus hängte über sein Haupt den gewaltigen Stein, der, stets den Sturz drohend, ihn aller Freude beraubt. Solch Leben des Elends hat er rettungslos, weil er Nektar und Ambrosia den Göttern stahl und seinen Trinkgenossen auf der Erde gab. Darum schickten auch die Unsterblichen seinen Sohn wieder zur Erde zu dem kurzlebenden Geschlecht der Menschen. Sobald diesem in der ersten Jugendblüte schwärzlicher Flaum die Wangen umschattete, da gedachte er die Hand der herrlichen Hippodameia in Elis von dem Vater zu erwerben. Und er ging in dunkler Nacht an das graue Meer und rief den Poseidon, den gewaltigen Schwinger des Dreizacks. Und er stand sogleich vor ihm. »Wenn du«, so sprach er, »mich je geliebt hast, Herrscher Poseidon, und für meine Liebe mir

Dank hast, so halte zurück den ehernen Speer des Oinomaos, bringe auf dem schnellsten Wagen mich nach Elis und gib mir den Sieg. Dreizehn werbende Männer hat er schon dem Tod übergeben, und noch immer verweigert er die Ehe. Aber große Gefahr lockt den starken Mann. Wozu soll, wer doch einmal sterben muss, ein namenloses Alter in träger Ruhe genießen, ohne nach Ruhm und großen Taten zu jagen? Nein, diesen Kampf will ich bestehen, und du gib frohes Gelingen.« Also betete er, und seine Worte blieben nicht unerhört. Der Gott gab ihm einen goldenen Wagen mit geflügelten unermüdlichen Rossen; damit gewann er den Sieg und die Hand der Jungfrau. Und er zeugte sechs ruhmreiche Söhne. Jetzt aber liegt er begraben zu Olympia an der Strömung des Alpheios und wird geehrt durch das Opfer herrlicher Blutspenden als ein Beschützer der olympischen Wettkämpfe. – Olympia hatte Pelops, der reichste und mächtigste König im Peloponnes, zu der Herrschaft von Pisa hinzugefügt, und die olympischen Spiele hatte er mit großer Pracht erneuert.

Orpheus und Eurydike

(Ovids *Metamorphosen* X, 1–105; XI, 1–66)

Orpheus war der berühmteste Sänger des mythischen Altertums. Er stammte aus dem thrakischen Land, von dem Flussgott Diagros und der Muse Kalliope. Seine Gemahlin war die liebliche Eurydike, eine Nymphe des Peneiostales. Kaum war er mit der innigst geliebten Gattin vermählt, so wurde sie ihm schon durch den Tod entrissen. Sie pflückte mit ihren Gespielinnen, den Naiaden, Blumen auf der Frühlingsau, da sah sie der Gott Aristaios und verfolgte sie. Im Fliehen durch das hohe Gras trat sie auf eine giftige Schlange und starb durch ihren Biss. Ihre Begleiterinnen, die Nymphen, weinten laut, dass weithin durch das thrakische Land Berge und Täler von ihren Klagen erfüllt waren. Orpheus selbst saß mit seiner Leier am einsamen Ufer und sang seinen tiefen Schmerz aus vom Morgen bis zum Abend, vom Abend bis zum Morgen in so süßen, so ergreifenden Klagen, dass die ganze Natur davon bewegt war, Bäume und Felsen, die Vögel der Luft und die Tiere des Waldes. Zuletzt entschloss er sich, in das Schattenreich hinabzusteigen, ob er vielleicht die Beherrscher der Toten zur Zurückgabe der Geliebten bewegen könne. Er geht durch den Schlund bei Tänarum hinab und durchschreitet mutig die ihn umdrängenden Scharen der Toten. Als er zu dem Thron der unterirdischen Beherrscher gekommen war, begann er sein wunderbares Saitenspiel und sprach: »O ihr Götter des unterirdischen Reiches, ich bin nicht herabgestiegen, um neugierig diese dunkle Welt des Tartaros zu durchspähen, auch nicht, um das dreiköpfige Ungeheuer, den schlangenumspielten Kerberos, zu fesseln; der Grund meines Weges ist die Gattin, welche der giftige Biss einer Schlange in der Blüte der Jahre dem Leben geraubt hat. Ich habe versucht, es zu tragen, doch kann ich's nicht. Die Liebe besiegt mich; sie hat ja auch euch vereint, wenn die alte Sage nicht lügt. Bei diesen Orten voll Schrecken, bei dieser schweigenden Öde eures Reiches flehe ich euch an, erneuert der Eurydike das abgekürzte Leben. Wollt ihr es nicht, so lasst mich hier, so erfreut euch an dem Tod von uns beiden.«

Während Orpheus solches sprach und zu seinen Klagen die Saiten rührte, zerflossen voll Mitleid die blutlosen Schatten in Tränen. Tantalos vergaß nach den fliehenden Wellen zu haschen, das Rad des Ixion stand bezaubert still, und Sisyphos saß, seines Leids vergessend, ruhig lauschend auf dem Stein seiner Qual. Damals waren zum ersten Mal die Eumeniden gerührt und netzten mit Tränen ihre Wangen, und Persephone mit ihrem finstern Gatten vermochte nicht den Bitten des Sängers zu widerstehen. Sie rufen Eurydike herbei und erlauben ihr, mit dem Gatten zur Oberwelt zurückzukehren; doch fügen sie zugleich die Bedingung hinzu, dass Orpheus nicht eher seine Blicke nach der ihm folgenden Gattin zurückwende, als bis er das Reich des Lichts erreicht habe; sonst sei ihre Gnade vergebens.

Orpheus und Eurydike

Die Liebenden steigen den langen steilen Pfad hinauf durch die öde Stille; schweigend folgt Eurydike dem schweigenden Gatten. Schon waren sie nah an den Pforten des Tages, da wendet Orpheus, von Besorgnis und Liebe überwältigt, das Auge nach der Gattin um, und sofort gleitet diese zurück, vergebens ihre Hände nach der Umarmung des Geliebten ausbreitend, und spricht, zum zweiten Mal sterbend, mit kaum vernehmlicher Stimme ihr letztes Lebewohl. Trostlos eilt Orpheus der in das Dunkel zurückweichenden Gattin nach; aber Charon, der Fährmann, setzt ihn nicht, trotz Bitten und Klagen, ans andere Ufer. Sieben Tage lang sitzt er am Ufer des Acheron ohne Speise und Trank und weidet sich nur an seinem Gram und seinen Tränen. Endlich kehrt er, klagend über die Grausamkeit des Erebos, zurück in die einsamen Täler der thrakischen Berge. Hier lebte er noch drei Jahre lang, fern von aller Welt, in seinem Schmerz und seiner Trauer. Sein Lied ist sein einziger Trost; damit bezauberte er Wälder und Felsen und die Tiere der Wildnis.

Einst saß er auf einem grünen sonnigen Hügel und sang seine traurig-süßen Weisen. Die Bäume, von den holden Klängen gelockt, rücken in Scharen herbei und gewähren lauschend ihrem Sänger kühlen Schatten; die Felsen drängen sich bezaubert heran, die Vögel des Waldes verlassen das Dickicht, das Wild seine Schluchten, und horchen still und zahm den süßen Liedern. Da sehen ihn thrakische Frauen, welche dem Bakchos zu Ehren ihr Fest lärmend in den Bergen feiern, und schon längst erzürnt über den Sänger, der nach dem Verlust seiner Gattin kein Herz zeigt für andere Frauen, stürzen sie wütend auf ihn ein. »Da seht unsern Verächter!«, ruft die Erste, die ihm naht, und wirft ihren Thyrsosstab ihm ins Antlitz. Die Blätter, die den Thyrsos umwanden bis zur Spitze, schützen den Sänger vor einer Wunde. Eine Zweite schleudert einen Stein. Im Wurf von den Tönen der Stimme und der Leier besiegt, fällt der Stein zu seinen Füßen, als bäte er um Verzeihung. Aber der Tumult wächst, es steigert sich die Wut; das Geschrei und Geheul, der Lärm der Flöten und Hörner, das Getöse der Pauken übertönt den Klang der Saiten, und nun dringen die Steine ungehemmt auf den Sänger und röten sich mit seinem Blut. Die Rasenden stürzen selbst über ihn her, wie eine Meute wütender Hunde über einen verendenden Hirsch, schlagen ihn mit ihrem Thyrsos, mit Ästen und Steinen, bis durch den Mund, der Felsen gerührt und das Raubtier gezähmt, seine Seele entweicht.

Über seinen Tod klagen die Vögel des Hains und das Wild der Berge, harte Felsen, die so oft seinen Gesängen gefolgt sind, vergießen Tränen, die Bäume entblättern aus Trauer ihr Haupt, und Dryaden und Naiaden in dunkeln Gewändern zerraufen sich weinend das Haar. Die Glieder des unglücklichen Sängers liegen zerstreut umher; sein Haupt und seine Leier werfen die Rasenden in den Hebrosfluss, und wunderbar! Während die Wellen sie dahintragen, klagt leise die Leier, leise Klagen murmelt die tote Zunge, und die Ufer antworten mit leisen Trauerklängen. So schwimmen Haupt und Leier durch den Fluss zum Meer, übers Meer hinüber zu dem Gestade von Lesbos, der Sängerinsel, wo später Alkaios sang und die gefeierte Sappho, wo die Nachtigallen lieblicher singen als anderswo sonst auf der Erde. Der Schatten des Sängers aber ging hinab in das Reich des Todes, wo er vordem schon gewandert, und suchte und fand seine Eurydike, die er liebend umschloss, um sie nie mehr zu lassen.

Herakles

Des Helden Geburt und Jugend

Herakles (lat. Hercules) war ein Sohn des Zeus. Seine Mutter Alkmene sowohl wie sein Stiefvater Amphitryon gehörten zu dem berühmten argivischen Geschlecht der Perseiden, beide waren Enkel des großen Helden Perseus. Er selbst aber ist der größte Held des Altertums, ein Mann von gewaltigster Kraft und unbesieglichem Mut, der es sich zur Aufgabe gestellt hat, getreu dem Willen seines Vaters Zeus, alles Unholde und Böse zum Heile der Menschen zu bekämpfen, auch wenn es mit der größten Mühe und Gefahr verbunden ist. Er ist von durchaus edler Natur und des glücklichsten Loses wert, aber ein böses Geschick verfolgt ihn von seiner Geburt an, und erst nach einem Leben voll der größten Anstrengungen und Leiden wird ihm der Lohn seines Ringens zuteil, die Unsterblichkeit und die Gemeinschaft der seligen Götter.

Des Herakles böses Geschick beginnt mit seiner Geburt; er wird im Ausland, in der Verbannung geboren. Sein Stiefvater Amphitryon hatte, ohne es zu wollen, seinen Schwiegervater Elektryon erschlagen und war deshalb von dessen Bruder Sthenelos aus seiner Heimat Argos vertrieben worden. Er suchte zugleich mit seinem Weib eine Zuflucht bei dem König Kreon zu Theben, seinem Oheim von mütterlicher Seite, und fand hier gastliche Aufnahme und Sühnung seiner Blutschuld. Zu Theben, dem Verbannungsort seiner Eltern, wurde Herakles geboren; aber sein Vater Zeus gedachte ihm die Herrschaft über das argivische Land, das Reich der Perseiden zuzuwenden. Am Tag seiner Geburt sprach er im Olympos in der Versammlung der Götter, von froher Erwartung erfüllt: »Hört mich, ihr Götter und Göttinnen all, heute wird ein Mann ans Licht geboren, der über alle Perseiden, jenes Heldengeschlecht, das von meinem Blut stammt, und über ganz Argos herrschen wird.« Aber Hera, seine Gemahlin, welche, eifersüchtig über den Rechten der Ehe wachend, ob dem prahlenden Wort des Gottes zürnte, antwortete listigen Sinnes: »Du lügst, Kronide, nimmer wirst du dein Wort zur Erfüllung bringen. Wohlan, schwöre mir's zu mit einem starken Eid, dass der, welcher heute im Haus der Perseiden zuerst geboren wird, über Argos herrschen soll und über alle Perseiden, so aus deinem Blute stammen.«

Zeus merkte die List seiner Gattin nicht und schwor den Eid. Da eilte Hera vom Olympos hinab und kam nach Argos, wo sie die Gattin des Perseiden Sthenelos ihrer Entbindung nahe wusste. Hier veranstaltete sie als Geburtsgöttin, dass diese vor der Zeit ein schwächliches Kind gebar, während sie die Geburt der Alkmene noch zurückhielt. Darauf kam sie zum Olympos zurück und sprach zu Zeus: »Höre mich, Vater Zeus, eben wurde ein Mann geboren, Eurystheus, des Sthenelos Sohn, aus deinem Geschlecht; der wird herrschen über alle Argiver.« Da ergriff Schmerz und Zorn die Brust des Kroniden, dass Ate, die Betörung, ihn betrogen. Und er fasste im Zorn die Ate am lockigen Haupt und warf sie aus dem Olympos, dass sie auf die Erde fiel, auf die Werke der Menschen. Und er schwor einen schweren Eid, dass sie nie mehr in den Himmel zurückkehren solle zur Versammlung der Götter. Herakles kam zwar noch an demselben Tag zur Welt, aber das Recht der Erstgeburt gab dem Eurystheus die Herrschaft über seinen ganzen Stamm und auch über ihn. So kam der Starke unter die Botmäßigkeit des feigen Schwächlings, und sooft Zeus später seinen lieben Sohn im Dienst des Eurystheus sich abmühen sah, bereute er stets von Neuem seine unglückliche Übereilung. Aber er wandte den begangenen Fehler dem Sohn zum Heil; er schloss mit Hera einen Vertrag, dass Herakles nach Verrichtung von zwölf Arbeiten, die ihm Eurystheus auferlegen würde, der Unsterblichkeit teilhaftig werden solle. Und damit Herakles in seinem schweren Dienst nicht erliege, lässt er ihm bei seinen Arbeiten seine Tochter Athene als gnädige Helferin beistehen.

Zugleich mit Herakles wurde sein Zwillingsbruder Iphikles geboren, ein Sohn des Amphitryon. Sobald Hera erfuhr, dass beide Knaben das Licht der Welt erblickt hatten und in ihren Windeln lagen, sandte sie, von Zorn getrieben, zwei große Schlangen, um die Neugeborenen zu verderben. Diese schlichen bei offenen Türen in das Schlafgemach der Alkmene, begierig, die Kinder mit ihrem gefräßigen Rachen zu fassen. Herakles richtete sein Haupt auf und erprobte seine Kraft im ersten Kampf. Er ergriff mit beiden Händen die Hälse der Schlangen und würgte sie, dass aus ihren ungeheuren Leibern der Atem wich. Ein gewaltiger Schreck hatte die Frauen, die das Lager der Alkmene bedienten, ergriffen, und sie selbst war entsetzt vom Lager gesprungen,

Herakles erwürgt die Schlangen

ohne Gewand, um der Untiere Gewalt zu hindern. Auf ihr Geschrei eilte schnell die Schar der Kadmeerfürsten herzu mit ehernen Waffen, und mit gezücktem Schwert kam Amphitryon schreckenerfüllt. Doch staunend stand er da, angstvoll zugleich und voll Freude; denn er sah seines Sohnes unerhörten Mut und Kraft. Da ließ er den Nachbarn rufen, den großen Propheten des Zeus, Teiresias; der weissagte ihm und der ganzen Versammlung das Schicksal des Sohnes, wie viel wildes Getier er zu Land, wie viel im Meer er erwürgen, wie er manchen feindseligen Mann, der in ausschweifendem Übermut wandelt, dem Tod überliefern werde. Ja, wenn die Götter im Gefilde von Phlegra mit den Giganten den Kampf beginnen, dann werde, so sprach er, durch den Flug seiner Pfeile manch glänzendes Haupthaar im Staube besudelt. Zuletzt werde er in Frieden ewige Zeit hindurch der Ruhe genießen, seinen großen Mühen ein auserwählter Lohn; in den Häusern der Götter werde die blühende Hebe er als Gattin empfangen, das Hochzeitsmahl feiernd bei Zeus dem Kroniden, und an seligem Leben sein Herz erfreuen. Mit diesen wenigen Worten zeichnete der Seher das ganze Geschick unsres Helden.

Amphitryon erkannte die hohe Bestimmung seines Pflegesohns und gab ihm daher die eines Helden würdige Erziehung. Er ließ den Knaben in den Künsten eines Kriegers von den ausgezeichnetsten Meistern unterweisen. Im Bogenschießen unterrichtete ihn Eurytos, der berühmteste Bogenspanner seiner Zeit, in der Ringkunst der schlaue und gewandte Autolykos, ein Sohn des Hermes und Großvater des schlauen Odysseus, im Kampf mit den schweren Waffen Kastor, der eine der Dioskuren. Das Wagenlenken lehrte ihn Amphitryon selbst; denn er war in dieser Kunst besonders erfahren. Ein Krieger der damaligen Zeit konnte die Geschicklichkeit des Wagenlenkens nicht wohl entbehren, da man in den Schlachten gewöhnlich vom Streitwagen herab kämpfte. Außer dieser mehr körperlichen und kriegerischen Ausbildung aber sollte auch der Geist des Knaben durch Künste und Wissenschaften gehörig gebildet werden. Es scheint indes, dass der junge Herakles darin nicht die erwünschten Fortschritte machte. Wenigstens hatte Linos, sein Lehrer im Zitherspiel, Veranlassung, ihn öfter zu tadeln und zu strafen. Als er ihm einst beim Unterricht einen Schlag gab, geriet Herakles in heftigen Zorn und schlug dem Lehrer die Zither aufs Haupt. Der Schlag war ohne seine Absicht so stark, dass Linos auf der Stelle tot niederfiel. Der Knabe wurde wegen dieses Mordes vor Gericht gezogen; aber er verteidigte sich durch den Spruch des Rhadamanthys, dass der Geschlagene wiederschlagen dürfe, und wurde freigesprochen.

Da Amphitryon von der Unbändigkeit des Knaben ähnliche Auftritte in Zukunft befürchtete, so entfernte er ihn aus der Stadt und schickte ihn auf das Gebirge Kithäron zu seinen Rinderherden. Hier wuchs er zu einem starken Jünglinge heran, der alle an Kraft und Größe übertraf. Auf den ersten Blick erkannte man in ihm den Sohn des Zeus. Er war vier griechische Ellen (d. i. sechs Fuß) hoch und hatte gewaltige Gliedmaßen; aus seinen Augen leuchtete Feuerglanz. In der Handhabung des Bogens und des Speers hatte er solche Geschicklichkeit, dass er nie sein Ziel verfehlte.

Während Herakles auf dem Kithäron lebte, erschlug er als Jüngling von 18 Jahren den kithäroneischen Löwen, ein furchtbares Tier, das, häufig von der Höhe des Berges herabkommend, die Rinder seines Vaters würgte. Die Haut des getöteten Löwen hängte Herakles als Bekleidung um, sodass sie ihm über den Rücken herabhing und mit den Vordertatzen über die Brust zusammengeknüpft war, während der Rachen ihm wie ein Helm auf dem Haupt saß.

Das war die erste Heldentat, welche Herakles zum Heil der Menschen verrichtete. Als er von dieser Jagd zurückkehrte, begegneten ihm die Gesandten des Königs Erginos von Orchomenos, welche nach Theben auf dem Weg waren, um den jährlichen Tribut, den die Thebaner liefern mussten, abzuholen. Erginos hatte nämlich, weil ein Thebaner seinen Vater Klymenos getötet hatte, die Stadt Theben mit Krieg überzogen und zu einem Vertrag gezwungen, wonach ihm 20 Jahre lang jährlich 190 Ochsen als Tribut gezahlt werden mussten. Als Herakles die Gesandten traf, misshandelte er sie, schnitt ihnen Nasen und Ohren ab und schickte sie mit über den Nacken geknebelten Armen nach Orchomenos zurück, damit sie solchen Tribut ihrem König brächten.

Diese Schmach veranlasste natürlich einen Krieg zwischen Orchomenos und Theben. Erginos zog mit einem großen Heer rachedrohend heran; aber Herakles stellte sich an die Spitze der Thebaner, glänzend in herrlichen Waffen, welche ihm Athene, seine Freundin und Beschützerin, gegeben hatte, besiegte das feindliche Heer und tötete mit eigener Hand den König. Durch diesen Sieg befreite er nicht nur die Thebaner von dem schmählichen Tribut, sondern zwang sogar die Orchomenier, den doppelten Tribut zurückzuzahlen. Amphitryon war in der Schlacht gefallen; er hatte sich durch Tapferkeit hervorgetan, so wie auch Iphikles, des Herakles Bruder. Beide Brüder wurden von dem dankbaren König Kreon für ihre Heldentaten belohnt. Er gab dem Herakles seine älteste Tochter Megara zum Weib, dem Iphikles die jüngere Tochter.

Als Herakles die Hochzeit feierte mit Megara, kamen die Himmlischen vom Olympos herab und nahmen teil an dem glänzenden Fest, wie einst bei der Hochzeit des Kadmos und der Harmonia, und sie brachten dem Helden ausgezeichnete Geschenke dar. Hermes schenkte ihm ein Schwert, Apollon Bogen und Pfeile, Hephaistos einen goldenen Panzer und Athene ein schönes Gewand. Die Keule, welche er gewöhnlich als Waffe führte, schnitt er sich später selbst in einem Hain zu Nemea.

Herakles am Scheideweg

Während Herakles auf dem Kithäron weilte, in einem Lebensalter, wo der Knabe zum Jüngling wird und die ersten ernsten Blicke in die Zukunft wirft, zog er sich eines Tages von Hirten und Herden zurück in die Einsamkeit und überlegte, still dasitzend in ernste Gedanken versunken, welchen Lebenspfad er in Zukunft wandeln solle. Da sah er zwei stattliche Frauen auf sich zukommen. Die eine zeigte in ihrem Aussehen Anstand und hohen Adel; ihren Leib schmückte Reinlichkeit, Bescheidenheit ihr Auge; ihre Haltung war sittsam, fleckenlos rein ihr Gewand. Die andere hatte einen wohlgenährten weichlichen Körper; das Weiß und Rot ihrer Haut war unnatürlich durch Schminke gehoben; ihre Gestalt war über die gewöhnliche Grenze aufgerichtet, das Auge weit geöffnet. Ihre Kleidung war darauf berechnet, die Reize ihres Körpers so viel wie möglich durchschimmern zu lassen. Sie betrachtete sich häufig mit Selbstgefallen und blickte hierhin und dahin, ob auch andere sie sähen; oft schaute sie nach ihrem eigenen Schatten. Als sie näher an Herakles herankamen, ging die Erstere ruhig ihren Gang fort, während die andere, sich vordrängend, zu dem Jüngling hineilte und sprach: »Ich sehe, Herakles, dass du unschlüssig bist, welchen Weg des Lebens du einschlagen sollst. Wenn du mich zur Freundin erwählst, so werde ich dich den angenehmsten und gemächlichsten Weg führen; du wirst keine Lust ungekostet lassen und dein Leben ohne alle Beschwerden durchleben. Um Kriege und Geschäfte wirst du dich wenig kümmern; deine einzige Sorge durch das ganze Leben wird sein, wie du an köstlichen Speisen und Getränken dich ergötzt, wie du dein Auge, dein Ohr und die anderen Sinne erfreust, dass du auf dem weichsten Lager schläfst und ohne Mühe und Arbeit dir diese Genüsse alle verschaffst. Solltest du je um die Mittel dazu in Verlegenheit sein, so befürchte nicht, dass ich dich durch viele körperliche und geistige Anstrengungen, durch Gefahr und Not dazu führen werde; sondern du wirst die Früchte fremden Fleißes genießen und nichts von dem entbehren, was dir Gewinn bringen kann. Denn ich gewähre meinen Freunden die Freiheit, von allem Nutzen zu ziehen.«

Als Herakles diese Versprechung hörte, fragte er: »O Weib, wie ist denn aber dein Name?« Sie antwortete: »Meine Freunde nennen mich Glückseligkeit, meine Feinde dagegen, die mich herabsetzen wollen, heißen mich Laster.« Unterdessen war auch das andere Weib herzugetreten und sprach: »Auch ich komme, lieber Herakles; denn ich kenne deine Eltern sowie deine Natur und deine Erziehung. Danach hoffe ich, dass, wenn du meine Bahn wählen wolltest, du ein trefflicher Arbeiter werden würdest auf dem Feld alles Guten und Großen und ich durch dich noch zu viel größerem Ansehen gelangen würde. Doch will ich dich nicht betrügen durch Vorspiegelung von Genüssen; sondern wie die Götter es angeordnet haben, so will ich dir der Wahrheit gemäß es darstellen. Wisse, ohne Arbeit und Mühe gewähren die Götter den Menschen kein Gut. Willst du, dass die Götter dir gnädig sind, so musst du sie verehren; willst du, dass die Freunde dich lieben, so musst du den Freunden dienen; willst du geehrt sein bei deinen Mitbürgern, so musst du dich ihnen nützlich erweisen; wenn du wegen deiner Tugend von ganz Hellas bewundert sein willst, so musst du sein Wohltäter werden. Soll das Land dir Früchte tragen, so musst du es bebauen, willst du durch deine Herde reich werden, so musst du sie pflegen. Willst du kriegen und siegen, so musst du die Künste des Krieges lernen und üben; soll dein Körper deinem Willen dienstbar sein, so musst du ihn durch Arbeit und Schweiß abhärten.«

Hier fiel ihr das Laster in die Rede: »Siehst du, lieber Herakles, wie lang und schwierig der Weg ist, auf welchem dieses Weib dich zu Glück und Freude zu führen verspricht? Ich werde dich auf leichtem und kurzem Pfad zur Seligkeit führen.« »Unselige«, sprach die Tugend, »was für Gutes besitzt du? Du sättigst dich ja mit jeder Lust, noch ehe das Verlangen nach einem Genuss vorhanden ist; du isst, ehe dich hungert, und trinkst, ehe dich dürstet; um mit Lust zu essen, schaffst du dir geschickte Köche an, damit du mit Lust trinkst, verschaffst du dir kostbare Weine. Kein Bett ist dir weichlich genug; nicht aus Ermüdung, sondern aus Langeweile suchst du den Schlaf. Du lehrst deine Freunde die Nächte durchprassen und den besten Teil des Tages durchschlafen. Drum sind sie in der Jugend ohne Kraft, im Alter ohne Verstand; sorglos durchschwelgen sie die Jugend, mühselig schleppen sie sich durchs Alter, beschämt über das, was sie getan, beschwert durch das, was sie tun. Deshalb bist du, obgleich unsterblich, von den Göttern verstoßen und bei den Menschen verachtet. Was dem Ohr am lieblichsten klingt, das eigene Lob, hast du nie gehört; was dem Auge am schönsten zu schauen ist, eine eigene gute Tat, hast du nie gesehen. Ich dagegen verkehre mit den Göttern und mit den guten Menschen; kein schönes Werk bei Göttern oder Menschen geschieht ohne mich. Dem Künstler bin ich eine willkommene Gehilfin, dem Hausvater eine treue Wächterin, dem Diener ein lieblicher Beistand; ich bin eine redliche Teilnehmerin an den Geschäften des Friedens, eine zuverlässige Bundesgenossin im Krieg und die treueste Freundin. Speise und Trank und Schlaf schmeckt meinen Freunden besser als den Trägen; denn sie genießen erst, wenn das Bedürfnis sich einstellt. Die Jüngeren erfreuen sich des Lobs der Alten, die Alten der Ehre bei den Jungen. Mit Lust erinnern sie sich der früheren Taten, mit Freuden tun sie, was in der Gegenwart ihnen obliegt; durch mich sind sie den Göttern wert, ihren Freunden lieb, geachtet von dem Vaterland. Und ist zuletzt des Lebens Ende gekommen, so liegen sie nicht vergessen und ohne Ehre da, sondern gefeiert und besungen von der Nachwelt blühen sie fort im Gedächtnis aller Zeiten. Zu solchem Leben entschließe dich, lieber Herakles, du Kind trefflicher Eltern, und du erringst die höchste Seligkeit.«

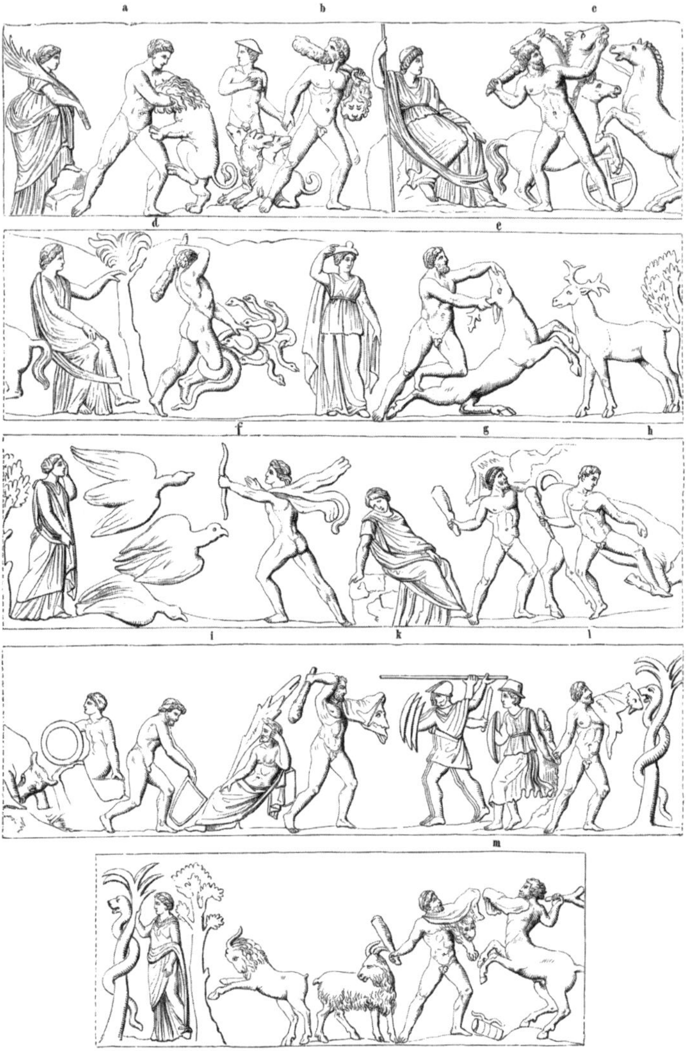

Die Arbeiten des Herakles

Ohne lange zu wählen, folgte der edle Jüngling dem Ruf der Tugend, und er wandelt seitdem mit geduldigem Sinn den schweren Weg der Pflicht – zu seinem Heil.

Herakles und Eurystheus

Nach der Vermählung mit der Königstochter von Theben verlebte Herakles mehrere Jahre lang glückliche Tage im Schoße einer aufblühenden Familie und in der Nähe eines glänzenden Throns, und er blickte mit froher Hoffnung in die Zukunft. Aber Hera, seine Feindin, konnte den Verhassten nicht lange in frohem Glück sehen. Sie sandte eine geistverwirrende Krankheit über ihn, dass er im Wahnsinn seine drei Kinder, welche ihm Megara geboren, und zwei Kinder seines Bruders Iphikles ins Feuer schleuderte und tötete. Als endlich die Krankheit wieder von ihm wich, verfiel er in tiefen Kummer und ging, um sich wegen seines Mordes zu strafen, freiwillig in die Verbannung. Nachdem er sich durch seinen Freund Thespios in der Stadt Thespiä von dem Mord hatte reinigen lassen, ging er nach Delphi zu dem Orakel des Apollon, um zu erfragen, wo er in Zukunft wohnen solle. Damals soll ihn die Pythia zuerst mit dem Namen Herakles angeredet haben, als den Helden, der durch die Verfolgungen der Hera seinen Ruhm erlangte; früher hatte er Alkcides (Alcide) geheißen, d. h. Sohn der Stärke. Das Orakel befahl ihm, sich in Tiryns, dem alten Wohnsitz seiner Väter, niederzulassen und dem Eurystheus, seinem Vetter, der in Mykenä saß, zwölf Jahre lang zu dienen, und wenn er in diesem Dienst zwölf Arbeiten, die ihm Eurystheus auferlegen werde, glücklich vollendet habe, werde ihm die Unsterblichkeit zuteilwerden.

Herakles folgte, wiewohl ungern, der Weisung des Orakels und zog nach Tiryns. Hier empfing er von Mykenä aus die Aufträge des Eurystheus durch einen Herold; denn der Feigling fürchtete die Nähe seines gewaltigen Dienstmanns.

Der nemeische Löwe. Die Hydra

Die beiden ersten Aufgaben, welche Eurystheus dem Herakles stellte, war die Bekämpfung zweier Ungeheuer, die im argivischen Land hausten, des nemeischen Löwen und der lernäischen Hydra. Von dem nemeischen Löwen, welcher von dem Feuer speienden Ungeheuer Typhon und der riesigen Schlange Echidna stammte und in dem Talgrund zwischen Nemea und Kleonä sein Wesen trieb, sollte Herakles das Fell dem Eurystheus bringen. Als Herakles nach Kleonä kam, kehrte er bei einem armen Mann, Molorchos, ein, der eben im Begriff war, dem Zeus ein Opfertier zu schlachten. Herakles bestimmte ihn, sein Opfer aufzuschieben bis zum 30. Tag, und wenn er dann von seiner gefährlichen Jagd zurückgekehrt sei, so wollten sie gemeinschaftlich das Opfer dem Retter Zeus darbringen; erliege er, so sollte Molorchos es ihm als Totenopfer weihen. Darauf ging er in den Wald und suchte den Löwen viele Tage lang. Endlich fand er ihn und schoss nach ihm mit seinem Pfeil. Aber das Tier war unverwundbar, der Pfeil prallte von ihm ab wie von einem Stein. Herakles ging nun mit der Keule auf den Löwen los und jagte ihn in die Flucht. Er floh in seine Höhle, die zwei Ausgänge hatte. Der Held verrammte den einen Ausgang und ging durch den anderen dem Tier zu Leibe. Sobald er in seine Nähe vorgedrungen war, sprang der Löwe auf, ihm an die Brust. Da umschlang Herakles seinen Nacken mit seinen starken Armen und würgte ihn zu Tode. Darauf lud er ihn auf seine Schultern, um ihn gen Mykenä zu tragen. Er kam zu Molorchos am 30. Tag, als dieser eben dem Herakles ein Totenopfer darbringen wollte. Nun aber opferten beide dem Retter Zeus und legten damit den Grund zu den nemeischen Spielen. Als Herakles den Löwen nach Mykenä brachte, geriet Eurystheus vor dem gewaltigen Tier und der Stärke des Helden in solchen Schrecken, dass er den Befehl gab, Herakles solle in Zukunft die Beweise seiner Taten vor den Toren zeigen.

Die lernäische Hydra sollte Herakles töten, eine fürchterliche Schlange mit neun Köpfen, von denen acht sterblich, der mittlere unsterblich war, ebenfalls eine Brut des Typhon und der Echidna. Sie war in einem Sumpf zu Lerna in der Nähe der Quelle Amymone erwachsen und überfiel von da aus die Herden und verwüstete das Land. Herakles zog auf seinem Streitwagen, welchen sein Neffe und Waffenfreund Iolaos, des Iphikles heldenmütiger Sohn, lenkte, mutigen Herzens zu dem Kampf aus. Als er nach Lerna in die Nähe des Ungeheuers gekommen war, ließ er den Iolaos mit dem Wagen zurück und suchte den Feind auf. Er fand ihn in seiner Höhle in einem Felsenhügel und trieb ihn mit glühenden Pfeilen heraus. Es kam zu einem gefährlichen Kampf. Das Tier schoss wütend auf ihn los; aber Herakles trat ihm mit dem einen Fuß auf den Leib und hielt es nieder, und während es mit dem langen Schweif ihm den andern Fuß umringelte, schwang er beherzt seine gewaltigen Keulenschläge gegen die zischenden Häupter. Aber er richtete damit nichts aus; denn sowie er einen Kopf abgehauen hatte, wuchsen zwei neue aus dem Rumpf hervor. Und dazu kam noch ein zweiter Feind, ein mächtiger Seekrebs, der ihn von hinten in den Fuß biss. Herakles zertrat diesen und rief gegen die Hydra den Iolaos zur Hilfe herbei. Der zündete einen Teil des nahen Waldes an und brannte mit den flammenden Baumstämmen die abgehauenen Hälse an, dass die neuen Köpfe nicht hervortreiben konnten. Zuletzt war nur noch der unsterbliche Kopf übrig. Herakles hieb auch diesen ab und begrub ihn unter einem schweren Felsblock neben dem Weg. Darauf schnitt er den Leib des Ungeheuers auf und tauchte seine Pfeile in die giftige Galle. Seitdem sind die Wunden seiner Pfeile unheilbar.

Augias

Die sechste Arbeit des Herakles war, den Viehstall des Augias an einem Tag von allem Miste zu reinigen. Augias war ein Sohn des strahlenden Sonnengottes, des Helios, und König in Elis. Er war berühmt durch seinen unendlichen Reichtum, den er der Liebe seines Vaters zu verdanken hatte. Seine Herden von Schafen und Rindern waren zahllos, wie die Wolken am Himmel. Unter den Rindern gingen 300 Stiere mit schneeweißen Füßen, 200, die waren purpurrot, 12, dem Helios geweiht, waren weiß wie Schwäne, und einer, namens Phaethon, glänzte wie ein Stern. In dem großen Viehhof, in welchem all diese Tiere zusammengetrieben waren, hatte sich mit der Zeit der Mist so sehr angehäuft, dass es eine Unmöglichkeit schien, ihn zu reinigen. Als Herakles erschien und dem Augias anbot, den Viehstall an einem Tag zu säubern, wenn er ihm den zehnten Teil seiner Herde überlassen wollte, ging Augias bereitwillig den Vertrag ein, denn er zweifelte an der Ausführbarkeit der Sache. Herakles forderte den Sohn des Augias, Phyleus, als Zeugen für den Vertrag auf und leitete nun die Flüsse Alpheios und Peneios durch den Hof, nachdem er die Grundmauer der Umfriedigung an zwei gegenüberliegenden Stellen aufgerissen hatte. Der Wasserschwall fegte an einem Tag allen Schmutz aus dem Gehöft, und Herakles hatte seine Aufgabe gelöst. Aber Augias verweigerte jetzt den bedungenen Lohn und leugnete überhaupt, etwas versprochen zu haben. Er war bereit, es auf einen Richterspruch ankommen zu lassen. Als das Gericht zusammensaß, zeugte Phyleus gegen den Vater. Da jagt Augias, ehe der Spruch gefällt ist, im Zorn Phyleus und Herakles aus dem Land. Phyleus ging nach der Insel Dulichion und siedelte sich dort an; Herakles kehrte nach Tiryns zurück.

Später, als Herakles des Dienstes bei Eurystheus ledig war, rächte er sich an Augias. Er sammelte ein großes Heer und fiel in Elis ein. Aber die Neffen des Augias, die Zwillingsbrüder Eurytos und Kteatos, Söhne des Aktor und der Molione, daher die Aktorionen und die Molioniden genannt, lauerten seinem Heer in einem Hinterhalt auf und schlugen es, während er selbst krank lag. Dafür lauerte er bald darauf den Molioniden bei Kleonä auf, als sie von Elis aus zu den isthmischen Spielen zogen, und erschlug sie. Darauf zog er aufs Neue nach Elis und griff den Augias an; er eroberte seine reiche Stadt Elis und zerstörte sie mit Feuer und Schwert. Den Augias erlegte er zuletzt mit seinem Pfeil. Und als er nun sein ganzes Heer in Pisa versammelt und die reiche Beute dorthin gebracht hatte, maß er seinem Vater Zeus einen heiligen Bezirk ab und bepflanzte ihn mit Ölbäumen; dann brachte er den zwölf himmlischen Göttern nebst dem Flussgott Alpheios ein Opfer und setzte die olympischen Spiele ein. Nachdem die Ausgezeichnetsten in seinem Heer sich in den verschiedenen Arten der Wettspiele versucht hatten, feierten sie am Abend beim lieblichen Glanz des Vollmonds ein herrliches Festmahl und sangen preisende Siegesgesänge.

Von Elis aus zog Herakles nach Pylos gegen den König Neleus, der dem Augias Beistand im Krieg gegen Herakles geleistet hatte. In Pylos kam es zu einer furchtbaren Schlacht, an der selbst die Götter sich beteiligten. Der gewaltige Held kämpfte gegen Ares und Hera, er schwang seine Keule gegen den Dreizack des Poseidon und den Herrscherstab des Hades, mit dem er die Toten in sein Reich treibt, er widerstand dem silbernen Bogen des starken Apollon. Von Zeus und Athene unterstützt, errang er den Sieg, eroberte die Stadt Pylos und zerstörte sie und erschlug den Neleus mit elf blühenden Söhnen. Unter diesen hatte ihm am meisten im Kampf der Älteste zu schaffen gemacht, Periklymenos, der von Poseidon die Gabe der Verwandlung besaß. Er trat dem Herakles bald in der Gestalt eines Löwen entgegen, bald als Adler oder Schlange oder Biene; als er zuletzt in der Gestalt einer Mücke sich auf den Streitwagen seines Feindes setzte, um ihn aufs Neue anzufallen, öffnete Athene ihrem Helden die Augen, dass er die wahre Gestalt seines Feindes erkannte und ihn mit dem Bogen erschoss. Von der ganzen Familie des Neleus blieb als einziger Nestor übrig, der Jüngste unter den zwölf Söhnen. Dieser war damals gerade in Gerenos abwesend, weshalb er später der gerenische Nestor genannt wurde.

Die Äpfel der Hesperiden. Kerberos

Das elfte Abenteuer führte unseren Helden in den fernsten Westen bis an den Rand des Oleanos. Hier stand ein Wunderbaum mit goldenen Äpfeln, welchen die Erde einst der Hera bei ihrer Vermählung mit Zeus zum Geschenk hatte hervorwachsen lassen, in den duftigen Gärten des Atlas, des Himmelsträgers, gepflegt von den Hesperiden, den vier Töchtern des Atlas, und bewacht von einem furchtbaren Drachen, Ladon, dessen Auge sich nie zum Schlafe schloss. Herakles sollte drei von diesen Wunderäpfeln nach Mykenä holen; aber das Unternehmen war umso schwieriger, weil Herakles nicht wusste, in welcher Gegend der Baum der Hesperiden stand. Er musste lange unter mannigfachen Beschwerden in Europa und Asien und Libyen umherziehen, bis er hoch im Norden am Eridanosfluss zu den Nymphen kam, die ihm den Rat gaben, den weissagerischen Meergreis Nereus zu beschleichen und zu zwingen, dass er ihm das Geheimnis der goldenen Äpfel offenbare. Das tat Herakles; er überfiel und fesselte den alten Meergott und ließ ihn nicht eher los, als bis er ihm den Weg zu den Hesperiden angezeigt hatte. Nun wanderte Herakles durch Libyen und traf dort auf den Riesen Antaios, einen Sohn der Erde, der ihn zwang, mit ihm zu ringen. Solange der Riese mit seinen Füßen die Mutter Erde berührte, hatte er eine unüberwindliche Kraft; als ihn aber Herakles in seiner Umschlingung vom Boden in die Höhe hob, da schwand all seine Kraft, und er wurde überwältigt und getötet. In Ägypten fesselte ihn der König Busiris, der alle Fremden dem Zeus opferte, und führte ihn an den Altar, um auch ihn zu schlachten. Aber Herakles zerriss seine Bande und erschlug den Busiris samt seinem Sohn.

Endlich kam Herakles zu Atlas, der das Himmelsgewölbe auf den Schultern trägt. Dieser erbot sich, ihm die Äpfel zu holen, wenn er statt seiner währenddessen den Himmel tragen wollte. Herakles nahm das Anerbieten an und lud sich das Himmelsgewölbe auf seine starken Schultern, während Atlas drei Äpfel von dem Hesperidenbaum pflückte. Atlas war das Tragen der Himmelslast herzlich müde; als er daher zu Herakles zurückkam, machte er diesem den Vorschlag, er solle für ihn den Himmel noch eine Weile tragen, er selbst wolle die Äpfel nach Mykenä bringen. Herakles ging scheinbar darauf ein und bat nur noch den Atlas für einen Augenblick die Last aufzunehmen, bis er sich ein Polster für seine Schulter gemacht; denn das Gewölbe drücke doch gar zu sehr. Atlas ging in die Falle; als er wieder an seinem alten Platz stand, die schwere Last auf dem Nacken, nahm Herakles Pfeil und Bogen und die Äpfel vom Boden auf und sagte dem Getäuschten ein freundliches Lebewohl. Als er dem Eurystheus die Äpfel übergab, erhielt er sie von diesem zum Geschenk und weihte sie der Athena, welche sie wieder an ihren früheren Ort zurückbrachte.

Die letzte Arbeit war bei Weitem die schwerste und furchtbarste von allen; sie führte hinab in das Reich der Toten, in den grausenhaften Tartaros. Von dort sollte der Held den Kerberos heraufholen, den Wache haltenden Hund des unterirdischen Königs, ein schreckliches Tier mit drei Köpfen, dessen Schweif in den Kopf eines lebendigen Drachen auslief und das auf dem Rücken eine Mähne trug aus allerlei Schlangen. Bevor Herakles in die Unterwelt hinabstieg, begab er sich nach Eleusis, um sich in die dortigen Mysterien, welche dem Reich des Todes seine Schrecken nehmen, einweihen zu lassen. Der Priester Eumolpos weihte ihn, und nun begab er sich nach Tänarum in Lakonika, wo durch einen finsteren Schlund ein Hinabgang in die Unterwelt war. Hermes, der Geleiter der Toten, führte ihn auf dem dunkeln Pfad.

Nahe an den Pforten des Hades fand er den Theseus und Peirithoos, welche beide hier zur Strafe an den Felsen angewachsen waren, weil sie es gewagt hatten, in die Unterwelt zu steigen, um Persephone, die hehre Gemahlin des Pluton, zu entführen. Sie streckten ihm flehend die Hände entgegen, dass er sie losreiße und aus diesem Ort der Qual befreie. Dem Theseus reichte er zuerst die Hand, und es gelang ihm, denselben zu lösen; als er aber auch den Peirithoos losreißen wollte, da erbebte die Erde, und er erkannte, dass die Götter die Befreiung dieses Frevlers nicht erlaubten. Als der furchtbare Held in die Schattenwelt eintrat, flohen die Scharen der Toten voll Schrecken davon, mit Ausnahme des Meleagros und der Gorgo Medusa. Gegen die letztere zückte Herakles sein Schwert, wurde aber von Hermes belehrt, dass es nur ein wesenloser Schatten sei. Mit Meleagros unterhielt er sich freundschaftlich und wurde von ihm aufgefordert, sich mit seiner Schwester, der durch seinen Tod vereinsamten Deïaneira, zu vermählen. Endlich gelangte Herakles zu dem Thron des Pluton, der ihn als einen Eingeweihten von Eleusis gnädig empfing und ihm erlaubte, den Hund mit sich fortzuführen, wenn er ihn ohne Angriffswaffen bezwänge. Nur von seinem Panzer und der Löwenhaut gedeckt, ging der Held aus, das Ungeheuer zu fangen. Er fand es an der Mündung des Acheron und griff es sogleich an. Er schlang seine starken Arme um den dreifachen Hals des furchtbaren Hundes, und obgleich der Drache, der dem Tier als Schwanz diente, sich zurückbäumte und ihn in die Weichen biss, so würgte er ihn doch so lange, bis er sich besiegt gab und sich zitternd vor Furcht zu seinen Füßen schmiegte. Herakles fesselte ihn und führte ihn hinauf zu dem Bereich des Lichts. Als der Höllenhund das Tageslicht erblickte, entsetzte er sich, und giftiger Geifer troff aus seinem dreifachen Rachen. Davon wuchs der giftige Eisenhut aus dem Boden hervor. Herakles führte das Untier eiligst nach Mykenä, und nachdem er es dem erschreckten Eurystheus gezeigt, brachte er es wieder in den Hades zurück.

Nach Vollendung der zwölf Arbeiten entließ Eurystheus voll Bewunderung den gewaltigen Helden, der selbst den Mächten des Todes ihren Schrecken genommen hatte, aus seinem Dienst, und dieser begab sich nach Theben zurück, wo sein Weib Megara während seiner langen Abwesenheit ihm in Treue das Haus bewahrt hatte. Von nun an konnte der Held frei über sich verfügen.

Herakles und die Giganten

Athena bat Herakles, an dem Kampf gegen die Giganten teilzunehmen. Die Giganten waren Riesen von ungeheurer Kraft, mit schrecklichen Gesichtern, langem Bart und Haupthaar, und hatten statt der Füße geschuppte Schlangenschwänze. Darauf fuhren sie blitzesschnell über die Erde hin, noch unterstützt durch große fledermausartige Flügel. Die Erde hatte sie aus den Blutstropfen des Uranos emporwachsen lassen, als sein Sohn Kronos ihn in empörerischem Frevel der Herrschaft beraubte und blutig verstümmelte. Empörerischer Übermut war auch der Grundzug ihres Wesens, sodass sie, im Vertrauen auf ihre riesige Kraft, gegen die himmlischen Götter einen Kampf unternahmen, um ihnen die Herrschaft der Welt zu entreißen. Mit gewaltigen Felsblöcken und brennenden Baumstämmen traten sie auf den phlegräischen Gefilden in Thessalien, auf der Halbinsel Pallene, den Göttern entgegen, die auf dem nahen Olympos thronten, und es erhob sich ein furchtbarer Kampf. Zeus schleuderte Donner und Blitz gegen die riesigen Ungeheuer, Athena ihre mächtige Lanze, Poseidon focht mit dem Dreizack, Apollon mit dem Bogen und die anderen Götter mit anderen Waffen. Lange tobte so der Kampf der Götter und Riesen hin und her, und es erfolgte keine Entscheidung; denn die Kraft der Götter war so leicht nicht besiegt, und die Giganten waren gegen die Waffen der Götter von Gaia, ihrer Mutter Erde, gefeit, dass sie ihnen nicht erlagen. Gegen die Waffen eines Sterblichen waren sie nicht gefeit. Das wusste Zeus, und er sandte Athena zu Herakles,

Herakles und die Giganten

dass er ihnen beistehe. Sobald Herakles auf den Kampfplatz trat, suchte Gaia ein Zauberkraut, das ihre Söhne auch gegen die Waffen eines Menschen schütze. Zeus jedoch verbot der Sonne und dem Mond und der Morgenröte, zu scheinen, und schnitt selbst das

Zauberkraut ab. Jetzt war es um die Giganten geschehen. Der älteste und größte und stärkste unter ihnen war Alkyoneus, riesig groß wie ein Berg. Diesen streckte Herakles durch einen Pfeil zu Boden; da er aber auf der Stelle seiner Geburt, auf Pallene, unsterblich war und, auf dem Boden liegend, neue Kraft zu neuem Kampf gewann, so schleppte ihn Herakles auf den Rat der Athena über die Grenze von Pallene hinaus und gab ihm den Tod. Porphyrion, nach Alkyoneus der furchtbarste unter den Riesen, griff die Götterkönigin Hera an und zerriss ihr das Gewand; da schmetterte ihn Zeus mit dem Blitz nieder, und Herakles tötete ihn mit seinem Pfeil. Apollon wandte sich gegen Ephialtes und schoss ihm das linke Auge aus, Herakles das rechte. Dionysos erlegte den Eurytos mit dem Thyrsos, Hephaistos den Klytios, indem er glühende Feuermassen auf ihn schleuderte. Auf den fliehenden Enkelados warf Athena die Insel Sizilien, Poseidon verfolgte den Polybotes durch das Meer und warf auf ihn ein Stück der Insel Kos, woraus die Insel Nisyros entstand. Andere wurden von anderen zu Boden geworfen; vor allen Göttern aber zeichnete sich in dem Kampf neben Zeus Athena aus. Doch musste Herakles allen Giganten zuletzt noch mit seinen Pfeilen den Tod geben.

Herakles und Deïaneira

In der Stadt Kalydon in Ätolien herrschte der alte König Oineus, ein milder freundlicher Mann von der freigebigsten Gastlichkeit. Er hatte eine Tochter, Deïaneira, deren reizende Schönheit manchen Freier von nah und von fern heranzog. Unter diesen war auch der Gott des benachbarten Flusses Acheloos, der in verschiedenen Gestalten in das Haus des Vaters kam, einmal in völliger Menschengestalt, dann als gewaltiger Stier, bald wieder als Schlange oder in menschlicher Bildung mit gehörntem Stierkopf, aus dessen zottigem Bart stets strömendes Wasser floss. Der Deïaneira zitterte das Herz vor Schreck, sooft der ungeschlachte Bewerber das Haus betrat, aber der Vater wagte nicht, den mächtigen Stromgott abzuweisen, der in seiner Nach-

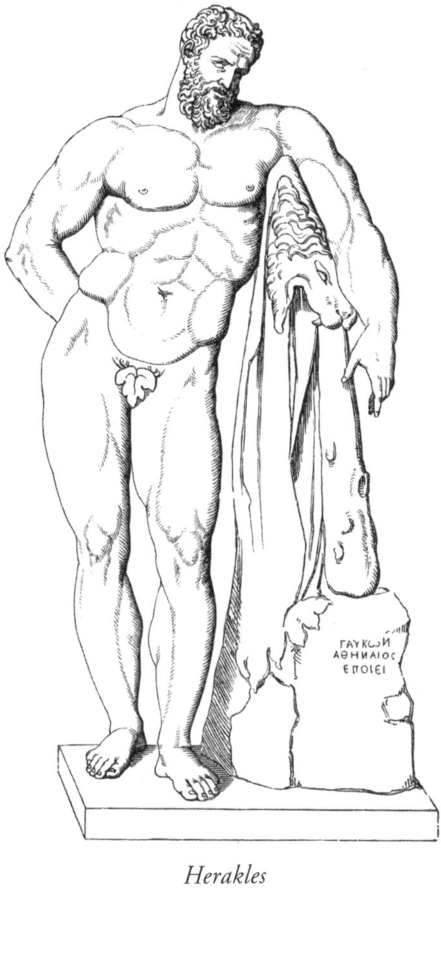

Herakles

barschaft waltete und Segen und Verderben bringen konnte. Da erschien eines Tages auch Herakles unter den Freiern. Schon bei seinem Gang in die Unterwelt hatte ihm der Held Meleagros von seiner teuren Schwester Deïaneira erzählt und ihn gebeten, die Vereinsamte sich zur Gattin zu erwählen. Vor der Bewerbung des berühmten Zeussohnes und des mächtigen Flussgottes traten jetzt alle anderen Freier zurück, und es fragte sich nur, wer von diesen beiden die schöne Königstochter heimführen werde. Da der Vater sich scheute, selbst zu entscheiden, erboten sich die beiden Bewerber, um die Braut zu kämpfen. Auf ebenem Plan vor der Stadt also stellten sich Herakles und der Flussgott, diesmal in menschlicher Gestalt, ohne Waffen zum Kampf gegenüber, vor den Augen des Königs und der Königin und der Deïaneira, die in banger Erwartung der Entscheidung entgegensah. Welchen Ausgang sie wünschte, war leicht zu sagen. Der starke Zeussohn, der berühmte Held, hatte ihr Herz gewonnen.

Herakles, in allen Künsten des Ringkampfs erfahren, griff die schwerfällige Gestalt des Acheloos bald von dieser, bald von jener Seite an. Bald fasste er ihn am Nacken, bald an dem wuchtigen Fuß; aber alle Gewandtheit und alle Stärke wurde zuschanden an dem kolossalen Leib des Gegners. Er stand fest und unerschütterlich wie eine Mauer, wie ein Damm, gegen den die Fluten mit brausendem Toben vergebens anstürmen. Erschöpft treten sie auseinander, um aufs Neue sich zu fassen; Fuß gegen Fuß, Brust gegen Brust gedrängt, ringen sie mit umschlingenden Armen schnaubend und tobend, Stirn an Stirn, gleich zwei wilden Stieren auf der Weide. Dreimal versuchte der Alcide ohne Erfolg, die sich wider ihn stemmende Brust des Flussgottes zurückzustoßen, beim vierten Mal zerbrach er die Umschlingung seiner Arme und schwang sich mit seiner ganzen Wucht auf seinen Rücken. Wie ein Berg drückte er auf ihn nieder und zwängte und würgte ihn mit seinen starken Armen, bis der Flussgott keuchend ins Knie sank und mit dem Antlitz die Erde küsste. Kaum liegt er am Boden, so entschlüpft er als langgestreckte Schlange der Umschlingung des Helden und zischt ihm, auf gewundenem Leib sich erhebend, mit weitgeöffnetem Rachen zu neuem Kampf entgegen. »Mit Schlangen zu kämpfen habe ich schon in der Wiege gelernt, die Hydra in Lerna hat mit mehr als einem Rachen mich angezischt!«, rief Herakles mit höhnischem Lachen und fasste die Schlange mit beiden Händen um den Hals und würgte sie wie in einer eisernen Zange; da plötzlich steht ein gewaltiger Stier vor ihm mit drohenden Hörnern. Unerschreckt ergriff Herakles den Stier am Horn und warf ihn mit solcher Gewalt zur Erde, dass das ausgebrochene Horn in seinen Händen zurückblieb. Nun erklärte sich der Flussgott für besiegt und trat beschämt dem starken Helden die Jungfrau ab. Das verlorene Horn tauschte er wieder ein gegen das mit Blumen und Früchten gefüllte Segenshorn der Nmyphe Amaltheia, in dessen Besitz er war.

Nach seiner Vermählung mit Deïaneira weilte Herakles längere Zeit in dem gastlichen Haus seines Schwiegervaters, bis ein unglücklicher Zufall ihn von dannen trieb. Bei einem Trinkgelage nämlich beging der Knabe Eunomos die Unvorsichtigkeit, ihm Wasser, das zum Waschen der Füße bestimmt war, über die Hände zu gießen. Herakles wollte dem Knaben eine kleine Zurechtweisung geben, allein seine schwere Hand fiel wider seinen Willen so mächtig auf den Knaben, dass er tot zu Boden sank. Obgleich der Vater des Knaben dem Helden den unvorsätzlichen Mord verzieh und keine Blutsühne verlangte, so legte sich doch Herakles freiwillig die Verbannung auf und wendete sich mit seinem jungen Weib gen Trachis am Öta, um bei seinem Gastfreund, dem König Keÿx, seinen Wohnsitz zu nehmen.

Als sie unterwegs an den Fluss Euenos kamen, trafen sie in wüster, menschenleerer Gegend auf Nessos, einen der zersprengten Kentauren, der hier einen Erwerb daraus machte, die Wanderer auf seinem breiten Pferderücken, um Lohn über den strudelreichen Fluss zu tragen. Herakles übergab ihm Deïaneira, um sie hinüberzubringen, während er selbst durch die Flut vorausschritt. Als er am jenseitigen Ufer ist, hört er plötzlich den lauten Schrei seiner Gattin; er wendet sich um und sieht, wie der rohe Kentaur, gereizt von der Schönheit des Weibes, mit frecher Hand sie umfasst hält, um sie mit Gewalt zu entführen. »Meine Pfeile, Räuber, sind schneller als deine Füße!«, ruft Herakles, und ein scharfer Pfeil sitzt ihm in der Brust. Des Todes gewiss, sinkt er am Ufer nieder; denn er kennt die giftigen Pfeile des Herakles. Doch benutzt er noch die wenigen Augenblicke, die ihm übrig sind, um seinen Mörder zu verderben. Er rafft das aus der Wunde entströmte Blut, welches, mit dem Gift des

Pfeiles gemischt, an seinem Leib geronnen ist, zusammen und übergibt es der Deïaneira, die er zu sich zurückgerufen hat. »Weil du die Letzte bist, die ich herübergetragen«, sprach er, »so sollst du des noch in Zukunft einen Genuss haben. Nimm dies mein Blut und bewahre es sorgsam in engem Verschluss, dass kein Lichtstrahl es trifft, und wenn je einmal dein Gatte sein Herz einer anderen zuwendet, so bestreiche sein Kleid damit und seine Liebe wird für immer zu dir zurückkehren. Deïaneira nahm leichtgläubig das verhängnisvolle Geschenk, ohne zu bedenken, dass es aus der Hand eines sterbenden Feindes kam, und barg es, ehe Herakles herankam, in einem verschlossenen Gefäß, um es für den Notfall in der Zukunft aufzubewahren. Dieser vermeintliche Liebeszauber wurde später für Herakles die Ursache seines Todes.

Nach einem beschwerlichen Wege über die öden Höhen des Parnass und Öta gelangte Herakles nach Trachis, wo er von Keÿx freundlich aufgenommen ward und für viele Jahre seinen Wohnsitz aufschlug.

Ende des Herakles

(Sophokles' *Trachinierinnen*)

Herakles wohnte viele Jahre lang mit seinem Weib Deïaneira und seinen Kindern in Trachis. Doch konnte er von seiner alten Weise nicht lassen; er zog bald hierhin, bald dorthin, einmal, um zu strafen, ein andermal, um zu helfen und zu retten. So machte er zuletzt mit einem Heer sich auf, um den Eurytos, der ihn vorzeiten mit Schmach aus dem Hause gestoßen, in Oichalia zu züchtigen. Schon ist er fünf Monate über ein Jahr von zu Hause fort, und noch immer hat seine besorgte Gattin keine Kunde, wo er weilt und welches Geschick ihm geworden. Wenn sonst der Held auszog zu irgendeinem Abenteuer, so ging er ab mit frohem Mut und der gewissen Hoffnung, dass er bald als Sieger heimkehren werde, und seine Gattin sah ihn scheiden ohne Sorge. Diesmal aber war sie seit seinem Abzug von bangem Zweifel gequält. Der Held selbst hatte mit trüber Ahnung Abschied genommen; er hatte seinem Weib ein Täfelchen hinterlassen mit einer alten

Weissagung des dodonäischen Orakels, welche aussagte, wenn er drei Monate über ein Jahr von der Heimat fernbleibe, so sei ihm entweder in dieser Zeit der Tod bestimmt oder er werde, wenn er diese Zeit glücklich überschritten habe, in Zukunft dann eines kummerlosen Lebens im Kreise der Seinen sich erfreuen. Darum hatte er auch im Voraus bestimmt, was seinen Kindern vom Land ihrer Väter als Erbe zufallen und was ihr selbst von seiner Habe als Besitz verbleiben sollte.

Schon hatte Deïaneira in der Angst ihres Herzens ihrem ältesten Sohn Hyllos all ihre Sorgen mitgeteilt und dieser sich entschlossen, auszuziehen, um den Vater zu suchen; da kam ein Diener eilend zum Palast heran und verkündete der Deïaneira, dass Herakles lebe und im Glanz des Sieges bald heimkehren werde. Er hatte es draußen vor der Stadt aus dem Mund des Herolds selbst gehört, des Lichas, welchen Herakles vorausgesandt hatte, um seiner Gattin die frohe Rückkehr zu melden. Dass der Bote noch nicht selbst zur Stelle war, kam von der Freude und der Neugier des Volkes, das ihn draußen umdrängte und über des Herakles Erlebnisse alles bis ins Einzelne erfahren wollte.

Endlich kommt Lichas mit seiner frohen Botschaft, Herakles hat die Feste des verhassten Feindes zerstört und den übermütigen König für seine Frevel an dem Gast mit all seinen Söhnen in den Tod gesandt. Eine auserlesene Schar gefangener Jungfrauen schickt er mit Lichas der Deïaneira voraus, während er selbst noch an der Küste von Euböa an dem Vorgebirge Kenaion weilt, um dem Zeus Kenaios, wie er gelobt, zum Dank für den geschenkten Sieg ein feierliches Opfer darzubringen. Deïaneira betrachtet die trauernden Jungfrauen, die nach Zerstörung ihres heimatlichen Glücks auf fremdem Boden wandeln, elternlos und dem Sklavendienst bestimmt, mit Mitleid und Wehmut; vor allen aber zog in der unglücklichen Schar eine Jungfrau sie an durch ihre hohe Schönheit und ihr königliches Wesen. »Unglückliche«, sprach sie zu ihr, »wie bedaure ich dein hartes Los. Sprich, wer bist du, wer sind deine Eltern? Ohne Zweifel, das bezeugt mir dein Aussehen, bist du von edlem Geschlecht. Wer ist sie, Lichas? Sag mir's; denn sie selber, in ihr Weh versunken, hat nur Tränen, und ich will durch Fragen die Trauer ihres Herzens nicht noch mehr erregen. Ist sie nicht aus dem Blute des Eurytos?« »Wie weiß ich das«, sprach

Lichas mit verstellter Miene, »ich kenne weder ihren Namen, noch weiß ich, welches Stammes sie ist, doch gewiss gehört sie einem hohen Haus an.« Deïaneira forschte nicht weiter und befahl, die Jungfrauen in das Haus zu führen und sie dort aufs Schonendste zu behandeln.

Kaum war Lichas mit den Mädchen in das Haus gegangen, so drängte sich der Diener, der ihr die erste Nachricht gebracht, an sie heran und sprach: »Traue nicht dem Boten deines Gatten, er spricht die Wahrheit nicht. Ich habe es selbst im Beisein vieler Zeugen aus seinem Mund gehört, dass dein Gatte ganz allein wegen dieser Jungfrau die Feste Oichalia zerstört und den Eurytos erschlagen hat. Es ist Iole, des Eurytos Tochter, um die Herakles früher gefreit hat und die er noch immer liebt. Er hat sie als Sklavin nicht, sondern als Nebenweib dir ins Haus gebracht.« Diese Nachricht traf Deïaneira wie ein betäubender Schlag; doch fasste sie sich bald und rief den Lichas, der eben wieder zu Herakles zurückkehren wollte, zu sich, um ihn aufs Neue zu befragen. »Du sprachst die Wahrheit nicht, sag mir offen und frei, wer ist das Mädchen, das du hergebracht hast? Ich weiß, es ist Iole, die Herakles liebt. Bei dem großen Zeus, birg mir das Wort nicht weiter. Oder glaubst du, dass ich meinem Gatten zürne, wenn die Liebe, die allbewältigende, sein Herz besiegt, hältst du mich für so unedel, dass ich die Jungfrau hasse, die mir nie ein Unrecht getan? Mit Erbarmen und Mitleid fiel mein Auge auf sie, da ihre Schönheit ihr das Lebensglück zerstört und ihr Geburtsland in Knechtschaft gestürzt hat.« Lichas gestand jetzt die Wahrheit; er habe, ohne jedoch von Herakles dazu beauftragt zu sein, den Sachverhalt verschwiegen, um nicht ohne Not seine Herrin zu betrüben. Mit scheinbarer Ruhe hieß Deïaneira den Diener seine Rückkehr zu Herakles nur noch kurze Zeit aufschieben, bis sie ihrem Ehegemahl für die zahlreiche Schar von Gefangenen, welche er ihr gesendet hat, eine Gegengabe bereitet habe.

Das Herz der Deïaneira war von schwerem Kummer niedergedrückt. Sie sollte hinfort das Haus und das Herz ihres Gatten mit einer anderen teilen, deren jugendliche Blüte eben erst zur Entfaltung kam, und bei ihr war schon die Schönheit der Jugend dem Welken nah. War da nicht zu befürchten, dass ihr nur der Name der Gattin bleiben, der andern die Liebe des Herakles zufallen werde? Das war nicht zu ertragen. Da fällt ihr der alte Liebeszauber des Nessos ein, und sie greift in ihrer Not freudig zu dem unschädlichen Mittel, des Gatten Liebe sich zu erhalten. Zu bösem Werk konnte ihr edles Gemüt sich nicht entschließen. Sie holt den vermeintlichen Liebeszauber, den sie lange im Verborgenen fern vom Feuer und vom Tageslicht aufbewahrt hat, hervor und bestreicht damit ein prächtiges Gewand, das sie ihrem Gemahl schicken will. Wohlgefaltet legt sie das Festkleid in ein verschlossenes Kästchen und übergibt es dem Lichas. »Bring dieses Festgewand«, sprach sie, »das ich selbst gewirkt habe, meinem Gemahl als eine Gabe von meiner Hand. Kein Sterblicher soll es vor ihm tragen, und weder der Strahl der Sonne noch des Feuers Glanz darf es berühren, bis er öffentlich vor allem Volk, am Altar stehend, den Göttern sein Opfer bringt. Denn so gelobte ich, ihn mit dem Gewand zu schmücken, wenn er gerettet mir zur Heimat wiederkehrte, damit als schmucker Opferer er mit schmuckem Kleid vor die Götter trete. Und dass er wirklich von meiner Hand das Geschenk empfängt, bezeuge ihm dieses Siegel, das ich zum sicheren Verschluss auf das Kästchen gedrückt.« Lichas versprach, genau die Worte seiner Herrin auszurichten, und eilte nach Euböa zurück; arglos und mit froher Hoffnung sah Deïaneira der Rückkehr ihres Gatten entgegen.

Doch die Hoffnung wandelte sich bald in Angst und Bangen. Als sie zufällig wieder das Gemach betrat, wo sie im Geheimen das Gewand für ihren Gatten zubereitet, da war die Wollflocke, womit sie das Zaubermittel auf das Kleid gestrichen und die sie, als zu nichts mehr nütze, auf den Boden hingeworfen, nicht mehr zu sehen. Von den Strahlen der Sonne durchwärmt, hatte die Wolle sich in sich selbst verzehrt und war zu Staub zerfallen; an der Stelle, wo sie gelegen, sah sie mit Schrecken einen blasentreibenden giftigen Schaum aufzischen. Da ergriff banger Zweifel ihre Seele, ob sie nicht in der Verwirrung ihres Herzens unbedacht ein großes Unheil angestiftet. Wie sollte auch der Kentaur ihr, die die Ursache seines Todes war, einen guten Rat gegeben haben? In dieser Angst harrte die unglückliche Frau voll Unruhe, welche Nachricht ihr von dem Gatten kommen werde. Da erschien Hyllos, den die Ungeduld zu dem Vater nach Euböa getrieben hatte, und brachte der Zweifelnden schreckliche Gewissheit.

»O Mutter«, rief er voll Zorn und Abscheu, »hättest du doch nie gelebt, oder wärest du eines andern Mutter, oder die Götter hätten dir einen anderen Sinn gegeben! Du hast den Vater mir, deinen Gatten dahingemordet.« »Was sprichst du, Kind«, rief Deïaneira entsetzt, »wer sagte das, dass du so unglückseliger Tat mich zeihen darfst?« »Ich sah's mit eigenen Augen, kein fremder Mund hat mich belehrt«, fuhr der Jüngling fort. »Ich traf, von Sehnsucht getrieben, den Vater auf dem Vorgebirge Kenaion, wie er eben dem Vater Zeus zahlreiche Altäre aufrichtete und zu dem festlichen Opfer sich bereitete. Da kam auch Lichas, der Herold, mit deiner Gabe, dem toderfüllten Gewand. Der Vater erfreute sich an dem kostbaren Geschenk und legte es an nach deinem Wunsch, um das Opfer zu vollbringen; doch wie er mit stolzem Siegesgefühl in milder Heiterkeit an dem lodernden Altar seine Hände betend zum Himmel hob, da drang ihm plötzlich ein heftiger Schweiß auf die Haut, und das Opferkleid schmiegte sich wie angelötet an alle Glieder; ein zerreißendes Zucken fuhr durch sein Gebein, und wie vom Gift einer feindlichen Natter wurde er mörderisch verzehrt. Da rief er den Herold und fragte ihn, zu welcher Arglist er das Gewand ihm hergebracht habe. Doch der wusste nichts, als dass du die Gabe ihm gesendet hast. Kaum hat er das Wort gesprochen, so fasst Herakles, von schmerzhaftem Krampf durchzuckt, den Unglücklichen, der nichts verschuldet, am Fuß und schleudert ihn in wilder Wut wider den Fels im Meer, dass er zerschmettert in der Flut versinkt. Das ganze Volk schrie jammernd auf bei dieser furchtbaren Tat des Rasenden, und keiner wagte sich ihm zu nahen. Bald zuckte er nieder zur Erde, bald sprang er wieder vom Boden auf unter grässlichem Geschrei und Brüllen, dass weithin die Berge widerhallten. Als er endlich erschöpft am Boden in schrecklichstem Schmerz sich krümmte und wälzte, stöhnend in langem Klagruf und die Ehe mit dir verfluchend, die ihm den Untergang gebracht, da sah er, aus seiner Schmerzensglut aufblickend, mich, den Sohn, weinend in seiner Nähe stehen, und er rief mir zu: »Komm, mein Sohn, fliehe nicht vor meiner Not, und wenn du auch mit mir sterben musst; bringe mich weg, fort aus diesem Land, damit ich hier nicht sterben muss.« Da legten wir ihn in ein Schiff und führten ihn herüber mit großer Not; denn er ächzte und zuckte und schrie in steter Qual. So werdet ihr ihn denn bald hier schauen, lebend noch oder vielleicht auch schon gestorben. Das ist deine Tat, Mutter; möge die Erinys mit ihrer Rache dich treffen, da du den besten Mann von Hellas so schmählich hingemordet hast.«

Deïaneira erwiderte kein Wort auf die Vorwürfe ihres Sohnes. In stummem Schmerz ging sie in das Haus, und nachdem die Verzweiflung sie durch alle Räume hin und wieder getrieben hatte, warf sie sich schluchzend auf ihr Lager, löste die Goldspangen von der Brust und entgürtete sich die Seite. Eine Dienerin, die ihr nachgegangen, sah ihr Beginnen, und nichts Gutes ahnend, rief sie eilends den Hyllos herbei. Als sie in das Schlafgemach stürzten, lag Deïaneira entseelt vor ihnen in ihrem Blut; sie hatte ein zweischneidiges Schwert sich in die Seite gestoßen bis tief ins Herz. Der Sohn warf sich jammernd über die Leiche der Mutter und bedauerte, dass er unbedachtsam sie so böser Schuld geziehen; denn zu spät hatten ihn die Hausgenossen belehrt, dass sie, verleitet durch die Arglist des Kentauren, in bester Absicht schlimmes Werk getan.

Noch hing Hyllos klagend an dem Mund der toten Mutter, da hörte er im Hof fremden Männertritt. Es waren die Männer, welche den schlafenden Herakles auf einer Bahre herbeitrugen. Die Klage des Hyllos weckte ihn auf zu neuer Qual. »Wo bist du, Sohn?«, rief er, »fasse mich, erbarme dich! Nimm dein Schwert und stoße es mir hier unter den Hals, erlöse mich von der Pein, in welche mich deine gottlose Mutter gestürzt. O undankbares Hellenenvolk! Will keiner mit dem Stahl, mit dem Feuer mich retten aus dieser Pein? Und doch, wie viel hab ich gekämpft und gelitten zu eurem Heil. O seht hier diese Glieder, die einst den Löwen in Nemea bezwungen und die lernäische Schlange, die mit den Giganten und mit dem Hund des Hades gekämpft haben, wie ist das letzte Fleisch von ihnen weggefressen und alles Mark und Blut zerstört. Kein Speer, kein Gigantenheer, kein Ungeheuer der Wüste hat mich bewältigt, und nun hat die Hand eines Weibes mich vertilgt. O führe sie her, mein Sohn, dass ich sie strafe.«

Hyllos belehrte den Vater, dass die Mutter willenlos gefehlt, dass sie, durch den bösen Rat des sterbenden Nessos verführt, mit dem von dem lernäischen Gift durchdrungenen Blut des Kentauren das verhängnisvolle Gewand bestrichen, in dem Wahn, durch einen unschädlichen Liebeszauber das Herz des Herakles wieder an sich zu fesseln. Durch diese Nachricht wurde der Zorn des Helden besänftigt, und er erkannte zugleich, dass sein Lebensende nahe sei. Denn er hatte vorzeiten ein Orakel erhalten, dass kein Lebendiger ihn fällen werde, er könne nur sterben durch einen Toten. Jetzt sah er, dass der tote Nessos ihm den Tod bereitet. Darum verlobte er noch in Eile seinen Sohn Hyllos mit Iole und befahl dann, ihn hinauf auf die Höhe des Öta zu tragen, damit er dort in den Tod gehe. Er ließ dort einen hohen Holzstoß errichten, stellte sich darauf und forderte nun den Sohn und seine Begleiter auf, den Holzstoß anzuzünden. Allein keiner wollte sich dazu verstehen. Da kam Philoktetes herzu, der Herrscher auf dem Öta, ein Freund des Herakles; dieser ließ sich von Herakles bereden, den Scheiterhaufen anzuzünden, und erhielt dafür die nie fehlenden Pfeile des Herakles zum Lohn. Als das Feuer lodernd aufschlug, fielen prasselnde Blitze zuckend vom Himmel und beschleunigten den Brand, und Herakles stieg unter rollendem Donner auf einer Wolke hinauf in den Olympos. Das Feuer hatte an dem Helden den sterblichen Teil seines Wesens vernichtet, und er ging als ein unsterblicher Gott in die Gemeinschaft der Götter ein. Athena empfing den verklärten Helden und führte ihn seinem Vater entgegen und der Hera, welche ihrem Hass entsagt hatte, nachdem er sein irdisches Leben vollendet. Zeus und Hera vermählten den vergötterten Herakles mit ihrer Tochter Hebe, der Göttin ewiger Jugend, und diese gebar ihm zwei göttliche Söhne, Aniketos und Alexiares, den »Unbesiegbaren« und den »Unheilabwender«.

Theseus

Seine Geburt und Reise nach Athen

Aigeus, der König von Athen, aus dem Stamm des Erechtheus, war kinderlos, obgleich er schon mit zwei Frauen vermählt gewesen war. Und schon wurde das Haupt ihm grau, sodass er einem einsamen und freudlosen Alter entgegenging. Da begab er sich nach Delphi, um den Gott zu befragen, wie er in den Besitz eines Nachkommen und Erben seines Throns gelangen könnte. Der Gott gab ihm einen dunklen Bescheid, den er sich nicht zu erklären wusste; er reiste daher direkt von Delphi nach Trözen zu dem durch seine Weisheit berühmten König Pittheus, damit dieser ihm den Sinn des Orakels auslege. Pittheus ersah aus dem Götterspruch, dass dem athenischen König ein Sohn bestimmt war, der durch seine Heldentugenden sich großen Ruhm unter der Menschheit erwerben werde. Darum vermählte er ihm seine Tochter Aithra, damit seine Familie teil habe an der verheißenen Ehre; doch verheimlichte er die Ehe vor dem Volk, und als Aithra einen Sohn gebar, verbreitete er den Glauben, dass der Meergott Poseidon dessen Vater sei. Den Knaben nannte er Theseus und erzog ihn aufs Sorgfältigste; denn der Vater Aigeus hatte bald nach seiner Vermählung mit Aithra Trözen wieder verlassen und war nach Athen geeilt, weil er befürchtete, seine nächsten Verwandten, die 50 Söhne des Pallas, möchten sich seiner Herrschaft bemächtigen. Bevor aber Aigeus Trözen verließ, hatte er ein Schwert und ein Paar Fußsohlen unter einen schweren Felsblock gelegt und seiner Gattin den Auftrag gegeben, wenn ihr Sohn zu einer solchen Kraft herangewachsen sei, dass er den Felsblock aufzuheben vermöchte, so solle sie ihn Schwert und Sohlen hervorholen lassen und mit diesen Erkennungszeichen zu ihm nach Athen schicken. Bis dahin aber sollte ihm seine Abkunft verheimlicht bleiben.

Als Theseus 16 Jahre alt war, führte ihn die Mutter an den Felsen. Er hob ihn mit leichter Mühe in die Höhe und holte Schwert und Schuhe hervor. Und jetzt erst offenbarte ihm Aithra, wer sein Vater sei, und forderte ihn auf, zu demselben zu ziehen; an Schwert und Schuhen wolle der Vater ihn erkennen. Der starke mutige Jüngling war sogleich entschlossen, nach Athen zu gehen. Mutter und Großvater rieten und baten, dass er den Weg zur See wählte, weil dieser gefahrloser war; denn der Landweg nach Athen über den korinthischen Isthmus war höchst unsicher durch viele riesige Unholde und wildes Getier. Herakles hatte es sich zur Aufgabe gemacht, die Welt von solchen Ungetümen zu befreien; da er sich aber damals in Lydien befand, in der Sklaverei der Omphale, so konnten solche Räuber und Missetäter, die ihm bisher entgangen waren oder sich verborgen gehalten hatten, ihr Unwesen wieder frei und ungehindert treiben. Der junge Theseus war entschlossen, jetzt seine Rolle zu übernehmen. Er war von mütterlicher Seite her mit Herakles verwandt – seine Mutter und die des Herakles waren beide Enkelinnen des Pelops –, und er fühlte in sich etwas von dem Geist und der Kraft des großen weltberühmten Helden. Von früher Jugend an hatte er sich ihn zum Vorbild ausersehen und konnte kaum die Zeit erwarten, wo er gleich ihm die Welt durchziehen und sich durch heldenmütige Taten großen Ruhm erkämpfen könnte. Auch wollte er nicht ohne den Glanz großer Taten vor seinen Vater treten; diese, nicht die Schuhe und ein unblutiges Schwert sollten dem Vater beweisen, dass er sein Sohn sei und von dem edlen Geschlecht des Erechtheus. Darum also verschmähte er den sicheren Weg zur See und wählte den Landweg nach Athen.

Theseus

Sobald Theseus die Grenze der großväterlichen Herrschaft überschritten hatte und in das Gebiet von Epidaurus kam, trat ihm in einem finsteren Wald ein räuberischer Riese entgegen, mit Namen Periphetes. Er schwang eine schwere eiserne Keule, mit der er die Wanderer niederschmetterte; deshalb nannte man ihn den Keulenschwinger. Der Jüngling trat dem Riesen furchtlos entgegen und tötete ihn nach kurzem Kampf. Die eiserne Keule nahm er freudig an sich und trug sie hinfort als seine Waffe und als Zeichen seines Sieges und seiner Kraft, wie Herakles die Haut des Löwen trug zum Zeichen, welch ein gewaltiges Tier er bezwungen. Auf dem Isthmus von Korinth in dem Fichtenwald des Poseidon traf Theseus auf einen neuen Frevler, den Sinis oder Fichtenbeuger. Diesen letzten Namen hatte er erhalten, weil er die Fremden, die ihm in die Hände fielen, auf die Weise tötete, dass er sie an die Spitzen niedergebeugter Fichten band und dann in die Lüfte schnellte. Theseus nahm ihm auf dieselbe Weise das Leben und stiftete später, als er König von Athen geworden war, an der Stelle dem Poseidon die isthmischen Spiele. Die schöne Tochter des Unholds flüchtete sich vor Theseus in eine Gegend, die mit dichtem Gebüsch überwachsen war, und versteckte sich unter demselben, indem sie in kindlicher Einfalt die Büsche anflehte, sie vor dem Fremdling zu bergen, sie wolle auch niemals sie beschädigen oder verbrennen. Theseus rief sie freundlich zurück, unter der Versicherung, dass er ihr nichts zuleide tun werde, und nahm sich ihrer für die Zukunft an; er vermählte sie nachmals mit Deïoneus, dem Sohn des Königs Eurytos von Oichalia. Ihre Nachkommen aber verbrannten nie eines von den Gewächsen, die ihre Ahnfrau beschützt hatten.

Auf seinem weiteren Zug kam Theseus in die enge waldige Gegend von Krommyon, in der ein furchtbares Wildschwein hauste, Phaia, »die Graue«, oder auch einfach die krommyonische Sau genannt. Theseus versprach den Bewohnern der Gegend, sie von dem gefährlichen Tier zu befreien, und erlegte es. Darauf gelangte er an die Grenze von Megara zu dem sogenannten skironischen Felsen, wo auf hohem Felsenpfad an einem steilen Abhang über dem Meer der übermütige Räuber Skiron sein Wesen trieb. Er zwang mit frechem Hohn die vorüberziehenden Wanderer, ihm die Füße zu waschen, und während sie dieses Geschäft verrichteten, schleuderte er sie durch einen Fußtritt die steile Felswand hinab in das Meer, wo eine große Schildkröte den zerschmetterten Leib auffraß. Theseus warf den Missetäter den Felsen hinab. Bei Eleusis, nicht weit von der Grenze von Megara, forderte ihn der Riese Kerkyon, wie er allen Fremden zu tun pflegte, zum Ringkampf auf. Theseus, der gewandteste Ringer seiner Zeit, überwältigte und tötete ihn. Er übergab dem Hippothoon, dem Sohn des Poseidon und der Alope, der schönen Tochter des Riesen, der, nach seiner Geburt ausgesetzt, von einer Stute gesäugt und von den Hirten aufgezogen worden war, die Herrschaft des Landes. Jenseits Eleusis traf Theseus auf den grausamen Damastes, einen Wegelagerer, der die Fremden, die in sein Gehege kamen, auffing und in ausgesuchter Weise zu Tode marterte. Er hatte ein Lager, auf das er die Gefangenen sich zu legen zwang; war nun das Lager ihnen zu kurz, so hieb er ihnen von den Gliedmaßen ab, was überstand, war es zu lang, so reckte er ihren Leib durch Schlagen und Hämmern so weit aus, bis sie in die Bettstelle passten. Deswegen nannte man ihn Prokrustes, »den Ausrecker«. Theseus zwang ihn selbst auf das grausame Lager und hieb ihm, da sein riesiger Leib weit überstand, die Glieder zusammen, dass er jämmerlich umkam.

Nach so vielen schweren Abenteuern kam Theseus glücklich bis zu dem Fluss Kephissus bei Athen. Dort begegneten ihm einige Männer aus dem Geschlecht der Pyntaliden, die ihn freundlich aufnahmen und bewirteten und, nachdem sie ihn von dem vergossenen Blut gesühnt und gereinigt, bis an die Stadt Athen führten. Als der zarte Jüngling in langem ionischen Gewand mit zierlich aufgebundenem Haar durch die Straßen dahinging, sahen ihn einige Arbeiter, die bei dem Bau eines Apollotempels beschäftigt waren, und spotteten des schönen Mädchens, das so allein umherstreiche. Da spannte Theseus von einem nahestehenden Wagen die Stiere ab und warf den Wagen hoch in die Luft bis oben auf das Dach des Tempels, an dessen Ausbau sie eben beschäftigt waren. Mit Staunen und Schreck erkannten sie, dass sie es nicht mit einem schwachen Mädchen zu tun hatten, und waren froh, dass er, ohne sie weiter zu kränken, davonging.

Theseus in Athen

Theseus trat unerkannt als Fremdling in das Haus seines Vaters. Damals schaltete gerade in dem Haus des alten Königs die arglistige Medeia, welche von Korinth aus nach Athen geflüchtet war und bei Aigeus sich dadurch eine gastliche Aufnahme erwirkt hatte, dass sie versprach, ihm durch ihre Zauberkünste die Kraft der Jugend wiederzugeben. Diese erkannte den Theseus als den Sohn des Königs, und da sie befürchtete, der Sohn möchte sie bald aus dem Haus treiben, so trachtete sie ihm nach dem Leben. Sie brachte dem König, der in seiner Schwachheit von jedermann Gefahr fürchtete, den Argwohn bei, der Fremdling sei ein Späher seiner Feinde, und beredete ihn, beim Mahl ihn zu vergiften. Als das Mahl bereitet war, setzte sie dem Jüngling einen vergifteten Trank vor; dieser aber wollte dem Vater eine freudige Überraschung bereiten, indem er ihm Gelegenheit böte zu seiner Erkennung, und zog, um das Fleisch zu zerschneiden, das Schwert, das jener einst für ihn unter den Felsen gelegt. Da erkannte der Alte voll Freude und Schreck den Sohn, warf schnell den Giftbecher um und schloss den Langersehnten mit Jubel in die Arme. Medeia aber, die Frevlerin, hielt es für ratsam, während Vater und Sohn ganz der Freude des Erkennens und Findens hingegeben waren, aus dem Haus zu entfliehen und so bald als möglich das Land zu verlassen.

Aigeus stellte sogleich der versammelten Volksgemeinde den Sohn vor und erzählte ihr die Abenteuer, die er auf dem Weg von Trözen daher so ruhmreich bestanden. Mit freudigem Jauchzen begrüßte das Volk den jungen Helden als seinen zukünftigen König. Dieser hatte schon in den nächsten Tagen Gelegenheit, sich den Bürgern Athens als Helden zu bewahren. Die 50 Söhne des Pallas nämlich, der ein Bruder des Aigeus war, die wilden Pallantiden, hatten gehofft, nach dem Tod ihres alten kinderlosen Oheims in den Besitz seiner Herrschaft zu gelangen. Jetzt, wo unversehens dem Alten aus der Fremde ein unbekannter Sohn gekommen, ging ihnen diese Hoffnung zuschanden, und sie rückten voll Zorn mit den Waffen in der Hand auf die Stadt los, in der Absicht, den Alten mit seinem Sohn zu erschlagen und sich der Herrschaft zu bemächtigen. Ein Haufe derselben zog auf offener Straße gegen die Stadt,

Theseus, den marathonischen Stier bändigend

während ein anderer sich in einen Hinterhalt gelegt hatte, um dem Theseus, wenn er mit jenen kämpfte, in den Rücken zu fallen. Ein Herold aber hatte dem Theseus diesen Anschlag verraten. Dieser suchte daher zuerst den Hinterhalt auf und erschlug sie alle, worauf der andere Haufe sich flüchtend zurückzog. So war Aigeus von der Bedrängnis der herrschsüchtigen Neffen befreit und erfreute sich seitdem eines ruhigen Alters. Auch den Bürgern des attischen Landes erwies bald der junge Königssohn eine große Wohltat. In den Gefilden von Marathon trieb sich noch der schreckliche Stier herum, den wir aus der Geschichte des Herakles kennen. Herakles hatte ihn von Kreta nach Mykenä gebracht, und nachdem Eurystheus ihn hatte entlaufen lassen, war er nach längerem Umherirren in die Gegend von Marathon gekommen, wo er der Schrecken und die Plage war für Menschen und Vieh. Theseus zog gegen ihn, fing ihn und brachte ihn nach Athen, wo er ihn dem Gott Apollon opferte.

Des Theseus Fahrt nach Kreta

Die Athener seufzten damals unter einem schweren Geschick. Ein Sohn des Minos, des gewaltigen Seekönigs von Kreta, mit Namen Androgeos, war vor Jahren zu einem Fest nach Athen gekommen und hatte daselbst im Kampfspiel alle Kämpfer besiegt. Diese Schmach kränkte die Athener und besonders den König Aigeus, welcher den Jüngling aus dem Weg zu räumen beschloss. Er sandte ihn gegen den vorhin schon erwähnten marathonischen Stier, der ihn tötete. Minos, damals gerade auf der Insel Paros mit einem Opfer beschäftigt, erhielt schnell die Nachricht vom Tod seines Sohnes, er rüstete eine mächtige Flotte aus und segelte heran, um an den treulosen Athenern Rache zu nehmen. Nachdem er das mit Attika verbündete Megara bezwungen, legte er sich vor Athen und belagerte die Stadt so lange, bis Hunger und Krankheit sie zwang, sich ihm zu unterwerfen. Er legte ihnen einen grausamen Tribut auf. Sie mussten jedes neunte Jahr 7 Jünglinge und 7 Jungfrauen nach Kreta schicken, welche dem Minotauros zum Fraß hingegeben wurden. Dieser Minotauros war ein furchtbares menschenfressendes Ungeheuer, halb Mensch und halb Stier, und wurde in dem von Daidalos erbauten Labyrinth verschlossen gehalten, einem Gebäude mit unzähligen Irrgängen. Sobald die unglücklichen Opfer in Kreta angekommen waren, wurden sie in dieses Gebäude gebracht und fanden daselbst durch das Ungeheuer den Tod.

Damals kamen die Gesandten des Minos zum dritten Mal, um den traurigen Menschentribut abzuholen, und die Stadt füllte sich mit Jammer und Klage. Die Opfer sollten dem Gebrauch gemäß durch das Los aus der Jugend der Stadt ausgewählt werden. Da waren denn die Väter, welche erwachsene Söhne und Töchter hatten, in großer

Angst und Trauer und machten dem Aigeus bittere Vorwürfe, dass er, obgleich der Urheber des ganzen Unheils, allein nicht teilnehme an der Strafe und mit seinem aus der Fremde hergelaufenen Sohn ruhig zusehe, wie ihnen die rechtmäßigen Kinder zu grausamem Tod entrissen würden. Da Theseus dies Murren und Klagen hörte, entschloss er sich, freiwillig mit den durchs Los bestimmten Jünglingen und Jungfrauen nach Kreta zu gehen. Der Vater beschwor ihn, zurückzubleiben und ihn nicht kinderlos zu machen, nachdem ihm kaum das Glück geworden, einen Sohn und Erben zu besitzen; allein Theseus blieb bei seinem Entschluss und suchte den Vater durch die Versicherung zu beruhigen, dass er den Minotauros bezwingen und nicht bloß die Opfer, die mit ihm geschickt würden, vom Tod, sondern auch die Stadt für immer von dem grausamen Tribut befreien werde. Denn der Tribut sollte so lange bestehen, als der Minotauros lebte. So gab denn Aigeus nach, und Theseus steuerte, nachdem er zuvor mit seinen Begleitern Zweige der flehenden Bitte in dem Tempel des Apollon niedergelegt, auf dem mit schwarzen Segeln ausgerüsteten Trauerschiff, begleitet von den ängstlichen Blicken der Zurückbleibenden, mutig in die See.

Das delphische Orakel hatte dem Theseus den Rat gegeben, er sollte Aphrodite, die Göttin der Liebe, sich zur Führerin wählen und ihr Geleit sich erbitten. Er verstand zwar den Sinn des Orakels nicht, doch brachte er der Göttin vor seiner Abfahrt am Ufer des Meeres ein Opfer. In Kreta angelangt, erkannte er bald, was das Orakel gemeint hatte. Ariadne, die liebliche Tochter des grimmen Minos, sah den herrlichen Jüngling, und sofort fasste ihr Herz eine unbegrenzte Liebe zu ihm. In einer geheimen Unterredung gestand sie ihm ihre Neigung und händigte ihm einen Knäuel Garn ein, mit dessen Hilfe er sich in dem verworrenen Labyrinth zurechtfinden sollte. Als Theseus mit den unglücklichen Schlachtopfern in das in einsamer Wildnis gelegene Labyrinth geschickt wurde, knüpfte er das Ende des Fadens an dem Eingang fest und leitete sich an demselben, den Übrigen voran, durch die wirren Gänge fort, bis er zu der Stelle kam, wo der Minotauros sie erwartete. Theseus griff das grässliche Ungeheuer sogleich an und erlegte es in wildem Kampf. Darauf leitete er sich mit den geretteten Jünglingen und Jungfrauen an dem Faden wieder aus dem Labyrinth heraus. Mit freudigem Jubel begrüßten die Befreiten und ihr Befreier das Tageslicht, wo Ariadne in banger Sorge ihrer harrte. Unter Gesang und Lautenklang, die Locken umkränzt mit den Kränzen der Liebe, tanzen Theseus und Ariadne zugleich mit den übrigen Jünglingen und Jungfrauen einen fröhlichen Reigen, in welchem sie die Verschlingungen des Labyrinths nachahmen, einen Tanz, der auf Delos in der Folge noch immer zum Andenken an die Rettung der athenischen Jünglinge und Jungfrauen getanzt wurde. Doch sie durften nur kurze Zeit sich der Lust und Freude überlassen; wenn Minos ihre Rettung aus dem Labyrinth erfuhr, so hatten sie neues Unheil zu befürchten. Darum mahnte Theseus zu schneller Flucht. Ariadne teilte die Flucht. Die Liebe trieb sie, dem Geliebten in die Fremde zu folgen; auch fürchtete sie den Zorn ihres Vaters, wenn derselbe erführe, dass durch ihre Hilfe die Athener entflohen. Ehe sie absegelten, zerhieb noch Theseus auf ihren Rat den Boden der kretischen Schiffe, damit Minos sie auf ihrer Flucht nicht verfolgen könnte.

Theseus, den Minotauros tötend

So kamen sie glücklich und ungefährdet zur Insel Naxos, wo sie eine Zeit lang verweilten. Dort erschien der Gott Dionysos (Bakchos) dem Theseus im Traum und erklärte ihm, dass ihm selbst Ariadne vom Schicksal als Braut bestimmt sei, er müsse ihm die Geliebte überlassen, wolle er nicht von seinem göttlichen Zorn verfolgt sein. Theseus fürchtete den Gott und folgte seinem Gebot. Schweren Herzens segelte er von der Insel ab, während die Geliebte im Schlummer lag. Als sie erwachte, sah sie sich verlassen und einsam auf der einsamen Insel und brach in laute Klagen aus über ihre Verlassenheit und die Treulosigkeit des Jünglings, dem sie alles geopfert. Da erschien ihr der Gott Dionysos und erklärte ihr den Zusammenhang ihres Schicksals und beruhigte sie durch die Verheißung hoher Ehren. Er erkor sie zu seiner Braut, und Zeus erhob sie unter die Götter. Die Krone, welche sie bei ihrer Vermählung mit Dionysos getragen hatte, wurde als Sternbild an den Himmel versetzt und prangt noch heute am Firmament in glänzenden Sternen als Krone der Ariadne.

In tiefer Trauer um die verlorene Ariadne war Theseus von Naxos aus weitergesegelt. Bei seinem Abschied von dem Vater hatte er diesem versprochen, wenn sein Unternehmen gelungen sei, wolle er zum Zeichen froher Wiederkehr weiße Segel statt der schwarzen auf seinem Schiff aufziehen. In seiner Trauer vergaß er jetzt, wo er den Küsten der Heimat sich näherte, seine Verabredung mit dem Vater und ließ die schwarzen Segel. Schon viele Tage saß der alte Aigeus auf einem hohen Felsen am Ufer, von wo er eine weite Aussicht auf das Meer hatte, und harrte in banger Sorge auf den geliebten Sohn. Da endlich erschien in der Ferne das ersehnte Schiff, aber weh! es trägt die schwarzen Segel; der Sohn hat im Kampf mit dem Minotauros den Tod gefunden! Voller Verzweiflung stürzte sich der unglückliche Vater ins Meer und gab sich den Tod. Unterdessen kam Theseus in den Hafen, und während er dort den Göttern die Opfer darbrachte, die er bei seiner Abfahrt ihnen gelobt hatte, schickte er einen Herold in die Stadt mit der Botschaft der Rettung. Der Herold wunderte sich, dass nur ein Teil der Bürger seiner Botschaft sich freute und ihn als Freudenbringer bekränzen wollte, während die andern ihn mit trauriger Miene anhörten. Bald löste sich ihm das Rätsel. Eben nämlich verbreitete sich die Nachricht von dem Tod des Aigeus durch die Stadt, und die Trauer war allgemein, sobald die Kunde der ganzen Bürgerschaft bekannt geworden war. Da nahm wohl der Herold die ihm dargebotenen Kränze an, aber er schmückte sich nicht damit das Haupt, sondern hängte sie traurig an seinen Heroldsstab und kehrte so zu seinem Herrn in den Hafen zurück. Dieser hatte sein Dankopfer noch nicht vollendet; darum wartete der Herold, um die heilige Handlung nicht durch seine Unglücksbotschaft zu stören, vor dem Tempel, bis Theseus sie durch eine feierliche Spende beschlossen hatte. Dann meldete er ihm das Ende seines Vaters. Theseus war tief ergriffen von der Trauerbotschaft und zog betrübten Herzens in die trauernde Stadt ein, welche er unter freudigem Jubel zu betreten gehofft hatte.

Das Schiff, welches Theseus nach Kreta und wieder zurückgebracht hatte, haben die Athener viele Jahrhunderte lang als ein heiliges Schiff aufbewahrt und zu der heiligen Gesandtschaft gebraucht, welche sie jährlich nach Delos zu dem Fest des Apollon schickten. Sobald ein Stück des Schiffs abgängig wurde, setzten sie ein anderes dafür ein, sodass im Laufe der Zeit durch die stete Ausbesserung das Fahrzeug öfter ganz erneuert worden ist.

Oidipus

Des Oidipus Jugend und Frevel

(Sophokles' *König Oidipus*)

Laïos, der Sohn des Labdakos, aus dem Geschlecht des Kadmos, war König in Theben und hatte Iokaste, die Tochter des Menoikeus, der von einem der aus den Drachenzähnen des Kadmos entsprossenen Riesen stammte, zur Gemahlin. Da ihre Ehe kinderlos blieb, so wandte sich Laïos an das Orakel zu Delphi und erhielt von Apollon das Orakel:

> Laïos, Labdakos' Sohn, du erflehst dir den Segen der Kinder;
> Wohl, ich will dir verleihen einen Sohn, doch ist dir verhängt,
> Durch die Hände des Sohnes zu sterben. Denn also bestimmte es
> Zeus der Kronide, gerührt von den traurigen Flüchen des Pelops,
> Dem du geraubt den Sohn; der hat all dies dir gewünscht.

Laïos hatte nämlich in früheren Jahren, als er, aus der Heimat flüchtig, eine Zeit lang die Gastlichkeit des Königs Pelops in Pisa genoss, dessen jungen Sohn Chrysippos geraubt und mit sich fortgeführt, und für diesen frevelnden Undank hatte Pelops ihm geflucht, dass er einst durch seinen eigenen Sohn das Leben verlieren möge. Das empfangene Orakel erfüllte den Laïos und seine Gemahlin mit nicht geringer Furcht, die doppelt erwachte, als ihnen endlich ein Sohn geboren wurde. Kaum sah dieser den dritten Tag, so schnürte ihm der Vater die Füße zusammen, durchbohrte seine Knöchel unbarmherzig mit einem Eisen und ließ den armen Säugling durch die Hand seiner Mutter einem Sklaven des Hauses übergeben, dass er ihn im Gebirge Kithäron aussetze. Dort, hofften sie, werde das Kind, von dessen Hand sie Unheil fürchteten, in der Wildnis verschmachten oder von wilden Tieren zerrissen werden, und sollte es dennoch durch irgendeinen Zufall am Leben bleiben, so mussten die verstümmelten Füße doch bald seine Erkennung herbeiführen. Der Sklave, der des Laïos Herden im

Kithäron weidete, war barmherziger als die königlichen Eltern und konnte es nicht über sich gewinnen, das arme Kind dem Verderben preiszugeben. Er übergab es einem Diener des Königs Polybos von Korinth, der oft in seiner Nähe auf dem Kithäron die Rinder seines Herrn weidete und seit Langem mit ihm bekannt war, und bat ihn, den Knaben aufzuziehen. Der korinthische Hirte brachte den Knaben seinem Herrn, und da dieser kinderlos war, so entschloss er sich mit seiner Gemahlin Merope, den Findling an Kindes statt anzunehmen. Wegen seiner geschwollenen Füße nannten sie den Knaben Oidipus, d. h. Schwellfuß. So hatte denn Oidipus, den seine hartherzigen Eltern von sich gestoßen, in fremdem Land elterliche Liebe gefunden, und der heimatlose Findling wuchs unter der treuen Pflege fremder Hände als der Erbe eines glänzenden Thrones auf. Zum Jüngling herangereift, galt er allgemein für den ersten der Bürger in Korinth. Da griff ein unbedeutender Vorfall störend in sein Jugendglück ein. Bei einem fröhlichen Gelage nannte ihn ein korinthischer Jüngling im Rausch ein untergeschobenes Kind. Ungehalten über das beschimpfende Wort, hielt Oidipus kaum den Tag über aus; am anderen Morgen trat er vor seine Eltern, um sie auszuforschen. Die zürnten über den Jüngling, der ihrem Sohn solche Schmach angetan, und suchten ihn zu beruhigen; da er aber von ihnen keine genügende Auskunft erhielt und der Vorwurf beständig an seinem Herzen nagte, so ging er ohne Wissen seiner Eltern nach Delphi, um sich bei dem Orakel Gewissheit über seine Abkunft zu holen. Der weissagende Gott ließ ihn ohne Aufschluss über seine Frage, verkündete ihm aber grauenvolles Unheil: Er werde seinen Vater ermorden, mit seiner eigenen Mutter sich vermählen und ein den Menschen grauses Geschlecht erzeugen.

Als Oidipus die furchtbare Weissagung vernommen, beschloss er, um dem verkündeten Unheil zu entrinnen, so schwer es ihm auch wurde, das Auge seiner teuren Pflegeeltern, die er für seine wahren Eltern halten musste, nie mehr zu sehen. Er verließ den Weg, der von Delphi nach Korinth führte, und wanderte auf gut Glück in die Welt hinein, indem er nur die Sterne sich zu Wegweisern nahm. Nach einer glücklichen Jugend im korinthischen Königshaus ist er wieder ein heimatloser Pilger. Einsam wandert er, ohne zu wissen wohin, durch das phokische Land. In der Nähe von Daulis in öder Gegend ist ein Dreiweg, wo durch einen engen Hohlweg, der noch heute zu sehen ist, die Straße von Böotien heraufkommt. In diese Straße bog der Jüngling ein, als eben ein Wagen des Wegs heraufkam, ihm entgegen. Auf dem Wagen saß ein Mann in schon vorgerückten Jahren, sein Haar war schon mit einigem Weiß untermischt; vor ihm saß ein Herold als Wagenlenker, einige Diener folgten dem Wagen. Der Wagenlenker und der Alte wollten den ihnen entgegenkommenden Wanderer mit Gewalt aus dem Weg drängen; da versetzt der Jüngling, von raschem Zorn erfasst, dem Wagenlenker einen Schlag und will dann ruhig an dem Wagen vorbeigehen. Als er eben an dem Alten vorüberkommt, schlägt ihn dieser, den rechten Augenblick abwartend, mit dem Stachelstabe, mit welchem man die Pferde antreibt, über den Kopf; sofort aber führt der Geschlagene mit jugendlichem Arm einen so kräftigen Hieb mit seinem Wanderstab gegen den Alten, dass er rücklings vom Wagen herabfällt. Einmal in Zorn versetzt, erschlägt er alle Begleiter des fremden Mannes bis auf einen, der unvermerkt im Gewirr entflohen ist.

Oidipus setzte seinen Weg weiter fort, ohne sich viel Gedanken über seinen Mord zu machen; war er doch selbst der angegriffene Teil und seine Tat eine Notwehr gewesen. Er ahnt nicht, dass der erschlagene Alte sein eigener Vater war, der thebanische König Laïos, der eben auf dem Weg nach dem delphischen Orakel begriffen war.

Bald darauf kam Oidipus auf seiner ferneren Wanderung nach Theben, wohin der bei Daulis entsprungene Sklave die Nachricht von dem Tod des Königs Laïos gebracht hatte. Aber die Thebaner waren damals in einer Lage, in welcher sie sich nicht lange mit diesem Ereignis beschäftigen konnten. Ein großer Schrecken war unmittelbar vor ihren Toren. Die Sphinx, ein aus der Unterwelt heraufgesandtes furchtbares Ungeheuer mit Kopf und Brust einer Jungfrau und dem geflügelten Rumpf eines Löwen, hatte sich in der Nähe der Stadt auf einem Felsenberg, der nachmals von ihr den Namen Sphinxberg trug, gelagert und versetzte Theben und die ganze Umgegend in große Not. Sie legte den Bürgern von Theben Rätsel vor, die sie von den Musen gelernt hatte, und wenn einer das Rätsel nicht zu lösen vermochte, so zerriss und fraß sie ihn. So hatte schon mancher Bürger ein unglück-

Oidipus und die Sphinx

liches Ende gefunden. Zuletzt noch hatte ein Sohn des Kreon, des Bruders der Iokaste, welcher nach des Laïos Tod die Regierung führte, der schönste Jüngling in ganz Theben, in hochherziger Vaterlandsliebe die Lösung des Rätsels versucht, um seine Vaterstadt von der grausamen Plage zu befreien; aber auch er hatte unter den Krallen des Ungeheuers sein junges Leben verloren. Da machte Kreon bekannt, dass der, welcher die Stadt von der Sphinx erlöse, die königliche Krone und die Hand der verwitweten Königin erhalten solle. Als Oidipus, der abenteuernde Wanderer, dies hörte, entschloss er sich, sein Glück zu versuchen; er trat vor die Sphinx und fragte nach dem Rätsel. Das Rätsel lautete: »Es gibt ein Wesen, das ist am Morgen vierfüßig, am Mittag zweifüßig und am Abend dreifüßig und hat eine Stimme. Es verändert allein von allen Wesen auf der Erde seine Gestalt; wenn es aber auf den meisten Füßen geht, so hat es die geringste Kraft und Schnelligkeit.« »Das ist der Mensch«, sprach Oidipus; »am Morgen seines Lebens, als schwaches, hilfloses Kind, geht er auf Händen und Füßen, auf zwei Füßen wandelt er am Mittag seines Lebens, und hat er endlich den Abend des Lebens erreicht, so ist für den schwachen Greis der Stab sein dritter Fuß.« Das Rätsel war glücklich gelöst, und die Sphinx stürzte sich verzweifelt von der Höhe des Felsen und gab sich den Tod. Es war ihr vom Schicksal verhängt, dass sie sich töten müsse, sobald ein Sterblicher ihr Rätsel gelöst.

Die jubelnde Stadt beschenkte jetzt dankbar den heimatlosen Fremdling mit der königlichen Krone und gab ihm die Hand der verwitweten Königin. Ein wunderbares Glück in dem wechselvollen Leben des jungen Mannes, und doch, welch einen schrecklichen Abgrund verdeckte dies schimmernde Glück. Er saß auf dem Thron des von ihm erschlagenen Vaters und lebte in unheiliger Ehe mit der eigenen Mutter; ein den Menschen grauses Geschlecht erwuchs aus dieser unnatürlichen Ehe. Die Orakel des delphischen Gottes waren erfüllt.

Die Entdeckung der Frevel des Oidipus

(Sophokles' *König Oidipus*)

Viele Jahre lang herrschte Oidipus im thebanischen Land, geliebt von seinen Untertanen als der Erretter der Stadt aus höchster Not und hochgeehrt wegen seiner Weisheit und Güte. Er war umgeben von einer fröhlich aufblühenden Familie, seine Gattin hatte ihm vier Kinder geboren, zwei Söhne und zwei Töchter, Polyneikes und Eteokles, Antigone und Ismene. Aber das unheilige Verhältnis, in dem er lebte, konnten die Götter für die Dauer nicht dulden; obgleich er ohne Wissen und Willen gesündigt, so musste doch die Verkehrung aller sittlichen Ordnung endlich aufgedeckt werden und ihre Sühne erlangen. Um die Entdeckung herbeizuführen, um das Volk aufmerksam zu machen, dass etwas faul war im Staate, sandten die Götter eine furchtbare Pest über das thebanische Land. Haufenweise starben die Menschen dahin, das Vieh krankte, und es welkten die Saaten. Als der König die Bedrängnis seines Volkes sah, schickte er seinen Schwager Kreon, der der Nächste an seinem Thron war und in engster Freundschaft mit ihm lebte, nach Delphi, um bei Apollon nach Abhilfe von dem großen Unheil zu forschen. Das Volk wusste nicht, was der König in treuer Sorge um die Stadt getan. Als die Not aufs Höchste gestiegen war, stellte es feierliche Bittgänge zu den Tempeln und Altären der Stadt an und erflehte unter Opfern und Gesängen und Klagen Rettung von den Göttern.

Ein Teil des Volkes, Greise und Kinder und auserlesene Jünglinge, geführt von Priestern, kamen mit Ölzweigen in den Händen zur Kadmea vor den Palast des Oidipus und setzten sich wie Bittflehende auf den Stufen der Altäre nieder, welche vor seinem Palast standen, in der Hoffnung, dass er, der weise König, ihnen Hilfe finden werde. Oidipus trat wie ein Vater unter sein Volk und fragte mitleidsvoll den ehrwürdigsten unter den Greisen, einen Priester des Zeus, nach der Ursache ihres Erscheinens. »Du siehst, o Herr, wie unsere Stadt in namenlosem Elend krankt; die Felder verzehrt sengende Dürre, es sterben die Herden auf der Trift; die würgende Pest verödet unsere Häuser und füllt den Hades mit Klagen und Seufzen. Wir wissen nicht, wie die Stadt aus diesem Wogenschwall des Verderbens wieder ihr Haupt erheben soll. Drum nehmen wir unsere Zuflucht zu dir, den wir als den ausgezeichnetsten unter den Menschen kennen, der schon einmal unsere Stadt aus tiefster Not gerettet hat, und flehen dich an, dass du uns auch jetzt durch deine Weisheit irgendeine Abwehr findest.« »Arme Kinder«, sprach Oidipus, »wohl ist mir die Ursache eures Flehens bekannt; ich weiß, ihr krankt alle, aber unter allen krankt doch keiner im Herzen so wie ich. Ihr fühlt nur ein jeder sein eigenes Leid, doch meine Seele leidet für mich und für die ganze Stadt. Drum habt ihr nicht aus dem Schlummer jetzt mich geweckt, nein, Tag und Nacht hab ich unter Tränen in vielfacher Sorge nach Rettung geforscht, und die Heilung, die ich endlich gefunden, habe sogleich ich ins Werk gesetzt. Ich habe Kreon, meinen Schwager, nach Delphi entsandt zu dem Haus des Phoibos, um dort das Rettungsmittel zu erkunden. Schon macht mir's Sorge, wo er so lange weilt; doch sobald er zurück ist, werde ich – ich wäre sonst ein schlechter König – ohne Zögern tun, wie der Gott befiehlt.«

Kaum hatte der König ausgeredet, so erschien Kreon, als froher Bote des Gottes das Haupt mit Lorbeer umkränzt, in der Versammlung und brachte das Gebot des Orakels: Den in ihrer Mitte lebenden Mörder des Laïos sollten sie als einen Unreinen, als einen Beflecker ihres Landes verbannen oder töten; denn der Mord des Königs laste als schwere Schuld auf ihrem Land. Oidipus forschte jetzt erst nach den näheren Umständen bei dem Mord seines Vorgängers und erfuhr, dass Laïos einst auf dem Weg nach dem delphischen Orakel von Räubern sei erschlagen worden samt all seinen Begleitern, mit Ausnahme eines einzigen, der sich durch die Flucht gerettet habe. Der Schrecken, mit dem damals die Sphinx das Land erfüllte, sei schuld gewesen, dass sie den Tätern nicht weiter nachgespürt. Dass Räuber den Laïos überfallen, hatte der geflüchtete Diener fälschlich ausgesagt, weil er sich schämte zu bekennen, dass ein einziger Mann sie alle überwältigt und er noch obendrein geflohen sei.

Ohne zu ahnen, dass der Mord des Laïos und sein eigenes Abenteuer in dem Hohlweg bei Daulis dasselbe Ereignis waren, dass er selbst der gesuchte Mörder, war Oidipus sogleich aufs Eifrigste bemüht, dem Gebot des Gottes nachzukommen und die Spuren des zu bestrafenden Mörders aufzusuchen. Konnten doch von politischen Gegnern in Theben die Mörder gedungen sein und ihm selbst wie seinem Vorgänger noch gefährlich werden. Er entlässt die ihn umringende Menge und beruft die Ältesten des Volkes zu sich; vielleicht kann er mit ihrer Hilfe zu seinem Ziel gelangen. Sobald diese erschienen sind, macht er ihnen den Spruch des Gottes bekannt und fordert sie auf, ihn in der Aufsuchung des Mörders zu unterstützen. »Wenn einem von euch«, sprach er, »bekannt ist, durch wen der König Laïos umkam, so spreche er es aus, und fürchtet sich einer vielleicht, eine eigene Schuld freiwillig zu gestehen – er soll nichts anderes leiden, als ungekränkt aus dem Land gehen. Wer aber schweigt aus Furcht für einen Freund und so die Schuld der Mitwisserschaft von sich abwälzen will, den weise ich aus diesem Land, des Zepter ich trage, und verbiete ihm alle Teilnahme an Opfer und Gottesdienst und allen

Verkehr mit seinen Mitbürgern; jeder soll ihn von seinem Haus verstoßen als eine Pest unseres Landes. Und wer die Tat vollführt hat und sich nicht nennt, sei's einer oder war er mit mehreren im Bunde, den verfluche ich, dass er in Not und Plage sein Leben hinschleppe und elendiglich verderbe. Ja, sollte ich selbst mit Wissen an meinem Herde ihn bergen, so treffe mich derselbe Fluch.«

Die Männer versicherten ihre Unschuld und ihre Unkenntnis; nur hätten sie gehört, dass der König von Wanderern erschlagen worden sei. Sie raten, den Seher Teiresias, den weisen Diener des Apollon, herbeikommen zu lassen; der möchte am besten durch seine Seherkunst Auskunft geben können. Oidipus erklärt, das habe er schon auf den Rat seines Schwagers Kreon getan; er habe schon zwei Boten nach dem Seher geschickt und wundere sich, dass derselbe noch immer nicht erschienen sei. Endlich kommt der alte blinde Seher, von einem Knaben geführt. Er hatte längst in seinem Geist alles durchschaut, aber er wollte den König, den er hoch schätzte, und das königliche Haus durch seine Offenbarungen nicht ins Verderben stürzen. Darum hatte er gezögert zu kommen. Oidipus empfing den ehrwürdigen Greis mit freundlichen Worten, legte ihm den Inhalt des Orakels vor und bat ihn, der allein hier helfen könne, durch Anwendung seiner Seherkunst den Mörder des Laïos ausfindig zu machen. Der Alte bereute sein Kommen. »Wehe«, rief er aus, »wie schrecklich ist das Wissen, wo es dem Wissenden zum Unheil gereicht! Das hatte ich nicht bedacht, sonst wäre ich nicht gekommen. Lass mich nach Hause zurückkehren, o Herrscher, so trägst du am leichtesten das Deine und ich das Meine.«

Oidipus ist betroffen von der Antwort des Sehers und bittet ihn in seinem Eifer für das Heil der Stadt noch dringlicher; alles Volk wirft sich flehend dem Seher zu Füßen, aber er verharrt bei seiner Weigerung. »Magst du auch zürnen, ich werde nimmer verkünden, wonach du forschst; denn es wäre dein Unheil.« Da gerät der König, der die Weigerung des Sehers nicht begreifen kann, aufgeregt wie er ist, in heftigen Zorn und wirft ihm in bitterem Wortwechsel vor, er selbst werde wohl Anstifter und Mitwisser des Mordes sein; ja, wenn er nicht blind wäre, so würde er behaupten, er allein habe den Mord verübt. Durch den ungerechten Vorwurf gerät auch Teiresias in Zorn. »Wie, ist's wahr? Nun, so sage ich dir, verbleibe bei der Verkündigung, die du vorhin getan; von jetzt an rede weder diese deine Mitbürger mehr an noch auch mich. Denn wisse, du selbst bist der unheilige Beflecker dieses Landes; du bist der Mörder, den du suchst; noch mehr, du lebst, ohne es zu wissen, mit deinen Teuersten im schmählichsten Verkehr. Apollon wird das alles noch ans Licht bringen.«

Dem König hätte bei diesen Worten des Sehers das Orakel, das ihm einst zu Delphi geworden, in den Sinn kommen sollen; doch die Aufregung und Leidenschaft hat ihn blind gemacht und treibt seinen Scharfsinn in falsche Bahnen. Bei der Hindeutung auf Apollon, der die Sache schon zu Ende führen werde, kommt ihm plötzlich ein Verdacht. Kreon war zu Delphi gewesen, Kreon hat ihm geraten, den Teiresias zu rufen; es ist kein Zweifel, Kreon hat, um sich in den Besitz der Herrschaft zu setzen, mit dem feilen Seher sich gegen seinen Thron und sein Leben verschworen. Den Spruch, den Kreon von Delphi gebracht, haben gewiss beide Verschwörer selbst ersonnen, und nun bezeichnet der Seher ränkevoll ihn, den König, als den Mörder, um ihn so zu verderben. Im Schmerz und Zorn über solche Entdeckung klagt Oidipus über die Treulosigkeit und Falschheit seines Freundes und Verwandten und schilt den edlen Seher einen Ränkeschmied und listigen Gaukler, der nur sehend sei, wo ein Gewinn zu holen ist. Freilich, als die Sphinx das Land bedrängte, da war der Seher blind, da musste Oidipus das Rätsel lösen; und diesen Mann, der durch seine Weisheit das Land gerettet, versucht jetzt der blinde stumpfe Seher vom Thron zu stoßen, damit er an Kreons Thron der Nächste sei. Das soll er mit Tränen büßen. Furchtlos spricht jetzt der erzürnte Teiresias nochmals seine Enthüllungen aus und weissagt dem König, der sich so weise dünkt, einen grauenvollen Sturz. In höchster Leidenschaft weist der König den Seher fort; hätte er gewusst, dass der Alte so albern sei, er hätte ihn nicht zu sich beschieden. »Deine Eltern«, sprach Teiresias, »haben mich nie für albern gehalten.« Das hingeschleuderte Wort rief plötzlich in der Seele des Oidipus die Erinnerung an das Geheimnis seiner Abkunft wach; er fordert Aufschluss, aber der Seher verweigert ihn und lässt sich von seinem Knaben von dannen führen.

Kaum hatte sich Teiresias entfernt, so erschien Kreon. Er hatte von der schweren Beschuldigung seines Schwagers gehört und kam, um sich zu verteidigen und seine Unschuld darzutun. Aber der verblendete König ist vernünftigen Gründen nicht zugänglich, er wiederholt seine Anklage und droht dem Verschwörer den Tod. Der laute Wortwechsel der beiden Männer rief Iokaste, die Gemahlin des Königs, Kreons Schwester, aus dem Palast; sie fragte nach der Veranlassung des Streits und suchte Gemahl und Bruder wieder auszusöhnen. Durch ihren und des Volkes Zuspruch wird der erhitzte König wenigstens dazu vermocht, dass er den Kreon ungekränkt entlässt; doch seinem Hass will er nie entsagen.

Erst als Kreon sich entfernt hat, erfährt Iokaste von ihrem Gemahl ausführlicher, was er seinem Schwager und dem Seher vorzuwerfen habe; der Seher habe ihn den Mörder des Laïos genannt. Leichtfertig und frivol suchte Iokaste, ein Weib, das sorglos und leichten Sinnes in den Tag hineinlebt, die Bedenken ihres Gemahls zu zerstreuen. Um Weissagungen brauchten die Menschen sich nicht zu kümmern. Ihrem ersten Gatten sei ja auch vom delphischen Orakel geweissagt worden, er werde durch die Hand seines eigenen Sohnes sterben, und nun hätten ihn, wie die Sage gehe, Räuber erschlagen auf dem Dreiweg; und ihr Sohn habe kaum den dritten Tag erlebt, so hätten sie ihn – so erzählte die herzlose Mutter – durch fremde Hand von sich geworfen ins wüste Gebirg. Da habe er die Weissagungen des Apollon nicht erfüllen können. Die Erwähnung des Dreiwegs erfüllte die Seele des Oidipus mit Zweifel und Unruhe. »Wie sprachst du, geliebtes Weib, auf einem Dreiweg wurde Laïos erschlagen? Sag an, wo ist die Stelle?« »Im Phokerland, da wo die Wege von Delphi und von Daulis in einen zusammenlaufen.« »Und zu welcher Zeit geschah der Mord?« »Kurz zuvor, ehe du die Herrschaft dieses Landes übernahmst.« »Und wie war das Aussehen und das Alter deines ersten Gemahls?« »Groß, das Haar mit spärlichem Weiß untermischt, von deiner Gestalt nicht viel verschieden.« »Noch eins, zog Laïos in geringer Begleitung, oder folgte ihm wie einem König eine zahlreiche Trabantenschar?« »Fünf insgesamt, darunter ein Herold; ein einziger Wagen trug den Laïos.« »Wehe, nun ist es klar! Wie fürchte ich, dass doch der Seher sehend war! Wer war es, der solches erzählt?« »Ein Sklave, der sich allein gerettet. Seitdem er von dort zurückkam und dich im Besitz der Herrschaft sah und den Laïos tot, da bat er mich inständigst, ich möchte ihn aufs Land und zu den Herden entlassen, damit er so weit wie möglich von dieser Stadt entfernt sei. Und ich gewährte es ihm, denn er war stets ein treuer Diener unseres Hauses.« Oidipus, in höchster Angst, gab sogleich Befehl, dass der alte Diener aufs Schnellste herbeigerufen werde. Inzwischen erzählte er seiner Gemahlin ausführlich das Abenteuer, das er einst in dem Dreiweg bei Daulis gehabt. »Nur ein Punkt noch ist es, der mir Hoffnung lässt. Du sagtest, Räuber hätten deinen Gemahl erschlagen; wenn das richtig ist, so war Laïos nicht der von mir Gemordete, denn ich allein habe jenen Mann und seine Begleiter erschlagen. Doch ich befürchte, dass die Flüche, welche ich heute ausgesprochen habe, auf mein eigenes Haupt zurückfallen. Und wenn ich in die Verbannung gehen muss, wohin soll ich Unglücklicher mich wenden, da ich mein Vaterland Korinth nicht wieder betreten darf; denn es ist mir ja geweissagt, dass ich mich mit meiner Mutter vermählen und meinen Vater ermorden werde.«

Während Oidipus im Innern des Hauses auf die Ankunft des Sklaven, nach welchem geschickt worden ist, in ängstlicher Spannung harrt, Iokaste aber nach vergeblichen Versuchen, ihren Gemahl zu beruhigen, vor den Palast getreten ist, um zu Apollon zu beten, dessen Weissagungen sie noch soeben leichtsinnig bespöttelt hat, erscheint ein Bote von Korinth und meldet ihr, dass der König Polybos gestorben ist und die Bürger von Korinth den Oidipus auf den erledigten Thron rufen wollen. Jubelnd lässt Iokaste ihren Gemahl aus dem Palast rufen; jetzt sehe er doch, dass die Weissagungen der Götter eitel seien, Polybos, sein Vater, sei gestorben, ohne dass er, wie das Orakel gesagt, von seiner Hand ermordet sei, Oidipus geht auf ihre Vorstellungen ein und freut sich, von dieser Furcht endlich befreit zu sein, dass er noch einmal der Mörder seines Vaters werden könnte, aber eine Sorge bleibt ihm noch immer; das Orakel hat ihm verkündet, dass er sich seiner Mutter vermählen werde, und seine Mutter lebt noch. Als der korinthische Bote ihn von dieser Sorge reden hört, ruft er aus: »Warum habe ich nicht gleich dich von dieser Sorge befreit!

Du bist ja gar nicht der Sohn des Polybos und der Merope. Wisse, ich selbst empfing dich einst, als ich in den Schluchten des Kithäron die Herden weidete, als kleines Kind – grausam waren deine Füße durchbohrt und zusammengeschnürt – aus den Händen eines Hirten des Königs Laïos und brachte dich meinem Herrn, dem Polybos, der mit seinem Weib Merope dich aufnahm und wie sein eigen Kind erzog. Darum bin ich jetzt auch hergekommen, um dir zuerst die Botschaft von seinem Tod zu bringen, damit ich, wenn du nach Korinth zurückkehrst, zum Dank ein Geschenk erhalte von deiner Hand.« Jetzt erkennt Iokaste plötzlich den furchtbaren Zusammenhang des Geschicks; sie beschwört den Oidipus, von weiteren Nachforschungen abzustehen, und da er dies entschieden ablehnt, so eilt sie klagend in das Haus; ihre letzten Worte deuten einen entsetzlichen Entschluss an. Oidipus aber, welcher glaubt, Iokaste, das stolze eitle Weib, befürchte, dass etwa seine niedere Geburt zutage kommen werde, erklärt, von grenzenloser Angst erfasst, dass er nicht eher ruhen werde, als bis er das Rätsel seines Lebens völlig gelöst habe. »Mag brechen, was da brechen will«, ruft er, »ich will, und ist sie noch so niedrig, meine Abkunft wissen. Ich sehe mich an als den Sohn des guten Glücks, das im Wechsel des Lebens mich klein und groß gemacht.«

Endlich erscheint der ersehnte thebanische Diener. Derselbe konnte nach der Aussage des versammelten Volkes allein nur derjenige Diener sein, welcher auch einst im Kithäron das Kind dem Korinthier eingehändigt hatte. Der Alte merkte schnell, um was es sich handelte, und erkannte bald aus den Aussagen des Korinthiers den ganzen Zusammenhang der Sache. Darum zögerte er, auf die Fragen des Königs einzugehen; als jedoch Oidipus ihm mit Züchtigung drohte, hielt er nicht weiter zurück und bekannte, dass er den Knaben, der für ein Kind des Laïos gegolten, von Iokaste, der Mutter, empfangen habe, damit er ihn töte, weil die Eltern nach einem Orakel befürchtet hätten, er werde einst seinen Vater morden; er habe aber den Knaben diesem Korinthier, der vor ihm stehe, übergeben, dass er ihn im fremden Land auferziehe. »Wehe, weh! Nun ergibt sich alles klar! O Licht, dass ich heute zum letzten Mal dich schaute, der ich gezeugt ward, von wem ich nicht gesollt, verkehrte, mit dem ich nicht gesollt, mordete, den ich nicht gedurft!« So rief der unglückliche König verzweifelt aus und stürzte in den Palast.

Das Volk blieb in Schreck und Jammer zurück vor dem Haus und harrte des Ausgangs. »O ihr Geschlechter der Sterblichen«, sprach mancher, »wie halte ich euch dem Nichts gleich! Welcher Mann trägt mehr von dem Glück davon, als dass er sich glücklich wähnt, und wähnt er sich glücklich, so stürzt er dahin. Dein feindlich Geschick, o Oidipus, lehrt mich, dass nichts auf Erden glücklich zu preisen. – Überschwänglich glücklich trafst du vordem das Ziel höchster Segnung, als du die krummklauige Seherjungfrau vernichtetest und vor dräuendem Tod ein Schirm da standest der Stadt. Da wurdest du mein König, hochgeehrt, ein waltender Herrscher in dem mächtigen Theben. – Und jetzt, wer ist bejammernswerter als du, wer ist durch plötzlichen Wechsel in wilderes Unheil verstrickt? O Oidipus, edles Haupt, hätte ich doch nimmer dich gesehen; ich jammere laut meinen Schmerz aus ob deinem Elend. Und doch, durch dich atmete ich neu auf und senkte gerettet mein furchtsames Auge in Schlummer.«

Während das Volk harrend und klagend noch vor dem Palast stand, stürzte ein Diener aus dem Haus hervor und erzählte, was drinnen geschehen. Iokaste war, als sie in das Haus geeilt, jammernd und mit beiden Händen das Haar zerraufend, hastig in das Ehegemach geflohen; dort warf sie ungestüm die Tür zu und rief verzweifelnd den Laïos an, bejammerte das Lager, auf dem sie dem Mann Kinder geboren und zugleich dem Sohn. Wie sie darauf gestorben, sahen die Diener nicht; denn Oidipus, der eben schreiend in das Haus stürzte, zog ganz ihre Aufmerksamkeit auf sich. Mit irrem Schritt tobte er umher, forderte ein Schwert, fragte, wo seine Gattin sei – nicht Gattin, die Mutter, die seiner Kinder Mutter war. Das zeigte seinem wütigen Sinn irgendein Gott, denn die Diener standen stumm vor Schreck; mit schrecklichem Ruf stürzte er, wie von unsichtbarer Hand geführt, wider die Doppeltür, stieß sie aus den Angeln und drang ins Gemach. Da sah er sein Weib – sie hatte sich in geflochtener Schlinge aufgehängt. Entsetzlich stöhnt er und löst den Strick. Und als die Leiche nun elend am Boden lag, da riss er hastig von ihrem Gewand die goldenen Spangen und schlug sie mit heftigem Schwung sich in die Augen, indem er rief, da sie nicht gesehen hatten, was er Böses gelitten und getan, so sollten sie hinfort, in Finsternis, auch nicht mehr sehen, die er nie gedurft. So fluchend, bohrte er einmal und mehrmals sich die spitzen Spangen in die Augen, dass ein dunkler Strom, blutigem Hagel gleich, aus den zerfleischten Augensternen über seine Wangen rollte.

Noch horchte das Volk mit Grauen der Erzählung des Dieners, da trat der König mit zerrissenen Augen und blutigem Antlitz aus den Pforten seines Palasts, eine tief gebeugte Jammergestalt. Das Volk empfing den geliebten König mit tiefem Mitleid. Er bat sie, ihn, den Schmachbeladenen, in die Wildnis hinauszustoßen, wo kein menschliches Auge ihn sähe, ihn zu erschlagen, ihn ins Meer zu stürzen. Da meldete man ihm, dass eben sein Schwager Kreon herankomme, der werde über seine Wünsche entscheiden. Oidipus erschrak, denn er gedachte des großen Unrechts, das er seinem Schwager angetan; aber das edle Herz des Kreon war fern davon, sich rächen und an seinem Unglück weiden zu wollen. Er bat den Oidipus, in das Haus zu gehen, damit er seine unheilige Gestalt den Augen der Welt und dem Licht der Sonne verberge, und versprach ihm, den delphischen Gott über seine Wünsche befragen zu wollen. Der müsse über sein ferneres Schicksal entscheiden. Oidipus fügte sich und ging, geleitet von dem teilnehmenden Volk, an der Hand seines Schwagers in den Palast zurück. Ein Tag hatte den in der Fülle des Glücks stehenden Mann vernichtet, eine ernste Lehre für das versammelte Volk, keinen Menschen glücklich zu preisen, bevor er frei von Not und Schmerz des Lebens Ziel erreicht.

Des Oidipus Ende

(Sophokles' *Oidipus auf Kolonos*)

In der ersten Glut des Schmerzes nach der Enthüllung seiner Frevel wünschte Oidipus in die Wildnis hinausgestoßen oder zu Tode gesteinigt zu werden; aber keiner der Thebaner ging damals auf seine Wünsche ein. Als er jedoch im Laufe der Zeit, im Innern des Palastes sitzend, die Wallungen seines Herzens beschwichtigt hatte und, mit seinem Geschick ausgesöhnt, erkannte, dass er in seiner Selbstbestrafung viel zu weit gegangen, da nach langer Zeit beschlossen die Thebaner, den unglücklichen König, der in Ruhe seine Tage in der Heimat zu beschließen wünschte, aus dem Land zu weisen, da seine Gegenwart das Land verunreinige und in Unheil bringen könne. Die Söhne des Oidipus, Polyneikes und Eteokles, waren damals schon erwachsen und hätten durch ihre Einsprache die Verbannung ihres blinden Vaters verhindern können; da sie aber selbst sich in den Besitz der Herrschaft ihres Vaters zu setzen wünschten, so ließen sie gerne die Verweisung desselben geschehen und teilten sich in die Herrschaft so, dass sie abwechselnd jeder ein Jahr regieren wollten. So wanderte denn der alte blinde König in die Welt hinaus und zog als elender Bettler von Stadt zu Stadt, von Land zu Land. Wäre es auf die Söhne angekommen, er wäre im Elend untergegangen; allein die edler gearteten

Oidipus wird blind zum Tor hinausgeführt

Töchter nahmen sich des Vaters an. Antigone, die ältere, eine hochherzige, starkmütige Jungfrau, wanderte mit ihm als treue Führerin in der Irre umher durch wüste Wälder, durch Sonnenhitze und Regenguss, darbend und barfuß im Bettlergewand; sie zog das beschwerliche unsichere Leben an der Seite des Vaters dem ruhigen Aufenthalt in der Behausung der Brüder vor und war zufrieden, wenn nur der Vater die kärgliche Nahrung hatte. Ismene blieb in Theben zurück, um hier, soviel sie vermochte, der Sache des Vaters zu dienen und dann und wann ihm Nachricht zu bringen über das, was in betreff seiner zu Hause geschah.

Nach langer Wanderung kam endlich Oidipus, von seiner Tochter geführt, eines Tages in das attische Land, zu dem in der Nähe von Athen gelegenen Hügel Kolonos, auf welchem ein den Erinyen geweihter Hain sich befand. Es war früher Morgen, ein stiller Friede lag auf der anmutigen Landschaft, und auch in das Herz des Oidipus war nach langem Leid der Friede eingezogen. »Wer wird heute, meine Tochter«, sprach er, »den schweifenden Oidipus mit spärlichen Gaben aufnehmen, der ich um weniges nur bitte, doch noch weniger als dies wenige empfange; und auch dies ist mir genug. Denn die Leiden haben mich entsagen gelehrt und die lange Zeit und das ungebeugte Herz. Doch siehe, mein Kind, ob du nicht irgendwo einen Sitz für mich findest, sei's auf heiligem oder profanem Boden; da setz ich mich nieder und forsche dann, wo wir denn sind.« Antigone sah in der Ferne die Türme einer Stadt, das musste Athen sein. Dieser Hain aber, in dem sie standen, musste ein heiliger Hain sein; Lorbeer und Ölbaum und Reben bildeten ein dichtes Gebüsch, in welchem zahlreiche Nachtigallen ihre süßen Lieder sangen. Da setzte Antigone ihren müden Vater nieder auf einen rauen Stein und schickte sich eben an, etwas weiter fortzugehen, um zu erfragen, wie der Ort, an dem sie weilten, heiße; da kam ein fremder Mann heran, aus dem nahen Dorf Kolonos, dessen Einwohner die Pflicht hatten, diesen stillen Hain der Erinyen vor jeder Störung und Befleckung zu bewahren. Oidipus wollte ihn nach dem Ort befragen, an dem er sich befinde, aber der Fremde fiel ihm in die Rede und forderte ihn auf, vorerst seinen Sitz zu verlassen; denn der Hain sei keinem Sterblichen zu betreten erlaubt. »Wie heißt der Ort, o Fremdling«, fragte Oidipus, »welchem Gott ist er geweiht?« »Die furchtbaren Göttinnen wohnen darin, die Töchter der Erde und des Dunkels; Eumeniden, die Huldreichen, nennt sie unser Volk.« »Nun, so mögen sie huldreich mich, den Schutzflehenden, aufnehmen, denn ich werde nicht mehr von diesem Sitz weggehen; so ist die Fügung meines Geschicks.«

Diese zuversichtlichen Worte des Greises benahmen dem Kolonialen den Mut, ihn wegzuweisen. Er wandte sich, um seinen Gaugenossen die Sache anzuzeigen, damit diese bestimmten, was zu tun sei; aber Oidipus beschwor ihn, erst ihm genau zu sagen, an welchem Ort er sich befinde. »Der ganze Hügel hier ist heilig«, sprach der Mann, »er ist geweiht dem Poseidon und dem Feuer bringenden Titanen Prometheus; die Stelle aber, auf der du stehst, den Huldreichen geweiht, heißt die eherne Schwelle dieses Landes, die Grundfeste Athens. Die nachbarlichen Auen haben zum Stammherrn den riesigen Helden Kolonos, nach dem sie selbst genannt sind. Der König des Landes aber wohnt drunten in der Hauptstadt Athen, Theseus heißt er, des Aigeus Sohn.« »Könnte wohl«, sprach Oidipus, »ein Bote hingehen und ihn herbescheiden? Denn durch kleinen Dienst gewänne er großen Lohn.« Der Fremde zweifelte, wie ein blinder alter Mann seinem König eine große Wohltat erweisen könnte; doch flößte das hohe edle Aussehen des Alten trotz seiner Blindheit und seines Bettlergewands ihm Ehrfurcht ein, dass er ihn auf seinem Sitz verbleiben hieß und zu seinen Gaugenossen sich entfernte, um ihnen die Entscheidung über den Fremden zu überlassen.

Oidipus hatte erkannt, dass er an dem Ort angelangt war, wo er nach dem Schluss des Schicksals sterben und die endliche Ruhe finden sollte. Einst, als Phoibos ihm jene vielen Leiden, die ihn betroffen, geweissagt hatte, hatte er ihm auch noch ein weiteres Orakel verkündet: Er werde nach langer Zeit endlich in ein Land kommen, wo ihm der Sitz und die Aufnahme ehrwürdiger Gottheiten zuteilwerde; dort werde er sein unglückliches Leben enden und Ruhe finden, denen zum Heil, die ihn aufgenommen, zum Unheil denen, die ihn verjagt haben. Als Zeichen dessen würde ihm kommen ein Erdbeben oder ein Donner oder ein Blitz des Zeus. Jetzt erkannte er, dass die Erinyen, in deren Hain er gekommen war, die ehrwürdigen Gottheiten waren, die ihn gastlich aufnehmen und ihm die Ruhe geben würden, nachdem sie ihn sein Leben lang verfolgt hatten. Darum wandte er sich jetzt, wo er mit seiner Tochter wieder allein war, an sie in frommem Gebet: »Ihr grauenvollen und doch gnädigen Göttinnen«, sprach er, »erbarmt euch meiner; zu euch bin ich zuerst in diesem Land gekommen, eure sichere Führung, das weiß ich jetzt, hat mich in diesen Hain geleitet, sonst wäre ich, der Nüchterne, nicht hier zuerst auf euch, die Nüchternen, getroffen, um auf diesem heiligen Sitz des unbehauenen Steins mich niederzulassen. Gönnt mir jetzt endlich nach dem Spruch des Apollon meines Lebens Wendung und Vollendung, wenn euch nicht etwa dünkt, dass ich noch zu wenig gelitten, der ich stets im Joch der schwersten Leiden ging. Erbarmt euch, ihr uralten Töchter der Nacht, erbarme dich, ehrenreichstes Athen, du Stadt der großen Pallas, habt Mitleid mit diesem elenden Schattenbild des Oidipus; denn dies ist nicht mehr der alte Leib.«

Kaum hatte Oidipus sein Gebet vollendet, so erschien eine Schar von kolonischen Bürgern, Greise, welche von ihrem Gaugenossen erfahren hatten, dass der fremde Mann in den Hain der Eumeniden eingedrungen sei, und nun herbeieilten, um ihn herauszutreiben. »Wo ist er, wo weilt er, der Verruchteste?«, riefen sie in Angst und Zorn. »Ein Fremdling ist er gewiss, nicht unseres Landes; sonst hätte er nicht in diesen unbetretbaren Hain der zornmütigen Göttinnen sich gewagt, die wir sogar zu nennen uns scheuen; ohne aufzuschauen, ohne Laut gehen wir vorüber, leise mit stummer Lippe ein frommes Gebet hinlispelnd, und jetzt ist, wie ich höre, ein Verächter dessen in den Hain getreten, und ich kann, rings spähend, nicht sehen, wo er weilt.« Oidipus hatte bei dem Herannahen der Männer sich von seiner Tochter in das dichtere Gebüsch des Hains führen lassen, weil er befürchtete, sie möchten ihn von diesem Ort, wo er seine endliche Ruhe erwartete, fortweisen; als er aber hörte, wie die Männer ihn einen verruchten Verächter des Heiligen nannten, da trat er, um nicht als solcher Frevler angesehen zu werden, plötzlich aus dem Dickicht hervor. Die Greise, die in ehrwürdiger Scheu von dem Hain sich fernhielten, erschraken bei dem Anblick der hohen unglücklichen Gestalt. »Weh, weh, die blinden Augen! Wer ist der Alte? Warst du von Jugend auf des Lichts beraubt? Langes Leid, lange Zeit, das seh ich, liegt auf deinem Antlitz! Doch dass du nicht neues Unheil dir zufügst, tritt hervor, komm her zu dieser Stelle, dass du mir Rede stehst; vorher aber enthalte dich jedes Wortes.«

Oidipus gehorchte; während aber Antigone ihn langsam, vorsichtig aus dem Hain führte, ließ er sich von den Männern versprechen, dass ihn niemand wider seinen Willen aus diesen Sitzen vertreiben solle. Endlich gelangte er außerhalb des Hains und setzte sich an der Grenze desselben auf einem Stein nieder, nach Vorschrift der Greise mit dem Gesicht von dem Hain abgekehrt und tief sich niederkauernd. Jetzt erst fragten die Greise den Fremdling, wer und woher er sei. Oidipus wich aus und bat, ihn mit diesen Fragen zu verschonen; endlich aber musste er mit schwerem Herzen den wiederholten Aufforderungen nachgeben. »Kennt ihr einen von Laïos Stamm?« »Wehe, weh!« »Und der Labdakiden Geschlecht?« »O Zeus!« »Den unglücklichen Oidipus?« »Bist du denn der?« »Fürchtet euch nicht über das, was ich sage.« »Weh, weh, o!« »Unglücklicher!« »Weh!« Es erfolgte ein Augenblick tiefen Schweigens; die Greise standen da, ratlos voll Angst und Entsetzen. Oidipus harrte in bangem Erwarten, was die Männer beschließen würden, nachdem sie seinen furchtbaren Namen gehört. Endlich riefen die Greise ihm zu, dass er schleunigst aus ihrem Land sich entfernen solle; sie befürchteten, dass der Schuldbeladene ihrer Stadt Unheil und den Zorn der Götter bringen möchte. Nichts half dem Unglücklichen seine Erinnerung an ihr Versprechen, nichts die flehentlichen Bitten der Antigone; erst als er sich auf die gepriesene Humanität der Athener berief, auf ihre in ganz Hellas bekannte Bereitwilligkeit, den Fremden und unglücklich Verfolgten beizustehen, nachdem er sie belehrt, dass er unwissend gesündigt, dass seine verrufenen Taten mehr gelitten seien als getan, und erklärt hatte, er komme als ein heiliger Mann, der diesem Land Heil bringe, wie sie erfahren würden, wenn ihr König da sei, da gaben sie sich, von achtungsvoller Scheu erfüllt, zufrieden und waren bereit, die Entscheidung ihres Königs abzuwarten, der wohl bald erscheinen werde.

Unterdessen sah Antigone in der Ferne ein Weib, von einem Diener begleitet, herankommen. Sie saß auf einem edlen Ross, das Haupt mit einem breitkrämpigen Hut bedeckt. Antigone vermeinte, die Kommende zu erkennen; doch war sie lange im Zweifel, bis sie endlich ihre Schwester Ismene erkannte. Mit Freude und Schmerz zugleich fallen die Schwestern und der Alte sich in die Arme und halten sich mit tränenden Augen umfangen. Endlich fragte der Alte die Tochter, warum sie gekommen sei; denn sie komme gewiss nicht ohne schlimme Botschaft. Nun erzählte Ismene, wie ihre beiden Brüder zu Theben anfangs übereingekommen wären, den väterlichen Thron dem Kreon zu überlassen, indem sie besonnen den uralten Fluch ihres Hauses erwogen; jetzt aber habe irgendein Gott ihr sündiges Herz mit schlimmem Hader um die königliche Macht erfüllt. Der Jüngere habe den älteren Polyneikes vom Thron gestoßen und aus dem Land verjagt. Der kam, wie die Sage in Theben ging, als Flüchtling nach Argos zu dem König Adrastos und fand dort neue Verwandtschaft, Freunde und Bundesgenossen, indem er sich mit des Königs Tochter vermählte. Jetzt zog er mit einem gewaltigen Heer heran, das entschlossen war, entweder Theben niederzuwerfen oder selbst zugrunde zu gehen. Ismene meldete ferner, dass den Thebanern ein Orakel geworden sei, sie sollten, um in dem bevorstehenden Kampf zu siegen, sich den Oidipus verschaffen, tot oder lebend, denn an seinem Besitz hafte ihnen Heil und Sieg. »Also wenn ich nichts mehr bin, dann erst bin ich ein rechter Mann?« »Ja, jetzt erhöhen die Götter dich, nachdem sie zuvor dich gestürzt.« »Doch traurig ist's, einen Greis zu erheben, der als Jüngling fiel.« Die Thebaner machten auch schon Anstalten, sich des Oidipus zu bemächtigen; denn Kreon war, so erzählte Ismene, schon auf dem Weg, um ihn zu holen. Aber es war nicht ihre Absicht, ihn in ihr Land aufzunehmen; sie wollten ihn an ihrer Grenze unterbringen, um so ihn in ihrer Gewalt zu haben, ohne dass er durch eine Berührung mit ihnen dem Land Unheil brächte. Und ebenso sollte auch sein Leib nicht in thebanischer Erde, sondern dicht an der Grenze ihres Landes begraben werden. Diese lieblose Selbstsucht erregte den Zorn des verbannten Königs, und er war fest entschlossen, dem Kreon nicht zu folgen.

Endlich kam Theseus, der König. Er grüßte den Oidipus, den er sofort erkannte, freundlich und wohlwollend, und nachdem er ihm seine Teilnahme ausgesprochen, fragte er ihn, was er und seine unglückliche Führerin von ihm wünschten. Er sei ihm gern zu jedem Dienst bereit; sei er doch selbst auf fremdem Boden erzogen und habe in fremdem Land gar manche schwere Gefahr bestanden.

Oidipus erklärte, er bringe ihm seinen unglücklichen Leib zum Geschenk, dem Aussehen nach zwar nicht sehr begehrenswert, doch werde er ihm zu großem Gewinn sein, wenn Theseus ihn nach seinem Tod bestatten wolle. Dies Einzige sei es, was er von ihm begehre, sicheren Aufenthalt bis zu seinem Tod und Bestattung seines Leibes; dann werde sein Grab dem attischen Land ein großer Schutz und Hort sein. »Du glaubst, o Theseus, das sei ein geringer Dienst? Doch wisse, kein kleiner Kampf steht dir bevor. Die Thebaner, die mich wider meinen Willen vertrieben haben und nimmermehr mich in ihre Gewalt bekommen sollen, werden kommen, um sich meiner zu bemächtigen. Denn sie wissen durch einen Orakelspruch, dass ihnen bestimmt ist, an meinem Grab in diesem Land eine große Niederlage zu erleiden, wenn das freundschaftliche Verhältnis zwischen euch und ihnen einst zerrissen ist. Dann wird mein kalter Leib im Grab ihr warmes Blut trinken, wenn Zeus noch Zeus ist und Phoibos der wahrhaftige Sohn des Zeus.« »Wer sollte das Wohlwollen eines solchen Mannes von sich weisen?«, sprach Theseus. »Alte Gastfreundschaft verbindet unsere beiderseitigen Häuser, und du kommst zudem als ein Schutzflehender der Götter und bietest diesem Land und mir nicht geringen Zoll. Darum werde ich dir gerne Wohnung und Sicherheit in meinem Land gewähren. Willst du hier an diesem Ort verbleiben, so werde ich diese Männer als deine Wächter bestellen; doch ziehst du's vor, mit mir in die Stadt zu gehen – es steht dir frei.« Oidipus erklärte, dass er auf dem Kolonos bleiben wolle, wo es ihm bestimmt sei, einst im Grab noch über die zu siegen, die ihn verjagt; nur befürchte er, wenn Theseus ihn jetzt hier zurückgelassen haben werde, möchten die Thebaner kommen und ihn fortführen. Theseus beruhigte ihn, die Macht seines Volkes werde solches schon verhüten, und entfernte sich dann, um in der Nähe am Altar des Poseidon mitsamt seinem Volk ein großes Opfer darzubringen.

So hat endlich Oidipus die sichere Gewähr, dass er auf dem Kolonos, wo er bald seinen Tod erwartet, verbleiben darf. Die kolonischen Greise, die bei ihm zurückgeblieben sind, rühmen ihm die Schönheit dieser Stätte und die große Macht ihres Vaterlands. »Du bist, o Freund«, sprechen sie, »zu der schönsten Stätte dieses rossereichen Landes gekommen, zu dem weißschimmernden Felsenhügel Kolonos, wo in grünen Schluchten zahlreich die helltönende Nachtigall klagt, preisend den weinfarbenen Efeu und das heilige Gebüsch des Bakchos mit tausend Früchten, schattenreich, unbewegt von dem Hauch jeglicher Stürme; da wandelt gern der schwärmende Dionysos im Geleit seiner göttlichen Ammen. – Es wächst da unter dem Tau des Himmels immerdar Tag für Tag der schöntraubige Narkissos und der goldstrahlende Krokos; nie versiechen die schlaflosen Quellen des irrenden Kephissos, Leben erweckend durchströmt er mit seinem lauteren Nass die weiten Gefilde des Landes. Ihn lieben die Reigen der Musen und Aphrodite mit dem goldenen Zügel. – Hier wächst, wie nirgends im asischen Land noch in der großen Insel des Pelops, ein Baum herrlich durch eigene Kraft, von des Feindes Lanzen unversehrt, der kindernährende Ölbaum mit glänzendem Laub; weder ein König in Jugendkraft noch ein betagter Heerführer wird je ihn zerstören*; denn stets bewacht ihn das Auge des Zeus und die glanzäugige Athena. – Noch ein anderes Lob dieses Landes, das Geschenk eines großen Gottes, kann ich rühmend nennen, den Reichtum der Rosse und die Herrschaft des Meeres. Du, Fürst Poseidon, Sohn des Kronos, hast diesen Ruhm ihm gegründet, der du den zügelnden Zaum den Rossen zuerst in diesen Landen geschaffen; und wunderbar fliegt der beruderte Kiel, von den Händen getrieben, durch die Wogen der See hin, umhüpft von dem Chor der hundert Nereiden.«

Die gepriesene Macht Athens sollte bald sich bewähren; denn Kreon kam eben von Theben her in Begleitung bewaffneter Männer. Er wandte sich zunächst mit gleißenden Worten an die kolonischen Greise, die über sein Erscheinen sichtlich erschrocken waren; er, der schwache Greis, sei nicht mit böser Absicht gekommen, um irgendeine Tat der Gewalt sich gegen eine Stadt zu erlauben, die er als die mächtigste in

* Als der junge Perserkönig Xerxes die Burg Athens verbrannte, wurde auch der alte Ölbaum auf der Burg, den Athena selbst gepflanzt haben sollte, zerstört; aber die wunderbare Lebenskraft des Baums trieb sogleich wieder aus dem abgebrannten Stumpf ein mächtiges Reis hervor. Archidamos, der alte König der Spartaner, verschonte im peloponnesischen Krieg bei seinen Einfällen in Attika die Ölbäume aus Scheu vor der Göttin Athena, unter deren Schutz sie standen.

Hellas kenne. Nein, er wolle auf gütlichem Weg den Oidipus, seinen lieben Verwandten, bewegen, dass er mit ihm nach Theben zurückkehre. Darauf wandte er sich an Oidipus und bat ihn im Namen des gesamten thebanischen Volkes, nach Hause zu kommen. Er heuchelte tiefen Schmerz über das Unglück seines Schwagers, über sein und seiner zarten Tochter elendes unsicheres Bettlerleben und beschwor ihn, die Schmach ihres Hauses nicht mehr länger zur Schau umherzutragen, sondern zu Hause sie im Kreise seiner lieben Verwandten dem Auge der Welt zu bergen. Oidipus durchschaute die heuchlerischen Worte seines Schwagers, dem die jetzt vorgeschützte Verwandtschaft doch früher nichts gegolten hatte, und deckte in unwilligem Zorn seine bösen Absichten auf. »Du bist gekommen, ich weiß es wohl, nicht um mich nach Theben in mein Haus zurückzuführen, sondern an der Grenze willst du mich aufstellen, damit eure Stadt von dem Zorngericht Athens befreit bleibe. Doch dieses wird dir nicht zuteil; das wird dir, dass mein Rachegeist ewig dort in Theben wohnen wird. Und meinen Söhnen, den verruchten, soll von meinem Land nichts anderes werden als ein Fleckchen Erde, drauf zu sterben. So weiß ich's, besser als du es weißt, denn ich vernahm's von Zeus selber und seinem weisen Sohn. Drum hebe dich weg und belagere mich hier nicht lange, wo ich wohnen muss; denn auch so leben wir nicht beklagenswert, wenn wir zufrieden sind.« Als Kreon sah, dass er durchschaut war und auf gütlichem Weg nichts erlangte, so wandte er sich zur Gewalt. Gewalt hatte er auch vorher schon anderwärts gebraucht; er hatte die Ismene, welche auf Anraten der kolonischen Bürger von ihrem Vater an eine heilige Stätte des Hügels gesandt worden war, um dort für ihn eine feierliche Spende den Eumeniden darzubringen, von Bewaffneten ergreifen und fortführen lassen. Das eröffnete er jetzt im Zorn dem Oidipus und machte sogleich auch Anstalten, die an der Seite ihres Vaters zurückgebliebene Antigone mit sich fortzuschleppen. Die Greise von Kolonos widersetzten sich zwar unter den Klagen und dem Flehen des hilflosen Oidipus; aber sie waren zu schwach den bewaffneten Begleitern des Kreon gegenüber und mussten die Gewalttat geschehen lassen. Ihr lauter Hilferuf zog ihre Landesgenossen nicht so schnell herbei. Als Antigone fortgeführt war, trat Kreon vor den verzweifelnden Oidipus und höhnte ihn mit frechen Worten: »Jetzt wirst du, Alter, nicht mehr auf diesen beiden Stäben des Weges wandern. Da du denn siegen willst über Freunde und Vaterland, so siege. Spät wirst du erkennen, dass weder jetzt noch früher du dir zum Heil tatst, dem Rat der Freunde zum Trotz und deinem Zorn folgend, der dich stets ins Unheil treibt.« Als jetzt Kreon sich entfernen wollte, aber die Greise Hand an ihn legten, um ihn zurückzuhalten, da glaubte er sich auch befugt, den Oidipus mit Gewalt fortzuschleppen. Sowie er aber ihn erfassen wollte, schleuderte Oidipus furchtbare Flüche gegen ihn, dass der allsehende Helios dem Verruchten ein gleiches Alter verleihen möge wie ihm, und die Greise riefen mit noch lauterer Stimme ihre Freunde zu Hilfe. Da, noch zur rechten Zeit, eilte Theseus herbei, und da er von Oidipus gehört, was sich Kreon erlaubt hatte, schickte er sogleich seine bewaffneten Scharen aus zu Ross und zu Fuß, um die Räuber zu verfolgen und die Mädchen zurückzubringen. Den Kreon aber hielt er als Gefangenen zurück und zwang ihn, mit ihm zu gehen, damit, wenn er etwa in der Nähe die Mädchen noch verborgen hielt, er ihm das Versteck derselben zeige. Nicht lange, so kehrten die Mannen des Theseus und er selber mit den beiden Mädchen zurück. Jene hatten den Leuten des Kreon in siegreichem Kampf die fortgeschleppten Mädchen abgejagt; den Kreon aber hatte Theseus großmütig in die Heimat entlassen.

Mit rührender Freude empfing der blinde Oidipus seine geliebten Kinder und konnte nicht genugsam dem Theseus für seine Wohltat danken. Aber der Arme kam noch immer nicht zur Ruhe. Der kurz vorher noch Verstoßene und Verachtete war jetzt durch die Fügung der Götter ein mit Eifer gesuchter und vielumworbener Mann. Polyneikes, der eben mit seinem argivischen Heer auf dem Zug gegen Theben begriffen war, hatte auch die Weissagung in betreff seines Vaters vernommen, dass der, welcher ihn auf seiner Seite habe, über seine Feinde triumphieren werde. Darum kam er, von seinem Heer gesandt, auf den Kolonos; da er aber einen ungnädigen Empfang oder gar völlige Abweisung von dem Vater befürchtete, so hatte er sich an dem Altar des Poseidon als Schutzstehender niedergelassen, damit er mit Rücksicht auf den Gott vor dem Vater erscheinen und ungekränkt wieder abziehen dürfe. Als Oidipus hörte, dass Polyneikes in der Nähe sei, wollte er ihn, der sich so schwer an dem Vater versündigt, nicht vor sich lassen; aber durch die Vorstellungen des Theseus und die Bitten der Antigone wurde er endlich zum Nachgeben bewogen. Polyneikes kam mit heißen Tränen und warf sich klagend vor ihm nieder. So hatte er sich das Schicksal des alten Vaters nicht gedacht, der, ein verbannter Mann, vor ihm stand als Bettler in altem, schmutzigem Gewand, das verworrene graue Haar in den Lüften flatternd. »Ich Verlorener«, rief er klagend aus, »zu spät erkenne ich und bezeuge es selbst, dass ich, ein Bösewicht, meines Vaters vergessen! Doch für alle Schuld sitzt neben Zeus die Gnade, lass auch du, o Vater, die Gnade bei dir wohnen, vergib mir, was ich an dir verbrochen. – Du schweigst? Du wendest dich ab von mir? O lass mich nicht so im Zorn von dir ohne ein Wort der Erwiderung. O ihr Schwestern, versucht ihr es, den Vater zu rühren, dass er nicht so den unter dem Schutz des Gottes Nahenden verachtet und ohne Antwort von sich stößt.« »Sage du selbst, unglücklicher Bruder«, sprach Antigone mitleidsvoll, »was dich hergeführt, vielleicht löst deine Rede ihm die Lippen.« Polyneikes erzählte nun dem Vater, wie er, von dem Bruder durch einen Volksaufstand vom Thron gestoßen und aus dem Land verjagt, in Argos bei Adrastos Aufnahme und durch die Ehe mit dessen Tochter eine mächtige Verschwägerung gefunden, wie sieben Fürsten mit siebenfacher Schar, um ihn auf seinen Thron zurückzuführen, schon drohend das thebanische Gebiet umständen. Dann bat er ihn, mit ihm gegen Theben zu ziehen und durch seine Gegenwart ihm den Sieg zu sichern, damit er den verhassten Bruder stürze und ihm selber, dem vertriebenen Vater, die Krone wieder zurückgebe. Aber der reumütige Sohn fand keine Gnade. Mochte er auch ohne Heuchelei das Unglück seines Vaters bedauern, die Selbstsucht wohnte doch noch in seinem Herzen; und dieser konnte Oidipus sich nicht zu eigen geben. »Verruchtester«, sprach der Alte im Grimm, »du hast in dieses Elend mich gestoßen, durch dich trage ich dieses Bettlergewand, über das du jetzt Tränen vergießt. Doch da helfen keine Tränen, da muss getragen sein. Du und dein Bruder seid nicht meine wahren Kinder. So viel an euch lag, wäre ich im Elend umgekommen; nur diesen euren Schwestern verdanke ich's, dass ich noch lebe. Darum wird der Rachegeist bald über euch kommen. In diesem Kampf, den du jetzt erregst, wirst du Theben nicht niederwerfen, du wirst in deinem Blut fallen, und dein Bruder in dem seinen. Gegenseitig mit eigener Hand sollt ihr euch morden. Diese Flüche ruf ich über euch, dies Geschenk geb ich meinen Söhnen. Melde das deinen Bundesfürsten und melde es in Theben.« Von dem Vaterfluch geschreckt, wandte Polyneikes verzweifelt sich zur Rückkehr. Zwar versuchte noch Antigone den Bruder mit milden Worten zu bereden, dass er sein Heer von der Vaterstadt zurückführe nach Argos und so den furchtbaren Ausgang, den die Flüche des Vaters verkündeten, vermeide; allein er kann sich nicht entschließen, ohne Kampf, wie aus Furcht, sich zurückzuziehen und dem verhassten Bruder die Herrschaft zu lassen, und stürmt, verhängnisvoll von den Flüchen des Vaters getrieben, in den sicheren Tod.

Nachdem so alle Versuche gescheitert waren, den Oidipus von dem Ort, wo er sterben sollte, wegzuziehen, nahte endlich die Stunde seiner Erlösung. Plötzlich ertönte ein dumpfer Donner, der die Umgebung des Oidipus mit Angst und Schrecken erfüllte, ihm selbst aber ein Zeichen seines nahen Todes war. Ängstlich fragte er nach Theseus, welcher sich wieder wegbegeben hatte, um das unterbrochene Opfer zu Ende zu bringen; er befürchtete, Theseus möchte ihn nicht mehr am Leben oder nicht mehr bei geraden Sinnen treffen. Dreimal wiederholte sich der schreckliche Donner, und die Greise von Kolonos riefen ein über das andere Mal den König mit lauter Stimme herbei. Dieser kam und vernahm von Oidipus, dass er in dem Donner ein sicheres Zeichen seines nahen Endes erkenne und jetzt das früher Verheißene ihm erfüllen wolle. Zu dem Ort, wo er sterben müsse, werde er jetzt selbst ihn führen; aber Theseus dürfe seine Ruhestätte, die ihm eine Abwehr aller Feinde sein werde, niemandem verraten. Was er sonst noch ihm zu offenbaren habe, das werde er an der Stelle selbst ohne Zeugen erfahren. Der König allein nur dürfe dies Geheimnis wissen und erst auf seinem Todesbett seinem Nachfolger mitteilen, und so wieder in Zukunft der jedesmalige Herrscher seinem Nachfolger. Nachdem er darauf von dem attischen Land und seinen Bürgern segnend Abschied genommen hatte, ging er, begleitet von Theseus, seinen Töchtern und einigen Dienern, dem Ort seines Todes zu. Wunderbar! Ohne Führer ging der blinde Greis, wie geleitet von unsichtbarer Hand, sicheren Schrittes seinen Begleitern voran bis zu der ehernen Schwelle, wo der dunkle Schlund hinabführt in das Reich der Unterwelt. Dort setzte er sich nieder, löste das Bettlergewand von seinen Gliedern und befahl seinen Töchtern, ihn aus heiligem Quell zu waschen und in reine Gewänder zu kleiden. Als das geschehen war, hörte man aus der Tiefe rollenden Donner. Da fielen erschreckt die Mädchen dem Vater an die Knie und weinten laut, und der Vater umschlang sie mit den Armen und sprach: »Geliebte Kinder, von nun an habt ihr keinen Vater mehr, jetzt werdet ihr des beraubt, der euch zumeist in dieser Welt geliebt.« Schluchzend hielten sich Vater und Töchter umschlungen; doch da sie endlich ausgeweint hatten und es still wurde, da rief plötzlich eine Stimme aus der Tiefe, dass allen vor Entsetzen die Haare sich sträubten: »Auf, Oidipus, was zögern wir zu gehen? Schon lange säumst du!« Als Oidipus den plötzlichen Ruf hörte, rief er den Theseus herbei, legte die Hände seiner Töchter in dessen Hand und bat ihn, sie nicht zu verlassen. Darauf nahm er Abschied von seinen Kindern und schickte sie dann zugleich mit den übrigen Begleitern schnell zurück. Nur Theseus blieb an seiner Seite; er allein durfte sehen, was geschah. Als nun die weinenden Mädchen und ihre Begleiter sich entfernten und nach einiger Zeit auf ihrem Weg zurückschauten, da sahen sie von Oidipus nichts mehr, den Theseus aber sahen sie die Hand vor das Haupt halten, die Augen sich überschattend, wie wenn er irgendein schreckliches überwältigendes Gesicht gehabt. Nicht lange, so sahen sie ihn anbetend die Hände zur Erde niederstrecken und darauf wieder empor zum Himmel; er betete zu den unterirdischen und zugleich zu den Göttern des Olympos. Welcher Tod Oidipus beschieden war, das sah niemand außer Theseus allein. Kein feuertragender Blitzstrahl des Zeus hat ihn hinweggenommen, kein jäher Sturmwind, sondern irgendein Bote der Götter führte ihn sanft hinab, oder die Erde tat sich mild ihm auf, dass er lautlos ohne Schmerz und Stöhnen hinabfuhr zu den lichtlosen Sitzen der Toten, wo er, ausgesöhnt mit den rächenden Erinyen, die endliche Ruhe fand. Sein verborgenes Grabmal aber war für alle Zeiten dem attischen Land ein schützender Hort.

Die thebanischen Kriege

Des Polyneikes Flucht. Der Auszug der Sieben gegen Theben

Als Oidipus nach Entdeckung seiner Frevel sich in wildem Schmerz die Augen ausgerissen hatte, hielten ihn seine Verwandten im Innern des Hauses verborgen, damit die Schmach der Familie den Augen der Welt entzogen werde. Kreon übernahm die Regierung der Stadt, da die Söhne des Oidipus, Polyneikes und ikarios, noch unmündig waren. Jahrelang saß der blinde König verfinsterten Geistes im Palast seiner Väter, und das Alter kam allmählich über sein Haupt. Zwar hatte er im Laufe der Zeit sich einigermaßen mit seinem Geschick ausgesöhnt; er war ruhiger geworden, aber sein heftiges Gemüt war ihm geblieben, und sein wundes Herz wurde durch jede kleine Vernachlässigung oder Beleidigung aufs Tiefste verletzt. Seine Söhne, die nun erwachsen waren, erwiesen ihm nicht immer die schuldige Ehrfurcht. Einst erlaubte sich Polyneikes beim gemeinsamen Mahl, an welchem Oidipus als das Haupt der Familie den Vorsitz hatte, eigenmächtig die verschlossenen Ehrenkleinode der Familie, das heiligste Eigentum des Vaters, anzutasten. Er holte ohne des Vaters Erlaubnis einen schönen silbernen Tisch, ein altes Gerät des gottseligen Kadmos, aus seinem Schrein und setzte ihn dem Alten vor; dann nahm er einen schönen goldenen Becher aus der Lade und füllte ihn mit süß duftendem Wein. Eteokles aber, der Bruder, wehrte ihm nicht. Sobald der Vater erkannte, dass die Kleinode seiner Väter ihm vorgesetzt waren, die ihn an den erschlagenen Laïos erinnerten, da fiel ihm großes Leid auf das Herz, und im Zorn über die Söhne, die so rücksichtslos und unehrerbietig verfuhren, sprach er schwere Verwünschungen gegen sie aus, dass sie nimmer in Frieden ihr väterliches Erbe teilen sollten, sondern ohne Ende Hader und Krieg unter ihnen sei. Seitdem schlossen die Söhne unter irgendeinem Vorwand den Alten ein und schickten ihm seine Mahlzeit. Von jedem Opfertier schickten sie ihm als dem Familienhaupt das Ehrenstück, die Keule; einst aber verabsäumten sie das, sei es aus Leichtfertigkeit oder aus einem anderen Grund, und sandten ihm das Hüftstück. Sobald Oidipus das gewahrt, wirft er die Hüfte fort und ruft: »Wehe mir, das haben die Sühne zu großer Schmach mir getan!« Dann flehte er zu dem König Zeus und den anderen Göttern, dass die ruchlosen Söhne im Kampf um sein Gut sich gegenseitig mordend zum Hades niederführen. Die Götter erhörten das Flehen des beleidigten Vaters, und die Erinyen, die Gottheiten des Fluchs, machten sich auf gegen die Söhne.

Polyneikes und Eteokles suchten die Erfüllung der Flüche des Vaters zu vermeiden und kamen überein, dass sie abwechselnd Jahr um Jahr in Theben herrschen wollten. Bald aber kam die alte Leidenschaft, die Herrschsucht, über sie, und Eteokles stieß den älteren Polyneikes durch einen Aufruhr, den er in der Stadt erregte, vom Thron und jagte ihn aus dem Land. Der flüchtige Polyneikes kam nach Argos und suchte Schutz bei dem König Adrastos. In stürmischer Nacht gelangte der Jüngling an den verschlossenen Palast und wollte sich in der Vorhalle für die Nacht ein Lager bereiten. Da nahte ein anderer Jüngling in gleicher Absicht; es war der wilde Tydeus, ein Sohn des ätolischen Königs Oineus aus Kalydon, der wegen eines Mordes aus der Heimat hatte flüchten müssen. Beide gerieten wegen des Lagers in Streit, und bald rief das Getöse des Kampfes den Adrastos aus seinem Palast. Als er die beiden Jünglinge wie Tiere des Waldes miteinander kämpfen sah, den einen mit dem Bild eines Löwen, den andern mit dem eines Ebers auf seinem Schild, da erinnerte er sich eines Orakels, das ihm einst geworden war, dass er seine Töchter einem Löwen und einem Eber vermählen sollte, und führte beide in sein Haus. Er verband seine beiden Töchter mit den fremden Jünglingen, Deïpyle mit Tydeus, Argeiy mit Polyneikes, und versprach den Schwiegersöhnen, sie mit Waffengewalt in ihre Heimat zurückzuführen und in ihre Rechte wieder einzusetzen.

Zunächst wurde der Heereszug gegen Theben unternommen. Adrastos veranlasste seine Verwandten, die vornehmsten Fürsten des Landes, zur Teilnahme an der Fahrt. Vor allem war ihm daran gelegen, seinen Schwager Amphiaraos zu gewinnen, der durch seine Tapferkeit, seine Frömmigkeit und seine Weissagungsgabe in ganz Hellas berühmt war. In früheren Jahren hatten Amphiaraos und Adrastos sich wegen der Herrschaft in Argos bekämpft, und Adrastos war besiegt nach Sikyon geflohen. Als sie sich später wieder versöhnten und Adrastos nach Argos in seine Herrschaft zurückkehrte, heiratete Amphiaraos dessen Schwester Eriphyle, und die beiden Fürsten setzten durch einen Eid unter sich fest, wenn in Zukunft wieder ein Zwiespalt eintreten sollte, so wollten sie Eriphyle, die Schwester und Gattin, als Schiedsrichterin unter ihnen anerkennen. Jetzt trat ein solcher Fall ein. Adrastos verlangte von Amphiaraos, dass er mit gegen Theben ziehe; dieser aber weigerte sich, da er durch seine Weissagungsgabe wusste, dass der Zug mit dem gänzlichen Untergang des Heeres enden werde. Da bestach Polyneikes das eitle habsüchtige Weib mit dem goldenen Halsband der Harmonia, das er von den Familienkleinoden aus Theben mit sich genommen hatte, dass sie in dem Streit zwischen Gatten und Bruder gegen den Gatten entschied. Das war die Wirkung des Halsbands, an dem der Fluch des Ares hing, und das jedem Haus, in das es gebracht wurde, Verderben stiftete. Eriphyle sandte verbrecherisch mit vollem Wissen ihren edlen Gatten in den sicheren Tod. Amphiaraos musste sich fügen, und nachdem er seinen Beitritt erklärt hatte, rüsteten sich auch die übrigen Verwandten des Adrastos bereitwillig zum Zuge, der wilde, riesige Kapaneus, ein Nachkomme des Proitos, der gewaltige Hippomedon, ein Neffe des Adrastos, Parthenopaios, der Sohn der arkadischen Jägerin Atalante, der in Argos eine neue Heimat gefunden hatte, und Eteoklos, der Sohn des Iphis. Mit Polyneikes und Tydeus waren es sieben Fürsten, die mit siebenfacher Schar unter Führung des alten Adrastos auszogen, jugendliche Helden voll tollen trotzigen Mutes, entschlossen, entweder das siebentorige Theben in Trümmer zu legen oder selbst vor seinen Mauern zu erliegen. Darum heißt dieser Heereszug der Zug der Sieben gegen Theben. Sie achteten nicht der ungünstigen Zeichen, welche die Götter ihnen sandten, nicht der unglückverheißenden Weissagungen des Amphiaraos und folgten dem mit dem Vaterfluch Beladenen ins Verderben.

Als die Rüstungen für den Zug vollendet waren, sammelten sich die Helden im Haus des Adrastos, der sie durch reiche Bewirtung ehrte. Manch kühnes prahlendes Wort wurde bei dem Mahl aus dem

Mund der jungen Helden gehört, und alle waren begierig, sobald als möglich ihre Kräfte mit dem stolzen Theben zu messen. Nur Amphiaraos, der Seher, obgleich eine Sturmwolke des Kriegs, freute sich nicht des nahen Kampfes. Als er traurig Abschied nahm von seinem Haus, hatte er seinen noch unerwachsenen Söhnen Alkmaion und Amphilochos aufgetragen, sobald sie in das Jünglingsalter getreten seien, an der treulosen Mutter den Vater zu rächen, den sie um schnödes Gold in den Tod gesandt. Seine trüben Weissagungen verhallten auch diesmal unbeachtet in der Versammlung der Helden, und so zog denn das stolze Heer in strahlendem Waffenglanz mit tobendem Kriegsmut aus den Toren von Argos, allen voran der greise Adrastos auf seinem stattlichen Kriegswagen mit den beiden herrlichen Rossen Areion (Ross des Fluchs und Unheils) und Kairos (die rechte Zeit).

Als das Heer in dem waldigen Talgrund von Nemea ankam, suchten die Mannen in dem sonst so wasserreichen Tal vergebens nach einer Quelle; die Nymphen hatten auf Geheiß des Bakchos, des in Theben geborenen Gottes, alle Brunnen des Landes mit Sand verschüttet. Während sie noch suchend umherzogen, stießen sie auf eine Jungfrau von seltener Schönheit, die ein Knäblein auf ihren Armen trug. Es war Hypsipyle, die Königin von Lemnos. Die lemnischen Frauen hatten sie, weil sie bei dem allgemeinen Männermord ihren Vater Thoas versteckt und gerettet hatte, in die Fremde verkauft, und so war die Königstochter als Sklavin in die Dienste des Lykurgos, Königs von Nemea, und seiner Gemahlin Eurydike gekommen, welche ihr unmündiges Kind Opheltes ihr zur Wartung übergaben.

Als die Helden sie baten, ihnen Wasser zu zeigen, legte sie das Kind im Schatten eines Baums auf den Rasen nieder und führte sie durch dichtes Waldgebüsch zu dem einzigen Brunnen, der noch übrig war. Die Helden und das gesamte Heer löschten jubelnd den brennenden Durst; als sie aber nun wieder zu der Stelle zurückkehrten, wo Hypsipyle das Knablein gelassen hatte, fanden sie dasselbe von einer großen Schlange zerrissen, die in der Nähe an den Stufen eines Altars lag. Hypsipyle rang verzweifelt die Hände und jammerte laut auf, während die Helden traurig und voll Entsetzen dastanden. Da schleuderte Kapaneus im Zorn seine Lanze auf den Drachen und durch-

Archemoros

bohrte ihm das zischende Haupt. Bald eilten die Eltern des unglücklichen Kindes herbei; Lykurgos stürzte in der Wut des Schmerzes mit dem Schwert auf Hypsipyle los, um sie zu töten, aber Adrastos und Amphiaraos beschwichtigten ihn und retteten Hypsipyle. Darauf sammelten die Helden das zerrissene Gebein des Knaben und bestatteten es; Amphiaraos aber weissagte aus dem Tod des Opheltes, des »Schlangenkindes«, seinen Freunden nochmals ihr eigenes Geschick. So wie hier das Knäblein durch die Zähne des Drachen seinen frühen Tod fand, so werden sie alle unter den Händen der aus den Drachenzähnen des Kadmos entsprossenen Thebaner in der Blüte ihrer Jahre erliegen. Darum nannten sie den Knaben Archemoros, »Todesführer«. Zu Ehren des frühverstorbenen Knaben feierten die Helden prächtige Leichenspiele, die in der Folge unter dem Namen der nemeischen Spiele jedes dritte Jahr erneuert wurden. Die Kampfrichter in diesen Spielen trugen zum Andenken an Archemoros schwarze Trauergewänder.

Die Belagerung von Theben

(Aischylos' *Sieben gegen Theben* und Euripides' *Phoinissen*)

Der Glanz der kriegerischen Waffenspiele im Tal von Nemea hatte das dunkle Bild des Archemoros in den Hintergrund gedrängt und das Heer wieder mit dem alten kühnen Mut erfüllt, dass sie freudig und hoffnungsvoll weiterzogen. Als sie in die Nähe von Theben kamen an den Fluss Asopos, lagerten sie sich an dem grasreichen Ufer und schickten den Tydeus als Gesandten in die Stadt, damit er dem Eteokles zugunsten des Polyneikes einen Vergleich vorschlüge. Ohne Begleitung ging Tydeus in die feindliche Stadt und traf die vornehmen Kadmeer im Haus des Eteokles beim Schmaus. Furchtlos trat er unter sie und trug seine Aufträge vor. Die Thebaner wiesen die Vorschläge zurück und luden ihn zum Mahl. Aber Tydeus, nicht allzu gewandt im Reden, aber desto tüchtiger im Schwingen der Lanze und des Schwerts, klein zwar von Gestalt, aber von gewaltiger Kraft und im besonderen Schütze der Athena, rief zornglühend alle Gäste zum Einzelkampf vor und besiegte sie alle ohne Beschwer. Darob ergrimmten die Thebaner, und als er wieder zurückging, legten sie ihm einen tückischen Hinterhalt, 50 gewappnete Edle unter zwei Führern. Tydeus bereitete auch diesen ein schmähliches Ende, er würgte sie alle in unbändigem Mut und ließ nur einen nach Hause zurückkehren, den Maion, Sohn des Haimon, damit er den Thebanern die Nachricht von ihrer Schmach brächte.

Nach diesen Vorfällen war an eine Aussöhnung nicht mehr zu denken; Hass und Zorn standen auf beiden Seiten in hellen Flammen. Die Argiver zogen vor die Mauern Thebens, und es kam auf dem offenen Feld zu manchem heißen Kampf, bis die Thebaner hinter ihre Mauern zurückgedrängt wurden. Da rüsteten sich die Argiver zu einem allgemeinen Angriff auf Mauern und Tore. Die sieben Feldherren schlachteten dem Ares und den übrigen Göttern ein Stieropfer, netzten in dem auf einen schwarzen Schild strömenden Blut ihre Hände und schworen bei Ares, dem bluttrunkenen Gott des Schreckens, die Stadt zu bewältigen und des Kadmos Feste zu zertrümmern oder selbst fallend das thebanische Feld mit ihrem Blut zu tränken. Dann hängten sie, ihren Tod vorahnend nach den Weissagungen des Amphiaraos, Andenken für ihre Eltern in der Heimat, Locken und Kränze, rings an dem Wagen des Adrastos auf, mit Tränen im Auge, doch ohne einen Laut der Klage; heiß schnaubte ihr eisenherziger, in Kriegslust glühender Mut gleich einem blutgierigen Löwen. Darauf verteilten sie durch das Los die sieben Tore der Stadt, auf welche die sieben Heerfürsten mit ihren Scharen den Angriff richten sollten. Eteokles, der die Verteidigung der Stadt leitete, hatte durch den Seher Teiresias Kunde von der drohenden Gefahr, und ein Späher, den er ausgeschickt, gab ihm Nachricht von dem, was in dem feindlichen Lager vorging. Die ganze Stadt war in Aufregung und Furcht. Aber Eteokles verlor den Mut nicht; er forderte alle waffenfähige Mannschaft der Stadt auf, sich zum Schutz des Vaterlands zu rüsten, selbst Greise und halb erwachsene Jünglinge, und als die Frauen und Jungfrauen voller Angst scharenweise sich zu den Altären herandrängten, die vor seinem Palast standen, weinend und klagend, da schickte er sie scheltend nach Hause, damit sie nicht durch ihr Schreien und Wehklagen die Männer mit Mutlosigkeit erfüllten. Nachdem er darauf den Göttern für die Rettung der Stadt heilige Hekatomben gelobt und ein feierliches Opfer vor seinem Haus dargebracht hatte, entfernte er sich, um die nötigen Gegenmaßregeln gegen den Angriff der Feinde zu ergreifen. Er hatte den Späher nochmals ausgesandt, damit dieser ihm die Verteilung der sieben feindlichen

Fürsten an die sieben Tore näher berichte. Die ganze bewaffnete Mannschaft war um den König versammelt unter ihren mutigen Führern, als eben der Späher erschien.

»Schon wütet Tydeus«, sprach der Späher, »voll Trotz an dem prötischen Tor. Amphiaraos, der Seher, wollte ihn nicht über die Furt des Ismenos gehen lassen, weil die Opfer ungünstig seien; aber Tydeus tobte tollkühn und voll Kampfbegier, wie ein Drache zischt in der Mittagshitze, und schmähte den weisen Seher, der aus Feigheit nur vor dem Kampf warne. Dabei schüttelte er wild die drei Rossschweife auf seinem Helm und die lärmenden ehernen Schellen an seinem Schild. Auf seinem Schild prangt ein stolzes Wappenbild; auf nachtdunklem Grund glänzt in der Mitte ein heller Vollmond und um ihn eine Schar funkelnder Sterne. Wie ein schäumendes Streitross steht er so an dem Ufer des Flusses und verlangt nach Kampf.« »Den fürchte ich nicht«, sprach der König, »mit all seinem Prunk. Seine Bilder schlagen keine Wunden, und sein Helmbusch und seine Glöcklein ritzen nicht. Und jene Nacht auf seinem Schild kann leicht ihm eine Deutung sein der eigenen Todesnacht; dann legt von selber sich der Übermut. Ihm stelle ich den Melanippos entgegen, des Astakos erlauchten Sohn, der, übermütiger Rede feind, sich doppelt brav im Kampf erzeigt. Ziehe hin, du würdiger Sprössling der alten Sparten, und schütze im Würfelspiel des Ares die Vaterstadt vor des Feindes Speer.« Melanippos zog mit seiner Schar zum Tor des Proitos, und der Späher fuhr fort: »Das Tor Elektra erlöste Kapaneus, ein riesiger Held voll stolzen Trotzes. Grässliches droht er unseren Mauern. Sei's der Götter Wille, spricht er, oder nicht, er wolle und müsse die Stadt zerstören; selbst der Zorn des Zeus werde ihn nicht abhalten, und schlüge er auch mit seinem Wetter drein, aller Blitzstrahl und des Donners glühender Pfeil sei ihm nur ein warmer Strahl der Mittagssonne. Einen nackten Feuerknecht mit drohender Fackel in der Hand trägt er auf seinem Schild mit der goldenen Inschrift: ›Ich stecke die Stadt in Brand!‹ « »Der schafft sich«, sprach Eteokles, »selber sein Gericht, den frechen Verächter der Götter schlägt sein eigener Mund. Ich weiß, ein glühender Blitzstrahl aus der Hand des Zeus, mitnichten dem Sonnenstrahl des Mittags gleich, wird ihn zerschmettern. Als Gegner stell ich ihm den Polyphontes, einen Mann von glühendem

Mut, der durch der Götter Huld unserer Stadt ein sicherer Schutz sein wird.« Polyphontes ging ab zu dem elektrischen Tor. »Das neïtische Tor fiel dem Eteoklos zu«, sprach der Späher weiter, »mit wiehernden Rossen stürmt er darauf los. Sein Schild zeigt einen gewappneten Mann, der an einer Leiter rasch zu einem Turm hinaufsteigt, mit der Unterschrift, dass Ares selbst ihn nicht vom Turm stürzen soll.« Diesem schickte Eteokles den tapferen Megareus entgegen, einen Sohn des Kreon, vom Stamm der Sparten. »Am Tor der Pallas Onka tobt in wildem Lärm der riesige Hippomedon. Ein entsetzliches Bild führt er auf seinem Schild, den Typhon, aus dem Feuer sprühenden Mund schwarzen Qualm ausschnaubend, und um den Rand schlingen sich drohende Schlangen. Mit lautem Kriegsruf stürmt er den Seinen voran, kriegstrunken, einer Mänade gleich, den Tod im wilden Blick.« »Zunächst wird Pallas Onka, die nah am Tor wohnt«, sprach Eteokles, »die Feindin alles Übermuts, diesen wilden Drachen abwehren, sodann Hyperbios, der tapfere Sohn des Oinops, seinem Gegner gleich an Gestalt und Mut. Auf seinem Schild sitzt der Vater Zeus mit dem flammenden Blitz; wie Zeus den Typhon schlug, so wird, hoffe ich, Hyperbios den wilden Gegner niederschmettern.« Hyperbios besetzte mit seiner Schar das onkäische Tor. »Am fünften Tor, dem borrhäischen, steht Parthenopaios, der Sohn der arkadischen Jägerin, ein Jüngling, dem eben um das holdselige Jungfrauenangesicht der erste weiche Flaum sprießt. Doch nicht jungfräulich wie sein Antlitz ist auch sein Herz; nein, voll wilden Mutes tobt er furchtbar an unserem Tor und schwört vermessen bei seiner Lanze, die ihm mehr denn ein Gott gilt, teurer als sein Auge ist, dass er des Kadmos heilige Stadt trotz Zeus zerstören will. Die blutgenährte Sphinx, die so feindselig unserer Stadt war, hat er auf seinem Schild, sie trägt vor sich einen kadmeischen Mann.« Der König stellte dem übermütigen Jüngling einen Mann entgegen, der ohne Prunk und Prahlerei nur nach Taten begierig war, Arkteus, den Bruder des vorgenannten Hyperbios. Am homoloischen Tor stand Amphiaraos, der edelste und zugleich kühnste Mann. Mit lautem Scheltwort tadelte er den stürmischen Tydeus, der so sehr zum Kampf trieb; er nannte ihn einen Mörder und Zerrütter seiner Stadt, einen Schergen der Erinys, den ärgsten Lehrer des Unglücks fürs Argivervolk, der dem Adrastos all dies Unheil geraten. Dann wandte er sich kummervoll an Polyneikes und rief: »Ja, vielgerühmt im Mund der Nachwelt und den Göttern wohlgefällig ist dein Beginnen, die Stadt deiner Väter und die Götter der Heimat mit fremdem Heer hinwegzutilgen. Wie kann dein Vaterland, von der Wut des Speers unterjocht, als Bundesgenossin bei dir im Kampf stehen? Mir aber ist beschieden, auf diesem Feld zu fallen und als Seher unter feindlichem Land gebettet zu sein. Auf zum Kampf! Ein nicht ruhmloser Tod erwartet mich.« So sprach der Seher und schwang seinen ehernen Schild, dessen Rund kein Zeichen trug. Den weisen und gerechten, gottesfürchtigen Mann, den großen Seher, hatte ein unselig Los mit Gottlosen geeint, und diese schlimme Genossenschaft brachte ihm, das erkannte er wohl, eine schlimme Frucht. Eteokles schickte ihm den Lasthenes entgegen, einen Greis an Einsicht, einen Jüngling an Kraft.

Am letzten Tor hatte sich Polyneikes aufgestellt, seine Vaterstadt verwünschend und verfluchend. »Am Wall will er sich emporschwingen«, erzählte der Späher dem König, »will selbst mit dir zum Kampf sich treffen, dich erschlagen, neben dir selbst fallen, oder, bleibst du am Leben, dich verbannen und so sich rächen durch gleiche Schmach. Die Götter seiner Heimat ruft er an, dass sie gnädig seinen Bitten Erhörung schenken. Und einen neuen festen Erzschild trägt er, auf welchem ein Weib – Dike, die Gerechtigkeit heiße sie – einen gewappneten Mann klug dahinführt, und die Inschrift sagt: ›Ich werde diesen Mann heimführen, die Vaterstadt und das Vaterhaus soll er besitzen.‹« Sobald Eteokles hörte, dass sein Bruder den Kampf mit ihm suche, trieb ihn der wütende Bruderhass und die dunkle Gewalt des Vaterfluchs, ihm entgegenzueilen. »Wehe«, rief er, »nun erfüllen sich des Vaters Flüche. Auf, reicht mir den Speer und die Doppelschienen, dass ich, der Fürst dem Fürsten, der Bruder dem Bruder, der Feind dem Feind entgegengehe! Weil denn der Gott es will, so fahre hin der ganze Stamm des Laïos in die Todesnacht. Des lieben Vaters arger Fluch steht neben mir und zeigt mir letzte Lust vor letztem Schmerz. Längst schon haben die Götter mich vergessen, nur unseres Todes Opferblut erfreut sie; warum soll ich jetzt flehend den Tod noch meiden?« Mit solchen Worten eilte er stürmend nach dem Tor. »Wehe« – riefen die thebanischen Frauen und Jungfrauen, die ihn fortstürmen sahen – »mir graust's! Es naht die stammvertilgende Göttin des Zorns, die Flucherinys! Brudervernichtend erhebt sich der Hass jetzt. Scharf schneidender Strahl verteilt jetzt blutig ihr Land, jedem so viel, als zum Grab ihm genügt. Erschlügen jetzt die Brüder sich, fielen sie beide in Wechselmord, tränke der Erde trockener Staub ihrer Leichen schwarzgeronnenes Blut, wer wüsste dann Sühne noch? Wer wüsche dann je sie rein? O neues Weh, der alten Schuld ihres Hauses beigemischt! Ich denke der Frevelschuld der alten Zeit, der rastlos gestraften, die sich fortzog ins dritte Geschlecht, da Laïos dem Willen des Phoibos sich nicht gefügt, dem Spruch, dass seine Stadt er rettete, wenn er kinderlos stürbe. Betört von der Freunde bösem Rat, zeugte den Tod er sich, den Vatermörder Oidipus, der dann, o Schmach! die Mutter sich vermählt. Ein Meer von Schuld, Woge auf Woge, braust daher und schlägt wider unsere Stadt. Zugleich mit den Fürsten, fürchte ich, geht die Stadt uns zugrunde. Wehe der Flüche des Oidipus! Sein bitteres Wort, dass mit bewaffneter Hand um das Erbe sie blutig dereinst lösten, das vollendet jetzt, fürchte ich, die schnelle Flucherinys.«

An den Mauern und Toren tobte unterdessen der Kampf. Blutgierigen Adlern gleich, stürmten laut schreiend die argivischen Helden gegen die Tore, klimmten hinauf zu den Zinnen der Mauer; aber die tapferen thebanischen Krieger leisteten verzweifelten Widerstand, dass sie ohne Erfolg endlich sich zurückzogen. Auch an dem Tor, wo die beiden Brüder sich entgegenstanden, war mit großer Erbitterung gekämpft worden, ohne dass eine Entscheidung sich ergab. Da ließ Eteokles durch einen Herold ringsumher Schweigen gebieten und rief von einem hohen Turm den Heeren zu: »Ihr Häupter von Hellas, ihr Führer des Argiverheers, und du, o Volk von Theben, hört mich an! Spart euer Blut und lasst mich allein mit meinem Bruder kämpfen. Töte ich ihn, so lasst mich fürderhin in meiner Herrschaft; doch besiegt er mich, so nehme er die Vaterstadt.« Lauter Beifall erscholl dem Eteokles von den Argivern und den Thebanern. Man schloss Stillstand, und die Führer schworen vor dem Doppelheer, kein Schwert zu ziehen. Nachdem nun die Priester geopfert und die beiden Brüder sich gewappnet hatten, traten sie zum Zweikampf in die Mitte beider Heere. Polyneikes flehte zu Hera, der argivischen Göttin, dass sie ihm gewähre, den Bruder mit siegender Hand zu töten; Eteokles rief Pallas Athena an, die Schirmerin von Theben, dass er mit blutigem Speer die Brust des Bruders durchbohre, der gekommen war, das Land seiner Väter zu zerstören. Darauf gab Drommetenklang das Zeichen zum mörderischen Kampf. Das Brüderpaar sprang grässlich wider einander. Wie zwei schäumende Eber, die den Zahn zum Kampf gewetzt, fielen sie sich mit ihren Speeren an, doch vorsichtig barg sich jeder mit seinem Schild, dass das Eisen umsonst in den Staub abprallte. Sah einer über den Schildrand des anderen Blicke, gleich stieß er seinen Speer dahin. Da strauchelt Eteokles über einen Feldstein und wird vom Schild entblößt, Polyneikes benutzt diesen Augenblick und bohrt heransprengend den Speer dem Bruder durch den Schenkel. Laut jauchzte das Heer der Argiver; aber in demselben Augenblick sah der Getroffene des Bruders Schulter bloß und schnellte mit Macht den Speer auf dessen Brust. Die Spitze des Schaftes brach ihm am Panzerhemd ab, sodass er, der Lanze beraubt, wieder zurückweichen musste. Schnell aber fasste er einen schweren Feldstein und schleuderte ihn auf des Bruders Lanze, dass sie zerbrach. Nun waren beide der Lanzen beraubt; da rissen sie die Schwerter aus der Scheide und begannen, Schild an Schild gedrängt, den Streit aufs Neue. Jetzt gedachte Eteokles einer List. Er hemmte plötzlich den Streich, den er schon halb geführt, und trat, vom Schild gedeckt, zurück, dann gleich wieder auf den rechten Fuß vorspringend, stieß er dem Bruder das Eisen durch den Leib bis tief in das Rückgrat. Polyneikes bog den Leib zur Seite und sank bluttriefend in den Staub. Der andere, des Sieges gewiss, warf das Schwert hin und sprang zu dem Gefallenen, um ihm die Rüstung auszuziehen; aber Polyneikes, der, leise röchelnd, das Schwert noch in den Händen hielt, stieß in diesem Augenblick, seine letzte Kraft zusammennehmend, dem verhassten Bruder den Stahl tief in die Brust, dass er sterbend niederfiel. Dicht nebeneinander hauchten sie im Staub ihre Seelen aus, unversöhnt und ohne Schlichtung ihres Streits. Die Flüche des Vaters haben sich erfüllt.

Der Waffenstillstand, den die Heere wegen des Zweikampfs abgeschlossen hatten, war von kurzer Dauer. Kaum lagen die Brüder tot, so griffen die Argiver mit neuer Wut die Stadt an. Kreon, der jetzt die

Zügel der Regierung wieder ergriffen, forschte bei dem alten Seher Teiresias, wie die Stadt zu retten sei, und dieser verkündete, wiewohl mit Widerstreben, dass der jugendliche Menoikeus, des Kreon Sohn, an der Stelle, wo Kadmos einst den Drachen des Ares erschlagen hatte, geopfert werden müsse, damit der alte Groll des Ares gegen das gesamte thebanische Geschlecht gesühnt werde. Der Zorn des Gottes fordere ein Leben aus dem Geschlecht der Sparten, die aus der Saat der Drachenzähne aufgesprosst seien, und Kreon mit seinen Kindern sei noch der Einzige, der rein und ungemischt von Vater und von Mutter her aus jenem Geschlecht stamme. Wenn des Menoikeus junges Haupt ihm falle, werde Ares der bedrängten Stadt zur Seite stehen und sie vom Untergang erretten. Kreon hörte mit Schrecken den Spruch des Sehers. »Gern gäbe ich selbst mein Leben hin für die Vaterstadt, doch meinen Sohn kann ich nicht opfern; solch Missgeschick bring ich nicht über mich. Ehe die gesamte Stadt den Seherspruch erfährt, fliehe, mein Sohn, aus der Stadt, fort aus dem Land, nach Delphi, nach Kalydon, weit bis nach Dodona! Rette dich vor dem Tod!« Menoikeus, der den Seherspruch der Teiresias ruhig mit angehört hatte, nahm den Schein an, als wollte er der Aufforderung seines Vaters folgen, und entfernte sich, nicht aber um zu fliehen, sondern um für sein Vaterland zu sterben. »Wie sollte ich«, sprach der edle Jüngling, »während die andern ohne den Zwang des Orakels vor den Türmen der Stadt dem Tod entgegengehen, wie ein Feigling aus dem Land meiner Väter entweichen, um, das eigene Leben selbstsüchtig rettend, Vater und Bruder und Vaterstadt zu verraten? Wo ich auch lebte, wäre Schmach mein Los. Nein, mein Leben gehört dir, mein Vaterland!« So eilte er denn allein zu den Zinnen der Kadmea hinauf, an die Stelle über der schwarzen Kluft, wo einst der Drache gehaust hatte. Hier durchbohrte er sich die Brust mit einem Schwert und stürzte sich mit seinem strömenden Blut von der Zinne hinab in die Drachenhöhle.

Die Nachricht von dem Opfertod des Menoikeus gab den schon ermattenden thebanischen Kriegern neuen Mut, die stürmenden Argiver von ihren Mauern und Türmen zurückzuhalten. Fürchterlich tobte vor allen andern der wilde Kapaneus. Eine hochstufige Leiter legte er an und klimmte, unter seinen Schild geschmiegt, von Steinen und Speeren umsaust, stürmend zur Mauer hinan. »Selbst das Feuer des Zeus nicht soll mich abhalten, hinaufzuklimmen!«, rief er im Übermut und drang auch schon bis oben zur Zinne. Da traf ihn der Blitz des Zeus, dass die Erde erkrachte. Wirbelnd wie ein Rad stürzte sein Leib flammend zur Erde und lag zerschmettert am Boden. Grauses Entsetzen ergriff die Argiver, sie wandten sich zu wilder Flucht. Die Thebaner aber, durch das Zeichen des Zeus ermutigt, stürmten zu Fuß und zu Ross aus den Toren ihnen nach ins Blachfeld und richteten eine furchtbare Niederlage unter ihnen an. Das ganze stolze Heer erlag mit seinen stolzen Führern. Den Tydeus verwundete Melanippos. Als er halb tot auf dem Schlachtfeld lag, erbat sich Athena, seine stete

Amphiaraos auf der Flucht

Beschützerin, von Zeus die Erlaubnis, ihn wegen seiner übermenschlichen Tapferkeit unsterblich machen zu dürfen. Sobald aber Amphiaraos, der Seher, welcher den Tydeus hasste als den hauptsächlichsten Anstifter des Kriegszugs, die Göttin nahen sah und ihre Absicht erkannte, schnitt er schnell dem Melanippos, der auch gefallen, das Haupt ab und warf es dem Tydeus hin. Der spaltete den Kopf des Melanippos und schlürfte in rohem Zorn sein Gehirn aus. Als das Athena sah, schauderte sie zurück und ließ den Unhold sterben. Den Amphiaraos verfolgte Periklymenos zu dem Ismenos hin. Als er eben seine Lanze in den Rücken des Fliehenden stoßen wollte, spaltete Zeus mit seinem Blitz die Erde, und der fromme Seher sank mit Ross und Wagen und seinem Wagenlenker Baton unversehrt von menschlicher Hand in die Tiefe. An der Stelle, wo ihn die Erde verschlungen hatte, wurde er nach dem Ratschluss des Zeus ein weissagender Heros, der den Menschen im Traum seine Orakel aus der Tiefe heraufsandte. Von dem ganzen Heer blieb nur Adrastos übrig. Er floh auf seinem schnellen Ross, dem schwarzmähnigen Areion, in das attische Land.

Die Bestattung

(Euripides' *Die Flehenden*)

Die Mütter der erschlagenen argivischen Heerführer waren auf die Nachricht von der Niederlage des Heeres mit deren unmündigen Söhnen herbeigeeilt, und Adrastos hatte mit ihnen die Thebaner gebeten, ihnen die Leichen der Gefallenen zu ehrlicher Bestattung auszuliefern. Aber Kreon und die Thebaner, übermütig durch das Glück ihres Sieges, verweigerten die Bestattung; die feindlichen Krieger, welche gekommen waren, ihre Stadt in Trümmer zu legen, sollten auf dem Feld unbeerdigt liegen bleiben, den Vögeln und den Hunden zum Fraß. Da wandten sich Adrastos und die greisen Frauen nach dem athenischen Land, um durch Vermittlung des dortigen Königs Theseus zu ihrem Recht zu kommen. Eine Versündigung war es gegen göttliches und menschliches Gesetz, dem Toten, selbst dem erschlagenen Feind, die Bestattung zu versagen. Sie kamen nach der attischen Stadt Eleusis, wo sich das hehre Heiligtum der Demeter und Kora befand und eben jetzt des Theseus Mutter Aithra sich aufhielt, um der Demeter Opfer darzubringen für den Segen des Saatfelds. Als sie eben in den Tempel gehen wollte, sah sie an den Stufen des Altars, der vor dem Tempel stand, die kummervolle Schar der greisen Frauen mit ihren kleinen Enkeln sitzen, mit geschorenem Haupt, in Trauergewänder gehüllt und Ölzweige, die Zeichen der Schutzflehenden, in ihren Händen. Am Eingang des Tempels stand tränenden Blicks mit verhülltem Haupt der alte Adrastos. Aithra fragte teilnehmend die Frauen, wer sie seien und warum sie in diesem Aufzug gekommen, und nachdem sie den Grund ihres Erscheinens gehört hatte, schickte sie in aller Eile einen Herold nach Athen, um ihren Sohn herbeizurufen. Gramvoll und in Tränen saß sie unter den klagenden Müttern, als Theseus eilenden Fußes herankam. »Sage, o Mutter, welche unverhofften Dinge sind geschehen«, rief er ihr zu, »wer sind die fremden Frauen in dem schwarzen Gewand mit geschorenem Haar? Warum diese Tränen und dies Klagegeschrei?«

»Du siehst, mein Sohn, die grauen Mütter der sieben Helden, die jüngst vor der Thebaner Stadt erlagen, und ihren Führer dort, Adrastos, den Beherrscher von Argos. Der wird am besten dir sagen, was sie hergeführt hat.« Der alte König fiel dem Fürsten Athens zu Füßen und erzählte ihm sein Unglück und den frevelhaften Übermut der Thebaner; er flehte ihn an, dass er ihm durch Güte oder durch Gewalt zu der Bestattung seiner Kriegsgefährten verhelfe; denn er sei ohne Macht, seitdem sein ganzes Heer vor Theben liege.

Theseus zögerte, dem Adrastos seine Hilfe zuzusagen, da er selbst den Krieg begonnen und gegen die Zeichen der Götter ausgezogen sei. Als aber die greisen Frauen mit ihren unmündigen Enkeln klagend und flehend seine Knie umfassten, als seine eigene Mutter, voll tiefen Mitleids mit dem Unglück der jammernden Mütter, sich ihm weinend zu Füßen warf, da sagte er seine Hilfe zu, unter der Bedingung, dass das athenische Volk seine Zustimmung gebe; denn in Athen beschränkte der Wille des Volkes die Macht des Königs. Er begab sich daher selbst in Begleitung des Adrastos nach der Hauptstadt zurück und erlangte leicht von dem edlen Volk der Athener, das zu jeder Zeit den Bedrängten zu helfen bereit war, die Zustimmung zu einem Heereszug gegen Theben, falls dieses nicht auf gütlichem Weg zur Herausgabe der Gefallenen zu bringen sei.

Als Theseus, eben nach Eleusis zurückgekehrt, eine Gesandtschaft an den König Kreon abordnen wollte, erschien von Theben aus ein Herold. Übermütig und mit Trotz trat der Herold auf. »Ich und das ganze Thebanervolk«, sprach er, »verbieten dir, dem König von Athen, dem Adrastos in Attika Zuflucht zu gönnen; und ist er hier, oder habt ihr schon zu einem Dienst euch verpflichtet, so brecht noch diesen Tag das Versprechen und treibt ihn fort; denn was habt ihr mit dem Volk von Argos zu schaffen? Folgst du mir, Theseus, so wirst du ohne Sturm deine Stadt fortsteuern, doch sonst steigt uns und dir und deinen Bundesgenossen ein großes Ungewitter auf.« Theseus antwortete gelassen und ohne Furcht vor der thebanischen Drohung: »Geh und sage deinem König Kreon, dass er nicht unser Herr ist; auch weiß ich ihn nicht so mächtig, dass er die Stadt der Pallas zwingen könnte, ihm zu gehorchen. Was ihr verlangt, kann nicht geschehen; zum Krieg wird's also kommen. Doch diesen Krieg beginne ich nicht aus eigenem Antrieb, auch nicht um den Adrastos hier, nein, ich will, dem heiligen Gebrauch des gesamten Hellas getreu, ohne euch zu kränken, den Toten ein Grab verleihen; denn ganz Griechenland beleidigt der, der die Toten ihres Rechts, des Grabes beraubt.«

Sobald der Herold sich entfernt hatte, erließ Theseus das Gebot, dass sein ganzes Volk zu Fuß und zu Ross sich wappne, und zog aus gen Theben. Das Heer der Thebaner erwartete ihn schlagfertig vor den Mauern und hatte die Leichen der Argiver, um die der Streit galt, hinter sich gelegt. Theseus erklärte, dass er nicht gekommen sei, um aufs Neue Mord und Blutvergießen zu bringen, er wolle nur, den heiligen Gebrauch des griechischen Volkes ehrend, die Toten bestatten. Ohne ein Wort zu erwidern, stand Kreon in den Waffen da, des Angriffs gewärtig. Da begann Theseus das Treffen. Er selbst, die schwere Keule in der Faust, die er einst dem Epidaurier Periphetes abgenommen, stürzte sich in die dichtesten Reihen und schmetterte rings um sich her alles nieder, was ihm entgegenstand. Nach heißem Kampf wandte sich endlich das thebanische Heer zur Flucht, und in der ganzen Stadt erscholl Klage und verzweifeltes Geschrei. Doch Theseus mochte nicht, obgleich ihm niemand mehr wehrte, in die Stadt einziehen; sondern er erklärte auch nach dem Sieg, er komme nicht, um zu zerstören, sondern fordere nur die Toten.

Thebens Hochmut war gefallen; bereitwillig lieferten sie jetzt die Toten aus, welche das athenische Heer nach Eleutherä am Fuße des Kithäron brachte, um sie dort zu bestatten. Auf sieben hohen Scheiterhaufen wurden die Krieger der sieben Heeresabteilungen verbrannt; die Leichen der gefallenen Heerfürsten aber nahm Theseus mit nach Eleusis, um sie dem Adrastos und ihren Müttern zur Bestattung einzuhändigen. Auf einem Scheiterhaufen wurden die Leichen der anderen Helden verbrannt; für Kapaneus aber, den der Blitz des Zeus getroffen hatte, wurde ein besonderer Holzstoß errichtet; denn dem hellenischen Glauben galt die Leiche eines vom Blitz Erschlagenen für heilig. Als er auf dem Holzstoß lag und die Flamme schon hoch emporschlug, da erschien plötzlich Euadne, des Kapaneus Gemahlin, welche auf die Kunde von dem Tod ihres Gatten ohne Wissen ihres Vaters Iphis und ihrer anderen Verwandten sich von zu Hause entfernt hatte, geschmückt mit festlichen Gewändern, auf dem Felsen, der über dem Holzstoß emporragte, und stürzte sich nieder in die flammende Glut, um vereint mit ihrem geliebten Gatten in den Tod zu gehen. Die Asche des Kapaneus wurde mit der seiner Gattin zu Eleusis bestattet und darüber ein hohes Grabmal errichtet; die Reste der übrigen Helden dagegen empfingen die greisen Mütter, um sie mit sich nach Argos zu nehmen. Die weinenden Knaben trugen die Urnen mit der Asche ihrer Väter nach der Heimat, schon jetzt entschlossen, dereinst, wenn sie erwachsen wären, ihren Tod an Theben zu rächen. So kehrte statt der Helden, die so prahlend ausgezogen, eine Handvoll Staub nach Argos zurück.

Antigone

(Sophokles' *Antigone*)

Nachdem Polyneikes und Eteokles im Brudermord gefallen waren, befahl Kreon, der jetzt König war, dass Eteokles, welcher in der Verteidigung des Vaterlands ruhmvoll gestorben, mit allen Ehren bestattet werden sollte; die Leiche des Polyneikes aber, der mit feindlichen Scharen gekommen war, um seine Vaterstadt und die Tempel und

Altäre der heimischen Götter zu zerstören, der seine Mitbürger mit Mord und Sklaverei bedroht hatte, sollte unbegraben und unbeweint auf dem Feld liegen bleiben, den Hunden und den Vögeln eine willkommene Speise. Wer diesem Gebot zuwiderhandle, der solle den Tod der Steinigung erleiden. Gegen dieses unfromme herzlose Gebot empört sich das Herz der Antigone, der Schwester des Gefallenen, einer echten Labdakidentochter von festem, unbeugsamem Mut. Der König hat kein Recht, den Toten dem Grab und den Unterirdischen zu entziehen, die ungeschriebenen Satzungen der Götter, welche gebieten, den Toten die heilige Pflicht der Bestattung zuteilwerden zu lassen, sind ewig und unverletzlich und dürfen von keiner weltlichen Macht gekränkt werden. Sie, die nächste Verwandte des Toten, kennt kein höheres Gesetz, und unbekümmert um das willkürliche Gebot des Königs, ist sie entschlossen, ihre Pflicht gegen den Bruder zu tun, wenn sie auch sterben muss. Sie tritt daher zu ihrer Schwester Ismene und fordert sie auf, mit ihr die Leiche des Bruders zu bestatten. Aber Ismene, ein edles, aber furchtsames weibliches Gemüt, erschrickt bei dem Vorschlag der Schwester und sucht sie von ihrem Beginnen abzuhalten. »Bedenke, Schwester«, sprach sie, »wie der Vater mit Hass beladen und in Schmach uns zugrunde ging, wie seine Mutter – zugleich sein Weib! – mit dem Strick sich das Leben nahm, die Brüder dann an einem Tag jammervoll sich gegenseitig mordeten. Und wir, die wir allein jetzt noch übrig sind, welchen schlimmsten Tod werden wir sterben, wenn wir gegen das Gesetz und die Macht des Königs uns auflehnen. Bedenke, dass wir Frauen sind, zum Kampf mit Männern nicht geschaffen, und dass wir von Mächtigeren abhängen und ihnen, wenn sie auch noch Schmerzlicheres befehlen, gehorchen müssen. Darum flehe ich zu unseren Toten in der Tiefe, dass sie mir vergeben, wenn ich, der Gewalt mich fügend, etwas gegen sie versäume.« Antigone kann eine solche Furchtsamkeit bei so heiliger Sache nicht begreifen und wendet sich mit feindseliger Entrüstung von ihr ab, um sogleich allein an ihr Werk zu gehen. Auf die teilnehmende Bitte der Ismene, doch wenigstens ihre Tat verborgen zu halten, antwortet sie in edlem Unwillen, dass sie vor aller Welt ihre Tat laut verkünden wolle, wisse sie doch, dass sie damit den Unterirdischen gefallen werde.

Eben war Kreon vor seinem Palast mit den Ältesten des Volkes versammelt, um ihnen die Grundsätze, die er bei seiner neuen Regierung befolgen werde, bekannt zu machen und sie aufzufordern, ihn bei Aufrechterhaltung seines Gebots in betreff der Leiche des Polyneikes zu unterstützen, da kam ein Bote, einer von den Männern, welche der König als Wächter bei der Leiche des Polyneikes aufgestellt hatte, und meldete, dass die Leiche bestattet sei; es habe jemand, ohne dass sie es gemerkt, den Toten mit Staub überstreut und zum Grabe geweiht. Kreon gerät in den größten Zorn, dass sein erstes königliches Gebot so mit Füßen getreten worden ist, er glaubt, politische Feinde, die mit geheimem Murren den Nacken unter seine Herrschaft beugten, hätten mit Geld die Wächter bestochen, und droht diesen mit einem Eid, wenn sie ihm nicht den Täter kundtäten und hierherführten vor sein Angesicht, so würden sie alle des martervollsten Todes sterben. Der Bote ist froh, dass er diesmal mit heiler Haut davongekommen ist, und eilt zu seinen Genossen zurück, entschlossen, in keinem Fall mehr zum König zurückzukehren, möchten sie nun den Täter ergreifen oder nicht. Nicht lange aber, so kam er freudig zurück, die Königstochter Antigone am Arme mit sich schleppend. »Hier ist sie, mein König, die das Werk getan; sie ergriffen wir, als sie eben die Leiche begraben wollte.« Der König staunt und traut kaum den Worten des Wächters. Wie sollte ein schwaches Mädchen es wagen, dem Gebot des Königs entgegen zu handeln? Darauf erzählte der in seiner Freude gar wortreiche Bote, was alles sich zugetragen. »Als ich, o Herrscher, meinen Genossen deine schweren Drohungen überbracht hatte, da kehrten wir, in großer Angst, allen Staub von dem Toten, bis der verwesende Leib ganz entblößt war. Dann setzten wir uns lauernd an dem Rand des Hügels nieder, sodass der von der Leiche herkommende Windhauch uns nicht erreichte, und ermunterten einer den andern zu wachsamer Schau. So dauerte das eine geraume Zeit, bis um die Mittagszeit plötzlich ein furchtbarer Sturmeswirbel, ein himmelhohes Schrecken, sich erhob und wütend durch die Ebene im grünen Laub der Bäume tobte. Der ganze Äther war voll des Grauens. Wir saßen schweigend da und trugen mit geschlossenen Augen die gottverhängte Not. Und als sie endlich nach langer Zeit sich legte, da sieht man die Jungfrau, wie sie schmerzerfüllte

Klagen ausstößt; gleich einem Vogel, der heimgekehrt sein Nest beraubt der Jungen findet, jammert sie, als sie den Leichnam unbedeckt sieht, laut auf und verflucht die, welche diese Tat getan. Und sogleich trägt sie wieder mit ihren Händen trockenen Staub herzu, und aus ehernem Krug gießt sie dreimaligen Weiheguss auf den toten Leib. Wie wir sie sahen, stürzten wir auf sie zu und erfassten sie sogleich; doch blieb sie ruhig und ohne allen Schreck, und als wir sie dieser und der früheren Tat beschuldigten, da leugnete sie nichts.«

Antigone stand, während der Wächter solches erzählte, ruhig da mit zur Erde gesenktem Haupt, und als nun Kreon sie fragte, ob sie ihre Schuld eingestehe und ob sie das königliche Gebot gekannt habe, erklärte sie frei und ohne Furcht, sie habe die Tat getan und das Verbot gewusst. »Es war ja Zeus nicht«, sprach sie, »der mir dies Gebot verkündete, auch Dike nicht, die bei den Unterirdischen wohnende Göttin des Rechts, welche beide unter den Menschen dies Gesetz über die Toten eingesetzt; und ich glaubte nicht, dass deine, des sterblichen Menschen, Verordnungen mehr Kraft hätten als die ungeschriebenen unwandelbaren Gesetze der Götter. Denn diese sind nicht von heute und von gestern, sondern sie leben ewig, und niemand weiß, woher sie sind. Gegen sie wollte ich mich nicht, aus Furcht vor Menschensatzung, versündigen und mich strafbar machen bei den Göttern. Denn dass ich sterben werde, das wusste ich wohl, auch ohne deine Bekanntmachung, Wenn ich aber nun vor der Zeit sterben werde, so achte ich das mir zum Gewinn. Denn wer in so vielfachem Leid lebt wie ich, wie sollte dem der Tod nicht Gewinn sein? Darum schmerzt mich's nicht, wenn sich jetzt dies Geschick erfüllt; aber meiner Mutter Sohn so im Tod ohne Grab zu sehen, das war mir Schmerz.« Dem König Kreon klangen diese Worte der hochgemuteten Jungfrau wie Hohn, und er ereiferte sich umso mehr, je ruhiger und gefasster ihm Antigone gegenüberstand. »Doppelter Frevel!«, rief er aus, »erst übertritt sie frech mein Gebot und nun brüstet sie sich noch und frohlockt mit ihrer Tat. Doch solch ein trotzig starrer Sinn fällt zuerst; sprödgeglühter Stahl zerspringt und bricht am leichtesten. Wahrlich, ich bin kein Mann mehr, sie ist ein Mann, wenn solche Anmaßung ihr ungestraft bleiben soll. Nein, ist sie auch meiner Schwester Kind, wäre sie mir verwandter als alle Verwandtschaft, sie soll dem schlimmsten Tod nicht entgehen, samt ihrer Schwester; denn auch diese ist bei dieser Bestattung mit ihrem Rat beteiligt. Ruft mir sie herbei, eben noch sah ich sie im Haus umherrasen wie von Sinnen; so pflegt das schuldbewusste Herz das heimlich vollführte Verbrechen zu verraten.« »Wenn du mich töten willst«, sprach Antigone, »nun, so zaudere nicht; denn wie in deinen Reden nichts ist, was mir gefiele, so gefällt auch mein Tun deinem Sinne nicht, obgleich ich mir durch die Bestattung des Bruders den schönsten Ruhm erwarb. Und auch diese Bürger würden ihr Gefallen ob meiner Tat bezeugen, wenn nicht Furcht ihren Mund verschlösse.« »Wie? diese Stadt sollte dein Beginnen gutheißen, die du den Frevler an dem Vaterland dem anderen Bruder gleich geachtet, der die Vaterstadt verteidigte?« »Der Tod macht alles gleich, versöhnt den Hass.« »Nie wird der Feind, auch nicht im Tod, uns ein Freund.« »Nicht mit zu hassen, mit zu lieben, bin ich da.« »Nun denn, so geh hinab und liebe drunten, wen du lieben musst; doch nie, solange ich lebe, soll mir ein Weib hier herrschen.«

Eben trat Ismene weinend aus dem Palast. Kreon fuhr sie mit zornigen Worten an: »Du, die du in meinem Haus wie eine Natter dich an mich heranschlichst und, ohne dass ich's merkte, mein Blut aussaugtest, wohlan, sage, wirst auch du dieser Bestattung dich teilhaftig nennen, oder schwörst du, nichts zu wissen?« Die schwache und ängstliche Ismene wird stark durch das Unglück. Zum Handeln hatte sie den Mut nicht, doch jetzt zum Leiden. Sie bekennt, das Werk mitgetan zu haben, wenn ihre Schwester damit übereinstimme, und will an der Schuld und der Strafe ihr Teil mittragen; ohne die Schwester kann sie ja nicht leben. Aber Antigone weist ihre Teilnahme zurück, und nun entsteht ein edler Wettstreit unter den Schwestern, indem die eine erklärt, dass sie im Innern ihres Herzens die Tat mitgetan und den Tod mitleiden wolle, die andere dagegen allein für ihre Tat einstehen und von der Genossenschaft der Schwester nichts wissen will, die nur mit Worten liebe, nicht mit der Tat.

Von der Schwester schroff und hart zurückgewiesen, versucht nun Ismene, das Herz des Kreon zu besänftigen, indem sie für die Schwester bittet, welcher das Unglück die Klarheit des Verstands benommen, und ihn erinnert, dass Antigone die Braut seines Sohnes Haimon ist. Auch die Ältesten der Stadt mahnen ihn, die Braut seines Sohnes zu schonen; aber der starre zornige Sinn des Kreon bleibt ungerührt, Antigone soll sterben, sein Sohn wird schon noch ein anderes Weib finden. »Schlechte Weiber für meine Söhne sind mir zuwider! Führt die Mädchen ohne Verzug hinein, ihr Diener, und hütet sie, denn auch die Mutigen fliehen gern, wenn der Tod ihnen nahe steht.« Die um den König versammelte Menge stand mit ihrem Herzen auf der Seite der Mädchen, sie priesen in ihrem Innern die Tat der Antigone und bedauerten ihr unverdientes Geschick; aber sie wagten dem gestrengen König gegenüber keinen Tadel oder Widerspruch. Sie hatten nur Worte des Bedauerns und beklagten das Unheil ihrer Königsfamilie, des Hauses der Labdakiden, auf welches von alters her von Geschlecht zu Geschlecht Leid auf Leid sich stürzte gleich den Wogen des stürmenden Meeres. Von einem Gott verfolgt, findet es keine Erlösung. Die Jungfrauen, die letzten Wurzeln, über die ein neuer Hoffnungsschimmer sich gebreitet, auf sie fällt jetzt auch durch des Sinns Verblendung das blutige Beil und vernichtet den letzten Rest des Stammes.

Haimon, der jüngste noch übrige Sohn des Kreon, welchem Antigone verlobt war, hatte gehört, dass sein Vater beschlossen habe, seine Braut zu töten, und eilte herbei, um das drohende Unglück abzuwenden. Der Vater empfing ihn mit beschwichtigenden Worten. »Mein Sohn«, sprach er, »du musst des Vaters Einsicht alles nachsetzen, mit dem Vater gleichen Freund haben und gleichen Feind. Lass des Weibes wegen die Lust deinen Sinn nicht betören; mit Verachtung, als eine Feindin gib das Mädchen auf, das so offenkundig im Ungehorsam gegen mich betroffen war. Ich will nicht als Lügner vor der Stadt bestehen und töte sie. Dulde ich im eigenen Haus den Ungehorsam, so wächst er mir draußen noch übers Haupt, und einem Weib, nein, dem sei nie der Sieg gegönnt.«

Haimon hatte sich bisher stets als gehorsamer Sohn dem Willen des strengen Vaters gefügig untergeordnet; umso mehr wunderte sich jetzt Kreon, als der Sohn, so bereitwillig er anfangs auf seine Worte einzugehen schien, doch allmählich sich als Verteidiger der Antigone hinstellte und erklärte, das gesamte thebanische Volk preise im Geheimen ihre edle hochherzige Tat und bejammere ihr unverdientes Geschick. »Wolle nicht allein weise sein, mein Vater; einen Mann, und ist er auch noch so klug, entehrt es nicht, auch einmal anderer Leute Rat zu hören, und er darf kein Ding zu straff anspannen. Der Baum am winterlichen Gießbach, der nachgibt, rettet seine Zweige, der starrend widerstrebt, geht zugrunde mitsamt der Wurzel. Der Schiffer, der allzu straff die Segel spannt, wirft das Schiff um.« »Wie«, rief Kreon in blindem Zorn, »der Knabe will mich, den alten Mann, belehren? Widersetzt sich dem Vater um eines Weibes willen? Nein, lebend führst du diese Braut nicht heim!« »So willst du sie wirklich töten?«, fragte Haimon. »Nun, wenn sie stirbt, so zieht sie einen andern nach sich in den Tod.« »Du willst noch drohen? Auf, bringt sogleich die Verhasste hierher, dass sie hier vor seinen Augen auf der Stelle sterbe.« »Nimmermehr, vor meinen Augen wird sie nicht sterben, das hoffe nie, und mein Haupt wirst du nie mehr vor deinen Augen sehen. Wüte gegen Freunde, denen solches gefällt.« Mit diesen Worten stürzte Haimon in heftigster Aufregung davon. Die versammelten Greise machten Kreon auf die verhängnisvolle Andeutung aufmerksam, welche in den Worten des forteilenden Sohnes lag; aber Kreon blieb taub gegen alle Warnung. »Mag er tun, was er will«, rief er in seinem Zorneseifer, »die Mädchen wird er nicht vom Tod erretten.« »Gedenkst du denn, beide zu töten?« Durch diese Frage der Greise kam Kreon zur Besinnung. »Ismene, die nicht Hand angelegt, soll denn verschont bleiben, aber Antigone soll sterben. In der Einsamkeit, fern von dem Wandel der Menschen, soll sie in dem unterirdischen Grabgewölbe der Labdakiden lebendigen Leibes eingemauert werden und des Hungertodes sterben.« So wird denn Antigone alsbald aus dem Palast geführt, um nach dem Ort ihres Todes gebracht zu werden. Der kühne Mut, der sie bei ihrer Liebestat beseelte, ist verschwunden nach vollbrachter Tat, und die natürlichen Gefühle, die Lust zum Leben, die Furcht vor dem Tod machen sich in dem weiblichen Herzen wieder geltend; sie klagt laut, wie sie ohne Freund, unbeweint dahingehe ihren letzten Gang nach freudlosem Leben in das dunkle Grabesgemach, wo sie lebend wohnen soll bei den Toten. Das Herz des alten Königs bleibt ungerührt bei den Klagen der Jungfrau, der Tochter seiner Schwester, der Braut seines Sohnes, und er befiehlt mit harten Worten, die Verbrecherin fortzuführen.

Noch stand das Volk voll Trauer und Mitleid wegen der unglücklichen Königstochter vor dem Palast, in ihrer Mitte der tyrannische König, da erschien an der Hand eines Knaben der blinde Seher Teiresias. Das Geschick des Königs und der Seinen führte ihn her. »Du wandelst, o Herrscher«, sprach der Alte, »einen gefährlichen Pfad; denn höre, welche Zeichen meiner Kunst ich zu berichten habe. Als ich auf meinem alten Sitz der Vogelschau saß, da hörte ich den verworrenen Ton laut schreiender Vögel, und ich erkannte an dem Geräusch ihrer Flügel, dass sie mit mörderischen Krallen sich bekämpften. Das erschreckte mich, und sogleich versuchte ich auf dem Altar die Wahrzeichen des Opferbrandes. Da aber wollte von den fettumhüllten Schenkelknochen keine helle Flamme auflodern; sprühend floss der Saft in die Asche, dass die Knochen bloß dalagen; die aufgelegte Galle blähte sich und verspritzte. Dies Unglück kommt der Stadt durch dich; denn alle Altäre sind uns besudelt durch die Vögel und die Hunde, die den Fraß von dem unglücklichen Polyneikes umherschleppen. Darum nehmen die Götter kein Opfer mehr von uns an, und die Vögel schreien uns kein gutes Zeichen mehr zu, da sie gefressen von dem fetten Blut des gefallenen Mannes. Das bedenke, mein Sohn. Jeder Mensch kann fehlen, doch wenn einer gefehlt, so ist das kein unberatener unglückseliger Mann, der, dem Rat anderer zugänglich, den Fehler wieder zu heilen sucht. Drum lass deinen Zorn gegen den Toten, schände den Toten nicht. Was ich dir rate, kommt aus wohlwollendem Herzen.« Kreon glaubte, der Seher sei bestochen, um wider ihn aufzutreten. »Alle zielt ihr auf mich«, rief er zornig, »wie der Schütze nach der Scheibe, selbst die Seherkunst bleibt nicht unversucht. Eure Seherzunft hat schon längst mich verhandelt und verkauft; doch erkauft euch nur, wenn ihr Lust habt, gewinnsüchtig sardisches Hellgold, den Goldreichtum Indiens, ihr sollt mir doch nicht den Toten im Grabe bergen, wenn selbst die Adler des Zeus ihn als Beute raubten und emportrügen zum Thron des Zeus. Auch weise Leute, Alter, fallen schmachvollen Sturz, wenn sie des Gewinns halber schlechte Dinge in schöne Worte kleiden.« Durch die arge Beschuldigung entrüstet, sprach der Seher jetzt die

Weissagung aus, die er sonst im Busen zu bergen gedachte. »So wisse denn, König, dass Helios nicht manchen Kreislauf mehr vollenden wird, bis du selber einen Spross aus deinem Blut zum Entgelt für die Toten in den Tod hingeben wirst, dafür, dass du mit verruchtem Sinn die Seele einer Lebendigen aus der Oberwelt hinabgestoßen und ins Grab gekerkert hast, dass du einen Toten, der den unterirdischen Göttern gehört, unheilig hier oben hältst und dem Grab entziehst. Für diese frevelnde Schmach wird bald dein Haus mit Klage sich füllen, und die ganze Stadt wird in Verwirrung mitgerissen werden. Solche Pfeile habe ich, da du auch mich kränkst, gleich einem Schützen im Zorn gegen dein Herz gesandt, und fürwahr, sie treffen, du entgehst ihrem Brand nicht. Nun aber führe mich nach Hause, Knabe, damit er an Jüngeren seinen Zorn auslasse und eine ruhigere Zunge sich aneigne und verständigeren Sinn.«

Mit peinlichem Schweigen sahen die versammelte Menge und der König dem abgehenden Seher nach. Endlich wagten die Greise den König zu erinnern, dass, soweit ihr Gedächtnis reiche, der greise Teiresias noch keine Unwahrheit geweissagt, und dass er auch jetzt keine Lüge möge gesprochen haben. Auch Kreon war durch die schauerlichen Weissagungen des Alten erschüttert. Eine entsetzliche Angst bemächtigte sich plötzlich seines Gemüts; all sein Starrsinn bricht auf einmal zusammen, und haltlos gibt er sich dem Rat der Freunde hin, damit er dem verkündeten Unheil entgehe. »Geh«, sprachen sie, »und befreie die Jungfrau aus dem unterirdischen Haus, birg den Toten im Grab; aber eile, o Herr, denn rasch erfassen die Rachegeister der Götter den schlimm Beratenen; eile, übertrag's keinem andern.« In hastiger Angst befahl jetzt Kreon, dass seine Diener mit ihm zu der Leiche des Polyneikes eilten, um sie zu bestatten; er selbst will dann die Antigone lösen, die er auch gebunden. Es möchte doch das Geratenste sein, befürchtet er, den bestehenden Sitten sich zu fügen bis an sein Lebensende.

Sobald der König und seine Begleiter zu der Hochfläche gelangt waren, wo die zerrissene Leiche des Polyneikes lag, da flehten sie zu Hekate, der Wegegöttin, und zu Pluton, dass sie in Gnaden ihren Zorn beschwichtigen möchten, wuschen den Leichnam mit heiligem Wasser, verbrannten dann, was noch von ihm übrig war, auf frischgebrochenen Zweigen und errichteten über der Asche einen hohen Grabeshügel aus vaterländischer Erde. Darauf eilten sie zu dem steinernen Grabgewölbe, dem Brautgemach der Jungfrau. Da hörte einer aus der Ferne den Klang heller Jammerklagen aus der Gegend des Gemachs und machte den König darauf aufmerksam. Da dieser nun rasch weitereilte und, näher gekommen, die undeutlichen Laute eines Schreis vernahm, rief er klagend: »Weh, ich Unglücklicher, was prophezeit mir mein Herz! Gehe ich jetzt, ich ahn's, den unglückseligsten Weg, den ich je betrat? Die Stimme meines Sohnes dringt leise zu mir heran. Eilt, ihr Diener, voran, reißt die Quadern auf und schaut hinein, ob ich wirklich die Stimme des Haimon höre.« Die Diener taten, wie ihnen befohlen war, und sahen im entlegensten Teil der Gruft die Jungfrau an einer Schlinge, die sie aus einem Gewand sich gedreht, aufgehängt, und Haimon hatte, fest ihren Leib umschlingend, sich an sie gelehnt, stöhnend und klagend ob dem Tod der Braut und der unseligen Tat des Vaters. Als der den Sohn sah, brach er in heftiges Jammern aus, eilte zu ihm hinein und rief: »O Unglücklicher, was tust du, was willst du? Welchem Elend unterliegst du? Komm heraus, mein Kind, ich bitte dich auf meinen Knien.« Mit wildem Auge starrte der Sohn ihn an, Abscheu in den Mienen und ohne ein Wort zu erwidern. Da in raschem Zorn zog er sein Schwert und stieß es nach dem Vater, der kaum ausweichend dem Stoß entging. Entrüstet über sich selbst, warf sich der Unglückliche in die Spitze seines Schwertes und bohrte sie sich mitten in die Brust. Noch lebend umschlingt er mit schlaffem Arm die Jungfrau und röchelt an ihrer blassen Wange zugleich mit dem purpurnen Blutstrom sein Leben aus. Als eine Leiche umschlang er die Leiche; in des Hades Behausung feierte er sein Hochzeitsfest.

Kreon hatte den Selbstmord des Sohnes nicht mehr hindern können. Zerknirscht, ein völlig gebrochener Mann, nimmt er die Leiche in seine Arme und trägt sie, klagend und den heillosen Irrwahn seiner Seele verwünschend, nach Hause. An den Pforten des Palasts vernimmt er ein neues Unglück. Seine Gattin Eurydike hatte schon die Unglückskunde vernommen, und im Schmerz über den Verlust ihres letzten Sohnes hatte sie sich selbst den Tod gegeben. An einem

Altar im Inneren des Hauses hatte sie das scharf geschliffene Schwert sich in die Brust gestoßen und so die schwarzen Brauen sich gelöst, nachdem sie noch furchtbare Flüche gegen den ausgestoßen hatte, der ihr Haus verödet und sie kinderlos gemacht. »Weh, weh! Auffliegen möchte ich vor Furcht und Angst«, schrie Kreon in äußerster Verzweiflung, »warum stößt keiner das scharfe Schwert mir in das Herz! Unglücklicher, ich mordete den Sohn und mordete die Gattin; keinen andern kann ich beschuldigen als mich. Führt mich fort, schnell fort von hier, ich bin ein Nichts, ein unnützer Tor!« Während die thebanischen Greise den vernichteten Mann in den Palast führten, sprachen sie in tiefer Erschütterung: »Ja, die Grundlage alles Erdenglücks ist die Besonnenheit; niemand frevle gegen göttliche Dinge; übermütiges Prahlen bringt schwere Schicksalsschläge dem Vermessenen, dass spät er die Besonnenheit lernt.«

Verwandlungen

Daphne

(Ovids *Metamorphosen* I, 452–567)

Apollons erste Liebe war die Nymphe Daphne, die schöne Tochter des thessalischen Flussgotts Peneios. Nicht von ungefähr liebte er, sondern durch den grausen Zorn des Eros. Der starke Gott hatte eben in Delphi mit seinem Bogen den furchtbaren Drachen Python erlegt, und noch stolz auf seinen Sieg, sprach er spottend zu Eros, als er ihn seinen Bogen spannen sah: »Was soll dir, du mutwilliger Knabe, ein so kriegerisches Gerät? Der Bogen ziemt meinen Schultern, der ich kräftige Wunden dem Wild und dem Feind schlagen kann, der ich jüngst mit unzählbaren Pfeilen den ungeheuren Leib des Python bewältigt habe. Sei du mit deiner Fackel zufrieden und strebe nicht nach meinem Ruhm.« Der gekränkte Eros antwortete: »Trifft auch, Phoibos, dein Bogen alles, so trifft doch mein Bogen dich; so weit alles, was lebt, dir nachsteht, so weit ist dein Ruhm geringer als der meine.« Mit diesen Worten schwang er seine Flügel und stand hoch auf dem Haupt des Parnassus. Dort nahm er zwei Pfeile aus seinem Köcher von verschiedener Wirkung; der eine verscheucht, der andere erregt Liebe, der eine ist stumpf und von Blei, der andere ist von Gold und hat eine glänzende Spitze. Den goldenen bohrt er in die Brust des Apollon, mit dem andern trifft er Daphne. Sogleich liebt der eine, die andere aber meidet den Liebenden und schweift einsam gleich der jungfräulichen Artemis jagend durch die Wälder und Berge. Viele Jünglinge warben um die schöne Jungfrau; aber sie verschmähte jede Werbung, und obgleich der Vater sie oft bat, sich zu vermählen und sein Herz mit Enkeln zu erfreuen, so blieb sie doch ungerührt und flehte schmeichelnd, ihr für immer ein jungfräuliches Leben zu gestatten. Der Vater willfahrte die Bitte, aber ihre Anmut und Schönheit war dem entgegen.

Apollon sah sie und liebte sie, sein jugendliches Herz war eine lodernde Flamme. Jedoch die Jungfrau, sobald sie ihn erblickte, enteilte wie auf den Flügeln des Windes und achtete nicht auf sein Bitten. »Bleibe, peneische Jungfrau«, ruft er und eilt ihr nach, »ich verfolge dich ja nicht feindlich, bleibe, o Nymphe! So flieht ja ein Lamm vor dem Wolf, die Taube vor dem Adler, ihrem Feind! Ich folge aus Liebe. Wehe mir, falle nur nicht. Du zerreißt dir die Füße am Dorn, und dann bin ich die Ursache deines Schmerzes. Wo du läufst, ist der Boden rau; fliehe doch mäßiger, ich will ja auch mäßiger folgen. Frage doch, wem du gefällst; ich bin kein roher Hirt aus den Bergen, mir dienen Delphi und Delos und Klaros, Zeus ist mein Vater, ich bin der Herr der Leier und des Bogens, Heilbringer und Retter nennt mich die Welt. Ach, dass meiner Liebe kein Heil bringendes Kraut wächst!« Noch mehreres wollte er reden, aber die Jungfrau verdoppelte jetzt ihre Schritte; da trieb's auch ihn, in angestrengtem Lauf zu folgen. In stürmender Eile fliegen sie dahin, der eine von der Hoffnung, die andere von der Furcht gespornt; aber Apollon, auf den Flügeln des Eros, ist schneller in der Verfolgung und lässt ihr keinen Augenblick der Erholung. Schon ist er ihr nah an dem Rücken, schon fühlt sie seinen warmen Atem in ihrem Nacken; da schwindet ihre Kraft, und sie erblasst, ermattet von der Anstrengung des Laufs. Nach der Flut des Peneios hinschauend, ruft sie: »Hilf mir, Vater, wenn ihr Flüsse göttliche Macht habt! Erde, tue dich auf und verschlinge mich, oder verwandle diese Gestalt, die mir Kränkung bringt.« Kaum hat sie ihr Flehen geendet, so fesselt schwere Erstarrung ihre Glieder. Zarter Bast umzieht ihre weiche Brust, ihre Haare wachsen zu Laub empor, ihre Arme zu Ästen. Ihr eben noch so flüchtiger Fuß hängt an trägen Wurzeln fest, und ihr Antlitz umhüllt der Wipfel; nur die Schönheit bleibt ihr. Auch in dieser Gestalt noch liebt Phoibos sie, seine an den Stamm gelegte Hand fühlt, wie unter der Rinde noch ihre Brust zittert. Er umschlingt mit zärtlichen Armen ihre Zweige und gibt Küsse dem Holz; auch das Holz noch weicht seinen Küssen aus. »Da du als Gattin nicht mein sein kannst«, sprach er, »so sollst du wenigstens als Baum die Meinige sein. Immer sollst du, teurer Lorbeer, mir Haupt und Leier und Köcher umwinden, und wie mein jugendliches Haupt stets ungeschorene Locken umwallen, so soll auch dein Haupt von beständigem Laub umgrünt sein.« So sprach Apollon. Der Lorbeer (griech. Daphne) nickte dazu mit seinen frischen Zweigen und schien den Wipfel wie ein Haupt zu bewegen.

Narkissos und Echo

(Ovids *Metamorphosen* III, 339–510)

Narkissos, der Sohn des Flussgotts Kephissos und der Nymphe Leiriope, war ein Jüngling, Knabe mehr noch als Jüngling, von wunderbarer Schönheit, sodass, wer ihn nur sah, von Liebe ergriffen wurde; doch in der schönen Gestalt schlug ein hartes, stolzes Herz, das alle Liebe verschmähte. Echo, die Nymphe, welche, von Hera bestraft, weder zuerst zu reden, noch, wenn ein anderer sprach, zu schweigen vermochte, sah ihn einst, während er auf dem Kithäron die furchtsamen Hirsche in die Jagdnetze trieb, und von seiner Schönheit bezaubert, folgte sie ihm heimlich von Busch zu Busch und von Berg zu Tal, und je länger sie ihm folgte, desto mehr durchglühte sie die Liebe. Wie gern hätte sie den Knaben mit liebkosenden Worten angeredet, aber das verwehrt ihr die Natur, und sie wartet, bis sie ihm, wie es ihr vergönnt ist, antwortend sich offenbaren kann. Siehe, da verirrte sich der Jüngling von seinem Gefolge,

Rief: »Ist einer allhier?« und »allhier!«, antwortete Echo.
Jener staunt, und indem er mit spähendem Blick sich umsieht,
Ruft er: »Komm!« laut auf; »Komm!«, ruft sie dem Rufenden
wieder.
Rückwärts schaut er, keiner erscheint. »Was«, ruft er endlich,
»Meidest du mich?« »Was meidest du mich?«, antwortet die
Stimme.
Jener besteht, und getäuscht von des Wechselhalls Gegaukel:
»Hier uns vereinigt!«, ruft er: und freudiger keinen der Töne
Nachzutönen bereit: »Uns vereinigt!«, ruft sie entgegen;
Und sie gefällt in den Worten sich selbst. Aus dem dichten
Gesträuch nun

Trat sie hervor, mit dem Arm den ersehnten Hals zu
umschlingen.
Jener entflieht, und entfliehend: »Hinweg die
umschlingenden Hände«,
Sagt er, »lieber den Tod als dir mich zu schenken begehr ich!«
Nichts antwortete jen' als: »Dir mich zu schenken begehr ich!«

Mit diesen Worten schlüpfte die Verachtete in den Wald und bedeckte ihr errötendes Antlitz mit Laub, und seitdem barg sie sich voll Scham in einsamen Grotten. Dennoch aber bleibt ihr die Liebe und wächst nur noch durch den Gram der Verschmähung. Und dieser wachsende Liebesgram verzehrt ihren blühenden Leib zum Erbarmen; es schrumpft die Haut um die mageren Glieder, es verfliegen Saft und Blut, und nur noch Laut und Gebein sind übrig. Der Laut behält Klang und Kraft, und das Gebein wird zu Felsen. Immer noch lauscht sie im Wald, und obgleich niemand sie sieht auf dem Berg, so wird sie doch von allen gehört.

Noch manche andere Nymphe wurde unglücklich durch den stolzen lieblosen Knaben. Da rief eine der Verschmähten mit zum Himmel erhobenen Händen: »So möge auch er lieben, so möge er nie des Gegenstands seiner Liebe froh werden!« Und die beleidigte Aphrodite hörte ihr Flehen. Einst, an einem heißen Sommertag, kam Narkissos auf der Jagd im Helikon ermüdet zu einem silberhellen ruhigen Quell im Schatten dichter, hoher Bäume. Er legte sich nieder in das saftige Grün am Rande des Quells und bückte sich zu trinken; da sah er in dem Wasser einen wunderlieblichen Knaben. Es war das Bild seiner eigenen schönen Gestalt, die über so manches Herz schon den Gram hoffnungsloser Liebe gebracht, durch welche Echo zu einem wesenlosen Scheinleben sich verzehrt hatte; jetzt sollte an ihr auch sein eigenes bisher so unempfindliches Herz sich zu Tode verzehren. Wie durch eine Zaubergewalt gebannt, schaut er das liebliche Bild an und wird von grenzenloser Liebe erfasst, nicht ahnend, dass er nur sich selbst bewundert und liebt. Sein Auge wird des Anblicks nicht satt; seine Lippen suchen den Mund des schönen Knaben, und er küsst nur die kühle Flut, sehnsuchtsvoll streckt er die Arme nach dem ihm ent-

Narkissos

gegenstrebenden Geliebten, und er greift nur zerrinnende Wellen. Er vergisst Speise und Trank, er vergisst den Schlaf. »Wer wurde je so grausam gequält«, ruft er, »nicht Meere trennen uns, nicht Berge, nur eine dünne Welle ist zwischen uns, und doch können wir uns nicht erreichen. Komm hervor aus deiner Quelle, geliebter Knabe; siehe, ich bin schön, und du bist mir gut; wenn ich meine Arme ausstrecke nach dir, so breitest du sie mir entgegen, wenn ich dir zulächle, lächelst auch du. Auch Tränen sah ich bei dir, wenn ich Tränen vergoss, und wenn ich spreche, antwortest du freundlich, das merke ich an deinen schönen Lippen, doch vernehme ich's nicht. – Wehe! nun ahne ich's, du bist nur ich selbst; nun seh ich's, mich täuscht das eigene Bild, ich liebe nur mich selber. O dass ich mich teilen könnte, dass ich mich trennen könnte von meinem Körper!« Schon verzehrt der Liebesschmerz ihm die Kräfte, schon ahnt er, dass ein früher Tod ihm naht, doch kann er sich nicht trennen von seinem Bild. Festgebannt sitzt er da und starrt in die Quelle, von innerer Glut verzehrt, hinschwindend, wie der Tau vor der Sonne vergeht. Echo sieht ihn, die einst Verschmähte; zwar zürnt sie noch immer ob der Schmach, doch liebt sie noch immer, und sein Leiden macht ihr Schmerz. Sooft der Knabe Wehe! ruft, antwortet ihr Wehe!, und sooft er seufzt, seufzt sie mit. »Ach vergeblich geliebter Knab!«, ruft zuletzt er noch mit schwacher Stimme, und sie spricht traurig: »Ach vergeblich geliebter Knab!« »Lebe wohl!«, ruft er. »Lebe wohl!«, ruft Echo. Er senkt das müde Haupt in das frische Grün, und die Nacht des Todes schließt sein Auge. Ringsum in dem Wald klagten die Dryaden, und Echo klagte mit ihnen; sie errichteten ihm einen hohen Holzstoß zur Bestattung, doch da sie seinen Leichnam suchten, fanden sie ihn nicht. Wo sein schönes Haupt in das Grün sich geneigt hatte, da stand eine Blume von kalter starrer Schönheit, mit weißen Blättchen. Narkissos heißt die verhängnisvolle Todesblume.

Pyramus und Thisbe

(Ovids *Metamorphosen* IV, 55–166)

Pyramus und Thisbe, jener der schönste Jüngling, diese die schönste der Jungfrauen unter den Völkern des Morgenlands, bewohnten in Babylon, der Stadt der Semiramis, zwei dicht aneinanderstoßende Häuser. Als Nachbarkinder wurden sie in frühester Jugend bekannt, und sie liebten sich, und ihre Liebe wuchs mit den Jahren. Auch hätte die Ehe die Liebenden vereinigt, aber die Väter wehrten dies. Doch konnten sie nicht wehren, dass die beiden Herzen von gleicher Liebesglut flammten. Sobald die Zeugen fern waren, sprachen sie miteinander durch Zeichen und Winke, und je mehr sie ihre Liebe verheimlichen mussten, desto größer wurde sie.

In der gemeinsamen Wand der beiden aneinanderstoßenden Häuser war seit ihrer Erbauung eine Ritze, bisher in der langen Zeit von niemandem bemerkt, aber was entdeckt das Auge der Liebe nicht? Pyramus und Thisbe bahnten ihrer Stimme durch die Ritze einen verstohlenen Weg und lispelten dort einander oft liebkosende Worte zu. Oft beklagen sie auch, dass die Wand sie neidisch trennt, und die Sehnsucht, ungeschieden einander nahe zu sein, wächst durch solche Unterhaltung nur noch mehr. Da verabreden sie eines Morgens, dass sie in der nächsten Nacht ihre Hüter täuschen und sich aus dem Haus schleichen wollen, um draußen vor der Stadt an dem Grabmal des Ninus sich zu treffen. Dort stand an einem kühlen Quell ein hochwipfeliger Maulbeerbaum voll schneeweißer Früchte, unter dessen schützendem Dach wollten sie ungestört und ungetrennt ihrer Liebe sich freuen. Als der langsam hinschleichende Tag endlich entwichen war und die Nacht ihren schwarzen Fittich über die Erde breitete, schlich sich Thisbe listig und leise aus dem väterlichen Haus und eilte durch die Nacht – die Liebe gab ihr Mut – mit verhülltem Antlitz dem bezeichneten Hügel zu, wo sie sich unter dem Baum niedersetzte, um auf den Geliebten zu warten. Kaum saß sie eine Weile, so kam eine Löwin, die eben mordend in einer Rinderherde gewütet hatte, mit blutigem Rachen daher, um an dem nahen Quell ihren Durst zu löschen. Der Schein des Mondes zeigte dem Mädchen das Tier schon von ferne, und sie floh mit ängstlichem Fuß in eine nahe Bergschlucht. Im Fliehen entfiel ihr das weite Obergewand. Als die Löwin ihren Durst gestillt hatte und zu dem Wald zurückkehren wollte, sah sie das Gewand auf dem Boden und zerriss es mit ihrem blutigen Rachen.

Pyramus, der später als Thisbe die Stadt verlassen hatte, kam eben in die Nähe des Hügels und sah mit Schrecken in dem leichten Sand die Spuren des Raubtiers. Jetzt sah er auch das zerrissene und mit Blut befleckte Gewand und rief voll Verzweiflung: »Soll denn eine Nacht uns beide töten! Meine Seele ist schuldig, ich bin, Unglückliche, dein Mörder. Warum habe ich dich bei Nachtzeit in diese Wüste gelockt und bin nicht zuerst gekommen!« Er hob das blutige Gewand auf und trug es in den Schatten des verabredeten Baumes. Dort bedeckte er es mit Küssen und Tränen, und indem er rief: »Empfange jetzt auch den Strom meines Blutes!«, bohrte er das Schwert sich in die Brust. Als er sterbend, auf den Rücken hingestreckt, den Stahl aus der heißen

Wunde zog, sprang sein rotes Blut empor bis in die Äste des Baumes. Die weißen Früchte, von dem Todesblut besprengt, nahmen eine dunkle Farbe an, und die blutgefeuchtete Wurzel färbte die rings hangenden Maulbeeren mit purpurnem Rot.

Siehe, da kommt, noch in voller Angst, Thisbe zurück, um den Geliebten nicht zu täuschen, und sucht ihn mit den Augen und mit dem Herzen, begierig, ihm zu erzählen, welcher großen Gefahr sie entronnen sei. Als sie an den Ort kam und an dem Baum die Veränderung der Früchte erkannte, stutzte sie, ob es die frühere Stelle sei: da sieht sie auf dem blutigen Boden zuckende Glieder, in blassem Schreck und voll Schauer wendet sie sich, um zu fliehen. Doch sie flieht nicht, sie kehrt in bangem Zweifel zurück: es ist ihr Geliebter! Sie schlägt sich die Brust, zerrauft sich ihr Haar, schlingt ihre Arme um den Leib des Geliebten und füllt seine Wunden mit Tränen, ihre Tränen mischen sich mit seinem Blut. Indem sie sein kaltes Antlitz mit Küssen bedeckt, ruft sie: »Mein Pyramus, welches Unglück hat dich mir geraubt? Höre mich, Pyramus, deine teure Thisbe ruft dich, erhebe dein Antlitz!« Bei dem Namen Thisbe hebt der Jüngling noch einmal sein mit dem Tod ringendes Auge und schließt es für immer.

Als Thisbe jetzt ihr Gewand und sein aus der Scheide gerissenes Schwert erblickte, rief sie: »Wehe, Unglücklicher, dich tötete die Liebe und deine eigene Hand! Auch mir fehlt die Liebe nicht, sie wird mir Mut geben zum Todesstoß. Hat der Tod uns getrennt, so soll er auch uns wieder vereinen. O möchten doch, dies ist mein letzter Wunsch, unsere unglücklichen Eltern in einem Grab uns bergen, und du, o Baum, der du mit deinen Zweigen jetzt die Leiche des einen deckst und bald unsere beiden Leichen decken wirst, behalte das Zeichen unseres Todes, trage immer die Früchte in der dunklen Farbe der Trauer zum Gedächtnis unseres blutigen Doppelmords.«

Nachdem Thisbe so gesprochen hatte, stürzte sie ihre Brust in das noch warme Schwert des Pyramus. Was sie gewünscht, wurde ihr von den Göttern und von den Eltern erfüllt: die Frucht des Maulbeerbaums ist seitdem, sobald sie gereift, schwärzlich, und die Asche der beiden Liebenden ruht in einer Urne.

Prokne und Philomela

(Ovids *Metamorphosen* VI, 423–676)

Als Pandion, der König von Athen, von den Thebanern mit Krieg heimgesucht wurde, zog ihm der tapfere thrakische König Tereus mit seinen Scharen zu Hilfe und befreite ihn von der Gefahr. Pandion belohnte ihn mit der Hand seiner Tochter Prokne. Thrakien jauchzte glückwünschend dem Paar entgegen, und sie selbst brachten den Göttern Opfer des Dankes dar; aber dem Hochzeitsfest nahten die Grazien und Hymenäus nicht, die Eumeniden schwangen die Hochzeitsfackel, die sie von einem Leichenbegängnis entlehnt, und der Unglücksvogel Uhu saß während der Vermählung auf dem Dach des Hauses.

Fünfmal waren schon im Kreislauf der Jahre die Früchte gereift, seit Prokne in das Haus des thrakischen Königs eingezogen war; da wurde sie von großer Sehnsucht nach ihrer Schwester Philomela ergriffen, die jetzt zu einer herrlichen Jungfrau mochte aufgeblüht sein, und sie bat ihren Gatten, dass er entweder sie selbst auf kurze Zeit in die Heimat reisen lasse oder die Schwester ihr zum Besuch nach Thrakien hole. Tereus lässt ein Schiff ins Meer ziehen und eilt mit Segel und Ruder nach der attischen Küste. Als er den Schwäher begrüßt, auch den Grund seiner Ankunft ihm schon gesagt hat, siehe, da kommt Philomela herzu, glänzend in fürstlichem Schmuck, glänzender noch von Gestalt und Antlitz, anmutig und schön, wie in den Wäldern die Najaden und Dryaden einhergehen sollen, wenn man sie in ähnlicher Pracht gekleidet denkt. Sobald der Thrakerkönig die herrliche Jungfrau erblickte, wurde die angeborene Leidenschaftlichkeit seines Herzens wild erregt, und eine Flamme schlug in seiner Brust auf, wie wenn ein Wanderer Feuer in ein reifes Ährenfeld wirft. Philomela musste sein werden, sollte er auch, um ihr Herz zu gewinnen, alle Schätze seines Reiches aufbieten, oder sollte er mit Gewalt sie rauben und den Raub in blutigem Krieg verteidigen müssen. Schon dauert jeder Verzug ihm zu lange; er kommt wieder auf den Auftrag der Prokne zurück und betreibt unter ihrem Namen seine eigenen Wünsche. Die Liebe macht ihn beredt, und sooft sein Drängen zu ungestüm wird, entschuldigt er es mit dem Wunsch seiner Gattin.

Selbst Tränen fehlen nicht. So scheint der Unhold, während er auf Schandtat sinnt, ein zärtlicher liebevoller Gatte zu sein und erntet Lob aus dem Verbrechen. Philomela selbst stimmt aus Sehnsucht nach der Schwester in seine Bitten ein, und indem sie schmeichelnd ihre Arme um den Nacken des Vaters schlingt, fleht sie unaufhörlich, dass er ihr die Reise erlaube. Endlich gibt der Vater widerstrebend nach.

Nach einer Nacht voll leidenschaftlicher Unruhe rüstet am frühen Morgen sich Tereus zur Abfahrt. Der alte Pandion reicht ihm die Hand und empfiehlt ihm unter Tränen die teure Tochter, dass er sie schütze wie ein Vater und sie sobald als möglich ihm wieder zurücksende. Während des Auftrags küsst er die Tochter und nimmt Abschied, kummervoll und mit düsterer Ahnung. Sobald Philomela in das Schiff gestiegen ist und das Meer unter dem Schlag der Ruder aufschäumt, jubelt der Barbar in seinem Herzen und kann kaum die lüsterne Seele bändigen. Er hat die Jungfrau unentrinnbar in seiner Gewalt, wie ein Adler den geraubten Hasen, den er hoch auf dem Felsen in sein Nest setzt.

Das Schiff ist an der thrakischen Küste gelandet. Die ermüdete Mannschaft zieht es ans Ufer und geht auseinander, ein jeder in seine Heimat. Tereus aber schleppte seine Gefangene zu einem einsamen Gehöfte, das in einem wilden Waldgebirge versteckt lag, und schloss sie dort, während sie, blass und zitternd und schon alles Schlimmste fürchtend, unter Tränen nach ihrer Schwester fragte, hinter hohen Mauern wie in einen Kerker ein. Er lügt ihr vor, dass ihre Schwester gestorben sei, und zwingt sie, sich mit ihm zu vermählen. Philomela fügt sich der Gewalt und sitzt trauernd, von zahlreichen Hütern umwacht, wie eine Gefangene auf ihrem einsamen Gehöfte, voll banger Zweifel und Ahnungen. Warum hat Tereus, wenn Prokne wirklich tot ist, sie mit Trug und Verstellung von zu Hause weggelockt und hält sie jetzt, seine Gattin, hier verborgen und fern von aller Welt? Sie forscht und hört mit Entsetzen, dass Prokne noch lebt, dass sie wider Wissen und Willen die Nebenbuhlerin ihrer Schwester ist. Als sie darauf dem verbrecherischen König Vorwürfe macht und ihm droht, sobald sie könne, unter das Volk zu treten und seine und ihre Schmach laut zu verkünden, da fesselt sie der Barbar und schneidet ihr mit seinem Schwert die Zunge heraus. Jetzt ist er sicher; auch wenn sie entfliehen sollte, kann sie doch sein

Verbrechen nicht verraten. Nach dieser Schandtat kehrte er zu Prokne zurück, und auf ihre Frage, wo er die Schwester gelassen habe, seufzte er und erzählte mit erheuchelter Trauer, dass Philomela gestorben sei. Prokne riss sich klagend die golddurchwirkten Kleider von den Schultern und legte schwarze Gewänder an, sie errichtete ein leeres Grabmal und brachte den Manen der Schwester zahlreiche Totenopfer.

Ein ganzes Jahr war vergangen, ein langes Jahr voll Verzweiflung für die unglückliche Philomela. Was soll sie tun? Die Wache und die hohen Mauern versperren ihr die Flucht, ihr stummer Mund vermag sich nicht zu offenbaren. Doch im Schmerz ist der Geist sinnreich, und das Unglück macht erfinderisch. Sie wirkte in ihrer Einsamkeit ein weißes Gewebe und stickte darein mit Purpurfäden in wenigen Worten das Geheimnis, das ihr Mund nicht verraten konnte. Darauf brachte ein Diener, dessen Treue und Mitleid sie sich erworben, heimlich ihr Gewebe zu Prokne. Diese entrollte es, ohne zu ahnen, was es enthielt, und las die schreckliche Meldung ihrer bejammernswerten Schwester. Der Schmerz machte sie stumm, und sie fand auch keine Tränen. Ohne zu bedenken, ob sie recht oder unrecht tut, sinnt ihr Geist nur auf Rache und Strafe.

Eben war die Zeit, wo die thrakischen Frauen die nächtliche Feier des Bakchos im Gebirge umherschwärmend begingen. Auch die Königin Prokne verließ in der Nacht das Haus, nahm Efeukranz und Thyrsosstab und stürmte, begleitet von der Schar ihrer Frauen, in den Bergen schrecklich tobend umher, wie es schien, von der Wut des Bakchos, in Wahrheit von der Wut des Schmerzes getrieben. Endlich kommt sie zu dem einsamen Gehöft, wo sie ihre Schwester Philomela verborgen weiß. Mit Geheul und Evoeruf erbricht sie die Tore, reißt die Schwester mit sich fort, und nachdem sie die Staunende mit dem Efeuschmuck des Bakchos umhüllt und ihr Antlitz mit Efeuranken verdeckt hat, führt sie sie mit sich in ihr eigenes Haus. Sobald Philomela merkte, dass sie das grässliche Haus des Tereus betreten, erblasste sie und starrte vor Gram. Die Schwester nahm ihr jetzt den Festschmuck und die Verhüllung des Gesichtes ab und umarmte die Unglückliche, Kummervolle, die aus Scham ihr Auge nicht aufzuschlagen wagte und durch Mienen und mit der Hand zu beteuern suchte, dass sie mit Gewalt von Tereus zu der frevelhaften Ehe gezwungen worden sei. Prokne kann ihren glühenden

Zorn nicht bändigen, und das Weinen der Schwester unterbrechend, ruft sie: »Hier ist nicht mit Tränen zu handeln, sondern mit Stahl, oder weißt du noch etwas Furchtbareres als Stahl? Zu jedem Gräuel, Schwester, bin ich gerüstet, um dem Verruchten seine Schandtat zu vergelten. Ich werde Feuer an sein Haus legen und ihn mitten in die Flammen werfen, oder die Zunge und die Augen mit dem Eisen ihm aushauen und durch tausend Wunden seine schwarze Seele aus dem Leib treiben. Irgendetwas Grässliches muss geschehen. Was? Noch weiß ich's nicht.«

Während Prokne so sprach, kam ihr kleiner Sohn Itys zu ihr. Da plötzlich erkennt sie, was sie vermag. Mit wilden Blicken ihn anschauend, spricht sie: »Ha, wie er dem Vater gleicht!«, und schweigt; denn sie denkt auf schreckliche Tat, und ihr Busen wogt von stummem Ingrimm. Wie das Söhnchen sich näherte und die Mutter grüßte, wie es seine kleinen Arme um ihren Nacken schlang und schmeichelnd sie küsste, da wurde die Mutter einen Augenblick gerührt, ihr Zorn stockte, und ihr Auge war unwillkürlich feucht von Tränen; aber sobald sie merkte, dass die Mutterliebe ihr Herz weichmachte, wandte sie ihr Auge rasch wieder von ihm ab zu dem Antlitz der Schwester und waffnete sich mit neuem Zorn. Sie raffte schnell den Knaben auf und schleppte ihn fort, wie an den Ufern des Ganges die Tigerin ein Hirschkalb fortschleppt durch den dichten Wald. Als sie zu einem entlegenen Raum des Hauses gekommen war und der Knabe, schon sein Schicksal erkennend, die Hände zu ihr aufhob und »Mutter, Mutter!«, rief, stieß sie rasch, ohne das Gesicht zu wenden, den Dolch ihm in das Herz. Mit dieser einen Wunde wäre es genug gewesen zum Tod, aber Philomela durchschnitt ihm noch die Kehle, und nun zerstücken sie die noch halb lebenden zuckenden Glieder und kochen sie zum Teil in siedendem Wasser, zum Teil braten sie das blutige Fleisch am Bratspieß. Darauf ruft Prokne den nichtsahnenden Tereus zum Mahl und trägt ihm die grässliche Speise auf. Der König sitzt hoch auf dem Thron seiner Ahnen und schmaust, er vergräbt sein eigen Fleisch in seinem Leib. Als er sich gesättigt, fragt er, von ängstlicher Sorge erfasst, nach seinem Knaben Itys. »Er ist dir nahe«, spricht Prokne kalt und kann ihre grausame Freude nicht verhehlen. Während er ängstlich um sich schaut und den Knaben mit Namen ruft, springt Philomela, die fliegenden Haare vom Blut triefend, mit wütiger Gebärde hervor und schleudert das blutige Haupt des Kindes dem Vater ins Angesicht. Tereus schreit grässlich auf, stößt mit dem Fuß den grauenvollen Tisch fort und ringt weinend und heulend, das schreckliche Mahl herauszuwürgen. Jetzt springt er mit bloßem Schwert auf die beiden Frauen los, die ihr Herz an seiner Qual weiden, und verfolgt sie. Flügel scheinen die beiden davonzutragen. Wirklich tragen Flügel sie davon, die eine fliegt zu dem Wald, die andere schwingt sich unter das Dach; Prokne ist eine Nachtigall geworden, Philomela eine Schwalbe. Noch heute siehst du an ihrem Gefieder blutige Flecken, die Spuren ihres Mordes. Tereus aber, der sie verfolgte, wurde ein Wiedehopf. Mit kriegerischem Busch auf dem Haupt und mit starkem Schnabel bewehrt, verfolgt er die Nachtigall und die Schwalbe bis auf den heutigen Tag.

Philemon und Baukis

(Ovids *Metamorphosen* VIII, 621–726)

Auf Phrygiens Hügeln steht eine alte Eiche und dicht daneben eine Linde, beide von einer mäßigen Mauer umgeben. Ihre niederen Zweige schmückt mancher Kranz, den fromme Hände mit heiliger Scheu darangehängt. Nicht ferne davon ist ein See, einst bewohnbares Land, jetzt ein Gewässer, belebt von Tauchern und Sumpfhühnern. Hierher kam einst Zeus, der Himmelsvater, und mit ihm Hermes, sein ihm dienstbarer Sohn, beide in menschlicher Gestalt, in der Absicht, die Gastlichkeit der Menschen zu prüfen. Sie traten an tausend Häuser heran und baten um Obdach und ein Plätzchen zur Ruhe; doch tausend Häuser verschlossen ungastlich die Tür. Nur ein Haus nahm sie auf, klein zwar und gedeckt mit Stroh und Rohr; doch die drin wohnten, waren ein frommes freundliches Paar, der greise Philemon und sein gleichaltriges Weib Baukis. Beide hatten in dieser Hütte in den Tagen ihrer Jugend den Bund fürs Leben geschlossen und waren darin grau geworden, zufrieden mit ihrer Armut, die für ihren einfachen Sinn nichts Drückendes hatte. Keinen Diener fand man im Haus, sie beide waren die ganze Familie und dienten liebreich einer dem anderen.

Als in die niedere Tür dieses Hauses die Götter eintraten mit gesenktem Haupt, kam ihnen der alte Philemon freundlich entgegen und hieß sie ihre Glieder niederlassen auf einem hingestellten Sessel, über welchen die geschäftige Baukis sogleich ein raues Gewebe warf. Darauf eilt diese zum Herd, scharrt aus der lauen Asche die glimmenden Funken des gestrigen Feuers, nährt es mit Blättern und trockener Rinde und zwingt es mit keuchendem Atem zur Flamme; dann holt sie von dem Dach gespaltenes Kienholz und trockenes Reisig, bricht es kurz und schiebt es unter den ehernen Kessel. Während sie darauf den Kohl beliest, den ihr Gatte in dem bewässerten Garten geholt, hebt dieser mit zweizinkiger Gabel den Rücken eines Schweins, den sie lange aufbewahrt, vom rußigen Balken herab und schneidet ein bescheidenes Stück davon und legt es in das siedende Wasser. Und damit den Gästen der Verzug bis zur Mahlzeit nicht zu lange währe, bemühen sich beide, durch unterhaltende Gespräche die Zeit zu kürzen.

Eine buchene Wanne mit krummem Henkel hing an einem Nagel an der Wand; die füllen sie mit lauem Wasser und stellen sie den Gästen zum Fußbad dar. Während diese ihre Glieder in dem Bad erfrischen, breitet Baukis über ein Polster aus weichem Sumpfgras, das in der Mitte der Stube auf weidenem Gestell lag, einen Teppich – er war zwar alt und von schlechtem Gewebe, wohlpassend zu dem weidenen Gestell, doch war er ein Kleinod der Alten, das sie nur an festlichen Tagen hervorzuholen pflegten. Darauf laden sie die Gäste ein, sich niederzulassen zum Mahl. Die zitternde Alte mit aufgeschürztem Gewand stellt den Tisch davor, aber der dritte Fuß des Tisches ist ungleich; eine Scherbe darunter macht ihn gleich. Nachdem sie so den Tisch gefestigt, reibt sie ihn ab mit duftiger Krausemünze. Darauf trägt sie die Speisen auf; da sind Oliven, die zweifarbige Beere der reinen Minerva, und herbstliche Kornelkirschen, eingemacht in flüssiger Hefe, Endivien und Radieschen und gepresste Milch und Eier, leicht gedreht in nicht allzu heißer Asche, alles in irdenen Gefäßen. Auch wird ein Mischbecher aufgestellt, gleichfalls von Ton, und Becher von Buchenholz, im Innern mit gelbem Wachs gebohnert. Nach einer Weile sendet der Herd warme Speisen, und wiederum wird Wein aufgetragen von nicht hohem Alter. Ein wenig auf die Seite geschoben, gibt er Platz für den Nachtisch. Da ist Nuss, da ist Feige, mit runzeligen Datteln vermischt, und Pflaumen und duftige Äpfel in offenen Körbchen und Trauben von der purpurnen Rebe. In der Mitte steht eine glänzende Wachsscheibe. Zu all diesem kommt als das Schönste und Beste eine freundliche Miene und ein nicht träger und armer Wille.

Unterdessen sehen die beiden Wirte, wie der Mischbecher, sooft er ausgeschöpft ist, von selbst sich wieder füllt und der Wein von selber nachwächst, und sie staunen ob des Wunders und stehen starr, und mit erhobenen Händen stammeln sie Gebete voll Furcht und Schreck und flehen um Verzeihung für die schlechte Bewirtung. Was sollen sie tun, um die göttlichen Gäste zu besänftigen? Sie hatten eine einzige Gans, eine Wächterin des kleinen Hauses. Die schickten sie sich an, den eingekehrten Göttern zu opfern; aber die Gans verspottete mit ihren schnellen Flügeln die Langsamkeit der Alten und zog sie flüchtend lange hin und her und schien endlich ihre Zuflucht zu den Göttern selbst zu nehmen. Die Götter verboten, sie zu töten, und sprachen: »Wir sind Götter, und eure gottlose Nachbarschaft wird büßen für ihr Vergehen; ihr dagegen werdet verschont bleiben von dem Übel, das ihnen verhängt ist, nur verlasst eure Wohnung und geht mit uns hinauf auf die Höhe des Berges.«

Beide gehorchen, und auf ihre Stäbe gestützt, wandern sie mühsam den langen Pfad hinauf der Bergeshöhe zu. Als sie nur noch einen Pfeilschuss von dem Gipfel entfernt waren, wandten sie ihren Blick und sahen die ganze Niederung in einen See verwandelt, nur ihr Haus war stehen geblieben. Während sie das bewundern und das Geschick der Ihrigen beweinen, wandelt sich jene alte Hütte, die selbst für ihre zwei Bewohner zu klein gewesen war, in einen prächtigen Tempel. Säulen treten unter das Dach, das Stroh des Daches wird zu Gold, die Tür weitet sich zu stattlichen Toren mit kunstvoller Arbeit, der Boden deckt sich mit Marmor. Darauf spricht Zeus mit freundlichem Mund: »Sagt, gerechter Greis, und du, deines gerechten Gatten würdiges Weib, was wünscht ihr?« Nachdem Philemon mit seinem Weib sich kurz besprochen, eröffneten sie den Göttern ihren gemeinsamen Wunsch. »Priester zu sein, wünschen wir, und euren Tempel zu hüten, und weil wir in Eintracht bis hierher unsere Tage verlebt haben, so möge uns beide eine Stunde dahinnehmen, dass weder ich das Grab meiner Gattin sehe, noch jene mich begraben muss.« Ihrem Wunsch folgte die Erfüllung. Sie waren der Schutz des Tempels, solange das Leben ihnen vergönnt war. Einst, als sie, von Jahren und Alter aufgelöst, vor den heiligen Stufen standen und die Wundergeschichte des Ortes sich ins Gedächtnis riefen, da sah plötzlich Philemon seine Baukis, und Baukis sah jenen sich mit grünem Laub überdecken. Und während schon der Gipfel über beider Antlitz emporwuchs, wechselten sie noch, solange sie konnten, Worte der Liebe. »Lebe wohl, o Gatte!«, sprachen sie beide, und beiden deckte zugleich dichtes Laubwerk den Mund. Philemon war eine Eiche geworden, Baukis eine Linde.

Kyparissos

(Ovids *Metamorphosen* X, 106–142)

Auf den Fluren von Karthäa auf der Insel Keos ging ein großer schöner Hirsch, der den Nymphen geweiht war. Sein breit geästetes Gehörn, so groß, dass es sein Haupt ganz beschattete, funkelte von Gold, an seinem schlanken Hals hing eine Schnur blitzender Juwelen, eine silberne Kugel schwebte an dünnen Riemen über seiner Stirn, und an beiden Ohren blinkten, um die Schläfe spielend, Gehänge aus ehernen Perlen. Das Tier hatte die angeborene Furcht und Zaghaftigkeit völlig verlernt; es besuchte die Wohnungen und ließ sich selbst von unbekannten Händen den Hals streicheln. Keinem anderen war das schöne zahme Wild lieber als dem Knaben Kyparissos, dem Königssohn der Insel. Er führte den Hirsch zur Weide in das frische junge Gras und zu der hellen Flut des Quells. Bald durchflocht er ihm das Geweih mit farbigen Blumen, bald saß er wie ein Reiter auf seinem Rücken und lenkte ihn mit purpurnen Zügeln hierhin und dorthin.

Einst hatte in heißer Mittagsschwüle der Hirsch die ermüdeten Glieder in dem Schatten des Waldes niedergestreckt und atmete in dem hohen saftigen Gras erquickende Kühle. Da traf ihn ein unvorsichtiger Wurf des Kyparissos mit dem Jagdspeer. Wie er das geliebte

Tier an der grausamen Wunde sterben sah, ergriff ihn Verzweiflung, und er wünschte, selbst zu sterben. Er flehte zu Apollon um den Tod. Apollon, ein Freund des schönen Knaben, mit dem er oft wie mit Hyakinthos jagend die Wälder durchzog, suchte ihn zu trösten und mahnte ihn, seinen Gram zu mäßigen, aber umsonst. Der Knabe seufzt und wünscht sich als letztes Geschenk von den Göttern, dass seine Trauer ewig währe. Jetzt, da unter endlosem Weinen sich sein Blut erschöpft, begannen seine Glieder eine grünliche Farbe zu bekommen, und die Locken, die eben noch um seine schneeige Stirn gespielt, wurden ein struppiges Haar, das stachelig und starrend auf dem hohen Wipfel einer Zypresse zum Himmel emporsah. Apollon seufzte, als er so den trauernden Knaben in einen Baum verwandelt sah, und sprach voll Gram: »Du wirst stets von mir betrauert sein, Geliebter, und wirst andere betrauern und stets ein Genosse der Trauernden sein.«

Adonis

(Ovids *Metamorphosen* X, 529–739)

Aphrodite hat nie einen Jüngling zärtlicher geliebt als den wunderschönen Adonis, den assyrischen Königssohn. Paphos und Knidos und das metallreiche Amathus, wo sonst die Göttin so gerne weilte, schienen ganz von ihr vergessen; ja sie vergisst gar den Himmel, den Adonis zieht sie dem Himmel vor. Sie weicht nicht von seiner Seite; statt, wie sonst, in Schatten und Ruhe sich selber genug zu sein und sich an Putz und Schmuck und der Pflege ihres schönen Leibes zu ergötzen, streift sie mit dem geliebten Jüngling, nach Art der Jägerin Artemis hoch bis zum Knie das Gewand geschürzt, durch Berge und Wälder und dornbewachsenes Gestein, hetzt die Hunde und verfolgt das Wild, Hasen und Hirsche und sonstige ungefährliche Tiere; den starken Eber, den Wolf und Bär und den Löwen meidet sie, und sie mahnt auch den Adonis, von diesem gefährlichen Wild sich fernzuhalten. »Sei tapfer, mein Geliebter, gegen die Flüchtigen«, sprach sie, »gegen die Kühnen ist Kühnheit gefährlich. Sei nicht verwegen auf

Adonis und Aphrodite

meine Gefahr hin; reize nicht das Wild, dem die Natur schlimme Waffen gab. Den Löwen und das borstige Wildschwein rührt deine Jugend nicht und deine Schönheit, wie mich. Hüte dich vor ihnen, sonst könnte dein Mut mir und dir viel Unheil bringen.«

Mit solch zärtlichen Ermahnungen wurde die Göttin nicht müde, und solange sie an seiner Seite war, folgte auch der Jüngling. Einst aber, als sie auf kurze Zeit fern war, in Kypros, vergaß er ihren Rat. Seine Hunde scheuchten im Dickicht einen gewaltigen Eber auf, und als er eben ins Freie hervorbrach, warf ihm Adonis seinen Jagdspieß in die Seite. Das verwundete Tier wandte sich im Zorn gegen ihn und riss ihm, während er flüchtend sich zu retten suchte, mit seinem Hauer eine solche Wunde in die Seite, dass er sogleich sterbend zur Erde sank. Aphrodite hörte in weiter Ferne den Seufzer des Sterbenden und eilte auf ihrem mit weißen Schwänen bespannten Wagen durch die Lüfte dem Ort des Unheils zu. Als sie ihn dort liegen sah in seinem Blut mit zuckenden Gliedern, sprang sie von ihrem Wagen herab, zerriss im Schmerz ihr Gewand, zerschlug sich die Brust und klagte laut. Ihre Klage vermochte den Toten nicht wieder zu wecken; doch damit er nicht ganz der Vernichtung und dem Vergessen anheimfalle, goss sie himmlischen Nektar auf sein Blut und wandelte es in eine Blume. Rot wie Blut ist die Blume, ähnlich der Blüte des Granatbaums, doch nur kurz, wie das Leben des Jünglings selbst, ist die Zeit ihrer Blüte; schnell verweht der Wind ihre welken Blättchen. Anemone oder Windröschen wird sie darum genannt.

Midas

(Ovids *Metamorphosen* XI, 85–193)

Bakchos, der schwärmende Gott, zog einmal von Thrakien hinüber nach Phrygien zu den Weinhängen des Tmolos und den Fluren des Paktolos, dessen Fluten damals noch nicht von reichem Goldsand schimmerten. Ihn begleitete der ganze Schwarm der Satyrn und Bakchantinnen; nur Silenos, der alte Zecher, fehlte. Während der Alte, von Wein berauscht, in den Rosengärten des phrygischen Königs Midas umhertaumelte, hatten ihn Landleute gefangen und, mit Blumenkränzen gefesselt, zu ihrem König geführt. Midas erkannte sogleich den Freund und Genossen des Dionysos und bewirtete ihn festlich 10 Tage und 10 Nächte. Am Morgen des 11. Tages führte er ihn seinem jugendlichen Zögling, dem Bakchos, wieder zu. Der Gott freute sich, dass sein Liebling ihm wiedergeschenkt war, und gestattete dem König einen Wunsch. Midas sprach: »Schaffe, mächtiger Gott, dass alles, was mein Leib berührt, sich in funkelndes Gold verwandele.« Der Gott willfahrte seinem Wunsch, doch bedauerte er, dass er sich nichts Besseres erwählt.

Des bösen Geschenks froh, entfernte sich der phrygische König und versuchte sogleich, ob auch die Verheißung des Gottes sich erfülle. Er brach einen belaubten Zweig von einer Eiche, und siehe – kaum kann er es glauben – er hält einen goldenen Zweig in der Hand; er nahm einen Stein von dem Boden und eine Erdscholle, Stein und Scholle sind Gold; er pflückte Ähren vom Halm und erntete Gold; der Apfel, den er vom Baum brach, schien ein Apfel der Hesperiden. Wenn er einen Pfosten mit dem Finger berührte, so strahlte der Pfosten wie Feuer, sogar als er seine Hände in Wasser tauchte, um sie zu waschen, wallte das Wasser als goldene Flut. Sein Herz ist zu klein, um all seine Hoffnungen zu fassen; alles erscheint ihm jetzt golden. Voll Freude lässt er sich ein reichliches Mahl auftragen. Der Tisch ist besetzt mit leckerem Fleisch, mit weißem Brot und duftendem Wein. Aber sowie er das Brot in die Hand nimmt, ist es starres Gold, wie er das Fleisch in den Mund bringt, kaut er auf gelbem Blech, dass es unter den Zähnen klirrt; er mischt sich Wein und Wasser, und flüssiges Gold fließt ihm durch die Kehle. Erschreckt von dem unverhofften Übel, so reich und doch so elend, wünscht er, seinem Reichtum zu entfliehen, und verflucht, was er eben sich gewünscht. Nichts stillt ihm den Hunger, heißer Durst brennt in seiner Kehle, das verhasste Gold bringt dem Toren verdiente Qual. Da erhebt er seine Hände zum Himmel und ruft: »Verzeih mir, Vater Dionysos, ich habe gesündigt, doch ich flehe, erbarme dich und nimm das glänzende Elend von mir!« Der freundliche Gott gewährte dem reumütigen Toren seine Bitte und hob das verliehene Geschenk wieder auf. »Und damit die Tünche des begehrten Goldes ganz von dir weiche«, sprach der Gott, »so wandere zu den Fluten des Paktolos, der bei Sardes fließt, und steige an seinen Ufern die Höhen hinan, bis du zu seiner Quelle kommst. Dort, wo der Wasserschwall am stärksten hervorspringt, tauche dein Haupt in den schäumenden Sprudel und spüle dir den Leib und spüle die Schuld ab.« Der König tat es. Die goldschaffende

Kraft wich von dem Körper und teilte sich dem Fluss mit. Seitdem führt der Paktolos reiches Gold mit sich und erfüllte die Schollen der anliegenden Fluren mit goldblinkendem Sand.

Seit Midas so schlimme Erfahrung mit dem Gold gemacht hatte, hasste er allen Reichtum und liebte es, einfach und genügsam in den Wäldern und Fluren umherzuwandern, ein eifriger Verehrer des ländlichen Gottes Pan. Aber sein Geist blieb stumpf wie zuvor, und sein törichter Sinn brachte ihm bald ein neues Geschenk, das er behielt bis an sein Lebensende. Pan, der auf den Höhen des Tmolos oft auf der Rohrpfeife den Nymphen seine tändelnden Lieder vorblies, vermaß sich, den Apollon, den zitherspielenden Gott, zum Wettkampf in der Musik aufzufordern. Tmolos, der alte Gott des Berges, von beiden Wettkämpfern zur Entscheidung aufgefordert, saß als Richter da, und ringsum standen, dem Spiel zu lauschen, die Nymphen und andere ländliche Gottheiten, auch Midas, der König. Zuerst spielte der Weidegott Pan auf seiner Flöte, und Midas hörte mit Entzücken seine barbarischen Töne. Darauf trat Apollon vor, sein lockiges Haupt von dem Lorbeer des Parnassus umkränzt, die schönen Glieder mit langem purpurnen Talar umhüllt; in der Linken hielt er die von Elfenbein und Edelsteinen glänzende Zither, in der Rechten das Plektrum. Er schlug mit der kundigen Hand so lieblich die Saiten, dass, von den süßen Tönen bezaubert, Tmolos ihm ohne Bedenken den Preis zuerkannte und alle Zuhörer und Zuhörerinnen seinem Urteil beistimmten. Nur Midas tadelte ihn und nannte sein Urteil ungerecht. Apollon, erzürnt über die unverständige Rede des Königs, litt nicht, dass dessen törichte Ohren hinfort noch die menschliche Gestalt behielten, er reckte sie in die Länge, hüllte sie in graue Zotten und machte sie gelenk und leicht beweglich; an dem menschlichen Leib saßen auf einmal lange Eselsohren.

Der König schämte sich der neuen Zier seiner Schläfen und deckte sie, damit die Welt nichts davon erführe, sorgsam mit einem purpurnen Turban. Nur einem Diener, der ihm Bart und Haar schor, konnte er die Schmach nicht verheimlichen; doch verbot er ihm streng, irgendetwas davon verlauten zu lassen. Der geschwätzige Barbier jedoch konnte das schwere Geheimnis nicht allein tragen, und da er nicht wagte, es einem Menschen zu offenbaren, so ging er an den Fluss, grub ein Loch in die Erde und flüsterte hinein: »König Midas hat Eselsohren«. Darauf scharrte er die Grube sorgfältig zu. Nicht lange, so wuchs über der Stelle mit ihrem Geheimnis ein dichter Wald von Schilfrohr auf, und sooft nur ein leiser Windhauch das Rohr durchstrich, flüsterte ein Halm dem andern das Geheimnis zu: »König Midas hat Eselsohren«. So kam es unter die Leute.

Amor und Psyche

(Apuleius' *Metamorphosen* IV, 28 – VI, 24)

Es lebten einst in einer Stadt ein König und eine Königin. Diese hatten drei Töchter von ausgezeichneter Schönheit. Die beiden älteren konnten durch menschliches Lob noch hinreichend gepriesen werden; aber die Schönheit der jüngsten war so groß, dass die menschliche Sprache zu arm war, sie genügend zu loben. So geschah es denn, dass die Menschen von nah und von fern, von der Wundererscheinung herbeigelockt, das Mädchen verehrten, vollkommen wie die Göttin Venus selbst. Man glaubte, dass die Göttin, welche der blaue Grund des Meeres geboren und der Tau der schäumenden Fluten genährt, sich ihrer Göttlichkeit entschlagen habe und mitten unter den Sterblichen wandle, oder dass wieder durch eine neue Befruchtung mittels der Sterne des Himmels nicht das Meer, sondern das Land eine neue Venus in jungfräulicher Blüte erzeugt habe. So blieben denn die Tempel der wahren Venus verlassen und ihr Gottesdienst vernachlässigt. Nach Paphos schiffte niemand und niemand nach Knidos, auch nicht nach Kythera, um die Göttin Venus zu schauen. Das Mädchen betet man an, in dem menschlichen Antlitz verehrt man die große Göttin; bei dem Morgengang der Jungfrau ruft man bei Opfer und Opfermahl die Gnade der abwesenden Venus an. Wenn sie durch die Straßen wallt, drängt sich das Volk in großen Haufen heran und ehrt sie mit Kränzen und ausgestreuten Blumen.

Dies maßlose Übertragen himmlischer Ehren auf ein sterbliches Mädchen entzündet heftig den Zorn der wahren Venus, und sie spricht entrüstet also zu sich selber: »Wie, ich, die Urmutter der Welt, der Elemente anfänglicher Quell, ich, des ganzen Erdkreises gnadenreiche Venus, soll mit einem sterblichen Mädchen meine göttliche Ehre teilen? Eine Irdische soll mein Bild zur Schau tragen? Vergebens hätte mich Paris, der phrygische Hirt, der Iuno und Minerva vorgezogen und für die schönste aller Göttinnen erklärt? Diese Anmaßung meiner Ehren soll ihr nicht zur Freude gereichen; sie soll ihre unerlaubte Schönheit bereuen.« Und sie ruft sogleich ihren Sohn Amor, den beschwingten verwegenen Knaben, der, bewaffnet mit Flammen und Pfeil, unter Göttern und Menschen umherschweift und alle verwundet. Sie reizt den Knaben, der niemanden verschonen mag, noch obendrein mit Worten auf, führt ihn zu jener Stadt und zeigt ihm die Psyche; denn diesen Namen hatte das Mädchen. Und nachdem sie ihm von ihrem Wettstreit mit ihr erzählt, sprach sie seufzend und voll Zorn: »Bei den Banden der mütterlichen Liebe beschwöre ich dich, mein Sohn, bei den süßen Wunden deiner Pfeile, schaffe Genugtuung deiner Mutter, aber vollgültige, und bestrafe mir diese trotzige Schönheit; dieses eine willfahre mir. Lass diese Jungfrau von der glühendsten Liebe zu dem niedrigsten Menschen ergriffen werden, dem das Schicksal Ehre und Besitz und selbst Sicherheit vor Not und Armut vorenthält, zu einem so niedrigen, so elenden Menschen, dass er auf dem ganzen Erdkreis seinesgleichen nicht findet.«

So sprach sie und überdeckte den Sohn mit heißen Küssen. Darauf begibt sie sich zu dem nächsten Meeresgestade, und sobald sie mit den rosigen Sohlen den leichten Tau der hüpfenden Wellen berührt, siehe, da erfolgt schon, als hätte sie es längst befohlen, die Huldigung des Meeres. Tritonen ziehen ihren goldenen Wagen, andere umtaumeln sie lustig in der Flut und blasen auf ihren Muscheltrompeten. Der eine schützt sie mit einem Schirm gegen den Brand der Sonne, der andere hält ihr einen Spiegel vor das Antlitz, damit sie sich ihrer Schönheit erfreue; die Töchter des Nereus mit dem Knaben Palämon schwimmen auf ihren Delphinen um sie her und singen fröhliche Reigen. So zieht die Göttin über das Meer dahin zum Okeanos.

Indessen hat Psyche trotz ihrer glänzenden Schönheit keinen Genuss von ihrer Auszeichnung, Sie wird betrachtet von allen, gelobt von allen; aber niemand, weder ein König noch ein Prinz, selbst keiner aus dem Volk naht, um ihre Ehe zu begehren. Sie bewundern wohl ihre göttliche Schönheit, aber sie bewundern sie wie ein von einem Künstler gefertigtes Bild. Längst schon hatten die beiden älteren Schwestern, deren mäßige Schönheit niemand der Welt verkündet hatte, sich mit königlichen Freiern verlobt und eine glückliche Ehe gefunden; aber Psyche sitzt, des Gatten entbehrend, zu Hause und beweint ihr einsames Los, krank am Körper, wund in der Seele, und obgleich alle Welt ihre Schönheit preist, verwünscht sie dieselbe doch selbst in ihrem Herzen. Der Vater der Psyche, welcher befürchtet, dass der Zorn irgendeines Gottes die Ursache des Unglücks seiner Tochter sein möge, geht nach Klaros zu dem alten Orakel des Apollon und erfleht unter Gebet und Opfer Ehe und Gemahl für die verschmähte Jungfrau. Apollon aber antwortet folgendermaßen:

»Stelle das Mägdlein hin auf den Gipfel des ragenden Berges,
Mit des Grabesgemachs bräutlichem Schmucke geziert:
Und nicht hoff' einen Eidam, von sterblichem Stamme entsprossen,
Wütig ist er und wild, hässliche Schlangennatur,
Der mit Flügeln den Äther durchfliegt und alles besieget
Und mit Flamme und Schwert jegliche Dinge zerstört,
Den selbst Jupiter fürchtet, vor dem die Götter erzittern,
Bebet die Welle des Stroms, schaudert die stygische Nacht.«

Nachdem der einst so glückliche König die Worte der heiligen Weissagung vernommen hat, kehrt er traurig nach Hause zurück und erklärt seiner Gattin, was der Gott befehle. Man trauert, man weint, man klagt tage- und nächtelang; aber das grausame Gebot muss endlich erfüllt werden. Man veranstaltet für die unglückliche Jungfrau den bräutlichen Zug und führt, nachdem die Feierlichkeiten der Leichenhochzeit vollbracht sind, in Begleitung des ganzen Volkes die lebendige Leiche unter Trauer und lauter Klage dem verhängnisvollen Felsen zu. Unterwegs spricht die Jungfrau zu den trostlosen Eltern: »Warum weint und klagt ihr? Merkt ihr nicht, dass ihr von dem tödlichen Schlag des Neides getroffen seid? Als die Völker mich weit und breit mit göttlichen Ehren feierten, als sie mich einstimmig als die neue Venus ausriefen, da hättet ihr trauern und weinen, da mich schon als gleichsam tot beklagen sollen. Allein durch den Namen Venus, das sehe ich, bin ich untergegangen. Stellt mich auf den Felsen, dem das Orakel mich zusprach. Ich eile, jene glückliche Hochzeit zu begehen, ich eile, meinen edlen Gatten zu schauen. Was zaudere ich? Warum verschmähe ich den Kommenden, der zum Verderben des ganzen Erdkreises geboren ist?« Nachdem die Jungfrau so gesprochen, mischte sie sich mit kräftigem Schritt unter das sie begleitende Volk und ließ sich zu dem bezeichneten Felsen führen. Man stellte sie auf dessen höchsten Gipfel, löschte die Hochzeitsfackeln und schickte sich an, gesenkten Hauptes nach Hause zu zurückzukehren. Die niedergebeugten Eltern schlossen sich im Inneren des Hauses ein und ergaben sich banger nächtiger Trauer. Psyche aber stand furchtsam und zitternd auf dem Gipfel des Felsens und zerfloss in Tränen. Da kam plötzlich ein leise säuselnder Zephyr, blähte ihre weiten Gewänder auf und trug sie in ruhigem Wehen über die Abhänge des Felsens hinab in ein tiefes, tiefes Tal; dort ließ er sie sanft auf weichem Rasen niedergleiten.

Psyche ruhte auf dem Kissen des tauigen Rasens und versank, nachdem die Aufregung ihrer Seele sich gelegt, in süßen Schlummer. Als sie sich durch hinlänglichen Schlaf gestärkt hatte, erhob sie sich gefassteren Mutes. Sie sieht einen Hain von schlanken gewaltigen Bäumen, sie sieht einen Quell klaren Wassers mitten im Hain. Nah an dem Sprudel des Quells ist ein königlicher Palast, nicht von Menschenhand, sondern durch die Kunst irgendeines Gottes erbaut. Schon beim ersten Eintritt erkannte man den anmutigen Aufenthalt eines Gottes. Die von Zitrusholz und Elfenbein wunderbar getäfelte Decke ruht auf goldenen Säulen, alle Wände sind bedeckt mit erhabener Arbeit von Silber, mit wunderbaren Figuren und Bildern. Selbst die Fußböden sind mit kleinen Stücken kostbaren Steins belegt, die zu schönen Gemälden sich zusammenfügen. Auch die übrigen Teile des weiten Hauses sind unermesslich kostbar; ganze Wände, mit goldenen Massen belegt, strahlen in eigenem Glanz, sodass das Haus sich selbst seinen Tag macht, auch wenn die Sonne ihn versagte. So glänzten die Gemächer und Säulengänge und selbst die Bäder. Wahrlich, es schien ein dem großen Jupiter zum Umgang mit den Menschen erbauter himmlischer Palast zu sein.

Psyche, durch den Glanz des Palastes angezogen, tritt näher heran, und schon getraut sie sich etwas dreister über die Schwelle. Sie geht durch die wunderbaren Räume und betrachtet das Einzelne; sie kommt zu reichen Kammern, in denen der Schimmer unermesslicher Schätze aufgehäuft ist, und wunderbar! dieser größte Schatz der Erde lag ohne Schloss und Hüter dort aufbewahrt. Während sie das mit dem größten Entzücken betrachtet, tönt ihr eine körperlose Stimme entgegen und spricht: »Was staunst du, o Herrin, über so große

Schätze? Dein ist dies alles. Geh ins Schlafgemach und erquicke auf dem Lager die müden Glieder, geh nach Gefallen zum Bade. Wir, deren Stimmen du vernimmst, sind deine Dienerinnen und werden dir geschäftig zur Hand sein. Und hast du den Körper durch Schlaf und Bad gepflegt, so wird ein königliches Mahl nicht fehlen.«

Psyche merkte das Glück einer göttlichen Vorsicht. Sie folgte der Einladung der körperlosen Stimmen und erquickte sich durch Schlaf und Bad. Darauf sah sie sogleich in ihrer Nähe ein Polster neben einem Tisch und ließ sich mit Freuden nieder. Auf der Stelle werden mannigfaltige Speisen und nektarische Weine aufgetragen, ohne die Hand eines Dieners, nur wie von einem Windhauch herbeigeführt. Sie konnte niemanden sehen, sondern hörte nur Worte fallen, und sie hatte bloße Stimmen zu Dienerinnen. Nach einem reichlichen Mahl trat jemand herein und sang ungesehen, und ein anderer schlug die Zither, welche, wie er selbst, nicht gesehen wurde. Darauf drang der volle Klang einer singenden Menge zu ihren Ohren; das war, obgleich kein Mensch sichtbar wurde, doch offenbar ein Tanzchor.

Als diese Vergnügungen zu Ende waren, lud der Abend Psyche ein, ins Schlafgemach zu gehen. Und in schon vorgerückter Nacht dringt ein schmeichelnder Ton zu ihrem Ohr. Da fürchtet sie in solcher Einsamkeit für ihre Unschuld und bebt und schaudert. Und schon war der unbekannte Gatte da, und vor Anbruch des Tages war er enteilt. Sogleich erschienen die vor dem Gemach harrenden Stimmen und bedienten die junge Gattin. Dies geschah so lange Zeit. Jede Nacht kam, ohne von ihr gesehen zu werden, der unbekannte Gatte, und der Ton seiner Stimme war der Trost ihrer Einsamkeit.

Unterdessen verzehrten sich ihre Eltern in unablässiger Trauer und Klage. Und jene älteren Schwestern, die fern wohnten, kamen auf die Nachricht von dem, was geschehen, betrübten Herzens, um die Eltern zu sehen und zu sprechen. In dieser Nacht sprach der Gemahl also zu seiner Psyche: »Süßeste Psyche, geliebte Gattin, das unbarmherzige Geschick droht dir Gefahr; vermeide sie durch aufmerksame Vorsicht. Deine Schwestern, welche jetzt durch den Glauben an deinen Tod bestürzt sind und deine Spur aufsuchen, werden bald auf jenem Felsen sein. Wenn du daher vielleicht Klagen hören solltest, so antworte nicht, ja sieh nicht einmal zu ihnen hinaus; sonst wirst du mir den herbsten Schmerz, dir aber das größte Verderben bereiten.« Sie versprach es und gelobte, nach dem Rat des Gatten zu tun. Nachdem dieser aber zugleich mit der Nacht verschwunden war, brachte die Unglückliche den ganzen Tag in Tränen und Klagen zu. »Jetzt bin ich«, sagte sie oft, »völlig unglücklich, da ich, von der Haft eines wenn auch glücklichen Kerkers umschlossen und des Gesprächs menschlicher Unterhaltung beraubt, meine um mich trauernden Schwestern nicht trösten, ja nicht einmal sehen kann.« Und ohne Bad und ohne Speise ging sie unter vielen Tränen zu Bett.

Nicht lange, so erscheint der Gatte, etwas früher als sonst, und während sie auch jetzt noch unter seiner Umarmung weint, fragt er sie also: »Hast du mir das versprochen, meine Psyche? Was soll ich nun, dein Gemahl, von dir erwarten? Was soll ich hoffen? Tag und Nacht hörst du nicht auf, dich zu peinigen. Tue nun, wie du willst, und gehorche deinem Sinn, der Verderbliches verlangt; nur gedenke meiner ernsten Ermahnung, wenn du zu spät es bereuen wirst.« Da erpresste Psyche durch Bitten und Tränen von dem Gatten, dass er ihren Wunsch gewähre, die Schwestern zu sehen und zu trösten. So gab denn jener den Bitten der Psyche nach und erlaubte ihr noch obendrein, die Schwestern, wenn sie kämen, mit Gold und Geschmeide zu beschenken. Aber wiederholt ermahnte er sie, dass sie sich nicht durch ihre Schwestern verleiten lasse, neugierig nach der Gestalt ihres Gatten zu forschen, sonst müsse er sich für immer von ihr trennen. Sie dankte ihrem Gatten und sprach frohen Mutes: »Eher will ich hundertmal sterben, als dieser süßen Ehe mit dir entbehren; denn ich liebe dich sehr, wer du auch sein magst, und ich schätze dich wie mein eigenes Leben, ja ich halte dich höher als selbst den Cupido. Aber jenes gestatte denn auch meinen Bitten und befiehl deinem Diener, dem Zephyr, dass er auf gleiche Weise wie mich einst die Schwestern mir herbringe.« Durch die Gewalt der Liebe besiegt, versprach der Gemahl wider seinen Willen, alles zu tun. Und wiederum bei Annäherung des Tages entschwand er aus den Armen der Gattin.

Bald erschienen die Schwestern der Psyche auf dem Felsen und erhoben laute Klagen. Sie riefen die unglückliche Schwester mit Namen, bis Psyche sinnlos und zitternd aus dem Haus stürzt und ruft: »Warum härmt ihr euch? Da bin ich, die ihr betrauert. Hört auf mit eurem Jammern, da ihr ja jetzt die Schwester umarmen könnt.« Darauf ruft sie den Zephyr und mahnt ihn an den Befehl ihres Gemahls. Und sogleich führt sie jener mit sanftem Wehen sicher hernieder. Jetzt genießen sie einander in gegenseitiger Umarmung, und die Tränen der Trauer werden zu Freudentränen. »Aber«, sprach sie, »geht auch jetzt frohen Sinnes mit mir in unser Haus und freut euch mit eurer Psyche.« Darauf zeigt sie ihnen die reichen Schätze des goldenen Hauses, lässt ihr Ohr die Schar der dienenden Stimmen hören und erquickt sie durch ein Bad und durch das prächtigste Mahl. Von Staunen erfüllt über die wahrhaft göttlichen Reichtümer, beginnen die Schwestern schon, in ihrem innersten Herzen Neid zu hegen. Zuletzt unternimmt es die eine mit ziemlich bedenklicher Neugierde zu forschen, wer denn der Herr dieser himmlischen Schätze, wer und wie ihr Gatte sei. Psyche verriet ihre Geheimnisse nicht, sondern sie erdichtete, was ihr eben passend in den Sinn kam. Ihr Gemahl, sagte sie, sei ein schöner Jüngling, dessen Wangen eben der erste Flaum umschatte, meist mit Jagen im Feld und im Gebirge beschäftigt. Und damit nicht durch irgendeine Unvorsichtigkeit in der fortschreitenden Unterhaltung ihr stilles Geheimnis verraten würde, überhäufte sie die Schwestern mit Kostbarkeiten von Gold und Edelsteinen und ließ sie sogleich durch den herbeigerufenen Zephyr zurücktragen.

Die Schwestern eilen nach Hause, und je mehr sie sich das Glück der Psyche vergegenwärtigen, desto mehr reget sich in ihren Herzen der Neid. »O blindes unholdes Geschick«, spricht die eine voll Unmut, »wie verschieden ist unser Los von dem unserer Schwester. Getrennt von den Eltern und vom Vaterland, leben wir wie Verbannte, wie Sklavinnen im Haus fremder Männer, während dieser, die doch viel jünger ist als wir, solche Reichtümer und ein göttlicher Gemahl zuteilwurde. Du hast es gesehen, liebe Schwester, welche Haufen von Schätzen in dem Haus liegen, welche Kostbarkeiten, welche Gewänder da glänzen; wie blitzen die Edelsteine, wie viel Gold wird außerdem überall in dem Boden mit Füßen getreten! Wenn sie nun auch noch einen so schönen Gatten besitzt, wie sie behauptet, so lebt auf dem ganzen Erdkreis keine glücklicher als sie. Vielleicht wird sie noch ihr göttlicher Gemahl bei fortgesetztem Umgang und gesteigerter Liebe sogar zu einer Göttin machen. So ist es wahrlich! So gab und betrug sie sich. Schon erhebt sie hoch ihr Haupt und spielt als sterbliches Weib schon stolz die Göttin, sie, die Stimmen zu Dienerinnen hat und selbst den Winden gebietet. Aber ich Unglückliche habe einen Gatten erhalten, der älter ist als mein eigener Vater, einen schwachen Greis mit kahlem Scheitel, der eifersüchtig das Haus mit Riegeln und Ketten verschließt.« Darauf die andere: »Ich aber, liebe Schwester, muss einen Mann dulden, der durch Gichtgebrechen gekrümmt und verdreht ist, dem ich die krummen, zu Stein verhärteten Finger mit stinkenden Salben einreiben muss, nicht die pflichtgetreue Rolle einer Gattin, sondern das mühsame Geschäft eines Arztes übend. Du, Schwester, magst zusehen, ob du geduldig und mit sklavischem Sinn solches Los ertragen willst; ich halte es nicht länger aus, ein so glückliches Geschick einer Unwürdigen zugefallen zu sehen. Bedenke, wie stolz, wie anmaßend sie sich gegen uns betrug, wie sie von so vielen Reichtümern uns nur weniges ungern zuwarf und, von unserer Gegenwart beschwert, uns schnell wegtreiben, fortwehen, fortblasen ließ. Ich bin kein Weib, ich will überhaupt nicht leben, wenn ich sie nicht von der Höhe ihres Glücks herabstoße. Und wenn auch dich, wie ich denke, unsere Beschimpfung verdrossen hat, so wollen wir beide einen gewaltigen Plan schmieden. Aber wir wollen, was wir im Herzen bergen, weder unsern Eltern noch sonst jemandem entdecken, nein, wir haben überhaupt nichts von ihrem Glück erfahren! Es ist genug, dass wir es zu unserem Schmerz gesehen haben, wir wollen nicht auch noch bei unseren Eltern und bei allem Volk ihr Glück rühmend verbreiten. Die sind ja nicht glücklich, deren Glück niemand kennt. Und jetzt wollen wir zu unseren Gatten gehen und unser armes Haus aufsuchen, und wenn wir uns gehörig beraten haben, dann wollen wir stärker zurückkehren, um den Übermut zu strafen.« Sobald die bösen Schwestern alle kostbaren Geschenke, die sie von Psyche erhalten, verborgen hatten, zerrauften sie ihr Haar, zerrissen ihr Antlitz und kamen, um die Verlorene klagend, zu ihren Eltern. Hier reißen sie im Flug die Wunden des Schmerzes wieder auf und eilen dann, von Wahnsinn getrieben, nach Hause, schändlichen Verrat, ja Mord gegen die unschuldige Schwester im Herzen.

Unterdessen ermahnt Psyche ihr Gatte, den sie nicht kennt, wiederum in seinen nächtlichen Unterredungen also: »Siehst du, welche Gefahr dir das Schicksal aus der Ferne droht? Und wenn du dich nicht, während sie noch fern ist, stark vorsiehst, wird sie bald in der Nähe erscheinen. Treulose Wölfinnen legen dir verbrecherischen Hinterhalt, sie wollen dich überreden, dass du mein Antlitz erforschst, das du, wie ich dir schon oft gesagt habe, nicht wiedersehen wirst, sobald du es gesehen. Wenn daher die Verruchten kommen – und sie werden kommen, ich weiß es –, so lass dich überhaupt mit ihnen in kein Gespräch ein, und wenn dir dies deine Gutmütigkeit nicht erlaubt, so darfst du wenigstens über deinen Gatten weder etwas anhören noch antworten. Denn bald werden wir unseren Familienkreis erweitern, und unser Kind wird ein göttliches sein, wenn du unser Geheimnis mit Schweigen bedeckst, wenn du es entweihst, ein sterbliches.« Psyche blühte auf durch die frohe Botschaft und ergötzte sich an dem Trost göttlicher Nachkommenschaft; sie war stolz auf den Ruhm ihres zukünftigen Pfandes und freute sich, ängstlich die sich mehrenden Tage und die vergehenden Monde zählend, der verheißenen Würde des mütterlichen Namens. Aber schon nahte hastig in gottloser Eile das verderbliche Schwesternpaar.

Da ermahnte wiederum der auf Stunden erscheinende Gatte seine Psyche: »Der letzte Tag, der Tag der Entscheidung ist da; die feindliche Brut hat schon die Waffen ergriffen und trachtet mit gezücktem Dolch nach deinem Hals. Wehe, welche Not bedrängt uns, süßeste Psyche! Erbarme dich dein und mein! Bewahre durch ehrfurchtsvolle Verschwiegenheit Haus und Gatten und dich und jenen unseren Kleinen vor dem drohenden Unglück. Jene schändlichen Weiber, die du wegen ihres tödlichen Hasses und der Verachtung aller Bande des Bluts nicht Schwestern nennen darfst, sieh sie weder, noch höre sie an, wenn sie, wie Sirenen auf dem Felsen stehend, mit klagender Stimme durch die Klippen schreien.« Psyche antwortet unter Schluchzen und Tränen: »Schon lange, ich weiß es, hast du gezweifelt an meiner Treue und Schweigsamkeit; und doch will ich dir auch jetzt die Festigkeit meiner Seele bewähren. Befiehl du nur wieder unserem Zephyr, dass er sein Amt treu verrichte, und da du mir dein heiliges Antlitz zu schauen versagst, so erlaube mir dafür wenigstens den Anblick der Schwestern, ich beschwöre dich bei diesen Locken, die dein Haupt umwallen, bei den zarten Wangen, die den meinen ähnlich sind, bei der ich weiß nicht von welchem Feuer durchglühten Brust. Bei dem Kleinen, in dem ich einst dein Antlitz erkennen werde, beschwöre ich dich, lass dich erweichen durch die Bitten der Gattin und gönne mir den Genuss der schwesterlichen Umarmung, lass die Freude aufs Neue die Seele deiner teuren, dir treu ergebenen Psyche beleben. Dann forsche ich nicht weiter nach deinem Angesicht; es trennt mich ja selbst nicht von dir die nächtliche Finsternis; ich halte dich umfasst, mein Licht!« Durch diese Worte und ihre sanften Umarmungen bezaubert, verspricht der Gatte, indem er ihre Tränen mit seinen Locken abtrocknet, ihr zu willfahren und verschwindet sogleich vor dem Licht des werdenden Tags.

Das schwesterliche Paar geht, ohne erst die Eltern gesehen zu haben, in hastiger Eile geradewegs von dem Schiff zu jenem Felsen, und ohne erst die Gegenwart des tragenden Windes abzuwarten, springen sie in loser Kühnheit in die Tiefe hinein. Aber Zephyr, wohl eingedenk des Befehls seines Herrn, fängt sie, obgleich ungern, in seinen Armen auf und setzt sie auf den Boden. Sie dringen nun sogleich in das Haus, und nachdem sie ihre Beute umarmt, sprechen sie, schwesterliche Liebe erheuchelnd und den Pfuhl der tief verborgenen Tücke mit heiteren Mienen bedeckend, mit schmeichelnden Worten: »Psyche, du bist jetzt kein Kind mehr, wie sonst, nein, du bist schon Mutter. Mit welcher Freude wirst du unser ganzes Haus erfüllen! O wir Glücklichen, wie werden wir uns freuen an der Erziehung des goldenen Knaben. Ja wenn er, wie notwendig, der Schönheit der Eltern entspricht, so wird gewiss ein Cupido geboren werden.« So drängen sie sich, Liebe heuchelnd, allmählich in das Herz der Schwester. Diese lässt sie sich von der Ermüdung des Weges ausruhen und erquickt sie mit ihren herrlichen Speisen. Sie befiehlt, dass die Zither erklinge, und sie erklingt, Flöten ertönen und Chöre erschallen. Dies alles ergötzte, ohne dass jemand gesehen wurde, mit den süßesten Weisen die Horchenden. Doch selbst die Süße des Gesangs erweicht nicht die boshaften Herzen der Weiber; sondern indem sie allmählich ihre Rede zu der verhängten Schlinge des Trugs hinlenken, fangen sie heuchlerisch an zu forschen, was für einen Gatten sie habe und woher er stamme. Da ersinnt sie, ihre frühere Rede vergessend, eine neue Erdichtung und sagt, ihr Gatte, aus der nächsten Provinz, gebe sich mit großartigen Geldgeschäften ab und stehe schon, das Haar mit etwas Grau untermischt, in der Mitte des Lebens. Doch ohne bei dieser Rede lange zu verweilen, belädt sie die Schwestern wieder mit reichlichen Geschenken und übergibt sie den Schwingen des Windes.

Aber während sie, von dem linden Hauch des Zephyr entführt, nach Hause zurückkehren, sprechen sie so untereinander: »Schwester, was sollen wir zu der abenteuerlichen Lüge der Einfältigen sagen? Früher war er ein Jüngling, dessen Kinn sich soeben mit blühendem Flaum bedeckt; jetzt ist er in mittleren Jahren, mit grauem Haar. Wer ist das, den eine so kurze Zeit durch plötzliches Alter so umgebildet hat? Siehe, liebe Schwester, entweder ersinnt das schändliche Weib eine Lüge, oder sie kennt die Gestalt ihres Mannes nicht. Was von beiden auch wahr sein mag, sie muss sobald als möglich von jenen Schätzen verjagt werden. Wenn sie das Gesicht ihres Gatten nicht kennt, so hat sie gewiss einem Gott sich vermählt und trägt einen Gott unter ihrem Herzen. Wahrlich, wenn sie – was fern sei – Mutter eines göttlichen Knaben würde, ich nähme gleich einen Strick und erhängte mich. Lass uns daher jetzt zu unseren Eltern zurückkehren und dann gleich an den Anfang der Rede dieses Weibs recht gleichfarbigen Trug knüpfen.« So entflammt, begrüßen sie hochmütig ihre Eltern, und nachdem sie diesen eine schlaflose Nacht bereitet, eilen die Verruchten in der Frühe nach dem Felsen; von da fliegen sie auf den gewohnten Schwingen des Windes hastig hinab, und indem sie falsche Tränen hervorzwingen, reden sie listig das Mädchen folgendermaßen an: »Du, liebe Schwester, sitzt da, in glücklicher Unwissenheit, sorglos um deine Gefahr; aber wir, in wachender Sorge um dein Heil, werden elendiglich durch dein Unglück gepeinigt. Denn wir haben als sicher erfahren und können's dir als Schwestern nicht verheimlichen, dass ein fürchterlicher Drache nachts unbekannt bei dir schläft. Jetzt bedenke den Orakelspruch des Gottes, welcher ausrief, dass du der Ehe einer scheußlichen Bestie bestimmt seist. Viele Landleute und Nachbarn, und die umher im Gebirge jagen, haben ihn oft abends vom Raub zurückkehren und durch die Furt des nahen Flusses schwimmen sehen. Und alle sind der festen Überzeugung, dass er nicht lange mehr mit schmeichelnder Ergebenheit dich nähren und füttern, sondern bald mitsamt deinem Kind dich verschlingen wird. Hier hängt es nun von deiner Entscheidung ab, ob du deinen um dein Heil besorgten Schwestern beistimmen und dem Tod entfliehen oder in den Eingeweiden des grausamsten Ungeheuers begraben sein willst. Wenn dich aber die tönende Einsamkeit dieses Landsitzes und die heimliche Liebe dieser hässlichen und gefahrvollen Ehe ergötzt, nun, so haben wir doch als liebende Schwestern unsere Pflicht getan.«

Da gerät die arme Psyche in ihrer zarten Einfalt in Furcht und Schrecken, und in ihrer Verzweiflung vergisst sie alle Ermahnungen ihres Gatten und ihre Versprechungen und stürzt sich in die Tiefe des Verderbens. Zitternd und blass lispelt sie mit halblauter Stimme stotternde Worte und spricht also zu ihren Schwestern: »Ihr übt, teure Schwestern, die Pflicht schwesterlicher Liebe; aber auch jene, die euch solches versichern, scheinen mir nicht Lügen zu dichten. Denn nie sah ich das Antlitz meines Gatten, noch habe ich überhaupt erfahren, woher er stammt; sondern ich höre nur seine nächtliche Stimme und habe einen ganz lichtscheuen Gatten von ungewissem Stand. Daher gebe ich euch recht, wenn ihr ihn ein Ungeheuer nennt. Und er schreckt mich immer gar sehr von seinem Anblick ab und droht mir großes Unglück, wenn ich neugierig trachtete, sein Antlitz zu sehen. Wenn ihr jetzt Hilfe und Rettung eurer Schwester bringen könnt, so steht mir bei.« Arglos gibt sich jetzt die arme Psyche in die Hände ihrer Schwestern, die mit schändlichem Trug auf das bebende Gemüt des unschuldigen Mädchens eindringen. Mit erheuchelter Sorge spricht die eine: »Weil uns denn die Bande des Blutes treiben, über deinem Leben zu wachen, so wollen wir dir den Weg zeigen, der allein zur Rettung führt. Nimm ein scharfes Messer und verbirg es heimlich auf der Seite des Lagers, wo du zu ruhen pflegst; dann stelle eine brennende Lampe vorsichtig unter ein deckendes Gefäß, und wenn dann das Ungeheuer, seinen schweren Leib daherschleppend, das gewohnte Lager bestiegen hat und ausgestreckt im ersten tiefen Schlaf zu atmen beginnt, so gleite von dem Lager herab, schleiche leise zu der Lampe, befreie sie von ihrem Verschluss und nimm nach ihrem Rate die günstige Zeit wahr zu der herrlichen Tat – hebe kühn die Rechte und haue mit dem scharfen Messer, kräftig ausholend, den Knoten des verderblichen Drachen zwischen Nacken und Kopf entzwei. Und unsere Hilfe soll dir nicht fern sein; sobald du durch den Mord des Ungeheuers dich gerettet, werden wir schnell alle Schätze mit dir davontragen und dich in erwünschter Ehe – Menschen mit Menschen verbinden.« Durch solche Worte setzen sie das schon glühende Herz der Schwester vollends in verderbliche Flammen; da sie aber die Nähe des Unglücks auch für sich fürchten, so eilen sie, von dem gewohnten Hauch des Windes über den Felsen getragen, sogleich davon, besteigen die Schiffe und kehren nach Hause zurück.

Psyche, allein in ihrer Einsamkeit zurückgelassen, schwebt in der peinlichsten Qual. Obgleich der Plan gefasst und sie in ihrem Geist entschieden ist, so schwankt sie doch, während sie schon Hand ans Werk legt, noch ungewiss in den verschiedensten Stimmungen hin und her. Sie beeilt sich, sie schiebt auf – sie wagt, zittert, misstraut und zürnt – und der Schluss ist, in demselben Körper hasst sie das Ungeheuer, liebt sie den Gatten. Als jedoch der Abend schon die Nacht heranzog, da vollendet sie in hastiger Eile die Vorbereitungen zu ihrem schlimmen Werk.

Es war Nacht, und der Gatte war gekommen und lag in tiefem Schlaf. Da wird Psyche, sonst schwach an Kräften und schwach an Mut, doch jetzt, getrieben von dem grausen Geschick, stark und mutig; sie nimmt die Lampe hervor, ergreift das Messer und vertauscht die weibliche Furcht mit Kühnheit. Aber sobald bei der Annäherung des Lichts die Geheimnisse des Lagers erhellt werden, da sieht sie von allen Wesen das sanfteste und süßeste Ungeheuer, den schönen Gott Cupido selbst lieblich in Schlummer liegen. Psyche, durch solchen Anblick erschreckt und ihrer Seele nicht mächtig, beugt sich, erschöpft in toter Blässe und zitternd, tief in die Knie und sucht das Eisen zu verbergen – aber in der eigenen Brust. Das hätte sie gewiss getan, wäre nicht das Eisen, aus Furcht vor solchem Frevel, den verwegenen Händen entfallen. Und obgleich schon ermattet und an ihrem Heil verzweifelnd, erholt sie sich doch wieder, indem sie öfter die Schönheit des göttlichen Antlitzes betrachtet. Sie sieht die festlichen, von Ambrosia triefenden Locken des goldenen Hauptes, welche den milchweißen Nacken und die purpurnen Wangen lieblich umspielen; über die Schultern des geflügelten Gottes hin schimmern die tauigen Schwingen in glänzender

Blüte, und obgleich die Flügel ruhen, so scherzt doch, zitternd auffliegend, der äußerste zarte Flaum. Zu den Füßen des Betts lagen Bogen, Köcher und Pfeile, die huldreichen Waffen des großen Gottes.

Während Psyche mit unersättlicher Seele gar neugierig den schönen Gott betrachtet und die Waffen ihres Gatten bewundert, nimmt sie einen Pfeil aus dem Köcher heraus, und indem sie die äußerste Schärfe desselben mit der Spitze der Finger berühren will, sticht sie sich durch einen zu heftigen Druck der zitternden Hand etwas zu tief, sodass über die Haut kleine Tropfen ihres rosigen Blutes tauen. So verfiel Psyche ohne ihr Wissen durch ihre Schuld in die heftigste Liebe zu Amor.

Jetzt fiel sie, mehr und mehr von der Begierde zu Cupido brennend, heftig über ihn her, und indem sie mit offenen Lippen ihm gierige Küsse aufdrückte, befürchtete sie über die Länge seines Schlafs. Aber während sie in solchem Glück taumelnd schwelgte, spie die Lampe aus der Spitze ihres Lichts einen Tropfen brennenden Öls auf die rechte Schulter des Gottes. Von dem Schmerz erweckt, sprang der Gott auf, und da er den Verrat der Treue sah, floh er, ohne ein Wort zu reden, sofort aus den Augen und den Armen der unglücklichen Gattin. Aber sowie er aufspringt, ergreift Psyche mit beiden Händen seinen rechten Fuß und wird mit durch die Lüfte getragen. Endlich fällt sie erschöpft auf den Boden. Aber der liebende Gott verließ die auf der Erde liegende Psyche nicht; er flog auf die nächste Zypresse und redete sie von ihrem Wipfel aus in tiefem Schmerz also an: »O törichte Psyche, ich gehorchte nicht den Befehlen meiner Mutter, die mir gebot, dich mit der Liebe zu dem niedrigsten und unglücklichsten Menschen zu erfüllen und in die gemeinste Ehe zu fesseln; sondern ich bin vielmehr selbst als Liebender zu dir geflogen. Aber darin handelte ich leichtsinnig, ich weiß es; ich, der gefeierte Schütze, habe mich mit meinem eigenen Geschoss verwundet und dich zu meiner Gattin gemacht – damit ich dir als ein Ungeheuer erschiene und du mit einem Messer mein Haupt abschnittest, das diese dich liebenden Augen trägt. Ich habe dich stets wohlwollend gewarnt, aber umsonst. Doch deine trefflichen Ratgeberinnen sollen mir sogleich für ihre verderblichen Lehren büßen; dich aber will ich nur durch meine Flucht strafen.«

Nach diesen Worten erhob er sich auf seinen Schwingen in die Lüfte, Psyche, auf die Erde hingestreckt, folgte, soweit sie vermochte, mit dem Auge dem Flug des Gatten und quälte sich in Jammern und Klagen. Als aber der Gatte ihren Blicken entschwunden war, stürzte sie sich in die Wellen des nächsten Flusses. Der sanfte Flussgott jedoch setzte sie aus Furcht vor dem Gott, der selbst die Gewässer in Brand zu setzen pflegt, sogleich durch eine unschädliche Windung wieder an das blühende Ufer. Da saß zufällig Pan, der ländliche Weidegott, und spielte auf seiner Syrinx allerlei schöne Weisen; nahe an dem Fluss wandelten auf der Weide schäkernde Ziegen. Der bockgestaltete Gott rief die betrübte und ermattete Psyche, deren Unglück er kannte, liebevoll zu sich und tröstete sie. »Schönes Mädchen«, sprach er, »ich bin zwar nur ein bäurischer Hirte, aber durch die Gunst des langen Alters in vielem erfahren. Wenn mein Vermuten richtig ist, so leidest du an zu heftiger Liebe. Drum höre mich an: Suche dich nicht wieder durch einen Sturz oder auf irgendeine andere gewaltsame Weise zu töten. Lass ab von Schmerz und Trauer; bete vielmehr zu Cupido, dem größten der Götter, und erwirb dir den Jüngling durch schmeichelnden Gehorsam.«

Psyche antwortete nichts, sondern verehrte schweigend den wohlratenden Gott und ging ihres Weges. Aber noch war sie nicht weit mit schwankendem Schritt umhergeirrt, als sie auf einem abseitsführenden unbekannten Pfad zu einer Stadt kam, in welcher der Gemahl der einen ihrer Schwestern die Herrschaft besaß. Als Psyche dies erfuhr, wünschte sie, dass ihre Gegenwart der Schwester gemeldet würde. Sie wurde bald eingeführt, und nach den Umarmungen gegenseitiger Begrüßung beginnt sie auf die Frage nach der Ursache ihres Erscheinens also: »Du erinnerst dich doch eures Rats, durch den ihr mich bewogen habt, das Ungeheuer, das unter dem erlogenen Namen eines Gatten bei mir ruhte, mit zweischneidigem Messer zu töten, bevor es mich mit seinem gefräßigen Rachen verschlänge. Aber sobald ich, wie wir verabredet hatten, bei dem Schimmer der Lampe sein Gesicht betrachte, bietet sich meinen Augen ein wundervoller und wahrhaft göttlicher Anblick dar, ich sehe den Sohn der Göttin Venus selbst, ja, den Cupido selbst, in sanftem Schlummer vor mir liegen. Und während ich, durchschauert von dem Anblick so großen Glückes und durch die allzumächtige

Flut der Lust verwirrt, an dem Mangel des Genusses krankte, da sprühte durch ein unglückseliges Ungefähr die Lampe glühendes Öl auf seine Schulter. Durch diesen Schmerz wurde er sogleich aus dem Schlaf aufgeschreckt, und als er mich mit Feuer und Schwert bewaffnet sah, sprach er: ›Entferne dich sogleich wegen dieser schrecklichen Schandtat von meinem Lager und sei geschieden von mir. Ich werde mich aber mit deiner Schwester – und er nannte deinen Namen – alsobald in rechtlicher Ehe verbinden.‹ Darauf befiehlt er dem Zephyr, dass er mich über die Grenzen seines Hauses hinauswehe.«

Noch hatte Psyche ihre Rede nicht geendet, so täuschte schon jene, von den Stacheln rasender Begier und verderblichen Neids getrieben, ihren Gatten mit einer listig ausgesonnenen Lüge, als hätte sie etwas über den Tod ihrer Eltern erfahren, bestieg ein Schiff und eilte zu dem Felsen, und obgleich ein anderer Wind wehte, warf sie sich doch hastig und in blinder Hoffnung mit einem gewaltigen Sprung in die Lüfte, indem sie rief: »Nimm mich auf, Cupido, die deiner würdige Gattin, und du, Zephyr, fange deine Gebieterin auf!« Aber zerschellt und zerschmettert auf dem Geklüfte der Felsen kam sie in der Tiefe an, den Vögeln und dem Raubwild eine willkommene Beute. Und auch die zweite Schwester ereilte bald die rächende Strafe. Denn Psyche gelangte auf fernerer Irrfahrt zu einer anderen Stadt, in der die andere Schwester wohnte. Diese wurde auf dieselbe Weise getäuscht und eilte, eifersüchtig auf die Ehe der Schwester, nach dem Felsen und verfiel in gleiches tödliches Verderben.

Unterdessen ging Psyche unter den Völkern umher und suchte den Amor. Aber dieser lag, seufzend und gequält von der Wunde der Lampe, in dem Gemach seiner Mutter. Da tauchte jener weiße Vogel, die Möwe, schnell in den tiefen Schoß des Ozeans, näherte sich der Venus, die eben badend umherschwamm, und sagte ihr an, dass ihr Sohn verbrannt und klagend an einer schmerzreichen Wunde daniederliege und an seiner Rettung verzweifle. »Und schon murren alle Völker«, sprach sie, »und überhäufen deine Familie mit Schmähungen, jener sei zur Buhlerei im Gebirge, du zum Bad im Meer entwichen; deswegen sei keine Lust, keine Anmut und liebenswürdige Heiterkeit mehr, sondern alles sei schmucklos und bäuerisch und roh.« So schwatzte jener plauderhafte und neugierige Vogel in die Ohren der Venus und zerstörte die gute Meinung von dem Sohn. Venus aber rief im höchsten Zorn: »Also mein guter Sohn hat schon eine Geliebte! Wohlan, die du mir allein in Liebe dienst, sage mir den Namen der Göttin, welche den zarten bartlosen Knaben aufregte; ist sie aus der Schar der Nymphen oder eine der Horen, aus der Musen Chor oder aus meiner Dienerschaft der Grazien?« Der geschwätzige Vogel antwortete: »Ich weiß nicht gewiss, Gebieterin, aber ich glaube, es ist ein Mädchen, das er heftig liebt. Psyche heißt sie, wenn ich mich recht erinnere.« Da rief Venus zornig: »Wohl gar liebt er in Wahrheit jene Psyche, jene Nebenbuhlerin meiner Gestalt und meines Namens. Wahrlich, der Bube hielt mich für eine Kupplerin, auf deren Veranstaltung er jenes Mädchen kennenlernen sollte.«

Mit diesem Ruf tauchte sie schnell aus dem Meer und eilte in ihr goldenes Gemach; und als sie dort den kranken Knaben in dem vermeldeten Zustand traf, schrie sie, schon gleich auf der Schwelle, so laut als möglich: »Ist das ehrbar und unserem Geschlecht ziemlich, dass du nicht nur die Befehle deiner Mutter, ja deiner Gebieterin missachtest und mit Füßen trittst, sondern auch, ein Knabe von diesem Alter, dich mit dieser Psyche, meiner Feindin, vermähltest. Aber warte, du unliebenswürdiger Wicht, du sollst mir büßen; ich werde irgendeinen von meinen Sklaven an Kindes statt annehmen und ihm diese Flügel und Flammen und Bogen und Pfeile geben und all mein Gerät, das ich dir nicht zu diesem Gebrauch gegeben hatte. Du bist in deiner ersten Jugend schlecht erzogen und hast vorwitzige Hände, du hast oft ohne Scheu deine Voreltern verwundet, und mich selbst, deine Mutter, stellst du täglich muttermörderisch bloß und verachtest mich ganz wie eine Witwe. Aber du sollst dieses Spiel bereuen und jene Ehe herb und bitter empfinden. Doch was soll ich tun? Wohin soll ich mich wenden, um diesen Wicht zu bestrafen? Soll ich Hilfe suchen bei meiner Feindin Nüchternheit, welche ich wegen der Ausschweifungen dieses Knaben selbst oft beleidigt habe, soll ich gerade eine Unterredung veranstalten mit dem bäuerischen, trübseligen Weib? Mich schaudert! Und doch darf ich den Trost der Rache nicht von mir weisen, woher er auch komme. Sie gerade muss ich zu Hilfe nehmen und keine andere, dass sie mir diesen Knaben aufs Empfindlichste strafe, dass sie ihm den Köcher ausleert und die Pfeile zerbricht, den Bogen aufknüpft und die Fackeln löscht; ja auch seinen Körper selbst soll sie mir durch schärfere Mittel zur Ordnung weisen. Ich selbst werde ihm seine Locken, die meine Hände oft mit goldenem Glanz überstrichen haben, abschneiden und die Flügel stutzen, die ich oft auf meinem Schoß mit Nektar begossen.«

So sprach sie und stürzte in dem heftigen Zorn einer Göttin zur Tür hinaus. Ihr begegnen Ceres und Iuno, und da sie ihr erhitztes Gesicht sehen, fragen sie, warum sie so zornig sei und ihr schönes Antlitz entstelle. Sie antwortet: »Ihr kommt mir zu gelegener Zeit. Ich bitte euch, helft mir so viel ihr könnt jene flüchtige, schweifende Psyche ausfindig zu machen. Denn euch ist gewiss die berüchtigte Geschichte meines Hauses und die Taten meines liebenswürdigen Sohnes nicht verborgen geblieben.« Jene wussten nicht, was geschehen, und begannen, den Zorn der Venus zu beschwichtigen. »Was hat denn, o Herrin«, sprachen sie, »dein Sohn so Böses getan, dass du mit halsstarrigem Sinn seine Vergnügungen anfichtst und die, welche er liebt, auf jegliche Weise zu verderben suchst? Was ist es für ein Verbrechen, wenn er einmal einem hübschen Mädchen freundlich war? Oder hast du vergessen, wie viel Jahre er zählt? Scheint er dir, weil er sein Alter in schöner Jugend erhält, immer ein Knabe zu sein? Du, seine Mutter und eine vernünftige Frau, willst du immer neugierig die Spielereien deines Sohnes ausforschen, ihm Schwelgerei vorwerfen, seine Liebschaften unterdrücken und deine eigenen Künste und Ergötzungen an dem schönen Knaben tadeln? Wer unter den Göttern, wer unter den Menschen wird es loben, wenn du, die du unter den Völkern umher die Sehnsucht der Liebe ausstreust, in deinem eigenen Haus die Liebe lieblos einschränkst, wenn du dein Haus dem weiblichen Umgang verschließt, der doch aller Welt gemeinsam ist?« So sprachen die Göttinnen für Cupido, aus Furcht vor seinen Pfeilen, auch in seiner Abwesenheit und verteidigten ihn gnädig. Aber Venus, erzürnt, dass über ihren Schimpf noch gescherzt würde, verließ sie und nahm wieder hoch durch die Lüfte in schnellem Schritt ihren Weg zum Meer.

Unterdessen schweifte Psyche aus ihren Wanderungen hin und her und suchte den Gatten Tag und Nacht, begierig, den Erzürnten wenn nicht durch Schmeicheleien der Gattin zu besänftigen, so doch durch sklavische Bitten zu erweichen. Und als sie auf dem Gipfel eines Berges einen Tempel erblickte, sagte sie: »Ist es nicht möglich, dass dort mein Herr wohnt?« Und schnell wendet sie ihre Schritte dorthin und tritt in den Tempel ein. Sie sieht Weizenähren auf einem Haufen und andere zu einem Kranz gewunden, sie sieht Ähren von Gerste. Es waren auch Sicheln da und alles Gerät der Ernte, aber alles durcheinanderliegend und unordentlich vermengt, wie es gerade von den Händen der Landleute hingeworfen war. Dieses alles legt Psyche sorgfältig in Ordnung, in der Meinung, dass sie keines Gottes Heiligtümer vernachlässigen, sondern von allen Gnade und Mitleid erflehen müsse. Während sie dieses mit Eifer besorgt, kommt die gute Mutter Ceres herzu und ruft: »Ach, unglückliche Psyche, auf dem ganzen Erdkreis sucht Venus deine Spur mit wütender Seele und fordert dich zur äußersten Strafe, und du unternimmst unterdes die Sorge um mein Heiligtum und denkst an etwas ganz anderes als an dein Heil?« Da umfasste Psyche ihre Knie, netzte ihren Fuß mit reichen Tränen und flehte: »Bei dieser deiner fruchtbringenden Rechten bitte ich dich, erhabene Göttin, stehe der unglücklichen Psyche bei, die ihre Zuflucht zu dir nimmt. Lass mich unter diesem Haufen von Ähren nur wenige Tage verborgen bleiben, bis der Zorn der großen Göttin sich mildert oder doch meine ermatteten Kräfte durch kurze Ruhe sich erholen.« Ceres erwiderte: »Zwar deine Bitten und Tränen rühren mich, Psyche, und ich wünsche, dir zu helfen; aber mit meiner Verwandten, mit der auch alte Freundschaft mich verbindet, kann ich nicht in Feindschaft treten. Daher entferne dich schnell aus diesem Tempel. Dass du aber von mir nicht bist zurückbehalten und beschützt worden, darüber zürne mir nicht.«

Psyche, gegen ihr Erwarten zurückgewiesen und von doppelter Trauer ergriffen, setzt wieder ihren Weg fort, und sie erblickt wieder in dem Hain eines tiefen Tals einen schönen Tempel; und um keines Gottes Gunst ohne Anspruch zu lassen, naht sie den geheiligten Pforten. In die Knie gesunken, umfasste sie den Altar und flehte zu Iuno – denn dieser gehörte der Tempel – um Hilfe und Beistand; aber auch Iuno wies sie aus Rücksicht gegen Venus, wiewohl ungern, von der Schwelle ihres Tempels fort. Da entschloss sich Psyche endlich, zu dem Haus der Venus selbst zu gehen und durch unterwürfigen Gehorsam ihren Zorn zu beschwichtigen. Vielleicht findet sie ja im Haus der Mutter den geliebten Gatten. Aber Venus, den irdischen Mitteln der Nachforschung entsagend, hatte sich an den Himmel gewandt. Sie hatte ihren goldenen Wagen, ein Werk des Vulcanus, mit weißen Tauben bespannt und war hinaufgefahren zu der königlichen Burg des Jupiter. Hier forderte sie mit stolzer Miene den Dienst des Mercurius, des Götterboten, und Jupiter gewährte ihr. Frohlockend fuhr sie mit Mercurius sogleich vom Himmel hernieder und sprach zu ihm: »Arkadischer Bruder, du weißt ja, wie lange ich schon meine abhandengekommene Magd suche. Es bleibt nichts übrig, als durch dich öffentlich eine Belohnung für ihre Auffindung ausrufen zu lassen. Beeile daher meinen Auftrag und gib deutlich die Zeichen an, woran sie erkannt werden kann, damit keiner, wenn er sich des Verbrechens unerlaubter Geheimhaltung schuldig macht, sich mit Nichtwissen entschuldigen kann.« Mit diesen Worten überreichte sie ihm ein Blatt, auf dem der Name der Psyche und das Übrige angegeben war. Darauf entfernte sie sich nach ihrer Wohnung, und Mercurius, unter allen Völkern umhereilend, verrichtete mit diesen Worten das übertragene Geschäft des Ausrufs: »Wenn einer die flüchtige Königstochter, die Sklavin der Venus, mit Namen Psyche, von der Flucht zurückbringen oder in ihrem Versteck anzeigen kann, so komme er zu dem Ausrufer Mercurius, um als Anzeigegebühr von Venus selbst sieben süße Küsse in Empfang zu nehmen.«

Indem Mercurius also ausrief, hatte das Verlangen nach solchem Preis den Wetteifer aller Sterblichen erregt. Dies entfernte nun vollends alles Zaudern der Psyche. Als sie sich den Pforten ihrer Gebieterin näherte, kam ihr eine von der Dienerschaft der Venus entgegen, mit Namen Umgang; und sogleich ruft diese, so laut sie kann: »Hast du endlich, nichtswürdige Magd, angefangen zu erkennen, dass du eine Gebieterin hast? Oder willst du bei der Frechheit deiner Sitten auch das nicht wissen, welche Mühe wir um dein Aufsuchen gehabt haben? Aber es ist gut, dass du vor allen in meine Hände geraten bist; denn du sollst sogleich für deinen Trotz büßen.« Und sie fiel frech mit der Hand in ihre Haare und zog die Unglückliche, die vergebens Widerstand leistete, mit sich fort. Sobald aber Venus sie herein und vor sich gebracht sah, erhob sie ein lautes Gelächter, gleich denen, welche in heftigem Zorn sind, und indem sie ihr Haupt schüttelte, sprach sie: »So hast du dich denn endlich herabgelassen, deine Schwiegermutter zu begrüßen? Oder bist du gekommen, deinem Ehegemahl, der an deiner Wunde gefährlich daniederliegt, einen Besuch zu machen? Aber sei ohne Sorgen; denn ich will dich nun aufnehmen, wie es einer guten Schwiegertochter gebührt.« Und sie rief: »Wo sind meine Dienerinnen Sorge und Trauer?« Sie wurden hereingerufen und empfingen das Mädchen, es zu plagen. Und diese, dem Befehl ihrer Herrin gehorsam, schlugen die arme Psyche mit Geißeln und plagten sie mit andern Peinigungsmitteln und brachten sie dann wieder vor das Angesicht ihrer Gebieterin.

Da erhob Venus wiederum ein höhnisches Gelächter, flog auf sie zu, zerriss ihre Kleider und zerraufte ihr das Haar. Darauf ließ sie Weizen und Gerste und Hirse, Mohn und Erbsen, Linsen und Bohnen herbeibringen, mischte die Körner, schüttete sie auf einen großen Haufen und sagte dann zu Psyche: »Eine so hässliche Magd wie du scheint mir nur durch emsigen Dienst ihren Liebhaber zu verdienen; jetzt will ich deine Brauchbarkeit erproben. Sondere mir da den gemischten Haufen dieser Körner, und wenn du jede Sorte für sich schön gesondert und ausgelesen hast, so zeige mir, aber noch vor Abend, die Vollendung deines Werks.« Nachdem sie ihr so den Haufen so vieler Körner angewiesen, ging sie selbst zu einem Hochzeitsschmaus. Psyche, bestürzt durch den schrecklichen Auftrag, steht da stumm und starr und legt keine Hand an die nicht zu entwirrende Masse. Da kommt die kleine ländliche Ameise, die in solch schwieriger Arbeit erfahren ist, und indem sie sich der Not der Gemahlin des großen Gottes erbarmt, läuft sie emsig hin und her und ruft und bittet das ganze Heer der benachbarten Ameisen herzu: »Erbarmt euch, der allerzeugenden Erde geschäftige Kinder, erbarmt euch und bringt schnell der Gattin des Amor, dem lieblichen Mädchen, Hilfe in ihrer Not!«

Das sechsfüßige Volk strömt, eine über die andere, in Wogen herbei und trägt in größter Eile den ganzen Haufen Korn für Korn auseinander; und nachdem sie die einzelnen Sorten auseinandergelesen haben, entfernen und verbergen sie sich schnell. Bei Anbruch der Nacht aber kehrt Venus, von Wein und Balsam duftend, von dem hochzeitlichen Mahl zurück, den ganzen Körper von schimmernden Rosen umkränzt. Und als sie die bewundernswürdige Arbeit gewahrte, rief sie: »Das ist nicht dein und deiner Hände Werk, Nichtswürdige, sondern dessen, dem du zu deinem und zu seinem Unglück gefallen hast.« Darauf warf sie ihr ein Stück schwarzen Brotes vor und schickte sie zur Ruhe.

Unterdessen wurde Cupido einsam in einem Gemach des inneren Hauses in strenger Haft gehalten. So unter einem Dach getrennt, brachten die Liebenden die schreckliche Nacht zu. Aber kaum fuhr Aurora am Himmel herauf, so rief Venus die Psyche und sprach zu ihr: »Siehst du den Hain, der dort an dem Fluss und dem langen Felsen sich hinzieht? Dort schweifen schimmernde goldwollige Schafe auf unbewachter Weide. Da sollst du mir von der Wolle des kostbaren Vlieses sogleich eine Flocke holen, auf welche Weise du sie auch erlangen magst.« Psyche entfernte sich willig, nicht um den Befehl auszuführen, sondern um durch einen Sturz von dem am Fluss emporragenden Felsen sich Befreiung von ihrem Unglück zu verschaffen. Aber von dem Fluss her spricht die liebliche Pflegerin der Musik, das grüne Schilfrohr, von leisem Gesäusel des süßen Lüftchens göttlich durchhaucht, also: »Durch schweres Leid geprüfte Psyche, verunreinige nicht durch deinen Tod meine heiligen Wellen, noch aber wage dich an die fürchterlichen Schafe dieses Ufers heran, solange sie mit von der Sonnenglut geliehener Hitze in wildem Rasen zu toben pflegen und mit scharfem Horn und steinerner Stirn und giftigem Biss den Sterblichen Verderben drohen. Bis nach Mittag die Glut der Sonne sich mildert und die Schafe sich zur Ruhe gelegt haben, kannst du unter jener hohen Platane, die zugleich mit mir dasselbe Wasser trinkt, dich geheim halten, dann, sobald sich die Wut der Schafe gelegt hat, durchstreife das Gesträuch des nahen Hains, und du wirst die goldene Wolle finden, die zerstreut an den dicht verwachsenen Stämmen hängt.«

So unterrichtete das gute und menschenfreundliche Schilfrohr die kummervolle Psyche, und indem sie genau den erhaltenen Rat befolgte, sammelte sie in leichtem Raub die weiche goldene Wolle in ihren Schoß und brachte sie der Venus. Doch auch durch diese zweite Arbeit verdiente sie sich bei ihrer Herrin keine Anerkennung, sondern diese sagte mit bitterem Lächeln: »Auch bei diesem Werk erkenne ich die Unterstützung des Buhlen. Aber jetzt will ich doch genau erproben, ob du mit recht starkem Mut und mit besonderer Klugheit begabt bist. Siehst du den Gipfel jenes Felsens, von dem die dunklen Wellen des schwarzen Quells herabfließen und, in dem Behältnis des nahen Tals eingeschlossen, die stygischen Sümpfe und die dumpf rauschenden Fluten des Kokytos nähren? Da schöpfe aus des tiefen Bornes innerstem Springquell die kalte Flut und bringe sie mir eiligst in dieser Urne.« Mit diesen Worten gab sie ihr ein kristallenes Gefäß und fügte noch schwere Drohungen hinzu.

Psyche ging eiligen Schritts nach dem Gipfel des Berges, in der Hoffnung, dort das Ende ihres unglücklichen Lebens zu finden. Sobald sie in die Nähe der beschriebenen Berghöhe gekommen war, sah sie die todbringende Gefahr des Auftrags. Denn ein in ungeheurer Masse aufsteigender Fels mit abschüssigem, unbetretbarem Geklüfte spie aus tiefem Spalt schreckliche Quellen aus, welche sogleich durch eine Öffnung in das nächste Tal verborgen niederflossen. Zur Rechten und zur Linken kriechen aus den Höhlen des Felsens, die langen Hälse ausstreckend, schreckliche Drachen hervor, deren schlaflose Augen zu beständiger Wache vorliegen. Und schon wehrten sich auch die tönenden Wasser selbst; denn sie rufen beständig: »Entferne dich! Was tust du? Was hast du vor? Hüte dich, fliehe! Du wirst zugrunde gehen!« Psyche, durch die furchtbare Gefahr ganz erdrückt, stand sprachlos da, wie in Stein verwandelt, und wusste nicht, was beginnen. Da flog plötzlich der schnelle Adler, des hohen Jupiter königlicher Vogel, mit ausgebreitetem Flügelpaar aus heiterer Himmelshöhe herab vor das Antlitz des Mädchens, nahm die Urne aus ihrer Hand, und nachdem er sich in die Nähe des Quells geschwungen, schöpfte er, zwischen den wütenden Zähnen der Drachen und dem Zischen ihrer dreifachen Zungen rechts und links hin mit den mächtigen Flügeln schlagend, schnell die widerstrebenden und zur Rückkehr mahnenden Wasser, vorgebend, er hole das Wasser auf der Venus Befehl, und ihr diene er. Daher wurde ihm der Zugang etwas leichter.

So nahm Psyche freudig die volle Urne und brachte sie eilends der Venus zurück. Und doch konnte sie auch jetzt nicht den Zorn der Göttin besänftigen. Denn indem diese noch größere und schlimmere Schmach und Qual drohte, sprach sie unter schrecklichem Lachen: »Nun, du scheinst mir eine mächtige und ausgelernte Hexe, da du diese meine Befehle so glücklich vollbracht hast. Aber noch einen Dienst, meine Liebe, wirst du mir tun müssen. Nimm diese Büchse und gehe zu den Toten und dem unterirdischen Haus des Orcus. Dort bringe sie der Proserpina und sage: ›Venus bittet dich, ihr einen kleinen Teil deiner Schönheit zu schicken, nur hinreichend auf einen einzigen Tag. Denn was sie hatte, verbrauchte sie all, während sie ihren kranken Sohn pflegte.‹ Aber komm mir nicht zu spät zurück, weil ich mich damit salben muss, wenn ich in die Versammlung der Götter gehe.«

Jetzt verzweifelte Psyche vollends an ihrem Leben, da sie gezwungen war, in die Tiefe des Tartarus hinabzusteigen. Sie warf ihr Gewand ab und eilte zu einem hohen Turm, um sich von da hinabzustürzen; denn so glaubte sie geradewegs und auf die beste Art in die Unterwelt gelangen zu können. Plötzlich aber ertönte ihr eine Stimme aus dem Turm entgegen: »Warum suchst du, Unglückliche, dich zu töten? Wenn einmal dein Geist von dem Körper getrennt ist, so gehst du zwar gewiss in den Tartarus ein; aber auf keine Weise wirst du von da zurückkehren können. Höre mich an:

Nicht weit von hier liegt Lacedämon. Dort suche das in unwegsamen Gegenden verborgene Tänarum auf. Da ist das Luftloch des Pluto, und durch die gähnenden Pforten zeigt sich der öde Pfad zum Tartarus. Sobald du die Schwelle überschritten und den Pfad betreten hast, führt dich dieser geradewegs zur Burg des Orcus. Aber bis hierher darfst du nicht leer durch jene Finsternis gehen, sondern du musst Kuchenstückchen aus mit Wein und Honig vermischtem Gerstenmehl in beiden Händen tragen und auch im Mund zwei Münzen. Und wenn du nun schon einen guten Teil des Wegs zurückgelegt hast, wirst du auf einen hinkenden, mit Holz beladenen Esel stoßen mit einem hinkenden Treiber. Dieser wird dich bitten, du möchtest ihm einige von der Last herabgefallene Stücke reichen. Aber gib du keine Antwort, sondern geh still vorüber. Bald darauf kommst du an einen toten Fluss, an welchem

Charon angestellt ist; dieser fordert sogleich das Fährgeld und fährt alsdann in einem zusammengestückten Kahn die Wanderer an das jenseitige Ufer. Diesem schmutzigen Greis musst du als Fährgeld die eine der Münzen, die du trägst, geben, jedoch so, dass er sie selbst mit eigener Hand aus deinem Mund nimmt. Und wenn du über den trägen Fluss setzt, wird ein toter Greis, der darauf schwimmt, seine faulen Hände emporheben und dich bitten, du möchtest ihn in das Fahrzeug ziehen. Aber lass dich nicht durch unerlaubtes Mitleid verführen. Bist du über den Fluss gesetzt und eine Weile fortgegangen, so werden dich alte Weberinnen, die ein Gewebe bereiten, bitten, ein wenig mit Hand anzulegen. Aber auch das darf nicht geschehen. Denn dieses alles und vieles andere wird dir durch die Nachstellungen der Venus begegnen, damit du nur ein Stückchen Kuchen aus den Händen lässt. Und glaube nicht, dass dieser unbedeutende Verlust des Gerstenbrots ohne Gewicht sei. Denn wenn du dies eine Stückchen verlierst, so ist dir dieses Tageslicht für immer versagt. Ein großer Hund nämlich mit dreifachem, gewaltigem Kopf, scheußlich und furchtbar, welcher die Toten mit donnerndem Rachen anbellt und zu schrecken sucht, liegt beständig vor der Schwelle und der dunklen Halle der Proserpina und bewacht das öde Haus des Pluto. Diesen kannst du durch einen Bissen leicht bezähmen und vorübergehen; und sofort trittst du ein zur Proserpina selbst, die dich wohlwollend und gütig aufnehmen und einladen wird, dich auf weichem Polster niederzulassen und ein reiches Mahl einzunehmen. Aber setze du dich auf die Erde und fordere als Imbiss ein Stückchen schwarzen Brots. Dann melde ihr, weshalb du gekommen. Und hast du empfangen, was sie dir geben wird, so gehe wieder zurück und besänftige mit dem noch übrigen Bissen die Wut des Hundes; und wenn du dann dem habsüchtigen Fährmann das Geldstück, das du behalten, gegeben hast und über seinen Fluss gesetzt bist, so wirst du wieder auf demselben Weg zu diesem Bereich der himmlischen Gestirne zurückkehren. Aber vor allem rate ich dir, dass du dich nicht unterstehst, jene Büchse, die du tragen wirst, zu öffnen und mit verderblicher Neugier nach dem verborgenen Schatz der göttlichen Schönheit zu forschen.«

Psyche folgte dem Rat der unbekannten Stimme. Sie ging nach Tänarum, und nachdem sie Münzen und Kuchenstücke nach vorgeschriebener Weise genommen hatte, stieg sie den unterirdischen Gang hinab. Sie geht an dem hinkenden Eselstreiber still vorüber, gibt dem Schiffer das Fährgeld, lässt das Verlangen des schwimmenden Toten und die arglistigen Bitten der Weberinnen unberücksichtigt, besänftigt die Wut des Hundes durch den dargereichten Kuchen und kommt so in das Haus der Proserpina. Und sie nahm weder den von der Wirtin angebotenen weichen Sitz noch die kostbare Speise an, sondern vor ihren Füßen auf der Erde sitzend und mit schlechtem Brot zufrieden, überbrachte sie die Botschaft der Venus. Sogleich empfängt sie die heimlich gefüllte und verschlossene Büchse, und nachdem sie mit dem zweiten Kuchen die bellenden Rachen des Hundes verschlossen und die noch übrige Münze dem Fährmann gegeben hatte, kam sie viel kräftiger und heiterer von den Toten zurück.

Als sie das holde Tageslicht wiedergewonnen und freudig begrüßt hatte, wurde ihre Seele von verwegener Neugier ergriffen. Und sie spricht: »Siehe, ich bin doch eine törichte Trägerin der göttlichen Schönheit, dass ich mir nicht etwas weniges davon nehme, um so vielleicht meinem schönen Geliebten zu gefallen.« Mit diesen Worten öffnet sie die Büchse. Aber es war durchaus nichts darin, keine Schönheit, sondern unterirdischer wahrhaft stygischer Schlaf, der sogleich, von seinem Verschluss befreit, in sie drang. Dichter Nebel der Betäubung ergießt sich durch ihren ganzen Körper, und sie sinkt mitten auf ihrem Weg danieder. Unbeweglich lag sie da, nichts anderes als ein schlafender Leichnam.

Aber Cupido, jetzt von der schweren Wunde genesen, ertrug nicht länger die Abwesenheit seiner Psyche. Er entschlüpfte durch das enge Fenster des Gemachs, in dem er eingeschlossen war, und flog in hastiger Eile zu der Geliebten. Nachdem er ihr den Schlaf sorgfältig abgestreift und wieder in die Büchse verschlossen hat, weckt er sie durch einen unschädlichen Stich seines Pfeils. »Siehe«, sprach er, »wieder warst du, Unglückliche, durch eine ähnliche Neugierde ins Verderben geraten. Indes vollführe schnell den Dienst, den dir meine Mutter auferlegt hat; für das Übrige werde ich sorgen.« Mit diesen Worten erhob sich der Liebende auf seinen Schwingen in die Lüfte. Psyche aber bringt eiligst der Venus das Geschenk der Proserpina.

Unterdessen flog Cupido auf den Flügeln der Liebe zu den Höhen des Himmels und trat flehend vor den großen Jupiter, um ihm seine Sache vorzutragen. Jupiter fasst die Wange des Sohnes, drückt sie an seinen Mund und spricht also zu ihm: »Obgleich du, mein Sohn, mir niemals die von allen anderen Göttern zugestandene Ehre erwiesen hast, sondern diese meine Brust, in der die Gesetze der Elemente und der Gestirne Lauf bestimmt werden, durch beständige Pfeilschüsse verwundet und durch häufige Handel irdischer Lust befleckt hast, obgleich du gegen die Gesetze mein Ansehen und meinen Ruf verletzt hast, indem du mein heiteres Antlitz in Schlangen und Feuer, in wilde Tiere und Vögel und Vieh verwandeltest, so will ich doch, eingedenk meiner Mäßigung und weil du unter diesen meinen Händen aufgewachsen bist, alles zu gutem Ende führen. Doch denke darauf, deine Nebenbuhler fernzuhalten, und wenn sich jetzt ein Mädchen auf der Erde durch Schönheit auszeichnet, so musst du mir durch sie gegenwärtige Wohltat vergelten.«

Amor und Psyche

So sprach Jupiter und befahl dem Mercurius, sofort alle Götter zu einer Versammlung zu rufen. Alsbald füllte sich der himmlische Saal, und der hohe Jupiter sprach: »Ihr versammelten Götter, dass dieser Jüngling unter meinen Händen aufgewachsen ist, wisst ihr alle. Seiner ersten Jugend heißen Ungestüm habe ich durch irgendeinen Zügel bändigen zu müssen geglaubt. Er erwählte sich ein Mädchen und ehelichte sie: Er soll sie haben und behalten und glücklich sein.« Und zur Venus gewendet, sprach er: »Und du, meine Tochter, betrübe dich nicht und fürchte nichts für deine Familie und deinen Stand wegen eines Ehebündnisses mit einer Sterblichen. Ich will die Ehe gesetzmäßig und ebenbürtig machen.« Und sogleich lässt er Psyche durch Mercurius holen und in den Himmel führen. Er reicht ihr den Becher mit Ambrosia und spricht: »Nimm, Psyche, und sei unsterblich; und nie wird Cupido von deiner Verbindung lassen, sondern diese Ehe soll euch ewig dauern.«

Und ohne Verzug wird ein reichliches Hochzeitsmahl angerichtet. Obenan lag auf seinem Polster der Gatte und hielt Psyche in seinen Armen umschlungen, ebenso Jupiter mit seiner Iuno und dann der Reihe nach alle Götter. Da reichte dem Jupiter den Becher des Nektars sein Mundschenk, jener ländliche Knabe Ganymedes, den Übrigen aber Liber. Vulcanus kochte die Speisen, die Horen schmückten mit Rosen und anderen Blumen den ganzen Saal aus, die Grazien streuten Balsam. Apollo spielte die Zither, und die Musen begleiteten ihn mit ihrer lieblichen Stimme, während Venus nach dem Takt ihrer Lieder anmutige Reigen tanzte.

So kommt auf gesetzmäßige Weise Psyche in die Ehe des Cupido, und es wird ihnen eine Tochter geboren, die wir Glückseligkeit nennen.

Der trojanische Krieg, bevor Achilleus in Zorn gerät

Troja

Das weltberühmte Troja oder Ilion, Ilios, vorzeiten die mächtigste Stadt im vorderen Asien, mit ihrer hochgetürmten Feste Pergamon (Pergama, Pergamos), lag in dem fruchtbaren Hügelland zwischen dem Idagebirge und dem Hellespont, auf zwei Seiten umflossen vom Simoeis und Skamandros, welche durch eine breite Ebene dem nahen Meer zuströmen. In uralter Zeit, als Troja noch nicht stand, wohnte hier an den Abhängen des Ida das Volk der Teukrer unter ihrem König Teukros (lat. Teucer), einem Sohn des Flussgottes Skamandros und der Nymphe Idaia. Dieser nahm den Dardanos, einen Sohn des Zeus und der Pleiade Elektra, der, aus seiner Heimat Arkadien durch eine Hungersnot vertrieben, zuerst nach der Insel Samothrake und von da nach dem gegenüberliegenden phrygischen Festland gewandert war, gastfreundlich auf und gab ihm seine Tochter Bateia zur Ehe; auch schenkte er ihm einen Strich Landes, in welchem er die Stadt Dardania gründete. Der Stamm des trojanischen Volkes, der diese Stadt und die Umgegend bewohnte, nannte sich nach ihm Dardaner. Des Dardanos Sohn war Erichthonios, der die Herrschaft über das ganze trojanische Land erbte und als der reichste von allen Sterblichen gerühmt wurde. Ihm weideten 3000 Stuten mit zarten Fohlen auf den Wiesen umher; zwölf darunter waren von solcher Leichtigkeit und Schnelle, dass man sie Kinder des stürmenden Boreas nannte; sie liefen über das wogende Kornfeld hin, ohne die Spitzen der Halme zu knicken, und auf dem Meer über die Kämme der Wogen.

Auf Erichthonios folgte sein Sohn Tros, nach welchem das Volk den Namen Troer (lat. Trojaner) erhielt. Er hatte drei Söhne, Ilos, Assarakos und Ganymedes. Der Knabe Ganymedes war der schönste der Sterblichen; darum raubte ihn Zeus durch seinen Adler in den Olympos, damit er unter den Unsterblichen wohne und ihm beim Mahl den Becher fülle. Zum Entgelt für den schönen Jüngling gab Zeus dem Vater ein Gespann göttlicher Rosse. In den beiden anderen Söhnen des Tros teilte sich das trojanische Königsgeschlecht in zwei Häuser. Assarakos nämlich war der Stammvater der Dardanerkönige, welche in der Stadt Dardania saßen; sein Sohn war Kaprys, dessen Sohn Anchises, ein Jüngling von solcher Schönheit, dass selbst die Göttin Aphrodite ihm ihre Liebe schenkte, während er auf dem Ida die Herden seines Vaters weidete. Sie gebar ihm den Helden Aineias (Äneas), der zur Zeit des trojanischen Krieges über den Stamm der Dardaner König war. Ilos, der älteste Sohn des Tros, war der Begründer der in der Stadt Troja herrschenden Familie. Einst war er nach Phrygien gekommen und hatte dort in Wettkämpfen, welche der König des Landes veranstaltete, im Ringen alle besiegt. Als Kampfpreis gab ihm der König fünfzig Jünglinge und ebenso viele Jungfrauen; auch schenkte er ihm, einem Orakel zufolge, eine buntgefleckte Kuh, mit der Aufforderung, da, wo die Kuh sich lagere, eine Stadt zu gründen. Ilos folgte der Kuh bis zu einer Anhöhe, die man den Hügel der phrygischen Ate nannte; dort ließ sie sich nieder. Ate, die Göttin der unheilstiftenden Betörung, hatte es einst sogar gewagt, den Zeus zu betören; deshalb hatte er sie im Zorn aus dem Olympos geschleudert, dass sie auf die Erde niederfiel. Sie fiel auf den nach ihr benannten phrygischen Hügel, auf welchem jetzt Ilos die Stadt Ilion oder Troja baute. Ehe er den Bau begann, flehte er zu Zeus um ein Zeichen, und am folgenden Morgen fand er vor seinem Zelt das Palladion, welches Zeus vom Himmel hatte niederfallen lassen, ein hölzernes Bild der Pallas von drei Ellen Höhe, mit aneinandergeschlossenen Füßen, in der Rechten einen Speer, in der Linken Rocken und Spindel haltend. Dies Bild war ihm ein heiliges Unterpfand göttlichen Schutzes für die zu gründende Stadt, eine Gewähr der Sicherheit und der Wohlfahrt ihrer Bürger, solange sie im Besitze desselben verblieben. Er begann daher frohen Muts den Bau der Stadt und errichtete für das Palladion auf der Burg einen Tempel. Die Burg versah er mit hohen Mauern und Türmen, die untere Stadt dagegen erhielt erst unter seinem Sohn Laomedon eine schützende Mauer.

Zu diesem kamen nämlich einst die Götter Poseidon und Apollon, welche wegen irgendeines Vergehens von Zeus für ein Jahr zu menschlichem Knechtsdienst verurteilt waren, und erboten sich, ihm gegen einen bestimmten Lohn die Stadt zu ummauern. In ähnlicher Weise, wie Zethos und Amphion die Mauern von Theben aufrichteten, vollführten die beiden Götter zu Troja ihr Werk. Poseidon brach mit gewaltiger Kraft die Steinblöcke aus dem Erdgerippe los und türmte sie mit seinen starken Händen zu einem hohen Wall auf, während Apollon an der Stelle, wo er die Mauer aufzuführen übernommen hatte, durch den zarten Klang der Saiten die Steine in Bewegung setzte, dass sie sich von selbst zu einer Mauer zusammenfügten. Eine solche von Göttern errichtete Mauer mochte wohl unzerstörbar und uneinnehmbar sein; allein zugleich mit den beiden Göttern hatte noch ein Dritter mit menschlichen Händen an der trojanischen Mauer gebaut; es war Aiakos, ein sterblicher Mann, wenn auch hochgeehrt und geliebt von den Göttern, der Stammvater des starken Aiakidengeschlechts, zu welchem Telamon und Aias, Peleus und Achilleus gehörten. Wo der an der Mauer gebaut hatte, da war sie zerstörbar und bot dem Angriff der Feinde die Aussicht eines Erfolgs. Im Mythos um Herakles wird erzählt, wie der gewalttätige treulose Laomedon dem Poseidon und Apollon übermütig und höhnend das Wort brach und dafür gestraft wurde, wie er, zum zweiten Male wortbrüchig gegen Herakles, von diesem mit Krieg heimgesucht und seine Stadt erobert wurde. Der starke Telamon, der Sohn des Aiakos, erstieg damals zuerst die Mauer von Troja an der Stelle, wo sein Vater einst gemauert hatte. Von der ganzen Familie des Laomedon blieb bei dieser Eroberung Trojas niemand übrig als seine Tochter Hesione und sein jüngster noch unmündiger Sohn Priamos. Hesione zog als Gattin des Telamon mit nach Salamis, Priamos blieb mit Erlaubnis des Herakles in Troja zurück als zukünftiger König. Unter ihm erhob sich die Stadt zu neuer Blüte und Macht, und bis in sein hohes Alter lebte er mit seiner Gemahlin Hekabe (Hekuba), umgeben von einer zahlreichen Nachkommenschaft, 50 Söhnen und ebenso vielen Töchtern, welche ihm verschiedene Frauen geboren, als reicher mächtiger König in seinem glänzenden Palast auf der Burg Pergama, von allen gepriesen als einer der glücklichsten unter den Menschen. Aber vor seinem Ende soll man keinen Erdgeborenen glücklich preisen. Das zeigt das Schicksal des Priamos. Der trojanische Krieg, der 10 Jahre lang sein Land verwüstete, legte zuletzt seine hochgetürmte Stadt in Asche, brachte ihm, dem alten König, und all seinen Söhnen den Untergang und seiner greisen Gattin und ihren königlichen Töchtern das Los der Knechtschaft.

Der Apfel der Eris

Als Peleus, der Sohn des Aiakos, sein Vermählungsfest mit der schönen Nereustochter Thetis auf dem Gebirge Pelion feierte, kamen alle Himmlischen herzu, um durch ihre Gegenwart die Feier zu ehren und den Vermählten ihre Gaben darzubringen. Zeus und Hera kamen, die Herrscher im Olympos, und Athena und Ares, beide heute ohne Waffen, Apollon und Artemis, Aphrodite und Hephaistos, die Chöre der Horen und Chariten und Musen, sowie auch die ganze Schar der Nereiden, der Schwestern der Braut. Alle huldigten einer heiteren Freude; Ganymedes, der jugendliche Mundschenk des Zeus, kredenzte den duftenden Nektar in goldenen Bechern, Apollon, der Goldgelockte, spielte die Kithara, und die Musen begleiteten sein Spiel mit neunstimmigem Gesang, die Chariten und die Horen und andere jugendliche Göttinnen fassten einander an den Händen und tanzten fröhliche Reigen, während Ares und Hermes und andere Jünglinge sich scherzend einmischten. Nur eine Göttin war von diesem fröhlichen Fest ausgeschlossen, Eris, die Göttin der Zwietracht. Über die Zurücksetzung erzürnt, irrte sie in der Nähe der Versammlung umher und sann rachesüchtig nach, wie sie die heitere Weihe des schönen Festes stören sollte. Plötzlich warf sie ungesehen einen goldenen Apfel, den sie von dem Baum der Hesperiden gepflückt hatte, in die Versammlung, mit der Aufschrift: »Der Schönsten«. Sogleich erhoben sich drei von den Göttinnen und machten Anspruch auf den Apfel, Hera und Athena und Aphrodite. Keine gestand der anderen den Vorrang zu, und sie traten vor Zeus und verlangten, dass er den Streit schlichte und den Apfel der Würdigsten zuspreche. Aber Zeus scheute sich, durch eine Entscheidung die eine und die andere zu verletzen, er übergab dem Hermes den Apfel und beauftragte ihn, die drei Göttinnen nach dem Ida im trojanischen Land zu geleiten, damit Paris dort den Apfel der Göttin zuteile, welche er für die Schönste halte.

Paris war ein Sohn des trojanischen Königs Priamos und der Hekabe. Vor seiner Geburt hatte Hekabe einen schreckhaften Traum gehabt, den die Weissager so deuteten, dass Hekabe einen Sohn gebären werde, der seiner Vaterstadt den Untergang bereite. Darum ließ Priamos den Knaben gleich nach seiner Geburt durch einen Hirten namens Agelaos im Idagebirge aussetzen. Nach fünf Jahren fand der Hirte das Kind, während es von einer Bärin gesäugt wurde, unverletzt; er nahm es jetzt an sich und erzog es wie sein eigen Kind und nannte den Knaben Paris. So wuchs der Königssohn als Hirte unter Hirten auf, ein stattlicher Jüngling, vor allen anderen ausgezeichnet durch Schönheit und Körperkraft. Er war den Herden und Hirten ein mannhafter Verteidiger gegen Räuber und wilde Tiere, weshalb ihn die Hirten Alexandros nannten, d. h. Männerverteidiger. In dieser Zurückgezogenheit auf den anmutigen Höhen des Ida verlebte der Jüngling als einfacher Hirte, unerkannt von der Welt, die schönsten Jahre seines Lebens. Sein Herz sehnte sich nicht hinaus in das bewegte Treiben der Welt; an der Seite der schönen Nymphe Oinone, einer Tochter des Flussgottes Kebren, mit der er durch die zärtlichste Liebe verbunden war, genoss er ein stilles friedliches Glück, das keine Sehnsucht kannte. Wäre er doch nie aus dieser glücklichen Verborgenheit herausgetreten.

Urteil des Paris

Eines Tages stand der schöne phrygische Jüngling auf einer waldigen Anhöhe des Ida unter einem hochragenden Felsen im Schatten von Fichten und Eichen und ergötzte sich am Spiel der Hirtenflöte, während seine Rinder und Schafe ringsum im Gras weideten. Da sah er plötzlich den Götterboten Hermes auf sich zuschreiten mit den drei erhabenen Göttinnen, und von Schrecken erfasst, wandte er sich zur Flucht. Hermes aber beruhigte ihn. »Lass deine Furcht«, rief er ihm zu, »und bleibe. Diese drei Göttinnen sendet Zeus dir, damit du entscheidest, welche von ihnen den Vorzug in der Schönheit verdient. Welche du für die Würdigste erkennst, der übergib diesen Apfel.« Damit händigte er dem jungen Hirten den Apfel ein und schwang sich davon. Die hohen göttlichen Gestalten traten jetzt vor den Jüngling, damit er sie prüfe und über ihre Schönheit sein Urteil fälle. Hera und Athena, die geehrtesten Göttinnen des Olympos, hatten es verschmäht, im Vertrauen auf ihre Hoheit und Würde, durch irgendwelche äußeren Mittel die Schönheit ihres Leibes zu erhöhen; Aphrodite aber, eine Göttin von niederem Rang, hatte mithilfe der Horen und Chariten ihre natürlichen Reize noch gehoben durch zarte buntfarbene Gewänder, die in die Fülle aller Frühlingsblumen getaucht waren und ambrosischen Duft verbreiteten, sie hatte ihre wallenden Locken mit den schönsten Blumen bekränzt und mit schimmerndem Gold geschmückt. Der Jüngling war von dem Glanz der göttlichen Erscheinungen so geblendet, dass er es nicht vermochte, über ihre Gestalt und ihre Schönheit zu richten; er ließ sich allein bestimmen durch die Gaben, welche die drei Göttinnen ihm versprachen. Hera, die Götterkönigin, trat zuerst vor und bot ihm, wenn er ihr den Preis gäbe, Gewalt und Herrschaft, das Königtum über Asien und Europa; die kriegerische Athena, die Göttin der Weisheit, versprach ihm dann Kriegs- und Siegesruhm, den Preis des ersten aller Helden und zugleich den Ruhm höchster Weisheit und Männertugend. Aphrodite, die bisher im Hintergrund gestanden und nur mit ihren holden Augen zu dem scheu aufblickenden Hirten gesprochen hatte, trat zuletzt zu ihm heran, und indem sie unter süßem Lächeln seine Hand erfasste, versprach sie ihm das höchste Glück der Liebe, den Besitz der Helena, des schönsten Weibes auf der Erde, die ein Abbild sei ihrer eigenen reizenden Gestalt. Der Jüngling, bezaubert von der Schönheit der liebreizenden Göttin und durch das lockende Versprechen höchsten Liebesglücks, reichte der Aphrodite den goldenen Apfel und sprach ihr so den Preis der Schönheit zu. Seitdem war Aphrodite die treueste Schützerin des Paris; Athene aber und besonders Hera hassten wegen der Zurücksetzung nicht bloß den Paris, sondern ganz Troja und suchten von nun an ihr Verderben. Der Apfel der Eris hat nicht allein Zwietracht unter die vorzüglichsten Göttinnen des Olympos gebracht, sondern legte auch den Grund zu einem furchtbaren Kampf und Streit der Völker Europas und Asiens, dem großen trojanischen Krieg, an demselben Tage, wo die Eltern des herrlichsten Helden dieses Kriegs, des Achilleus, ihr Hochzeitsfest feierten.

Nicht lange nachher kehrte Paris, der Hirte, wieder in die königliche Familie, aus der er entsprossen, zurück. Hekabe nämlich konnte ihr ausgesetztes, dem Tod geweihtes Kind nicht vergessen und peinigte ihr Herz mit Vorwürfen und Gram. Um ihren Schmerz zu beruhigen, veranstaltete ihr Gemahl dem verlorenen Sohn zu Ehren glänzende Leichenspiele und ließ als den vorzüglichsten Preis für die Wettkämpfer den schönsten Stier aus seinen Herden auf dem Ida aussuchen. Nun traf es sich, dass gerade in der Herde des Paris der schönste Stier sich fand und nach der Stadt Troja abgeführt werden sollte. Paris konnte sich von seinem Lieblingstier nicht trennen und begleitete es in die Stadt. Als er die Prinzen des königlichen Hauses und die edelsten Jünglinge Trojas und der benachbarten Städte in mannhaftem Kampf sich lustig tummeln sah, da erwachten auch in ihm der Mut und die Lust, seine Kräfte unter den edlen Jünglingen zu erproben; er kämpfte mit bei den Spielen, die auf seinen Tod veranstaltet waren, und der Hirte besiegte alle königlichen Prinzen, selbst den Hektor, Deïphobos und Ilioneus. Darüber ergrimmen die königlichen Jünglinge, und es kommt zu heftigem Streit, in welchem Deïphobos das Schwert zieht, um den eingedrungenen Hirten niederzuhauen. Dieser flüchtet auf den Altar des Zeus Herkeios, »des Familienbeschützers«, und wird jetzt von seiner Schwester Kassandra, der Seherin, als Sohn des Priamos erkannt. Die Eltern führten erfreut den wiedergeschenkten Sohn, dessen liebenswürdige Schönheit allen gefiel, in die Königsburg, obgleich Kassandra, die jetzt das ganze Geschick ihres Hauses vor Augen sah, an die frühere verhängnisvolle Weissagung erinnerte und gegen seine Aufnahme sprach. Sie wurde, wie gewöhnlich, nicht gehört; denn Apollon hatte der Jungfrau zwar die Gabe der Weissagung verliehen, aber da sie dem Willen des Gottes nicht ganz sich hingab, hatte er die traurige Strafe über sie verhängt, dass niemand ihren Weissagungen Glauben schenkte.

Der Raub der Helena

Die plötzliche Veränderung in dem Geschick des Paris, der, als einfacher Hirte in den Bergen aufgewachsen, als Königssohn in den reichen Palast seiner Eltern eingezogen ist, hat für eine Zeit lang ihn den Traum des von Aphrodite verheißenen Glückes vergessen lassen, sodass diese zuletzt ihn selber zur Fahrt nach Sparta mahnen muss. In Sparta nämlich wohnte die ihm versprochene Helena, das schönste Weib der Erde. Sie war eine Tochter des Zeus und der Leda, der Gemahlin des spartanischen Königs Tyndareos, und jetzt die Gemahlin des Atriden Menelaos, der von Tyndareos die Herrschaft von Sparta erhalten hatte. Schon in ihrer ersten Jugend hatte sich der Ruf ihrer göttlichen Schönheit durch ganz Hellas verbreitet und hatte, wie in der Geschichte des Theseus erzählt wird, den Theseus und Peirithoos verlockt, sie aus Sparta zu rauben. Ihre Brüder, die Tyndariden oder Dioskuren Kastor und Polydeukes, hatten sie damals wieder befreit und in das elterliche Haus zurückgeführt; bald aber strömten so viele Freier aus allen Teilen Griechenlands, die berühmtesten und edelsten Fürstensöhne, in dem Haus des Tyndareos zusammen, dass dieser ungewiss war, wen er aus der edlen Schar sich als Eidam erwählen sollte, und zugleich von der Sorge beschwert wurde, wegen der Bevorzugung des einen Auserwählten möchten die Zurückgesetzten aus Zorn und Kränkung Streit erregen und ihm und dem jungen Paar verderblich werden. Da gab ihm Odysseus, der kluge König von Ithaka, den Rat, er solle die Tochter selbst wählen lassen, wer ihrem Herzen am meisten gefiele, vorher aber alle Freier durch einen feierlichen Eid verpflichten, dass sie den Auserkorenen gegen jede Unbill, die ihm der Besitz der Helena zuziehe, schützen wollten. Die Jünglinge leisteten den geforderten Eid, und Helena erwählte sich den schönen Menelaos, den aus Mykenä flüchtigen Sohn des Atreus, zum Gemahl. Bei seinem Tod übergab Tyndareos dem Eidam das Königtum von Sparta; denn seine Söhne Kastor und Polydeukes hatten die Herrschaft von Amyklä erhalten. So lebte der König Menelaos, ein Mann von milder, freundlicher Gesinnung, in seinem von Reichtum und Pracht glänzenden Palast mit seinem schönen Weib in behaglichem Glück.

Paris, der trojanische Königssohn, baute sich unterdessen, von seiner Gönnerin Aphrodite selbst unterstützt, am Fuße des Ida ein stattliches Schiff, das ihn nach Sparta tragen und die versprochene Helena nach Troja führen sollte. Oinone, die ihm so treu ergeben war, hatte als weissagerische Nymphe die Absicht des Geliebten erkannt und suchte ihn durch Bitten und Tränen in ihrem ländlichen Glück zurückzuhalten; aber der Jüngling, von träumerischem Sehnen in die Ferne getrieben, blieb taub gegen ihr Flehen. Sie musste den Wünschen ihres Herzens entsagen, doch hieß sie die Liebe noch immer, den Treulosen zu warnen; denn sie sah das Unglück voraus, das er sich und seinem Vaterland bereiten werde. Auch der Seher Helenos, sein Bruder, warnte den Paris und weissagte ihm Verderben; aber der von der Macht der Aphrodite Erfasste ließ sich nicht halten, er steuerte mit froher hoffnungsvoller Seele in das glatte Meer hinaus dem schönen Griechenland zu. Mit schmerzergriffener Seele sah Kassandra dem Segel nach und rief dem Vater Priamos und der versammelten Menge der Troer, die eine solche Fahrt erlaubt, Unglück verkündend zu: »Wehe unserer Stadt und uns allen! Ich sehe in Flammen das heilige Ilion hinsinken und seine Söhne im Staub verbluten; ich sehe die Mütter und Jungfrauen klagend den fremden Männern folgen ins Joch der Knechtschaft!« So rief sie verzweifelnd; man glaubte ihr nicht.

Ein furchtbarer Sturm überfiel den Paris bei seiner Fahrt übers Meer; aber der Sturm schreckte ihn nicht, er fuhr leichten Sinnes weiter an der Küste von Griechenland hin. Er sah in Thessalien vom Meer aus die hohen Türme von Phthia, die Heimat des Achilleus, sah Salamis und Mykenä, wo Aias wohnte und Agamemnon, und lief

Paris und Oinone

endlich in den lakonischen Busen ein, wo der Eurotas, der Fluss Spartas, ins Meer fällt. Hier ließ er sein Schiff am Ufer zurück und wanderte mit seinem Freund und Vetter Aineias, dem Sohn der Aphrodite, der auf Veranlassung seiner Mutter ihn von Troja aus begleitet hatte, das Tal des Eurotas hinauf. In Amyklä kehrten sie bei den Dioskuren ein, den Brüdern der Helena, und wurden freundlich von ihnen bewirtet. Darauf kamen sie nach Sparta zu der Schwelle des Menelaos. Der würdige Herrscher geht ihnen freundlich grüßend entgegen und führt sie in sein gastliches Haus. Beim Mahl sieht Paris zum ersten Mal die Herrin des Hauses, Helena, und macht ihr kostbare Geschenke. Ihre wunderbare Schönheit entflammt sein Herz; aber auch Helena wird von dem verführerischen Gast, dessen Schönheit durch die reiche asiatische Pracht seiner Kleidung noch gehoben ist, nur allzu bald entzündet. Während beide sich schon ihre Liebe durch Blick und Wort gestanden haben, reist Menelaos in einem wichtigen Geschäft arglos nach Kreta, indem er seiner Gattin aufträgt, für die Fremden bis zu ihrer Abreise aufs Beste zu sorgen. Kaum ist er abgefahren, so verleitet Paris die nur allzu willige Helena zur Flucht. Leichtsinnig verlässt diese in der Nacht das Haus ihres Gatten und ihre kleine Tochter Hermione und folgt dem fremden Jüngling, dessen schmeichelnde Künste ganz ihr Herz betört haben, auf das Schiff, das Paris noch mit kostbaren, dem Menelaos geraubten Schätzen beladen hat.

Als der Verführer mit seiner schönen Beute eiligst über das Meer fuhr, da hemmte plötzlich Nereus, der weissagerische Meergreis, aus den Wellen auftauchend, den Lauf des Schiffs und rief dem Räuber zu: »Zum Unglück führst du das Weib in dein Haus. Mit großem Heer wird Hellas sie zurückfordern; denn geschworen hat es, deine Ehe zu zerreißen und zu zerstören das alte Reich des Priamos. Wehe, welcher Schweiß wartet der Rosse und der Männer, wie viele Leichen kostet dein Frevel das Geschlecht des Dardanos! Schon rüstet Pallas ihren Helm, ihren Schild und ihre Wut. Vergebens wirst du auf Aphrodites Beistand vertrauen, vergebens in deinem Gemach feige die schweren Lanzen und die knossischen Pfeile meiden und den tobenden Kriegslärm, zuletzt wird dein verführerisches Haar, du Räuber, doch in dem blutigen Staub geschleift. Fürchtest du nicht den Odysseus

Paris und Helena

und den Pylier Nestor, den Aias nicht und Diomedes, den Sohn des Tydeus, vor dem du fliehen wirst wie eine Hündin vor dem Wolf. Hält auch der Zorn des Peliden Achilleus Ilion und den troischen Müttern den Tag des Verderbens auf: Wenn die Zahl der Jahre sich erfüllt hat, stürzen die flammenden Häuser von Pergamos in Schutt und Staub.« So sprach Nereus und tauchte wieder in die Flut. Der Schreck, den die Erscheinung und die Weissagung des Gottes verursacht hatte, war dem leichtsinnigen Paar bald geschwunden, und sie erreichten nach dreitägiger Fahrt glücklich die Küste von Troja. Aphrodite hatte ihnen günstigen Wind und ruhige See gewährt.

Die Werbungen des Menelaos zum Kriegszug gegen Troja

Iris, die schnelle Botin der Götter, brachte dem Menelaos die Nachricht von dem, was in seinem Haus vorgefallen war, nach Kreta. Er eilte zurück und fand sein Haus verlassen und beraubt und sein schönstes Glück zerstört. Voll Trauer und voll Zorn über die Treulosigkeit seiner Gattin und den Frevel des trojanischen Gastes begab er sich zu seinem Bruder Agamemnon, dem mächtigen König von Mykenä, der mit Klytaimnestra, der Schwester der Helena, vermählt war, um mit ihm zu ratschlagen, was zu tun sei. Agamemnon teilte den Schmerz und Unwillen seines Bruders und riet, sogleich die Fürsten Griechenlands zum Rachezug gegen Troja aufzufordern. Alle Fürsten, die einst um die Hand der Helena geworben hatten, waren ja durch den dem Tyndareos geleisteten Eid verpflichtet, dem Menelaos beizustehen und ihm entweder die entführte Gattin wiederzuverschaffen oder an dem frechen Räuber Rache zu nehmen.

Zuerst nun reisten die beiden Brüder nach Pylos zu dem alten berühmten Helden Nestor, dem Sohn des Neleus, der schon das dritte Menschenalter sah. Das erste Geschlecht, das mit ihm zugleich auf die Schaubühne des Lebens getreten war, war dahingegangen, und er hatte darauf über deren Söhne geherrscht, jetzt herrschte er über die Enkel. Er hatte als Knabe das Blutbad erlebt, das Herakles unter seinen Brüdern und seinem Vater anrichtete, hatte mit den Lapithen gegen die Kentauren gefochten, die Aktorionen bekämpft, teilgenommen an der kalydonischen Jagd und manchem andern Abenteuer der Vorzeit. Wie ein ehrwürdiges Denkmal, wie ein lebendiges Orakel der alten Zeit stand er da unter dem jüngeren Geschlecht, dem er, ein liebenswürdiger, wohlwollender Greis, aus dem reichen Schatz seiner Erfahrung gern seinen Rat erteilte und mit honigsüßer Zunge die Geschichten der alten großen Zeit seiner Jugend erzählte, in denen er selbst als ein Mann von frischer Kraft nicht die letzte Rolle gespielt. Auch jetzt, wo die beiden Atriden ihre Zuflucht zu ihm nahmen, weiß der gastfreundliche Alte zu raten und zu trösten; er führt dem betrübten Menelaos aus der früheren Zeit Beispiele vor von gerechter Vergeltung für begangenen Frevel und bestärkt ihn in dem Vorsatz, einen Rachezug gegen Troja zu unternehmen. Er selbst erklärt sich bereit, teilzunehmen an dem Krieg mit seinen edlen tapferen Söhnen Thrasymedes und Antilochos; denn wenn auch die alte Kraft seiner Jugend dahin ist, so ist doch der alte Mut und das kriegerische Feuer seiner Seele noch nicht erloschen. Auch erbietet er sich, mit den Atriden an die einzelnen Fürstenhöfe Griechenlands zu reisen und die Helden zu dem gemeinsamen Rachewerk aufzufordern.

Menelaos und Agamemnon nehmen das Anerbieten des bei allem Volk hochverehrten Greises gerne an und ziehen werbend mit ihm in Griechenland umher. In Kreta, bei dem König Idomeneus, einem Enkel des Minos, bedarf es keines langen Zuredens, er ist ein den Atriden eng verbundener Gastfreund. Auch Diomedes, der mutige, kriegslustige Sohn des Tydeus, König in der Stadt Argos, welcher schon im Epigonenkrieg tapfer mitgekämpft hatte, sagt gern seine Hilfe zu mit seinem Freund und Waffengenossen Sthenelos, ferner der weise Palamedes, Sohn des Nauplios, des Königs auf Euböa, Philoktetes, König auf dem Öta, der Sohn des Poias, der im Besitz der herakleischen Pfeile ist, ohne welche Troja nicht genommen werden kann, der starke Aias, König auf Salamis, der Sohn des Telamon, mit seinem Halbbruder Teukros, auch der lokrische Aias, Sohn des Oïleus, der kleine Aias genannt im Gegensatz zu dem großen Salaminier, ein tapferer mutiger Held, sowie noch viele andere. Einen großen Teil der Fürsten band ihr einst dem Tyndareos geleisteter Eid, andere lockte der Ruhm und die Lust zu kühnen Abenteuern; alle aber sahen die Schmach, welche mit Verletzung des Gastrechts, mit List und Diebstahl ein fremder Verführer einem der angesehensten Fürsten ihres Volkes angetan hatte, als eine Beschimpfung von ganz Griechenland an, die nicht ungerächt bleiben durfte.

Der kluge, listige Odysseus (Ulixes) dagegen, der König auf Ithaka, Sohn des Laertes (daher Laertiade), welcher noch nicht lange mit der schönen Penelope vermählt war, hatte wenig Lust, sein junges Weib und sein unmündiges Knäblein Telemachos zu verlassen und weit übers Meer in einen ungewissen Krieg zu ziehen, obgleich es ihm durchaus nicht an kriegerischem Mut fehlte. Als die werbenden Fürsten, begleitet von Palamedes, an seinen Hof kamen, stellte er sich wahnsinnig, spannte einen Esel und einen Stier zusammen an einen Pflug und ackerte ein Feld, um Salz zu säen. Der weise Palamedes ahnte Verstellung, er nahm den kleinen Telemachos und legte ihn in die Furche, über welche Odysseus eben hinwegackern wollte; da hielt der Vater, aus der Rolle fallend, bestürzt sein Gespann an und wurde von den Fürsten seines Verstands überwiesen. Nun konnte er sich nicht mehr weigern, seinem Eid getreu für Menelaos auszuziehen. Von der Zeit an aber war er von der bittersten Feindschaft gegen Palamedes erfüllt.

Noch fehlte ein Jüngling, die Blüte des hellenischen Heldentums, Achilleus, der Sohn des Peleus und der Thetis aus Phthia in Thessalien, ohne welchen die Feste von Troja nicht erobert werden konnte. So hatte Kalchas, der weise Seher aus Mykenä, welcher das griechische Heer nach Troja zu begleiten entschlossen war, den Atriden geweissagt. Achilleus, dem schönen Jüngling, war es bestimmt, in dem bevorstehenden Krieg durch seine großen Heldentugenden sich den glänzendsten Ruhm und einen unsterblichen Namen zu erwerben, aber in der Blüte der Jahre zu fallen. Seine göttliche Mutter Thetis kannte das ihm beschiedene Los und suchte ihn demselben zu entziehen. In seiner frühesten Jugend hatte sie das Kind des Nachts ins Feuer gehalten und des Tags mit Ambrosia gesalbt, um so, was sterblich an ihm war, zu vertilgen. Aber einst überraschte sie ihr Gatte in der Nacht, während sie das Kind über dem Feuer hielt, und da er, erschreckt und unbekannt mit ihrem Tun, mit gezücktem Schwert auf sie losging, entfloh sie und kehrte zu dem greisen Vater in die Tiefe des Meeres zurück. Den Sohn ließ sie im Haus des Gatten, und da ihr Werk gestört worden war, so behielt er seine Sterblichkeit. Peleus brachte ihn seinem Freund Cheiron, dem weisen Kentauren, auf den Pelion zur Erziehung; der unterrichtete ihn im Reiten und Jagen und in den Künsten des Kriegs sowie im Spiel der Lyra und nährte ihn mit der Leber von Löwen und wilden Ebern und dem Mark von Bären zu einer solchen Kraft auf, dass er als sechsjähriger Knabe Löwen und Eber erlegte und den schnellen Hirsch im Lauf einholte, ohne Hunde und Netz. Als die Werbungen zum trojanischen Krieg geschahen, brachte ihn die zärtlich besorgte Mutter, um ihm sein Verhängnis abzuwenden, auf die Insel Skyros zu dem König Lykomedes. Dort lebte der zarte Jüngling, in Frauenkleider versteckt, unter den Töchtern des

Königs; aber Kalchas verkündete seinen Aufenthalt, und der schlaue Odysseus übernahm es, den Jüngling aufzusuchen und für den Kriegszug zu gewinnen. Er kam mit Diomedes, als Kaufmann verkleidet, nach Skyros und breitete vor den Augen der Mädchen, unter denen auch Achilleus sich befand, seine Waren aus, allerlei kostbaren Schmuck, aber auch schöne blinkende Waffen. Während die Schar der Jungfrauen mit der Betrachtung der Waren beschäftigt war, ließ Odysseus plötzlich vor dem Haus die Kriegstrompete blasen und Schlachtruf und Waffengetöse erschallen. Die Jungfrauen entflohen erschreckt; aber Achilleus ergriff Schild und Speer und stürzte mit jugendlichem Kampfesmut dem vermeintlichen Feind entgegen. So Phthia der Jüngling entdeckt, und er versprach gerne, mit vor Troja in den Krieg zu ziehen. Sein treuer Freund Patroklos, der Sohn des Menoitios, und der alte Phoinix, der in seinen jüngeren Jahren als Flüchtling vor seinem Vater bei dem gastlichen Peleus eine Zuflucht gefunden und den kleinen Achilleus oft auf seinen Knien geschaukelt hatte, sind bereit, ihn zu begleiten.

Die Helden, welche ihre Teilnahme an dem Krieg zugesagt hatten, kamen zu einer Versammlung in dem Tempel der argivischen Hera zwischen Argos und Mykenä zusammen, um die nötigen Vorbereitungen zu dem Zug zu besprechen und sich einen Anführer zu wählen. Sie wählten Agamemnon, den ritterlichen König von Mykenä, der unter ihnen der mächtigste war und in hohem Ansehen stand. Ein Sohn des Atreus, Enkel des Pelops, gehörte er dem durch seinen Reichtum und seinen Herrscherglanz weitberühmten Geschlecht der Pelopiden an und besaß den größten Teil des argivischen Landes mit den benachbarten Inseln, außerdem Korinth, Sikyon und Achaia. Eine so ausgedehnte Macht besaß kein Fürst in ganz Griechenland.

Achilleus auf Skyros

Der Zorn des Achilleus

Der Streit zwischen Achilleus und Agamemnon
(Homers *Ilias* I)

Neun harte Jahre des Krieges schon waren vorübergegangen, und das zehnte Jahr war angebrochen, in welchem den Griechen nach der Weissagung des Kalchas bestimmt war, die feindliche Stadt zu nehmen; aber noch immer zeigte sich wenig Hoffnung auf baldiges Ende. Ja, neues schweres Unheil war in diesem Jahr dem vielgeprüften Heer beschieden, das so lange schon von der teuren Heimat, von Weib und Kind entfernt war und unter Drangsal und Not schon so manchen Tapferen in die fremde Erde gebettet hatte, Pest und Zwietracht der Führer und blutige würgende Schlachten.

Bei der Eroberung von Thebe durch Achilleus war Chryseïs, die schöne Tochter des Priesters Chryses, gefangengenommen und dem Agamemnon als Ehrengeschenk übergeben worden. Nun kam der alte Vater in seinem Priesterschmuck, die Lorbeerkränze des Gottes Apollon auf dem goldenen Priesterstab vor sich hertragend, in das Lager der Griechen, um die Tochter loszukaufen, und er flehte alle Achäer an, am meisten aber die beiden Atriden, die Herrscher der Völker. »Atriden«, sprach er, »und ihr anderen tapferen Achäer, mögen die Götter euch gewähren, die Stadt des Priamos zu zerstören und glücklich nach Hause zurückzukehren; mir aber löst die liebe Tochter und nehmt das Lösegeld, aus Rücksicht gegen Apollon, den Ferntreffer, dessen Priester ich bin.« Da rieten alle Achäer, den Priester des Gottes zu ehren und das herrliche Lösegeld anzunehmen; aber dem Atriden Agamemnon gefiel das nicht, sondern er schickte den Greis mit Schimpf fort und mit harten Worten. »Dass ich dich nicht mehr, Alter«, rief er, »im Lager bei den hohlen Schiffen treffe, weder jetzt noch in Zukunft; sonst werden dir dein Priesterstab und die Kränze des Gottes wenig helfen. Deine Tochter werde ich nicht lösen; sie soll in meinem Haus zu Argos meine Sklavin bleiben bis in ihr Alter. Gehe jetzt und reize mich nicht, auf dass du unversehrt aus dem Lager kommst.«

Agamemnon, den Chryses fortweisend

Der Greis erschrak und entfernte sich. Schweigend ging er am Ufer des rauschenden Meeres hin seiner Heimat zu; dann, als er fern war von dem Lager, erhob er die Hände zu seinem Gott und flehte: »Höre mich, Gott mit dem silbernen Bogen! Wenn je ich dir zur Freude einen Tempel erbaut oder fette Schenkelknochen von Schafen und Ziegen verbrannt habe, so gewähre mir jetzt meinen Wunsch: Lass die Danaer für meine Tränen büßen durch deine Geschosse.«

So flehte er, und der Gott erhörte ihn. Erzürnten Herzens schreitet er von den Höhen des Olympos herab mit dem Bogen und dem Köcher auf der Schulter, der düsteren Nacht gleich, und die Pfeile in seinem Köcher erklirren furchtbar, während er so im Zorn dahingeht. Er setzte sich fernab von den Schiffen und entsandte einen Pfeil unter die Achäer; schrecklich erklang der silberne Bogen. Zuerst erlegte er die Maultiere und die Hunde, darauf aber richtete er seine Geschosse gegen sie selbst, sodass beständig die Scheiterhaufen zur Verbrennung der Toten in Menge aufloderten. Neun Tage lang flogen so die Pfeile des Gottes in das Lager, bis am zehnten Achilleus das Volk zu einer Versammlung rief; Hera, die Freundin der Griechen, hatte es ihm in ihrer Sorge um das Heer ins Herz gelegt.

Als das Volk versammelt war, erhob sich Achilleus und riet, einen Seher oder einen Priester oder einen Traumdeuter zu befragen, weshalb Apollon so sehr erzürnt sei, ob wegen eines verabsäumten Gelübdes oder einer

Hekatombe, und durch welche Opfer man ihn besänftigen könne. Da stand Kalchas, der weise Seher, auf und sprach: »Du forderst mich auf, Pelide, den Zorn des Apollon zu deuten. Wohlan, ich will es sagen; doch schwöre mir, dass du mich schützen willst mit Wort und mit der Tat, wenn ob meines Worts ein Mächtiger im Heer mir zürnt.« »Sei guten Mutes, Seher«, sprach Achilleus, »und sage deine Weissagung. Beim Apollon, der dir die Sehergabe verlieh, solang ich lebe, soll keiner im Lager die Hand an dich legen, selbst Agamemnon nicht, der der Mächtigste im Heer ist.« Da fasste Kalchas Mut und sprach: »Nicht wegen eines Gelübdes oder einer Hekatombe zürnt der Gott, sondern wegen des Priesters, dem Agamemnon Schmach antat und die Tochter nicht löste, und nicht eher wird er das Verderben von uns abwenden, als bis die Jungfrau ihrem Vater zurückgegeben ist, ohne Kaufpreis und ohne Lösegeld, und wir eine heilige Hekatombe ihm zu seinem Tempel nach Chryse gesendet haben. So nur möchten wir seine Gnade wiedergewinnen.«

Da erhob sich der König Agamemnon, Zorn umdüsterte seine Seele und seine Augen sprühten Feuer. »Unglücksseher«, rief er, »noch nie hast du Erfreuliches mir geredet, stets liebst du das Schlimme zu verkündigen, Gutes hast du mir nie gesagt oder getan. Und auch jetzt wieder sagst du den Danaern, dass deswegen der Gott uns die Seuche geschickt, weil ich die Tochter des Chryses nicht losgegeben habe. Wahrlich, ich behielte sie lieber in meinem Haus, ich schätze sie höher als selbst meine eheliche Gattin Klytaimnestra; denn sie steht ihr nicht nach, weder an Wuchs und Gestalt noch an Geist und Geschicklichkeit; doch damit das Volk nicht verderbe, bin ich bereit, sie zurückzugeben. Aber zum Ersatz gebt mir auf der Stelle ein anderes Ehrengeschenk.« »Sei nicht habgierig, ruhmvoller Atride«, sprach Achilleus, »wie können wir jetzt dir ein Ehrengeschenk geben, wo alles verteilt ist, was wir aus den Städten erbeutet haben? Und wir können doch das Verteilte von den Einzelnen nicht wiederfordern. Drum entlass jetzt die Jungfrau dem Gott, und gewährt Zeus uns wieder eine troische Stadt zu zerstören, so wollen wir dir dreifach und vierfach Ersatz geben.«

»Sinne nicht auf Trug, tapferer Achilleus!«, rief Agamemnon. »Soll ich mein Geschenk hergeben, während du das deine behältst? Nein, wenn die Achäer mir keinen Ersatz geben, so gehe ich und hole mir mit eigener Hand dein Geschenk oder das des Aias oder des Odysseus; dann mag zürnen, zu wem ich komme. Doch davon später; jetzt auf, lasst uns ein Schiff rüsten und die Chryseïs und eine Hekatombe abschicken. Einer von euch Fürsten mag Führer sein, meinetwegen du selbst, Pelide, schrecklichster der Männer!« Mit finsterem Blick entgegnete der Pelide: »Wie soll noch, Unverschämter, Selbstsüchtigster, einer der Achäer dir willig gehorchen, einen Gang dir gehen oder mit dem Feind kämpfen? Nicht der Troer wegen kam ich hierher in den Krieg – sie haben mir kein Leid getan –, sondern dir zu Gefallen, Ehrvergessener, und um für Menelaos, deinen Bruder, zu streiten. Doch das achtest du durchaus nicht, sondern du drohst mir jetzt noch, mit eigener Hand mir mein Ehrengeschenk zu nehmen, das ich mit Schweiß erkämpft und die Achäer mir gegeben. Erhalte ich doch nie ein so herrliches Teil wie du, wenn die Achäer eine Stadt zerstört haben; das meiste in dem schweren Krieg tut meine Hand, und kommt die Teilung, dann trägst du bei Weitem das Beste davon, und ich gehe kampfesmüde, mit wenigem zufrieden, zu meinen Schiffen zurück. Aber jetzt gehe ich heim nach Phthia, da magst du dir, wenn du kannst, ohne mich hier Güter und Reichtum häufen.« »Fliehe nur«, rief der stolze König, »wenn dein Herz dich's heißt. Ich bitte dich nicht, meinetwegen zu bleiben. Bei mir sind noch andere, die mir Ehre erwerben, zumeist der waltende Zeus. Verhasst bist du mir vor allen, denn stets ist Streit dir lieb und Krieg und Schlacht. Überhebe dich nur nicht, denn wenn du stark und tapfer bist, so gab dir das, denk ich, ein Gott. Drum geh nur nach Hause mit deinen Schiffen und deinen Genossen und herrsche über deine Myrmidonen, nicht über uns. Um dich und deinen Groll kümmere ich mich wenig, doch das sage ich dir: Die Chryseïs schicke ich zurück, aber ich komme selbst in dein Zelt und hole mir dein Ehrengeschenk, die schöne Briseïs, auf dass du erkennst, wie viel höher ich bin als du, und damit in Zukunft auch ein anderer sich scheut, mir entgegenzutreten wie du.«

Zorn ergriff bei diesen Worten das junge Herz des Peliden, und sein Sinn schwankte in der starken Brust, ob er das Schwert ziehen und den Atriden auf der Stelle niederstoßen sollte oder die Wallung seines Herzens unterdrücken. Während er noch so unschlüssig stand und allmählich halb unbewusst sein mächtiges Schwert aus der Scheide zog, kam plötzlich Athene vom Himmel – Hera hatte sie gesendet, da sie beide Fürsten gleich liebte –, trat, von den anderen nicht gesehen, hinter ihn und fasste ihn an den blonden Locken. Staunend wandte sich der junge Held und erkannte die Göttin an dem leuchtenden Blick. »Warum bist du gekommen, Göttin«, sprach er zu ihr, »willst du etwa den Übermut des Atriden sehen? Wahrlich, sein Stolz soll ihn das Leben kosten.« Athene antwortete: »Ich kam vom Himmel herab, um deinen Zorn zu hemmen. Lass ab vom Zorn und ziehe das Schwert nicht; mit Worten schilt ihn, soviel du magst. Glaube mir und folge, einst wird dir wegen der heutigen Schmach die dreifache Gabe geboten werden.«

Der Jüngling folgte der göttlichen Mahnung und stieß rasch das Schwert in die Scheide, aber seinem Zorn ließ er in Worten freien Lauf. »Unverschämtester und doch feigster der Männer! Wann hast du je den Mut, dich mit dem Volk zur Schlacht zu wappnen oder mit den Tapfersten dich in einen Hinterhalt zu legen? Ja, das scheint dir der Tod. Viel bequemer ist's, Geschenke zu rauben dem, der dir zu widersprechen wagt. Volkfressender König, da du über Feiglinge herrschst; sonst hättest du zum letzten Mal gefrevelt. Doch das sage ich dir und schwöre es dir durch einen heiligen Eid bei diesem Königszepter: So wahr der nie mehr Blätter und Zweige treiben wird, so wahr werden einst alle Achäer sich nach Achilleus sehnen, wenn sie in Scharen unter der Hand des mordenden Hektor fallen und du ihnen nicht helfen kannst. Dann werden dir Zorn und Gram die Seele zernagen, dass du den Besten der Achäer nicht geehret hast.« Mit diesen Worten warf er das Zepter zornig zur Erde und setzte sich. Gegenüber aber stand Agamemnon und wollte seiner Wut freien Lauf lassen; doch Nestor, der ehrwürdige Greis, trat dazwischen und suchte die beiden Fürsten durch verständiges Wort zu beschwichtigen und zu versöhnen, damit nicht durch die Zwietracht der Ersten im Heer Unheil über das Ganze komme. Aber seine Zurede vermochte nichts. »Du hast recht, o Greis«, sprach Agamemnon, »doch der will allen zuvor sein, allen will er befehlen, alle beherrschen. Wenn aber die Götter ihn zu einem tapferen Krieger machten, so gaben sie ihm deswegen doch nicht das Recht zu Schmähung und Schimpf.«

»Wahrlich«, fiel Achilleus ein, »ich wäre feige und nichtswürdig, wenn ich mich vor dir in allem, was du sagst, demütigte. Anderen magst du befehlen, nicht mir. Eins noch sag ich dir jetzt: Wegen des Mädchens werde ich nie die Arme zum Streit erheben, weder gegen dich noch gegen einen andern; ihr gabt sie mir, ihr mögt sie auch nehmen. Von meinem übrigen Besitztum aber, das ich bei meinem Schiff habe, taste mir nichts an wider meinen Willen, sonst soll alsbald dein schwarzes Blut von meiner Lanze triefen.«

Die Versammlung ging auseinander. Der Pelide begab sich mit Patroklos und seinen Freunden zu seinen Zelten, während Agamemnon zum Meer ging und ein Schiff ausrüstete zur Fahrt nach Chryse, um dem Gott die Hekatombe und dem Priester die Tochter zu senden. Als Führer der Sendung ging Odysseus mit. In dem Lager aber hieß der Oberkönig das Volk durch sühnende Waschungen sich reinigen und dem Gott Apollon heilige Opfer darbringen. Darauf sandte er seine beiden Herolde Talthybios und Eurybates zu dem Zelt des Achilleus, um dessen Sklavin Briseïs zu holen. Die Herolde gehorchten, wenn auch ungern, und trafen den Achilleus vor seinem Zelt sitzend. Verlegen und voll Ehrfurcht standen sie vor ihm und wagten nicht, ihren Auftrag zu verkünden. Der Jüngling erkannte wohl, weshalb sie gekommen waren, und obgleich er ihres Anblicks sich nicht freute, so redete er sie doch freundlich an. »Freude sei mit euch, ihr Boten des Zeus und der Menschen«, sprach er, »kommt heran; ihr habt mir ja keine Schuld, sondern Agamemnon, der euch hersendet wegen der Briseïs. Wohlan denn, Patroklos, führe die Jungfrau heraus und übergib sie ihnen; sie selbst aber sollen Zeugen sein vor Göttern und Menschen und vor dem König, dem Wüterich, wenn je man wieder meine Hilfe vermisst. Wahrlich, er tobt in verderblichem Wahnsinn.«

Patroklos brachte die Jungfrau und übergab sie den Herolden. Sie folgte ihnen ungern, denn sie liebte den schönen edlen Jüngling. Achilleus aber setzte sich weinend an den Strand des Meeres, fern von seinen Freunden, schaute hinab in die dunkle Flut und flehte mit ausgebreiteten Händen zu seiner Mutter Thetis. Die tauchte schnell wie ein Nebel aus der Tiefe empor, setzte sich neben den weinenden Sohn und sprach, indem sie ihn mit der Hand streichelte: »Warum weinst du, mein Kind, welches Leid kam über dein Herz? Sprich, verhehle mir es nicht, damit wir es beide wissen.« Achilleus erzählte der Mutter, was ihm geschehen war, und bat sie, in den Olymp hinaufzugehen und den Zeus zu vermögen, dass er den Troern Glück und Sieg verleihe und die Griechen bedränge, bis sie alle der Schuld ihres Königs

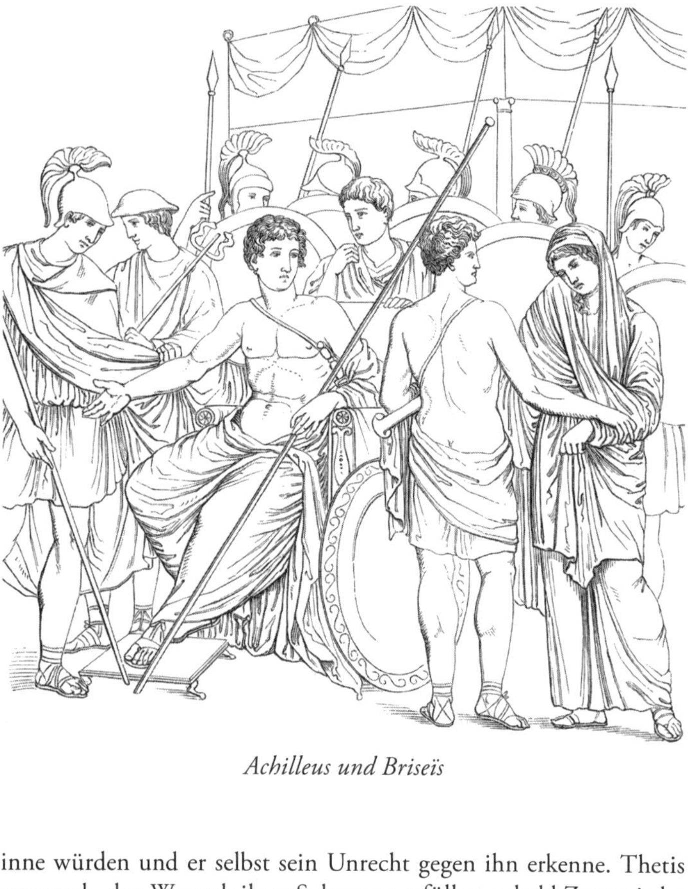

Achilleus und Briseïs

inne würden und er selbst sein Unrecht gegen ihn erkenne. Thetis versprach, den Wunsch ihres Sohnes zu erfüllen, sobald Zeus wieder in den Olymp zurückgekehrt sei. »Denn gestern ist er mit allen Göttern zu den frommen Äthiopen zum Opferschmaus gereist an den Strand des Ozeans; am zwölften Tag aber kehrt er wieder in den Olympos zurück. Dann gehe ich zu ihm und umfasse seine Knie, und ich hoffe, er wird mir willfahren. So lange aber bleibe ruhig bei deinen Schiffen und zürne den Achäern und enthalte dich des Kampfes.« So sprach sie und kehrte in die Tiefe des Meeres zurück; Achilleus aber saß seitdem, eingedenk der Worte seiner Mutter, in seinem Zelt, grollend wegen des schönen Weibs, das man ihm mit Gewalt genommen.

Odysseus war unterdessen nach Chryse gekommen. Er stellte dem Priester seine Tochter zurück und brachte dem Gott am Altar des Tempels das sühnende Opfer. Der Priester, erfreut über den Wiederempfang der lieben Tochter, flehte nun zu Apollon, dass er die Achäer von der verderblichen Pest befreie. Und der Gott erhörte ihn.

Am zwölften Tag kamen die Götter, Zeus an ihrer Spitze, von den Äthiopen zurück. Da tauchte Thetis in der Frühe des Morgens aus dem Meer auf und ging zum Olympos, wo sie den Zeus auf der höchsten Spitze fern von den anderen Göttern traf. Sie setzte sich vor ihn, umschlang seine Knie, berührte mit der Rechten sein Kinn und flehte ihn an, dass er ihren Sohn ehre und den Troern so lange Sieg verleihe, bis ihm von Agamemnon und den Achäern die schuldige Genugtuung geworden. Lange saß Zeus schweigend da; doch Thetis hielt seine Knie fest umschlungen und sprach wieder: »Ohne Rückhalt gewähre mir entweder oder versage mir – denn bei dir ist keine Furcht –, damit ich weiß, ob ich vor allen die am wenigsten geehrte Göttin bin.« Da sprach, tief seufzend, der Vater Kronion: »Wehe, heillose Dinge, da du mich zur Feindseligkeit gegen Hera zwingst, wenn sie mich mit zankenden Worten reizt. Auch so schon hadert sie stets mit mir bei den unsterblichen Göttern und sagt, dass ich im Krieg den Troern beistehe. Aber entferne du dich jetzt, damit Hera dich nicht sieht, ich werde deinen Wunsch erfüllen. Wohlan, damit du vertraust, will ich dir Gewährung zunicken mit meinem Haupt; denn das ist unter den Göttern das heiligste Pfand meiner Verheißung.« So sprach der Kronide und nickte mit den dunklen Brauen, und die ambrosischen Locken wallten hernieder von seinem unsterblichen Haupt, und es erbebte der hohe Olympos.

Die Göttin fuhr wieder hinab in das Meer, Zeus aber ging in seinen Palast, wo die Götter alle zum Mahl versammelt waren. Ehrfurchtsvoll erhoben sie sich und traten ihm grüßend entgegen, und er setzte sich auf seinen Thron. Hera aber hatte gemerkt, dass ihr Gemahl mit Thetis geratschlagt, und machte ihm Vorwürfe, dass er ihr gewiss versprochen habe, den Achilleus zu ehren und den Achäern Verderben zu senden. Aber Zeus trat ihr mit festem Wort entgegen und hieß sie sich ruhig verhalten, damit er nicht an ihr sich vergreife. Da erschrak die hohe Hera und saß schweigend da, ihr Herz bezwingend. Auch die übrigen Götter saßen beklommen und lautlos und verloren die Lust am Mahl, da so die Herrscher des Olympos sich mit harten Worten angingen. Da trat Hephaistos, der Sohn des Hauses, mit dem Becher zu der Mutter und redete ihr zu, den Vater nicht zu reizen, sondern mit freundlichen Worten zu versöhnen. »Dulde und trag es, liebe Mutter«, sprach er, »wenn auch mit schwerem Herzen, dass ich nicht sehen muss, wie er dich straft; denn helfen könnte ich dir nicht. Weißt du noch, wie er vordem, als ich dir beisprang, mich am Fuß fasste und von der Schwelle des Olympos warf, dass ich den ganzen Tag stürzte und erst mit sinkender Sonne auf Lemnos niederfiel?« Hera lächelte bei dem gutmütigen Rat des Sohnes, nahm den Becher und trank. Und er eilte nun erfreut zu den andern Göttern und schenkte ihnen geschäftig den süßen Nektar ein. Da löste sich plötzlich die Beklemmung der seligen Götter in einem unauslöschlichen Gelächter, wie sie so rührig den hinkenden Hephaistos aufwarten sahen, und die frühere selige Heiterkeit war wieder in den Saal des Zeus zurückgekehrt.

Die Schlacht. Hektor

(Homers *Ilias* VI – VII, 312)

Die Schlacht tobte auf Ratschluss des Zeus nun, ohne dass die Götter sich weiter einmischten, und die Troer waren nahe daran, bis an die Tore der Stadt zurückgedrängt zu werden. Da redete Helenos, der Sohn des Priamos, der kluge Vogelschauer, seinem Bruder Hektor zu, dass er in die Stadt hinaufgehe und ihre Mutter Hekabe veranlasse, durch ein dargebrachtes Prachtgewand und die Gelobung eines Opfers die Gnade der Pallas Athene den Troern zuzuwenden, dass sie sich ihrer Frauen und Kinder erbarme und den wilden Kämpfer Diomedes von der Stadt fernhalte. Hektor gehorchte und eilte, nachdem er nochmals die Scharen seiner Freunde ermutigend durchflogen und seine Absicht kundgetan hatte, in die Stadt.

Unterdessen trafen sich auf dem Schlachtfeld der Lykier Glaukos, der Sohn des Hippolochos, Enkel des Bellerophontes, und der Tydide Diomedes. Dieser redete den Glaukos an: »Wer bist du, edler Kämpfer? Denn ich habe dich früher noch nicht im Kampf gesehen. Doch jetzt zeigst du dich hervorragend vor allen andern an Mut, da du es wagst, dich meinem Speer entgegenzustellen. Bist du aber ein Gott, so weich ich dir; denn ich begehre nicht, mit Himmlischen zu kämpfen. Doch bist du ein Sterblicher, so komm heran, dass du schnell das Ziel des Todes erreichst.« Glaukos antwortete: »Mutiger Tydide, was fragst du nach meinem Geschlecht? Die Geschlechter der Menschen sind wie die Blätter des Waldes, die der Wind verweht und der Frühling wieder neu gebiert. Doch willst du es wissen, so vernimm: Mein Ahne ist Sisyphos von Korinth, dessen Enkel Bellerophontes die Chimära bezwang, und Bellerophon ist mein Großvater.« Als Diomedes das hörte, freute er sich, stieß die Lanze in die Erde und rief dem Glaukos freundlich zu: »So bist du mir ja ein alter Gastfreund von den Vätern her; denn Oineus, mein Großvater, beherbergte den edlen Bellerophon in seinem Haus 20 Tage lang, und sie gaben einander schöne Gastgeschenke, Bellerophon meinem Großvater einen goldenen Becher, den ich noch zu Hause bewahre. So bin ich denn dein Gastfreund mitten in Argos und du der meine in Lykien. Darum wollen wir einander meiden im Kampf; es gibt ja noch viele Troer für meine Lanze und viele Achäer für dich. Aber damit auch die anderen erkennen, dass wir väterliche Gastfreunde sind, so lass uns die Rüstungen tauschen.« Nachdem sie so gesprochen hatten, schwangen sie sich von den Wagen, reichten einander die Hände und gelobten sich Freundschaft, und Glaukos gab seine goldene Rüstung gegen die eherne des Diomedes.

Als Hektor an das skäische Tor kam, umringten ihn die Frauen und Töchter der Troer und fragten nach ihren Söhnen und Brüdern, Gatten und Vettern. Er aber ermahnte sie alle, die Götter anzuflehen, und eilte zu dem Haus des Priamos. Dort begegnete ihm in der Halle seine greise Mutter; sie fasste ihn an der Hand und sprach: »Warum, mein Sohn, hast du die Schlacht verlassen? Gewiss bedrängen euch sehr die entsetzlichen Männer Achaias, und du kamst, um auf der Burg die Hände zu Zeus zu erheben? Doch verzeihe, dass ich dir einen Trunk Wein bringe, auf dass du zuerst dem Zeus und den anderen Göttern spendest und dann selber trinkst; denn der Wein ist eine kräftige Stärkung für den ermüdeten Mann.« Hektor antwortete: »Bringe mir keinen Wein, ehrwürdige Mutter, dass du mich nicht entnervst und ich meiner Kraft vergesse. Mit blutigen Händen scheue ich mich auch, dem Zeus den Wein zu sprengen. Aber gehe du, nachdem du die edlen Frauen der Stadt versammelt, mit Rauchwerk zu dem Tempel der Pallas Athena und lege ihr ein Gewand, das schönste und größte, das du in der Lade hast, auf die Knie und versprich ihr zwölf einjährige makellose Kühe zum Opfer, wenn sie sich der Frauen und Kinder der Troer erbarmen und den wilden Tydiden von der Stadt abhalten wolle. Ich will unterdessen zu Paris gehen und ihn zur Schlacht rufen, ob er vielleicht noch meines Rufs achtet. Schlänge ihn nur die Erde hinab, den der olympische Zeus den Troern und dem Priamos und den Söhnen des Priamos zum Verderben erschuf.«

Hektor, Paris bei Helena suchend

Hekabe tat nach dem Willen des Sohnes. Sie brachte mit den edlen Frauen der Stadt ihr schönstes Gewand der Athena in ihren Tempel und gelobte das Opfer; aber die Göttin gewährte ihre Bitte nicht. Hektor eilte zu dem schönen Haus des Paris, das nicht fern von dem Palast des Priamos und dem des Hektor auf der Burg stand. Er traf ihn, wie er in seinem Gemach seine schönen Waffen musterte, Schild und Panzer und Bogen, und Helena, die Argiverin, saß bei ihm, mit ihren Dienerinnen am Webstuhl beschäftigt. Als Hektor, in der Tür stehend, ihn sah, schalt er ihn: »Das ist nicht schön, Heilloser, so im Unmut hier zurückgezogen zu sitzen, während um die Stadt und die Mauern die Völker im Kampf zugrunde gehen. Deinethalben ist ja doch der Krieg entbrannt. Du würdest auch mit jedem anderen hadern, wenn du ihn so lässig dasitzen sähst. Auf zur Schlacht, ehe unsere Stadt im Feuer des Feindes verlodert!« Paris antwortete: »Hektor, du zankst mich mit Recht; doch ich bin nicht aus Unmut gegen die Troer, sondern aus Gram hier gesessen. Nun aber hat mich die Gattin durch schmeichelnden Zuspruch wieder beredet, zur Schlacht zu gehen, und so scheint's mir auch besser. So warte denn, bis ich mich gewappnet habe, oder gehe du voran und ich folge; ich werde dich bald erreichen.« Hektor schwieg, und Helena redete zu ihm mit holden Worten: »Lieber Schwager, hätte mich, die schamlose Unheilstifterin, doch an dem Tag, wo die Mutter mich gebar, ein Sturmwind ins öde Gebirge oder in das tiefe Meer geschleudert, dass ich umkam, ehe solche Dinge geschahen; oder wäre ich doch lieber die Gattin eines besseren Mannes geworden, der Scham und Ehrgefühl in der Brust trüge; denn diesem fehlt alle Herzhaftigkeit, und er wird die Frucht seiner Feigheit noch kosten. Doch komm herein, lieber Schwager, und setze dich; denn du trägst doch alle Arbeit und Mühe um mich, die Schamlose, und wegen der Freveltat des Paris.« »Heiße mich nicht so freundlich sitzen, Helena; denn schon drängt mich das Herz, wieder den Troern zu Hilfe zu eilen, die mich sicher vermissen. Doch treibe du diesen an, und er selbst mag sich sputen, dass er mich noch innerhalb der Stadt erreicht. Denn ich will erst noch in mein Haus gehen und nach meinem Gesinde sehen und nach dem Weib und dem Söhnlein; wer weiß, ob ich wieder aus der Schlacht zurückkehre.«

Mit diesen Worten entfernte sich Hektor. Aber er traf zu Hause Andromache nicht; sie war mit ihrem Kind und einer Dienerin zum skäischen Tor geeilt, da sie gehört hatte, dass die Troer in der Schlacht bedrängt würden, und stand dort seufzend und weinend auf dem Turm. Als Hektor auf seinem Weg durch die Stadt dem skäischen Tor nahte, durch das man zum Schlachtfeld ging, kam ihm seine Gattin hastigen Laufs entgegen, zugleich mit der Dienerin, welche das Knäblein Astyanax trug; es hing ihr an dem Busen wie ein schöner Stern. Der Vater sah mit stillem Lächeln sein Söhnchen an; Andromache aber trat mit tränenfeuchtem Auge zu dem Gatten, fasste seine Hand und sprach: »Entsetzlicher Mann, gewiss dich tötet noch dein Mut, du erbarmst dich weder deines stammelnden Kindes noch deines unglückseligen Weibes, das du bald zur Witwe machen wirst; denn dich werden gewiss die Achäer töten, indem sie alle auf dich einstürmen. Dann wäre es mir das Beste, wenn ich in die Erde versänke; denn, wenn ich deiner beraubt bin, ist mir kein Trost mehr übrig, sondern lauter Weh. Denn ich habe nicht Vater, nicht Mutter mehr; den Vater erschlug Achilleus, als er Theben zerstörte, nebst meinen sieben Brüdern, und die Mutter starb bald darauf eines schnellen Todes. Nun bist du mir Vater und Mutter und Bruder, du bist mir blühender Gatte. Drum erbarme dich und bleib hier auf dem Turm, mach nicht dein Kind zur Waise und zur Witwe deine Gattin; das Heer stelle dort an den Feigenhügel, wo die Mauer leicht zu ersteigen ist.« Liebreich antwortete ihr Hektor: »Auch mich härmt das alles, teures Weib; doch ich müsste mich schämen vor Trojas Männern und Frauen, wenn ich wie ein Feiger aus der Ferne dem Kampf zuschaute. Auch leidet das mein Herz nicht; denn ich lernte, stets biederen Mutes zu sein und zu streiten unter den Vordersten für meines Vaters hohen Ruhm und für den meinen. Zwar es ahnt mir in meinem Herzen, der Tag wird einst kommen, wo das heilige Ilion in Staub sinkt und Priamos und das Volk des Lanzen schwingenden Priamos; aber weder das Leid der Troer noch selbst das der Hekabe und des Herrschers Priamos und der Brüder, wenn sie unter der Hand der feindlichen Männer hinsinken, geht so mir zu Herzen wie das deine, wenn einer der Achäer dich weinend fortführt in das Joch der Knechtschaft und du dann, von hartem Zwang belastet, in Argos traurigen Sinnes am Webstuhl sitzt und Wasser holst, und dann wohl ein Mann, der dich in Tränen sieht, spricht: Seht, das ist Hektors Weib, des tapfersten Helden unter den Troern, da sie kämpften um Ilion. Möge das Grab mich decken, ehe ich dein Schreien hören muss, wenn sie dich entführen.«

So sprach er und reichte nach dem Knäblein; aber das Kind schmiegte sich schreiend an den Busen der Amme, erschreckt durch den Glanz des ehernen Helms und den Helmbusch, der furchtbar von dem Haupt des Vaters herniedernickte. Und der Vater lächelte, und die Mutter auch, und er nahm den Helm vom Haupt und legte ihn auf die Erde, küsste das liebe Kind und wiegte es in den Armen. Darauf flehte er zum Himmel empor: »Zeus und ihr anderen Götter, lasst mein Kind werden wie mich selbst, voranstrebend dem Volk der Troer und stark an Kraft, und lasst ihn mächtig herrschen über Ilion; möge man einst sagen: Der überragt noch weit seinen Vater, wenn er beutebeladen aus dem Streit heimkehrt, seiner Mutter zur Freude.« Darauf reichte er das Kind der lieben Gattin, die drückte es an den duftigen Busen und lächelte unter Tränen. Hektor aber streichelte sie voll inniger Wehmut mit der Hand und sprach: »Armes Herz, nicht musst du so dich grämen; niemand wird mich töten gegen das Geschick; dem Verhängnis aber ist noch kein Sterblicher entgangen. Gehe du jetzt zum Haus zurück, zu Webestuhl und Spindel; der Krieg aber gebührt uns Männern, am meisten mir.« Darauf nahm er seinen Helm vom Boden auf, und sein teures Weib ging nach Hause, indem sie noch oft sich umsah und Tränen vergoss. Als sie in das Haus trat und die Dienerinnen sie weinen sahen, teilte ihr Gram sich allen mit, und sie klagten um Hektor, wie wenn er schon gestorben wäre.

Paris aber ließ nicht lange mehr auf sich warten. Nachdem er sich in seine glänzenden Waffen gehüllt, eilte er durch die Stadt, wie ein mutiges Ross, das sich von der Krippe losgerissen hat und einem Bad im kühlen Strom zufliegt. Er erreichte den Bruder, da er eben sich von seinem Weib wegwandte, und nun stürmten sie vereint kampfesmutig dem Schlachtfeld zu. Die Troer freuten sich, als sie beide Helden herankommen sahen, und wurden von frischem Mut beseelt. Ein neues gewaltiges Morden begann.

Jetzt flog Athene vom Olympos nach Troja herab, traf an der Eiche des Zeus mit ihrem Bruder Apollon zusammen, und beide kamen überein, dem Blutbad für heute ein Ende zu machen durch einen Zweikampf des Hektor mit einem der tapfersten Achäer. Der Seher Helenos, ein Sohn des Priamos, vernahm die Zwiesprache der Götter und sagte deren Willen dem Hektor an. Der war gerne zum Zweikampf bereit. Nachdem die Völker sich auf beiden Seiten niedergelassen und Apollon und Athene in Gestalt von Geiern sich auf die Eiche des Zeus gesetzt hatten, um sich an dem Anblick der Männerscharen zu erfreuen, rief Hektor, in die Mitte getreten, einen der Besten unter den Achäern zum Kampf auf. Die Achäer verstummten; denn jeder schämte sich, den Zweikampf auszuschlagen, und fürchtete sich doch auch, ihn gegen den gewaltigen Hektor aufzunehmen. Endlich erhob sich Menelaos, voll Zorn über die Zaghaftigkeit seiner Genossen, und begann sich zu rüsten; aber Agamemnon hielt ihn zurück, da der Kampf mit dem viel stärkeren Hektor ihm sicheres Verderben bringen würde, und Nestors, des alten Kämpen, strafende Rede rief die Scham und den alten Mut in den Herzen der achäischen Fürsten wieder wach, dass neun derselben zugleich vortraten und sich zum Zweikampf anboten: Agamemnon selbst, Diomedes und die beiden Aianten, Idomeneus und sein Waffengefährte Meriones, Eurypylos und Thoas und Odysseus. Das Los entschied für den Telamonier Aias. Aias freute sich; ein Lächeln in dem ernsten Antlitz, trat er, nachdem er sich gewappnet, in die Mitte, gewaltig wie der Schlachtengott Ares, mit mächtigen Schritten, die lange wuchtige Lanze schwingend, vor sich den ungeheuren Schild. Die Argiver sahen mit Stolz und Freude auf den gewaltigen Mann, und die Troer ergriff Furcht und Schrecken; selbst dem Hektor pochte das Herz lauter im Busen, doch konnte er nicht mehr zurück, da er ja selbst den Zweikampf gefordert hatte.

Als die beiden Kämpfer einander gegenüberstanden, sprach Aias drohend: »Hektor, nun wirst du erkennen, dass es auch außer dem Peliden Achilleus unter den Argivern noch tapfere Krieger gibt, und zwar mehr als einen. Wohlan, beginne den Kampf!« Hektor antwortete: »Aias, edler Telamonier, versuche mich nicht wie ein schwaches Kind oder ein unkriegerisches Weib; ich verstehe den Männerkampf in jeglicher Art. Aber ich will nicht mit heimlicher List meinen Speer nach dir senden, sondern offen, ob ich dich treffe.« Mit diesen Worten schleuderte er seine Lanze und traf den mit sieben Stierhäuten überzogenen Schild des Aias auf das Erz, das als achte Lage darübergelegt war. Die Lanze drang durch das Erz und durch sechs Stierhäute und blieb in der siebten Lage stecken. Jetzt entsandte auch Aias seine Lanze und durchbohrte den starken Schild des Gegners, dass die Spitze noch durch den Panzer und den Leibrock drang gerade an den Weichen hin, und hätte Hektor sich nicht schnell auf die Seite gebogen, er wäre dem schwarzen Verhängnis nicht entgangen. Schnell rissen jetzt beide ihre Speere wieder los und stürmten, blutgierigen Löwen oder starken Ebern gleich, gegeneinander. Hektor stieß mit dem eingelegten Speer mitten auf den Schild des Telamoniers, aber die Spitze bog sich um und durchdrang das Erz nicht; Aias aber durchrannte den Schild des Priamiden und streifte ihm mit der Spitze den Hals, dass das schwarze Blut hervorquoll. Doch Hektor ließ nicht ab vom Kampf; er wich etwas zurück, erfasste einen großen Feldstein und schleuderte ihn mitten gegen den Schild des Aias; auch dieser ergriff einen noch viel größeren Stein, schwang und warf ihn, sich aufstemmend mit unermesslicher Kraft, dass der Schild des Hektor nach innen zerbrach und der Held mit verletztem Knie rücklings niedersank. Doch er hielt den Schild fest in der Hand, und Apollon richtete ihn wieder auf. Und jetzt wären die beiden Helden mit den Schwertern aufeinander losgegangen, wenn nicht die Herolde Talthybios und Idaios, jener ein Achäer, dieser ein Troer, hinzutretend ihre Stäbe zwischen beide gestreckt und sie gehindert hätten. »Kämpft nicht mehr, ihr Kinder«, sprach Idaios; »beide seid ihr dem Zeus lieb, beide seid ihr tapfere Kämpfer, das wissen wir alle. Doch nun naht die Nacht, gehorcht der Nacht.« »Das lass den Hektor sagen«, sprach Aias; »er hat zum Zweikampf gefordert, er beginne also; ich werde folgen, wie er will.« Darauf sprach Hektor: »Aias, ein Gott hat dir Größe und gewaltige Kraft gegeben und Kunde des Krieges, dass du der Beste bist von allen Achäern. Doch für heute lass uns den Kampf einstellen, später wollen wir wieder streiten, bis ein Gott dem einen der Völker den Sieg verleiht. Es wird Nacht, und es ist gut, der Nacht zu gehorchen. Lass uns jetzt beide zu den Unseren gehen, die uns mit Freuden empfangen werden nach Furcht und Angst. Doch wollen wir erst einander Geschenke geben, dass einst die Troer und Achäer sagen: Seht, sie kämpften miteinander den Kampf der Zwietracht, aber sie trennten sich in Frieden und Freundschaft.« Mit diesen Worten reichte er dem Aias sein Schwert mit silbernem Griff samt der Scheide und dem kostbaren Wehrgehänge; Aias aber gab ihm einen purpurnen Gürtel. So schieden sie; Aias ging zu den Scharen der Griechen zurück, Hektor zu den Troern, die ihn nach Troja hinaufführten, voll Freude, dass er den furchtbaren Händen des Telamoniers glücklich entronnen war.

Niederlage der Griechen

(Homers *Ilias* XI, 1–596)

Der neue Tag brachte neuen Kampf. Agamemnon rief sein Volk zur Schlacht und hüllte sich selbst in seine schimmernde Rüstung. Mit dem hohen nickenden Helmbusch auf dem Haupt, in den Händen zwei gewaltige Lanzen, schritt er, ein furchtbarer stattlicher Krieger, in die Schlacht, während Athena und Hera, um den mächtigen König zu ehren, fernher einen lauten Donner sandten. Die Streiter zu Fuß in ihren ehernen Rüstungen drangen wohlgeordnet voran, ihnen nach die Reisigen auf ihren Streitwagen. Lautes Getümmel tobte durch das Heer, von Zeus erregt, der Tau, mit Blut besprengt, aus der Höhe herabgoss, da er heute manch tapferes Haupt in den Hades zu senden gedachte.

Gegenüber auf einem Hügel des Feldes hielten die Troer unter ihren Führern Hektor, Polydamas und Aineias und drei Söhnen des Antenor. Wie ein funkelnder Stern durch Nachtgewölk wandelte Hektor bald durch die vorderen, bald durch die hintersten Züge und ordnete und ermunterte die Krieger. Bald stürzten die feindlichen Reihen mordend gegeneinander, wie Schnitter im Weizenfeld einander entgegenstrebend die Schwaden niedermähen. Haupt an Haupt drang alles zur Schlacht, und keiner dachte an Flucht; sie tobten wie Wölfe. Während des ganzen Morgens hielt die Schlacht sich das Gleichgewicht, doch um die Mittagszeit durchbrachen die Achäer die Reihen der Troer. Agamemnon stürmte allen voran; er erlegte den Helden Bianor und seinen Wagenlenker, dann die beiden Söhne des Priamos Antiphos und Isos, darauf den Peisandros und Hippolochos, die jugendlichen Söhne des Antimachos, der, von Paris bestochen, gegen die Auslieferung der Helena geeifert hatte. Wie flammendes Feuer, das unter dem Wehen des Sturms die Stämme des dichten Waldes vernichtend durchrast, drang der Held, würgend mit Lanze und Schwert, stets weiter und weiter, und viele Häupter der Troer sanken in den Staub, während die leeren Wagen rasselnd durch das Treffen flogen.

Die Troer flohen in wildem Getümmel durch das Gefilde an dem Grabmal des Ilos vorbei bis zu dem skäischen Tor. Hier machten sie halt und sammelten sich, von Hektor ermutigt, welchen Zeus bisher dem Gewürge der Schlacht entzogen. Auch jetzt wieder schickte er ihm von der Höhe des Ida seine Botin Iris zu mit der Mahnung, solange Agamemnon tobe, das Vordertreffen zu meiden und erst vorzudringen, wenn er ihn verwundet sähe; dann werde der Vater Zeus ihm Sieg verleihen. Bald tobte die Schlacht aufs Neue, Agamemnon, stets unter den Vordersten, traf auf den gewaltigen Iphidamas, einen Sohn des Antenor, und erlegte ihn nach kurzem Kampf mit dem Schwert. Koon, der älteste Sohn des Antenor, sah, wie Agamemnon ihm die Rüstung abzog, und von Schmerz ergriffen über den Tod des Bruders, nahte er ihm unvermerkt von der Seite und stieß ihm den Speer in den Arm. Schauer durchzuckte plötzlich den Getroffenen, aber er vergaß des Kampfes nicht, sondern stürzte auf Koon los und durchbohrte ihn mit der Lanze, während er in Eile den Leichnam seines Bruders auf die Seite ziehen wollte. Solange das Blut noch warm aus der Wunde floss, setzte Agamemnon den Kampf noch fort mit Lanze und Schwert und gewaltigen Steinen; sobald aber das Blut in der verharschenden Wunde stockte, mahnte ihn ein heftiger Schmerz, die Schlacht zu verlassen. Er bestieg seinen Wagen und flog den Schiffen zu.

Als Hektor den Agamemnon das Treffen verlassen sah, gedachte er der Mahnung des Zeus und drang, die Seinen zum Angriff aufrufend, wie ein Sturmwind unter den Feind. Neun tapfere Führer der Argiver streckte er in kurzer Zeit in den Staub und viele von dem

Volk, und er hätte das fliehende Heer bis an die Schiffe gedrängt, wenn nicht Odysseus seinen Freund Diomedes zu sich herangerufen und mit ihm gemeinsam den Andrang des Feindes aufgehalten hätte. Wie ein Eberpaar stürzten sie sich unter die Troer und begannen ein wildes Morden. Längere Zeit schwebte jetzt die Schlacht wieder im Gleichgewicht. Da sah Hektor die beiden würgenden Helden und stürmte mit Geschrei gegen sie an. Sie erwarteten ihn mit festem Fuß, und Diomedes schleuderte seine Lanze. Sie traf den Hektor oben an die Kuppel des Helms; zwar prallte sie ab, aber Hektor fuhr rücklings in die Scharen auf das Knie und stemmte, die Besinnung verlierend, die Hand auf den Boden. Während Diomedes dem Schwung seiner Lanze nacheilte, hatte Hektor die Besinnung wiedererlangt und war auf seinem Wagen aus dem Getümmel entflohen. Unmutig wandte sich Diomedes gegen einen anderen Troer und streckte ihn nieder; doch während er ihm die Rüstung abzog, schoss Paris, hinter der Säule auf dem Grabmal des Ilos versteckt, dem knienden Helden einen Pfeil in die Sohle des rechten Fußes. Lachend sprang er aus dem Hinterhalt hervor und verspottete laut jauchzend den Getroffenen. Diomedes rief unerschrocken: »Bogenschütze, Weiberheld, du prahlst, dass du den Fuß mir geritzt! Das gilt mir so viel, als wenn ein Weib oder ein Knabe mich getroffen hätte.« Unterdessen war Odysseus herbeigeeilt und vor den Verwundeten getreten, dass er in Sicherheit sich den schmerzhaften Pfeil aus dem Fuß ziehen konnte. Doch dem Kampf musste er entsagen; er sprang auf seinen Wagen und fuhr zu den Schiffen.

Odysseus, von Diomedes und den andern flüchtigen Achäern allein gelassen, war jetzt in großer Not; doch er hielt es für Schande zu fliehen. Wie ein Eber, wild mit den Zähnen knirschend, sich gegen die rings auf ihn anspringenden Hunde und Jäger stellt, so stellte Odysseus sich mutig den von allen Seiten auf ihn eindringenden Troern entgegen und streckte einen nach dem andern in den Sand. Eben hatte er den tapferen Charops mit der Lanze durchstochen, da trat ihm zürnend dessen Bruder Sokos, ein gewaltiger Lanzenschwinger, entgegen und bohrte den Speer durch seinen Schild und den Harnisch und ritzte ihm die Haut an den Rippen; aber

Athena ließ das Erz nicht bis in die Eingeweide dringen. Als Odysseus erkannte, dass das Geschoss ihn nicht tödlich getroffen hatte, wich er ein wenig zurück und rief dem Sokos zu: »Unglückseliger, du hast mich zwar an der Bekämpfung der Troer gehemmt, doch dir bringt jetzt meine Lanze grauses Verderben!«, und schleuderte dem Flüchtenden seine Lanze in den Rücken, dass die Spitze vorn an der Brust hervordrang und er dumpf krachend niederfiel. Schnell zog er darauf den Speer des Sokos aus seiner eigenen Wunde; da strömte das rote Blut hervor und schwächte ihm das Herz. Als die Troer das Blut des Königs sahen, stürzten sie alle auf ihn ein, Odysseus wich zurück und schrie dreimal, so laut er konnte, nach seinen Freunden. Das hörte Menelaos und eilte schnell mit dem Telamonier Aias zu Hilfe. Die Troer umdrängten den blutenden Helden, wie im Gebirge ein Rudel hungriger Schakale den verwundeten Hirsch, der dem Jäger entrann; da aber kommt grimmvoll der Löwe heran und verscheucht die Schakale: So flohen erschreckt die Troer nach allen Seiten, als sie den gewaltigen Aias mit geschwungener Lanze herannahen und sich mit seinem breiten Schild vor Odysseus stellen sahen. Diesen fasste Menelaos an der Hand und führte ihn aus dem Gewühl zu seinem Streitwagen.

Jetzt sprang Aias in das Gedränge der Feinde und erschlug einen nach dem anderen. Wie ein hochgeschwollener Strom, Eichen und Kiefern mit sich fortreißend, ins Tal stürzt, so tobte Aias durch das Feld hin, die Männer und die Rosse vor sich niederwerfend. Hektor sah das nicht; denn er war am Skamandros auf der linken Seite des Treffens beschäftigt, da wo um Idomeneus und Nestor das ärgste Kampfgewühl war. Trotz der wütenden Tapferkeit des Hektor hielten hier die Griechen standhaft aus, und sie wären nicht gewichen, wenn nicht Paris den Helden Machaon, den trefflichen Arzt, mit einem Pfeil verwundet hätte. Als Idomeneus das sah, rief er erschreckt: »Nestor, erhabener Neleïde, hurtig, nimm Machaon auf deinen Wagen und bring ihn zu den Schiffen; denn ein Arzt, der Pfeile ausschneidet und lindernde Salben auflegt, ist viele andere Männer wert.« Nestor nahm schnell den Machaon auf seinen Wagen und brachte ihn zu den Schiffen. Unterdessen sah Kebriones, Hektors Wagenlenker, in der Ferne die Verwirrung, welche der tobende Aias anrichtete, und wendete dorthin den Streitwagen. Hektor stürzte sich sogleich in das dichteste Gewühl, doch mied er den starken Aias. Zeus aber sandte bei dem Anblick des Hektor Furcht in die Seele des Aias. Staunend blieb er stehen, warf den großen Schild auf den Rücken und ging langsam Schritt vor Schritt rückwärts, stets vorsichtig um sich blickend und oft sich kehrend, wie ein Löwe, der, in der Nacht von dem Rinderstand durch die Speere und die Feuerbrände der Hirten abgehalten, spät in der Dämmerung bekümmerten Herzens ins Dickicht zurückkehrt. Die Troer folgten ihm und warfen ihm Speere auf seinen Schild; doch er ging zögernd wie ein Esel, der, um zu fressen, in das Feld eingebrochen war und, unbekümmert um die Schläge der Knaben, erst nachdem er sich gesättigt hat, seines Weges geht. Sooft er aber sein Antlitz den Troern entgegenwandte, wichen ihre dichten Reihen furchtsam zurück. So kam er bis in die Nähe der Schiffe und stellte sich in der Mitte zwischen Troern und Achäern allein allen Feinden gegenüber und wehrte ihnen, von ihren Speeren umsaust, den Weg zum Lager. Eurypylos, Euaimons Sohn, sah die Bedrängnis des mutigen Helden und eilte ihm zu Hilfe; er durchbohrte den Apisaon mit seiner Lanze, doch als er hinzusprang, um ihm die Wehr von den Schultern zu ziehen, traf ihn ein Pfeil des Paris in den Schenkel, dass er schnell, um dem Tod zu entgehen, in die Scharen seiner Freunde sich zurückziehen musste. »Freunde«, rief er den Achäern zu, »wohlauf, steht dem Aias bei, der in harter Not ist, sonst, glaub ich, wird er nimmer dem Treffen entfliehen.« Die Achäer eilten mit erhobenem Speer, den Schild vor der Brust, in die Nähe des Aias, der nun zu den Seinen sich zurückzog und mit ihnen gemeinsam den Kampf wieder aufnahm. Die Griechen waren in ihr Lager hinter Mauer und Graben zurückgewichen und kämpften von den Türmen der Mauer herab gegen den andringenden Feind. Speere und Steine flogen hin und her um den gewaltigen Bau, und Schlacht und Getümmel waren aufs Neue furchtbar entbrannt.

Patroklos geht in den Kampf und fällt
(Homers *Ilias* XI, 597–848; XV, 390–405; XVI)

Als aus dem Schiff des Protesilaos die lichte Flamme schlug, da schienen die Griechen rettungslos verloren; aber noch zu rechter Stunde nahte die unerwartete Hilfe.

Achilleus hatte, auf dem Hinterteil seines Schiffes stehend, der mörderischen Schlacht vor dem Lager zugesehen, in welcher so mancher edle Held der Achäer verwundet oder getötet wurde, er hatte gesehen, wie der alte Nestor auf seinem Wagen den verwundeten Machaon aus dem Treffen nach seinem Zelt fuhr, aber den Machaon selbst nicht deutlich erkannt. Deshalb rief er seinen Freund Patroklos aus dem Zelt und trug ihm auf, nach dem Zelt des Nestor zu eilen und sich zu erkundigen, wer der Verwundete sei. Als Patroklos bei Nestor eintrat, fand er den alten Helden mit dem verwundeten Machaon in trautem Gespräch sitzen beim Becher; denn Hekamede, die edle Kriegsgefangene aus Lesbos, hatte ihnen ein Mahl bereitet und einen Mischtrank aus pramnischem Wein. Der Alte ging dem eintretenden Jüngling freundlich entgegen, fasste ihn bei der Hand und forderte ihn auf, sich zu ihnen zu setzen. Doch Patroklos dankte und gab kurz den Grund an, weshalb er gekommen war. Da sprach Nestor: »Was kümmert sich doch Achilleus so sehr um die Achäer, die das Geschoss verwundete? Er weiß doch nicht, in welcher Not das Heer ist; die Besten liegen bei den Schiffen, getroffen von Pfeil und Speer. Verwundet mit dem Pfeil ist Diomedes, mit dem Speere Odysseus und Agamemnon, und auch diesen trefflichen Mann führte ich eben, verwundet durch einen Pfeilschuss, aus der Feldschlacht. Aber Achilleus kennt kein Erbarmen. Wartet er vielleicht, bis unsere Schiffe von der Flamme verzehrt sind und wir selbst einer nach dem andern hinbluten? Ja, wäre ich noch so kräftig wie in meiner Jugend, als ich für mein Volk gegen die Epeer stritt und sie haufenweis erschlug! Aber Achilleus will nur für sich allein Genuss von seiner Tapferkeit. Und doch hat sein Vater Peleus, als wir, Odysseus und ich, nach Phthia kamen, um euch zum Krieg abzuholen, ihm beim Abschied die Mahnung gegeben, stets der erste zu sein und vorzustreben den andern. Und dich, Patroklos, mahnte damals dein

Vater Menoitios, deinem Freund mit klugem Rat zur Seite zu stehen, da du älter seist als er, wenn auch geringer an Geburt und an Kraft. Daran erinnere jetzt den Achilleus, vielleicht bewegt ihn dein Zuspruch, dass er die Waffen ergreift und uns rettet. Aber wenn ihn vielleicht ein Wink der Götter oder ein Wort von Zeus zurückhält, so bitte ihn, dass er wenigstens dir gestatte, mit den Myrmidonen in den Kampf zu gehen, und zwar in seiner Rüstung, ob vielleicht die Troer, dich für ihn ansehend, vom Kampf absehen und uns einige Erholung gönnen.«

Die Worte Nestors waren nicht ohne Eindruck auf den hochherzigen Jüngling, und er eilte bewegten Herzens zu Achilleus zurück. Als er in der Mitte des Lagers an das Zelt des Odysseus kam, begegnete ihm Eurypylos, der eben, von einem Pfeil des Paris in den Schenkel getroffen, aus der Schlacht ging. Er hinkte mühsam an seinem Speer dahin, und schwarzes Blut rieselte aus der Wunde. Als er den jungen Freund sah, bat er, ihn zu seinem Schiff zu führen und seine Wunde zu pflegen, da er ja von Achilleus die Heilkunst, welche ihn der Kentaur Cheiron gelehrt, auch empfangen haben solle. Patroklos erbarmte sich seiner, umfasste ihn unter der Brust und führte ihn in sein Zelt. Dort legte er ihn auf ein ausgebreitetes Stierfell und schnitt ihm den bitteren Pfeil aus der Wunde; dann spülte er das schwarze Blut mit lauem Wasser ab, zerrieb eine lindernde Heilwurzel zwischen den Händen und streute das Pulver auf die Wunde. Bald stockte das Blut und die Schmerzen vergingen.

Während so Patroklos seinen Freund sorglich pflegte und mit freundlichen Worten unterhielt, kamen die Griechen in der Schlacht in immer größeren Nachteil und wurden zuletzt hinter ihre Verschanzung zurückgetrieben. Als das Angstgeschrei und Getümmel der Danaer bis zu dem Zelt des Eurypylos drang, da klagte Patroklos laut, schlug sich mit den Händen beide Hüften und sprach: »Eurypylos, ich kann nicht mehr länger bleiben; denn zu laut erhebt sich schon der Kriegslärm. Ich überlasse dich deinem Waffengenossen und eile zu Achilleus, um ihn zum Kampf zu bewegen.« Kaum hatte er dies gesprochen, so lief er auch schon hastig davon. Als er in das Zelt zu Achilleus eintrat, stürzten ihm die Tränen aus den Augen, wie ein dunkler Quell vom jähen Felsen stürzt, und der Pelide fragte ihn mitleidig nach der Ursache seines Schmerzes. Patroklos klagte ihm die Not der Griechen und bat ihn, sie zu retten; wenn ihn aber ein Wink der Götter oder ein Wort des Zeus vom Kampf zurückhalte, so möge er wenigstens ihn in die Schlacht gehen lassen und ihm seine Rüstung leihen, damit die Troer, ihn für Achilleus haltend, vielleicht sich zurückzögen und die Achäer sich ermutigten. Achilleus konnte sich zwar selbst noch nicht entschließen, die Waffen zu ergreifen, aber da er sich von Anfang an vorgesetzt hatte, seinem Groll zu entsagen, sobald das Schlachtgetümmel bis zu den Schiffen gedrungen sei, so erlaubte er jetzt, wo Hektors Ruf bis zu seinem Zelt hin tönte und das ganze Lager in Gefahr war, in Flammen aufzugehen, dem Patroklos, in seiner eigenen Rüstung in den Kampf zu gehen, damit er die Troer von den Schiffen zurücktriebe; doch sobald er die Schiffe gerettet und die Troer aus dem Lager geworfen habe, solle er umkehren, damit nicht ein Troja befreundeter Gott ihn treffe. Kaum hatte er seine Ermahnung geendet, so sah er, wie die Flamme von dem Schiff des Protesilaos aufstieg, und er schlug sich die Seiten und rief: »Erhebe dich, edler Held Patroklos, schon sehe ich die Flamme an den Schiffen! Hülle dich rasch in die Waffen, während ich selbst das Kriegsvolk versammle, damit sie nicht die Schiffe nehmen und jeder Ausweg uns gehemmt ist.« Patroklos legte schnell die Rüstung an, Beinschienen und Harnisch, nahm Schwert und Schild und setzte den von Rosshaaren umwallten stattlichen Helm aufs Haupt; dann ergriff er zwei Lanzen, doch nicht die lange gewaltige Lanze des Achilleus, die einst Cheiron dem Peleus geschenkt, denn sie konnte nur Achilleus schwingen. Währenddessen spannte auf sein Geheiß Automedon, sein trautester Freund nach Achilleus, die schnellen Rosse des Peliden, Tanthos und Balios, an den Streitwagen, und Achilleus selbst rief seine Völker auf, dass sie sich wappneten. Wie blutgierige Wölfe sammelten sich die Führer der Myrmidonen um den edlen Patroklos mit ihren Völkern, welche Achilleus selbst ordnete. Fünfzig Schiffe waren dem Peliden nach Ilion gefolgt und in jedem führte er 50 Krieger; dieses gesamte Volk hatte er in fünf Scharen geteilt und jeder einen Führer gegeben: Menesthios, Eudoros, Peisandros, den alten Phoinix und Alkimedon. Nachdem Achilleus diese fünf Scharen wohl gereiht und geordnet hatte, rief er ihnen die ernste Mahnung zu: »Keiner, ihr Myrmidonen, vergesse mir die Drohungen, die ihr, während ich zürnte, bei den Schiffen den Troern ausspracht. Jetzt ist der Tag des Kampfes da, nach dem ihr so lange geschmachtet; jetzt bekämpfe die Troer, wer ein mutiges Herz hat.« Als sie die Worte ihres Königs vernommen hatten, schlossen sie die Reihen noch enger; Schild an Schild, Helm an Helm, Mann an Mann, so rückten sie aus nach dem Kampfplatz, voran Patroklos und sein Wagenlenker Automedon. Achilleus ging unterdessen in sein Zelt und holte aus einer schönen Lade einen kunstreichen Becher hervor, aus dem noch kein anderer Mann getrunken und kein anderer Gott eine Spende empfangen hatte außer dem Vater Zeus, reinigte ihn mit Schwefel, wusch ihn mit lauterem Flusswasser und füllte ihn dann mit funkelndem Wein. Darauf trat er in die Mitte seines Hofs, und indem er den Wein spendend ausgoss, flehte er zu dem Vater Zeus, dass er seinem Freund Sieg verleihe und ihn unverletzt zu den Schiffen zurückführe. Der ersten Bitte schenkte Zeus Gewährung, die zweite versagte er. Achilleus verschloss seinen kostbaren Becher wieder in der Lade und stellte sich dann vor das Zelt, um der Schlacht der Troer und Danaer zuzusehen.

Die Myrmidonen stürzten unterdessen mit ihrem Führer Patroklos gegen die Troer, schnell und kampfesmutig wie ein gereizter Wespenschwarm. Als die Troer sie herankommen sahen, den Patroklos hoch auf dem Wagen in der Rüstung des Achilleus, da gerieten sie in Schreck und Verwirrung und spähten schon um, wohin sie entfliehen sollten; denn sie dachten, dass Achilleus selbst wieder in den Kampf gehe. Patroklos schleuderte seine Lanze mitten unter sie, wo an dem Schiff des Protesilaos das dichteste Gedränge war, und streckte den Päonier Pyraichmes nieder, dass die Päonier, von Schrecken betäubt, flüchteten. Der Held trieb alle zurück und löschte die Flammen an dem halb verbrannten Schiff. Nun stürzten die Danaer, durch die unerwartete Hilfe ermutigt, wieder von allen Seiten hervor und erneuerten den Kampf mit doppelter Wut; Menelaos, Antilochos und sein Bruder Thrasymedes, die beiden Aias, Idomeneus, Meriones und andere achäische Helden fassten jeder seinen Mann, und bald war das ganze Heer der Troer auf der Flucht von den Schiffen. Hektor selbst, nachdem er lange die Seinen zu schützen und zu retten gesucht, floh mit seinen schnellen Rossen allen voran über den Graben; das Volk hinter ihm, flüchtend mit Angst und Geschrei und in wirrem Getümmel, wurde aufgehalten durch die Tiefe des Grabens, in welchem mancher Wagen von den fortspringenden Rossen zerschellt und zurückgelassen wurde, und sank scharenweise unter dem Speer des Patroklos und seiner Freunde. Die glücklich hinüberkamen, eilten in dichtem Schwarm durch das staubige Feld der Stadt zu unter tosendem Geschrei, wie im Spätherbst durch den Regen geschwellte Bäche und Ströme brausend von den Bergen zum Meer stürzen. Patroklos, begierig, den Hektor zu erreichen, jagte ihnen nach und trieb immer die nächsten Scharen vom Weg ab und rückwärts den Schiffen zu und streckte sie würgend nieder.

Als Sarpedon, der Fürst der Lykier, so seine Freunde unter den Händen des Patroklos erliegen sah, berief er seine Lykier um sich, sprang vom Wagen und eilte auf Patroklos zu. Als dieser ihn zu Fuß herankommen sah, sprang auch er vom Wagen, und nun stürzten die beiden Helden gegeneinander los wie zwei kampfgierige Geier. Da sprach Zeus im Olympos seufzend zu Hera: »Wehe mir, wenn das Geschick mir unter Patroklos' Hand den lieben Sohn Sarpedon bändigt! Noch schwankt mir das Herz, ob ich ihn lebend aus dem Kampf raffen und zu den Fluren Lykiens entführen oder durch Patroklos töten lassen soll.« Da schalt ihn Hera und sprach: »Was für ein Wort, Kronion, redest du da? Einen Sterblichen, der längst dem Verhängnis verfallen ist, willst du schonen? Bedenke, wenn du deinen Sohn aus der Schlacht retten willst, ob nicht auch noch ein anderer Gott begehre, seinen Sohn dem Tod zu entziehen; denn noch viele Söhne unsterblicher Götter kämpfen um Trojas Feste. Glaube mir, besser ist's, du lässt ihn in der Schlacht fallen unter der Hand des Patroklos und übergibst dann die Leiche dem Tod und dem Schlaf, sie nach Lykien zu tragen, dass seine Brüder und Verwandten ihn dort unter Grabhügel und Säule rühmlich bestatten.« Kronion gab der Gattin nach, und er vergoss blutige Tränen zur Erde, dem teuren Sohn zur Ehre, den Patroklos bald im Gefilde von Troja erschlagen sollte.

Als Patroklos und Sarpedon einander nahe waren, warf jener zuerst seine Lanze und traf den Waffengenossen des Sarpedon, Thrasymelos, in den Leib, dass er stürzte; die Lanze des Sarpedon verfehlte den Patroklos, und auch eine zweite Lanze flog über dessen Schulter hinaus, ohne ihn zu berühren. Da schwang Patroklos seinen Speer und traf den Gegner da, wo das Zwerchfell sich um das Herz hüllt, dass er sank wie eine Eiche oder Fichte im Gebirge unter der Axt des Schiffbauers und, vor seinem Wagen liegend, knirschend mit der Hand im Staub wühlte. Sterbend rief er seinen Freund Glaukos an, dass er mit den Lykiern seinen Leib schütze und ihn nicht der Waffen beraubt werden ließe. Kaum hatte er geendet, so schloss der Tod sein Auge. Patroklos stemmte die Ferse gegen seine Brust und zog ihm die Lanze aus dem Leib; Glaukos aber stand da mit Wehmut im Herzen, da er nicht helfen konnte, denn ihn quälte die Wunde, welche ihm der Pfeil des Teukros bei der Bestürmung der Mauer geschlagen hatte. Er flehte in seinem Kummer zu Apollon, dass er ihm seine Wunden heile und ihn für den Kampf stärke, und der Gott erhörte sein Gebet. Mutig und mit rüstiger Kraft eilte der lykische Held durch die Reihen der Troer und suchte seine tapferen Freunde auf, Polydamas und Agenor, Aineias und Hektor, dass sie ihm beistünden, den gefallenen Sarpedon vor den Händen der erbitterten Danaer zu schützen. Diese flogen schnell herbei, und nun erhob sich über der Leiche Sarpedons ein furchtbares Waffengetümmel. Zeus breitete über die Kämpfenden verderbliche Nacht, damit um seinen lieben Sohn die Kriegswut noch heftiger tobe. Wie in dem Waldtal die Schläge holzhauender Männer weithin erschallen, so krachten die Schilde und die ehernen Waffen der Krieger unter dem Schlag der Schwerter und dem Stoß der Lanzen; die Leiche des Sarpedon war mit Geschossen und Blut und Staub bedeckt, sodass auch ein Freund ihn nicht erkannt hätte, und Haufen von Leichen türmten sich um ihn. Endlich flohen die Troer, Hektor voran, zu der Stadt hin und ließen die Leiche des Lykierfürsten in den Händen der Achaer. Die zogen ihm die Rüstung von den Schultern, welche Patroklos zu den Schiffen tragen ließ. Den Leichnam aber nahm Apollon auf Geheiß des Zeus vom Schlachtfeld auf, trug ihn zu dem Fluss Skamandros, wusch ihm das dunkle Blut ab, salbte ihn mit Ambrosia und hüllte ihn in ambrosische Gewande; dann übergab er ihn dem Schlaf und dem Tod, den Zwillingsbrüdern, dass sie ihn in seine Heimat trügen, wo die Brüder und Verwandten ihn bestatteten.

Patroklos vergaß in seinem Kampfesmut der Warnungen des Achilleus und verfolgte die Troer mordend bis an die Mauern ihrer Stadt.

Und jetzt hätten die Achäer unter Patroklos' Hand das wohlbefestigte Troja erobert, wenn nicht Apollon, ihm Verderben sinnend, von einem Turm herab die Troer beschützt hätte. Dreimal stieg Patroklos an einer Ecke der Mauer kühn hinan, und dreimal drängte ihn der Gott zurück, indem er mit seinen mächtigen Händen wider seinen Schild stieß; als er zum vierten Mal ansprang, einem Gott gleich, da rief ihm Apollon die schreckliche Drohung zu: »Weiche, Patroklos, deinem Speer ist nicht vergönnt, die Stadt der Troer zu zerstören, nicht einmal dem Achilleus, der doch viel stärker ist als du.« Da wich Patroklos zurück vor dem Zorn des furchtbaren Gottes.

Hektor stand zweifelnd am skäischen Tor, ob er seine Rosse in das Schlachtgetümmel zurücktreiben oder mit dem Volk in die Mauern sich einschließen sollte. Da trat Apollon zu ihm in der Gestalt seines Oheims Asios, der ein Bruder der Hekabe war, und trieb ihn wieder mit seinen Scharen in die Schlacht gegen Patroklos. Als dieser ihn mit seinem Wagenlenker Kebriones, einem Bastard des Priamos, auf sich zukommen sah, sprang er vom Wagen, fasste einen schweren zackigen Feldstein und schleuderte ihn gegen sie. Er traf den Kebriones wider die Stirn und zerschmetterte ihm das Antlitz, dass ihm die Augen vor die Füße in den Staub fielen und er selbst wie ein Taucher tot vom Wagen herabschoss. Mit kränkendem Spott rief Patroklos: »Hei, welch ein behänder Mann! Wie leicht taucht er hinab! Gewiss hat er einst die Kunst des Tauchens geübt an den fischreichen Gewässern des Meeres und manchen Mann mit gefangenen Austern versehen. Traun, die Troer haben unvergleichliche Taucher!« Mit diesen Worten des Übermuts sprang er wie ein Löwe auf den Leichnam des Gefallenen; auch Hektor sprang vom Wagen, der eine fasste das Haupt, der andere den Fuß des Toten, und Troer und Achäer drängten sich heran und schlugen, wie wenn Ost- und Südwind miteinander kämpfen, herüber und hinüber. Erst gegen Abend warfen die Achäer die Troer zurück und bemächtigten sich des Kebriones in seiner Rüstung; und Patroklos stürzte sich aufs Neue mit feindlicher Wut in die Troer, dreimal sprang er gegen sie an mit schrecklichem Ruf und erlegte dreimal neun Männer; doch als er zum vierten Mal anstürmte, da nahte ihm des Lebens Ende. In finstere Nacht gehüllt, kam ihm ungesehen Phoibos Apollon furchtbar entgegen, trat hinter ihn und schlug ihn mit flacher Hand in den Rücken zwischen die Schultern, dass die Augen ihm schwindelten; dann schlug er ihm den Helm vom Haupt, zerbrach ihm die Lanze, riss ihm den Schild herab und den Harnisch und betäubte sein Herz mit Grauen, dass er staunend starr dastand. Da stach ihm von hinten Euphorbos, des Panthoos Sohn, mit der Lanze in den Rücken; doch er fällte den Starken nicht, der sich jetzt, um dem Tod zu entgehen, in das Gedränge seiner Freunde zurückzog. Als Hektor ihn zurückweichen sah, stürmte er ihm nach und rannte ihm die Lanze in den Leib, dass die eherne Spitze aus dem Rücken wieder hervordrang und der Held dumpf krachend zu Boden fiel, den Seinen zu Schreck und Gram. So fiel der Gewaltige unter der Hand des Hektor, wie ein Eber, dem ein Löwe obsiegt am Gebirgsquell, wohin sie beide zu trinken kamen.

Laut frohlockte Hektor: »Ha, Patroklos, du gedachtest unsere Stadt in Schutt zu legen und unsere Frauen als Mägde in eure Heimat zu führen. Törichter! Die beschützt Hektor, der mit dem Speer zu kämpfen versteht. Was hilft dir nun Achilleus mit all seiner Stärke? Der trug dir sicherlich auf, nicht eher zurückzukehren, als bis du dem männerwürgenden Hektor den Panzer durchstochen, und du versprachst es töricht.« Patroklos antwortete schwachen Lautes: »Prahle nur immerhin! Zeus und Apollon haben dir Siegesruhm gewährt sonder Mühe; denn die haben mir die Wehr von den Schultern genommen, sonst hätte ich solcher, wie du, zwanzig dahingestreckt. Mich hat das böse Geschick und Apollon getötet, und von den Menschen Euphorbos; du ziehst mir nur als dritter die Rüstung ab. Aber eins verkünde ich dir: Du selbst wirst nicht lange mehr einhergehen, schon steht das Verhängnis des Todes dir zur Seite, dass du Achilleus, dem göttlichen Aiakiden, erliegst.« So sprach er, und die Nacht des Todes umhüllte sein Auge. Hektor aber rief dem Gestorbenen noch in stolzem Siegesmut zu: »Was weissagst du mir grauses Verderben, Patroklos? Wer weiß, ob nicht Achilleus, der Thetis Sohn, von meiner Lanze durchbohrt, sein Leben verhaucht.« Mit diesen Worten zog er, mit dem Fuß sich aufstemmend, den Speer aus der Leiche und schleuderte sie zurück auf den Boden.

Achilleus entschließt sich zum Kampf

(Homers *Ilias* XVII – XIX)

Nachdem Hektor den Patroklos erlegt hatte, jagte er dem Automedon nach, der den Wagen des Patroklos führte, ob er vielleicht die göttlichen Rosse des Achilleus erbeuten könnte; aber die schnellhufigen Rosse enteilten ihm. Er wandte sich daher zu der Stelle zurück, wo Patroklos lag und Troer und Achäer um den Leichnam des Gefallenen kämpften. Vor allen war Menelaos bemüht, die Leiche zu schützen, und er hatte die Freude, den Euphorbos, der den Patroklos zuerst verwundet, mit seiner Lanze in den Staub zu strecken. Als Hektor auf den Kampfplatz kam, gelang es ihm, die Griechen zurückzutreiben und von den Schultern des Gefallenen die Rüstung des Achilleus abzuziehen, die er sich dann abseits vom Getümmel selbst anlegte. Als Zeus aus der Höhe des Himmels ihn sich mit der Rüstung des göttlichen Aiakiden wappnen sah, schüttelte er sein Haupt und sprach in seines Herzens Tiefe: »Du Armer, du ahnst das Todesgeschick nicht, das dir so nahe ist; du rüstest dich mit der göttlichen Wehr des erhabenen Mannes, vor dem auch andere erzittern, erschlugst ihm den sanftmütigen tapferen Freund und nahmst ihm nicht der Ordnung gemäß die Wehr von Haupt und Schultern. Dennoch, weil dir keine Wiederkehr aus der Schlacht beschieden ist und dir Andromache nicht bei der Heimkehr die herrlichen Waffen des Peliden abnehmen wird, will ich dir zur Entschädigung noch einmal Siegesruhm verleihen.« So sprach der Vater Zeus, und Hektors Brust durchdrang der kriegerische Geist des Ares, und seine Glieder wurden erfüllt von unmäßiger Kraft. Mit wildem Mut stürzte er sich unter seine Genossen und rief sie alle zu todesverachtendem Kampf um die Leiche des Patroklos zusammen. Auf der anderen Seite aber berief auch Menelaos seine Freunde, die beiden Aias, Idomeneus und Meriones und andere, und nun entbrannte ein wütender Kampf um Patroklos. Die Erde floss von Blut, Troer und Bundesgenossen und Danaer sanken bunt durcheinander tot in den Staub. »Lieber soll die Erde uns verschlingen«, sprach mancher von den Danaern, »als dass wir diesen Toten den Troern lassen, ihn in ihre Stadt zu ziehen!« Mancher Troer rief: »Und wäre uns allen zugleich bestimmt, bei diesem Mann zu sterben, keiner doch entziehe sich dem Kampf!« Zuletzt jedoch vermochten die Danaer dem siegreichen Hektor nicht mehr standzuhalten, und schon mancher wandte den Rücken; selbst Aias, der gewaltige Telamonier, verzweifelte und sprach zu Menelaos, der neben ihm kämpfte: »Wäre doch irgendein Freund des Peliden da, der ihm ansagte, dass sein trauter Genosse erschlagen liegt! Spähe umher, Menelaos, ob du vielleicht den Antilochos siehst, und sende ihn schleunigst zu Achilleus.«

Der verwundete Patroklos, von Aias verteidigt

Menelaos eilte durch das Treffen und suchte den Sohn des Nestor; er fand ihn zur Linken im Gemenge der Schlacht, wie er seine Genossen zum Kampf ermahnte, unbekannt noch mit dem Jammergeschick seines geliebten Freundes. Als er von Menelaos die Botschaft hörte, durchfuhr ihn ein Schauer, er stand lange stumm und sprachlos da, und seine Augen füllten sich mit Tränen, dann eilte er, der Aufforderung des Menelaos folgend, in schnellem Lauf weinend zu dem Zelt des Achilleus, um ihm den Tod ihres gemeinsamen Freundes zu verkünden.

Achilleus stand nachdenklich vor seinen Schiffen und übersann in seinem Geist, was schon zur Vollendung gekommen war. Als er die Griechen dem Lager zufliehen sah, sprach er unmutig zu seinem Herzen: »Wehe, warum flüchten dort so die Achäer durch das Gefilde? Wenn mir nur nicht die Götter das Unglück vollendet haben, das mir die Mutter verkündigte, dass noch während meines Lebens der tapferste der Myrmidonen unter der Hand der Troer erliegen werde.« Während er noch solches in seinem Herzen erwog, nahte der Sohn des Nestor, heiße Tränen vergießend, und rief: »Wehe, Pelide, ein entsetzliches Jammergeschick vernimmst du, das nie möchte geschehen sein. Unser Patroklos liegt erschlagen; sie kämpfen um seinen nackten Leichnam, denn die Waffen zog ihm Hektor ab.« Da ergriff jäher betäubender Schmerz die Seele des Peliden. Er raffte mit beiden Händen den dunklen Staub vom Boden und streute ihn sich aufs Haupt und über das Antlitz und das Gewand; dann warf er sich der ganzen Länge nach in den Staub und zerraufte sein Haar. Die Mägde, die er und Patroklos erbeutet hatten, rannten mit zitternden Knien aus dem Zelt und drängten sich, weinend und die Brüste schlagend, um ihren klagenden Herrn, und Antilochos stand auf der anderen Seite und weinte und klagte und hielt die Hände des stöhnenden Freundes, denn er befürchtete, er möchte in seinem Schmerz sich mit dem Schwert die Kehle abschneiden.

In der Tiefe des Meeres hörte Thetis in der glänzenden Grotte ihres Vaters das Klagegeschrei ihres Sohnes, und sie weinte laut auf, dass ihre Schwestern alle, die Nereiden, herankamen und mit ihr sich die Brust schlugen und jammerten. »Wehe mir Armen«, rief Thetis, »wehe mir unglücklichen Heldenmutter, dass ich einen so hochherzigen tapferen Sohn gebar, der vor allen Helden hervorragt. Wie ein sprossender Baum wuchs er empor, und ich erzog ihn mit Fleiß und schickte ihn gen Ilion, das Volk der Troer zu bekämpfen; aber nie kehrt er zur Heimat zurück in die Wohnung seines Vaters. Und solange er lebt sein kurzes Leben, muss er Leiden erdulden, und ich kann ihm nicht helfen. Doch jetzt gehe ich, mein teures Kind zu schauen und zu hören, welcher Jammer ihn traf.« Und sogleich verließ sie die silberglänzende Grotte, und ihre Schwestern folgten ihr, und sie kamen an das Gestade von Troja. Die Mutter trat zu dem klagenden Sohn und umschlang laut weinend sein Haupt und sprach: »Liebes Kind, was weinst du? Was betrübt dein Herz? Verhehle mir's nicht. Ist dir doch alles von Zeus vollendet, was du begehrtest, dass die Männer Achaias, um die Schiffe zusammengedrängt, in entsetzlicher Not nach deiner Hilfe schmachteten.« Da begann Achilleus schwer seufzend: »Mutter, ja der Olympier hat mir alles vollendet, aber was frommt mir solches, nachdem mein teurer Patroklos, der mir lieb war wie mein eigenes Haupt, in den Staub gesunken ist? Meine eigenen herrlichen Waffen, welche die Götter dem Peleus verehrt an eurem Vermählungstag, hat ihm Hektor, der ihn erschlug, vom Leib gezogen. Ich begehre nicht mehr, unter den Sterblichen zu wandeln, wenn nicht Hektor, unter meiner Lanze sein Leben verhauchend, mir büßt für den Mord meines Patroklos.« »Nun, dann ist dein Leben schnell dahin«, rief Thetis weinend, »denn bald nach Hektor ist auch dir dein Ende beschieden.« »Möchte ich doch gleich sterben«, sprach Achilleus voll Unmut, »da es mir nicht vergönnt war, meinen erschlagenen Freund zu schützen. Fern von der Heimat sank er dahin und entbehrte meiner Hilfe. Verflucht sei der Zorn, der zuerst süßer als Honig in die Brust der Menschen schleicht und dann aufwächst wie ein dampfendes Feuer. Auch mich hat er betört, dass ich weder meinem Patroklos noch meinen andern Freunden, die unter Hektors Hand fielen, ein Schirm und Heil wurde, sondern, umsonst die Erde belastend, ruhig bei den Schiffen saß. Doch das Vergangene sei vergessen; ich unterdrücke meinen Groll und gehe, den Mörder des teuersten Haupts zu erreichen, mag mein Los ich empfangen, wann immer es Zeus und den anderen Göttern gefällt. Manche Troerin soll noch durch mich unter Seufzern sich die Tränen wischen von der rosigen Wange, sie sollen innewerden, dass ich lange vom Krieg gerastet. Drum wehre mir den Kampf nicht, liebe Mutter, denn ich werde nimmer gehorchen.« »Du hast recht, mein Sohn«, sprach Thetis, »aber dir fehlen die Waffen. Hektor prangt in deiner Rüstung einher, wenn er auch nicht lange darin frohlocken wird. Gehe mir nicht in das Getümmel des Krieges, bis ich wieder zu dir zurückgekehrt bin. Sobald die Sonne heraufsteigt, bringe ich dir eine stattliche Wehr von Hephaistos.«

So sprach Thetis und eilte zu dem Olympos hinauf, zu der Esse des kunstberühmten Hephaistos, während ihre Schwestern wieder zu der Tiefe des Meeres zurückkehrten. Unterdessen hatten Menelaos, der zu seinen früheren Kampfgenossen zurückgeeilt war, und Meriones die Leiche des Patroklos vom Boden aufgenommen und trugen ihn dem Lager zu, während die beiden Aias und ihre Freunde schützend folgten. Die Troer mit Hektor und Aineias setzten ihnen schreiend nach wie Jagdhunde einem verwundeten Wildschwein; aber sobald die beiden Aias sich drohend umkehrten, wichen sie erschreckt zurück und wagten nicht mehr, um den Leichnam zu kämpfen. Aber immer aufs Neue kamen sie heran. Dreimal fasste Hektor den Fuß des Patroklos, um ihn wegzureißen, und dreimal stießen die beiden Aias ihn zurück, und er hätte ihnen den Leichnam noch geraubt, wenn nicht Iris, von Hera gesandt, den Achilleus angetrieben hätte, ohne Waffen auf den Wall des Lagers zu eilen und die nachstürmenden Troer durch seinen Ruf zurückzuschrecken. Athena selbst hängte ihm um die mächtigen Schultern die grauenvolle Ägis des Zeus und ließ um sein Haupt eine goldene Wolke gleich strahlendem Feuer leuchten; so stand der Held auf dem Wall und schrie dreimal laut auf gleich einer Kriegstrompete, dass die Troer entsetzt auseinanderstoben und im Gewirr zwölf der Tapfersten durch die eigenen Wagen und Geschosse zugrunde gingen. Dessen freuten sich die Achäer und brachten endlich nach unsäglicher Mühe die teure Leiche in Sicherheit. Sie legten sie auf ein Lager, und seine Freunde standen umher voll Trauer und Wehmut. Auch Achilleus kam herzu und sah den teuren Freund auf der Bahre, vom scharfen Erz zerfleischt, den er kurz zuvor noch in jugendlicher Kraft mit Ross und Wagen in den Kampf gesandt hatte.

Endlich, nach langem blutigen Kampf ging die Sonne säumig unter, und das Heer der Achäer ruhte aus von den verderblichen Mühen des Krieges. Die ganze Nacht aber seufzten und klagten um Patroklos seine lieben Freunde, und vor allen jammerte Achilleus, während seine mörderischen Hände auf dem Busen des Freundes ruhten. »Wehe«, sprach er, »welch eitles Wort sprach ich aus, als ich dem Vater Menoitios tröstend versprach, ihm den herrlichen Sohn nach Eroberung von Ilion mit reicher Beute sicher nach Opus zurückzubringen. Aber der Mensch denkt, und Zeus vollendet es anders. So wurde nun uns beiden bestimmt, dieselbe Erde mit unserem Blut zu röten hier im troischen Land; denn auch mich werden Vater und Mutter nimmermehr im Palast empfangen, sondern das Erdreich wird hier mich decken.

Doch da ich nun nach dir, mein Patroklos, in die Erde sinken soll, so werde ich dich nicht eher bestatten, als bis ich dir die Waffen und das Haupt deines Mörders, des Hektor, gebracht habe. Und an deinem Totenfeuer werde ich dir zwölf der edelsten Söhne Trojas schlachten, um meinem Zorn ob deiner Ermordung genug zu tun. Bis dahin ruhe hier bei meinen Schiffen.« Darauf ließ Achilleus den Staub von der Leiche des Freundes waschen und ihn mit Öl salben, dann legten sie ihn auf ein schönes Lager und hüllten ihn in köstliche Leinwand vom Kopf bis zu den Füßen.

Unterdessen war Thetis in den ehernen sternenhellen Palast des Hephaistos gelangt, welchen er sich selbst auf dem Olympos erbaut hatte. Der kunstfertige Gott war eifrig in seiner Esse beschäftigt, als Thetis in den Palast trat. Charis, seine anmutige Gattin, empfing die Göttin freundlich und setzte sie auf einen schönen, mit Silber beschlagenen Sessel; dann rief sie ihrem Gatten in der Werkstatt zu: »Komm herein, Thetis wünscht, dich zu sprechen.« »Also die edle erhabene Göttin ist in meinem Haus«, rief Hephaistos, »die mich einst rettete, als meine entsetzliche Mutter Hera mich lahmes Kind aus dem Himmel warf; da wäre ich in Elend verkommen, wenn nicht Thetis und Eurynome, des Okeanos Tochter, mich in ihrem Schoß aufgefangen hätten. Neun Jahre lang weilte ich bei ihnen auf dem Grund des Meeres in der gewölbten Grotte, allen verborgen, und schmiedete ihnen mancherlei Kunstwerke. Sie also ist jetzt in meinem Haus! Jetzt gebührt sich's, dass ich ihr den Rettungsdank zahle. Biete du ihr die Bewirtung des Gastrechts, während ich selbst erst meine Blasebälge und sonstigen Geräte beiseite geschafft habe.« Nachdem dies in Eile geschehen war, wusch sich der Gott mit einem Schwamm Hände und Gesicht, Nacken und Brust, hüllte sich in seinen Leibrock und kam hinkend auf einem mächtigen Stab aus seiner Werkstatt hervor, gestützt auf zwei Mägde, die er sich selbst aus Gold geschmiedet hatte, jugendlich schön und Lebenden gleich, begabt mit Kraft und Verstand und Stimme. Er setzte sich auf einen Sessel neben Thetis, erfasste ihre Hand und sprach: »Ehrenwerte geliebte Göttin, was führt dich in unser Haus? Denn sonst besuchst du mich gar nicht. Sage, was du verlangst, ich werde es gern gewähren, so mir's möglich ist.«

Thetis und Hephaistos

Darauf erzählte Thetis, was geschehen, und bat Hephaistos, ihrem Sohn eine neue Rüstung zu machen, Schild und Helm, Beinschienen und Harnisch, und der Gott, gern zu ihrem Dienst bereit, eilte sogleich wieder in seine Esse und nahm das Werk in Angriff. Er schmolz in mächtigen Tiegeln Erz und Zinn und Silber und Gold und begann dann, mit Hammer und Zange auf dem Amboss zu schmieden. Zuerst formte er einen großen starken Schild aus fünf Schichten mit dreifachem blanken Rand und einem Gehänge von Silber. Die Wölbung schmückte er mit den kunstreichsten Gebilden. In der Mitte befand sich die Erde und das wogende Meer und der Himmel mit Sonne und Mond und allen Sternen. Um diese herum waren angebracht zwei blühende Städte, die eine belebt durch ein Hochzeitsfest und Gelage, durch eine Volksversammlung, mit hadernden Bürgern, Herolden und Richtern, die andere im Zustand der Belagerung; der Feind liegt vor den Mauern, auf den Mauern stehen Weiber und Kinder und Greise, während die Männer der Stadt draußen sich in einen Hinterhalt lagern und eine Herde rauben, um die sich dann blutiger Kampf entspinnt. Außerdem schuf der Künstler friedliche Bilder des ländlichen Lebens, die Bestellung eines Feldes, ein wallendes Ährenfeld mit Schnittern, eine Weinlese mit jauchzenden Jünglingen und Mädchen, eine Rinderherde, von zwei Löwen angefallen, eine Schafherde und einen ländlichen Tanz. Um all diese Bilder aus dem mannigfach gestalteten Leben der Menschen zog sich am Rand des Schilds der gewaltige Strom des Okeanos. Nach dem Schild schmiedete der Gott den Harnisch, glänzender denn Feuer, darauf den gewaltigen Helm mit einem goldenen Haarbusch und zuletzt die Beinschienen aus feinem Zinn. Sobald er alles Gerät vollendet hatte, brachte er es zu den Füßen der Thetis; diese nahm das schimmernde Waffengeschmeide und trug es schnell vom Olympos hinab in das Lager der Achäer.

Eben hatte Eos, die Göttin des Morgenrots, den Menschen und Göttern den neuen Tag gebracht, da trat Thetis vor ihren Sohn, der noch immer über seinen Freund Patroklos ausgestreckt lag, laut jammernd und umringt von seinen trauernden Genossen. Sie legte die Waffen vor Achilleus nieder, strahlend schön, wie noch nie ein Sterblicher um seine Schultern getragen. Die Myrmidonen schreckten vor dem schimmernden Glanz zurück und wagten nicht, sie anzuschauen; Achilleus aber wurde bei ihrem Anblick noch heftiger von zornigem Kriegsmut ergriffen, seine Augen strahlten wie flammendes Feuer unter den Wimpern hervor, und er nahm freudig die herrlichen Geschenke des Gottes in die Hände. Lange ergötzte er sich an ihrem Anblick, dann sprach er zur Mutter: »Wahrlich, diese Waffen schuf mir eine unsterbliche Hand! Jetzt aber will ich gleich mich wappnen; doch ich befürchte, dass Fliegen in die Wunden meines erschlagenen Freundes schlüpfen und darin Gewürm erzeugen, das den Leichnam entstellt.« »Lass das dein Herz nicht bekümmern, mein Sohn«, sprach Thetis, »ich selbst werde den Leib unversehrt erhalten durch Ambrosia und roten Nektar und die Fliegen abwehren; du aber rufe jetzt die Helden der Achäer zur Versammlung, um dich auszusöhnen mit Agamemnon, und dann wappne dich zum Kampf.«

Achilleus ging nun an das Ufer des Meeres und rief mit donnernder Stimme die Helden Achaias zur Versammlung. Da lief freudig herbei, was nur sich regen konnte, selbst die Steuerleute und die Schaffner, die sonst die Schiffe nicht verlassen; auch Diomedes und Odysseus, die noch schwere Wunden trugen, hinkten, auf ihre Lanzen gestützt, zur Versammlung und setzten sich in die vordersten Reihen. Zuletzt erschien der Völkerfürst Agamemnon, er krankte noch an der Wunde, die der Speer des Koon ihm geschlagen hatte. Als die Versammlung vollzählig war, erhob sich Achilleus und sprach sein Bedauern aus über seinen verderblichen Streit mit Agamemnon, der so viele Tapfere das Leben gekostet, und entsagte vor allem Volk seinem Zorn, um sogleich mit ihnen in die Schlacht zu ziehen. Da jubelten freudig alle Achäer, und Agamemnon erhob sich und sprach: »Hört mich, ihr Helden der Danaer, ich will mich dem Achilleus erklären. Oft schon haben die Söhne Achaias mich wegen meines Haders mit Achilleus rügend gestraft; doch ich trage nicht die Schuld, sondern Zeus und die Moira und die im Dunkel schleichende Erinys verblendeten mich zu heftigem Fehl damals in der Versammlung. Dafür habe ich schwer gebüßt. Jetzt aber will ich gerne vergelten, und ich biete dir, Achilleus, Sühnung, so viel du begehrst. Ziehe in den Kampf, und ich lasse dir alle die Geschenke reichen, die gestern Odysseus, von mir gesendet, dir anbot. Oder willst du lieber noch bleiben, so lasse ich dir gleich durch meine Diener die Geschenke aus meinem Schiff herholen, dass du siehst, was ich alles dir gebe.« Achilleus antwortete: »Atride, ruhmvoller Völkerfürst, ob du Geschenke mir geben willst oder sie behalten, das steht bei dir. Jetzt lass uns ohne Verzug der Schlacht gedenken; denn noch vieles ist ungetan, und es drängt mich, im Vordertreffen die Scharen der Troer mit dem Speer zu vernichten. So seid auch ihr nur jetzt des Kampfes eingedenk.« Aber Odysseus antwortete: »Edler Pelide, lass nicht ungespeist die Achäer in die Schlacht gehen, denn der Kampf wird nicht kurz sein. Lass das Volk jetzt erst auseinandergehen, dass sie das Frühmahl sich bereiten und an Speise und Wein sich erquicken; das gibt Kraft und Mut. Unterdessen mag Agamemnon die Geschenke hier mitten auf den Versammlungsplatz bringen, auf dass alle Achäer sie mit Augen sehen und du dein Herz daran erfreust. Und dann soll er in seinem Gezelt dich mit einem stattlichen Mahl bewirten, damit du in nichts die schuldige Ehre missest.«

Agamemnon war gerne zu allem bereit. Die Geschenke wurden auf den Versammlungsplatz gebracht und dann in das Zelt des Achilleus getragen. Auch die sieben Sklavinnen und mit ihnen Briseïs wurden dorthin geführt. Als Briseïs die Leiche des Patroklos sah, brach sie in lautes Klagen aus; denn er war in ihrer unglücklichen Gefangenschaft stets ihr gefälliger Freund und gutmütiger Tröster gewesen. Das Mahl, mit welchem Agamemnon den Peliden ehren wollte, schlug er aus; denn nicht eher wollte er Trank und Speise über seine Lippen bringen, als bis das Werk seiner Rache vollendet sei. Odysseus, die beiden Atriden, Nestor und Idomeneus und Phoinix begleiteten ihn in seine Wohnung und suchten ihn zu erheitern; doch der Anblick des toten Freundes weckte wieder seinen ganzen Schmerz, und er begann aufs Neue zu klagen. Mitleidig sah Zeus auf den Trauernden herab, und er sandte Athena, dass sie ihm Nektar und Ambrosia sanft und unvermerkt in die Brust flößte, damit seine Knie in der Schlacht ihm nicht vor Hunger erstarrten.

Nachdem die Völker ihr Frühmahl eingenommen hatten, wappneten sie sich und strömten gleich den dichten Flocken des Schnees aus den Schiffen hervor, Helm an Helm, Schild an Schild, Harnisch

Achilleus, sich rüstend

an Harnisch, Lanzen an Lanzen; das ganze Erdreich umher leuchtete von dem Glanz des Erzes und dröhnte unter ihren Füßen. Mitten unter ihnen wappnete sich auch Achilleus voll zornigen Kampfesmuts, dass seine Augen flammten und seine Zähne knirschten. Nachdem er die schimmernden Waffen des Hephaistos angelegt hatte, versuchte er sich in der Rüstung, ob sie auch passend schlösse und die Glieder sich leicht bewegten: Und siehe, es war ihm, als wenn Flügel seinen Leib in die Höhe trügen. Nun nahm er aus schönem Gehäuse den langen schweren Speer seines Vaters Peleus, den außer Achilleus kein Danaer schwingen konnte. Der Kentaur Cheiron hatte die Mordlanze einst auf dem Gipfel des Pelion abgehauen und dem Peleus geschenkt. Automedon und Ultimos hatten unterdessen die Rosse an den Streitwagen gespannt und ersterer sich selbst als Wagenlenker in den Sessel geschwungen. Jetzt sprang auch Achilleus in seinem leuchtenden Waffenschmuck auf den Wagen, strahlend wie die Sonne, und rief mit furchtbarer Stimme seinen unsterblichen Rossen zu: »Xanthos und Balios, bringt mir glücklich den Wagenlenker wieder ins Lager der Achäer zurück, nachdem wir uns am Kampf gesättigt; lasst mich nicht wie den Patroklos tot auf dem Feld zurück.« Da ward ihm ein grauenvolles Wunderzeichen durch Hera, die plötzlich dem Streitross Xanthos Rede verlieh. Mit zur Erde geneigtem Haupt, dass die wallende Mähne bis auf den Boden niedersank, antwortete das unsterbliche Ross: »Wohl bringen wir dich, starker Achilleus, lebend aus dem Kampf zurück; aber der Tag des Verderbens ist dir nahe. Doch dessen sind wir nicht schuldig, sondern der mächtige Gott und das gewaltige Verhängnis. Nicht durch unsere Säumnis ist Patroklos erlegen, sondern der gewaltige Gott Apollon schlug ihn und gab Siegesehre dem Hektor. Dir selbst aber wurde verhängt, unter der Hand eines Gottes und eines Mannes zu fallen.« So sprach das Ross, und die Macht der Erinyen schloss seinen Mund. Unwilligen Herzens antwortete Achilleus: »Xanthos, warum weissagst du mir den Tod? Dessen bedarf's nicht; weiß ich doch selbst, dass mir fern von Vater und Mutter hier das Todesgeschick bestimmt ist. Aber trotzdem raste ich nicht, bis ich Troer genug im Kampf erschlagen.« So sprach er und lenkte mit lautem Ruf die stampfenden Rosse in die vordersten Reihen.

Die Götterschlacht

(Homers *Ilias* XX – XXI, 520)

Während die Achäer und Troer im Gefilde gegeneinander zogen, berief Zeus eine Götterversammlung und erlaubte allen Himmlischen, wieder an der Schlacht teilzunehmen und beizustehen, wem sie wollten, damit nicht Achilleus, wenn seiner Tapferkeit freier Lauf gelassen würde, heute gegen die Bestimmung des Geschicks Troja erobere. Da gingen die Götter sogleich zum Kampf zweifachen Sinnes, zu den Achäern eilten Hera und Pallas Athena, Poseidon und Hermes und Hephaistos, zu den Troern gesellten sich Ares, Phoibos Apollon und Artemis und ihre Mutter Leto, der Flussgott Skamandros oder Xanthos und Aphrodite.

Solange die Götter noch fern waren von den beiden anrückenden Heeren, waren die Achäer stolzen Mutes, weil Achilleus wieder mit in den Kampf zog, den Troern aber zitterten alle Glieder, als sie den Peliden in strahlenden Waffen, dem Kriegsgott gleich, herankommen sahen. Bald nahten die Götter, und Eris mischte den Streit; Pallas Athena und Ares trieben von beiden Seiten mit gewaltigem Ruf die Völker gegeneinander, Zeus, der Lenker der Schlachten, donnerte grässlich vom Olympos herab, Poseidon erschütterte die Erde, dass alle Gipfel und alle Wurzeln des Ida erzitterten und selbst Hades, der Gott der Unterwelt, erschreckt vom Thron sprang, fürchtend, die Erde möchte bersten und sein grässliches Reich Göttern und Menschen vor Augen legen. Ein solch schreckliches Getöse entstand, als die Götter gegeneinander in den Streit gingen; dem Poseidon stellte sich Apollon mit seinen Pfeilen entgegen, dem Ares Athena, Artemis begegnete der Hera, Hermes der Leto, dem Hephaistos der Flussgott Xanthos.

Während so Götter gegen Götter vorrückten, suchte Achilleus in dem Getümmel den Hektor, nach seinem Blut begierig. Apollon aber, in Gestalt des Lykaon, des Priamiden, feuerte den Aineias gegen ihn an, dass er schnell durch die Vorderkämpfer vordrang. Das sah Hera und berief die ihr befreundeten Götter Poseidon und Athena, ob sie den Aineias zurückdrängen oder von ihrer Seite dem Achilleus die Kraft erhöhen sollten, auf dass er innewerde, die mächtigsten Götter seien mit ihm. Poseidon antwortete: »Hera, ich möchte nicht, dass

Götter wider Götter streiten, lass uns vielmehr abseits vom Weg dort auf die Warte uns niedersetzen und den Männern den Kampf überlassen; doch wenn Ares oder Apollon den Streit anfangen oder den Achilleus hemmen, dann wollen auch wir uns in die Schlacht mischen, und ich glaube, sie werden bald wegeilend zum Olympos heimkehren, gebändigt durch unsere starken Hände.« So setzten sich denn Poseidon und Hera und Athena und die anderen den Achäern befreundeten Götter, in Wolken gehüllt, auf dem Wall des Herakles nieder, den vorzeiten Athena und die Troer dem Helden zum Schutz gegen das Meerungeheuer aufgeworfen hatten; gegenüber aber setzten sich auf den Hügel Kallikolone Apollon und Ares, und beiderseits scheuten sich die Götter, den harten Kampf zu beginnen.

Jetzt drangen aus dem Getümmel der Wagen und gewappneten Männer die beiden Helden Aineias und Achilleus gegeneinander vor. Aineias schritt zuerst aus den Reihen, mit hochnickendem Helmbusch, den gewaltigen Schild vor der Brust, drohend die eherne Lanze schwingend. Als der Pelide ihn sah, ging er ihm mit Ungestüm entgegen wie ein grimmer blutdürstiger Löwe. »Warum wagst du dich so weit den andern vor, Aineias«, rief er ihm zu, »treibt dich vielleicht das Herz, mit mir zu kämpfen, weil du hoffst, künftig auf Priamos' Thron das Volk der Troer zu beherrschen? Oder haben dir die Troer ein auserlesenes Ackerfeld versprochen, wenn du mich tötest? Das möchte dir schwerlich gelingen. Weißt du nicht, wie du einst fliegenden Laufs vor mir flüchtetest von den Höhen des Ida bis nach Lyrnessos, ohne dich umzuschauen? Damals retteten dich Zeus und die anderen Götter; doch heute retten sie dich schwerlich. Wohlan, ich rate dir, gehe schleunig unter die Menge zurück, damit dir nichts Schlimmes begegnet.« Aineias rief ihm entgegen: »Pelide, hoffe nicht, mich mit Worten abzuschrecken wie ein Knäblein! Auch ich könnte mit schmähender Rede antworten. Kennt doch jeder von uns das Geschlecht des andern. Dich erzeugte, sagt man, Peleus mit der Nereide Thetis, mich gebar dem Anchises die Göttin Aphrodite. Wohlan, lass uns mit den Waffen, nicht mit Worten uns versuchen.« Mit diesen Worten warf er seinen Speer auf den gewaltigen Schild des Peliden, doch ohne ihn zu durchbohren; Achilleus' Speer drang an dem Schildrand des Aineias durch, da wo Erz und Stierhaut am dünnsten sind, und fuhr über den Rücken des sich duckenden Aineias tief in die Erde. Während er noch bestürzt dastand über den gefährlichen Wurf, stürzte in lautem Geschrei Achilleus mit dem Schwert auf ihn ein. Da ergriff Aineias in der Eile einen ungeheuren Feldstein, so schwer, dass heute zwei Männer ihn nicht trügen, er aber schwang ihn leicht, und nun hatte er wohl den anstürmenden Achilleus auf den Helm oder wider den Schild getroffen, doch ohne ihn zu töten, Achilleus aber hätte ihm sicherlich mit dem Schwert das Leben geraubt; allein Poseidon, um den edlen Fürsten Aineias zu erhalten, eilte unsichtbar herzu, goss um die Augen des Peliden dichten Nebel, und nachdem er seine eschene Lanze aus dem Schild des Aineias gezogen und ihm vor die Füße gelegt hatte, hob er den Aineias hoch in die Lüfte und schwang ihn über viele Reihen der Männer und viele Wagen bis an das äußerste Ende der Schlacht, wo die Kaukonen, die Bundesgenossen der Troer, sich zum Kampf rüsteten. »Welcher Gott heißt dich, Aineias«, sprach Poseidon, »gegen den Peliden kämpfen, der stärker ist als du und auch von den Göttern mehr geliebt? Halte dich zurück und weiche ihm aus, damit du nicht gegen das Geschick in den Hades gehst. Wenn Achilleus tot ist, dann magst du unter die Vorderkämpfer dich mutig mischen.« Mit diesem Rat verließ er den Helden und nahm dem Peliden den Nebel wieder von den Augen. »Wunderbar«, sprach dieser zu seinem Herzen, »meine Lanze liegt da auf der Erde, und ich sehe den Mann nicht, gegen den ich sie gesendet. Wahrlich, Aineias war den Göttern lieb. Mag er, er wird's nicht mehr wagen, sich mit mir zu versuchen, und seiner Rettung sich freuen.« Dann sprang er wieder in die Reihen der Seinen und feuerte sie zur Schlacht an.

Auf der anderen Seite trieb Hektor seine Scharen zum Kampf, aber auf den Rat des Apollon mied er den Achilleus und ließ ihn einen tapferen Troer nach dem anderen erschlagen. Als er aber sah, wie Achilleus dem Polydoros, seinem jüngsten Bruder, welchen Priamos bisher wegen seiner zarten Jugend nicht hatte in die Schlacht gehen lassen, den Speer in den Leib bohrte und dieser, die vorquellenden Eingeweide in der Hand, sich auf dem Boden wälzte, da hielt er sich nicht länger zurück und drang mit geschwungenem Speer gleich flammendem Feuer auf Achilleus ein. Der freute sich, als er endlich den Mann erblickte, der sein Herz so sehr gekränkt, und rief ihm mit finsterem Blick zu: »Komm näher, auf dass du schnell das Ziel des Todes erreichst!« Furchtlos antwortete Hektor: »Hoffe nicht, Pelide, mich wie ein kleines Kind mit Worten zu schrecken. Wohl weiß ich, wie tapfer du bist und wie sehr ich dir nachstehe, doch es liegt in der Hand der Götter, ob ich vielleicht doch, der Schwächere, dir das Leben raube; denn auch mein Speer war bisher nicht stumpf.« Mit diesen Worten schwang er seine Lanze und warf sie gegen Achilleus; aber Athena trieb sie durch einen leisen Anhauch zurück, dass sie zu den Füßen Hektors wieder niederfiel. Jetzt sprang Achilleus mit schrecklichem Ruf gegen ihn; doch Apollon raubte den gefährdeten Liebling hinweg und hüllte ihn in dichten Nebel. Dreimal stieß der Pelide mit dem ehernen Speer in den tiefen Nebel; als er zum vierten Mal eindrang gleich einem Gott, rief er: »Wieder entrannst du dem Tod, du Hund! Wahrlich, das Unheil war nahe über seinem Haupt! Gewiss hat Apollon dich wieder entrückt; doch wenn anders auch mir ein Gott zur Seite steht, so hoffe ich dich später noch zu treffen und es mit dir zu endigen.« Darauf wandte er sich wieder gegen die anderen Troer und würgte in ihren Scharen entsetzlich, wie ein Waldbrand unter dem Wehen des Sturms sich zerstörend durch das Gebirgstal wälzt. Die Erde floss von Blut, seine Rosse durchstampften Leichen und Schilde, wie Dreschochsen auf der Tenne die Gerste, dass das Blut unter ihren Hufen und den Rädern aufspritzte wider die Achse und die schmucken Ränder des Wagensessels; von Blut troffen ihm selbst die mörderischen Hände.

In dichten Scharen flohen die Trojaner vor ihm her. Als sie an die Furt des wirbelnden Xanthos kamen, trennte er sie und trieb den einen Haufen über das Blachfeld gegen die Stadt hin. Hera goss über sie ein dichtes Gewölk und hemmte sie so an der weiteren Flucht. Die anderen wurden nach dem Gewässer des Flusses gedrängt und stürzten sich mit lautem Getöse in die Flut. Schreiend und lärmend schwammen sie in den Wirbeln des Flusses umher, Männer und Rosse in dichtem Gewirr, gleich Heuschrecken, welche die Glut des Feuers ins Wasser gescheucht hat. Achilleus lehnte seine Mordlanze wider ein

Tamariskengebüsch und sprang mit dem Schwert in den Fluss. Rechts und links hieb er unter die Schwimmenden, dass bald der Fluss von Blut sich rötete und sich ein grässliches Röcheln unter seinen gewaltigen Streichen erhob. Wie vor dem großen gewaltigen Delphin die anderen Fische sich bange in die Buchten des Hafens drängen, so duckten sich die Troer voll Angst flüchtend unter die Ufer; allein die schreckliche Hand des Peliden fand sie und gab ihnen den Tod. Als seine Hände vom Morden müde waren, griff er noch zwölf Jünglinge lebendig in dem Strom und übergab sie gebunden seinen Gefährten, damit er sie später auf dem Scheiterhaufen seines Freundes als Totenopfer schlachte. Dann sprang er wiederum in die Flut und setzte innerhalb des Flusses und an seinen Ufern das Würgen fort mit Schwert und Lanze, dass die Leichen der Gemordeten sich hoch in dem Fluss türmten und selbst seine Wogen im Lauf zum Meer gehemmt waren. Da erhob sich der Flussgott Xanthos erzürnt aus dem tiefen Strudel und gebot dem Helden, dass er außerhalb seines Stroms auf dem Blachfeld die Feinde verfolge und würge. Und Achilleus versprach es und wandte sich von dem Fluss ab; bald aber vergaß er in der Kampfeswut sein Versprechen und sprang aufs Neue hinein. Da schwellte plötzlich der erzürnte Flussgott seine trüben Wogen und warf mit lautem Gebrüll die Leichen an das Gestade und schlug mit seinem brandenden Schwall schrecklich wider den Schild des Peliden, dass er, um sich auf den Füßen zu halten, eine hohe Ulme an dem Ufer mit den Händen erfasste; die Ulme stürzte um und überbrückte die Flut, und der Held schwang sich glücklich an ihr auf das Ufer. Doch der Flussgott in seinem Zorn verfolgte ihn auch jetzt noch durch das Gefilde, dass die Wellen ihm die Schultern umspülten und sein Fuß den Boden verlor. Da flehte er wehklagend zu den Göttern um Rettung, und es nahten ihm Poseidon und Athena in der Gestalt sterblicher Männer, und indem sie seine Hand fassten, erfüllten sie sein Herz mit Mut und seine Glieder mit Kraft, dass er aus den Fluten sprang. Doch der Zorn des Xanthos entbrannte immer heftiger; aufs Neue erhob er seine Brandung gegen den Peliden und rief auch noch seinen Bruder Simois zur Hilfe herbei. Als Hera den geliebten Helden in den hochgetürmten schäumenden Wogen ringen sah, schrie sie laut auf, denn sie fürchtete, dass der strudelnde Strom ihn wegraffen und verschlingen möchte, und rief schnell ihren Sohn Hephaistos an, dass er ihm zu Hilfe eile. Der Feuergott erregte sogleich eine entsetzliche Glut und sandte sie durchs Gefilde. Die Toten ringsum, die Achilleus gefällt, verbrannten, das Feld war trocken und der Wasserschwall zog sich gehemmt in seine Ufer zurück. Nun wendete der Gott seine Flamme in den Strom selbst; die Ulmen am Ufer, die Weiden und Tamarisken und das Schilfgras begannen zu brennen, die Fische und Aale in der Flut, von dem Flammenhauch bedrängt, zappelten matt und angstvoll hin und her, und schon wogte auch der Strom in lichten Flammen, dass der Flussgott wimmernd rief: »Glutatmender Gott Hephaistos, ich verlange nicht, mit dir zu kämpfen! Lass ab vom Streit, meinethalben mag Achilleus die Troer sogleich aus ihrer Stadt treiben.« So rief der Gott unter der Qual des Feuers, während seine Gewässer kochend sprudelten wie schmelzendes Fett im Kessel und nicht von der Stelle gingen. Aber Hephaistos blieb ohne Erbarmen. Da wandte sich Xanthos flehend an Hera. »Warum quält«, rief er, »dein Sohn so heftig meine Gewässer? Ich habe ja nicht mehr verschuldet als die anderen, die den Troern beistehen, und nun will ich mich gern beruhigen, wenn du es befiehlst und auch er sich beruhigt.« Auf Heras Bitte löschte endlich Hephaistos sein entsetzliches Feuer, und der Strom rollte wieder in sein altes Bett zurück. So endeten, von Hera beschwichtigt, die beiden mächtigen Götter ihren Kampf.

Unterdessen gerieten auch die anderen Götter in gewaltigem Kampf aneinander unter schrecklichem Toben, dass die weite Erde erdröhnte und der Himmel erscholl wie von Trompetenschall, zur Freude des Zeus, der, auf dem Olympos sitzend, mit lachendem Herzen dem Streit der Götter zusah. Zuerst stürmte Ares auf Athena los mit dem ehernen Speer und rief: »Warum, schamlose Fliege, treibst du voll stürmischer Dreistigkeit die Götter zum Kampf? Weißt du noch, wie du den Tydiden Diomedes reiztest, mich zu verwunden, und selbst, den Speer fassend, meinen Leib verletztest? Dafür sollst du jetzt mir büßen.« So sprechend, stieß er wider den schrecklichen Schild der Athena, den selbst der Donner des Zeus nicht zerbricht. Diese ergriff zurückweichend mit ihrer starken Hand einen großen rauen Stein, den vorzeiten die Menschen als Grenzstein aufgestellt hatten, und warf ihn dem stürmenden Ares an den Hals, dass er mit rasselnden Waffen besinnungslos in den Staub fiel und sieben Hufen Landes mit seinem Leib bedeckte. Da lachte Athena und rief jauchzend: »Du Tor, nie hast du bedacht, wie viel stärker ich bin als du. So magst du den Zorn deiner Mutter abbüßen, weil du die Achäer verließest und den übermütigen Troern beistandst.« Nach diesen Worten wandte sie ihr strahlendes Auge ab. Aphrodite aber fasste den schwer stöhnenden Gott, der kaum die Besinnung wieder sammelte, an der Hand und führte ihn aus dem Getümmel. Das sah Hera und sprach zu Athena: »Siehe da, Athena, die Freche führt den mordenden Ares aus der Schlacht fort, wohlan, jage ihr nach!« Athena stürmte nach mit frohem Herzen und schlug mit ihrer starken Hand der Aphrodite wider die Brust, dass sie besinnungslos zugleich mit Ares auf den Boden fiel. »So muss es allen gehen«, rief Athena frohlockend, »die den Troern beistehen so kühn und beherzt, wie Aphrodite jetzt dem Ares zu helfen kam; dann hätten wir längst den Krieg beendigt, und Troja läge in Schutt und Staub.« So sprach sie, und Hera lachte.

Dem Apollon rief Poseidon zu: »Phoibos, warum so fern, da die andern schon den Kampf begonnen haben? Schande wär's, wenn wir kampflos zum Olympos zurückkehren wollten. So hebe denn an, denn du bist der Jüngere. Hast du vergessen, du Tor, welch Leid wir beide um Ilion erduldet, als wir dem Laomedon dienten und er mit so schnödem Lohn uns vergalt? Dafür zollst du jetzt seinem Volk den Dank, dass du nicht hilfst, die Übermütigen von Grund aus zu vertilgen.« Ihm antwortete Phoibos: »Erderschütterer, du selbst würdest mich nicht für klug halten, wollte ich mit dir wegen der Sterblichen streiten, die hinfällig sind gleich dem Laub der Bäume. Drum lass uns abstehen vom Kampf und sie selbst ihre Sache entscheiden.« So sprach er und wandte sich ab, voll Scheu, mit dem Bruder seines Vaters zu kämpfen. Artemis, seine Schwester, hörte es und rief schmähend: »Du fliehst, Ferntreffer, und lässt den Sieg und den Ruhm dem Poseidon? Tor, wozu trägst du den Bogen? Prahle mir hinfort nicht mehr in dem Haus unseres Vaters, dass du mit Poseidon den Kampf aufnehmen wolltest!« Apollon schwieg, aber Hera, die Gemahlin des Zeus, fuhr zornig über sie her: »Wie wagst du's, Schamlose, mir entgegenzutreten, trotz deines

Bogens? Viel geratener wäre es dir, in den Wäldern Hirsche zu jagen, als mit mir dich zu messen. Doch wenn du einmal willst, so versuche den Kampf, auf dass du erkennst, wie sehr ich dich an Kraft übertreffe.« Mit diesen Worten fasste sie mit der Linken ihre beiden Hände an den Knöcheln, riss ihr mit der Rechten den Köcher von der Schulter und schlug ihr ihn lachend um die Ohren, dass die Pfeile zu Boden fielen und die Göttin, ihre Geschosse vergessend, weinend davonfloh, wie eine Taube, die vor dem Habicht in die Kluft des Felsen fliegt. Leto eilte herzu und las, ungekränkt von Hermes, der anfangs kampfbereit entgegenstand, die Pfeile auf, welche ihre Tochter zurückgelassen, und trug sie zum Olympos, wohin ihr Artemis vorangeeilt war. Diese hatte sich zitternd auf die Knie ihres Vaters Zeus gesetzt und weinte. Der Kronide schlang seine Arme um sie und fragte sie mit freundlichem Lächeln: »Wer von den Göttern hat dir das getan, meine Tochter?« Und Artemis antwortete: »Deine Gemahlin Hera hat mir solch Leid getan, sie, die alle Götter zum Streit und Hader empört.«

Auch die anderen Götter, die auf dem Schlachtfeld vor Troja sich herumgetummelt hatten, gingen nun wieder zum Olympos zurück; nur Phoibos Apollon begab sich in das heilige Troja, denn er besorgte, dass heute die Danaer gegen das Geschick die Mauer der schönen Feste zerstören möchten.

Hektors Tod

(Homers *Ilias* XXI, 520 – XXII)

Die Troer flohen vor dem wütenden Achilleus in hastiger Flucht den Toren ihrer Stadt zu. Der greise König Priamos sah von dem Turm über dem Tor das unheilvolle Getümmel und stieg wehklagend herab zu den Torhütern, um sie zu mahnen, dass sie schnell den Flüchtigen die Flügel des Tors öffneten, dann aber, sobald alle sich hineingerettet, sie schleunig wieder schlössen. Die Wächter öffneten das Tor. Apollon aber eilte hinaus, um den Troern, die trocken vor Durst und mit Staub bedeckt daherflohen, ihre Not zu wenden, und erweckte dem Agenor, dem herrlichen Sohn des Antenor, Mut in der Brust, dass er es wagte, still zu stehen und den heranstürmenden Achilleus mit Schild und Lanze zu erwarten. Sein Speer traf das Schienbein des Peliden unter dem Knie, aber er sprang, ohne zu verwunden, von der zinnernen Beinschiene zurück. Jetzt drang Achilleus voll Wut auf den Gegner ein, doch Apollon hüllte ihn in dichten Nebel und entraffte ihn der Gefahr; er selbst nahm die Gestalt des Agenor an und floh, um den Achilleus von der Verfolgung der Troer abzuwenden, durch das Gefilde hin dem Skamanderfluss zu. In fliegendem Lauf eilte ihm Achilleus nach, stets ihm nah auf den Fersen, in beständiger Hoffnung, den Flüchtling zu erhaschen. Unterdessen flüchteten die Troer schnell in die Stadt in Angst und Gedränge; keiner wartete auf den andern, keiner schaute um, wer gerettet sei und wer gefallen, jeder freute sich der eigenen Rettung. Sie kühlten sich den Schweiß, löschten den Durst und lehnten sich ermüdet wider die Brustwehren der Mauer, während die Achäer in dichten Scharen, den Schild vor der Brust, gegen die Stadt anrückten. Nur Hektor stand noch außerhalb des skäischen Tors; so wollte es sein verderbliches Geschick. Achilleus jagte unterdessen noch immer dem Apollon nach; da hemmte plötzlich der Gott seinen Schritt und sprach: »Warum doch verfolgst du mich so eilig, Achilleus, der Sterbliche den Unsterblichen? Du wirst doch nie mich töten. Du vergisst ja ganz das Gefecht der Troer, die du in die Flucht gejagt und welche jetzt in die Feste flohen, während du hier dich verirrst.« Da erkannte der Pelide den Apollon und rief unmutig: »Du betrogst mich, Ferntreffer, verderblichster Gott, und wendetest mich von der Mauer ab! Fürwahr, mancher noch hätte im Staub knirschen müssen, ehe er die Stadt erreichte. Aber du raubtest mir den Siegesruhm und rettetest jene, gefahrlos für dich, da du keine Rache zu fürchten hast. Wahrlich, ich rächte mich an dir, wenn ich die Macht hätte!« Mit diesen Worten wandte sich der Held trotzigen Sinns gegen die Stadt, stürmend wie ein mutiges Ross.

Priamos, der alte König, sah von der Zinne der Mauer zuerst den Helden durch das Gefilde heranfliegen; seine Waffen glänzten ihm hell entgegen wie der verderbliche Hundsstern, der glänzendste der Sterne, der durch sein Erscheinen den Menschen zum Unheil viel dörrende Glut bringt. Wehklagend schlug der Greis sein Haupt mit beiden

Händen und rief flehend seinem lieben Sohn zu, der noch unten vor dem Tor stand und den herannahenden Feind erwartete: »Hektor, mein teurer Sohn, erwarte mir diesen Mann nicht allein und von allen getrennt, dass nicht das Verhängnis dich ereile unter seiner Hand; denn er ist viel stärker als du. Ha, der Entsetzliche! Möchten die Götter ihn lieben, wie ich ihn liebe! Dann läge er bald niedergestreckt, ein Raub den Hunden und den Geiern, und mir schwände der Gram. Ach, wie viele tapfere Söhne hat er mir gemordet oder auf ferne Inseln verkauft. Komme herein, mein Kind, damit wenigstens du erhalten bleibst und die Männer und Frauen Trojas beschirmst. Erbarme dich meiner, solange ich noch atme, des Elenden, dem Zeus an der Schwelle des Alters verhängt hat, noch unendliches Weh zu schauen, die Söhne erwürgt, die Töchter und Schnüre fortgeschleppt, die Kammern des Palasts geplündert und die stammelnden Kinder auf den Boden geschmettert. Zuletzt werde ich selbst, vom mordenden Erz durchbohrt, am Tor meines Palastes liegen, und die Hunde, die ich an meinem eigenen Tisch genährt, werden mein Blut lecken.« So klagte der Greis und zerraufte sein graues Haar. Auch die Mutter, die greise Hekabe, jammerte in Tränen; sie löste das Busengewand und rief, indem sie die Brust zeigte: »Hektor, mein Kind, habe Ehrfurcht vor dieser Brust, die dich gesäugt! Komm in die Mauern und wehre von hier den schrecklichen Mann ab; nur stehe ihm nicht draußen. Rasender, wenn er dich mordete, dich fräßen bei den Schiffen der Danaer die Hunde!«

So weinten und klagten Vater und Mutter, aber das Herz des Hektor war nicht zu bewegen, sondern er erwartete, den Schild an den Vorsprung des Turms gelehnt, mutig den herannahenden Feind, wie an der Felskluft ein Drache, zornerfüllt und gesättigt mit giftigem Kraut, mit schrecklichem Blick eines Mannes harrt. Mancherlei erwog er in seinem Sinn, solange Achilleus noch fern war; aber sein Entschluss stand fest, den Kampf zu bestehen. Da nahte der Entsetzliche, dem wilden Ares gleich; er schwang seine Lanze hoch in der Luft, und seine Waffen glänzten wie Feuer. Als Hektor ihn sah, erfasste ihn unwillkürlich Zittern und Schrecken, und er vermochte es nicht, zu bleiben und standzuhalten. Eilenden Laufs flog er davon und Achilleus jagte ihm nach, dem Starken ein Stärkerer, wie ein Falke der Taube, die oft seitwärts schlüpft, während der Raubvogel, voll heißer Begier, sie zu erhaschen, geradaus schießt. Immer weiter ging die Flucht längs der troischen Mauer, an der Warte und dem Feigenhügel vorbei, bis zu den beiden Quellen des Skamandros und darüber hinaus, in stürmender Eile, denn es handelte sich um das Leben des Hektor. Sooft dieser sich der Mauer und den Toren näherte, damit von der Mauer aus die Geschosse seiner Freunde ihn schützten, kam ihm Achilleus zuvor und scheuchte ihn wieder zurück nach dem offenen Feld, wie ein Hund im Gebirge einen jungen Hirsch verfolgt. Dreimal hatte er ihn so um die ganze Stadt gejagt, ohne ihn zu erreichen, und schon waren sie zum vierten Mal zu den Quellen des Skamandros gekommen; da nahm Zeus, der Vater der Götter und Menschen, die goldene Wage, legte in die Schalen zwei finstere Todeslose, das des Hektor und das des Peliden, fasste den Balken in der Mitte und wog, und siehe, schwer sank die Schale des Hektor nieder dem Hades zu. Jetzt verließ ihn sein Beschützer Apollon, und sein Tod war gewiss. Athena trat zu Achilleus und sprach zu ihm: »Stehe still und erhole dich, ich werde ihm zureden, dass er dir zum Kampf entgegengeht; dann vermag er nicht länger unserer Hand zu entrinnen.« Achilleus gehorchte freudig und lehnte sich ausruhend an seine mächtige Lanze; Athena aber eilte zu Hektor in der Gestalt seines Bruders Deïphobos und sprach: »Bruder, wie bedrängt dich der schnelle Achilleus, indem er dich stets um die Stadt des Priamos treibt. Wohlan, lass uns standhalten und ihn abwehren.« Hektor antwortete: »Deïphobos, du warst immer mein liebster Bruder, und jetzt muss mein Herz dich noch höher halten, da du es wagst, meinethalben aus der Stadt zu kommen, während die andern alle drinnen blieben.« »Lieber Bruder«, sprach Athena, »Vater und Mutter und die Freunde alle baten mich fußfällig zu bleiben, aber mein Herz litt es nicht. Jetzt wohlan, lass uns mutig kämpfen und die Lanzen nicht schonen, dass wir sehen, ob Achilleus uns in den Staub wirft oder er deiner Lanze erliegt.« So täuschte die Göttin den troischen Helden und führte ihn dem Achilleus entgegen.

Als sie einander genaht waren, sprach Hektor: »Nicht länger fliehe ich vor dir, Pelide! Mein Herz treibt mich, dir entgegenzugehen, mag ich dich nun töten oder du mich. Aber lass uns die Götter zu Zeugen eines Eidschwurs nehmen: Wenn mir Zeus Sieg verleiht, dass ich dich töte, so will ich deinen Leib nicht misshandeln, sondern ihn, nachdem ich dir die Waffen geraubt, den Danaern zurückgeben, du aber tue desgleichen.« Mit finsterem Blick antwortete Achilleus: »Sprich mir nicht von Verträgen, Hektor! Sowenig ein Bund möglich ist zwischen Löwen und Menschenkindern oder zwischen Wölfen und Lämmern, so kann nimmer ein Vergleich stattfinden zwischen mir und dir. Einer von uns muss blutig in den Staub sinken. Darum auf und gedenke des Kampfs! Länger entrinnst du mir nicht mehr; Pallas Athena bändigt dich durch meine Lanze, damit du auf einmal alles Weh meiner Freunde büßt, die du mit deiner tobenden Lanze erschlugst.« Mit diesen Worten entsandte er seine weitschattige Lanze. Doch Hektor senkte sich vorschauend aufs Knie und mied die blutdürstige Waffe, dass sie über ihn weg sich in die Erde bohrte. Ohne dass Hektor es merkte, reichte Athena sie dem Peliden zurück; frohlockend rief er: »Gefehlt, Pelide! Noch nicht hat Zeus, wie du rühmtest, meinen Tod dir versprochen, sondern du wolltest nur mich schrecken, dass ich des Muts und der Starke vergäße. Doch jetzt vermeide die Schärfe dieses Speers!« So rief er und warf seine Lanze, und er fehlte nicht; er traf mitten auf den Schild des Achilleus, doch die Lanze prallte weit zurück, ohne das Werk des Hephaistos zu durchdringen. Das sah der Held mit Zorn und Bestürzung und schaute nach seinem Bruder Deïphobos um, denn er hatte keine zweite Lanze zu versenden. Doch Deïphobos war verschwunden. Da erkannte er in seinem Geist, dass Pallas Athena ihn getäuscht hatte, und dass der Tod ihm nahe war. Um nicht ruhmlos zu fallen, zog er sein scharfes Schwert und stürmte gleich einem Adler auf Achilleus los. Der aber drang seinerseits mit Ungestüm gegen ihn mit geschwungenem Speer, dessen Spitze flammte wie ein strahlender Stern, und erspähte sich an der Rüstung des Feindes eine Stelle, wo die Wunde am leichtesten hafte. Rings umhüllte die blanke Rüstung, die Hektor dem Patroklos geraubt, seinen Leib, nur wo das Schlüsselbein den Hals von den Schultern trennt, da schien ihm die Kehle entblößt, die gefährlichste Stelle des Lebens. Dorthin richtete Achilleus seinen Speer und durchstach ihm den Hals, dass die Spitze aus dem Nacken hervordrang und der Held in den Staub sank. Frohlockend rief Achilleus: »Hektor, du glaubtest, sicher zu sein, als du dem Patroklos die Wehr raubtest, und dachtest nicht an den fernen Achilleus. Tor, er hinterließ einen mächtigen Rächer, der dir jetzt die Knie gelöst. Nun sollen dich Hunde und Vögel schmählich umherzerren, während jenen die Achäer bestatten.« Schwach atmend, sprach der unglückliche Hektor: »Bei deinem Leben, bei deinen Knien und deinen Eltern beschwöre ich dich, gib meinen Leib nicht bei den Schiffen der Danaer den Hunden Preis. Nimm von meinem Vater und Mutter Erz und Gold in Menge zum Geschenk, aber den Leib sende nach Ilion, auf dass Troer und Troerinnen ihn bestatten.« Aber mit finsterem Blick erwiderte Achilleus: »Beschwöre mich nicht bei meinen Knien und meinen Eltern. Niemand soll dir vom Haupt die Hunde und Geier verscheuchen, und wenn sie zehn- und zwanzigfaches Lösegeld brächten und Priamos mit Gold deinen Leib aufzuwiegen geböte.« »Ich kenne dich«, stöhnte Hektor, »dein Herz ist von Eisen und nicht zu erweichen. Aber denke, dass der Götter Zorn mich rächt, an jenem Tag, wo Paris dich und Apollon, so tapfer du auch bist, am skäischen Tor töten werden.« Also weissagte er sterbend und schloss sein Auge. Achilleus aber rief, indem er den Speer aus dem Leichnam zog, dem Gestorbenen nach: »Stirb! Mein eigenes Los werde ich empfangen, wann Zeus es will und die anderen Unsterblichen.«

Darauf legte Achilleus die Lanze beiseite und zog dem Erschlagenen die Waffen ab, die er selbst einst getragen. Unterdessen kamen die anderen Achäer herbei und bewunderten die Gestalt und die Größe des Hektor, und mancher sprach, indem er die Leiche verwundete: »Wahrlich, jetzt ist Hektor viel sanfter zu berühren als damals, wo er unsere Schiffe mit der lodernden Glut verbrannte.«

Achilleus, Hektors Leiche schleifend

Achilleus aber sprach: »Ihr Achäer, nachdem die Götter mir vergönnt haben, den zu töten, der mehr als andere uns Böses getan, lasst uns jetzt die Stadt versuchen und sehen, ob sie uns vielleicht die Stadt räumen, nachdem dieser gefallen, oder ob sie noch länger zu widerstehen wagen. Doch was rede ich? Liegt doch unser Freund Patroklos noch unbestattet bei den Schiffen. Drum stimmt den Siegesgesang an, ihr Männer, und lasst uns mit dieser Beute zu den Schiffen zurückgehen. Groß ist unser Triumph; wir erschlugen den Mann, auf den die Troer in der Stadt vertrauten wie auf einen Gott.« So sprach er und durchbohrte grausam dem erschlagenen Feind die Sehnen zwischen Ferse und Knöchel, zog einen Riemen hindurch und band ihn an den Sessel seines Wagens, dass das Haupt im Staub lag. Darauf legte er die erbeuteten Waffen auf den Wagen, sprang selbst hinauf und trieb die Rosse vorwärts. Durch den wirbelnden Staub wurde das schöne Haupt des Helden dahingeschleppt über den heimischen Boden, den er so lange tapfer verteidigt hatte, während auf den Zinnen der Mauern seine unglückliche Mutter, ihren glänzenden Schleier weit von sich werfend, und neben ihr der greise Priamos laut jammerten und alles Volk umher wehklagte, als wenn ganz Ilion in lodernde Glut versänke.

Andromache, Hektors edle Gemahlin, saß unterdessen in ihrem Gemach mit den Mägden am Webstuhl und ahnte nichts von dem Unglück, das ihren Gemahl und sie betroffen. Eben hatte sie die Mägde geheißen, Wasser ans Feuer zu stellen, damit ihr heimkehrender Gatte nach dem Kampf seine Glieder durch ein warmes Bad erquicken könne; da hörte sie von dem skäischen Turm her Geheul und Klagegeschrei, und vor Schreck fiel ihr das Webschiff zur Erde, denn ihr Herz sagte ihr, dass ihr Gatte, den seine Kühnheit nie im Haufen der Übrigen weilen lasse, wohl jetzt durch den furchtbaren Achilleus gefährdet oder gar schon erschlagen sei. Sie eilte einer Rasenden gleich mit klopfendem Herzen aus dem Palast, begleitet von ihren Mägden, und als sie den Turm und den Schwarm der Männer erreicht hatten, sah sie, von der Mauer herabschauend, wie in der Ferne der Leib ihres geliebten Gatten mitleidlos von den Rossen des Peliden zu dem Lager der Griechen geschleift wurde. Da sank sie rückwärts, wie zum Tod betäubt, und ihr Haarschmuck fiel ihr weit vom Haupt herab. Als sie endlich wieder in den Armen ihrer Schwägerinnen aus der tiefen Ohnmacht sich erholte, begann sie mit Schluchzen und Stöhnen unter den sie umringenden Frauen Trojas zu klagen: »O Hektor, ich Unglückliche! Zu gleichem Unheil wurden wir beide geboren, du in Troja, ich im Haus des Eetion! Jetzt gehst du in die Behausung des Hades, in die Tiefe der Erde und lässt mich, eine arme Witwe, in Schmerz und Jammer zurück mit dem unmündigen verlassenen Söhnlein, dem hinfort nur Sorge und Gram beschieden sein wird und mancherlei Kränkung. Darbend, mit tränendem, niedergeschlagenem Blick wird er umhergehen zu den Freunden des Vaters; den fasst er flehend am Rock, den am Mantel, und wer sich seiner erbarmt, der reicht ihm wohl ein wenig eine Schale, dass er die Lippen sich netzt und kaum den Gaumen. Oft verstößt ihn mit Schlägen und kränkenden Worten ein Kind glücklicher Eltern vom Schmause: ›Hebe dich weg‹, sagt es, ›dein Vater ist nicht bei unserem Gastmahl!‹, und weinend geht dann das Kind zurück zur verwitweten Mutter. Sonst wohl nährte sich unser Astyanax auf den Knien des Vaters von Mark und dem fetten Fleisch der Lämmer, und wenn er müde des Spiels war, schlummerte er, das Herz mit Freude gesättigt, auf sanft schwellendem Lager ein in den Armen seiner Amme; doch in Zukunft wird er vieles Leid erdulden müssen, da er seines Vaters beraubt ist, den jetzt bei den Schiffen der Danaer die Hunde zerfleischen und reges Gewürm verzehren wird, nachdem er so tapfer Trojas Tore und Mauern beschirmt hat.« So sprach sie weinend, und ringsumher seufzten die Troerinnen.

Das Ende des trojanischen Krieges

Das hölzerne Ross

(Quintus Smyrnaeus' *Posthomerica* XII und Virgils *Aeneis* II)

Vor Troja dauerten die Kämpfe ununterbrochen fort, vonseiten der Griechen mit neuem Mut, seit Philoktetes, der im Lager bald von einer schlimmen Wunde geheilt worden war, und Neoptolemos in ihrer Mitte waren. Diese beiden Tapferen, von den Drangsalen des Kriegs noch nicht geschwächt, waren unersättlich im Kampf und richteten in den Scharen der Troer großes Unheil an. In einer der ersten Schlachten schlug Philoktetes dem Paris, der der Urheber des schweren Kriegs gewesen, mit seinem Pfeil eine unheilbare Wunde. Zwar entschwanden ihm noch nicht sogleich Leben und Kraft, er konnte noch auf eigenen Füßen sich in die Stadt zurückziehen, aber alle Kunst der Ärzte wurde an der Wunde, die der Pfeil des Herakles geschlagen, zuschanden. Da gedachte er eines Orakels früherer Tage, dass am Rand des Todes ihn Oinone noch retten könnte, die Nymphe, welche im Idagebirge in seiner Jugend mit ihm vermählt gewesen war, die er aber um der Helena willen treulos verlassen hatte. Mit widerstrebendem Herzen, voll Scham und Furcht, machte er sich auf und schleppte sich in das Gebirge zu der von ihm so tief gekränkten Gattin; er flehte sie unter Tränen an, sein Unrecht, wozu ihn nicht die Falschheit des eigenen Herzens verleitet, sondern die Gewalt des Schicksals gezwungen habe, zu verzeihen und ihn von der Todeswunde zu heilen. Aber sein Bitten und Flehen vermochte nicht, das beleidigte Herz der Nymphe zu erweichen, sie versagte ihre Hilfe und wies ihn mit harten Worten von sich. Trostlos schleppte er sich über die rauen Höhen des Ida zurück, und noch in den Bergen, in denen er eine glückliche Jugend verlebt hatte, ereilte ihn der Tod. Die Nymphen und die Hirten des Gebirges beweinten den Tod ihres einstigen Freundes und Genossen und verbrannten seinen Leib auf einem hohen Scheiterhaufen. Während das Feuer hoch emporloderte, erschien plötzlich, einer Rasenden gleich, Oinone, voll Reue, dass sie den Freund ihrer Jugend hartherzig von sich gestoßen und dem Tod überliefert hatte, und stürzte sich verzweifelt in die Flammen, um vereint mit ihm zu sterben. Die Nymphen und Hirten sammelten die Reste ihrer Gebeine, bargen sie vereint in goldener Urne und errichteten darüber ein schönes Grabmal, das sie mit zwei Säulen schmückten.

Die Tapferkeit des Philoktetes und des Neoptolemos und der anderen starken Helden der Achäer scheuchte zwar die Troer in ihre Stadt zurück; aber alle ihre Angriffe auf die Mauern scheiterten an der Festigkeit und Höhe derselben sowie an der verzweifelten Gegenwehr der Trojaner. Zuletzt mussten doch die List und Klugheit des Odysseus ihnen den Weg in die feindliche Stadt bahnen, was der Tapferkeit und Stärke nicht gelingen wollte. Er schlich sich, nachdem er seinen Leib durch Schläge und Wunden entstellt hatte, in schlechte Lumpen gehüllt, als Bettler in die Stadt und kundschaftete, von Haus zu Hause gehend, alles aus. Niemand erkannte ihn außer Helena; diese aber hatte jetzt wieder ihr Herz den Griechen und der Heimat zugewendet und wurde von Odysseus, den sie in ihr Gemach geführt hatte, ins Geheimnis gezogen. Nachdem sie ihn gebadet und gesalbt und gekleidet hatte, entließ sie ihn, und er kam wohlbehalten mit vieler Kunde zu den Seinen zurück, nicht ohne auf dem Rückweg noch viele Troer erschlagen zu haben. Dann ging er zum zweiten Mal mit Diomedes in die Stadt und raubte das Palladion, ein altes Bild der Pallas Athena, nach dessen Entfernung erst die Eroberung Trojas möglich war. Zuletzt veranlasste er die Achäer zur Erbauung des hölzernen Pferdes, durch das endlich die Einnahme der Stadt herbeigeführt wurde. Kalchas nämlich, der Seher, hatte ein bedeutungsvolles Zeichen erschaut! Ein Habicht verfolgte eine Taube, die flüchtete sich in einen Felsenspalt. Lange harrte er voll Ingrimm vor der Spalte; da barg er sich in einem nahen Gebüsch, und die Taube flog in ihrer Einfalt heraus, wähnend, der Feind habe sich entfernt. Der Habicht aber schoss hervor und erwürgte die Taube. Das trug der Seher dem versammelten Volk vor und mahnte es, von den Versuchen offener Gewalt abzustehen und sich auf List zu verlegen. Und Odysseus stimmte bei und riet mit Hinblick auf das Zeichen des Sehers, durch Versteck und scheinbare Entfernung die Troer irrezuleiten und zu verderben.

Zwar widersetzten sich Neoptolemos und Philoktetes, die durch offenen Kampf zum Ziel zu gelangen wünschten; aber Kalchas' Rat und die Zeichen des Zeus, der Blitz auf Blitz und Donner auf Donner niedersandte, bestimmten das schwankende Volk endlich, sich auf Odysseus' Seite zu stellen. Da erbaute der kunstreiche Epeios, unterstützt von Athena, nach Odysseus' Rat aus Holz ein schönes hohes Ross mit weitem Bauch, in welchem die kühnsten Helden der Achäer sich bergen und durch die Troer selbst in das Herz der Stadt bringen lassen sollten, während das übrige Heer nach der Verbrennung des Lagers sich hinter dem benachbarten Tenedos verstecke, um zur rechten Stunde ihren Freunden in der Stadt zu Hilfe zu kommen.

Raub des Palladions

Nach drei Tagen hatte Epeios, unterstützt von der jungen Mannschaft im Heer, sein Werk vollendet. Da sprach Odysseus in der Versammlung der Helden: »Jetzt zeigt, ihr Führer der Danaer, euren mutigen Sinn. Wohlan, lasst uns in das Pferd steigen, um dem Krieg ein Ende zu machen. Größeren Mutes bedarf es, in diesem Schlupfwinkel sich zu bergen, als in offener Schlacht dem Feind entgegenzugehen. Die anderen aber mögen zunächst nach Tenedos schiffen.« Da war allen voran der kühne Sohn des Achilleus, ihm folgten außer Odysseus Menelaos, Diomedes, Sthenelos, Philoktetes, Aias, Idomeneus und Meriones und viele andere, so viele das hohle Ross zu fassen vermochte. Epeios stieg zuletzt hinein, zog die Leiter herauf und verschloss das Versteck. Schweigend saßen sie in dem dunklen Raum zwischen Sieg und Tod. Die anderen steckten ihre Lagerzelte in Brand und gingen unter Anführung des Nestor und Agamemnon unter Segel, um sich hinter der Insel Tenedos in den Hinterhalt zu legen.

Als am frühen Morgen die Troer den Rauch aus dem Lager der Griechen aufsteigen und die Schiffe verschwunden sahen, da strömten sie freudig aus dem offenen Tor in die Ebene hinab; denn sie glaubten, die Griechen seien in ihre Heimat gefahren. Doch vergaßen sie ihre Waffen nicht, da die Furcht sie noch nicht ganz verlassen hatte. Sie betrachteten mit Neugier die verlassenen Lagerstätten der Feinde, wo Achilleus seinen Standort gehabt hatte, wo Aias, wo Diomedes; da erblickten sie voll Staunen das gewaltige Ross, ungewiss, was der mächtige Bau zu bedeuten habe. Thymoites forderte zuerst seine Landsleute auf, das Ross in die Stadt zu ziehen und auf der Burg aufzustellen. Dem aber widersetzte sich Kapys und verlangte, dass man das verdächtige Geschenk der Danaer in das Meer stürzen solle oder verbrennen oder zertrümmern, um zu sehen, was es berge. Während das Volk das Ross noch ungewiss umstand, laut streitend, was sie mit demselben beginnen sollten, eilte Laokoon, ein Bruder des Anchises, Priester des Apollon, umgeben von einer großen Schar von Bürgern, aus der Stadt herab und rief schon von ferne: »Unglückliche, welcher Wahnsinn! Glaubt ihr, die Feinde seien davongesegelt? Kennt ihr den Odysseus so? Entweder liegen Achäer in diesem Bau verborgen, oder es ist eine Maschine, die gegen unsere Mauern getrieben werden wird, oder es steckt irgendeine andere Kriegslist dahinter. Traut dem Ross nicht, ihr Troer; was es auch ist, ich fürchte den Danaer, auch wenn er Geschenke bringt.« Mit diesen Worten schleuderte er seine Lanze mit gewaltiger Kraft in die Seite des Tiers, dass die hohlen Räume desselben dumpf erdröhnten wie mit Waffen erfüllt. Und wäre der Sinn der Troer nicht mit Blindheit geschlagen gewesen, sie hätten das Gebaute, das Versteck ihrer Feinde zertrümmert und ihre Stadt gerettet. Aber das Schicksal wollte es anders.

Noch standen die Troer mit ihrem König Priamos, der auch in die Ebene herangekommen war, staunend und unschlüssig um das Pferd, da schleppte eine Schar trojanischer Hirten einen Jüngling gefesselt herbei, der sich freiwillig ihren Händen dargeboten hatte. Es war Sinon, ein schlauer verschmitzter Grieche, welcher es auf sich genommen hatte, trotz aller Gefahr, die ihn erwartete, sich unter die Troer zu mischen und sie über den Zweck des Rosses zu täuschen. Die trojanische Jugend umringte neugierig den gefangenen Feind und eiferte, ihn zu höhnen. Der Jüngling spielte die ihm von Odysseus aufgetragene Rolle mit meisterhafter Verstellung. Zagend stand er in ihrer Mitte, hilflos und ohne Waffen, und rief, indem er seine ängstlichen Blicke über die ihn umringende Menge gleiten ließ: »Wehe, welch Land, welch Gewässer gibt jetzt mir Zuflucht? Ausgestoßen von den Danaern, verfalle ich nun der blutigen Rache der erbitterten Troer!« Dieser Seufzer hemmte den feindlichen Ungestüm der trojanischen Jugend und wandte ihren Sinn. Der König und alles Volk mahnten ihn teilnehmend zu sagen, wer und von welchem Geschlecht er sei und was er bringe, und sprachen ihm Mut zu, wenn er nicht mit feindlicher Absicht zu ihnen käme. Da legte Sinon die erheuchelte Furcht ab und sprach: »Ich will dir, o König, alles der Wahrheit getreu bekennen. Ich leugne es nicht, ich bin ein Argiver und heiße Sinon. Der weise Palamedes, den die Griechen unter dem falschen Vorwand des Verrats abscheulicherweise zu Tode steinigten, weil er vom Krieg abriet, war mein Verwandter; ihm gab mich mein Vater mit in den Krieg. Solange er in Ehren stand und im Rat der Fürsten etwas galt, war auch ich nicht ohne Namen und Ansehen; doch nachdem der Neid des Odysseus ihn gemordet, schleppte ich ein dunkles Leben in Schwermut und Trübsal hin und zürnte über den schuldlosen Tod meines Freundes. Da ich es törichterweise wagte, meinen Groll offen auszusprechen und dem Laertiaden Rache zu drohen, erregte ich dessen unversöhnlichen Hass, dass er mich beständig mit neuen Beschuldigungen schreckte und mit tückischem Herzen allerlei böses Gerede über mich im Volk ausstreute; und er ruhte nicht eher, als bis er mithilfe des lügnerischen Kalchas mir den Untergang bereitete. Oftmals nämlich wünschten die Danaer, des langen vergeblichen Krieges müde, auf ihren Schiffen in die Heimat zu entfliehen, aber immer schreckten sie, wenn sie's versuchten, wilde Stürme zurück; und auch zuletzt, als schon dieses hölzerne Pferd aufgebaut dastand, wütete wieder die stürmische See. Da sandten sie den Eurypylos zu dem Orakel des Phoibos, und der brachte einen traurigen Spruch von dem Gott zurück: ›Wie ihr bei eurer Herfahrt mit dem Blut einer Jungfrau die empörten Winde besänftigt habt, so müsst ihr jetzt wieder mit argivischem Opferblut euch die Heimkehr erkaufen.‹ Dieser Spruch erfüllte das Volk mit Schauder und Grauen. Wen fordert der Gott? Wem bereitet das Schicksal den Tod? Da zog Odysseus den Kalchas mit großem Lärm in die Versammlung und forderte ihn auf, den Willen des Schicksals zu verkünden. Zehn Tage lang schwieg der Priester und weigerte sich heuchlerisch, durch sein Wort einen Griechen dem Tod zu bestimmen. Viele weissagten mir schon unterdessen ein grausames Ende durch die Ränke des Frevlers und sahen im Stillen, was kommen würde; da endlich nannte der Seher, getrieben durch das Schreien des Odysseus, nach ihrer Verabredung meinen Namen und bestimmte mich für den Altar. Alle stimmten bei, denn jeder freute sich, das Verderben von seinem eigenen Haupt abgewendet zu sehen. Schon war der Schreckenstag erschienen. Gefesselt, die heiligen Binden ums Haupt, stand ich am Altar; da zerriss ich die Fesseln und entzog mich dem Tod durch die Flucht. Während der Nacht lag ich im Morast, versteckt im hohen Schilfrohr harrend, bis meine Peiniger unter Segel gegangen waren. Nun ist mir nimmer vergönnt, mein Vaterland wiederzuschauen und die lieben Kinder und den alten Vater, an denen sie vielleicht um meinetwillen grausame Rache nehmen. Drum flehe ich dich an, ehrwürdiger König, bei allen Göttern, erbarme dich meines Jammers, erbarme dich dieses Herzens, das so Unwürdiges duldet.«

Priamos und das gesamte Volk waren gerührt von dem Unglück des armen Flüchtlings. Der König ließ ihm die Bande lösen und hieß ihn guten Mutes sein; dann fragte er ihn nach dem Zweck dieses wunderbaren Baus. Da erhob Sinon die gelösten Hände zum Himmel und sprach: »Ihr ewigen Sterne des Himmels, ihr Altäre, und du schreckliches Opfermesser, dem ich entflohen, ihr seid mir Zeugen, dass die Bande, die mich mit dem Griechenvolk verknüpft, gelöst sind, dass ich dem Vaterland nicht mehr verpflichtet bin und seine Geheimnisse verraten darf. Du aber, o König, verbleibe bei deinem Versprechen und bewahre mir die Treue, wenn ich die Wahrheit rede. Von jeher war alle Hoffnung der Danaer auf die Hilfe der Pallas Athena gesetzt. Seitdem aber der gottlose Tydide und der verruchte Odysseus es gewagt hatten, ihr heiliges Bild, das Palladion, von der troischen Burg mit von dem Blut der Wächter befleckten Händen zu rauben, war das Herz der Göttin gewendet und alles Glück verschwunden. Die Göttin selbst gab ihren Zorn durch schreckliche Zeichen zu erkennen. Kaum war ihr Bild in das Lager gebracht, so glühten seine Augen von strahlendem Feuer, von seinen Gliedern rann salziger Schweiß, und dreimal sprang es vom Boden auf mit Schild und zitternder Lanze. Da prophezeite Kalchas, dass sie sogleich in die Heimat entfliehen müssten, da der Zorn der Göttin ihnen jetzt die Eroberung der Stadt versage; man müsse von Argos her neue Befehle der Götter einholen. Darum sind sie nun nach Mykenä zurückgeschifft, um sich neues Göttergeleit zu holen; und sie werden bald wieder unversehens da sein. Dieses Ross aber haben sie aufgestellt, um den Zorn der Pallas zu beschwichtigen, und zwar in so ungeheurer Größe, damit ihr es nicht durch eure Tore in die Stadt führen könntet, weil es dann ein Schutz und Hort für euer Volk sein würde. Wenn aber, so prophezeite Kalchas, das der Athena geweihte Geschenk durch eure Hände zerstört würde, dann wäre dem Reich des Priamos der Untergang gewiss; stiege es dagegen durch eure Hand in eure Burg hinauf, so drohe von Asien her den Mauern Mykenäs dasselbe Geschick, das sie den Mauern von Troja zugedacht.«

Die Troer glaubten den Worten des lügnerischen Sinon, dessen Ränke und Tränen ihnen mehr Unheil brachten als alle Tapferkeit eines Achilleus und Diomedes. Noch mehr aber wurde ihr Sinn ver-

Laokoon

wirrt durch ein grässliches Wunder, das Pallas Athena sendete zum Schutz ihrer Helden, die in dem Ross versteckt lagen. Eben brachte Laokoon, der seine Lanze in die Seite des Rosses geschleudert hatte, am Ufer des Meers dem Poseidon ein Opfer. Da kamen von Tenedos her zwei gewaltige Schlangen über das ruhige Meer; sie reckten ihre zischenden Häupter und die blutige Mähne des Halses über den Fluten empor, während der ungeheure Rücken in weiten Schlingungen über die schäumende Fläche nachschleppte. Bald hatten sie das Ufer erreicht und stürzten mit flammenden blutgeröteten Augen und züngelnden Mäulern ans Land, dass das Volk schreckensbleich auseinanderstob. Geradewegs eilten die Ungeheuer auf Laokoon los, an dessen Seite seine beiden Söhne standen. Sie umstrickten mit ihren Schlingungen die Knaben und zerfleischten ihre Glieder mit grausamen Bissen. Dann umschlangen sie auch den Vater, der mit der Waffe in der Hand herbeieilte, mit ihren schuppigen Rücken; zweimal ringelten sie sich um die Brust und zweimal um den Hals und reckten die von Blut und giftigem Geifer triefenden Rachen hoch über sein Haupt. Der Unglückliche erhob ein lautes Geschrei zu den Sternen, wie ein Opferstier brüllt, der mit blutendem Nacken vom Altar entfloh, und versuchte vergebens, die Umschlingenden wegzudrängen. Die Ungeheuer ließen ihr Opfer entseelt am Altar liegen und eilten hinauf zur Burg, zum Tempel der Athena, unter deren Füßen und Schild sie sich verbargen.

Die Troer sahen mit Schreck und Grausen das furchtbare Schauspiel und erkannten darin die Strafe der zürnenden Athena, weil er das ihr heilige Ross freventlich durch den Wurf seiner Lanze entweiht habe. Alles schrie jetzt, man müsse das Bild in die Stadt bringen und zur Versöhnung der beleidigten Göttin es in ihrem Tempel auf der Burg aufstellen. Man durchbrach die Mauer, denn die Tore waren zu eng, und zog in hastigem Eifer den Bau jubelnd zur Stadt. Knaben und Jungfrauen sangen unterwegs heilige Lieder und freuten sich, das Seil, das ihr Unheil in die Stadt zog, mit den Händen berühren zu dürfen. Viermal blieb an der Schwelle des Tors das Ross stehen und wollte nicht weichen, viermal erdröhnten in seinem Bauch die Waffen der versteckten Helden, sie merken's nicht, sie achten's nicht in ihrer Verblendung und ziehen mit verdoppelter Kraft und stellen das verhängnisvolle Ungeheuer in der Burg auf. Nur Kassandra, die Seherin, erkannte das drohende Verderben und öffnete ihren Unglück verkündenden Mund; aber die Troer verlachten sie und glaubten ihren Worten nicht. Sie überließen sich, jung und alt, einer sorglosen Freude bei Tanz und Schmaus; denn endlich war ja, so wähnten sie, der lange, verderbliche Krieg überstanden.

Trojas Zerstörung

(Quintus Smyrnaeus *Posthomerica* XIII und Virgils *Äneis* II)

Die Troer feierten den Abzug der Griechen bei festlichen Gelagen und Reigentänzen bis spät in die Nacht. Flöten und Pfeifen, Gesang und Jubel erscholl durch alle Straßen, und mancher höhnte weinberauscht über die feigen Feinde, die unverrichteter Sache davongeflohen gleich Knaben und Weibern. Um Mitternacht versank alles, niedergedrückt von Wein und Ermüdung, in tiefen sorglosen Schlaf. Da schlich sich Sinon, der mit den jubelnden Troern bis zu Ende geschmaust und getrunken hatte, heimlich zu dem Tor und zündete seinen auf der Flotte harrenden Freunden das verabredete Feuerzeichen an; dann eilte er zu dem Ross und gab durch leisen Ruf den versteckten Helden zu erkennen, dass es Zeit sei zum Beginnen des Mordens. Die hörten es mit Freuden, denn sie sehnten sich schon lange aus dem finsteren Versteck nach Kampf und Streit. Odysseus aber mahnte sie zur Vorsicht und stieg zuerst mit Epeios aus der leise geöffneten Tür, gleich einem hungrigen Wolfe, der in der Nacht blutgierig zur Herde schleicht. Die übrigen Helden folgten und ergossen sich nun durch die Straßen und in die Häuser der Stadt. Sie begannen furchtbares Morden unter den schlaftrunkenen weinberauschten Troern, warfen Feuerbrände in die Häuser, dass bald hier und dort die lichten Flammen zum Himmel schlugen. Unterdessen trieb auch die Flotte unter günstigem Wind ans Ufer, und das ganze Heer eilte blut- und beutegierig durch das Tor, das durch die eingerissenen Mauern ihnen einen breiten Eingang bot, in die schon mit Trümmern und Leichen bedeckten Straßen. Aber jetzt erst begann das Getümmel der Verwüstung in furchtbarster Weise. Das Blut strömte durch die Straßen, wo die Leiber der Erschlagenen und mit dem Tod Ringenden sich häuften, Verstümmelte unter den Toten sich hinschleppten, die Fliehenden unter den Stößen der Lanzen zusammenstürzten. Das Stöhnen der Verwundeten, das Schreien der Fliehenden und der mit Wut Verfolgenden mischte sich in die Wehklagen der Weiber und Kinder, die halb nackt in den Häusern und den Straßen umherirrten. Aber auch für die Achäer war der Kampf nicht unblutig. In der Verzweiflung wehrten sich die Troer mit allem, was ihnen zur Hand war. Die einen schleuderten Becher, Tische oder vom Herd gerissene Feuerbrände gegen die Angreifenden; andere waffneten sich mit Äxten und Beilen und Bratspießen, mit Lanzen und Schwertern und fochten in den Straßen, viele auch warfen Steine und Balken von den Dächern. Die Flammen der brennenden Häuser sowie die Fackeln, welche die Kämpfenden in die Hand genommen hatten, um den Freund von dem Feind zu unterscheiden, erhellten allmählich die ganze Stadt, dass der Kampf sicherer wurde, der Freund sich zum Freund gesellen und aus der Schar der Feinde sich seinen Gegner wählen konnte. Da stieß Diomedes dem Koroibos, dem Sohn des Mygdon, der ihm mutig entgegensprang, den Speer durch die Kehle; auch seinen Genossen erlegte er, den gewaltigen Eurydamas, einen Eidam des Antenor. Darauf begegnete er dem Ilioneus, einem troischen Ältesten, und zückte gegen ihn das Schwert. Der Greis sank zitternd vor ihm auf die Knie, und indem er mit der einen Hand das Schwert ergriff, mit der andern seine Knie umfasste, rief er flehend: »Wer du auch seist, hemme deinen Zorn und schone mein Alter! Rühmlich ist's, einen jugendlichen Feind zu erlegen, doch einen Greis zu erschlagen, zeigt wenig Tapferkeit. So gewiss du selber alt zu werden wünschst, schone des Greises!« Einen Augenblick hatte Diomedes aus Scheu vor dem bittenden Greis sein Schwert zurückgehalten; dann aber rief er: »Freilich, o Greis, hoffe ich auch, alt zu werden; doch solang ich jung bin, werde ich keines Feindes schonen!«, und stieß ihm das Schwert durch den Hals in die Brust. Er ließ die Leiche am Boden liegen und stürzte sich zu neuem Mord nach einer anderen Seite. In gleicher Weise wüteten Aias und Agamemnon und Idomeneus, vor allen aber der junge Held Neoptolemos, der, ausgerüstet mit der gewaltigen Kraft seines Vaters, jeden erschlug, der vor ihn kam, und ganze Scharen der Troer niederstreckte.

Nachdem in den Straßen das Morden lange entsetzlich gewütet hatte, zog sich der ganze Kampf aus den übrigen Teilen der Stadt allmählich zu der Burg, zu dem Palast des Königs Priamos. Hier entstand ein solches Getümmel und Schlachtgewühl, als wenn sonst gar kein Krieg wäre, als wäre der Kampf in der übrigen Stadt nur ein Spiel. Mit wildem Kriegsmut stürmen die Danaer gegen die umtürmten Pforten des Palasts; den Schild über dem Haupt, dringen sie zum Teil dicht gedrängt die Stufen hinauf gegen das feste Tor, zum Teil klettern sie auf Leitern an den Wänden der Türme empor. Die Belagerten wehren sich mit dem Mut der Verzweiflung im letzten Todeskampf, sie reißen ganze Türme und Dächer los und stürzen sie auf die Häupter der anstürmenden Griechen, während andere drunten in dicht gedrängter Schar mit gezogenem Schwert den Eingang verteidigen. Gerade über der Pforte ragte ein hoher Turm, der höchste der ganzen Burg, von welchem aus man ganz Troja überblicken konnte und weithin schaute bis zu den Schiffen der Danaer. Dessen oberstes Stockwerk suchten die belagerten Trojaner abzulösen und auf die Feinde hinabzustürzen. Lange mühten sie sich vergebens, da erschien der starke Aineias mit einigen Begleitern: ein Ruck und zwei mit dem mächtigen Hebeisen, und der schwere Turm wälzte sich krachend hinab und zerschmetterte die Scharen der Stürmenden. Aber zum Ersatz stürzten gleich wieder andere vor, allen voran der eben herzueilende Neoptolemos mit Periphas und Automedon und seinen übrigen Myrmidonen. Mit hochgeschwungener Axt springt er gegen die Pforte, zerschmettert die Balken und stößt die Angeln aus den erzbeschlagenen Pfosten. Jetzt zeigt sich das Innere des Hauses, offen stehen die weiten Hallen, der alte Sitz des Priamos und seiner Ahnen, und füllen sich mit feindlichen Kriegern.

Drinnen aber in den Gemächern schallte ein jammervolles Klagegeschrei und Geheul der königlichen Frauen zum Himmel, welche zitternd und voll Verzweiflung umherirrten, während die Scharen des Neoptolemos nach dem Aufbruch des Tors sich in alle Räume ergossen, wie ein Strom, der den Damm durchbrach, und die Verteidiger des Hauses nach allen Seiten hin mordend verfolgten. Als Priamos, der alte

König, sah, dass die Stadt genommen und sein eigenes Haus in den Händen der Feinde war, umkleidete er noch einmal seine altersschwachen Glieder mit der schweren Rüstung und wollte, die Lanze in der zitternden Hand, sich in das Kampfgewühl stürzen, um den Sturz seines Reiches und den Untergang seines Volkes nicht zu überleben. In dem Hof des Palasts, an dem Altar des hausschirmenden Zeus saß schutzsuchend seine greise Gemahlin, um sie herum drängten sich in Angst ihre Töchter und Schwiegertöchter, dicht geschart gleich schüchternen Tauben beim Sturm, und umklammerten wehklagend die Bilder der Götter. Da wollte eben der alte König in den Waffen seiner Jugend vorbeieilen; aber Hekabe hielt ihn zurück von seinem eitlen Beginnen und zog ihn an sich heran an den Altar, damit er hier zugleich mit ihnen Schutz finde oder umkomme. Kaum hat er sich an dem Altar niedergelassen, so stürzt sein Sohn Polites, verfolgt von Neoptolemos, bluttriefend durch die langen Hallen, durch Feinde und Geschosse daher und sinkt, von dessen Speer durchbohrt, tot zu den Füßen des Vaters. Da erfasst jäher Zorn den Alten, und er ruft: »Mögen die Götter für solche Verruchtheit dir den schuldigen Lohn geben, der du mich zwingst, vor meinen Augen den Tod des Sohnes zu sehen.« So rief der Alte im Zorn und warf mit ohnmächtigem Schwung seine Lanze gegen den Grausamen, aber die Waffe prallte kraftlos an der Rüstung des Feindes ab. Mit höhnender Wut rief Pyrrhos: »So melde denn das meinem Vater Achilleus und bring ihm die Botschaft von den Freveln seines entarteten Sohnes! Jetzt stirb!« Mit diesen Worten fasste er den zitternden König am grauen Haar, schleppte ihn durch das Blut seines Sohnes zum Altar und stieß ihm mit der Rechten das Schwert bis ans Heft in die Brust. Auf dem Boden, wo er einst geherrscht, liegt sein Rumpf unter anderen Toten, eine unbekannte Leiche.

Die noch übrigen Söhne des Priamos in der Stadt traf ein gleiches Los. Deïphobos, nach Hektors Tod der bedeutendste unter ihnen und die Stütze des Hauses und des Volkes, war nach dem Untergang des Paris der Gemahl der Helena geworden. Während das Morden in dem Palast des Priamos wütete, eilte Menelaos mit Agamemnon und Odysseus und einer Schar seiner Krieger zu dessen Wohnung. Er fand den dem Tod Geweihten schlaftrunken auf seinem Lager und bohrte ihm das Schwert in die Brust mit den Worten: »Stirb, du Hund, auf dem Lager meiner Gattin! Hätte ich doch auch so den Paris, den Unheilstifter, getroffen, als er mir in der Schlacht begegnete! Doch er ist jetzt zum Hades hinab und hat seinen Frevel gebüßt. So trifft Themis, die Göttin gerechter Vergeltung, jeden Frevler.« Nachdem er seinen Zorn noch durch Verstümmelung an der Leiche ausgelassen hatte, durchsuchte er racheschnaubend das Haus nach der treulosen Helena, dem Unglücksweib, das ihm so vielen Schmerz und Unheil bereitet. Sie hatte sich aus Furcht vor der Rache ihres Gatten in einem dunklen Winkel des Hauses verborgen. Als Menelaos sie fand, stürzte er voll eifersüchtigen Zorns mit gezücktem Schwert auf sie ein; aber Aphrodite, ihre stete Schützerin, erfüllte plötzlich sein Herz mit dem zarten Gefühl der Liebe, dass der Grimm verschwand und das Schwert ihm aus der Hand fiel. Lange stand er starr und staunend vor der wunderbaren Schönheit des treulosen Weibs und vergaß all ihre Schuld. Dann aber erwachte wieder der alte Groll der Eifersucht, er hob wieder mit feindseligen Gedanken das Schwert vom Boden auf und hätte das Weib ermordet, wenn nicht Agamemnon, plötzlich dazwischentretend, ihn gehemmt hätte. »Lass ab, Menelaos«, rief er, »es ziemt sich nicht, dass du dein ehelich Weib, um das wir so viele Leiden erduldet, mordest. Hat doch Helena weniger Schuld als Paris, der so schnöde das Gastrecht gebrochen. Drum hat auch ein Gott ihn unter Schmerzen büßen lassen.« Menelaos gehorchte dem Bruder und führte sein Weib zu den Schiffen.

Dorthin wurden auch die zahlreichen Frauen und Jungfrauen der Troer als Kriegsgefangene geschleppt, unter ihnen die greise Königin Hekabe und ihre Töchter und Schwiegertöchter, Kassandra, Polyxena und viele andere. Andromache, die unglückliche Gattin des Hektor, welche eine Beute des Neoptolemos geworden war, hatte noch schauen müssen, wie ihr einziger unmündiger Sohn Ustyanax von dem unbarmherzigen Feind von der Mauer hinabgestürzt und zerschmettert wurde. Trauernd und klagend saßen die unglücklichen Troerinnen bei den Schiffen und sahen die rauchenden Trümmer ihrer Vaterstadt, wo ihre Väter und Gatten und Söhne erschlagen lagen. Glücklich noch ist das Los der Erschlagenen, sie haben ausgestritten und ausgelitten; aber die armen gefangenen Frauen mit ihren unmündigen

Kindern erwartet fern vom Vaterland unter fremden Herren das harte Geschick der Knechtschaft.

Nur zwei trojanische Fürsten entgingen dem allgemeinen Verderben, Antenor und Aineias. Den greisen Antenor mit seinem Haus verschonten die Achäer, weil er einst den Menelaos und Odysseus, als sie nach Troja als Gesandte kamen, bei sich beherbergt und stets für die Rückgabe der Helena gesprochen hatte. Er zog später mit einer Schar der paphlagonischen Heneter in den innersten Busen des adriatischen Meers, wo er die Stadt Patavium baute und aus der Vermischung der Heneter mit den Ureinwohnern das Volk der Veneter entstand. Der Held Aineias, der lange in der eroberten Stadt noch tapfer gekämpft hatte, entschloss sich endlich, als er keine Rettung mehr sah, zur Flucht. Er nahm den alten Vater Anchises, den der Blitz des Zeus gelähmt hatte, auf seine Schultern, den kleinen Sohn Askanios an die Hand und eilte unter dem Schutz der Nacht, geführt von seiner Mutter Aphrodite, über Trümmer und Leichen weg aus der Stadt nach dem nahen Idagebirge, von wo er später nach Italien zog, um den Grund zu legen zu dem weltbeherrschenden Rom.

Aineias auf der Flucht

Noch tagelang brannte die unglückliche Stadt, aus welcher die Sieger eine reiche Beute zu ihren Schiffen schleppten. Die Götter beweinten, in dunkles Gewölk gehüllt, den Fall der herrlichen Feste, die so lange mächtig im asischen Land geherrscht hatte; nur Hera und Athena jauchzten in ihrem Herzen, dass endlich die verhasste Stadt zugrunde gegangen war. Fernher von den Bergen des Ida und von den Inseln sahen die umwohnenden Völker die Flammen und die Rauchsäulen zum Himmel aufsteigen und erkannten, dass endlich nach jahrelangem Krieg die Achäer das große Werk vollendet und Rache genommen hatten für den ungerechten Frevel des Paris, dem die verblendete Stadt ihren Schutz gewährt hatte.

Die Rückkehr von Troja

(Homers *Odyssee* III, 102 ff.; IV, 78 ff.)

Nachdem die Achäer Troja in Schutt und Staub gelegt hatten, sann ihnen Zeus eine unglückliche Rückkehr, auf welcher viele noch ihren Tod fanden, wegen des Zorns der Athena. Aias der Lokrer hatte bei der Eroberung der Stadt die Seherin Kassandra bis in den Tempel der Athena verfolgt und, als sie dort bei dem Bild der Göttin Schutz suchte, sie weggerissen, dass das heilige Bild zur Erde fiel, und unter Misshandlungen aus dem Tempel fortgeschleppt. Die Achäer hatten diesen Frevel nicht gestraft, und darum wandte sich der Zorn der Athena gegen das ganze Heer. Am Tag nach der Zerstörung beriefen die beiden Atriden, von der zürnenden Athena verblendet, noch gegen Abend eine Volksversammlung, zu der viele weinberauscht kamen, und gerieten bald wegen der Heimkehr in Streit. Menelaos wünschte, dass sogleich alle Achäer unter Segel gingen; Agamemnon aber widersprach dem, er wollte das Volk zurückhalten, bis sie durch heilige Hekatomben den Zorn der Athena gesühnt hätten. Bis zur Nacht standen sie gegeneinander, mit harten Worten streitend, und die Achäer liefen auseinander mit lautem Geschrei und in Zwietracht. In der Nacht lagen sie ruhig und grollten einander. Am frühen Morgen aber zogen die einen ihre Schiffe ins Meer, brachten ihre Beute hinein und die gefangenen Frauen und fuhren davon, während die anderen mit Agamemnon zurückblieben. Unter den Absegelnden befanden sich Nestor und Diomedes; sie ahnten in ihren Herzen, dass irgendein Gott den Achäern Unheil sann, und suchten dem Verderben zu entfliehen. Auch Odysseus fuhr mit ihnen; doch als sie nach Tenedos gekommen, kehrte er zurück aus Freundschaft für Agamemnon. Menelaos erreichte den Nestor und Diomedes erst in Lesbos, wo sie haltgemacht hatten und über die weitere Fahrt berieten. Sie entschlossen sich, quer durch das Meer hinüber zur Südspitze Euböas zu fahren, um auf kürzestem Weg dem Unheil zu entfliehen. Die gefährliche Fahrt gelang; sie kamen in der Nacht zu dem Vorgebirge Geraistos am Südende von Euböa, und nachdem sie hier dem Poseidon zum Dank für die glückliche Fahrt ein Opfer gebracht hatten, zogen sie weiter. Am vierten Tag kam Diomedes mit seinen Schiffen wohlbehalten nach Argos, Nestor fuhr um das Cap Malea und gelangte in seine Heimat Pylos, wo er noch lange in Frieden und von seinem Volk hochgeehrt herrschte. Auch Neoptolemos mit seinen Myrmidonen, Philoktetes, Idomeneus kamen ohne Unfall nach Hause.

Raub der Kassandra

Bei dem attischen Vorgebirge Sunion war Menelaos hinter seinen Reisegefährten zurückgeblieben; denn hier starb ihm sein trefflicher Steuermann Phrontis, und er wollte dem Freund die Pflicht der Bestattung nicht versäumen. Als er darauf weiterfuhr und um das gefährliche Vorgebirge Malea biegen wollte, da fassten ihn die Stürme und zerstreuten seine Schiffe. Ein Teil derselben wurde an die Küste von Kreta verschlagen, wo sie scheiterten, aber die Mannschaft rettete sich; fünf andere, darunter das Schiff des Menelaos selbst, trug der Wind weithin in die östlichen Meere, wo er acht Jahre lang umherirrte, in Kypros und Phönikien, Ägypten und Libyen, bei den Äthiopen, Sidoniern und Erembern. Er fand an vielen Orten freundliche Aufnahme und reiche Gastgeschenke. So auch in Ägypten, in dem hunderttorigen Theben bei dem König Polybos und dessen Gemahlin Alkandra, welche beide dem Menelaos und der Helena köstliche Geschenke gaben. Als er von Ägypten aus auf dem Weg zur Heimat eine Tagesreise zurückgelegt hatte, gelangte er zur Insel Pharos, wo er in einem guten Hafen haltmachte und Wasser einnahm. Eine plötzliche Windstille aber hielt ihn zwanzig Tage auf der wüsten Insel zurück, dass die Lebensmittel gänzlich auszugehen drohten und seine Gefährten fischend am Strand umherzogen, um den nötigen Unterhalt zu gewinnen. Da trat, während Menelaos, getrennt von seinen Genossen, traurig am Ufer hinschlich, plötzlich die Nymphe Eidothea, die Tochter des alten Meergotts Proteus, zu ihm heran und sprach: »Warum, o Fremdling, schleichst du so töricht und träge umher und weilst so lange auf der Insel, ohne eine Entscheidung zu finden?« Menelaos antwortete: »O Göttin, wer du auch seist, nicht freiwillig weile ich auf der Insel, sondern ich muss wohl gegen die Himmlischen mich versündigt haben. Aber du sage mir an, denn die Götter wissen ja alles, welcher der Unsterblichen hält mich zurück und wie kann ich die Rückkehr in die Heimat finden?« Da sprach die Göttin: »Das will ich dir sagen, Fremdling. Der alte Meergreis Proteus, der die Tiefen des ganzen Meeres kennt, ein Diener des Poseidon und mein Vater, kommt oft an diese Küste; wenn du diesen fangen könntest, so würde der dir den Weg zur Heimat sagen und auch anderes verkünden, was dir zu Hause während deiner langen Abwesenheit Gutes und Böses sich ereignet hat. An jedem Mittag treibt er die Robben der Amphitrite, welche seiner Hut anvertraut sind, aus dem Meer auf diese Insel und lässt sie auf dem heißen Sand sich sonnen, während er selbst im Schatten der nahen Felsen sich dem Schlaf hingibt. Dann überfalle ihn mit einigen deiner Gefährten und halte ihn fest, in welche Gestalten er sich auch verwandeln mag, bis er wieder seine erste Gestalt angenommen hat und euch nach eurem Begehr fragt. Dann lasst ihn los und fragt, was ihr wünscht.« Nach diesen Worten sprang sie wieder ins Meer. Menelaos aber wählte am folgenden Tag drei seiner stärksten Gefährten und ging mit ihnen ans Ufer des Meeres. Nicht lange, so erschien Eidothea. Sie brachte die Felle von vier Robben, die sie eben auf dem Meeresgrund von der Herde ihres Vaters geschlachtet hatte, und barg darunter auf dem Sand den Menelaos und seine Freunde, und als nun die Herde sich um sie gelagert und Proteus sein Vieh durchgezählt hatte, ohne ein Stück zu vermissen, legte auch er sich zur Ruhe nieder. Da fielen plötzlich Menelaos und seine drei Genossen mit lautem Geschrei über ihn her. Zwar verwandelte sich der Meergreis ränkevoll in allerlei Gestalten, in einen Löwen, einen Drachen, einen Panther, in ein großes Wildschwein, zuletzt in fließendes Wasser und in einen aufsprossenden Baum; aber da Menelaos ihn nicht losließ, so nahm er endlich wieder seine ursprüngliche Gestalt an und sprach: »Welcher Gott, o Sohn des Atreus, hat dich gelehrt, mir einen Hinterhalt zu legen und mich zu fangen? Was begehrst du?« »Warum fragst du, o Greis? Du weißt es ja. Sage mir, welcher Gott mich auf meiner Fahrt zurückhält und wie ich den Weg zur Heimat finde.« Proteus weissagte ihm nun, dass er dem Zeus und den anderen Göttern vor dem Beginn seiner Fahrt in Ägypten zu opfern verabsäumt und nicht eher den Weg zur Heimat finden werde, als bis er, nach Ägypten zurückgekehrt, an dem heiligen Strom die Götter durch ein Opfer versöhnt habe. Auch offenbarte er ihm das Unheil, das zu Hause seinen Bruder Agamemnon getroffen, und wie Odysseus noch immer im weiten Meer von der Heimkehr zurückgehalten werde durch die Nymphe Kalypso; Menelaos selbst aber werde den Tod nicht sehen, sondern als Eidam des Zeus mit Helena ins Elysium eingehen. Nachdem der Meergott also dem Atriden geweissagt, sprang er wieder ins

Meer. Menelaos aber segelte mit seinen Schiffen betrübten Herzens wieder nach Ägypten zurück und tat, wie der Gott ihn geheißen. Jetzt gaben die Götter ihm glückliche Fahrt, und er landete bald an der heimischen Küste, um in seinem Königssitz zu Sparta an der Seite seiner Gattin Helena noch viele Jahre in Glück und Frieden zu hausen.

Agamemnon hatte mit den an der troischen Küste bei ihm zurückgebliebenen Scharen erst den Göttern die gebührenden Opfer gebracht und war dann wohlgemut unter Segel gegangen. Wind und Wetter waren günstig, bis sie in die Nähe der gyräischen Felsen bei Euböa kamen. Dort sandte plötzlich die erzürnte Athena einen furchtbaren Sturm über sie, sodass viele Schiffe scheiterten und die Mannschaft umkam. Am meisten grollte Athena dem Lokrer Aias, der in ihrem Tempel die Seherin Kassandra misshandelt hatte. Sie zerbrach sein Schiff und schleuderte ihn ins Meer; aber Poseidon erbarmte sich seiner und rettete ihn auf den gyräischen Felsen. Da rief der wilde trotzige Held im Übermut, er könne auch ohne Hilfe der Götter dem Tod entfliehen. Zornig fasste jetzt Poseidon seinen Dreizack und stieß ihn wider den Felsen, dass der Fels zertrümmert mit dem Frevler in die Tiefe schoss. Wer aus dem verderblichen Sturm Schiff und Leben gerettet hatte, eilte frohen Herzens zur ersehnten Heimat. Auch Agamemnon, der große Sieger, kehrte glücklich in sein Reich zurück; aber kaum hatte er seine Königsburg Mykenä betreten, so traf ihn am eigenen Herd durch die Hand seiner Gattin der Todesstreich. Odysseus, der sich schon an der thrakischen Küste von dem übrigen Heer getrennt hatte, irrte noch viele Jahre lang auf dem unbekannten Meer umher, bis er nach zwanzigjähriger Abwesenheit allein und unerkannt in sein zerrüttetes Haus zurückkehrte.

Das Haus der Atriden

Atreus und Thyestes

Pelops, der Sohn des Tantalos, hatte durch Besiegung des Oinomaos im Wettrennen dessen Tochter Hippodameia und die Herrschaft von Pisa erlangt; aber er hatte den Myrtilos, den Wagenlenker des Oinomaos, einen Sohn des Hermes, der ihm zum Sieg verholfen, durch Mord aus dem Weg geräumt, weil er ihm die versprochene Hälfte des Reiches nicht übergeben mochte. Seit diesem Mord ruhte der Fluch auf ihm und seinem Haus, sosehr er auch durch Opfer und Sühnung den Gemordeten und dessen Vater zu versöhnen bemüht war; wie ein finsterer Rachegeist ging der Fluch von Geschlecht zu Geschlecht, ein Verbrechen aus dem andern zeugend. Er selbst erlebte noch in seinem Haus eine schwere Untat. Unter all seinen Söhnen war ihm der schöne Chrysippos der Liebste, den ihm eine Nymphe geboren; aber seine Gemahlin Hippodameia hasste den Sohn der Nymphe und verleitete ihre ältesten Söhne, Atreus und Thyestes, den Bevorzugten zu ermorden. Um dem Zorn des Vaters zu entgehen, flüchteten sie außer Landes zu Sthenelos, dem König von Mykenä, der mit ihrer Schwester Nikippe vermählt war. Dieser nahm sie bei sich auf und überließ ihnen die Stadt Midea zum Wohnsitz. Als nun später der Sohn des Sthenelos, der aus der Geschichte des Herakles bekannte Eurystheus, in der Schlacht gegen die Athener und die Herakliden gefallen war, ohne leibliche Erben zurückzulassen, bemächtigte sich Atreus, sein nächster Verwandter im Land, der gesamten mykenäischen Herrschaft.

Atreus war von den beiden Brüdern der Ältere und machte dieses Erstgeburtsrecht bei der Besitznahme des Landes geltend; aber Thyestes, nicht weniger herrschsüchtig als jener, glaubte, gleiches Recht zu haben, und strebte, den Bruder seines Besitzes zu berauben. Dadurch kam unversöhnlicher Hass zwischen die beiden Brüder, welche das Verbrechen des Brudermords bisher verbunden hatte. Hermes hatte, um Unheil in dem Geschlecht des Pelops zu erregen, dem Atreus ein goldwolliges Lamm geschenkt, an dessen Besitz das Recht der Herrschaft geknüpft sein sollte. Thyestes nun verleitete heimlich die Gemahlin des Atreus, Aërope, zur Untreue gegen den Gatten, dass sie ihm das Lamm einhändigte. Sobald er dasselbe in sein Haus gebracht hatte, ließ er dies unter dem Volk ausrufen und versuchte, sich zum König aufzuwerfen. Da gab Zeus der Welt ein Zeichen, dass durch argen Trug das Recht verkehrt worden sei, er kehrte am Himmel den Lauf der Sonne und der Gestirne um und zeugte so für Atreus. Das Volk erklärte sich gegen Thyestes, und Atreus zwang ihn zur Flucht aus dem Land. Um sich zu rächen, schickte Thyestes den Pleisthenes, einen Sohn des Atreus, den er als den seinigen auferzogen, mit dem Auftrag nach Mykenä, den Atreus zu ermorden. Dieser kam als jugendlicher Held, um offen mit Atreus zu rechten und zu kämpfen, wurde aber von diesem erschlagen. Als Atreus entdeckte, dass er auf Veranstaltung seines Bruders den eigenen Sohn getötet hatte, beschloss er, sich furchtbar zu rächen; doch barg er seinen Grimm tief im Herzen, um den Bruder sicher zu machen und in sein Netz zu locken. Nicht lange nachher kehrte auch Thyestes in das Land zurück und suchte die Aussöhnung mit dem Bruder, der zum Schein darauf einging. Als diesem aber offenbar wurde, dass Thyestes im Einverständnis mit seiner Gemahlin Aërope auf neue Ränke sann und ihm nach dem Leben trachtete, da beschleunigte er das Werk seiner Rache und beschloss eine unerhörte Tat. Er schlachtete die beiden Söhne seines Bruders, Pleisthenes und Tantalos, lud ihn dann freundlich zum Mahl und setzte ihm das Fleisch seiner Söhne als Speise vor. Ohne etwas Schlimmes zu ahnen, verzehrte Thyestes das grässliche Mahl, obgleich der Himmel ob der Freveltat von furchtbaren Donnern erzitterte und Helios entsetzt sein Gespann umwandte. Erst nach vollendeter Mahlzeit erfasste ihn ein banger Zweifel, und er fragte nach seinen Söhnen. Da ließ ihm Atreus die Köpfe und Füße derselben vorwerfen, und Thyestes erkannte, dass sein Bruder die Söhne ihm aus Rache gemordet hatte. Der Unglückliche flehte um Auslieferung der Leichen, damit er sie bestatten könne. Jetzt erst offenbarte ihm Atreus mit furchtbarem Hohn, dass er die Söhne in seinem eigenen Leib vergraben habe. Voll Grausen stieß der unglückliche Vater den entsetzlichen

Tisch um, warf sich heulend zur Erde und spie das unnatürliche Mahl aus; dann stürzte er sich gleich einem wütenden Tier hinaus in die Wildnis, den Atreus und den ganzen Stamm der Pelopiden verfluchend. Die treulose Aërope war gezwungen, die ganze Racheszene mit anzuschauen; dann kam auch über sie das Gericht. Sie wurde an Händen und Füßen gefesselt und ins Meer geworfen.

Thyestes hatte sich nach Epirus zu dem König Thesprotos geflüchtet. Da aber über das Land des Atreus wegen seiner sündigen Tat Misswuchs und Hunger kam und das Orakel erklärte, dass die Plage nicht eher enden werde, als bis er den vertriebenen Bruder wieder in das Land zurückgerufen habe, so zog er selbst aus, um den Flüchtigen zu suchen. Den Thyestes zwar fand er nicht, aber er bekam dessen unmündigen Sohn Aigisthos in seine Hände und führte ihn mit sich nach Mykenä, wo er ihn wie seinen eigenen Sohn erzog. Als später Agamemnon und Menelaos, die Söhne des Atreus, den Thyestes aufsuchten und nach Mykenä brachten, kerkerte ihn Atreus ein und schickte den Aigisthos zu ihm, dass der Sohn den Vater morde. Dieser aber erkannte den Sohn an dem Mordschwert, das er einst selbst besessen, und nun verabredeten sich beide, wie sie Rache an Atreus nehmen wollten. Aigisthos kehrte zu Atreus zurück und meldete ihm, dass er den Thyestes getötet, und als der nun voll Freude über das Gelingen seiner Bosheit am Ufer des Meeres den Göttern ein Dankopfer darbrachte, wurde er von Aigisthos mit demselben Schwert, mit welchem er seinen Vater hatte erschlagen sollen, erstochen. Jetzt bemächtigten sich Thyestes und Aigisthos der Herrschaft von Mykenä und vertrieben die Söhne des Atreus, Agamemnon und Menelaos. Diese flüchteten nach Sparta und vermählten sich dort mit den Töchtern des Königs Tyndareos, Klytaimnestra und Helena. Menelaos wurde nach des Tyndareos Tod König in Sparta, sein Bruder Agamemnon aber kehrte nach Argos zurück, tötete den Thyestes und bemächtigte sich wieder der väterlichen Herrschaft.

Agamemnons Ermordung

(Aischylos' *Agamemnon*)

Als Agamemnon an der Spitze des griechischen Heeres gegen Troja zog, war Aigisthos nach längerer Flucht nach Argos zurückgekehrt und blieb ruhig im Land. Der Hass der beiden verwandten Häuser schien erstorben zu sein, und der mächtige Agamemnon bei seinem Abzug nichts Böses vonseiten des Vetters. Doch während er und die übrigen griechischen Helden vor Troja in rühmlichem Kampf sich mühten, arbeitete der feige Aigisthos zu Hause in träger Ruhe heimtückisch an seinem Sturz. Er näherte sich der Klytaimnestra und verleitete sie nach langer Werbung zur Untreue gegen den Gemahl, zog in den königlichen Palast und betrug sich, als sei er der Herrscher. Wohl dachte das ruchlose Paar mit Bangen an die Rückkehr des rechtmäßigen Gatten und Königs, allein einmal auf der Bahn des Verbrechens, scheuten sie auch ferneren Frevel nicht und ersannen schon den Plan, wie sie den Gefürchteten nach seiner Heimkehr beseitigen sollten.

Bei seinem Abzug hatte Agamemnon mit Klytaimnestra verabredet, sobald Troja erobert sei, wolle er die Siegesnachricht von Troja aus durch Feuersignale von Berg zu Berg bis nach Argos* gelangen lassen und so seine baldige Heimkehr verkünden, und Klytaimnestra ließ deshalb auf den Zinnen der Königsburg allnächtlich einen Diener Wache halten, dass er nach dem Siegeszeichen ausschaue. Jahrelang schon hat der Wächter seinen schweren Dienst geübt, in sorgenvollen Nächten, von Tau durchnässt, im Verkehr nur mit den stillen Sternen und in trüben Gedanken über des Hauses trauriges Los, und er sehnt sich nach der Stunde, wo er endlich seines schlimmen Dienstes überhoben sein wird. Da in der Frühe des Morgens sieht er auf dem fernen Berg das verheißene Signal. Von der Höhe des Ida war die Feuerpost hinübergesandt worden zu dem Hermesfelsen auf Lemnos; von da wanderte die Flamme zum Gipfel des Athos und dann längs der Küste von einem Berg zum anderen, bis zur Felsenstirn des Kithäron und hinüber über den saronischen Busen nach dem Gipfel des Arachnaion

* Bei Aischylos ist Argos, nicht Mykenä die Residenz des Agamemnon.

in der Nähe von Argos. Laut jauchzte der Wächter, als er die mächtige Flamme auflodern sah, und eilte mit freudigem Ruf von der Warte hinab, um seiner Herrin die Kunde in den Palast zu bringen.

Sobald Klytaimnestra die Nachricht empfangen hatte, veranstaltete sie mit ihren zahlreichen Dienerinnen vor dem Palast den Göttern ein Dankopfer für die glückliche Vollendung des Krieges und die endliche Heimkehr des Gatten. Auch in der Stadt hatte sich bald die frohe Kunde verbreitet, und zahlreiches Volk strömte zum Palast, um über die Nachricht Gewissheit zu erlangen. Die Ältesten der Stadt überließen sich mancherlei ernsten Betrachtungen; sie gedachten, wie Paris, frech das Gastrecht verletzend, die Helena aus dem Haus ihres Gatten entführte, sich selbst und den Seinen zum Unheil; denn voll Zornmut, gleich Adlern, denen ihre Brut aus dem Felsennest geraubt ward, eilten die beiden Atriden, von Zeus gesandt, dem Hort des Gastrechts, mit dem Lanzen schwingenden Volk und vielem Kriegsgeschrei gegen die trotzige Stadt, die den Frevler schützte, und brachten ihr endlich die gerechte Vergeltung. Nun wissen sie, die Übermütigen, zu sagen, wie Zeus, der Rächende, trifft. Sieggeschmückt kehrt jetzt das Hellenenheer zur Heimat; doch wie viele werden fehlen? Statt des Mannes kehrt in manches Haus wohl nur seine Asche zurück und seine Waffen. Ruhmreicher König Agamemnon, dir wurde ein schöner Preis zuteil, dich feiert alles Volk als großen Sieger und Städtezerstörer. Aber selbst in des Ruhmes Übermaß brütet Gefahr, gegen den Glücklichen schleudert der Donnerer neidisch seinen Blitz. Und wie kann sein Herz vergessen, dass er sein Kind, Iphigeneia, des Hauses Kleinod, vom Verhängnis gedrängt, hingab zum blutigen Opfer? Traun, nicht begehre ich auf hohen Pfaden zu wandeln, niedrig sei mein Los und mein Gewissen rein.

Mit solchen Betrachtungen stand das Volk vor dem königlichen Palast und um die Altäre, an welchen die Dienerinnen der Klytaimnestra aus Schalen und Krügen ihre Weihegüsse spendeten. Die Königin selbst, kalt und stolz, hatte die Miene großer Freude angenommen, doch klang aus ihren Reden, die sie bisweilen mit den Ältesten des Volkes wechselte, schon manches unheilverkündende Wort. »Der Sieg ist glücklich errungen; mögen die Sieger«, spricht sie, »nicht ihrem

Sieg durch begangene Schuld erliegen; und kehren sie auch schuldlos heim, so könnte doch der Erschlagenen Blut wach werden und Rache von ihren Bewältigern fordern. Doch das Gute siege; mit teuren Opfern habe ich solchen Wunsch erkauft.« Sie dachte bei diesen Worten an den Tod der Tochter und an die beabsichtigte Tat, die sie tückisch im Herzen trug. Sinnend stand sie da, teilnahmslos und in sich gekehrt; niemand ahnte, welche furchtbaren Gedanken ihr Inneres bewegten. Erst als Stimmen des Zweifels über ihre Siegesnachricht unter dem Volk laut wurden, richtete sie sich stolz auf und antwortete mit schneidendem Hohn; denn sie sieht vom Gestade einen Herold, mit dem Ölzweig bekränzt, herauf durch die Straße kommen, der ihre Nachricht bestätigen wird. Agamemnon, der eben gelandet ist, hat den Herold geschickt, um seine nahe Ankunft zu melden. Freudig begrüßt er sein Heimatland, die Altäre der Götter und den Palast seines Königs, und verkündigt dann dem Volk und der Königin die siegreiche Rückkehr des Herrschers. Klytaimnestra heuchelt eine ungemessene Freude und trägt dem Herold auf, ihrem Herrn und Gebieter zu melden, dass er, der Vielersehnte, eilen möge, in die Stadt einzuziehen, er werde seine Gemahlin treu im Haus finden und ihm ergeben mit edlem Sinn, wie er sie einst verlassen – und geht dann rasch mit ihrem Gefolge in den Palast zurück, um, wie sie sagt, den Empfang ihres erlauchten Gemahls aufs Herrlichste vorzubereiten.

Nicht lange, so erscheint vom Meer her der Siegeszug des heimkehrenden Königs. Voraus gehen gewappnete Krieger, mit grünen Zweigen geschmückt, Saumtiere, mit reicher Beute beladen, Wagen mit gefangenen Troerinnen. Dann folgt der goldgeschmückte Siegeswagen des Königs selbst, von weißen Rossen gezogen, die von bekränzten Herolden geführt werden; darin sitzt der siegreiche König, geschmückt mit dem Purpurmantel, das goldene Zepter in den Händen, um die Stirn den Siegeskranz, neben ihm, tief gebeugt, in dunklen Schleier gehüllt, die Seherin Kassandra, die gefangene Königstochter. Die argivischen Greise begrüßen freudig ihren Herrn und König, der in hohem Siegesgefühl dem Haus seiner Väter naht und den Göttern bewegt seinen Dank ausspricht für die glückliche Wiederkehr. Auch Klytaimnestra war mit ihren Mägden aus dem Haus getreten; doch blieb sie an der Pforte des Palastes stehen, als scheute sie sich, den Gemahl öffentlich vor allem Volk zu begrüßen. Erst als der Wagen des Königs näher zum Palast herangekommen war und er sich anschickte, in seinen Palast einzugehen, eilte sie ihm mit der Schar ihrer festlich geschmückten Dienerinnen entgegen und begrüßte den Gatten, sich mit ihrer Liebe entschuldigend, dass sie der Sitte der Frauen zuwider vor allem Volk ihm entgegenkomme. Sie warf sich mit verstellter Freude und Untertänigkeit in den Staub und sprach viel von ihrem Kummer und Gram, den sie während der langen Abwesenheit des Gatten in ihrer Einsamkeit getragen, von der Angst bei jedem schlimmen Gerücht, das von Troja kam, von ihren Tränen, die sie unaufhörlich geweint, dass jetzt kein Tropfen mehr aus ihrem kranken Auge fließe. »Doch nachdem ich alles das mit ungebeugtem Sinn getragen habe, nun begrüß ich dich, des Hauses Hort, als allerrettendes Ankertau, als Grundpfeiler des hohen Dachs, als schönsten Frühlingsmorgen nach dem Wintersturm. So selig ist es, aller Not entflohen zu sein.« Und sofort befahl sie ihren Mägden, kostbare Purpurdecken auf die Erde und die Stufen des Hauses zu breiten von dem Wagen bis zur Pforte, damit der Fuß ihres Herrn, des glücklichen Siegers und Zertreters von Ilion, den niederen Staub nicht berühre. Agamemnon aber weigert sich solcher Ehren, die nur einem Gott gebühren; als Mensch will er menschlich sich bescheiden und sich glücklich preisen, wenn er in diesem einmal beschiedenen lieben Glück sein Leben beschließen kann. Doch Klytaimnestra weiß ihn durch Schmeichelworte zu überreden, dass er endlich nachgibt. Um sich jedoch selbst zu erniedrigen und den Zorn der Götter nicht aufzurufen, lässt er sich die Schuhe von den Füßen lösen und geht, nachdem er noch die königliche Jungfrau Kassandra seiner Gemahlin empfohlen, nackten Fußes in die verderbendrohenden Pforten seines Palastes ein. Während er an Klytaimnestra, die auf der Höhe der Treppe steht, vorüberschreitet, spricht diese noch einmal ihren lauten Dank für des Gatten Heimkehr aus; dann folgt sie raschen Schrittes in den Palast mit den kurzen heftigen Worten: »Jetzt, Zeus Vollender, ende mein Gebet und nimm in deine Hände, was du enden musst.«

Während die Ältesten des Volks mit bangem unverstandenem Ahnen noch vor dem Palast stehen, kommt Klytaimnestra allein hastig zurück und fordert Kassandra, die tief gebeugt, von niemandem beachtet, auf dem Wagen des Agamemnon zurückgeblieben ist, mit herben Worten auf, in das Haus einzutreten, um an dem Opfer teilzunehmen. Da die Jungfrau trotz ihres Drängens und Befehlens stumm und regungslos sitzen bleibt, eilt sie mit heftigem Drohen gegen die Unglückliche in unruhiger Hast in den Palast zurück. Teilnehmend nähern sich die Greise der schweigenden Seherin. Da plötzlich richtet sie ihr Antlitz auf und fährt schaudernd empor. »Ha, weh, Apollon, Apollon!«, ruft sie, während die Greise voll Entsetzen ihr zuhören. »Wegführer Apollon, Verderber, wie verdirbst du mich! Ha, gottverhasstes Haus, Zeuge unzähliger Schuld und verspritzten Bluts! Weinende Kindlein, jäher Mord! ihr Fleisch gebraten, vom Vater verzehrt! Schau, was beginnt sie, die Wilde, jetzt! Ach, und Hilfe von keiner Seite! Wehe, Unselige, du vollführst's? Du lockst ihn ins Bad, den Gatten, deinen Herrn! Sieh, die Schlinge des Mords! Sie trifft, er sinkt, weh, er sinkt in die Flut des Beckens! O ich Arme, denn auch mein Leid sing ich zugleich, auch meiner harrt Mord von zweischneidiger Axt! O süße Heimat, o ihr glücklichen Tage meiner Jugend! Ach mein Vater, ach du Gram meiner Vaterstadt!« So stürmten in mildem Schmerz der Begeisterung die Sprüche wirr aus dem Mund der unglücklichen Seherin, dass die Greise zuletzt tief erschüttert einstimmen in ihr Klagen. Sie wirft ihr Sehergewand von sich und den heiligen Kranz, den sie um die Stirn trug, sie zerbricht den Seherstab, den Apollon ihr verlieh, und bereitet sich, dem Tod entgegenzugehen. Die Greise glauben ihrer Weissagung vom Mord des Königs durch die Hand der Gattin und des Feiglings Aigisthos, sie glauben, dass auch für sie die Eifersucht drinnen den Stahl gewetzt hat, und raten ihr, ihrem Schicksal zu entfliehen. Doch für sie gibt's keine Rettung, unverwandten Blicks will sie ihr Geschick vollenden und schreitet gefasst dem Tod entgegen. Noch einmal bebt sie an der Pforte zurück, da Grabesduft aus dem blutumtrieften Haus ihr entgegenweht; doch ihr Geist ermannt sich, und sie geht festen Mutes in das Haus des Todes. Nur ein Trost noch begleitet sie auf dem furchtbaren Weg, sie sieht im Geist das Racheschwert des Orestes.

In bangem Harren blieben die Greise vor dem Palast zurück. Da plötzlich tönt lauter Wehruf aus dem Hause, einmal und wiederum; es ist der König, der gemordet wird. Als eben die Greise mit gezücktem Schwert in das Haus eindringen wollten, um ihrem König beizustehen oder wenigstens seinen Tod zu rächen, trat Klytaimnestra auf die Pforte des Palasts, das Mordbeil auf der Schulter, Blutspritzen am Gewand und auf der Stirne; hinter ihr her trug man, in Gewänder eingehüllt, die Leichen des Agamemnon und der Kassandra. Im Bad, das sie dem Heimgelehrten bereitet, hatte sie ihn mit dem Beil erschlagen, nachdem sie listig ein von ihr selbst gewebtes Netz über ihn geworfen, und nach ihm hatte sie auch die unglückliche Seherin gemordet.

Als die Greise in höchster Aufregung sie mit heftigen Vorwürfen überhäuften, rühmte sie sich frech und mit stolzer Kälte der schändlichen Tat als eines Werks gerechter Rache, das ihr Herz erfreue wie ein warmer Regenschauer des Frühlings die durstige Erde. »Er hat«, sprach sie, »den Kelch, den er mit fluchgemischter Schuld gefüllt,

Ermordung des Agamemnon

heimkehrend selbst geleert. Ja, hier liegt er, von meiner eigenen Hand erschlagen, der freventlich, thrakische Winde zu beschwichtigen, mein liebstes Kind, sein Kind, geschlachtet hat, und seine treue Buhle liegt neben ihm, nachdem sie sich noch ein letztes Schwanenlied gesungen.« Mit Abscheu und Grausen wenden sich die Greise von der Verruchten ab und schleudern ihr stets neue Vorwürfe und Drohungen entgegen. Da bemächtigt sich der Mörderin, die den Tod ihres Kindes nur als Vorwand für ihre böse Tat gebraucht hat, allmählich selbst ein inneres Grausen. Erhitzt von der frischen Bluttat, hatte sie anfangs noch des Mordfleckens auf ihrer Stirn sich gerühmt, hatte kühn und stolz dem empörten Volk gedroht; doch jetzt, wo das Bewusstsein der Schuld immer heller in ihrem Geist auftaucht, entschuldigt sie sich mit dem bösen Dämon, der von alters her blutig in dem Haus der Pelopiden waltet, und wünscht, ermattet in sich zusammensinkend, dass der blutige Geist nun für immer ihr Haus verlassen möge, damit sie ein ruhiges, friedliches Leben hinleben könne, und sei es in höchster Armut.

Verworfen und verabscheut von dem Zorn des Volkes, in ihrem Innern von dem peinigenden Bewusstsein ihrer Schmach und Schuld erfüllt, steht die Mörderin da, das Beil auf der Schulter, das Blut auf der Stirn, und schaut sich vergebens nach einer Stütze um. Da kommt, von Lanzenknechten begleitet, Aigisthos aus dem Haus, im Königspurpur und das Zepter in der Hand, der Elende, der den Mord des großen Königs veranlasst hatte, aber selbst zu feige war, ihn auszuführen. Er brüstet sich jetzt, der Schwächling, in dem königlichen Schmuck des erschlagenen Helden, preist mit frecher Stirn, was geschehen, prahlt mit seinem Mut und droht dem entrüsteten Volk mit seinem Zorn. Da hält sich das Volk nicht länger; mit gezückten Waffen dringen sie auf den Verhassten ein, und es wäre zum Kampf gekommen, wenn nicht Klytaimnestra sich dazwischengestürzt hätte. »Nimmermehr, ihr teuren Männer!«, rief sie, »häuft nicht noch neues Weh! Schon ist des Jammers genug. Geht nach Hause, ihr Greise, dass ihr nicht in Wunden eure Tat bereut; ihr müsst es nehmen, wie wir's getan! Ja, wenn einem Leid zuteilwurde, so haben wir dessen genug; durch des Dämons harten Zorn leiden wir die schwersten Wunden.« Das Volk lässt sich beschwichtigen und geht nach Hause. Den Aigisthos, der im Vertrauen auf die ihn umringenden Lanzenknechte noch immer tobt und prahlt, führt Klytaimnestra in den Palast, um dort mit ihm die Frucht ihrer Tat zu genießen.

Ermordung Klytaimnestras und des Aigisthos

(Aischylos' *Grabspenderinnen*)

Als Agamemnon unter der Hand seines Weibes fiel, rettete ihren unmündigen Sohn Orestes seine Amme Kilissa aus dem Haus und sandte ihn nach Phokis zu seinem Oheim Strophios. Denn da dem Sohn, wenn er erwachsen war, die Blutrache seines Vaters als heilige Pflicht oblag, so gebot die Klugheit den Mördern, auch ihn aus dem Weg zu schaffen. Nachdem Orestes zum Jüngling herangereift war, kehrte er mit Pylades, dem Sohn des Strophios, mit dem er aufgewachsen und in innigster Freundschaft verbunden war, von dem delphischen Gott Apollon gesandt, nach Argos zurück, um das Werk der Rache zu vollführen. Fremd, in gewöhnlicher Wandertracht, kam er in das Land seiner Väter zurück, an den väterlichen Palast, der ihn ausgestoßen, in welchem die Mörder seines Vaters hausten. In der Nähe vor dem Haus war das Grab des Agamemnon. Zu diesem traten am frühen Morgen die beiden jugendlichen Freunde, und indem Orestes zu dem Geist des Vaters betete, ihm, dem Verwaisten und Heimatlosen, bei seinem Rachewerk hilfreich beizustehen, weihte er ihm von seinem Haupt eine Trauerlocke, zum Zeugnis, dass er heimgekommen war, dem Vater die schuldige Pflicht zu üben. Da kam aus dem Haus eine Schar von Mägden in schwarzen Gewändern und Trauerschleiern, unter ihnen Elektra, Agamemnons Tochter, von den anderen in ihrer Kleidung in nichts unterschieden; denn ihre Mutter hielt sie gleich einer niederen Sklavin. Orestes und sein Freund wichen vor den Jungfrauen zurück, um nicht vor der Zeit entdeckt zu werden, und diese traten an das Grab. Klytaimnestra hatte sie geheißen, dem Agamemnon ein Totenopfer zu bringen, da ein schrecklicher Traum der verwichenen Nacht sie ängstigte. Sie hatte geträumt, dass sie einen Drachen geboren, der mit der Muttermilch ihr Blut sog. Das deutete auf ein Zürnen des Gemordeten und drohendes Unheil. Die Mägde sind dieselben Troerinnen, die einst mit Agamemnon und Kassandra in Argos eingezogen waren; sie hassen in Klytaimnestra ihre gemeine stolze Herrin und die Mörderin ihres hohen Gebieters und ihrer Königstochter und nahen dem Grab in tiefster Trauer, sie schlagen wehklagend den Busen und zerreißen Gewand und Wange. Sie singen, das Grab umwandelnd, einen Klagegesang, während Elektra, tief in ihr Trauergewand gehüllt, regungslos dasteht. Jetzt steigt sie auf den Grabes-Hügel; doch plötzlich, ehe sie den Weiheguss spendet, fragt sie ratlos ihre Gefährtinnen, mit welchen Gebeten sie für die Mutter das Opfer darbringen solle, ohne den Vater zu betrüben; und die Mädchen raten ihr, nicht für jene, sondern für den Vater und für Orestes

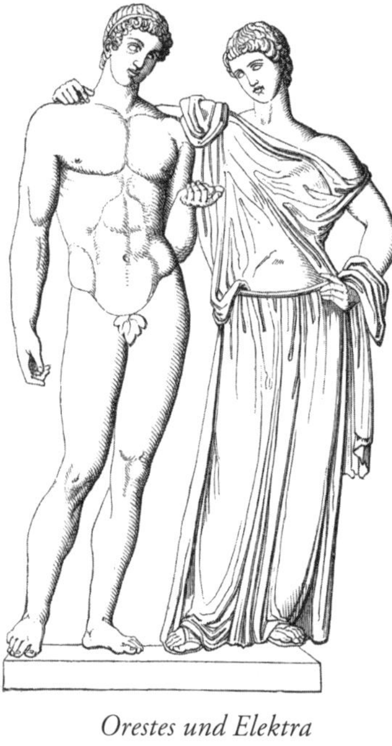

Orestes und Elektra

zu beten und für alle, die den Aigisthos hassen. In diesem Sinn denn betete sie: »Ihr Herrscher im Schattenreich, die ihr waltet über dem Auge meines Vaters, und du heilige Erde, diese Spende gieße ich aus für die Toten, und rufe dich, mein Vater, dass du dich mein erbarmst und des Orestes. Siehe, wir leben verstoßen von der Mutter; den Aigisthos hat sie sich zum Mann erkoren, der dich mit ihr erschlagen hat. Mich hält sie gleich einer niederen Magd, Orestes ist vertrieben aus seinem Erbe, und sie verprasst in Prunk und eitler Wollust die Früchte deines Schweißes. Lass, Vater, den Orestes heimkehren unter der Götter Hut, mir aber gib, dass ich tugendhafter sei als meine Mutter und reinen Wandels; den Feinden, ja, das weiß ich, wird, dich zu rächen, einer nahen, auf dass die Mörder wiedermorde ihr Gericht.« Nach diesen Worten goss sie die Spende auf das Grab, während ihre Begleiterinnen ein Trauerlied sangen.

Als nach beendeter Totenfeier Elektra vom Grab niedersteigt, gewahrt sie auf demselben eine Locke. Sie gleicht ihrem eigenen Lockenhaar, sie kann von niemand anders kommen als von Orestes; denn wer ehrte sonst noch den vergessenen König? Doch warum sendet er die Locke, warum kommt er nicht selber als Rächer? Das bereitet ihr neuen Kummer. Da sieht sie auf dem Weg Spuren von dem Fußtritt zweier Wanderer; sie misst die Spur mit dem eigenen Fuß, und beide treffen ganz zusammen.

Während sie, von Angst übermannt, verwirrten Sinnes dasteht, tritt ihr ruhig und ernst Orestes entgegen und gibt sich ihr als der Bruder zu erkennen. Sie zweifelt, sie fürchtet, betrogen zu werden, sie nennt fragend seinen Namen. Um sie zu überzeugen, hält er die abgeschnittene Locke an sein Haupt und zeigt ihr das Gewand, das er trägt, es ist ein Werk ihrer Hände. Da will sie laut aufjauchzen in ihrer Freude; aber der Bruder hält sie zurück und mahnt sie zur Vorsicht, damit sie ihren bittersten Feinden sich nicht verrate. Doch sie kann ihr Herz nicht ganz beschwichtigen, sie muss dem überwallenden Gefühl der schwesterlichen Liebe Genüge tun.

Orestes betete darauf zu Zeus, dass er seinem Beginnen gnädig sei, dass er die verwaiste Brut des Adlers, der selbst den Schlingen und der Umzüngelung der argen Schlange erlegen sei, nicht untergehen lasse und das Geschlecht des Königs nicht ganz vertilge. Und als die Mägde auch ihn zur Vorsicht mahnten, da sprach er zuversichtlich sein Vertrauen auf Apollon aus, der ihm dies Wagnis geboten. Mit schrecklichen Qualen, mit Wahnsinn und Entsetzen, mit jeglicher Schmach, die einen Sterblichen treffen kann, hat ihm der Gott gedroht, wenn er den Mord seines Vaters zu rächen versäume; einem solchen Ausspruch muss man glauben und vertrauen, der Gott wird ihn bei seinem Werk nicht erliegen lassen. Die aufgeregten Schilderungen der Schwester, wie die ruchlose Mutter blutlechzend ihren Vater mit wildem Schlag getötet und ohne Klage tränenlos den König, ihren Herrn, begraben habe, wie sie dem Sohn mit schnöder List den Tod ersann und ihr, der Tochter, ein unwürdiges Sklavenlos bereitete, erfüllen den Jüngling, der dem Gebot des Apollon zu folgen, die heilige Pflicht gegen den Vater zu üben entschlossen ist, mit dem ganzen Zorn der Rache, dass er sogleich zur Ausführung der Tat schreiten will. Vorher aber setzen sich noch die beiden Geschwister auf den Rand des Grabes und bitten, die Hände um das Knie gefaltet, mit zur Unterwelt gerichtetem Blick, nochmals den Vater um seine Hilfe. Dann überlegen sie, wie der Mord auszuführen sei; denn Apollon hatte in seinem Orakelspruch befohlen, dass die Mörder, wie sie mit List den Agamemnon erschlagen, ebenso mit List gefangen werden sollen. Orestes will mit Pylades als Fremdling sich ins Haus einführen, um dort plötzlich die Nichtsahnenden zu überfallen. Elektra aber geht vorher hinein, um jedes Hindernis aus dem Weg zu räumen; die Mägde bleiben vor dem Haus, angewiesen, je nachdem sich's ziemt und frommt, zu reden oder zu schweigen.

Orestes trat also mit Pylades, beide wie gewöhnliche Wanderer gekleidet, an die Pforte des Palasts und pochte. Die auf sein Verlangen von dem Türhüter herbeigerufene Klytaimnestra – denn Aigisthos, der Herr des Hauses, ist draußen auf dem Feld – fragt sie freundlich nach ihrem Begehr und bietet ihnen gastliche Aufnahme. Orestes sagt ihr den Grund seines Kommens: »Ich bin, o Herrin, aus Daulis im Phokerland. Als ich, mein Bündel auf den Schultern, nach Argos wanderte, wo ich übernachten wollte, trat ein Unbekannter – es war, wie ich im Gespräch mit ihm hörte, der Phoker Strophios – zu mir und sprach: ›Wenn du nach Argos gehen musst, mein Freund, so sage doch den Eltern, die du leicht erfragst, Orestes sei gestorben; aber vergiss mir's nicht; frage, ob die Verwandten seine Asche ins Vaterland zurückgebracht wünschen oder ich ihn hier in der Fremde bestatten soll.‹ Das ist mein Auftrag. Ob ich ihn nun den rechten Leuten bringe, die ihn hören müssen, weiß ich nicht; aber sein Vater muss es erfahren.« Während Elektra zum Schein in laute Klagen ausbrach, konnte die unnatürliche Mutter kaum ihre Freude über den Tod ihres Kindes verbergen; denn jetzt war sie endlich aller Gefahr und Angst überhoben. Sie ließ die Fremden in die Gastwohnung führen und sandte schnell ihre Sklavin Kilissa, die frühere Amme des Orestes, hinaus zu Aigisthos, um ihm die frohe Kunde zu melden und ihn in die Stadt zu rufen. Als die Alte an den Mägden vor dem Haus vorbeiging, weinend über den Tod ihres Lieblings, den sie genährt und gepflegt, trösten diese sie mit der Hoffnung, dass die Sache sich doch wohl anders verhalte, und tragen ihr auf, den Aigisthos ohne seine Lanzenknechte, die den feigen Tyrannen gewöhnlich begleiten, herbeizurufen. So kam denn auch Aigisthos ohne alles Gefolge, voll Freude über die glückliche Botschaft, und eilte in die Gastwohnung zu den Fremden, um genauere und zuverlässigere Kunde zu hören. Kaum ist er hineingegangen, so erschallt sein Weheruf; denn so wie er, um zu fragen, vor den Orestes trat, hieb ihn dieser mit seinen Streichen nieder. Ein bestürzter Sklave sprang mit lautem Geschrei aus der Pforte und rief, an der Frauenwohnung pochend und lärmend, nach Klytaimnestra. Sie tritt erschreckt hervor. »Die Toten«, ruft der Sklave, »morden die Lebendigen!« »Wehe mir«, schrie die Königin, »auch im Rätsel verstehe ich dein Wort nur zu wohl! Jetzt fängt uns die List, gleichwie wir einst mit List mordeten! Bring mir eiligst, Sklave, mein altes Mordbeil aus dem Haus. Ich will sehen, ob wir siegen oder besiegt werden! Dahin also ist es jetzt in meinem Leid gekommen.« Kaum hat sie das gesprochen, so tritt auch schon Orestes mit Pylades aus dem Haus, bereit, die Mutter zu morden. »Ich suche dich auch«, rief er ihr entgegen, »er erhielt schon sein volles Teil!« »Wehe mir, teurer Aigisthos, du erschlagen!« »Du liebst den Mann? So liege denn auch treu bei ihm in einem Grab!« »Halt ein, mein Sohn; nein, scheue diese Brust, die Mutterbrust, an der du oft einschlummernd mit deinen Lippen sogst!« Bei diesen Worten sank dem Sohn die Hand, die er schon zum tödlichen Streich erhoben, und er fragte schwankend seinen Freund, was er beginnen solle. Pylades mahnte ihn einfach an das Geheiß des delphischen Gottes; da ermannte sich Orestes, und der Drohungen und Flüche der Mutter weiter nicht achtend, führte er sie ins Haus. »Wehe«, rief sie, ihres Traumes sich erinnernd, »diesen Drachen gebar und ernährte ich!« »Ja, dein Schreckenstraum war dir ein rechter Seher! Du erschlugst, den du nicht durftest, leide gleiches jetzt!« Im Innern des Palastes fällt sie lautlos unter dem Schwert des Sohnes an der Leiche ihres Buhlen Aigisthos.

Ermordung des Aigisthos

Das nackte Schwert in der bluttriefenden Rechten, trat Orestes wieder aus dem Haus, aus welchem die Leichen des Aigisthos und der Klytaimnestra, mit roten Gewändern überdeckt, auf einer Bahre ihm nachgetragen werden. Sie liegen jetzt auf derselben Stelle, wo vor Jahren die Leichen des Agamemnon und der Kassandra gelegen hatten. Alles Gesinde des Hauses, die alten Freunde des Königs Agamemnon aus der Stadt drängen sich freudig herzu und begrüßen den siegreichen Jüngling als ihren rechtmäßigen Herrn und König, den Göttern dankend, dass sie von der Tyrannei des elenden Aigisthos und der verbrecherischen Klytaimnestra befreit sind. Orestes rechtfertigte vor dem Volk seine Tat. »Da seht«, sprach er, »die Tyrannen dieses Landes, die Mörder meines Vaters, die Zerstörer meines Stammes. Sie haben ihren blutigen Lohn; wie sie, in Liebe verbunden, in stolzer Hoheit auf dem Thron saßen, so sind auch noch im Tod sie vereint, treu ihrem Schwur, den sie schworen, vereint den Vater zu morden und vereint zu sterben. So ist's geschehen. Seht hier, ihr alle, die ihr Zeugen dieser Leiden seid, dies blutige Trugnetz, das Gewand, mit dem sie meinen Vater umstrickt, jetzt liegt's, von ihrem Blut getränkt, auf ihren Leichen. Nehmt es, ihr Diener, breitet es weit aus, dass Helios, der allschauende Sonnengott, der auch meiner Mutter fluchwürdige Tat geschaut, es sehe und einst im Gericht mir Zeuge sei, wie ich gerecht diesem Mord der Mutter nachgejagt; denn des Aigisthos Tod braucht keine Entschuldigung. Doch wenn ein Weib ihrem Gatten so argen Hass sann wie diese, so ist kein Schreckensname bezeichnend genug für solches Tun. Nun preise ich mich glücklich, dass sie durch mich ihr Recht empfing; und doch, wie quält mich diese Tat, bei so schönem Sieg welche Schuld und welcher Fluch!« Die ihn umringenden Freunde versuchten vergebens, ihn zu trösten. »Ein anderer sieht es einst«, rief er, »wo das Ziel ist, ich weiß es nicht! Entsetzen erfasst mich; zügellos, unwiderstehlich reißt der Geist mich fort und rast hinaus aus seiner Bahn. Solange mir noch Bewusstsein bleibt, ihr Freunde, hört mich: Mit Fug und Recht schlug ich die Mutter tot, die Mörderin meines Vaters; der pythische Gott selbst hieß mich durch seinen Spruch, dass ich sonder Schuld sein sollte, wenn ich's täte; tät' ich's nicht – ich nenne die Strafen nicht, die er mir drohte. So will ich denn zu ihm fliehen, zu seinem delphischen Heiligtum, mit diesem heiligen Ölkranz und dem Ölzweig, die ich vom Altar nehme, dass er mich rette; denn zu seinem Altar gebot er mir meine Zuflucht zu nehmen.« Während die Freunde noch tröstend und ermutigend dem Unglücklichen zusprachen, sah er geängsteten verwirrten Geistes furchtbare schwarzverhüllte Graungestalten, das Haar mit Schlangen durchflochten, aus dem Boden aufsteigen; es waren die Erinyen, die Fluchgeister seiner gekränkten Mutter, die sich erhoben, ihn wegen des Muttermords zu verfolgen. Entsetzt flieht der Jüngling von dannen, um vor den drohenden Schreckgestalten Schutz zu suchen in Delphi bei dem Gott Apollon.

Orestes und die Erinyen

(Aischylos' *Eumeniden*)

Orestes war, von den Erinyen verfolgt, nach Delphi gelangt, wo Apollon ihn in seinen Schutz nahm und durch reinigende Sühneopfer ihn von der Blutschuld befreite. Aber trotzdem waren die Verfolgerinnen noch nicht von ihm gewichen. Wir sehen ihn an einem frühen Morgen in dem Heiligtum des Gottes, wie er als Schutzflehender den Altar fest umschlungen hält und von den schwarzen Schreckgestalten umringt ist. Aber sie schlafen, die Macht des Gottes und die Heiligkeit des Ortes hatten ihre Wut beschwichtigt. Diese Zeit benutzt Apollon, um unbemerkt von ihnen seinen Schützling entfliehen zu lassen unter dem Geleit des Hermes. »Sei guten Mutes, ich werde dich nicht verraten und verlassen«, sprach er zu ihm, »doch jetzt entfliehe, wo du diese gottverhasste Brut, die greisen Mädchen, gefangen und bewältigt siehst, und vergiss der lieben Ruhe; denn sie werden dir noch nachjagen über das weite Festland, über Meer und Inseln. Aber dann ziehe nach Athen, zu der Stadt der Pallas, und setz dich dort an das alte Bild der Göttin, es fromm umschlingend; dort, wo Richter und Sühnung solcher Schuld uns bereit sind, werden wir Wege finden, dass du für immer dieser Drangsale los und ledig werdest. Denn ich gebot dir ja den Mord deiner Mutter.«

Nachdem Orestes unter der Führung des Hermes entflohen war, erhob sich aus dem Boden der Schatten der erschlagenen Klytaimnestra. »Ihr schlaft«, rief sie den umherkauernden Erinyen zu, »was bedarf's des Schlafs? Missachtet ihr mich so? Er ist euch entronnen, der Mörder seiner Mutter, flüchtig, einer Hündin gleich, ist mitten aus eurem Garn entsprungen und blickt hohnlachend nun auf euch zurück. Verehrt, was mein Geist euch zuruft, euch ruft der Schatten der Klytaimnestra!« Die Schlafenden stöhnen dumpf auf. »Wohl stöhnt ihr; doch er entflieht fern und ferner schon!« Neues Stöhnen. »Ihr schlaft so fest noch, euch erbarmt meine Qual nicht, und mein Mörder entkommt!« Sie heulen im Schlaf. »Ihr heult? Ihr schlaft noch? Rafft euch eilig empor! Was ist denn sonst euer Amt, wenn ihr nicht Jammer verhängt? Schlafsucht und Ermüdung haben euch grausen Drachen die Kraft gelähmt!« »Fass ihn, fass, Hetze, fass ihn, fass!«, stöhnen sie im Schlaf. »Im Schlaf verfolgt ihr euer Wild, schlagt laut an wie ein eifriger Jagdhund. Auf, springt empor! Ihr säumt! Ich geißle euch nochmals mit meinem Weckruf; auf, stürmt ihm nach, hetzt ihn tot in wilder Jagd!« Mit diesen Worten sank der Schatten der Gemordeten in den Boden zurück; die Erinyen aber erwachten aus ihrer Betäubung, eine rief und trieb die andere, und in mildem wütenden Getümmel stürzten sie sich aus dem

Tempel, hastig, in glühender Gier nach ihrem Wild suchend. Er ist entflohen. Mit Flüchen und Vorwürfen gegen Apollon, der sie, mit seinem goldenen Bogen drohend, von seinem Heiligtum fortscheucht, eilen sie auf der Fährte des entflohenen Orestes davon.

Nach langem Umherirren ist der flüchtige Orestes endlich nach Athen gekommen. Dort sitzt er hilfesuchend am Altar vor dem Tempel der Pallas Athena und hält das Bild der Göttin fest umschlungen. Die nimmer müden Verfolgerinnen lassen nicht lange auf sich warten. Sie haben ihn getrieben über Land und Meer, wie Spürhunde ein verwundetes Reh, und hoffen jetzt, hier ihn zu fangen, sein rotes Blut zu schlürfen; aber er sitzt in guter Hut und lässt sich durch ihr Drohen nicht schrecken. Er ruft mit lauter Stimme die Göttin des Landes, Athena, an, dass sie erscheine und ihm beistehe, während die Unholdinnen sich um ihn scharen und, um ihn zu fesseln, ihren schrecklichen Bindegesang singen:

»So beginnet und schlinget den Reigen um ihn,
Den Schauergesang zu verkünden,
Zu enthüllen das Amt in der Menschen Geschick,
   Das treu und gerecht wir verwalten.

Wer immer die Hand schuldrein sich bewahrt,
Auf den stürzt niemals unsere Wut,
   Gramlos durchwallt er das Leben.

Wer aber, wie der, mit frevelndem Sinn
Die blutigen Hände zu bergen versucht,
Da treten wir laut als Zeugen der Schuld
Den Erschlagenen auf und beweisen ihm uns
   Grau'nvoll als Rächer der Blutschuld.

Mutter, die du mich gebarst, Urnacht,
Mich, der Toten und Lebendigen Strafgeist,
Höre mich; denn Letos Sohn schuf Schmach und Hohn mir,
Raubte das Wild mir, dessen Blut nur
   Sühnen kann den Mord der Mutter.

Drum um das Opfer schlinget das Lied,
Das mit Wahn, mit Verwirrung erfüllt,
Der Erinyen Bindegesang,
  Harfenlos, das Mark verzehrend.

Denn für ewige Zeit hat solches Los
Monas Zwang beschieden mir als Erbteil,
Wenn ein Haupt sich frevelnd belud mit Blutschuld,
Nach ihm zu jagen, bis er zum Abgrund sinkt;
  Auch im Tode ist keine Flucht ihm.

Drum um das Opfer schlinget das Lied,
Das mit Wahn, mit Verwirrung erfüllt,
Der Erinyen Bindegesang,
  Harfenlos, das Mark verzehrend.

Häuser stürzen wir ein, wo der Streit,
Heimisch gehegt, den Freund gefällt.
Solchem jagen wir nach, wir vertilgen ihn blutig,
Wie er in Kraft auch blüht.
Hebt auch Hochmut menschlichen Wahns
Stolz sich zum Himmel, wir brechen ihn doch,
Schmachvoll stürzt er zu Boden,
Wenn wir nahen im schwarzen Gewand,
Wenn zum Unglücksreigen mein Fuß sich schwingt.
Denn mit der Kraft hastigen Schwungs
Setz' ich den Fuß lastend auf ihn;
Läuft er auch schnell, gleitet sein Schritt
  Doch in schweres Verderben.

Doch er selbst merkt, töricht verblendet, den Sturz nicht,
Also umnachtet die Schuld ihm das Auge.
Jammergeschrei der Menge verkündet, dass Nachtgrau'n
  Düster ob dem Hause schwebt.

Des Zornes Kraft zeigt uns Wege, führt uns zum Ziel;
Nie vergessend, heischen wir Ehrfurcht,
Unerbittlich, wenn wir in Nacht und Dunkel
Rächend unser Werk vollziehn.

Welch Menschenkind schauert nicht in Furcht,
Wenn es meine Satzung hört?
Mein von den Göttern vertrautes Los,
Uraltes Ehrenamt, bleibt ungekränkt,
Lieget mein Reich auch im Schoß der Erde
Tief in sonnenloser Finsternis.«

Der bannende, herzbetäubende, sinnverwirrende Gesang der Erinyen macht auf Orestes keinen Eindruck, da der Gott Apollon ihn beschirmt und behütet; er harrt mit Zuversicht auf die Hilfe der Athena. Diese kam auch durch die Lüfte auf ihrem goldenen Wagen, leuchtend im Waffenschmuck; sie hatte den flehenden Ruf des Orestes in weiter Ferne gehört und war wohlwollend bereit zur Hilfe. Beide Teile, Orestes und die Erinyen, trugen der Göttin ihre Sache vor, und auch die Erinyen, im Vertrauen auf ihr gutes uraltes Recht, übergaben ihr willig die Entscheidung des Streits. »Wir sind«, sprachen sie, »die Flüche der Toten drunten im Schattenreich; wir treiben die Menschenmörder von Haus und Hof und gestatten ihrer Flucht nimmer ein Ziel, wo die Freude wohnt. In gleicher Flucht treiben wir auch diesen über die Erde hin, und wir lassen ihn nimmer los, denn er hat seiner Mutter Blut vergossen.« »Die Blutschuld, o Göttin«, sprach Orestes, »ist schon von meinen Händen abgewaschen durch sühnende Blutopfer; drum sitze ich nicht mehr blut- und schuldbefleckt hier an deinem heiligen Bild. Meinen Vater kennst du wohl, den König Agamemnon, durch dessen Heer du die Feste von Troja niederwarfst; bei seiner Heimkehr kam er traurig um durch meine Mutter, die verderbend ihn unter buntgewirktem Netz im Bade fing und totschlug. Als darauf ich heimkam, denn vorher lebte ich wegen der Mutter in Verbannung, erschlug ich die Mutter, ich leugne es nicht, um des teuren Vaters Mord mit Mord zu züchtigen. So gebot mir's Apollon, indem er mir herzzergeißelnde Leiden drohte, wenn ich die Rache an den Schuldigen nicht vollbrächte. So entscheide denn du, ob ich gerecht gehandelt habe oder nicht; ich lege mein Geschick ganz in deine Hände.« Athena übernahm über den schwierigen Streit, den kein Mensch allein zu entscheiden vermöchte, die Entscheidung; sie beschloss, ein Gericht über den Mord einzusetzen in ihrer geliebten Stadt, das für alle Zeiten als ein heiliger Hort des Staates bestehen sollte, das Gericht des Areopags, und wählte zu dem Ende aus der Bürgerschaft von Athen die ehrwürdigsten Greise als Richter aus, welche, zuerst durch einen Eid verpflichtet, die Sache hören und das Urteil fällen sollten. Sobald die Greise, von einem Herold geführt, zur Stelle waren und an den Stufen des Tempels sich ehrfurchtsvoll niedergelassen hatten, begann die Gerichtsverhandlung. Den Erinyen, als den Klägerinnen, gestattete Athena zuerst das Wort; sie richten an Orestes einzeln ihre Fragen, die dieser ruhig und ohne Verwirrung beantwortet, doch kann er nicht leugnen, dass das Blut der Mutter an seinen Händen hafte, und bittet nun den Apollon, der bei dem Beginn der Verhandlung als sein Schützer sich ihm zur Seite gestellt hatte, ihn zu vertreten, zu verteidigen, was er geboten. Apollon spricht freudig mit allsiegender Ruhe für seinen Schützling; er macht aufmerksam auf die schwere Schuld der Klytaimnestra, die es gewagt hatte, einen glorreichen, von Zeus eingesetzten König zu morden, und zwar das Weib den Gatten im eigenen Haus durch arge List; eine so furchtbare Blutschuld musste gerächt werden, das Blut der Mörderin musste wieder vergossen werden, und zwar durch den, der durch die natürlichen Bande des Bluts zum Rächer des Vaters berufen war. Darum hat Apollon dem Orestes den Mord der Klytaimnestra befohlen, mochte sie auch seine Mutter sein. Hierauf geben die Richter auf Athenas Befehl ihre Stimme ab; sie werfen, je nachdem sie den Angeklagten für schuldig oder unschuldig halten, ihre schwarzen oder weißen Steinchen in die Urne, die auf dem Altar der Athena steht. Zuletzt wirft auch Athena ihren Stein in die Urne, einen weißen der Lossprechung, mit der Bestimmung, dass bei gleicher Stimmenzahl der Verklagte freigesprochen sei. Als darauf die Stimmen gezählt wurden, ergab sich Stimmengleichheit; Orestes war freigesprochen. Freudig dankt er seiner Retterin Athena und eilt

Orestes' Freisprechung

unter Segenswünschen für Athen seiner Heimat zu, um in Ruhe und Frieden hinfort im Haus seiner Väter zu herrschen. Die Erinyen aber bleiben, zornig über die erlittene Schmach, empört über die Vernichtung ihres uralten Rechts durch die neuen Götter, klagend zurück und drohen dem Land der Athena Unheil und Verheerung. Athena sucht sie zu besänftigen und bittet sie, wohlwollend in ihrem Land zu verbleiben, wo sie fortan der heiligsten Verehrung sich erfreuen würden. Und die Furchtbaren lassen sich erweichen, sie entsagen ihrem unseligen, nach Menschenblut lüsternen Amt und entschließen sich, gegen fromme Verehrung und unsträflichen Wandel der Bürger als Segensgottheiten im Land zu wohnen. Indem sie frohes Gedeihen der Fluren und Herden geloben, Frieden und Wohlstand der Bürger und der Gesundheit blühende Kraft, werden sie von den Frauen und Jungfrauen der Stadt in feierlichem Zug mit lodernden Fackeln nach ihrem zukünftigen Sitz, einer Grotte am Fuße des Areopags, wo ihnen ein Tempel erbaut wurde, hingeleitet.

Die Odyssee

Der Kyklop Polyphemos

(Homers *Odyssee* IX, 105–566)

Nachdem Odysseus mit seinen zwölf Schiffen von dem zerstörten Troja abgefahren war, trennte ihn der Wind von der übrigen Flotte. Nach einiger Fahrt kam er mit seinen Gefährten zu dem Land der einäugigen Kyklopen, der wilden gesetzlosen Riesen, die im Vertrauen auf die unsterblichen Götter weder pflanzten noch einen Acker besäten. Ungepflanzt und ungesät wuchs ihnen alles, genährt von dem Regen des Zeus, Weizen und Gerste und Wein. Sie kannten keine Gesetze und keine Volksversammlung; ohne staatliche Einigung wohnten sie auf den hohen Bergen in hohlen Felsen, und jeder herrschte, unbekümmert um die anderen, über seine Weiber und Kinder. Der Bucht des Kyklopenlandes gegenüber erstreckte sich in einiger Entfernung ein kleines waldiges Eiland, von unzähligen Scharen wilder Ziegen erfüllt. Denn die Insel war unbewohnt, kein Jäger durchstreifte den Wald, kein Hirt, kein Pflüger störte die stille Wildnis. Die Kyklopen aber gegenüber hatten keine Schiffe, um herüberzusetzen; auch wohnten dort keine Männer, die herüberkommend die schöne Insel sich hätten urbar machen können. Denn die Insel war einladend und fruchtbar. Zarte wasserreiche Wiesen zogen sich längs des Gestades hin, und im Innern war der fetteste Boden für Weinbau und Saatland. Auch hatte das Eiland einen trefflichen Hafen; das Schiff bedurfte da keines Ankers oder Taues, es lief auf den Sand und stand ruhig, bis es dem Schiffer beliebte weiterzufahren. Am Ende der Bucht floss aus felsiger Grotte ein klarer Quell, von Pappeln umschattet. Dort landete Odysseus mit seinen Schiffen; ein Gott geleitete sie dahin durch die finstere Nacht. Denn in dem Dunkel hatten sie die Insel nicht erblickt, noch auch die langen Wogen wahrgenommen, die sie an das Ufer trieben. Nachdem sie gelandet waren, zogen sie die Segel herab und gingen selbst an das Land, wo sie, am Ufer schlummernd, den kommenden Tag erwarteten.

Als der Morgen erschien und sie mit Verwunderung das schöne Eiland durchwanderten, stießen ihnen zahllose Ziegen auf, welche die Nymphen wohlwollend ihnen aufscheuchten. Schnell holten sie aus den Schiffen ihre Bogen und Jagdspieße, teilten sich in drei Scharen und machten eine reiche Beute; auf jedes Schiff kamen neun erlegte Ziegen, zehn wählte sich Odysseus für das seinige aus. Da machten sie sich einen frohen Tag; bis zur sinkenden Sonne saßen sie und schmausten und tranken zu der Fülle des Fleisches süßen Wein; denn bei der Eroberung einer Kikonenstadt hatten sie sich damit reichlich versehen. Während ihres Schmauses sahen sie drüben im Land der Kyklopen den Rauch aufsteigen, hörten ihre Stimmen und die Stimmen der Ziegen und Schafe. Mit dem Einbruch der Nacht legten sie sich am Ufer des Meeres zur Ruhe.

Am folgenden Morgen berief Odysseus seine Gefährten zu einer Versammlung und sprach: »Bleibt ihr anderen jetzt hier; ich aber will mit meinem Schiff und meinen Schiffsgenossen hinüberfahren und ausforschen, was dort für Männer sind, ob übermütig und roh oder gastlich und voll Scheu gegen die Götter.« So ruderte er denn mit seinem Schiff und seinen Genossen hinüber zu dem Kyklopenland. Als sie an dem nahen Gestade anlandeten, sahen sie nicht weit entfernt die hohe Wölbung einer Höhle, die mit Lorbeerbäumen umschattet war; vor derselben war ein Hof, von Felsenstücken und Eichen- und Fichtenstämmen eingeschlossen, in welchem des Nachts viele Schafe und Ziegen zu ruhen pflegten. In der Höhle aber wohnte ein riesiger Mann, Polyphemos, ein Sohn des Poseidon und der Nymphe Thoosa, der den Tag über, ohne sich um andere zu kümmern, seine Herden auf den Bergen umhertrieb, ein wahres Ungeheuer, keinem Menschen vergleichbar, eher einem waldigen Berggipfel gleich, der einsam vor allen anderen hervorragt. Odysseus befahl nun der Mannschaft seines Schiffs, am Ufer zurückzubleiben und das Schiff zu bewachen; er selbst ging mit den zwölf Tapfersten nach der Höhle. Sie nahmen in einem Ranzen Speise mit und füllten sich einen Schlauch voll süßen köstlichen Wein, den ihnen zu Ismaros ein Priester des Apollon, Maron, Sohn des Euanthes, welchen sie bei der Eroberung der Stadt mit Weib und Kind verschont hatten, zum Geschenk gegeben, süß und rein und von großer Stärke. Als sie zur Höhle kamen, fanden sie den Riesen nicht daheim; er war mit seiner Herde auf der Weide. Sie gingen hinein und besahen sich alles voll Staunen. Die Käsedarren waren mit Käse schwer beladen, in den Ställen drängten sich die Lämmer und Böcklein, alle schön gesondert, die Frühlinge allein und die Spätlinge; alle Gefäße waren angefüllt mit Molken.

Die Gefährten des Odysseus baten ihn, von den Käsen zu nehmen und wieder zu dem Schiff zurückzukehren, auch eine Anzahl Böcklein und Lämmer mit fortzutreiben; aber er ließ sich nicht bereden, er wollte erst den Riesen selber sehen und abwarten, ob er ihn bewirte und ihm Gastgeschenke gäbe. Er hätte besser getan, wenn er ihnen nachgab. Sie zündeten also ein Feuer an und opferten, dann nahmen sie auch von den Käsen und aßen. Darauf saßen sie voll Erwartung, bis der Riese mit seiner Herde zurückkam. Er trug eine gewaltige Last trockenen Holzes auf der Schulter, mit dem er sich ein Abendbrot bereiten wollte. Er warf es mit gewaltigem Krachen in dem Hof nieder, dass die Fremdlinge sich voll Schreck in die innersten Winkel der Höhle zurückzogen, trieb dann die Ziegen und die Schafe alle in die Höhle, die Böcke und die Widder aber ließ er in dem Hof. Nachdem er darauf einen großen Felsblock, den die Gespanne von vierundzwanzig vierräderigen Wagen nicht von der Stelle geschleppt hätten, mit leichtem Schwung vor die Mündung der Höhle gehoben hatte, setzte er sich hin und melkte seine Ziegen und Schafe alle nach der Reihe, ließ die Jungen an den Müttern trinken, setzte dann die Hälfte der Milch, die er gerinnen ließ, in dicht geflochtenen Körben beiseite und bewahrte die andere Hälfte in weiten Gefäßen, um sie beim Abendschmaus zu kosten. Jetzt, nachdem er seine Geschäfte alle beendet hatte, zündete er sich ein Feuer an. Da sah er die Fremden und fragte: »Fremdlinge, wer seid ihr? Woher kommt ihr über die feuchten Wogen? Habt ihr irgendwo ein Geschäft, oder schweift ihr ohne Bestimmung umher wie Räuber, die ihr Leben dransetzen, um fremden Menschen Unheil zu bringen?« Dem Odysseus und seinen Leuten brach das Herz, als sie die raue Stimme hörten und den scheußlichen Riesen sahen. Aber Odysseus ermannte sich und sprach: »Wir sind Achäer und kommen von Troja; auf der Fahrt zur Heimat trieben uns mancherlei Stürme vom Weg ab, hierhin und dorthin. Wir gehören zu den Völkern des Atriden Agamemnon, der jetzt so hohen Ruhm gewann, da er die mächtige Stadt und so viele Völker vertilgt hat. Nun kommen wir zu deinen Füßen und flehen dich um geringe Bewirtung oder eine kleine Gabe, wie sie Fremdlinge empfangen. Habe Scheu vor den Göttern, Bester, und erbarme dich der Schutzflehenden; Zeus, der die Fremden geleitet, ist ein Rächer der Schutzflehenden und Fremden.« Mitleidslos antwortete Polyphemos: »Du bist ein Tor, Fremdling, oder kommst von weit her, da du mich heißt, die Götter zu fürchten und zu ehren. Wir Kyklopen kümmern uns nicht um den ägisschüttelnden Zeus noch um die anderen Götter; denn wir sind stärker als sie. Nimmer würde ich aus Furcht vor Zeus euch verschonen, weder dich noch deine Gefährten, wenn nicht das eigene Herz mich es hieße. Doch sage mir, wo landetest du mit deinem Schiff, irgendwo in der Ferne oder hier nahe? Das lass mich wissen.« So sprach er voll Tücke; aber Odysseus durchschaute seine Absicht und antwortete: »Mein Schiff hat mir Poseidon zerschmettert, indem er es im Sturm an eurem Gestade wider die Felsen warf; ich aber mit diesen Gefährten entfloh dem Untergang.« Der Kyklop erwiderte nichts, sondern sprang auf und fasste mit seinen gewaltigen Händen zwei von den Männern und schlug sie wie junge Hunde gegen den Boden, dass das Gehirn auf die Erde rann. Dann zerstückte er sie Glied für Glied und fraß sie, wie ein Berglöwe, Eingeweide und Fleisch und die markigen Knochen. Die andern ergriff starres Entsetzen, und sie erhoben jammernd die Hände zum Himmel; aber der Kyklop streckte sich, nachdem er den weiten Bauch sich mit Menschenfleisch angefüllt und obendrauf seine Milch getrunken hatte, in der Höhle unter sein Vieh und überließ sich dem Schlaf. Da stieg dem Odysseus in der zürnenden Seele der Gedanke auf, ob er nicht hingehen und dem Ungeheuer sein scharfes Schwert in die Brust bohren sollte, tief bis zur Leber; aber ein anderer Gedanke hielt ihn zurück; denn wie sollten sie den schweren Felsblock von der Tür wälzen? Sie hätten alle in der verschlossenen Höhle eines unglücklichen Todes sterben müssen. Darum ließ er ab, und sie erwarteten mit Seufzen den kommenden Morgen.

Als der Morgen kam, zündete der Kyklop ein Feuer an, melkte seine Ziegen und Schafe nach der Reihe, ließ die Jungen an den Müttern trinken und ergriff dann wieder zwei von den Fremdlingen und verschlang sie. Darauf hob er den Fels von der Mündung der Höhle, um seine Herde hinauszutreiben, und legte ihn wieder davor, leicht wie man den Deckel auf einen Köcher setzt; und nun trieb er mit gellendem Pfeifen seine Herde auf das Gebirge. Odysseus blieb in der Höhle zurück und sann mit zornigem Herzen, wie er mithilfe der Athena an dem Unhold Rache nehmen könnte. Endlich schien ihm folgender Rat der beste. Neben dem Stall lag ein grüner Olivenstamm, dick und lang wie ein Mast; den hatte Polyphem sich auf dem Gebirge gehauen, um ihn, wenn er trocken wäre, als Keule zu tragen. Davon hieb Odysseus ein Stück von der Länge eines Klafters ab und übergab es seinen Gefährten, es zu glätten; er selbst schärfte zuletzt die Spitze und härtete sie im Feuer. Darauf verbarg er den Pfahl sorgsam unter dem Mist, der in der Höhle in Masse angesammelt war, und ließ dann seine Leute losen, wer mit

Odysseus und Polyphemos

ihm den Pfahl in das Auge des Riesen bohren sollte, wenn er im Schlaf läge. Das Los traf die, welche Odysseus sich selbst heimlich gewünscht, die vier Stärksten und Mutigsten; er selbst war der fünfte.

Am Abend kam Polyphemos mit seiner Herde zurück. Heute trieb er die Widder und Böcke mit in die Höhle; denn er ahnte etwas Schlimmes, vielleicht auch ordnete es so irgendein Gott. Nachdem er den Deckel wieder auf die Öffnung der Höhle gelegt, Schafe und Ziegen gemelkt und die Jungen gesäugt hatte, fasste er abermals zwei Männer und verschlang sie. Da trat Odysseus an ihn heran, einen hölzernen Becher voll Wein in den Händen. »Kyklop«, sprach er, »da, trink Wein auf das Menschenfleisch, damit du siehst, welch trefflichen Wein wir in unserem Schiff hatten. Diesen bringe ich dir zur Spende, ob du dich meiner erbarmst und mich nach Hause entsendest. Du wütest ja ganz unerträglich. Schrecklicher, wie wird in Zukunft noch ein Mensch zu dir kommen, da du so unbillig handelst?« Der Unhold nahm und trank; der süße Trank behagte ihm gewaltig, und er bat ihn, noch einmal zu füllen. »Gib mir noch einmal, Lieber«, sprach er, »und sage mir auch zugleich deinen Namen, damit ich dir ein Gastgeschenk gebe, das dich erfreue. Auch uns Kyklopen erzeugt die fruchtbare Erde trefflichen Wein, und der Regen des Zeus ernährt ihn; aber dieser da ist ein Ausfluss von Nektar und Ambrosia.« Odysseus reichte ihm zum zweiten Mal den vollen Becher. Dreimal füllte er ihn und dreimal leerte ihn der Unhold in seiner Torheit. Und als nun der Wein ihm ins Gehirn gestiegen, da redete ihn Odysseus mit schmeichelnden Worten an: »Kyklop, du fragst nach meinem Namen, wohlan, ich will ihn dir sagen, gib mir aber auch ein Gastgeschenk, wie du versprachst. ›Niemand‹ ist mein Name, ›Niemand‹ nennen mich Vater und Mutter und alle meine Gesellen.« »Den Niemand fresse ich zuletzt nach seinen Gefährten, das soll ihm sein Gastgeschenk sein!« So rief der grausame Wüterich und fiel zugleich rücklings nieder, dass er mit dem feisten Nacken im Staub lag, und brach, von festem Schlaf überwältigt, schnarchend Wein mit Stücken Menschenfleisch aus. Jetzt schob Odysseus schnell die Spitze des zurechtgehauenen Pfahls ins Feuer, ermutigte seine Gefährten, und als der Pfahl glühte, stieß er ihn mit den durchs Los bestimmten vier Genossen dem Kyklopen in das Auge. Er selbst schwang sich oben auf den Pfahl und drückte ihn durch sein Gewicht tief ein und drehte ihn bohrend um, dass das Blut des brennenden Augapfels ringsum hervorquoll und die Wurzeln des Auges zischten wie glühendes Eisen, das der Schmied ins Wasser taucht. Der Riese brüllte furchtbar, dass die Höhle erdröhnte und sie, vor Angst bebend, sich in den entferntesten Winkel verkrochen; er riss den bluttriefenden Pfahl aus dem Auge und schleuderte ihn wie rasend von sich. Dann rief er brüllend die anderen Kyklopen, welche um ihn her auf den Bergen in ihren Höhlen wohnten. Diese kamen vor seine Höhle und fragten: »Was geschah dir für ein Leid, Polyphemos, dass du so tobend durch die Nacht brüllst und uns den Schlaf raubst? Es treibt dir doch keiner deine Schafe und Ziegen weg? Oder will dich jemand töten mit List oder Gewalt?« Da rief der riesige Polyphemos aus der Höhle: »Niemand bringt mich um, ihr Freunde, Niemand tut es mit Arglist!« »Nun,

Odysseus mit dem Widder

wenn dir niemand etwas zuleide tut und du schreist doch so entsetzlich, so bist du mit Wahnsinn geschlagen; gegen die Krankheit vermögen wir Kyklopen nichts, da bete du zu deinem Vater Poseidon!« So riefen die Kyklopen und gingen ein jeder nach Hause; Odysseus aber freute sich in seinem Herzen, dass er durch den falschen Namen und seine treffliche List sie betrogen.

Der geblendete Kyklop aber tastete sich jetzt seufzend und stöhnend in seiner Qual fort bis zu der Tür, hob den großen Stein weg und setzte sich mit ausgebreiteten Händen in die Pforte, tastend, ob er vielleicht einen der Fremden finge, wenn er mit den Schafen aus der Höhle zu entwischen suchte. Doch Odysseus war so töricht nicht; er sann in seinem klugen Geist und fand ein sicheres Mittel der Rettung für sich und seine Freunde. Er band mit Weidenruten von dem Lager des Polyphemos je drei starke dickwollige Widder zusammen und jedes Mal unter den mittleren einen seiner Gefährten; er selbst hängte sich unter den Leib des größten und stärksten Widders und erwartete, fest mit den Händen in die dichte Wolle geklammert, mit Seufzen den Morgen. Sobald der Tag erschien, eilten die Widder und Böcke mit Ungestüm auf die Weide, die weiblichen Tiere aber blökten ungeduldig, denn sie waren ungemolken und ihre Euter strotzten von Milch. Der Unhold saß, von Schmerzen gefoltert, im Eingang und tastete sorgsam über die Rücken der hinauseilenden Tiere, ohne zu ahnen, dass die Männer unter den Leibern der Widder hinausgetragen wurden. Zuletzt von der ganzen Herde kam der Widder des Odysseus, langsam, schwer beladen von seiner Wolle und dem Gewicht des unheilsinnenden Helden. Als der an dem Kyklopen vorbeiging, sprach er, ihn betastend: »Lieber Widder, warum gehst du heute denn zu allerletzt aus der Höhle? So pflegtest du doch sonst nicht hinter der Herde zurückzubleiben; sonst warst du immer der Herde voran, wenn es zur blumigen Weide ging und zur Tränke, und auch abends warst du stets der Erste auf dem Weg zum Stall. Und jetzt bist du der Letzte; gewiss bedauerst du deinen armen Herrn, dem der schlimme Mann, der Niemand, mit seinen verdammten Gesellen mit Arglist das Auge geblendet, nachdem er mich mit Wein berauscht. Er ist, denke ich, noch nicht dem Verderben entflohen. Hättest du nur Gedanken wie ich und verstündest zu sprechen, dass du mir sagen könntest, wo er sich vor meinen starken Händen verbirgt. Ha, dann sollte er, auf den Boden geschmettert, sein Hirn verspritzen durch die weite Höhle hin; wie sollte mein Herz sich laben nach dem Jammer, den der Verruchte mir zugefügt, der Niemand.«

Mit diesen Worten entließ er den Widder. Sobald aber alle sich ein wenig von der Höhle und dem Hof entfernt hatten, machte Odysseus sich zuerst von seinem Widder los und befreite auch die Übrigen. Dann trieben sie eiligst eine Anzahl der größten und fettesten Schafe zu ihrem Schiff, wo die Zurückgebliebenen sie mit Freude empfingen, doch nicht, ohne den traurigen Untergang der andern zu beklagen. Nachdem sie die Beute in ihr Schiff gebracht hatten, ruderten sie in die See. Nun glaubten sie endlich sich in Sicherheit, und Odysseus konnte sich nicht enthalten dem verhassten Kyklopen höhnend zuzurufen: »Nun, Kyklop, das war kein schlechter und schwacher Mann, dem du seine Gefährten in der Höhle gefressen! Das hattest du lange mit deinen bösen Werken verschuldet, Grausamer, da du dich nicht scheutest, die Fremdlinge in deinem eigenen Haus zu fressen; darum straften dich Zeus und die anderen Götter!« Jetzt erst merkte der Kyklop, dass ihm die Feinde entronnen waren, und in fürchterlichem Zorn schleuderte er einen abgerissenen Felsblock nach der Stelle, von wo die Stimme kam. Er fiel ins Meer ein wenig noch über das Schiff hinaus, dass die Wogen hochauf tobten und der strudelnde Wasserschwall das Schiff rückwärts nach dem Ufer trieb. Odysseus ergriff schnell eine mächtige Stange und stieß das Fahrzeug wieder vom Land ab, indem er seinen Gefährten mit dem Kopf zuwinkte, hurtig zu rudern, auf dass sie dem Verderben entrannen. Als sie nun wieder doppelt so weit ins Meer gerudert waren, da begann Odysseus aufs Neue dem Kyklopen zuzurufen, obgleich seine Gefährten sich um ihn drängten und ihn baten, nicht aufs Neue sie in schlimme Gefahr zu bringen. »Kyklop«, rief er, »wenn jemand dich fragt, wer dir dein Auge geblendet, so sage, Odysseus hat mich geblendet, der Städtezerstörer, der Sohn des Laertes aus Ithaka!« Heulend rief der Kyklop herüber: »Wehe, so hat sich mir die alte Weissagung erfüllt, die der alte Telemos einst, der Weissager, mir verkündete, dass ich durch die Hände des Odysseus mein Auge verlieren werde; doch ich erwartete immer, dass ein gewaltiger, mit großer Stärke gerüsteter Riese erscheinen werde, und nun hat ein kleiner nichtswürdiger Weichling mir das Auge ausgebrannt, nachdem er mich mit Wein trunken gemacht. Doch jetzt komme wieder, Odysseus; diesmal will ich dich als Gast bewirten und dir von Poseidon glückliche Heimkehr erflehen; denn dessen Sohn bin ich, und der wird mich auch schon wieder heilen.« Der schlaue Odysseus ließ sich natürlich nicht durch die dumme List des Kyklopen berücken. »Könnte ich nur«, gab er zur Antwort, »so gewiss dir auch Leben und Atem nehmen und dich in den Hades hinabsenden, als selbst Poseidon dir dein Auge nicht heilen wird.« Da erhob Polyphem seine Hände zum Himmel und flehte zu dem Herrscher Poseidon: »Höre mich, Erdumgürter Poseidon, wenn ich wirklich dein Sohn bin, lass den Städtezerstörer Odysseus nimmer nach Hause zurückkehren, und wenn ihm doch das Schicksal bestimmt, seine Freunde und sein Haus und sein Vaterland wiederzusehen, so möge er spät und unglücklich und ohne Gefährten heimkehren auf fremdem Schiff und zu Hause nichts als Elend finden.« So sprach er flehend, und der Gott erhörte ihn nur zu gut. Der Kyklop aber ergriff von Neuem einen noch größeren Felsblock und warf ihn mit gewaltigem Schwung in das Meer. Diesmal fiel er hinter dem Schiff nieder, dass er beinahe die Spitze des Steuerruders zerschlagen hätte. Der wirbelnde Wogenschwall trieb glücklich das Schiff an die Ziegeninsel. Sehnlichst von ihren Genossen erwartet, stiegen sie aus und verteilten die mitgebrachte Beute. Den Widder aber, welcher Odysseus aus der Höhle getragen hatte, schenkten ihm seine Freunde bei der Teilung voraus, und er opferte ihn am Gestade dem Herrscher Zeus. Aber Zeus verschmähte das Opfer und sann allen Schiffen und den Gefährten des Odysseus den Untergang.

Den ganzen Tag nun saßen sie am Ufer schmausend und trinkend bis zum Untergang der Sonne. Da legten sie sich zur Ruhe. Am folgenden Tag aber hieß Odysseus seine Gefährten die Anker lösen und wieder in See stechen. Traurigen Herzens fuhren sie von dannen, froh, dem Tod entronnen zu sein, doch ohne manchen lieben Gefährten.

Die Zauberin Kirke

(Homers *Odyssee* X, 133–574)

Traurig setzten Odysseus und seine Gefährten ihren Weg fort durch das öde Meer und kamen zu der ääischen Insel, wo die schöne Zauberin Kirke wohnte, die Tochter des Sonnengottes Helios, Schwester des Aietes, der in Kolchis herrschte. Schweigend liefen sie in die Bucht ein und lagen zwei Tage und zwei Nächte am Ufer in Trauer und Elend. Am dritten Tag nahm Odysseus Lanze und Schwert und bestieg einen nahen Hügel, ob er nicht Spuren von Menschen entdeckte. Da sah er in der Ferne hinter dichtem Wald Rauch aufsteigen; es war da die Wohnung der Zauberin Kirke. Anfangs schwankte er, ob er nicht nach dem Rauch hingehen und weiter forschen sollte; doch schien es ihm besser, erst zu dem Schiff zu gehen und, nachdem er seine Genossen gespeist, Kundschaft auszusenden. Auf seinem Rückweg trieb ihm irgendein erbarmender Gott einen großen Hirsch mit stattlichem Geweih entgegen, der zur Quelle ging, um zu trinken. Als das Tier eben stolz aus dem Wald trat, schleuderte Odysseus ihm seine Lanze mitten in das Rückgrat, dass es schreiend in den Staub fiel und sein Leben verhauchte. Er band ihm die Füße zusammen und trug es, über Schulter und Hals gehängt, keuchend und auf die Lanze sich stützend, zu dem Schiff. Nachdem er seine Beute vor dem Schiff niedergeworfen, sprach er freundlich zu seinen Genossen: »Freunde, wir werden trotz unseres Grams noch nicht in den Hades versinken; wohlan, solange Speise und Trank im Schiff sind, lasst uns essen nach Herzensbegier, damit der Hunger uns nicht aufreibt.« Da krochen die Gefährten aus ihren Hüllen hervor, bestaunten den gewaltigen Hirsch und begannen das Mahl zu bereiten. Den ganzen Tag über saßen sie schmausend und trinkend am Ufer bis zur sinkenden Sonne. Da legten sie sich am Strand zur Ruhe. Am folgenden Morgen rief Odysseus seine Leute zur Versammlung und sprach: »Hört mich, ihr Freunde, ihr Genossen im Unglück. Wir wissen nicht, wo Abend oder Morgen ist; drum lasst uns bedenken, was zu tun. Ich sah von jenem Hügel herab, dass wir auf einer Insel sind; in ihrer Mitte sah ich Rauch aufsteigen hinter dichtem Wald.« Da brach allen das Herz vor Betrübnis, denn sie dachten an die Menschenfresser, und sie weinten und klagten laut. Jetzt teilte Odysseus seine noch verbliebene Mannschaft in zwei gleiche Haufen von je 22 Mann; an die Spitze des einen stellte er den Eurylochos, den anderen wollte er selbst führen. Darauf losten sie, welche Abteilung auf Kundschaft ausgehen sollte, und das Los traf den Eurylochos mit seiner Schar.

Unter Weinen und Klagen gingen Eurylochos und seine Gefährten von dannen. Sie fanden in einem Waldtal auf einer Anhöhe das aus gehauenen Steinen zusammengefügte schöne Haus der Kirke. Rings um dasselbe wandelten Wölfe und Berglöwen, die kamen zu den Fremden heran und sprangen, freundlich mit ihren langen Schwänzen wedelnd, an ihnen herauf, wie die Hunde an ihrem Herrn, wenn er vom Schmaus heimkehrt; es waren von der Zauberin verwandelte Menschen. Die Fremden fürchteten sich vor den schrecklichen Ungeheuern und traten an die Pforten des Hauses. Da hörten sie drinnen die schöne Stimme der Nymphe, wie sie am Webstuhl ein helltönendes Lied sang. Sie riefen; die Nymphe kam schnell heraus und öffnete die strahlenden Pforten, um sie freundlich in das Haus zu führen. Alle folgten, nur Eurylochos blieb außen, denn der ahnte nichts Gutes. Drinnen setzte Kirke die Männer auf schöne Sessel und Stühle und bot ihnen einen Trunk von pramnischem Wein, in welchen sie geriebenen Käse und Mehl und Honig gemischt hatte, aber auch bezaubernde Säfte, die sie die Heimat gänzlich vergessen machten. Nachdem sie getrunken hatten, berührte Kirke sie mit ihrer Zauberrute und verwandelte sie in die Gestalt von borstigen Schweinen; doch behielten sie das menschliche Bewusstsein. Darauf sperrte sie die Weinenden in die Schweineställe ein und warf ihnen Eicheln und Kornellen zum Fraß vor, die gewöhnliche Kost der wühlenden Säue.

Nachdem Eurylochos lange vergeblich auf die Rückkehr seiner Genossen gewartet hatte, lief er voll Entsetzen nach dem Schiff zurück, um ihren Untergang zu melden. Lange stand er seufzend und stöhnend da vor seinen erstaunten Freunden, und die Tränen liefen ihm über die Wangen, aber er vermochte kein Wort zu reden; endlich erholte er sich aus seiner entsetzlichen Angst und erzählte, wie alle seine Gefährten von der Nymphe in das Haus gelockt worden und keiner zurückgekehrt sei. Da warf Odysseus eilends das Schwert um die Schulter, nahm

Bogen und Köcher und hieß den Eurylochos, ihn nach dem Haus zu führen. Dieser aber umfasste voll Angst seine Knie und bat ihn wehklagend: »O lass mich hier, mein König, führe mich nicht mit Gewalt fort; ich weiß, du kehrst nimmer von dannen und bringst keinen Gefährten zurück. Lass uns lieber schnell mit diesen fliehen, auf dass wir vielleicht noch dem Untergang entrinnen.« Da sprach Odysseus zornig: »Nun, so bleibe denn hier, Eurylochos, bei dem schwarzen Schiff und iss und trink; aber ich gehe. Mich zwingt die Pflicht.« Mit diesen Worten eilte er davon. Als er in der Nähe der Wohnung der Kirke durch ein Waldtal dahinschritt, trat Hermes in der Gestalt eines schönen Jünglings zu ihm und sprach zu ihm, indem er ihm die Hand reichte: »Wohin, Unglücklicher, wanderst du durch die waldigen Berge, da du die Gegend nicht kennst? Deine Gefährten sind bei Kirke eingesperrt, wie Säue in dicht verschlossenen Ställen. Gehst du, sie zu lösen? Glaube mir, du wirst selber nicht zurückkehren, sondern bei den andern bleiben. Aber wohlan, ich will dich aus der Gefahr retten. Da nimm dies Zauberkraut, Moly heißt es, schwer ist es für die Menschen aus dem Boden zu graben, doch wir Götter vermögen alles; damit gehe in das Haus der Kirke, es wird dich schützen gegen den Zaubertrank der Nymphe. Und wenn sie nach dem Trunk dich mit der Zauberrute berührt, dann zieh dein Schwert und stürze auf sie ein, als wolltest du sie ermorden; und lass sie nicht eher los, als bis sie dir schwört, deine Genossen zu befreien und dir nichts zuleide zu tun.« So sprach der Gott Hermes, gab ihm das Kraut, das er aus der Erde gezogen, und enteilte wieder zum Olympos. Odysseus aber ging unter mancherlei Gedanken zu dem Haus der Kirke. Als er an die strahlende Pforte gekommen war, rief er, und die Göttin erschien sogleich und rief ihn herein, setzte ihn auf einen prächtigen Stuhl und bot ihm den Mischtrunk. Nachdem er getrunken, berührte sie ihn mit dem Stab und sprach: »Nun geh in den Schweinestall zu deinen andern Genossen.« Odysseus aber sprang auf und stürzte mit gezücktem Schwert auf sie ein, als wollte er sie töten. Da schrie die Nymphe laut auf und stürzte ihm zu Füßen und rief, seine Knie umfassend: »Wer bist du und woher? Du erträgst einen Zaubertrank, dem noch kein Sterblicher widerstanden. Bist du vielleicht Odysseus, der nach Trojas Zerstörung hierherkommen soll, wie

Odysseus und Kirke

mir Hermes verheißen hat? Lieber, wohlan, stecke dein Schwert ein und sei willkommen in meinem Haus.« Odysseus aber antwortete: »Kirke, wie kann ich dir freundlich begegnen, da du meine Gefährten in Schweine verwandelt hast und mir selbst arglistig nachstelltest? Nicht eher werde ich dir vertrauen, als bis du mir durch einen heiligen Eid versprochen, mir nichts zuleide zu tun.« Da beschwor sie sogleich, was Odysseus verlangte, und hieß ihre vier holdseligen Mägde dem Gast Bad und Mahl bereiten. Die eine nun breitete geschäftig Teppiche über die Stühle, die andere stellte vor die Stühle schöne silberne Tische und setzte goldene Körbchen darauf, die dritte mischte in silbernem Mischkrug süßen Wein und brachte goldene Becher, die vierte bereitete das warme Bad. Nachdem nun Odysseus sich im Bad erquickt und sich gesalbt hatte, kleidete ihn Kirke in schöne Gewänder und führte ihn zu dem köstlichen Mahl. Aber Odysseus saß da mit schwermütigem Herzen und rührte keine Speise an. Als Kirke das wahrnahm, sprach sie: »Warum sitzt du so stumm, Odysseus, und zerquälst dein Herz, ohne Speise und Trank zu berühren? Du brauchst dich nicht mehr zu fürchten, ich habe dir ja einen heiligen Eid geschworen.« Odysseus antwortete: »Kirke, welcher Mann, der ein redliches Herz im Busen trägt, könnte sich an Trank und Speise laben, ehe er seine Freunde gelöst vor sich sieht?« Da ging Kirke hinaus mit ihrem Zauberstab, trieb die in Schweine verwandelten Freunde des Odysseus aus dem Stall und bestrich einen jeden mit einer Salbe; und sogleich fielen ihnen die Borsten von den Gliedern, und sie wurden wieder zu Männern, jünger und schöner als zuvor. Sie erkannten sogleich ihren König, reichten ihm die Hände und weinten vor Freude, dass das ganze Haus erscholl und Kirke selbst gerührt ward.

Darauf hieß Kirke den Odysseus an den Strand gehen, das Schiff aufs Trockene ziehen und, nachdem sie alle Güter und Geräte in den Höhlen geborgen, mit allen seinen Gefährten zurückkehren. Das tat Odysseus. Als er ans Schiff kam, begrüßten ihn alle mit herzlichster Freude. »Wie freuen wir uns, o König«, riefen sie, »ob deiner Rückkehr! Wohlan, erzähle uns den Untergang der übrigen Freunde.« Da antwortete Odysseus freundlich: »Lasst uns vor allem das Schiff ans Gestade ziehen, und dann geht alle mit mir, dass ihr in dem Haus der Kirke unsere Freunde schmausen seht; denn sie haben dort volle Genüge.« Alle waren sogleich bereit, nur Eurylochos wehrte sich und wollte die anderen zurückhalten. »Unglückliche«, rief er, »wo gehen wir hin? Wollt ihr ins Unglück, in Kirkes Wohnung? Sie wird uns alle in Schweine und Wölfe und Löwen verwandeln, dass wir ihr Haus bewachen. Gedenkt ihr nicht mehr, wie es unseren Freunden erging, die Odysseus zu den Kyklopen führte? Auch sie kamen durch seine Torheit um.« Da ergriff den Odysseus jäher Zorn, und er wollte sein Schwert ziehen, um dem Eurylochos das Haupt vom Rumpf zu trennen, obgleich er ihm nahe verwandt war; aber die Freunde drängten sich um ihn und hielten ihn mit flehenden Worten zurück. »Göttlicher König«, riefen sie, »wir lassen ihn, wenn du es zugibst, hier bei dem Schiff bleiben und es bewachen; führe du uns nur zu dem heiligen Haus der Kirke.« So sprachen sie und folgten dem Odysseus; aber Eurylochos blieb nicht zurück, er fürchtete den Zorn des Königs. Als sie in das Haus der Kirke kamen, fanden sie ihre Gefährten beim fröhlichen Mahl, alle in schönen Gewändern, in welche sie die Nymphe nach erquickendem Bad gekleidet hatte. Da die Freunde einander gesehen und sich alles erzählt hatten, überließen sie sich wehmütiger Klage, dass das ganze Haus davon widerhallte. Aber Kirke sprach zu Odysseus: »Jetzt erregt euch nicht mehr den unendlichen Jammer. Ich weiß ja auch, wie viel Elend ihr erduldet; doch jetzt esst und trinkt und sammelt euch wieder frischen Mut, wie ihr ihn hattet, als ihr zuerst das Vaterland verließet.«

Odysseus und seine Genossen ließen sich beschwichtigen. Und nun blieben sie ein ganzes Jahr lang bei der gastlichen Nymphe und lebten herrlich und in Freuden. Da riefen die Männer endlich den Odysseus beiseite und baten ihn, der Heimkehr zu gedenken. Noch an demselben Tag fiel Odysseus der Nymphe zu Füßen und flehte, dass sie ihn in seine Heimat entließe. Kirke antwortete: »Ich will euch nicht länger wider euren Willen in meinem Hause zurückhalten; doch müsst ihr euch vor eurer Heimkehr auch noch zu einem anderen Weg entschließen, ihr müsst noch zu dem Haus des Hades und der Persephone gehen und die Seele des Sehers Teiresias befragen, der allein von allen Schatten in der Unterwelt Besinnung behalten hat. Der wird euch über eure Heimkehr belehren.« Da zerbrach dem Odysseus das Herz in der Brust, und er saß weinend da und wünschte, nicht mehr länger das Licht der Sonne zu schauen. Endlich sprach er: »Kirke, wer soll mich auf dieser Reise geleiten? Noch kein Sterblicher fuhr auf schwarzem Schiff in die Behausung des Hades.« Aber Kirke tröstete den Verzweifelten und belehrte ihn, was er, sobald er über den Okeanos an das Gestade der Schattenwelt gekommen sei, zur Beschwichtigung der Toten und der Mächte der Unterwelt zu tun habe und wie er zur Weissagung des Teiresias gelangen werde. Am anderen Morgen in aller Frühe weckte er seine Genossen und rief sie zur Abfahrt. Da sollte er nicht ohne Verlust die Gefährten von dannen führen. Der jüngste unter ihnen, Elpenor, nicht besonders tapfer gegen den Feind, auch nicht gerade mit Verstand gesegnet, hatte sich, von Wein beschwert, heimlich auf das Dach der Wohnung der Kirke geschlichen, um dort in der Kühle seinen Rausch auszuschlafen. Als er in der Frühe den Lärm und das Getümmel seiner Freunde vernahm, sprang er empor und vergaß in seinem Taumel, rückwärts zur Treppe zu gehen; er ging gerade vorwärts und stürzte vom Dach herunter, dass er den Nacken brach und seine Seele zum Hades fuhr. Nachdem Odysseus seine Leute versammelt hatte und eben mit ihnen zum Gestade gehen wollte, sprach er zu ihnen: »Freunde, ihr wähnt wohl, es ginge zur Heimat; aber vorerst gebeut uns Kirke, zum Hades zu gehen und die Seele des Teiresias zu befragen.« Da brach allen das Herz vor Betrübnis, sie setzten sich jammernd in den Staub und zerrauften ihr Haar. Doch was half alle Klage und Kümmernis? Sie mussten sich zu dem schweren Weg bequemen. Während sie betrübten Herzens und unter vielen Tränen nach dem Ufer gingen, eilte Kirke ungesehen an ihnen vorüber und band einen Widder und ein schwarzes Schaf, welche Odysseus im Schattenreich opfern sollte, neben dem Schiff an.

Odysseus in der Unterwelt

(Homers *Odyssee* XI)

Nachdem Odysseus mit seinen Gefährten das Schiff in die See gezogen, die Masten aufgerichtet und die Segel gespannt hatte, brachten sie die Schafe herein und gingen selbst an Bord mit Tränen und Bekümmernis, Kirke sandte ihnen einen günstigen Fahrwind in die Segel, und so fuhren sie, still sitzend, dahin über den tief wirbelnden Ozean den ganzen Tag. Als die Sonne sich senkte und das Dunkel hereinbrach, gelangten sie an die jenseitige Küste des großen Weltstroms, an die Stelle, wo das Land und die Stadt der Kimmerier lag, wohin niemals ein Strahl der Sonne drang. Sie zogen das Schiff an den Strand, brachten die Schafe heraus und gingen nun selbst längs der Küste des Okeanos zu der Stelle, die ihnen Kirke bezeichnet. Hier hielten zwei seiner Gefährten die Opfertiere, Odysseus aber zog sein Schwert und grub eine Grube in den Boden, eine Elle ins Geviert. Darauf goss er rings um die Grube eine sühnende Spende für alle Toten und gelobte, wenn er nach Ithaka käme, ihnen eine makellose unfruchtbare Kuh in seinem Palast zu opfern und für Teiresias noch besonders einen schwarzen Widder, den ausgezeichnetsten in seinen Herden, und zerschnitt dann den beiden Schafen die Gurgel, dass das schwarze Blut in die Grube floss. Sogleich kamen zahlreiche Seelen der abgeschiedenen Toten aus dem tieferen Dunkel und drängten sich um die Grube, um von dem Blut zu trinken; aber Odysseus saß daneben mit gezogenem Schwert und wehrte ihnen zu nahen, ehe er den Teiresias befragt. Unterdessen häuteten seine Gefährten die geschlachteten Schafe ab und verbrannten sie unter Gebeten zu Hades und Persephone.

Unter den Schatten der Toten war auch der des Elpenor, allen voraus; denn sein Leib lag noch ohne Grab und Bestattung in dem Haus der Kirke. Als Odysseus ihn erblickte, brach er in Tränen aus und sprach voll Mitleid: »Elpenor, wie kamst du in das nächtliche Dunkel? Du kamst schneller hierher zu Fuß als wir im schwarzen Schiff.« Da erzählte ihm Elpenor, wie er in der Trunkenheit den Tod gefunden, und beschwor ihn, wenn er zu dem Haus der Kirke zurückgekehrt wäre, seiner zu gedenken und ihn nicht unbegraben und unbeweint zu lassen; am Ufer des Meeres möge er ihm ein hohes Grabmal aufwerfen und darauf das Ruder stecken, das er lebend geführt unter seinen Freunden. Odysseus versprach ihm, alles getreulich auszuführen. Darauf kam auch des Odysseus Mutter herzu, Antikleia, die Tochter des Autolykos, die noch lebte zu der Zeit, wie ihr Sohn gen Troja fuhr. Als Odysseus sie sah, weinte er voll Mitleid und Wehmut, doch verbot er ihr, obgleich mit schwerem Herzen, dem Blut zu nahen, ehe er den Teiresias befragt. Endlich kam die Seele des alten thebäischen Sehers Teiresias, den goldenen Stab in der Hand; der erkannte den Odysseus sogleich und sprach: »Warum, Unglücklicher, verließest du das Licht der Sonne und kamst hierher, um die Toten zu schauen und das freudlose Gefilde? Aber weiche von der Grube und entferne das scharfe Schwert, auf dass ich trinke und dir dein Schicksal verkünde.« Odysseus wich zurück und steckte sein Schwert in die Scheide; der Seher aber trank von dem schwarzen Blut und begann seine Rede: »Du suchst glückliche Heimkehr, ruhmreicher Odysseus; aber ein Gott wird sie dir schwer machen. Poseidon, der Erderschütterer, grollt dir wegen der Blendung seines Sohnes Polyphemos, und du entrinnst seiner Macht nicht. Aber trotzdem werdet ihr, wenn auch erst nach

Odysseus und Teiresias

vielen Leiden, in die Heimat zurückkehren, wenn ihr bei der Landung an der Insel Thrinakia euer Herz bezähmt und die weidenden Rinder des Helios ungekränkt lasst; aber verletzt ihr sie, so verkünde ich deinem Schiff und deinen Gefährten den Untergang, und wenn du auch selbst dem Unheil entfliehst, so wirst du doch spät und unglücklich, ohne Gefährten nach Hause zurückkehren auf einem fremden Schiff, und auch im Haus wirst du noch Elend finden; denn übermütige Männer verzehren deine Habe und umwerben dein Weib. Doch du wirst ihren Frevel strafen. Hast du dann die Freier in deinem Haus mit List oder Gewalt getötet, dann nimm ein geglättetes Ruder in die Hand und wandere fort in die Welt, bis du zu Menschen kommst, die das Meer nicht kennen und ihre Speise ohne Salz essen. Wenn dann ein Wanderer dir begegnet und sagt, du tragest eine Wurfschaufel auf der Schulter, so stecke das Ruder in die Erde und bringe dem Poseidon ein großes Opfer, einen Stier, einen Widder und einen Eber. Darauf kehre heim und bringe den himmlischen Göttern allen der Reihe nach heilige Hekatomben. Zuletzt wird außerhalb des Meeres dir der Tod kommen und dich sanft unter deinen glücklichen Völkern in behaglichem Alter dahinnehmen. Also weissage ich dir untrüglich.«

Nachdem der Seher geendet hatte, sprach Odysseus: »Teiresias, das also haben die Götter selbst mir verhängt; doch sage mir, da sehe ich die Seele meiner toten Mutter schweigend sitzen in der Nähe des Blutes, und sie schaut mich nicht an und spricht kein Wort zu mir; wie beginne ich's, dass sie mich erkennt?« Da antwortete der Seher: »Was du mich fragst, ist leicht, ich will dir's verkünden: Wen du von den Toten zu dem Blut heranlässt, der wird wahrhaft zu dir reden; doch wem du es verwehrst, der geht still wieder zurück.« Nach diesen Worten ging Teiresias zurück in die Tiefe des Hades; Odysseus aber blieb an dem Rand der Grube sitzen und ließ seine Mutter trinken. Jetzt erkannte sie ihn sogleich und sprach mit trauriger Stimme: »Mein Kind, wie kamst du in das nächtige Dunkel, da du noch lebst? Kommst du von Troja aus in die Irre verschlagen hierher und warst noch nicht wieder in Ithaka und sahst deine Gattin?« Odysseus antwortete: »Liebe Mutter, der Zwang der Not trieb mich in die Wohnung des Hades, um die Seele des Thebäers Teiresias zu befragen; denn noch nicht kam ich wieder in die Heimat, sondern schweife in der Welt umher von Leiden zu Leiden, seit ich mit Agamemnon gen Troja auszog. Aber sage mir, liebe Mutter, welches Todesgeschick ereilte dich? Verzehrte dich lange Krankheit oder traf dich plötzlich und unversehens das sanfte Geschoss der Artemis? Sage mir auch von dem Vater und dem Sohn: Ruht noch meine königliche Würde auf ihnen, oder wurde schon ein anderer König, da sie glauben, ich kehrte nicht wieder ins Land? Sage mir auch von der Gesinnung meiner Gattin Penelope: Wohnt sie noch bei dem Sohn und hält die Güter des Hauses zusammen, oder wurde sie schon die Gattin eines anderen Achäers?« Die Mutter antwortete: »Allerdings weilt deine Gattin noch mit duldender Seele in deinem Haus, und unter stetem Jammer und Tränen schwinden ihr die Tage und die Nächte. Dein Königtum erhielt kein anderer, sondern dein Sohn ist noch im Besitz der königlichen Güter und Ehren; aber dein Vater lebt auf dem Land in Kummer und Elend und kommt nie in die Stadt. Im Winter schläft er im Haus bei den Knechten neben dem Feuer im Staub, in schlechte Gewänder gehüllt, im Sommer bettet er sich im fruchtbaren Rebengefilde auf den Blättern, wohin er gerade kommt. Da liegt er seufzend und bejammert dein Schicksal und macht sich sein Leid nur immer größer und sein Alter schwerer. In solchem Jammer ging auch ich zugrunde; denn keine langverzehrende Krankheit, noch auch das schnelle Geschoss der Artemis nahm mir das Leben, sondern die Sehnsucht und Trauer um dich.« Da trieb den Odysseus das Herz, die Seele seiner Mutter zu umarmen, aber dreimal entschwebte sie seinen Händen wie ein Schatten oder Traumbild. »O Mutter«, rief er voll Schmerz, »warum lässt du dich nicht fassen und meine Hände dich umschlingen, damit wir beide unser trauriges Herz durch Tränen erleichtern? Oder hat Persephone nur ein eitel Gebilde mir hervorgesandt, damit ich noch mehr seufze und trauere?« Antikleia antwortete sogleich: »Unglücklichster Sohn, nicht täuscht dich Persephone, sondern sobald das Feuer den Leib verzehrt hat, so entflieht die Seele gleich einem Traum. Doch jetzt eile schnell zu dem Licht zurück und behalte dies alles, damit du es der lieben Gattin erzählst.«

Während noch so Mutter und Sohn miteinander redeten, kamen, von Persephone gesendet, viele Frauen heran, Gemahlinnen einst und Töchter ausgezeichneter Helden, welche von dem Blut in der Grube zu trinken strebten. Odysseus aber wehrte sie mit dem langen Schwert ab und ließ die Frauen nur eine nach der andern nahen, damit er eine jede befragen könnte. Da kam denn zuerst Tyro, die Tochter des Salmoneus, die dem Poseidon den Pelias und Neleus gebar, dann Antiope, die Mutter der Zeussöhne Zethos und Amphion, Alkmene, des Herakles Mutter, und Megara, seine Gattin, Epikaste, die Gemahlin des Oidipus, Chloris, die Gemahlin des Neleus, Leda, die Mutter der Dioskuren, Iphimedeia, die Gemahlin des Aloeus, Mutter des Otos und Ephialtes, und viele andere. Nachdem diese sich zerstreut hatten, kam die Seele des Atriden Agamemnon, umringt von den Seelen der Männer, die mit ihm in dem Haus des Aigisthos erschlagen worden waren.*

* Der Mord des Agamemnon wird von Homer anders erzählt als von den Tragikern.

Sobald dieser von dem Blut gekostet hatte, erkannte er den Odysseus und begann laut zu weinen. Er streckte seine Hände nach dem Freund aus, um ihn zu umarmen, aber ihm mangelte alle Kraft. Da brachen auch dem Odysseus die Tränen aus, und er sprach voll Mitleid: »Ruhmreicher Atride, Herrscher der Männer, Agamemnon, welches Todeslos hat dich bezwungen? Hat Poseidon dich auf der Fahrt getötet durch wilden Sturm, oder haben auf dem Land feindliche Männer dich erschlagen im Kampf um die Herden oder um ihre Stadt und ihre Weiber?« Der Atride antwortete: »Edler Laertiade, nicht Poseidon, nicht feindliche Männer im Streit haben mich getötet, sondern Aigisthos und mein heilloses Weib. Er lud mich in sein Haus und erschlug mich beim Mahl wie einen Stier an der Krippe. Alle meine Gefährten, die mit mir von Troja gekommen, wurden mit mir schmählich gemordet, wie Eber, die man in dem Haus eines reichen Mannes zu einer Hochzeit oder einem Festgelage abschlachtet. Fürwahr, du hast schon manchen Mord von Männern gesehen, einzeln oder in der wilden Schlacht, aber kein Anblick hätte dein Herz so gerührt, als wie wir um den Mischkrug und die beladenen Tische, im Blut schwimmend, am Boden lagen. Jämmerlich hörte ich die Stimme der Kassandra, der Tochter des Priamos, in meiner Nähe schreien, welche von der tückischen Klytaimnestra getötet wurde, und ich griff noch sterbend vom Boden auf mit den Händen der Mörderin in das Schwert; aber die Schamlose wandte sich von mir ab und drückte mir nicht einmal im Sterben die Augen zu, noch schloss sie mir den Mund. Wahrlich, nichts ist scheußlicher auf Erden als ein Weib, das solche Schandtat verübt, das dem ehelichen Gemahl den Tod bereitet. O wie freute ich mich der Heimkehr und des Wiedersehens der Kinder und meines Gesindes; doch sie hat durch ihr boshaftes Sinnen sich selbst und alle Weiber der Nachwelt auf ewig entehrt.« »Wehe«, sprach Odysseus, »wie schrecklich hat Zeus das Geschlecht des Atreus heimgesucht durch die Arglist der Weiber. Wie viele stürzten von uns durch Helena ins Verderben, und Klytaimnestra hat dir, während du fern warst, tückischen Tod ersonnen.« Agamemnon antwortete: »Du, Odysseus, wirst nicht sterben durch dein Weib; denn sie ist verständig und edel, die Tochter des Ikarios, die treffliche Penelopeia. Ach, wir verließen sie einst, als wir zum Krieg auszogen, als junge Frau in dem Palast, sie trug das unmündige Knäblein an der Brust. Der sitzt wohl jetzt unter der Zahl der Männer, ein glücklicher Sohn, denn er wird den Vater wiedersehen und der Vater ihn. Mir hat mein Weib nicht einmal den Anblick des Sohnes gegönnt. Doch sage mir, habt ihr nichts von meinem Sohn Orestes vernommen, wo er lebt; denn gestorben ist er noch nicht.« »Atride, warum fragst du mich das?«, antwortete Odysseus, »ich weiß nicht, ob er noch lebt oder tot ist; und unrecht ist's, Eitles zu reden.«

Während beide so beieinanderstanden in traurigem Gespräch und viele Tränen vergossen, erschien die Seele des Peliden Achilleus, und zugleich mit ihm Patroklos und Antilochos und der Telamonier Aias. Achilleus erkannte sogleich den alten Kriegsgefährten und sprach: »Laertiade, listenreicher Odysseus, welche Kühnheit treibt dich, Entsetzlicher, sogar in diese Behausung der Toten zu kommen?« Odysseus antwortete: »Herrlicher Pelide, ich kam hierher, um den Teiresias zu befragen, wie ich nach Hause kommen könnte. Denn ich habe, seit ich von Troja abfuhr, mein Vaterland noch nicht betreten, und treibe von einem Unheil zum anderen. Doch du, Achilleus, bist der seligste aller Männer; früher im Leben verehrten wir dich wie einen Gott, und nun herrschst du hier noch unter den Toten. Drum bedauere deinen Tod nicht, Achilleus.« Aber Achilleus erwiderte: »Rede mir nichts vom Tod, Odysseus; ich wollte lieber droben im Leben ein Ackerknecht sein bei einem armen Mann, als hier zu herrschen über alle Schatten. Doch erzähle mir von meinem Sohn Neoptolemos, ob er in den Krieg zog und sich als den Ersten hervortat, und sage mir, ob Peleus, mein Vater, noch die königliche Würde unter den Myrmidonen hat, oder ob man ihn verachtet in seinem schwachen Alter, seit sein Sohn und Helfer gefallen ist.« Über Peleus vermochte Odysseus dem Fragenden nichts zu melden, doch von seinem Sohn erzählte er ihm, wie er vor Troja im Rat alle an Klugheit und verständigem Sinn übertroffen außer Nestor und Odysseus, und wie er in der Feldschlacht vor allen andern mit freudiger Kühnheit würdig des großen Vaters gestritten hatte. Da freute sich der Schatten des Achilleus, und er ging mit großen Schritten über die Asphodeloswiese dahin in das nächtige Dunkel.

So sprachen die Schatten der Toten mit Odysseus, und jeder fragte, was ihm gerade am Herzen lag. Aber Aias, der Telamonier, hielt sich fern; er grollte noch immer wegen des Sieges, welchen Odysseus über ihn davongetragen hatte bei dem Streit um die Waffen des Achilleus. Odysseus bedauerte das Unglück des großen Helden, zu dem er selbst wider Willen beigetragen, und redete ihn freundlich an, um ihn zu versöhnen; aber die Seele des Aias bewahrte fest den Hass, den sie mit aus dem Leben in die Schattenwelt gebracht hatte, und wandte sich, ohne zu antworten, ab, um in das tiefere Dunkel zurückzugehen. Nachdem die bekannten Helden den Odysseus wieder verlassen hatten, forschte dieser mit seinen Blicken noch weiter in dem Innern des Totenreichs umher und sah da noch den alten König Minos, den berühmten Herrscher von Kreta, den Sohn des Zeus, wie er, die Beschäftigung der Oberwelt fortsetzend, ehrwürdig dasaß mit seinem goldenen Zepter und den Schatten, welche rechtend um ihn herum saßen und standen, Recht sprach. Ferner sah er den gewaltigen Jäger Orion, der, bewaffnet mit eherner Keule, auf der Asphodeloswiese die Tiere, welche er auf der Oberwelt erlegt hatte, verfolgte und jagte. Auch den Tityos sah er, den riesigen Sohn der Erde. Dieser lag auf dem Boden, über neun Hufen Landes ausgespannt, und zwei Geier saßen ihm links und rechts und zerfraßen ihm die Leber, ohne dass er mit seinen Händen sie abwehren konnte; der Frevler hatte einst an Leto sich vergriffen, der hohen Gemahlin des Zeus, als sie durch die herrlichen Fluren von Panopeus nach Delphi ging zu dem Tempel ihres Sohnes. Auch den Tantalos sah er in seinen schweren Qualen. Er stand hungernd und durstend in einem See, dessen Wasser ihm bis an das Kinn reichten, aber wenn er sich bückte, um zu trinken, so wichen die Wasser zurück, dass der schwarze Boden zum Vorschein kam. Über sein Haupt neigten fruchtbare Bäume ihre Zweige voll Birnen und Granaten, Äpfeln und Feigen; aber sobald der Greis sich aufreckte, um die Früchte zu pflücken, so trieb sie plötzlich ein Sturm zu den Wolken empor. Weiter sah Odysseus den Sisyphos, den alten schlauen König von Korinth. Mit gewaltiger Mühe wälzte er einen großen Steinblock die Höhe eines Berges hinauf. Hatte er ihn endlich auf den Gipfel gebracht, da stürzte plötzlich der Stein um und rollte tückisch mit Donnergepolter wieder zur Ebene; und nun begann er die vergebliche Arbeit von Neuem mit schweißtriefenden Gliedern und Staub in dem Antlitz. Nach diesem sah Odysseus auch den Herakles, der, der furchtbaren Nacht gleich, dastand, um die Brust ein breites Wehrgehänge mit den schrecklichen Bildern von Bären und Ebern und Löwen, von Schlachten und Männermord, in der Hand den gespannten Bogen mit dem Pfeil auf der Sehne, als wollte er ihn eben entsenden, und die Scharen der Toten flohen ängstlich, schreiend wie Vögel, davon. Als dieser den Odysseus erblickte, erkannte er ihn sogleich und sprach: »Edler Laertiade, ruht auch auf dir Armem ein trauervolles Verhängnis, wie ich es ertrug, da ich noch unter der Sonne wandelte? Ich war der Sohn des Zeus, und dennoch duldete ich unermessliches Elend. Einem viel schlechteren Mann musste ich dienen, der mir die schwersten Gefahren auftrug, ja sogar mich hierherschickte, um den Hund des Hades zu holen. Aber ich vollbrachte es, geleitet von Hermes und der glanzäugigen Athene.«

Nach diesen Worten ging Herakles zurück in das Haus des Hades. Odysseus aber blieb noch immer und harrte, ob vielleicht noch jemand von den verstorbenen Helden käme, und er hätte wohl noch manchen großen Helden der Vorwelt gesehen, wenn nicht unzählige Scharen von Geistern sich herangedrängt hätten mit grauenvollem Getöse, dass ihn blasse Furcht ergriff und er eilends zu seinem Schiff zurückfloh; denn er fürchtete, dass Persephone ihm gar noch das Haupt der Gorgo aus der Tiefe des Hades entgegensenden möchte. Schnell lösten die Gefährten die Taue des Schiffs vom Ufer und segelten davon, zurück über den breiten Okeanos zu der Insel der Kirke.

Sirenen. Plankten. Skylla und Charybdis

(Homers *Odyssee* XII, 1–259)

Nachdem Odysseus auf der Insel der Kirke gelandet war, schickte er einige seiner Freunde zur Wohnung der Nymphe, um den Leichnam ihres Gefährten Elpenor nach dem Ufer zu holen. Die anderen fällten

Odysseus und die Sirenen

unterdessen Holz für den Scheiterhaufen, und als die Leiche zur Stelle war, verbrannten sie dieselbe samt der Rüstung unter Tränen und Seufzen, errichteten ein hohes Grabmal und steckten nach dem Wunsch des Toten ein glattes Ruder darauf.

Sobald Kirke vernommen hatte, dass Odysseus mit seinen Gefährten wieder aus der Schattenwelt zurückgekehrt war, kam sie mit ihren Dienerinnen zu dem Schiff und brachte ihnen Brot und Fleisch und Wein. »Wohlan«, sprach sie, »jetzt esst und trinkt den ganzen Tag, aber morgen mit Anbruch des Morgenrots fahrt ab; ich werde euch den Weg sagen und alles verkünden, damit ihr nicht durch irgendeine Torheit auf dem Meer oder zu Land euch neues Unheil bereitet.« Nachdem sie den ganzen Tag geschmaust und Kirke den Odysseus mit den Gefahren des Weges bekannt gemacht hatte, fuhren sie am folgenden Morgen ab. Die schöngelockte Göttin sandte ihnen einen günstigen Fahrwind in die Segel, und das Schiff fuhr in ruhigem Lauf dahin, gelenkt von dem Wind und dem Steuermann. Odysseus teilte während der Fahrt seinen Genossen mit, was er von Kirke über ihren Weg gehört hatte. Zunächst würden sie zu den Sirenen, sangreichen Nymphen, kommen, welche durch ihren holden Gesang die vorübergehenden Schiffer bezaubern, dass sie, der lieben Heimat und Weib und Kind vergessend, nach dem

Strand hinüberlenken, wo ein sicherer Tod ihrer harrt und Haufen von moderndem Gebein unglücklicher Schiffer liegen, welche die tückischen Sängerinnen ins Verderben gelockt. Diesen verführerischen Zaubergesang der Nymphen sollen sie meiden und ihre blumige Wiese; nur dem Odysseus allein erlaubte sie, ihn zu hören. Nachdem sie daher in die Nähe der Sirenen gekommen waren, verschloss er auf den Rat der Kirke seinen Gefährten die Ohren mit Wachs und ließ sich selbst an den Mast festbinden, damit er nicht, von dem Zaubergesang verlockt, ins Meer springe und hinüberschwimme zu dem Ufer des Todes. Plötzlich legte sich der Fahrwind, und das Meer dehnte sich in ruhiger Glätte vor ihnen aus, sodass sie die Segel herabnahmen und die Ruder ergriffen. Da erhoben drüben am Ufer die Sirenen ihren lieblichen Gesang: »Komm, Odysseus, du großer Ruhm der Achäer, lenke dein Schiff ans Land und höre unsere Lieder. Noch kein Schiffer ruderte vorbei im dunklen Schiff, ehe er die süße Stimme unseres Mundes vernommen; fröhlich kehrte er dann zurück und weiß viel mehr als zuvor. Denn wir wissen alles, was in dem Gefilde von Troja Argiver und Troer geduldet haben nach dem Rat der Götter, wir wissen, was irgend geschehen ist auf der weiten Erde.« Als Odysseus den lockenden Gesang hörte, wünschte er, noch weiter zu hören, und er winkte seinen Gefährten mit dem Kopf, dass sie ihn lösten. Diese aber banden ihn nach dem früher gegebenen Befehl noch fester an den Mast und beschleunigten den Schlag der Ruder. So fuhren sie glücklich an den Sirenen vorbei, und als sie aus dem Bereich ihrer Stimme gekommen, ließ er sich von seinen Gefährten lösen und nahm den Verschluss aus ihren Ohren.

Als sie die Insel der Sirenen hinter sich hatten, sahen sie in der Ferne Dampf und brandende Flut und hörten dumpfes Getöse. Das waren die gefährlichen Plankten, die hochaufsteigenden Irrfelsen, die stets von siedender Brandung und Dampf umhüllt waren. Kein schneller Vogel vermag an ihnen vorbeizufliegen, selbst nicht die flüchtigen Tauben, die dem Vater Zeus die Ambrosia bringen; immer wird eine der Tauben von dem glatten Felsen geraubt, sodass Zeus beständig eine zur Ergänzung neu erschaffen muss. Noch kein Schiff, das ihnen nahte, entrann dem Verderben, außer der Argo, dem weitberühmten Schiff des Jason, und auch das hätte die Flut zertrümmert, wenn nicht

Hera es geleitet hätte. Als die Gefährten des Odysseus das Getöse hörten und die dampfende Brandung sahen, ergriff sie lähmender Schreck, dass ihnen die Ruder aus den Händen fielen und das Schiff still stand. Da eilte Odysseus mahnend zu jedem Mann und sprach freundlich: »Wir sind nicht mehr ungeübt in den Gefahren, ihr Freunde, und diese ist nicht größer als die, welche uns von dem Kyklopen in seiner Höhle drohte. Ich hoffe, wir werden uns auch dieser noch einst erinnern. Auf denn, schlagt alle kräftig mit den Rudern in die stürmenden Fluten, und du, Steuermann, lenke mit aller Gewalt das Schiff aus diesem Dampf und der Brandung nach jenem Felsen zu; so lässt uns, hoffe ich, Zeus noch aus dem Unheil entrinnen.«

Sie kamen wirklich durch die vereinte Anstrengung an den Plankten vorbei und liefen auf den Felsen zu, welchen Odysseus dem Steuermann als Ziel bezeichnet hatte. Aber er schwieg wohlweislich von der Skylla, welche nach der Angabe der Kirke in diesem Felsen hausen sollte; denn es war zu befürchten, dass seine Gefährten aus Furcht vor dem Ungeheuer die Ruder verlassen und sich alle in die Mitte des Schiffs zusammendrängen würden. Sie mussten jetzt durch ein enges Meer zwischen zwei Felsen hindurch, von denen der eine, der Fels der Skylla, himmelhoch emporragte, so glatt, dass niemand hinauf- oder hinunterzuklettern vermochte, und wenn er 20 Hände und 20 Füße hatte; sein spitzer Gipfel war zu jeder Zeit von dunklen Wolken umlagert. In der Mitte des Felsens war eine weite tiefe Höhle, in welcher die Skylla lag, ein furchtbares Ungeheuer mit einer grellen bellenden Stimme gleich der eines jungen Hundes, mit zwölf abscheulichen Klauen und sechs langen Hälsen, auf jedem drohte ein fürchterlicher Kopf mit drei Reihen dichter Zähne. Während ihr Leib in der endlosen dunklen Höhle lagert, reckt sie ihre Häupter aus dem Schlund hervor und fischt schnappend nach Seehunden und Delphinen und größeren Tieren der See. Ihr gegenüber, einen Pfeilschuss weit, war der andere, viel niedrigere Fels; ein wilder Feigenbaum stand oben darauf. Unter diesem schlürfte die göttliche Charybdis die schwarze Flut ein und spie sie aus, dreimal jeglichen Tags, sodass der Wasserschwall bald siedend mit weißem Schaum hervorbrauste, bald in den gähnenden Schlund hinabdonnerte und der schwarze Meeresgrund umher dem Vorübersegelnden entgegendrohte.

Skylla

Als das Schiff in die furchtbare Enge einlief, gürtete sich Odysseus mit seinen Waffen, nahm zwei mächtige Speere in die Hand und stieg auf das Vorderdeck; denn er hoffte, dass von dieser Seite die Skylla kommen werde, um seine Freunde zu rauben. Aber so sehr er auch nach jeder Kluft des Felsens sich umschaute, er sah sie nirgends. Während sie nun zwischen den Felsen dahinfuhren und mit Todesangst hinübersahen nach dem furchtbaren Strudel der Charybdis, näherten sie sich, ohne es zu merken, allzu sehr dem Felsen der Skylla. Da fuhr diese plötzlich mit ihren sechs räuberischen Schlangenköpfen hernieder und riss sechs Männer, die stärksten und mutigsten, aus dem Schiff. Als Odysseus auf das Schiff und nach seinen Freunden zurückblickte, da schwebten sie schon, zappelnd mit Händen und Füßen und in der Angst seinen Namen rufend, hoch über ihm und wurden, wie Fische an der Rute, von den langen Hälsen des Ungeheuers nach dem Felsen hinaufgeschnellt, wo sie vor der Höhle, schreiend und die Hände nach ihrem Herrn ausstreckend, unter seinen grausamen Zähnen zermalmt wurden. Odysseus und die übrigen Freunde jammerten bei diesem Anblick laut auf, aber niemand konnte helfen. Sie eilten, um sobald wie möglich aus dem Bereich der Skylla und der Charybdis zu entfliehen.

Die Insel Thrinakia. Untergang des Schiffs

(Homers *Odyssee* XII, 260–453)

Nachdem das Schiff der grausen Gefahr entronnen war, kamen sie sogleich in die Nähe der Insel Thrinakia, wo die Herden des Helios, des leuchtenden Sonnengottes, weideten, sieben Rinder- und sieben Schafherden, fünfzig in jeder Herde, und diese vermehrten sich niemals, noch auch verminderten sie sich. Zwei schöngelockte Nymphen hüteten sie, Phaethusa und Lampetia, zwei Töchter des Helios, die ihm die göttliche Neaira geboren. Schon auf dem Meer, als sie zu der schönen Insel heranfuhren, hörte Odysseus das Brüllen der Rinder und das Geblöke der Schafe; da gedachte er der Warnungen des Teiresias und der Kirke, und er sprach betrübten Herzens zu seinen Genossen: »Hört, ihr teuren Genossen im Unglück, was mir die Seele des Teiresias geweissagt und Kirke, die mir aufs Strengste befahlen, die Insel des Helios zu meiden; denn da erwarte uns die schrecklichste Gefahr. So lenkt denn das Schiff an der Insel vorbei.« Bei diesen Worten zerbrach allen das Herz in der Brust, und Eurylochos antwortete zürnend: »Odysseus, entsetzlicher Mann, dir ermüden nimmer die Glieder, du bist von Stahl und Eisen, dass du deine entkräfteten Gefährten nicht ans Land steigen lässt, wo wir ein liebliches Mahl uns bereiten könnten. Du heißt uns die Insel meiden und so blindlings in der düsteren Nacht auf dem Meer umherirren, dem Wind und Wetter preisgegeben. Die Stürme der Nacht sind schrecklich und den Schiffen gefährlich. Wie sollen wir dem Verderben entrinnen, wenn plötzlich ein Sturm über uns kommt? Nein, lass uns jetzt der Nacht gehorchen und uns am Ufer bei dem Schiff ein Abendmahl bereiten; morgen wollen wir wieder einsteigen und in das weite Meer steuern.« Die anderen Gefährten stimmten dem Eurylochos bei. Da erkannte Odysseus, dass irgendein Gott ihnen Unheil verhänge, und er sprach: »Eurylochos, ihr zwingt mich zum Nachgeben, ich allein vermag nichts gegen euch; doch wohlan, schwört mir alle einen heiligen Eid, dass mir keiner, wenn wir irgendwo eine Herde von Rindern oder von Schafen finden, von bösem Frevelmut verleitet, ein Rind oder ein Schaf tötet, sondern dass wir geruhig die Speise essen, welche uns Kirke mitgab.«

Die Genossen schworen, und nun landeten sie in einer Bucht in der Nähe von süßem Wasser, stiegen aus und bereiteten sich das Abendbrot. Nachdem sie sich an Speise und Trank gelabt hatten, gedachten sie weinend ihrer Freunde, welche die Skylla verschlungen, und schliefen unter Tränen ein. Schon war mehr als die Hälfte der Nacht vergangen und die Sterne neigten sich schon zum Untergang, da sandte Zeus, der Wolkenversammler, einen furchtbaren Sturm, der Erde und Meer zugleich in dichte Finsternis hüllte. Darum zogen sie mit Anbruch des Tages ihr Schiff in eine Felsengrotte, damit es dort, solange der Sturm wehe, in Sicherheit ruhe, und Odysseus berief eine Versammlung und sprach: »Ihr Freunde, im Schiff ist Speise und Trank; darum verschont die Rinder, dass uns kein Unheil treffe. Denn diese Rinder und Schafe gehören einem furchtbaren Gott, dem Helios, der alles sieht und alles hört.« Die Freunde versprachen zu folgen. Aber der widrige Wind wehte einen ganzen Monat, sodass sie nicht weiterfahren konnten und zuletzt ihnen die Speisen ausgingen, welche sie im Schiff hatten. Da streiften sie, von Hunger gequält, auf der Insel umher und fingen sich mit krummer Angel Fische und Vögel und was ihnen sonst vorkam; aber an die heiligen Rinder und Schafe wagten sie nicht ihre Hände zu legen, denn sie fürchteten den Untergang. Als aber eines Tages Odysseus von seinen Gefährten sich entfernt hatte, um in der Einsamkeit zu den Göttern um Hilfe und Rettung zu flehen, und von den Göttern in tiefen Schlaf versenkt worden war, da reizte Eurylochos die Freunde zu bösem Entschluss. »Hört mich, ihr Freunde«, sprach er, »zwar jeder Tod ist furchtbar, aber am jammervollsten ist doch der Hungertod. Drum lasst uns die besten von den Sonnenrindern wegtreiben und den Unsterblichen zum Opfer bringen, auf dass wir am Opfermahl uns laben. Wir wollen, wenn wir nach Ithaka heimgekehrt sind, dem Helios zur Versöhnung einen prächtigen Tempel bauen, und sollte der Gott auch unversöhnt bleiben und unser Schiff vernichten, so will ich doch lieber mit einem Mal in den Wellen sterben, als so langsam auf dieser Insel verschmachten.«

Die Freunde stimmten ihm freudig bei und machten sich gleich ans Werk. Sie trieben von der Herde, die in der Nähe des Schiffs weidete, die schönsten und größten Rinder herbei und begannen sogleich das Opfer. Aus Mangel an Gerste, welche man sonst über die Opfertiere zu streuen pflegt, warfen sie, während sie zu den Göttern flehten, zarte Eichenblätter über die Tiere und schlachteten sie. Nachdem sie darauf die Rinder abgehäutet hatten, verbrannten sie den Göttern die Schenkelstücke, indem sie in Ermangelung des Weins Wasser darauf gossen, zerstückelten dann das übrige und steckten es an die Bratspieße, um sich selbst das Mahl zu bereiten. Odysseus war unterdessen aus dem Schlaf erwacht und ging zu dem Schiff zurück. Als er in die Nähe gelangte, kam ihm schon der süße Opferduft entgegen, und er rief erschreckt und wehklagend: »Vater Zeus und ihr anderen seligen Götter! Ach, ihr habt zu meinem Verderben mich in grausamen Schlummer versenkt, damit unterdessen meine Gefährten den entsetzlichen Frevel verübten!« Darauf überhäufte er voll Unmut und Schmerz seine Freunde mit Vorwürfen; aber die Rinder waren tot, die Tat war nicht ungeschehen zu machen. Bald verkündeten auch schreckliche Wunderzeichen den Zorn der Unsterblichen; die Häute der geschlachteten Tiere krochen umher, und das rohe und gebratene Fleisch brüllte, wie Kühe, an den Bratspießen. Doch die hungrigen Männer ließen sich nicht schrecken. Sechs Tage lang noch labten sie sich an dem Fleisch, am siebten aber, als endlich der Sturmwind sich legte, gingen sie unter Segel.

Lampetia, die Hüterin der Sonnenherden, war hinaufgeeilt zu ihrem Vater Helios und hatte ihm den Mord der Rinder gemeldet. Da entbrannte der Sonnengott von Zorn und sprach zu den Göttern: »Vater Zeus und ihr anderen seligen Götter, rächt mich an den Gefährten des Odysseus, die übermütig mir die Rinder getötet haben, an denen sich täglich mein Auge ergötzte. Wenn sie mir nicht büßen für den Raub der Rinder, so steige ich in das Reich des Hades hinab und leuchte den Toten.« Zeus antwortete ihm: »Helios, leuchte du nur den unsterblichen Göttern und den sterblichen Menschen wie bisher über die nahrungsprossende Erde; jenen will ich bald ihr Schiff mitten im Pontus mit dem flammenden Blitz zerschmettern.«

Als das Schiff des Odysseus das Gestade von Thrinakia verlassen hatte und mitten auf dem Pontus war, da breitete Zeus dunkles Gewölk und finstere Nacht über das Meer und sandte einen furchtbaren Sturm. Die Taue des Mastbaums zerrissen, Segel und Segelstangen fielen herab mitsamt dem Mast. Der Mast schlug auf den Steuermann, dass er mit zerschmettertem Haupt köpflings, wie ein Taucher, von dem Verdeck hinab in das Meer schoss. Jetzt brauste der Donner des Zeus, der geschleuderte Blitz schlug zerschmetternd in das Schiff, dass es, von schwefligem Dampf erfüllt, hin und her schwankte und die Männer aus dem Schiff fielen. Wie Meerkrähen trieben sie um das schwarze Schiff in den Wogen umher und sanken dann, für immer der Heimkehr beraubt, in die Tiefe.

Odysseus ging unterdessen ratlos in dem zertrümmerten Schiff auf und ab, bis der Sturz der Flut den Kiel von den Seiten abriss; auf den Kiel stürzte der Mastbaum, und an diesem hing noch das starke, aus Ochsenleder geflochtene Segeltau. Schnell erfasste er dies und verband damit Kiel und Mast, setzte sich darauf und trieb so durch die stürmende Flut. Bald legte sich der reißende Sturm, aber es kam ein Südwind und trieb ihn zu seinem Schrecken wieder zurück nach dem Schlund der Charybdis. Die ganze Nacht fuhr er so über das Meer hin, beim Aufgang der Sonne befand er sich an dem Fels der Skylla und der schrecklichen Charybdis, welche eben die Fluten des Meeres in sich einschlang. Da ergriff er in der Angst den Feigenbaum, der über dem Schlund stand und ihn mit seinen langen Ästen beschattete, und hing festgeklammert, wie eine Fledermaus, ohne hinaufklimmen oder auch mit den Füßen sich aufstemmen zu können, in furchtbarer Verzweiflung harrend, bis der Kiel und der Mast wieder von dem Strudel ausgestoßen würden. Endlich kamen sie hervor. Schnell schwang er sich mit Händen und Füßen von oben herab in den Strudel neben die Balken, kletterte darauf und ruderte sich mit den Händen fort. So trieb er in dem weiten Meer umher.

Telemachos und die Freier

(Homers *Odyssee* I, 96 – II, 259)

Athena band sich die goldenen Sohlen unter die Füße, welche sie über Land und Meer dahintrugen gleich den Flügeln des Windes, nahm ihre lange wuchtige Lanze und eilte von den Gipfeln des Olympos hinab nach Ithaka. Plötzlich stand sie auf der Schwelle des Hoftors vor dem Haus des Odysseus, die eherne Lanze in der Hand, in Gestalt des Taphierfürsten Mentes. Die Freier saßen im Hof auf Häuten von Rindern, die sie selbst geschlachtet hatten, und ergötzten sich am Steinspiel, während Herolde und geschäftige Diener ihnen das Mahl zurichteten; die einen mischten Wasser und Wein in großen Krügen, andere wischten mit Schwämmen die Tische ab und stellten sie in Ordnung, wieder andere zerlegten das Fleisch. Telemachos saß betrübten Herzens unter den Freiern; er dachte an seinen fernen Vater und wünschte, dass er heimkehren und diese übermütigen Jünglinge aus seinem Haus vertreiben möchte, um selbst wieder in seinem Besitztum zu herrschen und als König zu walten. Indem er mit solchen Gedanken dasaß, erblickte er vor allen Freiern auf der Schwelle des Hoftors die Athena, und unwillig, dass man einen Fremden so lange an der Tür stehen lasse, eilte er sogleich auf sie zu, ergriff ihre Rechte, nahm ihr den ehernen Speer ab und sprach, indem er sie nach dem Haus führte: »Sei gegrüßt, Fremdling, du bist uns willkommen. Komm und stärke dich an unserem Mahl und dann sage, was dein Begehr ist.« Als beide in den hohen Männersaal gekommen, stellte Telemachos den Speer in den Speerbehälter wider die große Säule, wo noch viele Lanzen des Odysseus standen, und führte sie selbst zu einem hohen schönen Thronsessel, über welchen er einen Teppich gebreitet, abseits von den Freiern, damit dem Fremden nicht durch das Getümmel der übermütigen Jünglinge das Mahl verleidet werde und um ihn ungestört über seinen abwesenden Vater zu befragen. Er selbst stellte sich einen niedrigeren Stuhl neben sie. Bald brachte eine Dienerin Waschwasser in goldener Kanne und goss es dem Fremden und Telemach auf die Hände über einem silbernen Waschbecken und stellte ihnen einen Tisch vor; der Fleischzerleger brachte auf Tellern allerlei Fleisch und goldene Becher, welche ein Herold häufig herzutretend mit Wein füllte.

Nun kamen auch die übermütigen Freier in den Saal und setzten sich der Reihe nach an den Tischen nieder. Die Herolde gossen ihnen Wasser über die Hände, Mägde setzten hohe Körbchen voll Brot auf die Tische, und dienende Burschen füllten die Becher. Die Freier griffen rüstig zu und labten sich an dem herrlichen Mahl, und nachdem sie sich an Speise und Trank gesättigt hatten, gelüstete sie nach Sang und Reigentanz. Ein Herold reichte dem Sänger Phemios, der von den Freiern gezwungen war, bei ihren Mahlen zu singen, die schöne Zither, und dieser begann ein herzerfreuendes Lied. Während alles dem lieblichen Gesang lauschte, neigte Telemachos sein Haupt zu Athena herüber und sprach leise, damit es die andern nicht vernähmen: »Lieber Gastfreund, du wirst mir wohl nicht verargen, was ich jetzt sage. Siehe, die ergötzen sich leicht bei Gesang und Zitherspiel, denn sie prassen in fremdem Gut ohne Ersatz, in dem Gut meines Vaters, dessen weißes Gebein irgendwo im Regen modert am Strand oder in den Wogen des Meeres umhergetrieben wird. Ja, wenn sie ihn heimgekehrt sähen nach Ithaka, dann wünschten sie sich lieber schnellere Füße als Reichtum an Gold und an Gewändern. Doch er kam um und kehrt nimmer wieder. Aber sage mir, wer bist du und aus welchem Land? Wo sind deine Vaterstadt und deine Eltern? Kamst du jetzt zum ersten Mal hierher, oder bist du uns ein Gastfreund vom Vater her? Denn viele Männer kamen einst in unser Haus, als mein Vater noch unter den Menschen verkehrte.« Athena antwortete: »Das will ich dir sagen, lieber Jüngling, Ich bin Mentes, des Anchialos Sohn, der König der Taphier, des ruderkundigen Schiffervolks, und bin auf dem Weg nach Temessa in Cypern, um Erz einzutauschen gegen blinkendes Eisen; mein Schiff ließ ich draußen vor der Stadt in dem Hafen Rheithron. Ich bin aber von alters her ein Gastfreund eures Hauses, wie du von deinem Großvater Laertes hören kannst, der, wie man sagt, jetzt nicht mehr in die Stadt kommt, sondern draußen auf dem Land in Einsamkeit und Trauer sein Leben hinschleppt. Ich kam nun, weil ich hörte, dein Vater sei wieder daheim. Doch dem ist nun freilich nicht so; aber glaub mir, dein Vater Odysseus lebt noch; wahrscheinlich halten ihn auf einer einsamen Insel wilde grausame Menschen wider seinen Willen zurück. Aber ich weissage dir, wie es ein Gott mir in das Herz gelegt hat: Nicht lange mehr wird er fern sein von dem Vaterland, er wird Mittel finden in seinem schlauen Sinn, dass er sich löst, und wenn er mit eisernen Banden gefesselt ist. Aber sage mir, bist du wirklich der Sohn des Odysseus? Du gleichst ihm wunderbar an Haupt und den schönen Augen. Ich sah ihn oft, ehe er mit dem Heer der Achäer nach Troja zog.« Telemachos antwortete: »Ja, lieber Gastfreund, meine Mutter sagt mir, dass ich der Sohn des Odysseus sei, des unglückseligsten Mannes auf Erden. Wäre ich doch lieber der Sohn eines Glücklichen, den bei seiner Habe in Ruhe das Alter beschliche.« Da sprach Athena: »Nun, so werden die Götter doch den Namen seines Hauses nicht ruhmlos vertilgen, da ihm Penelope einen so herrlichen Sohn gebar. Doch sage mir, was ist das für ein Gewühl und ein Schmausen? Feierst du ein Gastmahl oder ein Hochzeitsfest? Denn es ist doch kein Mahl, zu dem ein jeder das Seine steuert. Dazu scheinen sie mir gar zu ausgelassen und übermütig zu schmausen. Ein vernünftiger Mann könnte sich ärgern, wenn er solch freches Treiben ansieht.« »Ja, einst, lieber Gastfreund«, sprach Telemachos, »war unser Haus reich und glänzend, da Odysseus noch daheim war; doch jetzt ist es anders. Alle edlen Jünglinge von Ithaka und den benachbarten Inseln sind hier zusammen und werben um die Hand meiner Mutter; sie aber kann weder die verhasste Vermählung abschlagen, noch weiß sie ein Ende zu machen. Unterdessen verzehren sie mein reiches Gut, und bald werden sie auch mich selbst noch umbringen.«

Da sprach die Göttin mit zornigem Schmerz: »Wehe, wie sehr bedarfst du, o Jüngling, des fernen Vaters! Sähe ich ihn doch jetzt heimgekehrt in der Tür stehen, mit Helm und Schild und zwei Lanzen bewaffnet, in solcher Gestalt, wie ich ihn zum ersten Mal in unserem Haus sah; wahrlich, er schaffte ihnen ein schnelles Ende und bittere Hochzeit. Doch das ruht im Schoß der Götter; aber dir rate ich, mein Freund, zu bedenken, wie du dir die Freier aus dem Hause schaffst. Morgen rufe die Ithakesier zur Versammlung und heiße die Freier, sich zu den Ihrigen zu zerstreuen. Deine Mutter aber lass, wenn sie sich wieder zu vermählen wünscht, in das Haus ihres Vaters zurückkehren, da mögen sie ihr die Hochzeit anordnen und die reiche Brautgabe bereiten. Aber du selbst rüste dir das beste Schiff, das du hast, mit zwanzig Ruderern und gehe auf Kundschaft aus nach deinem Vater, zuerst nach Pylos zu dem göttlichen Nestor, und dann nach Sparta zu Menelaos, der zuletzt von allen Achäern von Troja zurückkam, und wenn du hörst, dass dein Vater noch lebt und heimkehren wird, so harre und dulde noch ein Jahr, wenn auch mit schwerem Herzen; hörst du aber, dass er gestorben sei, so kehre heim und errichte ihm ein Grabmal und bringe ihm Totenopfer. Hast du das alles vollendet, wie's recht ist, dann denke darauf, wie du die Freier in deinem Haus tötest, offen oder mit List. Bist du doch längst den Knabenjahren und den Kindergedanken entwachsen. Oder hast du nicht gehört, welchen Ruhm Orestes sich erwarb bei allen Menschen, da er den Mörder seines Vaters, den arglistigen Aigisthos, erschlagen? Du bist schön und groß, du bist stark, wohlan – dass noch die Nachwelt dich rühme! Erwäge es wohl und nimm dir meine Worte zu Herzen, und lass mich jetzt wieder zu meinem Schiff und meinen Gefährten gehen, die harren wohl schon lange mit Ungeduld.«

Der Jüngling dankte für den väterlichen Rat und versprach, ihn zu beherzigen, bat aber den Gastfreund, noch länger zu verweilen, damit er ihn pflege und bewirte und ihm ein Gastgeschenk mitgebe. Doch der Gast ließ sich nicht halten. »Gib mir das Geschenk, wenn ich zurückkehre, und zwar ein recht schönes gegen eine schöne Gegengabe«, sprach die Göttin und verschwand wie ein Vogel vor den Augen des Jünglings. Der sah ihr staunend nach und erkannte, dass es eine Gottheit war; seine Brust schwellten nie gefühlter Mut und Kraft, und er dachte jetzt noch mehr an den Vater als zuvor. Er war plötzlich zum Mann geworden und trat sogleich festen Schrittes unter die Freier.

Penelope

Diese lauschten noch schweigend dem Lied des Phemios; er sang die traurige Heimkehr der Achäer von Troja, welche ihnen die erzürnte Athena auferlegt hatte. Penelope hörte in dem oberen Stock des Hauses in ihrem Gemach diesen herrlichen Gesang, aber der traurige Inhalt des Liedes zerbrach ihr das Herz. Sie stieg daher in Begleitung zweier Dienerinnen die hohe Stiege herab und trat in den Saal. Sie sprach mit tränendem Auge zu dem Sänger: »Phemios, du weißt ja noch viele andere herzerfreuende Lieder; davon singe ihnen eins, und sie mögen ruhig zuhören und ihren Wein trinken. Aber dieses traurige Lied lasse, es zerbricht mir stets das Herz in der Brust; denn es erinnert mich an mein großes Leid.« Da sprach Telemach zu ihr: »Liebe Mutter, warum verargst du dem lieblichen Sänger, dass er mit Liedern uns ergötzt, wie es das Herz ihn heißt? Die Sänger sind dir ja nicht schuld an deinem Leid, sondern Zeus, der einem jeden zuteilt, was ihm beliebt. Die Menschen lieben immer das neueste Lied. Darum ertrage es, das Lied zu hören. Odysseus ist's ja nicht allein, der den Tag der Heimkehr verlor. Gehe du ruhig in dein Gemach und besorge mit deinen Mägden die Geschäfte, die dir gehören, Webstuhl und Spindel; hier gehört das Wort den Männern, zumeist aber mir; denn ich bin der Herr im Haus.«

Penelope staunte über die verständige und entschiedene Rede ihres Sohnes und ging schweigend wieder zu ihrem Gemach hinauf. Dort weinte sie um ihren lieben Gemahl, bis Athena ihr süßen Schlaf auf die Augen goss. Die Freier aber begannen übermütig zu lärmen. Da trat Telemachos mutigen Herzens unter sie und sprach: »Ihr übermütigen Freier meiner Mutter, jetzt lasst uns ruhig und ohne Geschrei uns am Mahl ergötzen und dem Sang des göttlichen Sängers lauschen. Aber morgen wollen wir alle zur Volksversammlung gehen, dass ich euch dort meinen Willen rücksichtslos heraussage, mir aus dem Haus zu gehen. Sucht euch hinfort andere Mahle, abwechselnd in euren Häusern, und verzehrt eure Habe, nicht die meine. Gefällt's euch aber besser, eines Mannes Gut hier zu verschlingen, nun, so tut's; ich werde dann die Götter um Vergeltung anflehen, dass ihr in meinem Haus ungerächt zugrunde geht.« Die Freier bissen sich in die Lippen und staunten über die kühne Rede des Jünglings, der bisher wie ein schüchterner Knabe unter ihnen gewandelt war. Doch schwiegen sie; nur Antinoos, der übermütigste und hochstrebendste von allen, konnte sich nicht enthalten, ihm wegen seiner kühnen Sprache Vorhalt zu machen, und ein anderer, Eurymachos, versuchte über den Fremden, der eben dagewesen, etwas zu erfahren. Aber Telemachos wies sie mit entschiedener Antwort ab, und so gingen sie denn, nachdem sie bis zum Abend sich an Tanz und Gesang ergötzt, nach Hause zum Schlaf. Auch Telemachos ging mit bekümmerter Seele zur Ruhe.

Am andern Morgen erhob sich Telemachos mit dem Aufgang der Sonne vom Lager, und nachdem er sich angekleidet und das scharfe Schwert um die Schultern gehängt, hieß er die Herolde das Volk auf den Markt rufen. Als sie zahlreich versammelt waren, nahm er die eherne Lanze zur Hand und ging, begleitet von zwei schnellfüßigen Hunden, auf den Markt. Alle staunten den stattlichen Jüngling an, dem Pallas Athena göttliche Anmut über das Haupt gegossen hatte, und die Greise machten ihm ehrerbietig Platz, dass er auf den Stuhl seines Vaters sich niederlassen konnte. Jetzt erhob sich in der Versammlung der verständige Greis Aigyptios, dessen ältester Sohn Antiphos mit Odysseus gen Troja gezogen und auf der Rückfahrt von dem Kyklopen Polyphem in der Höhle gefressen worden war, dessen zweiter Sohn Eurynomos sich unter den Freiern befand, während die beiden jüngsten zu Hause die Geschäfte des Vaters besorgten, und sprach, indem er um den verlorenen Sohn die Tränen nicht zurückzuhalten vermochte: »Ihr Ithakesier, seit Odysseus das Land verließ, hatten wir keine Versammlung. Wer hat uns heute versammelt? Hat er uns eine Meldung zu machen wegen eines herannahenden Kriegsheers, oder will er irgendeinen Vorschlag machen zum Besten des Landes? Gewiss ist er ein biederer Mann; sei er gesegnet, und möge Zeus ihm vollenden, was er im Sinn trägt.« Telemachos freute sich der glücklichen Vorbedeutung, die in diesen Worten lag, und erhob sich sogleich, um zu reden. Mit dem Zepter in der Hand trat er mitten in die Versammlung und sprach, zu dem Greis gewendet: »Der Mann ist nicht weit, edler Aigyptios, der das Volk berufen hat; ich bin es, denn mich bedrängt vor allen Kummer und Sorge. Nicht von einem nahenden Heer, noch von einer Sache des Volks will ich reden, sondern von meinem eigenen doppelten Unglück. Ich verlor nicht bloß den Vater, der mit väterlicher Milde unter euch herrschte, sondern auch mein ganzes Haus wird mir zugrunde gerichtet. Denn die Söhne der Edelsten im Land umdrängen als werbende Freier meine Mutter wider ihren Willen; sie sträuben sich, in das Haus ihres Vaters zu gehen und dort um die Tochter zu werben, nein, sie kommen jeden Tag in mein Haus und schlachten mir die Rinder und Schafe und Ziegen und verzehren mir übermütig mein Gut, dessen Beschützer, Odysseus, fern ist. Wahrlich, hätte ich die

Macht, ich würde mich schützen, denn ihr Treiben ist unerträglich. Erkennt doch selbst das Unrecht und schämt euch vor den umwohnenden Menschen, fürchtet den Zorn der Götter, dass sie rächend einmal die Übeltat vergelten. Ich bitte euch bei der Gerechtigkeit des Zeus, wenn je mein Vater euch ein gütiger Herrscher war, tut Einhalt und lasst mich allein in meinem Kummer mich verzehren. Besser wäre es mir, ihr selbst, ihr Greise, verzehrtet mein Gut; ich würde so lange durch die Stadt wandern und euch anflehen, bis mir alles wieder ersetzt wäre. Aber so häuft ihr unheilbaren Schmerz auf meine Seele.«

So sprach er zornig und warf das Zepter zur Erde, heiße Tränen vergießend, dass Mitleid das ganze Volk ergriff. Alle saßen schweigend da, und keiner wagte es, dem Jüngling mit einem harten Wort zu erwidern. Nur Antinoos, der Übermütige, erhob sich und rief: »Trotziger Telemachos, verwegener, welche Lästerung sprachst du da gegen uns aus! Du möchtest uns mit Schmach bedecken! Nicht sind wir Freier die Schuld an deinem Unheil, sondern deine ränkevolle Mutter. Schon sind es drei Jahre, und bald geht das vierte dahin, seitdem sie uns listig betrügt. Allen macht sie Hoffnung, jedem Einzelnen macht sie durch heimliche Botschaft Versprechungen, während sie doch anderes im Sinn führt. Unter allen Listen ersann sie zuletzt auch diese: Sie begann in ihrem Gemach ein großes Gewebe und sprach dann zu uns: ›Ihr Jünglinge, meine Freier, da nun einmal Odysseus gestorben, so harrt aus und dringt nicht eher auf meine Vermählung, als bis ich das Gewebe vollendet habe, dem Helden Laertes ein Leichentuch, damit, wenn er stirbt, keine Achäerin mir vorwerfe, dass der Mann, der im Leben so viel besessen, ohne festliches Gewand bestattet werde.‹ So sprach sie, und wir glaubten und folgten ihr. Aber die Listige webte am Tag, und nachts löste sie beim Schein der Fackel es wieder auf. So hat sie drei Jahre uns hingehalten, und als nun das vierte Jahr gekommen, da verriet es uns eine Dienerin, und wir überraschten sie, wie sie eben das Gewebe wieder auflöste. Da zwangen wir sie, das Werk zu vollenden wider ihren Willen. Dir aber antworten wir Freier hier vor allen Achäern: Schicke deine Mutter in das Haus ihres Vaters zurück und heiße sie dort sich dem vermählen, den der Vater ihr auswählt und der ihr selber gefällt. Wenn sie aber noch lange die Söhne der Achäer hinhält, so ist es dein Schaden;

denn wir zehren so lange von deinem Gut, bis sie sich einem von uns vermählt hat.« Telemachos antwortete: »Antinoos, wie kann ich meine Mutter, die mich gebar und aufzog, wider ihren Willen aus dem Haus weisen? Nimmermehr! Aber wenn ihr noch Gefühl für Recht und Billigkeit habt, so geht mir aus dem Haus und sucht euch andere Schmäuse, verzehrt euer eigenes Gut. Wenn's euch aber besser dünkt, das Erbe eines Mannes ohne Erstattung zu verschlingen, nun, so tut es; ich werde den ewigen Zeus anflehen, dass euch Vergeltung wird, dass ihr ungerächt in meinem Haus zugrunde geht.«

Während Telemachos also sprach, sandte ihm Zeus als ermunterndes Zeichen zwei Adler von dem Gipfel des Berges herab. Anfangs flogen sie nahe aneinander mit gebreiteten Schwingen langsam daher; als sie über die Mitte der Versammlung kamen, drehten sie sich, die Flügel schwingend, im Kreis und sahen drohend auf die Versammlung nieder, zerkratzten sich dann selbst mit ihren Krallen Köpfe und Hälse und flogen rechtshin über die Häuser der Stadt davon. Das Volk staunte die Vögel an und erwog in seinem Sinn, was das wohl zu bedeuten habe. Da erhob sich der greise Held Halitherses, der allein den Vogelflug zu deuten verstand, und sprach: »Hört mich, ihr Ithakesier und besonders ihr Freier; denn euch naht großes Leid. Nicht lange mehr wird Odysseus abwesend sein, er ist schon irgendwo nahe und pflanzt allen Freiern Tod und Verderben. Drum lasst uns noch beizeiten erwägen, wie wir den Freiern Einhalt tun, und sie selber mögen daran denken.« Da rief der Freier Eurymachos: »Greis, geh nach Hause und weissage deinen Kindern, dass ihnen kein Unglück begegnet. Dies Zeichen aber verstehe ich besser zu deuten als du. Viele Vögel fliegen unter den Strahlen der Sonne, aber nicht alle sind schicksalverkündend. Gewiss ist, Odysseus kam um in der Ferne. Wärst auch du nur so gewiss umgekommen, dann sprächst du nicht in der Hoffnung auf Geschenke alberne Weissagungen und reiztest nicht so den Groll des Telemachos. Aber lass dich warnen, es bringt dir keinen Segen, und dem Telemachos rate ich, die Vermählung seiner Mutter zu beschleunigen, sonst wird ihm all sein Gut verzehrt.« »Eurymachos und ihr andern Freier«, rief Telemachos, »um dieses bitte ich euch jetzt nicht weiter, das wissen jetzt die Götter und alle Achäer. Aber gebt mir, ihr

Ithakesier, ein schnelles Schiff und zwanzig Gefährten, dass ich nach Sparta gehe und nach Pylos, um nach der Rückkehr meines Vaters zu forschen. Höre ich, dass Odysseus noch lebt, nun, so will ich noch ein Jahr harren und dulden; höre ich aber, dass er gestorben ist, so will ich ihm ein Grabmal errichten und die Mutter vermählen.«

Jetzt erhob sich Mentor, der Freund und Altersgenosse des Odysseus, dem dieser, als er gen Troja auszog, die Sorge über sein Haus anvertraut hatte, dass er unter der Oberaufsicht des alten Laertes alles in Ordnung hielte. Der sprach zornig: »Fürwahr, kein König soll hinfort mehr huldreich und gnädig sein, hart sei er und grausam, da man so hier im Land des Odysseus vergisst, der mild wie ein Vater war. Wahrlich, den Freiern neide ich ihre gewaltsamen Werke nicht, sie setzen den eigenen Kopf auf das Spiel; ich zürne dem übrigen Volk, dass ihr alle so ruhig dasitzt und zuseht und die Freier nicht zurückhaltet, denen ihr doch an Zahl sehr überlegen seid.« Ihm antwortete der freche Leiokritos: »Mentor, verderblicher Tor, du heißt das Volk uns zurückhalten? Selbst wenn Odysseus käme und uns vom Mahl wegscheuchen wollte, es würde ihm übel ergehen. Doch, ihr Männer, zerstreut euch wieder zu euren Geschäften, dem Telemachos werden schon Halitherses und Mentor die Reise besorgen, die von alters her Freunde seines Hauses sind. Aber ich glaube, er wird noch lange hier sitzen in Ithaka und nach Kunde forschen; die Reise macht er niemals.« So löste er die Versammlung auf. Das Volk zerstreute sich, ein jeder ging an sein Geschäft und die Freier begaben sich in das Haus des Odysseus. Telemachos aber stach tatsächlich in See und unternahm so seine Reise gen Sparta und Pylos.

Odysseus gelangt nach Ithaka

(Homers *Odyssee* XIII)

Als Odysseus auf Sand erwachte, erkannte er sein Vaterland nicht wieder; denn Athena hatte ihm Nebel umher verbreitet, damit er nicht sogleich zu seinem Haus eilte, sondern erst alles mit ihr verabredete zur Bestrafung der Freier. Alles erschien dem Helden in fremder Gestalt, die Pfade und Buchten, die Felsen und Bäume. Er sprang auf, blickte erschreckt umher und rief jammernd, indem er mit beiden Händen sich die Schenkel schlug: »Wehe mir, in welches Land bin ich wiedergekommen? Zu wilden Barbaren oder zu gottesfürchtigen gastlichen Männern? Wohin soll ich meine Schätze retten und wohin selbst irren?« Während er jammernd am Ufer des Meeres umherschlich, nahte ihm Athena in Gestalt eines jugendlichen Schafhirten, zart und mit seinem Gewand angetan wie ein junger Königssohn, in der Hand einen Spieß. Odysseus freute sich bei seinem Anblick; er ging ihm entgegen und redete ihn freundlich an: »Lieber, sei mir gegrüßt, da ich dich zuerst in diesem Land treffe, und nahe mir nicht mit feindlichem Herzen. Rette mich und rette mir dies, mein Gut, ich bitte dich flehend, und sage mir, was dies für ein Land ist.« Athena antwortete ihm: »Fremdling, du musst weit hergekommen sein, da du mich nach dem Namen dieses Landes fragst. Denn es ist nicht so unbekannt und ruhmlos. Voller Berge und Felsen zwar ist es und ein schlechtes Rossland, aber es ist deswegen nicht arm; Wein und Getreide gedeihen hier trefflich, und es nährt Ziegen und Rinder in Menge; auch an schönen Wäldern und nie versiegenden Quellen mangelt es nicht. Ithakas Name, o Fremdling, reicht wohl gar bis Troja, das doch fern vom achäischen Land liegt.«

Der Name des Vaterlands ergriff mit süßer Freude das Herz des Odysseus, doch hütete er sich, dem Hirten sich zu erkennen zu geben. Er gab sich für einen Kreter aus und erzählte eine ausführliche Geschichte, wie er durch Zufall hierhergekommen sei. Athena lächelte, und indem sie ihn mit der Hand streichelte, verwandelte sie sich in eine schöne schlanke Jungfrau und sprach: »Schlau und verschlagen bist du noch immer. Unter den Menschen bist du der Klügste in Rat und Rede, wie ich unter den Göttern; aber du hast mich doch nicht erkannt und siehst nicht, wie ich dir stets in allen Gefahren zur Seite stehe. Jetzt bin ich gekommen, um dir deine Schätze bergen zu helfen und um dir zu verkünden, welche Leiden dir noch in deinem Haus beschieden sind. Trage sie standhaft und gib dich niemandem zu erkennen.« »Schwer ist es, o Göttin«, sprach Odysseus, »dich zu erkennen, da du in allerlei Gestalten dich birgst. Aber jetzt beschwöre ich dich, sage mir wahrhaftig, ob dies in der Tat mein Vaterland ist.« Athena antwortete: »Solange du auf dem Meere warst, scheute ich mich, dem Poseidon, dem Bruder meines Vaters, entgegenzuwirken; wusste ich doch, dass du endlich nach Hause zurückkehren würdest. Doch jetzt schaue dich um; siehe, dies ist die Bucht des Phorkys, hier ist die Grotte der Nymphen, denen du so oft geopfert, dort schaue den waldigen Neriton.« Mit diesen Worten zerstreute sie den Nebel und zeigte ihm sein Vaterland. Dann setzte sie sich mit ihm, um über den Mord der Freier mit ihm Rat zu halten. Sie erzählte ihm, wie diese Übermütigen schon drei Jahre lang in seinem Haus schalteten, während seine Gattin in Trauer und Tränen noch immer auf seine Rückkunft harre und die drängenden Freier durch leere Hoffnungen hinhalte. »Wehe«, sprach Odysseus, »hättest du mir nicht dies alles vorher verkündet, so wäre mir dasselbe traurige Los in meinem eigenen Haus widerfahren wie dem zurückgekehrten Atriden Agamemnon. Doch wohlan, ersinne mir List, wie ich sie verderbe, und stehe mir selbst zur Seite, mit deiner Hilfe wage ich selbst mit dreihundert Männern den Kampf.« Athena antwortete ihm: »Sei getrost, ich werde dir beistehen; ich werde deine Gestalt verändern, dass niemand dich erkennen soll. So gehe denn zuerst zu deinem Sauhirten Eumaios, der dir und deinem Haus treu ergeben ist. Du findest ihn auf dem Gehöft bei der Quelle Arethusa am Koraxfelsen, wo er deine Schweine hütet. Dort bleibe und frage ihn über alles aus, was in deinem Haus vorgeht, während ich selbst nach Sparta gehe und deinen Sohn Telemachos zurückrufe, der zu Menelaos reiste, um nach dir zu forschen. Ich selbst geleitete ihn dorthin, auf dass er sich im Ausland Ruhm erwerbe.« Darauf berührte sie ihn leicht mit ihrem Stab und gab ihm die Gestalt eines alten armen Mannes. Seine Haut schrumpfte welk zusammen um die krummen Glieder, die blonden Locken verschwanden von seinem Haupt, und das strahlende Auge wurde blöde. Statt seiner schönen Gewänder umhüllte ihn jetzt ein zerlumpter schmutziger Kittel und Leibrock, darüber hing ein altes kahles Hirschfell. Sie reichte ihm darauf einen Stab und einen hässlichen geflickten Ranzen mit einem geflochtenen Tragband und verließ ihn, um nach Sparta zu gehen; Odysseus aber nahm seinen Weg zu dem Gehöft des Sauhirten Eumaios.

Odysseus bei dem Sauhirten Eumaios

(Homers *Odyssee* XIV)

Auf steinigem Pfad ging Odysseus über die waldigen Gebirgshöhen zu dem Gehöft, wo sein treuer Diener Eumaios wohnte. Dort hatte der Sauhirt aus schweren Steinen, die er selbst herbeigeschleppt, für die Schweine ein weites Gehege erbaut, das er rings mit Dornen umpflanzt und mit starken Pfählen umzäunt hatte. Darinnen waren zwölf Kofen für die Schweine, in jedem fünfzig Stück; die Eber aber, von ihnen getrennt, waren in viel geringerer Zahl vorhanden, denn der Sauhirt musste jeden Tag den Freiern den Besten von ihnen zum Schmaus in die Stadt schicken. Vier starke Hunde, wild wie reißende Wölfe, bewachten die Herde.

Odysseus als Bettler

Eumaios saß eben im Vorhof und schnitt sich aus Rindsleder ein Paar Sohlen. Da nahte Odysseus. Sobald die Hunde seiner ansichtig wurden, stürzten sie mit lautem Gebell auf ihn ein. Er ließ den Stab aus den Händen fallen und setzte sich nieder. Der Hirt rannte schnell den Hunden nach und scheuchte sie durch Scheltworte und Steinwürfe zurück, sonst wäre Odysseus bei seinem eigenen Gehöft schlimm zugerichtet worden. »Es fehlte nicht viel, o Greis«, sprach Eumaios zu dem Fremden, »so hätten die Hunde dich zerfleischt und du hättest den Kummer, den ich schon in reichem Maße habe, mir noch vermehrt. Denn ich trage bitteren Schmerz um meinen göttergleichen Herrn, ich sitze hier und mäste die Schweine anderen zum Schmaus, während er, vielleicht der Speise bedürftig, in der Fremde umherirrt, wenn er überhaupt noch lebt. Doch komm nun, Alter, lass uns in die Hütte gehen, damit du dich sättigst an Speise und Wein und mir sagst, woher du kommst und welcherlei Unheil du erduldet hast.«

In der Hütte ließ Eumaios den Fremden sich auf laubigem Reisig niedersetzen, über welches er das zottige Fell einer wilden Ziege ausgebreitet hatte, und als Odysseus, des freundlichen Empfangs froh, ihm seinen Dank aussprach, antwortete er: »Freund, man muss jeden Fremden ehren, auch wenn er noch so gering ist; der Fremde und der Bettler stehen ja unter dem Schutz des Zeus. Meine Gabe ist allerdings nur klein; denn so ist einmal die Lage eines Knechts. Ja, wäre mein Herr im Land geblieben, der hätte mir Haus und eigenes Gut und ein Eheweib gegeben, und ich könnte einen Fremdling besser bewirten. Nun aber ist er zugrunde gegangen. Müsste doch Helenas Stamm von Grund aus vergehen, da sie so viele Männer ins Verderben gestürzt; denn auch mein Herr zog mit Agamemnon in den Krieg gen Troja.« Hierauf schlang der Hirt den Gürtel um den Leibrock, ging zu den Kofen und holte dort zwei Ferkel. Nachdem er sie geschlachtet und zerstückt hatte, briet er das Fleisch und setzte es, mit weißem Mehl überstreut, frisch an den Bratspießen dem Gast vor. Dann goss er Wein in einen hölzernen Becher und setzte sich seinem Gast gegenüber. »Nun iss, fremder Mann«, sprach er, »Fleisch vom Ferkel, denn die gemästeten Schweine essen mir die Freier, die Gottlosen. Gewiss haben sie Kunde von dem Tod meines Herrn, dass sie um seine Gattin nicht werben, wie es recht ist, und in aller Ruhe sein Hab und Gut verschlingen.«

Während der Hirt also sprach, aß und trank Odysseus hastig und schweigend; denn er sann den Freiern Verderben. Nachdem er sich mit

Speise gesättigt und der Hirt ihm noch einmal den Becher gefüllt hatte, fragte er ihn: »Lieber Freund, welcher reiche und mächtige Mann ist denn dein Herr, von dem du erzählst? Du sagtest, er sei umgekommen, da er dem Agamemnon zuliebe auszog. Nenne mir ihn, vielleicht ist er mir bekannt, denn ich kam viel umher.« »Alter«, sprach Eumaios, »so leicht wird kein umherirrender Mann hier Glauben finden. Wie oft schon sind solche schweifenden Männer, die nach guter Pflege verlangten, zu meiner Herrin gekommen und haben ihr erdichtete Dinge vorgeschwatzt. So könntest auch du leicht ein Märchen erfinden. Dem Odysseus haben gewiss schon lange die Hunde und die Vögel die Haut von dem Gebein gerissen, oder die Fische fraßen seinen Leichnam im Meer, und seine Knochen liegen am Ufer im tiefen Sand. O welchen Kummer bereitete er uns allen und mir zumal; er war ein gar freundlicher, liebreicher Herr.« Odysseus antwortete: »Freund, weil du denn so ungläubig bist und an der Rückkehr deines Herrn verzweifelst, so sage ich dir mit einem Eid: Odysseus kommt. Bei Zeus und deinem gastlichen Tisch, bei dem Herd des Odysseus schwöre ich dir: Noch in diesem Jahr wird er heimkehren, in diesem Monat oder im nächsten, und wird Rache nehmen an den Bedrängern seines Hauses. Den Lohn für diese frohe Botschaft magst du mir geben, wenn er wirklich heimgekehrt ist, früher würde ich ihn nicht einmal annehmen.« »Alter«, sprach der Hirt, »ich werde so wenig den Lohn der Botschaft zahlen, als Odysseus heimkehrt. Trinke ruhig deinen Wein und lass uns auf anderes die Rede lenken; denn jedes Mal erfüllt Traurigkeit mein Herz, sooft man mich an meinen guten Herrn erinnert. Und jetzt trauere ich auch noch um seinen Sohn Telemachos, der nach Pylos ging und dem die Freier auflauern, um ihn zu morden. Doch überlassen wir ihn der Sorge der Götter, und sage mir nun, wer du bist und wie du nach Ithaka kamst.«

Odysseus fabelte nun dem Hirten eine lange Geschichte vor von mancherlei Abenteuern, die ihn von Kreta, seinem Vaterland, aus in viele Länder geführt. Auch an dem trojanischen Krieg habe er in Gemeinschaft des Idomeneus teilgenommen, und dort sei er auch mit Odysseus bekannt geworden. In Thesprotien, wohin ihn ein Schiffbruch geworfen habe, wollte er wieder von ihm gehört haben. Dort sei er als Gast des Königs Pheidon gewesen, der ihn mit seinen vielen Schätzen in die Heimat zu entsenden bereit sei. Bei seiner Anwesenheit sei Odysseus gerade nach Dodona verreist gewesen, um das Orakel wegen seiner Rückkehr zu befragen; darum habe er ihn nicht selbst gesehen. Eumaios bedauerte den Fremdling wegen seines vielen Missgeschicks, doch was er von Odysseus erzählte, wollte er nicht glauben, da er schon mehr so von Landfahrern getäuscht worden sei. Odysseus aber blieb bei seiner Behauptung.

Unter solchen Wechselgesprächen war der Abend herangekommen, und die Schweine kehrten mit ihren Hütern von der Weide zurück. Eumaios hieß die ihm untergebenen Knechte einen gemästeten Eber herbeibringen, damit er ihn zu Ehren des Gastes opfere. Nachdem die Nymphen und Hermes ihren Teil von dem Opfer erhalten und Eumaios zu den Göttern um die Heimkehr seines Herrn gefleht hatte, bereitete er das übrige zum Abendmahl und reichte seinem Gast den Rücken als Ehrenstück. Als alle sich an dem leckeren Mahl gesättigt hatten, gedachten sie des Schlafs. Draußen aber stürmte der Westwind in dunkler Nacht, und der Regen schauerte zur Erde. Odysseus lagerte sich, und Eumaios breitete einen großen dichten Mantel über ihn, den er selbst anzog, wenn es winterlich draußen stürmte. Die anderen Hirten legten sich neben Odysseus zur Ruhe; Eumaios aber hängte ein Schwert um die Schulter, hüllte sich in einen dichten Mantel, über den er noch ein zottiges Ziegenfell warf, und ging dann, einen scharfen Speer in der Hand, aus der Hütte, um sich bei den Kofen der Schweine unter einem schirmenden Felsen Wache haltend zur Ruhe zu legen. Odysseus sah mit Freuden, wie der redliche Knecht mit treuer Sorge das Gut seines abwesenden Herrn bewachte.

Telemachos kommt von Sparta zum Gehöft des Eumaios

(Homers *Odyssee* XV – XVI, 153)

In Sparta in dem Haus des Menelaos lagen die beiden Jünglinge Telemachos und Peisistratos auf ihrem Lager. Der Sohn des Nestor schlief ruhig und fest; Telemachos aber konnte keinen Schlaf finden, ihn quälte die Sorge um seinen Vater. Da trat Athena zu ihm und mahnte ihn zur

Heimkehr, damit ihm durch die übermütigen Freier nicht alles zugrunde gehe; schon drängen Vater und Brüder in seine Mutter Penelope, dass sie den Eurymachos sich zum Gatten wähle, der alle anderen Freier mit Geschenken überboten habe und eine reiche Bräutigamsgabe verspreche. Sie warnte ihn aber, nicht durch die Meerenge zwischen Ithaka und Same zu fahren, weil dort die Freier lauerten, ihn umzubringen. »Segle nur bei Nacht«, sprach sie, »und wenn du das nächste Ufer von Ithaka erreicht hast, so sende dein Schiff nach der Stadt und begib dich zu dem treuen Sauhirten Eumaios. Dort bleibe die Nacht und lass den Hirten in die Stadt gehen, um der Mutter deine glückliche Rückkehr zu melden.«

Sobald das Morgenrot kam, bat Telemachos den Menelaos, ihn zu entlassen. Der antwortete freundlich: »Wenn du dich nach der Heimkehr sehnst, lieber Gast, so will ich dich nicht länger halten; ein Wirt soll den eilenden Gast nicht zurückhalten, so wenig wie den verziehenden zur Heimkehr mahnen.« Nach einem Festmahl und überreichlichen Ehrengeschenken zum Abschied schirrten Peisistratos und Telemachos die Rosse an, und ihr Wagen flog durch die Stadt dem Gefilde zu.

Gegen das Ende des zweiten Tages kamen sie nach Pylos. Aber da Telemachos so sehr eilte, nach Hause zu kommen, so bat er seinen Freund, ihn gerade zu seinem Schiff zu fahren, ohne die Stadt zu berühren. Rasch ging man nun unter Segel und fuhr, von einem günstigen Wind der Athena getrieben, durch die niedersinkende Nacht an dem Ufer des Peloponnesos hinauf bis nach Elis, von wo sie sich nach Ithaka hinüberwendeten, die Meerenge vermeidend, in welcher die Freier mit Mordgedanken auf ihn harrten. Mit dem anbrechenden Morgen landeten sie an der Küste von Ithaka. Telemachos schickte seine Gefährten mit dem Schiff zur Stadt und begab sich nun allein zu dem Gehöft des Eumaios.

Odysseus war noch auf dem Gehöft; es war der dritte Tag nach seiner Ankunft in Ithaka. Am Abend vorher, wo er nach dem Mahl mit den Hirten in der Hütte zusammensaß, hatte er den Eumaios versucht, ob er ihm wohl noch länger Herberge und Bewirtung zu bieten gedächte. »Morgen früh«, sprach er, »möchte ich in die Stadt betteln gehen, damit ich euch nicht länger hier zur Last falle. Da kannst du mir einen Führer mitgeben, der mir den Weg zeigt; in der Stadt muss ich dann selber umherstreichen, ob mit einer etwas Brot und Wein bietet. Auch möchte ich zum Palast des Odysseus gehen, um der Penelope Kunde von ihrem Gemahl zu sagen, und mich unter die Freier mischen, ob sie mir etwas reichen; ich könnte auch bei ihnen in Dienst treten, denn ich verstehe mich trefflich aufs Feuerschüren und Holzspalten, Bratspießwenden, Speisevorlegen und Weinkredenzen.« Aber der Sauhirt sprach unwillig: »Was für ein Gedanke kommt dir in den Sinn, mein Gast? Willst du dich ganz ins Verderben stürzen? Du willst unter den Schwarm der Freier gehen, deren Trotz und Übermut grenzenlos ist? Wahrlich, die haben ganz andere Diener, Jünglinge in schönen Kleidern, mit schönem Antlitz und duftigen Locken. Bleibe lieber, du beschwerst ja hier niemanden, und wenn der Sohn des Odysseus heimkehrt, so wird er dir Mantel und Leibrock schenken und dich geleiten lassen, wohin du begehrst.«

Odysseus nahm das Anerbieten dankbar an und bat den Hirten, ihm denn auch von den Eltern des Odysseus zu erzählen, ob sie noch am Leben oder bereits ins Schattenreich hinabgegangen seien. »Laertes, der Vater«, sprach Eumaios, »lebt noch, aber er wünscht sich beständig den Tod, aus Kummer um den Sohn und um die liebe Gattin, welche sich über das Schicksal ihres Sohnes zu Tode gehärmt hat.« Über dies und vieles andere unterhielten sich die beiden Männer bis tief in die Nacht, sodass ihnen nur kurze Zeit zum Schlaf blieb. Als sie am folgenden Morgen sich an dem Feuer das Frühmahl bereiteten, nahte Telemachos. Die Hunde bellten den Kommenden nicht an, sondern umhüpften ihn schmeichelnd. Das merkte Odysseus, auch hörte er den Hall seiner Tritte, und er sprach zu Eumaios: »Da kommt dir ein Freund oder ein Bekannter, denn die Hunde bellen nicht, sondern schmeicheln.« Noch hatte er das Wort nicht ausgeredet, so stand sein lieber Sohn auf der Schwelle. Der Sauhirt sprang in freudiger Bestürzung auf, dass das Trinkgeschirr ihm aus den Händen fiel, eilte seinem jungen Herrn entgegen und küsste ihm weinend Haupt und Augen und beide Hände, froh wie ein Vater, dem der einzige Sohn im zehnten Jahr endlich in die Heimat zurückkehrt. »Bist du da, Telemachos, mein süßes Leben«, rief er, »ich glaubte nicht mehr, dich wiederzusehen. Nun komm herein, mein teures Kind, dass mein Herz sich an deinem Anblick erfreue.« Telemachos antwortete: »Väterchen, so sei es. Deinetwegen kam ich her, um dich zu sehen und um zu hören, ob meine Mutter noch im Haus weilt oder irgendeiner der Freier sie geehelicht hat.« »Gewiss«, sprach Eumaios, »sie wohnt noch in deinem Haus und vertrauert Tage und Nächte in vielen Tränen.« Mit diesen Worten nahm er ihm den Speer aus der Hand, und Telemachos trat in die Hütte. Indem er auf den Sitz losging, wollte Odysseus ihm Platz machen; doch Telemachos hielt ihn zurück und sprach freundlich: »Bleib sitzen, Fremdling, ich finde schon einen anderen Sitz auf unserm Gehöft; der Mann da wird mir schon einen Sitz schaffen.« Odysseus setzte sich wieder, und der Sauhirt machte dem Jüngling aus grünem Laub, über welches er ein Fell breitete, einen Sitz zurecht. Darauf holte er Speise und Trank, und alle drei genossen zusammen das Frühmahl.

Nachdem sie gespeist hatten, fragte Telemachos den Hirten, wer der Fremdling sei, und Eumaios berichtete ihm kurz, was ihm Odysseus früher von sich erzählt. Den Jüngling aber bekümmerten noch andere Sorgen, und so sagte er schließlich: »Eumaios, gehe du jetzt zu Penelope und melde ihr meine glückliche Rückkehr; ich will indes hierbleiben. Doch sage es ihr allein, dass es kein Freier vernimmt; denn sie sinnen mir Böses.« So sprach er und trieb den Hirten zur Eile. Der band sich die Sohlen unter und ging ohne Säumen zur Stadt.

Odysseus gibt sich seinem Sohn zu erkennen

(Homers *Odyssee* XVI, 155–320)

Als Eumaios die Hütte verlassen hatte, stand plötzlich Athena in Gestalt eines schlanken schönen Mädchens an der Tür. Aber sie war dem Telemachos nicht sichtbar. Nur Odysseus sah sie und die Hunde; doch bellten diese nicht, sondern sie verkrochen sich winselnd. Sie winkte dem Odysseus, und dieser trat sogleich hinaus. An der Mauer des Hofes stehend, sprach sie zu dem Helden: »Jetzt, edler Odysseus, sprich ohne Hehl mit dem Sohn, dass ihr beide in die Stadt geht und den Freiern dort Tod und Verderben bringt. Ich selbst werde euch nicht lange fern sein; denn es drängt mich, die Frevler zu bekämpfen.« Nach diesen Worten berührte ihn die Göttin mit ihrem goldenen Stab; da umhüllten plötzlich wieder die früheren sauberen Gewänder seine Brust, seine Gestalt reckte sich wieder hoch empor, die Wange wurde voll und bräunte sich, und ein dunkler Bart umspross sein Kinn. Nachdem die Göttin dieses vollbracht hatte, verschwand sie wieder; Odysseus aber ging in die Hütte zurück. Als der Sohn ihn in solcher Verwandlung sah, erschrak er und wandte das Antlitz ab; denn er glaubte, es sei ein Gott. »Fremdling«, sprach er, »du erscheinst mir jetzt ganz anders als vorher; du hast auch andere Kleider, und deine Gestalt ist ganz verändert. Fürwahr, du bist ein Gott! Nimm unser Opfer und sei uns gnädig.« »Nein, ich bin kein Gott«, sprach Odysseus, »ich bin dein Vater, um den du in deiner Bedrängnis so oft geseufzt.« Mit diesen Worten stürzten ihm die lange verhaltenen Tränen aus den Augen, er umschlang den teuren Sohn und bedeckte ihn mit Küssen. Telemachos aber stand noch immer starr vor Staunen, und er konnte den Worten des Vaters nicht glauben. »Nein«, rief er, »du bist mein Vater nicht, du bist ein Dämon, der mich täuscht, damit noch mehr Gram über mich komme. Wie vermöchte auch ein sterblicher Mann durch eigene Kraft sich so zu verwandeln?« »Wundere dich nicht, mein Sohn«, sprach Odysseus, »und staune den liebenden Vater nicht so grenzenlos an. Ich bin dein Vater Odysseus, der nach viel Kummer und Not im zwanzigsten Jahr endlich wieder in das Land seiner Väter kommt. Diese Verwandlung ist ein Werk der Athena; denn den Göttern ist es leicht, einen Sterblichen zu erhöhen oder zu erniedrigen.«

So sprach Odysseus und setzte sich. Telemachos aber umschlang jetzt mit heißen Tränen den Vater, und in beiden regte sich unendlicher Gram. Sie weinten und klagten laut, lauter als Vögel, denen die junge Brut aus dem Nest geraubt worden war. Nachdem sie sich endlich ausgeweint hatten, fragte Telemachos den Vater, wie er in die Heimat gekommen sei, und Odysseus erzählte ihm in aller Kürze seine Heimkehr. »Und jetzt bin ich da«, sprach er, »um auf Befehl der Athena mit dir den Mord unserer Feinde zu beraten.« Der Jüngling antwortete: »Vater, ich habe zwar immer von deinem großen Ruhm gehört, dass du ein starker Lanzenschwinger seist und von klugem Rat; aber da sprachst du ein zu großes Wort. Nimmer gelingt es uns zweien, so viele streitbare Männer zu bekämpfen. Siehe, es sind nicht 10, nicht 20, nein, viel mehr. Aus Dulichion allein sind 52 der mutigsten Jünglinge da mit sechs Dienern, aus Same 24, aus Zakynthos 20, hier aus Ithaka 12 mit dem Herold Medon, dem göttlichen Sänger und zwei Dienern. Wenn wir solcher Masse uns entgegenstellten, so möchte die Rache uns bitter und entsetzlich werden. So lass uns denn, wenn's möglich ist, auf weiteren Beistand denken.« »Höre mein Wort«, sprach Odysseus, »überlege, ob Athena und Vater Zeus uns genügende Helfer sind, oder ob wir noch nach anderen Verteidigern uns umsehen müssen.« »Ja, das sind mächtige Helfer«, antwortete der Sohn, »die du da nennst, beide hoch thronend in den Wolken, herrschend über die Menschen und die unsterblichen Götter!« »Nun denn, sie werden in dem entsetzlichen Kampf uns nicht fern sein. Gehe du also morgen in der Frühe zur Stadt zurück und mische dich in den Schwarm der Freier. Mich wird dann der Sauhirt alsbald nachführen in der Gestalt eines Greises und bekümmerten Bettlers. Wenn sie mich dann im Saal beschimpfen, so ertrage das standhaft in deinem Busen, auch wenn sie mich werfen oder gar am Fuß aus der Haustür hinausschleifen; höchstens darfst du mit freundlicher Ermahnung sie mäßigen und besänftigen. Auch darf kein Mensch erfahren, dass Odysseus zurückgekehrt ist, weder Laertes noch der Sauhirt oder irgendjemand vom Gesinde, auch Penelope nicht.«

Telemachos und Odysseus kommen in die Stadt

(Homers *Odyssee* XVII, 1–327)

Am folgenden Morgen rüstete sich Telemachos, um in die Stadt zu gehen, und sprach zu Eumaios: »Väterchen, ich will jetzt in die Stadt zur Mutter; denn sie wird nicht eher ablassen von ihrem Weinen und Jammern, als bis sie mich selbst gesehen hat. Den Fremdling aber führe du selbst in die Stadt, dass er dort bettelt; denn ich kann unmöglich alle Welt erhalten, ich trage schon genug an meinem eigenen Kummer. Fühlt sich der Fremde dadurch beleidigt, so ist's für ihn umso betrübter; ich rede gern die Wahrheit.« Als Telemachos zu seinem Palast kam, waren die Freier noch nicht versammelt; er stellte seine Lanze wider eine steinerne Säule und trat in den Saal. Als seine Amme Eurykleia des Jünglings ansichtig wurde, eilte sie weinend auf ihn zu, und alle Mägde kamen herbei und küssten ihm grüßend Schultern und Haupt. Da trat auch Penelope aus ihrem Gemach, schlank wie Artemis, schön und reizend wie Aphrodite. Sie umschlang weinend den geliebten Sohn, küsste ihm Haupt und beide Augen und sprach jammernd: »Kommst du, Telemachos, mein süßes Leben; ich glaubte, dich nicht wiederzusehen, seit du heimlich wider meinen Willen gen Pylos fuhrst auf Kundschaft nach dem lieben Vater. Wohlan, sage mir, was du gehört hast.« Telemachos antwortete: »Liebe Mutter, rege mir den Gram nicht auf, da ich kaum dem Verderben entflohen bin. Gehe hinauf, bade und schmücke dich mit reinen Gewändern und gelobe den Unsterblichen reiche Opfer, wenn sie einst uns die vergeltende Rache gönnen.«

Penelope folgte dem Rat des Sohnes, und als sie später beim Mahl saßen, erzählte er ihr kurz von seinem Aufenthalt bei Nestor und bei Menelaos und das wenige, was er von letzterem über Odysseus und seinen Aufenthalt bei Kalypso gehört hatte. Da wurde ihr Herz voll von Traurigkeit.

Die Hälfte des Tages war bereits vorüber, da machten sich Eumaios und Odysseus auf den Weg zur Stadt. Odysseus trug wieder über seiner Bettlerkleidung den alten gestickten Ranzen und stützte sich auf einen dicken Stab, den ihm der Sauhirt in die Hand gegeben hatte. Nachdem sie, auf dem schwierigen Weg hinwandelnd, in die Nähe der Stadt gekommen waren, da trafen sie auf den Ziegenhirten des Odysseus, Melanthios, Sohn des Dolios, der, von zwei Knechten begleitet, den Freiern zum Schmaus Ziegen zuführte, die besten aus seinen Herden. Als dieser die beiden Wanderer sah, fuhr er sie mit heftigen Schimpfworten an: »Wahrhaftig, da heißt es recht, ein Taugenichts führt den anderen! Immer gesellt sich doch der Gleiche gern zum Gleichen. Wo führst du diesen Fresser hin, verdammter Sauhirt, den lästigen Bettler, den Schmarotzer, der an allen Türpfosten sich die Schultern reibt und um Brocken bettelt? Wenn du mir ihn zum Hüter meines Gehöftes gäbst, dass er die Ställe ausfegte und den Böcklein Laub vorwürfe, so könnte er noch, mit Molken gefüttert, Fleisch um die dürren Lenden ansetzen. Aber freilich, er hat nur schlechte Streiche gelernt, zur Arbeit wird er keine Lust haben, es gefällt ihm besser, herumzubetteln und sich den gefräßigen Bauch zu füllen. Aber ich sage dir, kommt er in den Palast des Odysseus, so fliegen ihm die Schemel zahllos in die Rippen.« So sprach er und trat boshaft im Vorübergehen dem Fremden mit der Ferse in die Hüfte; doch der blieb unerschüttert auf dem Fußsteig stehen und erwog in seinem erzürnten Herzen, ob er ihm seinen Stab über den Kopf hauen oder ihn fassen und seinen Kopf zerschmetternd gegen die Erde stoßen sollte. Doch er bezwang sein Herz und duldete die Schmach. Der Sauhirt aber schalt den Frechen ins Angesicht und flehte mit erhobenen Händen: »Ihr heiligen Nymphen des Quells, Töchter des Zeus, wenn je Odysseus euch köstliche Opfer gebracht hat, so erfüllt meinen Wunsch und lasst ihn heimkehren; er würde dir bald deine trotzige Hoffahrt vertreiben, du Müßiggänger, der den ganzen Tag in der Stadt herum-

Odysseus und sein Hund

lungert während das Vieh verdirbt.« »Wunder, was dieser tückische Hund da spricht!«, rief der Geishirt, »warte nur, ich werde dich noch drüben auf den Inseln als Sklaven verkaufen für ein schönes Stück Geld. Und deinen Telemachos möge noch heute in seinem Haus Apollon mit seinem Pfeil treffen oder es mögen ihn die Freier erschlagen, dass er zugrunde gehe wie sein Vater.«

Mit diesen Worten ging er voraus und trat bald in den Palast des Königs, wo er sich unter den Freiern dem Eurymachos gegenüber, der ihm besonders gewogen war, niedersetzte und am Mahl teilnahm. Eumaios aber und Odysseus, die langsam nachgefolgt waren, nahten jetzt auch dem Palast.

Da erhob an dem Hoftor ein Hund Kopf und Ohren von seinem Lager. Argos hieß er, Odysseus selbst hatte ihn aufgezogen, ehe er nach Troja ging, und er war lange als der trefflichste Jagdhund gebraucht worden; jetzt aber, in seinem Alter, bei der Abwesenheit seines Herrn, lag er verachtet auf dem Düngerhaufen, der vor dem Hoftor aufgeschichtet war, steif und voll Ungeziefer. Als der jetzt seinen alten Herrn sah, wedelte er freudig mit dem Schwanz und senkte die Ohren, doch konnte er vor Schwäche nicht näher zu ihm herankommen. Odysseus sah es und wischte sich heimlich eine Träne aus dem Auge. »Siehe da«, sprach er, um seine Rührung zu verbergen, zu seinem Begleiter, »wie der Hund auf dem Mist liegt. Er hat eine schöne Gestalt; ob er aber auch schnell im Lauf war oder nur so ein Hund, wie die vornehmen Herren sich um die Tische halten zum Staat?« »Freilich«, antwortete Eumaios, »es war der beste Hund, den Odysseus hatte. Jetzt aber, seit sein Herr dahin ist, liegt er im Elend, und die Weiber, die saumseligen, geben ihm nicht einmal das nötige Futter.« Mit diesen Worten ging er in den Saal, wo die Freier schmausten; der Hund aber, nachdem er seinen Herrn im zwanzigsten Jahr wiedergesehen hatte, senkte den Kopf und starb.

Odysseus als Bettler unter den Freiern

(Homers *Odyssee* XVII, 328 – XVIII, 428)

Eumaios hatte sich in dem Saal eben dem Telemachos, der ihn herangewinkt, gegenübergesetzt und begonnen, sich an dem vorgelegten Fleisch zu letzen, da trat auch Odysseus, auf seinen Stab gestützt, in den Saal, ein armer bettelnder Greis in schlechten Lumpen. Er setzte sich innerhalb der Tür auf der Schwelle nieder und lehnte sich mit dem Rücken wider den Türpfosten. Sobald Telemachos seiner ansichtig wurde, nahm er ein ganzes Brot und eine Handvoll Fleisch, so viel er nur fassen konnte, und gab es dem Sauhirten mit den Worten: »Da, bringe dies dem Fremdling und heiße ihn auch bei den Freiern herumbetteln; denn die Scham ist einem darbenden Mann nichts nütze.« Odysseus nahm dankend die Gabe mit beiden Händen, legte sie sich vor die Füße auf seinen Ranzen und begann zu essen, während der Sänger sein Lied sang. Als er gespeist und der Sänger geendet hatte, die Freier aber in dem Saal einen wilden Lärm begannen, trat die Göttin Athena an Odysseus heran und mahnte ihn, bei den Freiern Speise zu sammeln. Der ging nun bei den Einzelnen umher und reckte bettelnd die Hand aus, als wenn er schon jahrelang dies Gewerbe betrieben hätte; und die Freier gaben ihm mitleidig und fragten einander staunend, wer er sei und woher er gekommen. Da erhob sich der Geishirt Melanthios und rief: »Ihr Freier, ich habe ihn schon gesehen, der Sauhirt brachte ihn hierher; doch welches Geschlechts er sich rühmt, weiß ich nicht!« »Verdammter Sauhirt«, schalt da Antinoos, »haben wir nicht schon Landstreicher und lästige Schmarotzer genug?« Da sprach Telemachos zu Antinoos: »Du bist ja wie ein Vater um mich besorgt, Antinoos, dass du den Fremdling mir mit hartem Wort aus dem Haus jagen willst. Doch das möge nicht geschehen. Gib ihm nur. Aber freilich, du willst lieber selbst verzehren, als anderen zu geben.« »Sieh nur«, rief Antinoos, »welcher Trotz, welche Schmähung! Wollte jeder der Freier diesem Bettler so viel geben, er brauchte drei Monate lang das Haus nicht mehr zu betreten.« So sprach er und ergriff schon den Schemel unter seinen Füßen. Jetzt kam Odysseus, dem die anderen alle auf seinem Rundgang schon Brot und Fleisch gegeben, zuletzt auch zu ihm. »Gib mir auch, Lieber«, sprach er, »du scheinst mir der Edelste unter allen; drum ziemt es dir, mir noch mehr zu geben als die anderen, und ich will dich rühmen bei allen Menschen. Auch ich war einst reich und hatte viele Knechte und gab manchem Armen, der in der Irre schweifte; aber Zeus vernichtete mir alles. Er trieb mich, mit Seeräubern nach Ägypten zu gehen, da wurde ich gefangen; von dort kam ich nach Cypern und von Cypern hierher.« Da rief Antinoos im Zorn: »Welch ein Dämon hat diesen lästigen Menschen uns hergeschickt? Stell dich da in die Mitte, fern von meinem Tisch, du unverschämter Bettler! Zu jedem stellst du dich der Reihe nach, und alle geben dir ohne Scheu und Schonung von dem fremden Gut.« »O ihr Götter«, sprach Odysseus, indem er zurückwich, »dein Sinn stimmt nicht mit deiner Gestalt! Von deinem eigenen Gut gäbst du dem Armen auch nicht ein Salzkorn, da du mir, bei fremdem Gut sitzend, nicht einmal einen Bissen schenken magst, obgleich du in Überfluss schwelgst.« Bei diesen Worten entbrannte der Zorn des Antinoos noch gewaltiger. »Jetzt sollst du mir, nach solcher Schmähung, nicht gesund aus dem Saal kommen!«, rief er mit düsterem Blick und schleuderte den Schemel ihm an die rechte Schulter, dicht ans Handgelenk. Aber Odysseus stand fest und unerschüttert wie ein Fels. Schweigend schüttelte er das Haupt und kehrte zu seinem Platz auf der Schwelle zurück.

Telemachos sah die Misshandlungen seines Vaters mit innerem Grimm, doch er sprach kein Wort und schüttelte nur schweigend das Haupt. Als aber Penelope in ihrem Gemach von der Freveltat des Antinoos hörte, sprach sie im Zorn: »Treffe ihn selbst so der Pfeil des Apollon!«, und ließ im Stillen den Sauhirt rufen, dass er den Fremden zu ihr bescheide; sie hoffte von dem Vielumhergereisten auch wohl ein Wort über Odysseus zu hören. Eumaios meldete dem Bettler den Wunsch der Fürstin; aber dieser vertröstete sie, aus Furcht vor den Freiern, bis zum Abend, dann wollte er ihr gerne von dem Gatten erzählen.

Athena aber reizte jetzt wieder die üppigen Freier zu Spott und Hohn gegen Odysseus, damit sein Herz noch mehr mit Zorn sich fülle. Als der Lärm aus Schimpfworten und Widerrede aber nicht nachließ, erhob sich schließlich Telemachos und hielt die Freier an, sich nach Hause zur Ruhe zu begeben. Die Freier ärgerten sich und bissen sich in die Lippen; aber Amphinomos sprach: »Freunde, das war billig gesprochen; drum widersetzt euch nicht, und kränkt auch weiter den Fremden nicht. Lasst noch einmal die Becher füllen, auf dass wir vor dem Nachhausegehen den Göttern spenden. Der Fremdling bleibe hier bei Telemachos, in dessen Haus er gekommen ist.« So geschah es, und die Freier begaben sich ein jeder in seine Wohnung.

Odysseus' Unterredung mit Penelope

(Homers *Odyssee* XIX)

Odysseus und Telemachos blieben allein im Saal, und jener forderte den Sohn auf, sogleich die Waffen und Rüstungen, welche im Saal sich befanden, hinwegzuschaffen, und wenn die Freier ihn fragten, warum er das getan habe, so solle er antworten, sie müssten vorm Rauch, der sie schon ganz verdorben habe, hinfort bewahrt werden, auch wolle er verhüten, dass sie sich, vom Wein berauscht, in Streit und Hader verwundeten und so das Mahl störten. Telemachos ließ daher die Amme Eurykleia alle Pforten verschließen, die aus den Gemächern in den Saal führten, und Odysseus und sein Sohn trugen schnell alles in die Kammer, Helme und Schilde und Speere. Dann ging Telemachos in seine Schlafkammer, Odysseus aber harrte im Saal auf Penelope. Diese trat auch jetzt aus ihrem Gemach, schlank wie Artemis, lieblich wie Aphrodite. Man stellte ihr ihren eigenen, mit Silber und Elfenbein ausgelegten Sessel ans Feuer, auf den setzte sie sich, während die Schar der Mägde herbeiströmte, um die Speise- und die Trinkgeschirre wegzuräumen und die Tische auf die Seite zu stellen. Sie warfen das Feuer von den Leuchtbecken auf den Boden und legten frisches Holz darauf zur Erleuchtung und Erwärmung des Saals.

Penelope ließ darauf dem Fremden durch die Schaffnerin Eurynome einen Sessel herbeibringen, und nachdem sich dieser gesetzt hatte, sprach sie zu ihm: »Fremdling, zuerst lass mich dich fragen, wer du bist und aus welchem Land du stammst.« Odysseus antwortete ihr: »Ehrwürdige Gattin des Odysseus, ich will dir mein Geschlecht ver-

Odysseus und Penelope

künden, wenn es mich auch vielen Schmerz kostet. Kreta, die fruchtbare anmutige Insel mit neunzig Städten und vielen Völkern, ist mein Vaterland. Dort, in Knossos, der mächtigen Stadt des Minos, zeugte mich und Idomeneus der König Deukalion, des Minos Enkel. Idomeneus, mein Bruder, zog mit dem Sohn des Atreus gen Ilion; ich, der Jüngere und Schwächere – Aithon ist mein Name –, blieb zurück. Da nun sah ich einmal den Odysseus und bewirtete ihn; denn der Sturm hatte ihn auf seinem Weg nach Troja verschlagen und an die Küste von Kreta geworfen. Er kam nach Knossos und fragte nach Idomeneus, seinem Gastfreund; der aber war schon nach Troja abgesegelt. Da führte ich ihn in mein Haus und bewirtete ihn zwölf Tage lang und versah ihn mit reichen Vorräten.« Bei dieser Erzählung zerfloss Penelope in Tränen, und Odysseus wurde durch den Gram seiner teuren Gattin vom tiefsten Mitleid ergriffen, aber er hielt die Tränen zurück, und die Augen standen ihm fest und unbeweglich in den Wimpern, als wären sie von Horn oder von Eisen.

Nachdem die Königin ihren Gram ausgeweint hatte, begann sie von Neuem: »Fremdling, jetzt muss ich dich wohl ein wenig prüfen, ob du mir die Wahrheit gesagt. Sage mir also, was er damals für ein Kleid trug und wie er aussah und wie sein Gefolge war.« Odysseus erwiderte: »Königin, das ist schwer nach so langer Zeit zu sagen; denn es sind jetzt zwanzig Jahre. Doch soviel ich mich erinnere, trug er ein dichtes purpurnes Doppelgewand; daran waren goldene Spangen, mit doppelten Löchern schließend, und vorn eine Stickerei, ein Reh, das zwischen den Klauen eines Hundes zappelte. Unter dem Mantel gewahrte ich einen schimmernden zarten Leibrock, der glänzte wie die Sonne; die Weiber betrachteten ihn mit Entzücken. Ob er diese Kleider von zu Hause mitgebracht, weiß ich nicht; vielleicht gab sie ihm unterwegs irgendein Gastfreund, denn ein Mann wie er war vielen wert.« Penelope musste jetzt noch stärker weinen, da der Fremde ihr alles so genau von ihrem Gatten angab. Als sie sich ausgeweint hatte, sprach sie: »Fremdling, du sollst mir in meinem Haus lieb und wert sein. Ich selbst gab ihm diese Kleidung und fertigte sie. Doch ich empfange ihn nie mehr in seinem Haus. Unselige Stunde, wo er nach dem Unglückstroja auszog!« Odysseus suchte ihren Gram zu beschwichtigen und erzählte ihr, was er auch schon dem Eumaios vorgefabelt; wie er in Epirus von dem dortigen Aufenthalt ihres Gatten und seiner baldigen Rückkehr gehört habe. »Ich schwöre dir«, schloss er, »bei Zeus und dem gastlichen Herd des Odysseus, dass er noch in diesem Jahr im laufenden Monat oder im nächsten zurückkehren wird.« »Möchte sich dein Wort vollenden«, erwiderte Penelope, »ich wollte dir's reichlich danken. Aber es ahnt mir in meinem Geist, er kehrt nie wieder.«

Nach einer Weile hob Penelope aufs Neue an: »Ach, morgen kommt mir der entsetzliche Tag, der mich aus dem Haus des Odysseus fortführen soll. Mein Gatte pflegte manchmal in seinem Saal zwölf Äxte in einer Reihe hintereinander aufzustellen und dann aus der Ferne einen Pfeil durch ihre Öhre zu schießen. Diesen Wettkampf will ich jetzt den Freiern aufgeben; wer am leichtesten den Bogen des Odysseus spannt und durch die zwölf Äxte schießt, dem will ich als Gattin folgen. Ach, die Trennung von diesem schönen Haus meines Jugendgemahls wird meinem Herzen schwerfallen, und ich werde es nimmer vergessen, selbst nicht im Traum.«

Odysseus billigte das Vorhaben seiner Gattin. »Morgen auf der Stelle bestimme den Wettkampf«, sprach er; »denn Odysseus, der listenreiche, wird dir eher kommen, als sie die Sehne gespannt und den Pfeil durch das Eisen geschnellt haben.« – Jetzt war es Zeit zum Schlafengehen. Penelope ging in ihre Kammer, dem Odysseus aber breitete die Schaffnerin Eurynome in der Vorhalle eine ungegerbte Stierhaut zum Lager aus, über welche sie das Vlies eines Schafes legte, und deckte ihn mit einem Mantel zu.

Der Tag der Rache

(Homers *Odyssee* XX, 240 – XXII, 501)

Am nächsten Morgen bereiteten die Diener und Mägde im Saal alles für die Freier vor. Und als diese zum Haus des Odysseus kamen, legten sie ihre Mäntel auf den Sesseln im Saal nieder. Dann mischten sie den Wein in den Krügen, und der Sauhirt verteilte die Becher. Nachdem das Fleisch der geschlachteten Tiere gebraten war, begann der festliche Schmaus, an welchem auch Odysseus auf Befehl des Telemachos seinen Anteil erhielt. Endlich aber sprach Agelaos: »Dem Telemachos und seiner Mutter möchte ich ein freundliches Wort sagen, wenn ihr's erlaubt. Solange noch eine Hoffnung war, dass Odysseus zurückkehren werde, war's nicht zu verargen, dass man uns hinhielt; doch jetzt, wo es klar ist, dass jener niemals heimkehrt, soll er zur Mutter gehen und sie auffordern, sich einen anderen Gatten zu wählen, damit er ungestört sein väterliches Erbe genießen kann.« »Beim Zeus, Agelaos, und bei den Leiden meines Vaters«, sprach Telemachos, »ich halte meine Mutter nicht von der Wahl zurück; ich fordere sie vielmehr selbst dazu auf; doch mit Gewalt werde ich sie nicht aus dem Haus treiben.« Da brachen die Freier, von Athena in ihrem Sinn verwirrt, in ein unbändiges Gelächter aus. Telemachos schwieg und wandte öfter seine Blicke nach dem Vater, ob er noch nicht ein Zeichen zum Losbrechen gebe.

Penelope hatte sich in ihrem Gemach an die offene Tür gesetzt und hörte jedes Wort der Freier. Jetzt erhob sie sich auf Antrieb der Athena, um ihnen den Bogen zum verheißenen Wettkampf zu bringen. Sie nahm den ehernen Schlüssel mit elfenbeinernem Griff und ging mit zwei Mägden zu einer fernen Hinterkammer, wo die Kleinode des Königs lagen, Erz und Gold und Eisen, und auch der Bogen des Odysseus aufbewahrt wurde. Dann nahm sie in tiefem Kummer Bogen und Köcher hervor und ging damit in den Saal; die Mägde trugen ihr in einem Korb die Äxte nach. Hier sprach sie zu den Freiern: »Wohlan, ihr Freier, die ihr ohne Unterlass euch in unser Haus drängt, um zu essen und zu trinken, unter dem Vorwand, um meine Hand zu werben, jetzt bestimme ich euch einen Wettkampf. Hier ist der große Bogen meines Gatten; wer ihn am leichtesten spannt und durch die zwölf Äxte schießt, dem will ich als Gattin folgen.« Darauf befahl sie dem Eumaios, den Freiern den Bogen und die Äxte vorzulegen. Eumaios tat es mit Tränen, und der Rinderhirt Philoitios weinte mit ihm, als er den Bogen seines Herrn sah. Jetzt erhob sich Telemachos und sprach: »Wehe, fürwahr, Zeus hat mich mit Torheit geschlagen! Meine Mutter verspricht jetzt, einem anderen zu folgen und aus meinem Haus zu gehen, und ich lache dazu und freue mich. Aber wohlan, ihr Freier, jetzt habt ihr einen Wettkampf um ein Weib, wie es keines mehr in Achäa gibt. Doch wozu soll ich die Mutter loben? Ihr wisst es ja selber. Auf denn und zögert nicht, spannt den Bogen! Möchte ich doch selbst seine Kraft versuchen; denn wofern ich euch besiegte, bliebe mir die Mutter und ich wäre nicht verlassen.«

Nach diesen Worten warf er den purpurnen Mantel ab und das Schwert und stellte die Äxte gerade in einer Reihe auf. Darauf trat er zur Schwelle und versuchte die Kraft des Bogens. Dreimal zog er mit aller Kraft, aber umsonst; als er mit größerem Eifer zum vierten Mal anzog, hätte er den Bogen gespannt, doch Odysseus winkte ihm, und er unterließ es. »Ich bin ein Schwächling«, sprach er, indem er den Bogen an die Türflügel lehnte, »oder noch zu jung; so versucht ihr's denn, die ihr stärker seid als ich.« Nachdem er sich auf seinen Platz niedergesetzt hatte, machte Antinoos der Versammlung den Vorschlag, dass sie von der Linken zur Rechten anfingen, in der Weise, wie der Weinschenk seinen Umgang halte; und so erhob sich denn zuerst Leiodes, der Opferpriester der Freier, der beständig zuhinterst im Winkel bei dem Mischkrug saß, der Einzige, dem der Unfug zuwider war und der die ganze Rotte der Freier hasste. Der nahm Bogen und Pfeil, trat an die Schwelle und versuchte sich; aber er vermochte den Bogen nicht zu spannen. Nach vergeblicher Anstrengung ließ er den Arm sinken und sprach: »Ich vermag's nicht. Freunde, nehme ihn ein anderer; aber ich glaube, es ist keiner in der Runde, der ihn spannt.« Er lehnte Bogen und Pfeil an die Tür und ging zu seinem Sessel zurück. Antinoos aber schalt ihn und rief: »Was sprichst du da, Leiodes, ärgere mich nicht! Du allerdings bist zum Helden und Bogenspanner nicht geboren; doch sind auch noch andere hier.« Darauf hieß er den Geishirten Melanthios ein Feuer anzünden und eine Scheibe Fett aus der Kammer holen, damit sie den starren Bogen über dem Feuer mit Fett einrieben und geschmeidig machten; aber es half nichts, einer nach dem andern versuchte seine Kraft, und keinem gelang es, den Bogen zu spannen. Zuletzt waren nur noch Antinoos und Eurymachos übrig, die Stärksten unter allen.

Zu dieser Zeit gingen Eumaios und der Rinderhirt zusammen aus dem Saal. Odysseus folgte ihnen in den Hof und sprach zu ihnen vertraulich: »Ihr Freunde, ich möchte ein Wort mit euch reden. Würdet ihr dem Odysseus gegen die Freier helfen, wenn er jetzt plötzlich aus der Fremde käme? Sagt mir offen, wie es euch ums Herz ist.« »Vater

Zeus«, sprach Philoitios, »wenn du mir doch diesen Wunsch gewährtest, dass Odysseus heimkehrte! Dann solltest du gewiss meine Hände auch nicht feiern sehen.« Eumaios stimmte in den Wunsch des Philoitios ein. Als nun Odysseus die Gesinnung beider erkannt hatte, sprach er: »Nun, hier bin ich selbst, nach vieler Trübsal komme ich endlich im zwanzigsten Jahr in mein Haus zurück und sehe, dass ich euch willkommen bin, euch allein von all meinem Gesinde; denn von den anderen hörte ich keinen um meine Rückkehr flehen. Und damit ihr nicht zweifelt, hier, seht die Narbe von jener Wunde, welche mir der Eber im Parnass geschlagen hat.« Mit diesen Worten zeigte er ihnen die Narbe unter seinen Lumpen, und die beiden Knechte schlossen ihn weinend in ihre Arme und küssten ihm Schultern und Angesicht. Auch Odysseus küsste seinen treuen Knechten Haupt und Hände, dann aber sprach er: »Jetzt lasst das Weinen, dass es niemand sieht und drinnen sagt, und geht einer nach dem andern hinein; doch erst, wenn ich wieder im Saal bin. Dort werden die Freier nicht leiden wollen, dass auch mir Bogen und Köcher gereicht werden; aber dann bringe du, Eumaios, sie getrost durch den Saal zu mir her. Zugleich sage den Weibern, dass sie die Türen fest verschließen, und wenn sie im Saal Geächze und Getöse der Männer hören, dann sollen sie ruhig bei ihrer Arbeit bleiben. Dir aber, edler Philoitios, übertrage ich die Hoftür; schließe sie fest mit dem Riegel und binde das Seil um das Schloss.« Darauf ging er wieder in den Saal und setzte sich auf seinen Stuhl; die beiden Knechte folgten bald darauf einzeln nach.

Eurymachos hielt eben den Bogen in den Händen und drehte ihn wärmend hin und her auf dem Feuer; aber trotzdem vermochte er nicht, ihn zu spannen. Sein ehrsüchtiges Herz stöhnte, und er sprach unmutig: »Wehe, wie sehr kränkt mich das um mich und um uns alle! Nicht wegen der Hand der Penelope, denn es gibt noch viele andere Achäerinnen in Ithaka und in den übrigen Städten, nein, dass wir so sehr an Kraft hinter Odysseus zurückstehen, dessen Bogen wir nicht spannen können; das ist eine Schmach noch bei den späten Enkeln.« »Dem ist nicht so, Eurymachos«, sprach Antinoos, »das weißt du auch selber. Doch heute feiert das Volk ein großes Fest des Apollon; wer wird da den Bogen spannen? Legt ihn ruhig hin und lasst uns dem Gott eine Spende bringen und trinken; die Äxte mögen stehen bleiben bis morgen.« Da sprach der schlaue Odysseus verderbensinnenden Geistes: »Edle Freier, ihr tut recht, dass ihr den Wettkampf auf morgen verschiebt. Aber gebt mir auch einmal den Bogen in die Hände, damit ich vor euch versuche, ob noch etwas von der alten Kraft in meinen Gliedern steckt.« Da entbrannten die Freier in heftigem Zorn, denn sie befürchteten, der alte Bettler möchte wirklich den Bogen spannen, und Antinoos rief ihm scheltend zu: »Elender Fremdling, bist du von Sinnen? Sei froh, dass du ruhig in unserer stolzen Gesellschaft sitzen und schmausen darfst. Spannst du den Bogen, so findest du bei uns keine Gunst mehr! Drum iss und trink in Ruhe und wetteifere nicht mit jungen Männern.« Aber Penelope sprach ihm sanft entgegen: »Der Fremdling ist starken und großen Wuchses, auch rühmt er sich als Sohn eines edlen Vaters. Drum gebt ihm den Bogen. Spannt er ihn und gibt ihm Apollon den Sieg, so schenke ich ihm Mantel und Leibrock und Schuhe, Speer und Schwert, und sende ihn, wohin sein Herz verlangt.« Jetzt trat Telemachos hervor und sprach: »Liebe Mutter, über den Bogen hat keiner Macht außer mir; ich kann ihn geben und verweigern nach Willkür. Aber gehe du in dein Gemach und besorge deine Geschäfte mit den Mägden; das Geschoss liegt den Männern ob, am meisten mir, denn ich bin Herr im Haus.«

Penelope staunte über die kräftige Rede ihres Sohnes und ging in ihr Gemach zurück, wo Athena einen sanften Schlummer über die Trauernde ausgoss. Telemachos aber rief zu dem Sauhirten: »Alter, bring ihm das Geschoss!«, und dieser trug den Bogen durch den Saal und reichte ihn dem Odysseus. Darauf eilte er zu Eurykleia und befahl ihr, die hinteren Türen des Saals zu verschließen; Philoitios verschloss heimlich die Tür des Hofs.

Odysseus drehte den Bogen in den Händen nach allen Seiten um und untersuchte ihn, ob er noch unversehrt sei und die Würmer nicht in seiner Abwesenheit das Horn zernagt hätten. Die Freier sahen ihm voll Erwartung zu, und mancher sprach zu seinem Nachbar: »Der Mann scheint sich auf den Bogen zu verstehen. Hat er wohl selbst einen der Art zu Hause, oder hat er im Sinn, ihn nachzumachen?«

Nachdem Odysseus den Bogen von allen Seiten untersucht hatte, spannte er ihn ohne Mühe, wie der Sänger die Saiten seiner Laute, und prüfte darauf mit der Rechten die Spannung der Sehne; sie erklang hell, wie die Stimme einer Schwalbe. Schrecken durchzuckte die Freier, ihre Gesichter wurden blass. Da donnerte Zeus laut aus der Höhe, ein freudiges Zeichen für den Dulder Odysseus; schnell fasst er den Pfeil, der vor ihm auf dem Tisch liegt, zieht die Sehne, und der Meisterschuss ist vollbracht, der Pfeil ist durch die zwölf Äxte geflogen. »Telemachos«, ruft der Schütze, »dein Gast hat dir in deinem Haus keine Schande gebracht! Das Ziel ist getroffen, und ich spannte sonder Mühe. Noch ist meine Kraft ungeschwächt, so sehr mich auch die Freier verhöhnten. Jetzt aber ist es Zeit, dass wir den Achäern den Abendschmaus geben noch bei hellem Tag.« Mit diesen Worten winkte er seinem Sohn mit den Augenbrauen; der warf schnell sein Schwert um, ergriff die Lanze und stellte sich gewappnet dem Vater zur Seite.

Jetzt warf Odysseus seine Lumpen ab, sprang mit Bogen und Köcher auf die hohe Schwelle des Saals, schüttete die Pfeile vor seinen Füßen aus und rief mit furchtbarer Stimme den Freiern zu: »Der erste Wettkampf ist vollbracht, nun will ich ein anderes Ziel mir ersehen, wie noch kein Mann es getroffen; Apollon, der Schütze, wird mir den Sieg verleihen!« Und dem Antinoos, der eben den Becher zum Mund hob, ohne Ahnung des nahen Todes, schnellte er den Pfeil durch die Gurgel, dass ihm die eherne Spitze aus dem Genick hervordrang; ein dunkler Blutstrom schoss aus seinem Mund, und er stieß hinstürzend mit dem Fuß den Tisch um, dass die Speisen auf den Boden fielen. Die Freier sprangen erschreckt von ihren Stühlen auf und suchten an den Wänden nach Waffen, doch nirgends war ein Schild oder ein Speer zu finden. Tobend drohten sie dem Fremdling den Tod, dass er den edelsten Jüngling in Ithaka getötet; denn sie glaubten, er habe wider Willen den Mann getroffen, sie ahnten nicht, dass ihnen allen jetzt das Verderben nahe. Odysseus aber schaute sie finster an und rief: »Ihr Hunde, ihr meintet, ich käme nimmer von Troja zurück; drum verschwelgt ihr mein Gut, verführt mein Gesinde, werbt bei meinem Leben um mein Weib, ohne Scheu vor Göttern und Menschen; jetzt ist euch allen die Stunde des Todes gekommen!« Da erfasste die Freier bleiches Entsetzen. Nur Eurymachos fasste sich und rief: »Freunde, dieser Mann wird seine Hände nicht von uns lassen; drum zieht die Schwerter und nehmt die Tische als Schilde, stürmt alle auf ihn ein, dass wir ihn von der Pforte wegdrängen und schreiend in die Stadt eilen; dann wird er zum letzten Mal seine Pfeile versandt haben.« Mit diesen Worten zog er sein Schwert und drang mit lautem Geschrei auf Odysseus ein. Aber Odysseus schoss ihm seinen Pfeil in die Brust, dass ihm das Schwert aus der Hand fiel und er mit dem Tisch zugleich auf den Boden stürzte; er schlug mit der Stirn auf den Estrich und warf im letzten Zucken des Todes mit den Füßen seinen Stuhl um. Jetzt stürmte Amphinomos mit gezücktem Schwert auf Odysseus ein, um ihn von der Schwelle zu drängen; aber Telemachos rannte ihm schnell den Speer in den Rücken, dass er aus der Brust hervordrang. Krachend sank er nieder und schlug den Boden mit dem Angesicht. Telemachos ließ die Lanze in dem Leib des Amphinomos stecken und eilte zu seinem Vater zurück; denn er befürchtete, während er die Lanze hervorzöge, von einem der Freier mit dem Schwert getroffen zu werden. Darauf holte er schleunigst, solange dem Vater

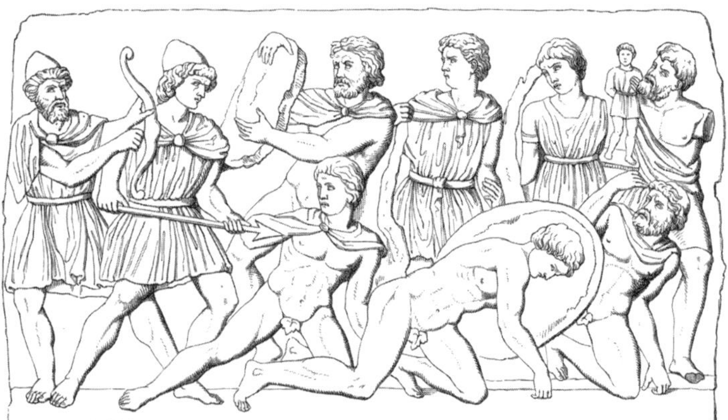

Tötung der Freier

noch Pfeile zu Gebote standen, für sich, den Vater und die beiden Hirten Schilde und Lanzen und Helme und stellte sich mit den beiden treuen Knechten gewappnet an die Seite des Helden, der, solange die Pfeile noch ausreichten, einen nach dem anderen niederstreckte, dann aber den Bogen zur Seite stellte und sich mit Schild und Helm und zwei Lanzen versah.

Jetzt drangen die Freier, so viele noch am Leben waren, gegen Odysseus und seine Genossen vor, die tapfersten an der Spitze, aber Telemachos durchbohrte den Amphimedon und Eumaios den Ktesippos. Odysseus erstach darauf mit der Lanze den Agelaos, Telemachos den Leiokritos. Jetzt kam mildes Entsetzen über den Rest der Freier; denn Athena schüttelte ihre männervernichtende Ägis. Wie Vögel, von dem Habicht verfolgt, angstvoll umherflattern und zuletzt in seinen Klauen verbluten, so flüchteten die Freier in dem Saal umher und erlagen ihren würgenden Verfolgern. Keine Flucht half und keine Stärke; Stöhnen und Röcheln der Sterbenden erfüllte den Saal, und der Boden strömte von Blut.

Odysseus schaute jetzt im Saal umher, ob er vielleicht noch einen lebenden Feind entdeckte. Aber alle lagen, mit Blut und Staub besudelt, tot am Boden, wie Fische, die der Fischer aus seinem Netz auf den Sand geschüttet hat.

Nun ließ er durch seinen Sohn Eurykleia zu sich bescheiden. Diese erschien sogleich, und wie sie den Odysseus mit Blut befleckt unter den toten Freiern dastehen sah, gleich einem Löwen, der furchtbaren Blicks, die Brust vom Blut triefend, stolz unter den zerrissenen Stieren einherwandelt, erhob sie ob dem großen Werk frohen Jubel. Aber Odysseus wehrte ihr und sprach: »Mutter, freue dich in deinem Herzen, aber juble nicht. Es ist Sünde, über erschlagene Männer laut zu jauchzen. Diese hat das Gericht der Götter gefällt und ihre eigene Bosheit.«

Dann befahl er Eurykleia, Feuer und Schwefel zu bringen, damit er das Haus durch Räucherung reinige, dann aber seine Gattin und alle Dienerinnen zu rufen. Und die Mägde kamen schnell in den Saal herein, umringten ihren geliebten Herrn und begrüßten ihn, indem sie ihm Schultern und Antlitz und Hände küssten. Da ergriff ihn freudige Wehmut, und er weinte und schluchzte laut; er sah sich in der Mitte seines treuen Gesindes.

Odysseus und Penelope

(Homers *Odyssee* XXIII, 1–343)

Nachdem die alte Eurykleia die Mägde zu Odysseus beschieden hatte, eilte sie fröhlichen Herzens die Treppe hinauf, um der Penelope die Freudenbotschaft zu bringen. Sie trat zu dem Haupt der Schlafenden und sprach: »Wache auf, meine Tochter, dass du mit eigenen Augen sehest, worauf du so lange geharrt. Odysseus ist daheim und hat alle Freier erschlagen.« Penelope sprach erwachend: »Mütterchen, die Götter haben dich betört! Warum spottest du mein in meiner Trauer durch unwahre Botschaft und weckest mich aus dem süßen Schlummer? Noch nie habe ich so sanft geschlafen, seit Odysseus nach dem Unglückstroja ging. Gehe jetzt wieder hinab; wahrlich, wenn eine andere mir ein solch' Märchen gebracht, ich hätte sie schlimm entlassen, dich schützt dein Alter.« Eurykleia erwiderte: »Gewiss, ich verspotte dich nicht, meine Tochter. Odysseus ist wirklich da; es war der Fremde, dem alle im Saal so große Schmach antaten. Telemachos wusste es, aber er verbarg mit klugem Sinn das Geheimnis des Vaters, bis er die Rache begann.« Da sprang die Königin freudig von dem Lager und umschlang die Alte unter einem Strom von Tränen. »Verkünde mir doch, Mütterchen«, sprach sie, »die lautere Wahrheit. Wenn er gewiss, wie du erzählst, zurückgekehrt ist, wie konnte er allein die Hand an die zahlreichen Freier legen?« »Ich hab's nicht gesehen«, antwortete Eurykleia, »ich hörte nur das Ächzen, als er sie erschlug; denn wir Mägde saßen währenddem bei verschlossenen Türen voll Angst in dem Winkel der Kammer, bis mich zuletzt Telemachos rief. Da sah ich den Odysseus mitten unter den Leichen stehen und freute mich des Anblicks. Jetzt durchräuchert er das Haus mit Schwefel und hat mich hergeschickt, dich zu rufen.« »Mütterchen, lass uns noch nicht frohlocken und jubeln. Vielleicht hat ein unsterblicher Gott die Freier erschlagen, aus Zorn über ihren boshaften Frevel; denn sie ehrten ja keinen Menschen, weder edel noch gering. Darum traf sie ein Gott; aber Odysseus – ach, der kam um, fern von seinem Vaterland.« »Was sprichst du, Ungläubige«, sprach die Alte; »ich will dir ein deutliches Zeichen sagen; ich selbst sah gestern Abend seine Narbe und erkannte ihn. Ich wollte dir's kundtun; aber er fasste mich an der Kehle und verhinderte es. Folge mir denn, du sollst mich mit dem kläglichsten Tod bestrafen, wenn ich dich belüge.« »Mütterchen«, sprach die Fürstin, »die Gedanken und Anschläge der Götter sind schwer zu erforschen, wenn du auch noch so klug bist. Dennoch lass uns jetzt hinabgehen zu dem Sohn, dass ich die erschlagenen Freier sehe und den, der sie gemordet.«

So ging sie denn mit der Alten die Treppe hinab in den Saal voll Bangen und Hoffnungen. Dort setzte sie sich, ohne ein Wort zu reden, im Glanz des Herdfeuers dem Odysseus gegenüber, nahe an die Wand. Er saß an der hohen Säule mit gesenktem Auge und erwartete, was sie ihm sagen würde. Doch Penelope blieb stumm, denn ihr Herz war voll Staunen; bald fand sie ihn ähnlich, bald deuchte er ihr in seiner Bettlerkleidung wieder fremd. endlich trat Telemachos zu ihr und sprach scheltend: »Böse Mutter, wie ist dein Herz starr und gefühllos. Warum hältst du dich so fern von dem Vater? Setze dich doch zu ihm und frage und forsche. Kein anderes Weib würde sich so hartherzig von ihrem Gemahl fernhalten, der im zwanzigsten Jahr ins Haus zurückkehrt. Dein Herz ist von Stein.« Penelope antwortete: »Lieber Sohn, ich bin von Staunen ganz verwirrt. Ich vermag ihn nicht anzureden, noch ihm gerade ins Antlitz zu schauen. Doch ist er es wirklich, so werden wir uns bald sicherer erkennen; denn wir haben Erkennungszeichen, die wir allein nur wissen.« Da lächelte Odysseus und sprach zu seinem Sohn: »Telemachos, lass die Mutter mich immerhin nur versuchen, bald wird sie mich besser erkennen. Jetzt, wo ich in das Bettlergewand gehüllt bin, verachtet sie mich und glaubt nicht, dass ich es sei. Doch wir wollen unterdessen bedenken, was nottut. Denn wenn einer auch nur einen Mann gemordet hat, so flieht er die Blutrache der Verwandten; und wir haben so viele gemordet, die edelsten Jünglinge in Ithaka. Drum gehet erst in das Bad und schmückt euch mit schönen Gewändern; lasst auch die Mägde sich schmücken, und dann soll der Sänger mit der Laute uns zum Reigentanz spielen, dass die Leute draußen, die vorübergehen oder in der Nähe wohnen, vermeinen, es sei hier ein Hochzeitsfest, und der Ruf von der Ermordung der Freier sich in der Stadt nicht eher verbreitet, als bis wir auf das Land zu unserm Hof gekommen. Dort wollen wir erwägen, was zu tun ist.«

Bald ertönte das ganze Haus von Saitenspiel, Gesang und Tanz, und mancher von den Leuten draußen sprach: »Fürwahr, die Königin hat sich einem von den Freiern vermählt; die böse Frau konnte nicht abwarten und das Haus hüten, bis der Gemahl ihrer Jugend zurückkam.« Den Odysseus badete und salbte unterdessen die Schaffnerin Eurynome und gab ihm einen schönen Mantel und Leibrock. Athena goss holde Anmut über sein Haupt und seine Schultern und machte seine Gestalt höher und schöner, blonde Locken wallten von seinem Scheitel. So stieg er aus der Badewanne und setzte sich wieder auf seinen Sessel der Penelope gegenüber. »Seltsames Weib«, sprach er, »die Götter gaben dir ein fühlloses Herz; kein anderes Weib möchte so hartherzig von dem Gemahl sich fernhalten, wenn er im zwanzigsten Jahr nach so viel Trübsal heimkehrt. Wohlan, Mütterchen«, sprach er zu Eurykleia, »so bereite du mir denn ein Lager, dass ich zur Ruhe gehe; denn diese trägt ein eisernes Herz in der Brust.« Da sprach Penelope: »Seltsamer Mann, ich verleugne dich nicht aus Stolz oder Verachtung, noch hält Befremden mich zurück. Ich weiß recht wohl, wie du aussahst, als du von Ithaka ausfuhrst. Wohlan denn, Eurykleia, bereite deinem Herrn sein Lager außerhalb des Schlafgemachs, das er sich selbst gezimmert; stelle ihm das Bett hinaus und lege ihm wollige Vliese und Mäntel und Teppiche hinein.« So sprach Penelope, um den Gatten zu versuchen. Dieser aber sprach unmutig zu seiner Gemahlin: »Da sprachst du ein kränkendes Wort, o Weib. Wer hat mein Bett anderswohin gestellt? Kein Sterblicher vermag es zu verrücken; ich selbst habe es mir gezimmert, und es ist ein großes Geheimnis darin. Als ich die Wohnung anlegte, wuchs im Gehege des Baus ein großer Ölbaum mit einem Stamm gleich einer Säule. Um diesen baute ich das Gemach, und als ich alles wohlgefügte, kuppte ich die Krone des

Baumes ab und glättete den Stamm zum Fuß für mein Bett, das ich künstlich daranfügte und mit Gold und Silber und Elfenbein auslegte. Das ist unser Lager, Penelope; ob es noch steht, wie zuvor, weiß ich nicht; wenn es jemand verrückte, so musste er den Fuß des Ölbaums abhauen.«

Als Odysseus dies Zeichen verkündete, erzitterten der Penelope Herz und Knie, und sie fiel weinend ihrem Gemahl um den Hals, küsste ihm das Haupt und sprach: »Zürne mir nicht, Odysseus, du warst ja immer so gut und verständig. Die Götter gaben uns Unglück, weil es ihnen zu selig düngte, wenn wir in Eintracht uns unserer Jugend erfreuten und in ungetrübtem Gang dem Alter entgingen. Aber du darfst mir nicht gram sein, weil ich dich nicht sogleich, als du erschienst, herzlich empfing; denn ich befürchtete stets, dass irgendein Betrüger kommen möchte und mich täuschen. Es gibt in der Welt so viele Betrüger. Auch Helena, wenn sie dieses bedacht, hätte sich nicht so leicht von einem Fremdling betören lassen. Jetzt, wo du mir das Geheimnis unserer Lagerstätten genannt, dass außer uns nur meiner Dienerin Aktoris bekannt war, ist mein Herz, so hart es sich auch zeigte, besiegt.« Von Wehmut überwältigt, schloss Odysseus weinend sein treues kluges Weib in die Arme, das ihm freudig bewegt an der Brust hing, wie ein Schiffbrüchiger freudig das rettende Land begrüßt, nachdem er lange mit Sturm und Brandung gerungen.

Bis tief in die Nacht hinein erzählten sich die beiden Gatten, was sie in der langen Zeit ihrer Trennung gelitten. Endlich begab sich alles, ermüdet von den erschütternden Ereignissen des Tages, zu Ruhe.

Nachwort

Zu diesem Buch

Die Sagen der Antike – das sind zum einen vor allem die großen, in prachtvolle Worte gekleideten Epen und Tragödien, deren Protagonisten uns in die Welt der Götter und Heroen entführen und uns doch zugleich mit den realen, tiefen Fragen des Menschseins konfrontieren. Das sind aber auch die kleinen Juwele, die, kurz und kunstvoll erzählt und auch ohne mythische Herrscher und Helden, das Menschlich-Allzumenschliche vor Augen führen: Eitelkeiten, Laster usw.

Zwischen diesen beiden Polen hat die klassische griechische und römische Antike zwischen dem 8. Jahrhundert v. Chr. und dem 5. Jahrhundert n. Chr. ein ebenso breites wie ausgefülltes Spektrum an Sagen hervorgebracht. Die schönsten und bedeutendsten von ihnen sind hier zusammengestellt nach der Auswahl von Heinrich Wilhelm Stoll, dessen legendäres zweibändiges Sammelwerk »Die Sagen des klassischen Altertums« von 1862 mit dieser Ausgabe erstmals als Fassung in einem Band vorliegt.

Was haben uns die großen Namen wie »Odysseus«, »Midas« oder »Ikarus« zu sagen? In den Sagen der Antike findet sich die spannende Antwort.

Heinrich Wilhelm Stoll – Ein Porträt

Wie kein Zweiter seiner Zeit verstand es der Altertumskundler Heinrich Wilhelm Stoll (16.1.1819–19.6.1890), die Kultur der Antike ebenso populär wie lehrreich für seine Zeitgenossen aufzubereiten. So zog er nicht nur Lehrerkollegien und Schüler, sondern auch die breite Öffentlichkeit in ihren Bann. Seine bodenständige Herkunft aus einer Bauern- und Bergmannsfamilie mag ihm geholfen haben, auch für den fachlichen Laien den richtigen Ton zu treffen – schließlich wendeten sich die Sagen der Antike an alle, und nicht nur an Menschen mit, damals sehr elitärer, philologischer Bildung. Nachdem er das Gymnasium nur unter großen finanziellen Anstrengungen beenden konnte, widmete sich Stoll ab 1838 dem Studium der klassischen Philologie in Göttingen und betätigte sich nach seinem Staatsexamen 1841 als Lehrer und später auch Konrektor an verschiedenen Schulen. In der gleichen Zeit begann er auch, erste Artikel und Essays zu veröffentlichen. Ab 1852 in Weilburg tätig, wurde er am dortigen Gymnasium 1858 Prorektor und im folgenden Jahr Professor. Diese Schultätigkeit wurde von zahlreichen Veröffentlichungen begleitet: Neben Beiträgen in den seinerzeit renommiertesten Zeitschriften, Lexika und Sammelwerken veröffentliche Stoll ebenso umfang- wie erfolgreiche Monografien zu Mythen und Historie des Altertums. Bereits 1848 war sein »Handbuch der Religion und Mythologie der Griechen und Römer« erschienen, das speziell auf den Schuleinsatz ausgerichtet war – Übersetzungen in acht Sprachen, u. a. ins Englische und Italienische, sowie zahlreiche Neuauflagen dieses Erstlingswerkes ließen bereits erahnen, dass ihm die Vermittlung antiker Inhalte auch bei seinen folgenden Werken in herausragender Weise gelingen sollte. Für das allgemeine Publikum gedacht, widmen sich die jeweils mehrfach aufgelegten Werke »Mythologie der Griechen und Römer: Die Götter des klassischen Altertums«, »Die Götter und Heroen des klassischen Altertums. Populäre Mythologie der Griechen und Römer« sowie das hier vorliegende Werk »Die Sagen des klassischen Altertums: Erzählungen aus der alten Welt« allesamt dem mythischen »Fundus« der Antike.

Ähnlich wie die sagenhaften Helden der beiden großen mediterranen Kulturkreise faszinierten Stoll aber auch deren historische Persönlichkeiten: Seine »Geschichte der Griechen und Römer in Biografien« bot ebenso wie »Die Helden Griechenlands in Krieg und Frieden« und dessen Pendant »Die Helden Roms in Krieg und Frieden« einen überaus gründlichen Überblick zu den bedeutendsten Akteuren der Antike. Seine zahlreichen und gern gelesenen Veröffentlichungen setzte Stoll, nachdem er 1884 in den Ruhestand getreten war, bis zu seinem Tod im Jahre 1890 in Weilheim fort.

Zum Inhalt dieses Buches

Stoll hat sich dafür entschieden, die von ihm ausgewählten Mythen größtenteils in eigenen Worten so nachzuerzählen, wie es ihm für seine Leserschaft am geeignetsten erschien. Dabei orientieren sich die meisten seiner Paraphrasen gleichwohl eng an bestimmten Passagen bei antiken Autoren, die dann jeweils zu Kapitelbeginn genannt sind. Ohne dass dies im Text näher gekennzeichnet wäre, finden sich mitunter auch längere wörtliche Übersetzungen, wenn der Stoff bereits in den alten Originalen für die Zusammenstellung passend erschien. Die angegeben Textquellen sind also nicht nur gleichsam das Baugerüst für Stolls Nacherzählung, sondern liefern bisweilen auch fertige Fassadenstücke. Und obwohl eine Auswahl letztlich nie frei von persönlichen Gewichtungen sein kann, hatte Stoll für die Zusammenstellung der Sagen in diesem Buch eine objektive Grundlage: Die hier vorliegenden Mythen erfreuten sich schon in der Antike herausragender Beliebtheit, teils sogar dominanter kultureller Bedeutung, und eroberten sich auch in der Nachwelt und deren Mythenschatz eine prägende Stellung – und das bis auf den heutigen Tag.

Mythos und Historie

Ohne präzise – idealerweise schriftliche – Zeugnisse verliert sich die Kenntnis jeder Vergangenheit unzweifelhaft nach und nach im Vagen und lässt sich von den folgenden Generationen immer wieder neu deuten, verkürzen, erweitern. Daher ist es die heutige Gesellschaft gewohnt, klar zwischen belegbarer Historie einerseits und sagenhaften Erzählungen andererseits zu trennen. Ganz im Gegensatz dazu war der Mythos für den Menschen der Antike prinzipiell ein qualitativ ebenso relevanter Bestandteil seines Vergangenheitsverständnisses wie die unmittelbar zurückliegenden, historisch gesicherten Ereignisse seiner Epoche, zumindest aber war der Übergang zwischen beiden Konzepten fließend.

Nicht zuletzt war es die gesellschaftliche Elite, die eine solche Auffassung des Mythos unterstützte und propagierte: Könige, Adlige und Tyrannen begründeten ihre Herrschaftsansprüche und gesellschaftlichen Vorrangstellungen gerne damit, ihre Abstammung auf Götter und Heroen zurückführen zu können. So leitete etwa Alexander der Große seinen Stammbaum von Herakles ab. Diesem Mythos- bzw. Geschichtsverständnis tragen besonders die »Metamorphosen« Ovids Rechnung, in denen die gesamte Weltgeschichte – von der Erschaffung der Welt bis zur Verstirnung des ermordeten Julius Caesar (der in sich einen Nachfahren der Göttin Venus sah) – als eine ununterbrochene Reihe von Verwandlungen dargestellt ist: Auf eine Trennlinie zwischen Mythos und Historie kann für den antiken Rezipienten offenbar problemlos verzichtet werden.

Bei genauerem Hinsehen zeigt sich allerdings, dass eine solche Trennlinie in der Tat nicht einfach zu ziehen ist: Stattdessen sind fiktive und historische Elemente innerhalb jeder einzelnen Sage zu unterscheiden. Denn besonders die umfangreicheren Mythenzyklen wie diejenigen um Theseus, Achilleus und Odysseus enthalten Bestandteile, die sich als historische Tatsachen erwiesen haben – zwar nicht auf der eigentlichen Handlungsebene, also dem detailliert beschriebenen Agieren spezifischer Charaktere, sondern vielmehr in deren kulturellen, sozialen und politischen Rahmenbedingungen, gewissermaßen dem »Plot« der Handlung. Dieser lässt sich weitgehend auf eine Epoche zurückführen, die nach der seinerzeit mächtigen griechischen Stadt Mykene als die »mykenische« bezeichnet wird (15.–12. Jahrhundert v. Chr.). Obwohl nämlich alle Mythen frühestens ab dem 8. Jahrhundert v. Chr. gesichert überliefert sind, entsprechen z. B. ihre Handlungsorte den Macht- und Handelszentren dieser mykenischen Welt, die doch zeitgenössisch zumeist längst vernichtet waren oder ihre einstige Bedeutung Jahrhunderte zuvor an andere Städte abgegeben hatten: etwa Kreta (Daidalos und Ikaros), Theben (Oidipus), Mykene selbst (Agamemnon), Troja (Ilias) oder Pylos (Odyssee). Wo im Mythos aber die Fiktion endet und die Historie beginnt, ist ein weites Feld der wissenschaftlichen Forschung. Vielleicht gewinnen die Sagen der Antike gerade daraus besonderen Reiz.

Die tiefer gehende Faszination dieser Mythen ist hingegen ebenso unabhängig von der Frage der Historizität wie von der imposanten Kulisse aus Götterwirken, Kriegen oder Untieren, die immer wieder aufgebaut wird: Denn die Protagonisten und ihr Handeln thematisieren – im Rahmen einer überaus packend geschilderten Rahmenhandlung – immerwährend gültige Fragen des Menschseins. Welche Schuld trifft Oidipus an Vatermord und Mutterehe? Welche Bedeutung haben Theseus' Taten noch, als er aus Freude über ebendiese ein vereinbartes Signal vergisst und sich sein Vater daraufhin tötet? Hat Staatsräson den Vorrang gegenüber Menschenwürde und Mitgefühl, fragen Kreon, Antigone und Polyneikes jede Epoche aufs Neue. Und auch der »Ilias«, dem größten griechischen Epos und einem der bedeutendsten Werke der Weltliteratur, liegt ein ganz grundsätzliches Thema zugrunde: der Zorn und seine Konsequenzen. Rings um den Hauptaspekt menschlicher Emotionen, innerer Zerrissenheit und bitterer Reue im Fokus der Figur des Achilleus bilden die Ereignisse, die den eigentlichen trojanischen Krieg behandeln, eine großartige Kulisse – aber eben nur die Kulisse.

Die mythische Zeit und ihr Ende

Die »chronologische« Entwicklung, die sich in den verschiedenen Mythen abzeichnet, ist für Stoll auch der Leitfaden für die Abfolge der von ihm dargebotenen Sagen, womit er dem erwähnten antiken Konzept folgt: Angefangen mit der Erschaffung der Welt führt seine Zusammenstellung zu immer jüngeren Epochen, die schließlich an die Grenze der Historizität gelangen. Zwischen diese Mythen, die zumindest geschichtliche Rahmenbedingungen reflektieren, hat Stoll der Abwechslung halber immer wieder »historisch neutrale« Mythen gestellt: Diese sind nicht auf spezifische, verifizierbare Großereignisse bezogen (z. B. Kyparissos) oder stellen spätere, bewusste Neubildungen dar (etwa das allegorische »Amor und Psyche«).

So bleibt noch die Frage, warum sowohl bei Stoll als auch für den antiken Mythographen die großen mythischen Ereignisse überregionaler Bedeutung mit dem Trojanischen Krieg enden. Hier kann die Feststellung weiterhelfen, dass Griechenland mit dem Ende der mykenischen Epoche einen herben zivilisatorischen Bruch erlitt. Nicht nur das hochentwickelte, ausgedehnte Herrschafts- und Verwaltungswesen, sondern auch handwerkliche und technische Kenntnisse bis hin zur Beherrschung der Schrift gingen unter. Der gemeinsame Kriegszug der mykenischen Fürstentümer gegen Troja, den »Ilias«, »Odyssee«, die Mythen um die Atriden und viele andere Erzählungen behandeln, könnte der letzte Erfolg dieser Kultur gewesen sein, bevor in Hellas das »Dark Age« begann: dunkle Jahrhunderte auf einem erheblich niedrigeren Zivilisationsniveau. In dieser kulturellen Brache um die Jahrtausendwende wurden die Könige und Helden der großen Vergangenheit weiter besungen und überragten alles Zeitgenössische wohl in einem Maße, dass diesem mythischen Komplex nichts Neues mehr hinzugefügt wurde.

Interessanterweise ist es gerade der erwähnte »chronologisch« letzte Sagenkomplex um Troja, mit denen das griechische Epos, und damit überhaupt die Literatur der westlichen Welt, in der Gestalt der »Ilias« im 8. Jahrhundert v. Chr. plötzlich ans Licht tritt: Obwohl es eine Überlieferungsgeschichte seit mykenischen Zeiten gegeben haben muss, erhebt sich die »Ilias« dabei gleichsam aus dem Nichts. Vorläufer sind weder erhalten noch werden sie überhaupt erwähnt. Es scheint, dass ihr genialer Dichter in einer epochalen Leistung ein Werk geschaffen haben muss, das alles Ältere sofort in Vergessenheit geraten ließ. Noch Jahrhunderte später nannten die Hellenen Homer den »Lehrer aller Griechen«.

Erklärung der Abbildungen

Seite 19: Der Sturz des Phaethon, Sarkophagrelief in der Galerie der Uffizien in Florenz. In der Mitte der Sturz selbst aus dem Sitz des wohlerhaltenen Wagens, der mit seinem Rad den Boden berührt, während seine vier Pferde, zum Teil aus dem Joch gelöst, in wilder Unordnung durcheinanderspringen. Phaethons Leichnam fällt in den Fluss Eridanos, welcher durch die bärtige Figur des Flussgottes bezeichnet wird, während ein über derselben auf einer Erhöhung sitzender Mann den Gott des Pyrenäengebirges vorstellt. Der berittene Jüngling mit der Fackel links neben den Pferden, der bemüht scheint, diese zu hemmen, ist Heosphoros, der Phaethon auf seiner Fahrt begleitete; in den drei weiblichen Figuren noch weiter links haben wir die Heliaden, Phaethons Schwestern, zu erkennen, welche in Bäume verwandelt wurden, wie dies diskret angedeutet ist. Rechts neben den Pferden finden wir den trauernden Kyknos in Greisesgestalt sowie unter den Pferden den Schwan, in welchen dieser aus Schmerz über Phaethons Sturz verwandelt wurde. Die Jünglinge rechts sind des Kyknos Sohn Cupavo und dessen genauer Freund und Begleiter Kinyras, der ihm, vertraulich den Arm um seine Schulter legend und seine Rechte ergreifend, Trost einzusprechen scheint. Die Eckfiguren sind nur dekorativ.

Seite 30: Sisyphos, in der Unterwelt den Stein wälzend. Teil eines Reliefs nach einer Zeichnung des Codex Phigianus in Berlin.

Seite 32: Europa, von Zeus als Stier entführt. Von einem geschnittenen Stein.

Seite 40: Daidalos und Ikaros, Relief der Villa Albani zu Rom.

Seite 49: Eurydike, von Orpheus aus der Unterwelt heraufgeholt, wird, da dieser sich auf dem Weg nach ihr umgeschaut, von Hermes wieder hinabgeführt. Relief der Villa Albani zu Rom.

Seite 54: Herakles erwürgt als Kind zwei von Hera gesandte Schlangen, hinter ihm die erschreckte Mutter; Amphitryon zieht das Schwert, um ihm beizustehen, der Pädagog hält den furchtsamen Iphikles in den Armen. Herkulanisches Wandgemälde.

Seite 60: Zwölf Arbeiten des Herakles. Relief der Villa Albani zu Rom.

a) Erwürgung des nemeischen Löwen, dabei die Nymphe von Nemea mit der Siegespalme in der Hand. (Siehe Text S. 62)
b) Herakles in der Unterwelt ergreift den an einen Felsen angewachsenen Theseus, um ihn zu befreien; dabei der Kerberos. (Siehe Text S. 67)
c) Bewältigung der Rosse des Diomedes, links davon die Nymphe des kriegerischen Thrakiens.
d) Kampf mit der lernäischen Schlange, hinter Herakles die Nymphe des Ortes. (Siehe Text S. 62)
e) Herakles bewältigt die kerynitische Hündin.
f) Herakles erlegt die stymphalischen Vögel zum Bedauern der Nymphe des Sees.
g) Herakles trägt den bewältigten erymanthischen Eber auf den Schultern davon; die Nymphe des Erymanthos, auf einem Felsen sitzend, trauert um den Verlust der Zierde ihres Bergwaldes.
h) Bezähmung des kretischen Stiers; dabei die Nymphe von Argolis, sie hält einen runden argivischen Schild.
i) Herakles reinigt den Stall des Augias, mit einem Gefäß Wasser schöpfend; vor ihm der Flussgott Alpheios. (Siehe Text S. 63)
k) Herakles bekämpft den dreileibigen Geryones; hinter diesem eine Nymphe (Hispania?) mit Hut und Schild.
l) Herakles tötet den Drachen, der die Äpfel der Hesperiden bewacht, von denen eine dabeisteht; die Böcke haben Bezug auf Libyen, das an solchen reich war. (Siehe Text S. 65)
m) Herakles' Kampf mit einem Kentauren. (Diese zwölfte Arbeit statt des Kampfes mit den Amazonen.) (Siehe Text S. 73)

Seite 69: Herakles überwältigt den Giganten Alkyoneus. Geschnittener Stein.

Seite 71: Die farnesische Kolossalstatue des ausruhenden Herakles.

Seite 82: Theseus, Schwert und Schuhe seines Vaters unter dem Felsen hervorholend. Relief der Villa Albani.

Seite 86: Theseus, den marathonischen Stier bändigend.

Seite 89: Theseus hat eben den Minotauros erlegt; die befreiten athenischen Jünglinge und Jungfrauen bezeigen Th. ihren freudigen Dank. Gemälde von Herkulanum.

Seite 95: Oidipus und die Sphinx, Vasengemälde bei Tischbein.

Seite 106: Der blinde Oidipus, von seinen Söhnen zum Tor von Theben hinausgeführt; zur Linken sind die Reste einer Figur, welche gewiss eine der Töchter des Oidipus vorstellte. Fragment eines Reliefs in Winckelmanns Denkmälern.

Seite 123: Tod des Archemoros durch den Drachen, der von zwei argivischen Helden angegriffen wird; im Hintergrund Hypsipyle. Relief im Palast Spada zu Rom.

Seite 132: Amphiaraos auf der Flucht vor Periklymenos, im Begriff, von der Erde verschlungen zu werden. Eine rote Zeichnung auf Marmor in Herkulanum.

Seite 151: Narkissos. Neben der Quelle Amor, eine umgekehrte Fackel auslöschend. Es soll dadurch angedeutet werden, dass dem Narkissos seine Liebessehnsucht den Tod bringen wird, denn Amor bezeichnet hier die Liebe des Narkissos. Pompejanisches Wandgemälde.

Seite 164: Adonis, am Schenkel von einem Eber verwundet, stirbt in den Armen der Aphrodite. Altes Gemälde, von Raphael Mengs kopiert und von Volpato gestochen.

Seite 195: Amor und Psyche, in Umarmung und Kuss vereint. Marmorgruppe im Kapitolinischen Museum.

Seite 201: Urteil des Paris. Hermes bringt eben die drei wetteifernden Göttinnen Hera, Athena und Aphrodite zu dem Hirten Paris auf dem Ida; neben ihm steht seine bisherige Gattin Oinone, hinter ihm flüstert ihm Eros süße Hoffnungen ein zugunsten der Aphrodite. Weiter zur Rechten sitzt der Berggott des Ida, hinter ihm eine Bergnymphe. Der Flussgott Skamandros und die Wassernymphe, Artemis und der Sonnengott sind nach einem antiken Muster restauriert. Relief der Villa Ludouisi zu Rom.

Seite 206: Paris und Oinone. Oinone sucht den auf einem Felsenvorsprung sitzenden Paris von seiner verhängnisvollen Ausfahrt nach Griechenland zurückzuhalten. Im Vordergrund der Flussgott Skamandros, im Hintergrund Troja. Relief im Palast Spada zu Rom.

Seite 208: Helena, von ihrem Gast Paris zum Treubruch und zur Flucht verleitet. Zur Seite der Helena Aphrodite, ihr zuredend und mit der wenig erhobenen Linken auf Paris deutend, der seinerseits mit Eros in vertraulichem Gespräch ist. Peitho, die Göttin der Überredung, sitzt zu Häupten der Helena. Relief im Museo Borbonico.

Seite 213: Achilleus auf Skyros, in seiner Verkleidung durch die List des von Diomedes begleiteten Odysseus entdeckt. Im Hintergrund Lykomedes und Deidameia. Pompejanisches Wandgemälde.

Seite 215: Agamemnon, den Priester Chryses mit harten Worten aus dem Lager weisend, hinter ihm mit bedenklicher Miene Menelaos und Odysseus und zwei andere jugendliche Helden. Relief von parischem Marmor im Besitz des Herrn Disney in England.

Seite 220: Achilleus lässt Briseïs durch Patroklos den Herolden des Agamemnon ausliefern. Pompejanisches Wandgemälde.

Seite 224: Hekabe bringt mit troischen Frauen der Athena vergebliche Opfer, während Hektor den bei der Helena weilenden Paris zur Schlacht holt. Nach einem Miniaturgemälde des Mailänder Homer-Codex.

Seite 244: Aias verteidigt den sterbenden Patroklos. Die Mittelszene aus der Statuengruppe des westlichen Giebelfeldes des Äginetischen Athenatempels.

Seite 249: Hephaistos schmiedet im Beisein der Thetis die Waffen des Achilleus. Nach einem geschnittenen Stein aus einem alten Fingerring.

Seite 252: Achilleus, sich zur Schlacht rüstend. Relief der Villa Borghese.

Seite 266: Achilleus, dem die Siegesgöttin vorausgeht, schleift die Leiche des Hektor, während Priamos von der Mauer jammernd zusieht. Relief von der marmornen Brunneneinfassung im Kapitol.

Seite 271: Diomedes und Odysseus, im Begriff, das Palladion aus dem Tempel zu rauben. Relief im Palast Spada zu Rom.

Seite 276: Die Gruppe des Laokoon, gearbeitet von Agesandros, Polydoros und Athenodoros von Rhodos. In der Vatikanischen Sammlung.

Seite 283: Aineias flüchtet mit dem Vater und dem Sohn aus Troja. Anchises birgt die ilischen Heiligtümer in seinem Schoß. Das Gesicht des Aineias ist auf dem Bild zerstört. Relief in Turin.
Seite 285: Aias reißt Kassandra von dem Bild der Athena weg. Bild einer Flachschüssel aus Unteritalien in Weimar.
Seite 297: Agamemnons Ermordung beim Festmahl. Nachdem Klytaimnestra ein verstrickendes Gewand über den König geworfen hat, dringt Aigisthos mit dem Schwert auf ihn ein, während jene eben mit einer aufgenommenen Fußbank einen Schlag gegen das Haupt des Gatten führen will. Im Hintergrund deutet die Erinys auf Orests Rache. Relief einer Aschenkiste zu Volterra.
Seite 300: Orestes und Elektra, zur Ermordung des Aigisthos und der Klytaimnestra sich verabredend. Marmorgruppe, zu Herkulanum gefunden,
Seite 304: Ermordung des Aigisthos und der Klytaimnestra. Gegen Aigisthos hat Pylades das Schwert gezückt, zugleich will Elektra mit einem Schemel das Haupt des Verhassten angreifen. Das Weib hinter Pylades wird Chrysothemis sein. Ein Trabant des Aigisthos mit rückwärts gekehrtem Schwert sieht von der Verteidigung des Tyrannen ab; zur äußersten Linken flieht eine Dienerin erschreckt davon. Zur Rechten mordet Orestes die Mutter, welcher ein Diener und eine Dienerin Beistand leisten; die alte Amme sucht den Orestes von dem Muttermord abzuhalten. Relief eines Sarkophags in dem Palaste Circi zu Rom.
Seite 311: Freisprechung des Orestes. Athena wirft den lossprechenden Stein in die Urne, während eine Erinys zusieht; hinter dieser Orestes in banger Erwartung. Hinter Athena sitzt auf dem »Stein der Anklage« Erigone, die Tochter des Aigisthos, als Klägerin. Zur Rechten der Säule, auf welcher eine Sonnenuhr angebracht ist, harren in Erwartung Elektra und Pylades. Ein in einen Silberbecher eingeritztes Bild, der im Hafen zu Antium gefunden worden ist.
Seite 316: Odysseus und der berauschte Polyphem. Während zwei der Gefährten noch den Weinschlauch halten, schauen Odysseus und der dritte Gefährte nach den Genossen aus, welche den brennenden Pfahl herbeibringen sollen. Relief in der Benediktinerabtei zu Cattania.

Seite 318: Odysseus, von dem Widder aus der Höhle des Polyphem getragen. Marmorgruppe in der Villa Albani.

Seite 325: Odysseus, gegen Kirke das Schwert ziehend, als sie ihn eben verzaubern will. Pompejanisches Wandgemälde.

Seite 330: Odysseus im Gespräch mit dem an den Pforten der Unterwelt sitzenden Teiresias. Relief im Louvre.

Seite 337: Odysseus an den Sirenen vorüberfahrend. Relief von einem hetruskischen Sarkophag aus Volterra.

Seite 340: Skylla, einen der Gefährten des Odysseus tötend. Gemme.

Seite 349: Penelope, traurig sinnend. Statue im Vatikan.

Seite 357: Odysseus als Bettler, einen Bettelsack auf dem Rücken, unter welchem ein Schwert verborgen ist. Gemme.

Seite 367: Odysseus und sein Hund Argos. Karneol in Berlin.

Seite 372: Odysseus, noch als Bettler verkleidet, im Gespräch mit Penelope. Pompejanisches Wandgemälde.

Seite 380: Odysseus und Telemachos morden die Freier. Die Magd Melantho und der Herold Medon (?) haben an einem kleinen Idol auf einer Säule Schutz gesucht. Relief einer Aschenkiste zu Chuisi.